부디, 크리스마스

"Miracle" in Asimov's, December 1991, copyright © 1991 by Doubleday Dell Magazines.

"All About Emily" (Burton, MI: Subterranean Press, 2011), copyright © 2011 by Connie Willis.

"Inn" in Asimov's, December 1993, copyright © 1993 by Doubleday Dell Magazines.

"All Seated on the Ground" in Asimov's, December 2007,
copyright © 2007 by Dell Magazines, a division of Crosstown Publishing.

"In Coppelius's Toyshop" in Asimov's, December 1996,
copyright © 1996 by Dell Magazines, a division of Crosstown Publishing.

"Adaptation" in Asimov's, December 1994, copyright © 1994 by Doubleday Dell Magazines.

"deck.halls@boughs/holly" in Asimov's, December 2001,
copyright © 2001 by Dell Magazines, a division of Crosstown Publishing.

"Cat's Paw" in Miracle and Other Christmas Stories (New York: Bantam Spectra, 1999),
copyright © 1999 by Connie Willis.

"Now Showing" in Rogues, edited by George R. R. Martin and Gardner Dozois
(New York: Bantam Books, 2014), copyright © 2014 by Connie Willis.

"Newsletter" in Asimov's, December 1997,
copyright © 1997 by Dell Magazines, a division of Crosstown Publishing.

"Epiphany" in Miracle and Other Christmas Stories (New York: Bantam Spectra, 1999),
copyright © 1999 by Connie Willis.

"Just Like the Ones We Used to Know" in Asimov's, 2003,
copyright © 2003 by Dell Magazines, a division of Crosstown Publishing.

A LOT LIKE CHRISTMAS

Copyright © 2017 by Connie Willis

Published by agreement with The Lotts Agency, Ltd.
Korean translation copyright © 2025 by Arzaklivres. Inc

'이 책의 한국어판 저작권은 대니홍 에이전시를 통한 저작권사와의 독점 계약으로 주식회사 아작에 있습니다.
저작권법에 의해 한국 내에서 보호를 받는 저작물이므로 무단전재와 복제를 금합니다.

부디, 크리스마스
코니 윌리스 소설집

김세경·신해경·이주혜 옮김

A Lot Like Christmas

아작

기적
Miracle
19

우리 여관에는 방이 없어요
Inn
133

All About Emily
에밀리의 모든 것
71

모두가 땅에 앉아 있었는데
All Seated on the Ground
181

In Coppelius's Toyshop
코펠리우스 장난감 가게
267

말하라, 유령
Adaptation
285

주문 9

장식하세.com
deck.halls@boughs/holly
321

고양이 발 살인사건
Cat's Paw
387

절찬 상영중
Now Showing
445

동방박사들의 역점
Epiphany
551

부록
683

소식지
Newsletter
501

우리가 알던 이들처럼
Just Like the Ones
We Used to Know
617

크리스마스를 제대로 보내는 법을 알았던
찰스 디킨스와 조지 시튼에게

서문

나는 크리스마스를 사랑한다. 트리를 장식하고 성가대에서 노래하고 쿠키를 굽고 선물을 포장하는 그 모든 것이 좋다. 심지어 대다수가 싫어하는 일들, 붐비는 쇼핑몰에서 선물을 사고 크리스마스 소식지를 읽고 친척들을 만나고 공항에서 수하물을 부치려고 긴 줄을 서는 것조차 좋아한다.

좋다, 거짓말이다. 수하물을 부치겠다고 긴 줄을 서는 걸 좋아하는 사람은 없다. 하지만 비행기에서 내리는 사람들을 보는 건 좋다. 호랑가시나무와 촛불과 에그노그*와 캐럴도 좋다.

그러나 무엇보다 나는 크리스마스 이야기와 영화를 좋아한다. 좋다, 또 거짓말이다. 모든 크리스마스 이야기와 영화를 좋아하지는 않는다. 예를 들면 영화 〈멋진 인생〉 그리고 한스 안데르센의 〈전나무〉는 좋아하지 않는다.

그러나 영화 〈34번가의 기적〉과 크리스토퍼 몰리의 〈다듬어지지 않은 나무〉, 그리고 크리스티나 로제티의 시 〈적막한 한겨울에〉를 사랑한다. 우리 가족은 매년 〈사랑에 눈뜰 때〉와 〈크리스마스 스토리〉를 보고, 크리스마

---

* 북미에서 사랑받는 크리스마스 음료로, 우유와 달걀, 설탕, 술을 섞어 따뜻하게 데웠다가 식혀서 먹는다.

스이브에는 조지 V. 히긴스의 〈크리스마스 과거의 유령'은 눈옷을 못 입어요〉를 큰 소리로 읽으며 우리 집 전통에 보탤 새로운 고전을 간절하게 찾는다.

그리 많지는 않다. 우선은 크리스마스 이야기들이 보기보다 훨씬 더 쓰기 어렵기 때문이고, 또 부분적으로는 관련 주제가 매우 제한적이기 때문이다. 사람들은 거의 2천 년 동안 크리스마스 이야기를 써왔고 눈사람, 산타, 목동에 관해 가능한 모든 변주가 이루어져 왔다.

(베들레헴으로 가는 길에 길을 잃은) 네 번째 동방박사, 여관주인, 여관주인의 아내, 당나귀, 별의 관점으로 들려주는 이야기들이 있다. 또 백화점에서 일하는 산타, 가짜 산타, 불타버린 산타, 대역 산타, 마지못해 일하는 산타, 다이어트 중인 산타에 관한 이야기도 있고 당연히 산타의 아내, 산타의 요정들, 산타의 순록, 그리고 루돌프에 관한 이야기도 있다. 또 크리스마스에 분만을 하고(왜 아니겠나?) 죽음과 이별과 만남과 아수라장과 자살 시도와 제정신인지 감별하는 청문회를 겪기도 한다. 그리고 하와이에서 보내는 크리스마스와 중국의 크리스마스, 과거의 크리스마스, 미래의 크리스마스, 먼 우주에서 맞는 크리스마스도 있다. 가장 어린 목동, 가장 어린 동방박사, 가장 어린 천사의 이야기도 있고 요리를 거들지 않는 생쥐의 이야기도 있다. 그러니 아직 나오지 않은 이야기는 별로 없다.

게다가 크리스마스 이야기를 쓰려는 작가는 감상과 회의 사이에서 팽팽한 줄타기를 해야 하는데, 대다수는 결국 냉소나 신파 중 하나에 빠지고 만다.

그렇다. 한스 안데르센 말이다. 그는 손수건 세 개는 적시고 남을 만큼 슬픈 이야기를 만들어냈는데, 막심 고리키는 안데르센의 이야기를 두고 "가난한 소녀나 소년을 데려다가 대개 화려한 빛을 뿜어내는 크리스마스 트리가 보이는 창문 아래 어딘가에서 얼어 죽게 한다."라고 발끈한 적이 있다. 성냥팔이 소녀도, 빳빳하게 서 있는 장난감 주석 병정도, 심지어 눈사람도(물론 얼어 죽은 게 아니라 녹아 사라졌지만) 모두 억울한 운명을 맞았다. 그것도 크리스마스에 말이다.

안데르센이 나타나기 전에는 누구도 그리 우울한 크리스마스 이야기를 쓸 생각을 하지 않았다. 심지어 책 속에서 꽤 많은 어린이를 죽게 만든 디킨스조차도 〈크리스마스 캐럴〉의 타이니 팀은 죽이지 않았다. 그러나 안데르센은 모두의 크리스마스를 망치기로 작정한 사람처럼, 아무 잘못도 없는 아이들을 얼어 죽게 하고 충직한 장난감을 녹여 주석 덩어리로 만들고 가만히 숲에 서 있기만 했던 죄 없는 전나무를 베어내 땔감으로 만들어버렸다.

더 안타깝게는 안데르센에게 영감을 받은 수십 명의 모방자가 남은 빅토리아 시대 내내 거룩한 아이들을 죽이고(일부는 도무지 참아줄 수가 없어 죽을 만했다는 생각이 들기도 하지만), 가난한 사람들을 죽였다.

20세기가 되자 안데르센풍의 눈물을 쥐어짜는 이야기들은 영화계로 넘어가 (누가 봐도 죽어 마땅한) 마거릿 오브라이언을 캐스팅하고 창백한 안색과 기침 능력으로 선택된 아역 배우들을 기용했다. 이들은 〈내 모든 것을 다 주어도〉나 〈크리스마스트리〉 같은 제목을 달고 유쾌한 크리스마스 영화를 보게 될 거라고 기대한 가엾은 관객들을 불러 모았지만, 정작 영화는 크리스마스이브에 방사능 중독으로 쓰러진 어린 소년에 관한 이야기를 들려준다.

텔레비전이 등장하면서 이런 식의 이야기들은 다양한 드라마의 '크리스마스 특집 에피소드'로 변했는데, 이 중 최악은 〈초원의 집〉으로 몇 년간 크리스마스만 오면 눈보라를 비롯한 개척 시대 재난을 만나 엄청난 수의 아이들이 죽었다. 이 작가들은 크리스마스 이야기는 절대로 해피엔딩이면 안 된다는 말이라도 들었던 걸까?

뭐, 안타깝게도 그랬고 덕분에 사실성 떨어지는 감상적인 이야기와 사카린이 듬뿍 들어간 이야기가 일일이 언급할 수조차 없을 정도로 쏟아져 나왔다.

그렇다면 좋은 크리스마스 이야기는 아예 없을까? 본래의 크리스마스부터 시작해보자. 최초의 크리스마스(구유에서 태어난 아기 말이다) 이야기에는 훌륭한 스토리텔링의 모든 요소가 다 들어 있다. 드라마, 위험, 특수

효과, 꿈과 경고, 배신, 아슬아슬한 탈출, 그리고 (부활절 이야기까지 결합하면) 최고로 행복한 결말까지.

그리고 여기에는 훌륭한 캐릭터들이 있다. 능력 밖의 일에 연루되었지만 최선을 다한 요셉, 궁궐을 기대했지만 결국 마구간에 가게 된 동방박사들, 그들에게 "왕을 발견하면 어디 있는지 알려달라. 그래야 내가 가서 경배를 올릴 수 있지 않겠는가."라고 말해놓고 아기를 죽이라고 자객을 보낸 교활한 헤롯왕, 그리고 이중적인 모습을 보였던 여관주인까지. 그리고 열네 살 나이에도 불구하고, 앞서 말한 모든 것을 마음속 깊이 생각할 줄 알았던 마리아가 있다. 훌륭한 이야기다. 2천 년이나 이어온 것도 당연하다.

내가 사랑하는 현대의 크리스마스 이야기로는 오 헨리의 〈크리스마스 선물〉, T. S. 엘리엇의 〈동방박사들의 여정〉, 그리고 허드만 집안의 말썽꾸러기 아이들이 어느 교회의 예수 탄생 연극에 끼어드는 이야기를 다룬 바버라 로빈슨의 〈최고의 크리스마스 연극〉이 있다. 허드만 집안 아이들은 사람들을 괴롭히고 담배를 피우고 욕을 하며 예수 탄생 연극이 끝나고 나서 다과회가 있다는 말을 듣고서야 교회에 간다. 그리고 조용하고 지루하기만 했던 크리스마스 연극을 특별하게 바꿔버린다.

나는 SF 작가이므로 당연히 SF 크리스마스 이야기를 편파적으로 좋아한다. 늘 다른 각도로 세상을 보게 하는 SF의 능력은 크리스마스에 관해서도 예외가 아니다. SF는 최초의 크리스마스도 새로운 관점으로 바라보았고(마이클 무어콕의 고전 〈이 사람을 보라〉), 새로운 외관을 입혔다(조 L. 헨슬리와 알렉세이 팬신의 〈다크 컨셉션〉).

SF는 우리에게 미래의 크리스마스(신시아 펠리스의 〈트랙 오브 레전드〉)와 우주의 크리스마스(레이 브래드버리의 환상적인 단편 〈크리스마스 선물〉)를 보여주었다. 또 크리스마스의 어두운 면(밀드레드 클링어맨의 〈야생의 숲〉)도 보여주었다.

내가 좋아하는 SF 크리스마스 이야기는 아서 C. 클라크의 〈동방의 별〉로 동방박사를 베들레헴까지 안내했던 크리스마스의 별에 관한 이야기다. 또 유쾌하기 짝이 없는 토머스 디쉬의 〈산타클로스의 절충안〉은 겁 없는 여섯 살 두 기자가 산타클로스 뒤에 숨은 충격적인 스캔들을 폭로하는 이야기다.

나는 추리소설도 사랑한다. 살인사건과 크리스마스라니, 어울리지 않는다고 생각하겠지만 겨우살이, 자두 푸딩, 산타클로스와 얽힌 살인사건 무대와 가능성은 수많은 추리소설 작가에게 영감을 불러일으켜 왔다. 우선 아서 코난 도일의 〈푸른 카벙클의 모험〉이 그 시작으로 크리스마스 거위가 등장한다. 내가 좋아하는 추리소설 중에는 도로시 세이어즈의 〈진주 목걸이〉, 아가사 크리스티의 〈크리스마스 살인〉, 제인 랭튼의 〈가장 짧은 날: 리벨스 살인사건〉이 있다. 절대적으로 좋아하는 작품은 존 모티머의 코미디 〈럼폴과 크리스마스 정신〉으로 심술궂은 스크루지 영감 같은 법정 변호사 호레이스 럼폴과 그의 멋진 아내 '무서운 마누라'가 등장한다.

내가 가장 좋아하는 크리스마스 이야기는 아마도 코미디일 것이다. 나는 데이먼 러니언의 〈춤추는 댄의 크리스마스〉를 사랑한다. (사실 나는 데이먼 러니언이 쓴 모든 소설을 사랑한다. 그의 작품을 읽어본 적이 없다면 당장 〈아가씨와 건달들〉을 사러 가라. P. G. 우드하우스도 마찬가지인데 〈지브스와 성탄 정신〉과 〈또 하나의 크리스마스 캐럴〉은 최고의 우드하우스표 작품들이고 그 말은 따로 설명이 필요 없다는 뜻이다. 우드하우스 역시 읽어보지 못했다면 당신은 이제 대단히 멋진 경험을 하게 될 것이다! 그는 총 100권이 넘는 책을 썼으니 어디서 시작해도 좋을 것이다.) 러니언도 우드하우스도 감상과 냉소, 아이러니와 크리스마스 정신, 인간 본성과 해피엔딩 사이의 균형을 실수 없이 깔끔하게 잡아낸다.

그리고 앞서 말한 크리스토퍼 몰리의 〈다듬어지지 않은 나무〉가 있다. 한스 크리스티안 안데르센의 〈전나무〉에 대응하는 이야기다. 그러나 안데르센과 달리 몰리는 크리스마스의 목적이 고통만이 아니라 구원까지 일깨워주는 것임을 알고 있다. 그의 이야기는 독자를 아프게 하고 좌절하게 하지만 종국엔 대단한 기쁨을 안겨준다.

크리스마스에 관한 것이든 아니든 거의 모든 위대한 이야기에는 모든 것을 잃은 것 같고, 도무지 상황이 나아질 것 같지 않고, 나쁜 놈이 이기고, 기사는 제시간에 오지 않고, 절대로 구원받지 못할 것만 같은 끔찍한 순간이 하나씩은 꼭 들어 있다. 존 포드의 크리스마스 서부영화 〈3인의 대부〉에도 그런 순간이 있다. 〈모건 크리크의 기적〉에도, 내가 최고의 크리스마스 영화로 치는 〈34번가의 기적〉에도 있다.

그렇다, 나도 안다. 천만번이나 상영되고 동반 상품 판매도 성공한 최고의 크리스마스 영화는 〈멋진 인생〉이라는 것을(작년 크리스마스에는 〈멋진 인생〉 마우스패드도 보았다). 그리고 이 영화에 훌륭한 장면이 있다는 것도 부인하지 않는다(이에 관해서는 본 책에 수록한 단편 〈기적〉을 볼 것). 그러나 이 영화에는 실질적인 문제가 있다. 무엇보다 악랄한 헨리 포터가 영화가 끝날 때까지 계속 벌을 받지 않고 자유로운 상태로 나오는데 좋은 옛이야기라면 절대로 허락할 수 없는 요소이다. 〈34번가의 기적〉에 나오는 나쁜 심리학자는 매우 적절하게 즉석 해고되고 제 할 일을 했을 뿐인 지방 검사도 결국 잘못을 뉘우친다.

그러나 〈멋진 인생〉의 헨리 포터는 이미 악랄한 악당임이 증명되었는데도 악행을 들키지도 않고 자유롭다. 이번 일이 성공하지 못했어도 그는 틀림없이 다른 나쁜 짓을 시도할 것이다. 가엾은 주인공 조지 베일리는 결말 부분에 빚을 갚고 마지막 장면에서 경찰이 미소를 지으며 끝이 나도 끝까지 횡령 혐의는 사라지지 않는다.

그러나 내가 보기에 이 영화의 가장 나쁜 점은 결말이 베드퍼드 폴즈 주민들의 선의에 의존한다는 것인데, 이마저도 앞선 사건들의 관점에서 보면 어딘가 불안해 보인다.

반면 〈34번가의 기적〉은 이런 일에 의존하지 않는다. 이 영화의 아이러니는 기적이 사람들의 행동 '때문에' 일어나는 게 아니라 사람들의 행동에도 '불구하고' 일어난다는 점이다(솔직히 말하겠다. 〈멋진 인생〉이 정말로 마음에 들지 않는 것은 아이러니가 전혀 없기 때문이다).

크리스마스는 이타심과 순수함이 바탕이 되어야 하지만 〈34번가의 기적〉에는 맨 마지막까지 사실상 크리스 크링글을 제외하고는 누구도 이런 모습을 보여주지 않는다. 오히려 정반대다. 남자주인공도 여자주인공도 모두 냉소적이고 현대인답게 이기적으로 행동한다. 메이시 백화점의 산타클로스는 추수감사절 퍼레이드 직전에 흥청망청 술을 마시고, 도리스는 궁지에서 벗어나고 직업을 지키고자 크리스를 고용하며, 존 페인은 아이 엄마의 환심을 살 목적으로 어린 소녀 수전을 퍼레이드에 초대한다.

그리고 이 도시에 진정한 크리스마스 정신을 회복하려는 크리스 크링글의 단호한 노력에도 불구하고 이런 모습은 계속된다. 메이시 백화점과 김벨 백화점이 다른 상점을 추천하자는 협약을 맺는 이유도 그게 옳다고 믿어서가 아니라 더 많은 이윤을 얻기 위해서다. 크리스가 제정신인지 판단하는 재판에서 판사가 우호적인 판결을 내린 이유도 오직 재선에 성공하기 위해서다. 심지어 대단원을 장식하는 우편 노동자들도 단지 잔뜩 쌓여 있는 배달 불능 편지를 없애고 싶었을 뿐이다.

그러나 이런 점에도 불구하고(맛깔스러운 아이러니의 관점으로 말하자면 솔직히 이런 점들 때문에) 그리고 주요 인물에게 인간성의 아주 희미한 빛만 있어도 가망이 전혀 없어 보였던 크리스마스의 기적은 딱 일정에 맞춰서 일어난다. 해마다 그랬던 것처럼 말이다.

이런 상징성 때문에 〈34번가의 기적〉은 이토록 만족스러운 영화가 될 수 있었다. 또한 조지 시튼의 시나리오와 완벽한 캐스팅(특히 나탈리 우드와 델마 리터), 기쁜 순간들(산타가 어린 네덜란드 고아에게 네덜란드 캐럴을 불러주는 장면, 재앙 같은 풍선껌 에피소드, 아무리 막막해도 끝까지 믿음을 가져야 한다는 말을 듣고 나탈리 우드가 지어 보였던 역겹다는 표정 등)도 일조했다. 거기에 당연히 에드먼드 그웬이 누구에게나 산타클로스가 정말로 존재한다는 믿음을 심어준 사실이 있다. 이 모든 요소가 결합해 역대 최고의 크리스마스 영화를 만들어냈다.

그러나 이 영화가 최고의 크리스마스 이야기는 아니다. 그 영광은 디킨스와 그의 불멸의 작품 〈크리스마스 캐럴〉에 돌려야 한다. 디킨스가 크리스마스를 고안했다는 소문은 사실이 아니고, 그가 죽었을 때 가난한 행상의 어린 딸이 울며 "디킨스가 죽었다고요? 그러면 크리스마스도 죽은 거예요?"라고 했다는 이야기도 사실이 아닐 것이다. 그러나 모두 사실이어야 한다.

디킨스는 불가능한 일을 해냈기 때문이다. 그는 크리스마스의 본질을 포착했을 뿐만 아니라 오랜 시간 그 명성을 이어올 수 있었던 명작을 썼다. 베이실 래스본부터 아서 폰자렐리(일명 폰즈)까지 무수한 이들이 스크루지를 연기했고 헤아릴 수 없을 정도로 많은 TV, 영화, 뮤지컬 버전과 개정판이 나왔지만 그중 최악의 것도 스크루지와 타이니 팀의 훌륭한 이야기를 감히 손상하지 못했다.

이 이야기가 그토록 훌륭한 한 가지 이유는 디킨스가 크리스마스를 사랑했기 때문이다. (그도 그럴 것이 그의 어린 시절은 올리버 트위스트와 리틀 도릿의 어린 시절이 결합한 형태였고 다정한 할아버지나 아서 클레넘은 보이지 않았다. 그런 그에게 어른이 된 후의 삶은 온통 크리스마스처럼 보였을 것이다.) 크리스마스에 대해 쓰려면 크리스마스를 사랑해야 한다.

또 한 가지, 그는 인간의 본성에 대해 잘 알았다. 과거를 기억하고 현재를 제대로 바라보며 우리 행동이 어떤 결과를 낳을지 상상하는 것이야말로 우리가 진정으로 성장하고 변화하는 방법임을 디킨스는 프로이트보다도 먼저 알고 있었다.

또한 그는 글쓰기에 대해서도 많이 알았다. 구성이 빼어나고 대사가 훌륭하며 첫 문장 "우선 말리가 죽었다는 말부터 해야겠다."는 문학사에서 가장 위대한 첫 문장 "나를 이슈마엘이라 불러달라." 다음 좋은 문장으로 꼽힌다. 그는 이야기를 어떻게 끝내야 하는지도 알았고 크리스마스 이야기는 해피엔딩이어야 한다는 것도 알았다.

마지막으로 이 이야기가 우리에게 감동을 안겨주는 것은 우리가 사람은 변할 수 있다는 것을 믿고 싶어 하기 때문이다. 사실 사람은 그렇지 않다. 우리는 세상은 오직 악착같이 돈을 긁어모으려는 사람과 커튼 고리 도둑으로 가득하다는 것을 안다. 우리는 스크루지는 끝까지 스크루지로 남고 타이니 팀을 도우려고 손가락 하나라도 들어 올릴 사람은 아무도 없다는 것을 쓰라린 경험으로 배웠다(디킨스의 경험만큼 쓰라리지는 않겠지만).

그러나 압도적인 증거에도 불구하고 크리스마스는 '인간은 변할 수 있고 속죄할 가치가 있다'는 교훈을 믿는 사람들의 시간이다. 디킨스의 크리스마스 이야기는 사실상 '그러한' 크리스마스 이야기다. 이야기의 끝에 다다르면 딱딱해진 우리의 심장은 어느새 쩍 갈라지며 열린다.

크리스마스 이야기에 관한 내 말이 열정적으로(그리고 때론 인색하게) 들린다면, 그래 맞다. 나는 그 모든 복잡성과 아이러니에도 불구하고 크리스마스를 사랑하고 크리스마스 이야기를 사랑한다.

얼마나 사랑하면 나 역시 수년간 크리스마스 이야기를 써왔다. 여기 그 이야기들을 모았다. 교회 성가대와 크리스마스 선물과 우주에서 온 기분 나쁜 녀석들에 관한 이야기, 기대하지 않았던 방식으로 소원이 이루어지는 이야기, 소원이 이루어지지 않는 이야기, 그리고 소원이 있는 줄도 몰랐던 이야기, 별과 목동과 동방박사와 산타클로스와 겨우살이와 〈멋진 인생〉과 재생 용지로 만든 크리스마스카드에 관한 이야기들을 모았다. 심지어 살인 사건도 나온다. 그리고 '다가올 크리스마스의 유령'에 관한 이야기도.

여러분이 좋아하면 좋겠다. 그리고 다들 아주 즐거운 크리스마스를 보내면 좋겠다!

— 코니 윌리스

기적
Miracle

이주혜 옮김

로렌이 출근했을 때 로비에는 크리스마스트리가 반짝였고 안내직원은 한 손으로 턱을 괴고 앉아 보안용 모니터를 들여다보고 있었다. 로렌은 뭔가 싶어 쇼핑백을 내려놓고 화면을 들여다보았다. 영화 〈멋진 인생〉의 한 장면으로, 지미 스튜어트와 도나 리드가 찰스턴을 추고 있었다.

"직원복지위원회에서 크리스마스라고 유선방송을 연결해주었지 뭐예요." 안내직원이 설명하며 로렌에게 전달 사항이 적힌 쪽지를 건넸다. "이 영화, 정말 좋지 않아요?"

로렌은 쇼핑백에 쪽지를 끼워 넣고 부서로 올라갔다. 사무실 천장에 빨간색과 초록색 주름 종이로 만든 띠가 줄줄이 붙었고, 로렌의 책상 둘레에도 빨간색 주름 종이로 커다란 리본이 매어져 있었다.

"직원복지위원회 짓이야." 에비가 읽고 있던 카탈로그를 들고 로렌 책상으로 다가왔다. "이 사람들 건물 전체를 장식하고 있어. 또 우리 팀이랑 문서관리부랑 같이 오늘 오후 캐럴을 부르며 돌아다니래. 직원복지위원회 사람들, 크리스마스 정신 어쩌고가 점점 감당이 안 되는 기분이야. 요즘 누가 크리스마스이브에 회사 파티에 가고 싶어 하겠어?"

"나 같은 사람." 로렌이 말했다. 그녀는 책상 위에 쇼핑백을 내려놓고 자리에 앉아 부츠를 벗기 시작했다.

"스테이플러 좀 빌려줄래?" 에비가 말했다. "내 건 또 잃어버린 거 있지. 엄마 선물로 '이달의 물'을 주문하려는데, 주문서에 수표를 스테이플러로 찍어야 하거든."

"이달의 물이 뭐야?" 로렌은 책상 서랍을 열고 스테이플러를 꺼내며 물었다.

"매달 다른 생수를 보내주는 거야. 페리에, 에비앙, 칼리스토가 같은 거." 에비는 로렌의 쇼핑백을 흘낏 들여다보았다. "크리스마스 선물이야? 난 크리스마스 4주 전에 선물 쇼핑을 끝내는 사람들 정말 싫더라."

"크리스마스까지 나흘밖에 남았어." 로렌이 말했다. "게다가 아직 쇼핑을 다 끝내지도 않았고. 우리 언니 선물을 못 샀어. 하지만 친구들 선물은 다 샀어. 물론 네 것도 샀지." 로렌은 쇼핑백으로 손을 뻗어 펌프스* 구두를 꺼냈다. "회사 파티에 입고 갈 드레스도 하나 봐뒀어."

"샀어?"

"아니." 그녀는 구두 한쪽을 신었다. "점심시간에 가서 한번 입어보려고."

"그때까지 남아 있어야 할 텐데." 에비가 비관적으로 말했다. "우리 오빠 선물로 바늘두더지 모양 이쑤시개 통을 점찍어놨었는데, 사러 갔더니 다 팔리고 없더라고."

"드레스를 남겨놓으라고 부탁해뒀어." 로렌이 말했다. 그녀는 다른 쪽 구두도 마저 신었다. "정말 예쁜 드레스야. 검은색에 오프숄더**고 스팽글*** 이 달렸어."

"아직도 스콧 버클리의 눈에 띄고 싶은 거야? 나는 이제 그런 짓 안 하려고. 90년대 여성들은 남자를 유혹하겠다고 성차별적인 술수를 쓰지 않지. 게다가 그 남자, 너무 귀여워서 나 같은 여자한테 눈길을 줄 틈도 없을걸." 에비는 로렌의 책상 가장자리에 앉아 카탈로그를 홀홀 넘겨보았다. "너희 언

---

* 고리나 끈, 잠금 장치 등이 없고 발등 부분이 드러나게 깊이 파여 있는 여성용 구두
** 어깨, 쇄골, 등 위쪽 부위가 노출된 옷
*** 옷이나 신발 등에 반짝임을 더하기 위해 꿰매거나 부착하는 얇고 동그란 조각

니가 좋아할 만한 게 있어. 이달의 채소. 2월의 채소는 오크라야."

"우리 언니 캘리포니아 남부에 살아." 로렌은 부츠를 책상 밑에 밀어 넣었다.

"아. 그럼 이달의 자외선차단제는 어때?"

"아니야." 로렌이 말했다. "언니는 뉴에이지 어쩌고에 푹 빠져 있어. 강령술이니 아로마테라피니 하는 거. 작년 크리스마스에는 크리스털 피라미드로 만든 '배우자 감별기'를 선물로 보냈더라."

"이달의 동양철학은 어때?" 에비가 말했다. "선(禪)이나 수피즘, 태극권 같은 거."

"언니가 정말로 좋아할 만한 걸 주고 싶어." 로렌은 곰곰이 생각해보았다. "난 크리스마스에 사람들에게 뭘 선물하면 좋을까, 하고 생각하는 게 너무 어려워. 그래서 올해는 좀 다르게 해보기로 했지. 크리스마스 전날에야 쇼핑몰을 정신없이 돌아다니거나 결국 아무도 원하지 않는 것을 사거나 회사 파티에 뭘 입고 가면 좋을지 고민하는 걸 그만두기로 했어. 9월부터 쇼핑을 시작했고 사자마자 선물 포장을 했어. 크리스마스카드도 다 써서 이제 부치기만 하면 돼."

"어우, 너 정말 재수 없다." 에비가 말했다. "아 참, 깜박 잊을 뻔했네. 여기." 그녀는 카탈로그에서 작은 쪽지 하나를 꺼내 로렌에게 건넸다. "비밀 산타 선물을 줄 사람이야. 직원복지위원회가 그러는데 금요일까지 선물을 가져와야 회사 파티에서 산타클로스가 선물을 차질 없이 나눠줄 수 있을 거래."

로렌이 쪽지를 펴자 에비가 몸을 기울여 쪽지를 흘끔거렸다. "누구야? 아, 말하지 마. 설마 스콧 버클리야?"

"아니야. 프레드 해치. 이 사람에겐 뭘 주면 딱 맞을지 알고 있어."

"프레드? 문서관리부 뚱보남 말이야? 그렇다면 이달의 다이어트는 어떨까?"

"지금은 사랑과 박애의 계절이지 과체중이라는 이유만으로 남의 험담을 하는 계절이 아니야." 로렌은 엄하게 말했다. "프레드에게는 〈34번가의 기적〉 비디오테이프를 사줘야겠어."

에비가 이해가 안 된다는 듯한 표정을 지었다.

"프레드가 좋아하는 영화야. 작년 회사 파티에서 그 사람이랑 그 영화 이야기를 정말 재미있게 나누었지."

"처음 듣는 영화야."

"메이시 백화점의 산타클로스 이야기야. 산타가 손님들한테 김벨 백화점 장난감이 더 싸다고 말하자 백화점에서 고용한 정신과 의사가 산타더러 미쳤다고 해."

"그냥 〈멋진 인생〉을 선물하지 그래? 내가 가장 좋아하는 크리스마스 영화야."

"너뿐만 아니라 다른 사람들도 전부 좋아하는 영화지. 아마 세상에서 〈34번가의 기적〉을 더 좋아하는 사람은 나랑 프레드, 딱 두 사람밖에 없을걸? 에드먼드 그웬이 산타클로스로 나오는데, 그는 자신이 진짜 산타라고 생각해서 결국 정신병원에 감금되고, 산타가 정말로 존재하지 않으니까 그는 진짜로 미친 게 맞아야 하지만 사실 그는 진짜 산타였어. 존 페인이 연기하는 프레드 게일리가 영화 속 변호사인데 진짜 산타인지 증명하는 법정 청문회를 열기로 하고…."

"나는 매년 크리스마스에 〈멋진 인생〉을 봐. 지미 스튜어트하고 도나 리드가 수영장에 빠지는 장면이 정말 좋더라." 에비가 말했다. "스테플러 안 줄 거야?"

매장에는 봐두었던 드레스가 남아 있었고 잘 맞기도 했지만 계산대가 엄청나게 혼잡했고 마지막에는 직원이 드레스에 맞는 옷걸이 커버를 찾지 못했다.

"그냥 쇼핑백에 넣어주세요." 로렌은 초조하게 시계를 들여다보며 말했다.

"그러면 드레스가 구겨져요." 점원이 불길한 말투로 말하고 계속해서 옷걸이 커버를 찾았다. 마침내 로렌이 쇼핑백이면 충분하다고 직원을 설득했을 때는 벌써 12시 15분이었다. 언니 선물도 둘러보고 싶었지만 시간이 없었다. 빨리 집에 가서 드레스를 걸어놓고 크리스마스카드를 부쳐야 했다.

'프레드에게 줄 비디오테이프는 살 수 있겠다.' 그녀는 생각하며 몸싸움을 벌이다시피 해서 에스컬레이터에 올랐다. 뭘 살지 알고 있으니 시간이 오래 걸리지 않을 테고 운이 좋으면 비디오 매장에 언니에게 선물할 만한 셜리 맥클레인의 영화가 있을지도 모른다. '10분이면 비디오를 살 수 있겠지, 야호!'

하지만 거의 30분이 걸렸다. 그 비디오가 딱 하나 있었는데 직원이 어디 있는지 찾지를 못했다.

"〈멋진 인생〉이 아닌 게 확실해요?" 직원이 말했다. "제가 가장 좋아하는 영화랍니다."

"저는 〈34번가의 기적〉을 사고 싶어요." 로렌은 꾹 참고 말했다. "에드먼드 그웬과 나탈리 우드가 나오는 영화예요."

직원은 거대한 비디오 더미에서 〈멋진 인생〉을 하나 뽑아냈다. "보세요. 지미 스튜어트가 곤란에 빠져서는 차라리 태어나지 말걸, 하고 한탄하자 천사가 소원을 들어주려고…."

"예, 알아요." 로렌이 말했다. "상관없어요. 저는 〈34번가의 기적〉을 원해요."

"알았어요!" 점원이 뭐라 뭐라 중얼거리며 비디오를 찾아 헤맸다. "크리스마스 정신이라곤 눈곱만큼도 없는 사람들이 있다니까."

직원은 매장을 샅샅이 뒤진 끝에 마침내 비디오를 찾아내고는 선물 포장을 해주겠다고 고집했다.

로렌이 아파트로 돌아왔을 때는 1시 15분 전이었다. 점심도 크리스마스카드 부치기도 건너뛰어야 했지만 적어도 카드를 들고 나가 우표를 사다가 사무실에서 우표를 붙이는 것까지는 할 수 있을 것 같았다.

그녀는 쇼핑백에서 비디오테이프를 꺼내 커피 테이블 위 핸드백 옆에 놔두고 쇼핑백을 들고 침실로 향했다.

누군가가 문을 두드렸다.

"시간 없는데." 그녀는 중얼거리며 쇼핑백을 손에 든 채 문을 열었다.

'고래를 살리자'라고 쓰여 있는 티셔츠와 카키색 바지를 입은 젊은 남자였다. 금발 머리를 어깨까지 기르고 캘리포니아 남부가 생각나는 모호한 표정을 짓고 있었다.

"무슨 일이죠?" 로렌이 물었다.

"크리스마스 선물을 주러 왔습니다." 남자가 말했다.

"고맙지만, 당신이 파는 물건이 뭐든 전혀 관심이 없어요." 그녀는 말하고 문을 닫았다.

남자는 곧바로 다시 문을 두드렸다. "뭘 팔러 온 게 아니에요." 그는 문 너머에서 말했다. "정말입니다."

'이럴 시간 없는데.' 그녀는 생각했지만, 다시 문을 열었다.

"저는 외판원이 아닙니다." 남자가 말했다. "마하리시 람 다스라고 들어 보셨습니까?" 종교 또라이로군.

"당신하고 얘기할 시간이 없네요." 그녀는 '회사에 늦었어요.'라고 말하려고 했다. 그러나 낯선 사람에게 곧 아파트가 빌 거라고 말해서는 안 된다는 사실을 떠올렸다. "제가 아주 바쁘거든요." 그녀는 이렇게 말하고 문을 닫았다. 이번에는 조금 더 단호하게.

다시 문 두드리는 소리가 들렸지만 무시했다. 그녀는 쇼핑백을 들고 침실로 향하다가 문으로 돌아가 잠금장치를 누르고 체인을 걸고 드레스를 걸어두려고 침실로 들어갔다. 드레스를 싸놓은 얇은 종이를 벗겨 내고 옷걸이를 찾아냈을 무렵 문 두드리는 소리가 멈추었다. 그녀는 드레스를 걸어놓고 이렇게 보니 얼마나 치명적으로 아름다운가, 생각하고는 다시 거실로 돌아갔다.

젊은 남자가 소파에 앉아 로렌의 TV 리모컨을 함부로 만지고 있었다. "자, 크리스마스 선물로 뭘 원해요? 요트? 조랑말?" 그는 얼굴을 찌푸리며 리모컨 버튼을 마구 두드렸다. "새 텔레비전?"

"당신 어떻게 들어왔어요!" 로렌이 날카롭게 외쳤다. 그녀는 문을 보았다. 잠금장치도 체인도 그대로였다.

"나는 유령입니다." 남자가 리모컨을 내려놓으며 말했다. 갑자기 TV가

요란한 소리를 내며 켜졌다. "크리스마스 선물(present)의 유령이죠."

"아." 로렌은 전화기 쪽으로 다가가며 말했다. "〈크리스마스 캐럴〉에 나오는 그 유령이요?"

"아니요." 남자는 채널을 이리저리 돌리며 말했다. 그녀는 리모컨을 보았다. 리모컨은 여전히 커피 테이블 위에 놓여 있었다. "크리스마스 현재(present)의 유령이 아니라 크리스마스 선물의 유령이요. 알잖아요. 바비 인형이나 못생긴 넥타이나 치즈 덩어리처럼 사람들이 크리스마스에 주는 물건 말이에요."

"아, 크리스마스 선물의 유령. 알겠어요." 로렌은 조심스럽게 전화기를 집어 들며 말했다.

"사람들이 꼭 그 친구랑 나를 헷갈린다니까. 정말 모욕적이죠. 누가 봐도 콜레스테롤 수치가 하늘을 찌를 것 같이 생긴 친구랑 나를 혼동하다니. 어쨌든 나는 크리스마스 선물의 유령이고 당신 언니가 보냈어요."

로렌은 경찰을 부르려던 전화번호 마지막 버튼을 누르기 직전에 멈추었다. "우리 언니가요?"

"예." 남자는 TV를 물끄러미 바라보며 말했다. 지미 스튜어트가 담요로 온몸을 감싼 채 경비실에 앉아 있었다. "와우! 〈멋진 인생〉이잖아."

'언니가 보냈단 말이지.' 모든 게 설명되었다. 남자는 통일교 광신도도 연쇄살인마도 아니었다. 말하자면 올해의 크리스털 피라미드 배우자 감별기 같은 것이었다. "우리 언니를 어떻게 알아요?"

"언니가 날 불러냈어요." 그는 소파에 등을 기대며 말했다. "마하리시 람 다스가 당신 언니한테 트랜스 명상을 가르쳤는데 우연히 아스트랄계에서 나를 소환했어요." 그가 화면을 가리켰다. "천사가 지미 스튜어트한테 죽었다는 사실을 알려주는 저 장면 정말 좋더라."

"나 죽은 거 아니죠?"

"아니에요. 나는 천사가 아니라 유령이라니까요. 크리스마스 선물의 유령, 줄여서 '크리스'라고 불러요. 당신 언니가 당신이 크리스마스에 정말로 원하는 것을 주라고 날 보냈어요. 그러니까, 진심으로 바라는 거요. 그게

기적   27

뭐죠?"

'언니가 더는 나한테 선물을 보내지 않는 거요.' 그녀는 생각했다. "이봐요. 나 정말 서둘러야 해요. 내일 다시 와서 얘기하면 안 될까요?"

"모피코트는 아니길 바랄게요." 남자는 그녀의 말을 못 들은 것처럼 말했다. "나는 멸종위기 동물을 죽이는 것에 반대합니다." 그는 프레드의 선물을 집어 들었다. "이건 뭐죠?"

"〈34번가의 기적〉 비디오테이프예요. 나 정말 가야 해요."

"누구 줄 거예요?"

"프레드 해치요. 제가 그 사람 비밀 산타거든요."

"프레드 해치라." 그는 선물 포장된 비디오를 뒤집어 보았다. "이 포장, 가게에서 해준 거죠?"

"예. 얘기는 나중에…."

"여기도 중요한 대목이에요." 그는 몸을 숙여 TV를 보았다. 천사가 지미 스튜어트에게 아직 날개가 생기지 않았다고 말하고 있었다.

"전 빨리 나가야 해요. 지금은 점심시간이고 크리스마스카드도 부쳐야 하는데 근무 시간까지 돌아가려면." 그녀는 손목시계를 흘낏 보았다. "악! 15분이나 지났어."

남자는 비디오를 내려놓고 일어났다. "남이 포장해준 선물이라니." 그는 쯧 하고 혀를 찼다. "다들 돈이나 쓰러 다니고 파티에 우르르 몰려다니지, 잠깐 쉬면서 에그노그를 마시거나 영화 한 편 볼 생각은 하지 않는단 말이죠. 크리스마스 자체가 멸종위기에 처했어요." 그는 간절한 얼굴로 다시 TV 화면을 보았다. 천사가 지미 스튜어트에게 다시 살아날 수 없을 거라고 말하고 있었다. 남자가 부엌 쪽으로 갔다. "에비앙 생수 있어요?"

"없어요." 로렌은 다급하게 말했다. 그녀는 얼른 남자의 뒤를 따라갔다. "이봐요. 나 정말 회사에 가봐야 해요."

그는 부엌 식탁 앞에서 걸음을 멈추고 크리스마스카드 하나를 집어 들었다. "주소를 컴퓨터로 출력했군." 그는 못마땅하게 말하며 봉투를 찢어 열었다.

"하지 마요." 로렌이 말했다.

"프린터로 인쇄한 크리스마스카드라니." 그는 말했다. "편지도 없고 짧은 메모도 없고 심지어 손글씨로 서명하지도 않았어. 내가 아까 한 말이 바로 이거라고요. 크리스마스가 멸종위기에 처했다고."

"시간이 없었어요." 로렌은 변명하듯이 말했다. "게다가 이 얘기든 다른 얘기든 지금 당신과 이러고 있을 시간도 없어요. 회사에 돌아가야 해요."

"카드에 몇 자 적을 시간도 없고 크리스마스에 뭘 원하는지 생각할 시간도 없고." 그는 다시 카드를 봉투 속으로 집어넣었다. "심지어 재생 용지를 쓰지도 않았어." 그는 서글프게 말했다. "매년 크리스마스카드를 보낸다고 얼마나 많은 나무가 잘려 나가는지 알아요?"

"나 회사에…." 로렌이 말했을 때 남자는 더 이상 없었.

영화처럼 스르르 사라지지도 않았고 천천히 희미해지지도 않았다. 그냥 없어졌다.

"늦었어요." 로렌이 말을 마쳤다. 그녀는 거실로 돌아가 살펴보았다. TV는 여전히 켜져 있었지만 남자는 거기에도 침실에도 없었다. 화장실에 들어가보고 샤워커튼도 젖혀보았지만 남자는 없었다.

"헛것을 봤나 봐." 로렌은 큰 소리로 말했다. "스트레스 때문이야." 그녀는 시계를 보며 아까 확인한 시간도 헛것을 본 것이기를 바랐지만, 시계는 여전히 1시 15분이었다. "이 문제는 나중에 생각해보기로 하자." 그녀는 말했다. "지금은 회사로 돌아가야 해."

그녀는 거실로 돌아갔다. TV가 꺼져 있었다. 그녀는 부엌으로 들어갔다. 남자는 없었다. 정확히 말하자면 그녀의 크리스마스카드들도 없어졌다.

"야! 유령!" 그녀는 소리쳤다. "당장 돌아오지 못해!"

"늦었네." 에비가 카탈로그 주문서를 작성하며 말했다. "누가 다녀갔는지 알면 깜짝 놀랄걸. 스콧 버클리! 어머, 그 남자 어쩜 그렇게 귀엽니?" 에비가 고개를 들었다. "왜 그래?" 그녀가 말했다. "찍어둔 드레스 다 팔렸어?"

"혹시 마법에 대해 아는 거 있어?" 로렌이 물었다.

"왜?"

"우리 언니가 크리스마스 선물을 보냈어." 로렌은 암담하게 말했다. "마법에 대해 아는 사람하고 얘기를 해봐야겠어."

"뚱보남 프레드, 아니 프레드 해치가 마술할 줄 알아. 언니가 뭘 보냈는데?"

로렌은 복도로 나가 단숨에 문서관리부로 향했다.

"스콧 버클리한테 너 금방 온다고 했단 말이야." 에비가 말했다. "너와 할 말이 있대."

로렌은 문서관리부 문을 열고 끝없이 이어진 칸막이의 미로를 굽어보았다. 아무도 보이지 않았다.

"여기 누구 없어요?" 로렌이 말했다. "여보세요."

중년 여자가 포장지 다섯 두루마리와 큼직한 가위를 하나 들고 미로에서 나타났다. "혹시 스카치테이프 있어요?" 여자가 로렌에게 물었다.

"프레드 해치가 어디 있는지 아세요?" 로렌이 물었다.

여자가 사슴이 그려진 포장지로 미로 안쪽을 가리켰다. "저쪽이요. 누구 테이프 있는 사람? 크리스마스 선물을 스테플러로 찍어야겠네."

로렌은 여자가 가리킨 방향으로 갔다. 프레드는 미로 한가운데서 의자에 등을 기대고 불룩한 배 위에 양손을 올려놓고 노란 숫자로 가득한 화면을 응시하고 있었다.

"실례합니다." 로렌이 말하자 프레드가 갑자기 앞으로 몸을 숙이고 자리에서 벌떡 일어났다.

"할 이야기가 있어요." 그녀가 말했다. "혹시 사적으로 대화를 나눌 만한 공간이 있을까요?"

"바로 여기요." 프레드가 말했다. "제 비서는 내 사무실에서 무료 전화로 홈쇼핑 주문 중이고 다른 사람들은 옆방의 그래픽디자인부에서 타파웨어 파티*를 하고 있어요." 그가 키 하나를 누르자 컴퓨터 화면이 텅 비었다. "무슨 이야긴데요?"

---

* 주방용 플라스틱 용기 제조사인 타파웨어가 소비자를 모아놓고 제품의 우수성을 설명하는 파티

"에비가 그러는데 마법사라면서요?" 그녀가 말했다.

그는 당황한 것 같았다. "아니에요. 작년 회사 파티 때 직원복지위원회가 마술쇼를 하라고 시켜서 연기를 좀 했을 뿐이에요. 다행히 올해는 산타 클로스 역할을 맡았죠." 그는 씩 웃으며 자기 배를 쓰다듬었다. "산타 역은 제가 적격이죠. 마술에 실패할까 봐 걱정할 필요도 없고요."

"아, 어떡하지?" 로렌이 말했다. "혹시 주위에 마법 아는 사람 없어요?"

"선물 가게 주인이요." 프레드는 걱정스러운 얼굴로 말했다. "그런데 무슨 일이에요? 올해 직원복지위원회가 마술쇼를 맡겼어요?"

"아니요." 그녀는 그의 책상 가장자리에 앉았다. "언니가 뉴에이지에 빠져 있는데 저한테 유령을 보냈어요."

"유령이라." 그가 말했다. "귀신 말이에요?"

"아니요. 사람이에요. 그러니까 사람처럼 보인다는 말이죠. 자기가 크리스마스 선물의 유령이라고 하더라고요. '현재'의 유령 말고 '선물'의 유령."

"사람이 아닌 게 확실해요? 때로 극도로 발달한 속임수는 진짜 마법처럼 보이기도 하거든요."

"우리 집 부엌에 크리스마스트리가 생겼어요." 로렌이 말했다.

"크리스마스트리요?" 프레드가 조심스럽게 말했다.

"예. 유령이 제가 쓴 크리스마스카드가 재생 용지로 된 게 아니라고 언짢아했거든요. 크리스마스카드를 보낸다고 해마다 얼마나 많은 나무가 잘려 나가는지 아느냐고 묻고는 사라져버렸는데 부엌에 가보니 세상에, 크리스마스트리가 있는 거예요."

"유령이 미리 당신 아파트에 몰래 들어가 크리스마스트리를 가져다 놓았을 가능성은 없을까요?"

"나무가 바닥에서 솟아나 있어요. 게다가 5분 전 부엌에 둘이 있을 때는 나무가 없었다고요. 또 그 남자가 TV로 〈멋진 인생〉을 보고 있었는데 리모컨을 쓰지도 않고 TV를 켰어요. 또 에비앙 생수가 있냐고 묻더니 부엌으로 들어갔고… 어이없죠? 내가 미쳤다고 생각하죠? 누가 이런 어처구니없는 말을 하면 나라도 미쳤다고 생각할 거예요. 에비앙 생수라니!" 그녀는 앞으로 팔짱을 꼈다. "크리스마스 무렵에 신경쇠약에 걸리는 사람들이 많죠. 나도 신경쇠약인 거 같아요?"

포장지 두루마리를 든 중년 여자가 칸막이 위로 쑥 나타났다. "테이프 있어요?" 프레드는 고개를 저었다.

"스테플러는요?"

프레드가 스테플러를 건네자 여자는 갔다.

"음." 로렌은 여자가 가버린 걸 확인하고 다시 말했다. "내가 신경쇠약에 걸린 것 같아요?"

"그거야 상황에 따라 다르죠." 그가 말했다.

"어떤 상황이요?"

"당신 부엌 바닥에서 나무가 정말로 자라고 있는지에 따라서요. 당신이 재생 용지로 만든 크리스마스카드를 쓰지 않아서 남자가 화를 냈다고 했죠? 그 남자 위험해 보였어요?"

"모르겠어요. 그는 내가 크리스마스에 원하는 것을 주러 왔다고 했어요. 모피코트만 빼고요. 멸종위기 동물을 죽이는 것에 반대한대요."

"동물 권리보호 활동가 유령이라니!" 프레드가 즐거운 듯이 말했다. "당신 언니는 그 남자를 어디서 구했대요?"

"아스트랄계요." 로렌이 말했다. "언니가 트랜스 채널링이라던가, 그런 걸 했대요. 남자가 어디서 왔는지는 상관없어요. 내가 산 크리스마스 선물들도 재활용이 안 된다는 이유로 없애버리기 전에 그를 쫓아버리고 싶을 뿐이에요."

"좋아요." 프레드가 컴퓨터의 키 하나를 두드리며 말했다. 화면이 다시 밝아졌다. "우선 남자의 정체가 무엇이고 어떻게 여기까지 왔는지 알아봐야겠어요. 당신은 언니하고 통화를 해봐요. 어쩌면 언니가 유령을 없애는 뉴에이지 주문을 알지도 모르잖아요." 그는 재빨리 키보드를 두드리기 시작했다. "인터넷에 접속해 혹시 마법을 아는 사람을 찾을 수 있는지 알아봐야겠어요." 그가 갑자기 몸을 돌려 로렌을 마주 보았다. "그런데 정말로 남자를 쫓아내고 싶어요?"

"내 집 부엌 바닥에서 나무가 자라고 있다고요!"

"하지만 남자 말이 사실이면요? 당신이 크리스마스에 정말로 원하는 것을 줄 수 있다면 어쩌죠?"

"내가 정말로 원하는 건 크리스마스카드를 부치는 건데 지금 카드들이 부엌 타일 바닥에 바늘잎을 떨어뜨리고 있어요. 남자가 다음에 또 무슨 짓을 저지를지 어떻게 알아요?"

"좋아요." 그가 말했다. "내 말을 들어봐요. 그 남자가 위험하든 아니든 일단 제가 퇴근 후에 당신 집에 가볼게요. 남자가 또 나타날지도 모르잖아요. 그런데 회사 파티 준비를 위한 직원복지위원회 회의가 있어요."

"괜찮아요. 그 남자는 동물 권리보호 활동가잖아요. 위험하지 않을 거예요."

"꼭 그렇다고 볼 수는 없죠." 프레드가 말했다. "회의가 끝나는 대로 갈게요. 그전에 인터넷을 확인해보고요. 알겠죠?"

"좋아요." 그녀가 말했다. 그녀는 칸막이 밖으로 나가다가 걸음을 멈췄다. "내 말을 믿어줘서 정말 고마워요. 아니, 적어도 내 말을 못 믿겠다고 말하지 않아서요."

프레드는 그녀를 향해 빙그레 웃었다. "저로선 선택의 여지가 없어요. 당신은 나 말고 〈멋진 인생〉보다 〈34번가의 기적〉을 더 좋아하는 유일한 사람이니까. 프레드 게일리도 메이시 백화점의 산타클로스가 진짜 산타라고 믿었잖아요."

"그랬죠." 그녀가 말했다. "이 남자는 산타클로스는 아니에요. 버켄스탁* 슬리퍼를 신고 있더라고요."

"당신 아파트로 찾아갈게요." 프레드가 말했다. 그러고는 자리에 앉아 키보드를 두드리기 시작했다.

로렌은 칸막이 미로를 빠져나와 복도로 나갔다.

"여기 있었군요!" 스콧 버클리였다. "당신을 찾느라 온 데를 헤맸어요."

---

* 250년이 넘는 역사를 지닌 독일의 신발

스콧이 상대의 마음을 사르르 녹이는 미소를 지어 보였다. "회사 파티 때 나눠줄 선물을 사야 할 책임을 졌는데 당신 도움이 필요해요."

"내 도움이요?"

"예. 선물을 골라줘요. 오늘 저녁 퇴근 후에 나랑 같이 쇼핑을 가면 어때요?"

"오늘 저녁이요?" 그녀가 말했다. "안 돼요. 저는…." 내 집 부엌에 크리스마스트리가 자라고 있거든요. "내일 퇴근 후에 가면 안 될까요?"

스콧은 고개를 저었다. "약속이 있어요. 오늘 밤 더 늦게는 어때요? 쇼핑몰은 9시까지 열어요. 쇼핑하는 데 2시간 넘게는 안 걸릴 거예요. 그런 다음 같이 저녁이나 먹으면 어떨까요? 음, 내가 당신 아파트로 6시 30분까지 갈까요?"

그러면 유령이 소파에 드러누워 에비앙 생수를 마시며 TV를 보고 있겠지? "안 돼요." 그녀는 안타깝게 말했다.

스콧은 찡그린 얼굴마저도 귀여웠다. "아, 그럼 어쩔 수 없죠." 그는 어깨를 으쓱했다. "아쉽지만 다른 사람을 찾아보죠." 그는 또 사랑스러운 미소를 지어 보이고는 다른 사람에게 부탁하러 복도를 지나갔다.

'널 저주한다. 크리스마스 선물의 유령아.' 스콧의 잘생긴 뒷모습이 서서히 멀어지는 것을 지켜보며 로렌은 생각했다. '너 이 자식, 내가 집에 갔을 때 거기 없는 게 좋을 거다.'

여직원 하나가 지팡이 모양 사탕이 든 바구니를 들고 복도로 나왔다. "직원복지위원회의 칭찬선물이에요." 직원이 로렌에게 사탕 하나를 건네며 말했다. "크리스마스 정신을 발휘할 수 있게 생겼군요."

"고맙지만 사양할게요. 벌써 하나 받았거든요." 로렌이 말했다.

아파트 문은 잠겨 있었지만, 어제 잠금장치와 체인까지 걸렸어도 남자가 집 안에 들어왔기 때문에 별 의미는 없었다. 그러나 집에 들어가 보니 거실에 남자는 없었고 TV도 꺼져 있었다.

그러나 다녀간 게 분명했다. 커피 테이블 위에 빈 에비앙 생수병이 있었다. 그녀는 빈 병을 들고 부엌으로 들어갔다. 나무는 여전히 있었다. 그녀는 나뭇가지 하나를 옆으로 젖히고서야 겨우 쓰레기통까지 가서 빈 병을 버릴 수 있었다.

"플라스틱병은 생분해성이 없다는 거 몰랐어요?" 유령이 말했다. 그는 나무 반대편에 서서 나뭇가지에 뭔가를 걸고 있었다. 카키색 반바지와 '열대우림을 지키자'라고 쓴 티셔츠를 입고 머리에 빨간색 두건을 둘렀다. "플라스틱은 재활용해야죠."

"당신이 마셨잖아요." 로렌이 말했다. "여기서 뭘 하고 있죠, 유령 씨?"

"크리스라고 불러요." 그가 고쳐주었다. "이것들은 전부 유기농 장식물이에요." 그는 그녀에게 갈색 장식물 하나를 내밀었다. "야노마모족 인디언들이 만든 수공품이죠. 전부 브라질 열대우림에서 발견한 천연재료로 만들었어요." 그는 나뭇가지에 갈색 물건을 매달았다. "크리스마스에 뭘 받고 싶은지 결정했어요?"

"예." 그녀가 말했다. "당신이 꺼지길 원해요."

그는 깜짝 놀란 것 같았다. "그건 안 돼요. 당신이 진심으로 원하는 것을 줄 때까지는 안 돼요."

"그게 바로 내가 진심으로 원하는 거예요. 당신이 꺼지고 이 나무랑 야노마모족 장식물도 함께 꺼지는 거요."

"크리스마스 선물의 유령으로서 제일 골치 아픈 일이 뭔지 알아요?" 그가 말했다. 그는 반바지 뒷주머니에서 커피 원두 같은 것으로 만든 갈색 화환을 꺼냈다. "사람들이 자기가 원하는 게 뭔지 도통 모른다는 거예요."

"나는 내가 무엇을 원하는지 잘 알아요." 로렌이 말했다. "크리스마스카드를 전부 새로 쓰지 않아도 되길 원해요."

"직접 쓰지도 않았잖아요." 그가 가지 위에 화환을 드리우며 말했다. "전부 인쇄한 거잖아요. 그 카드에 사용한 잉크에 해로운 화학물질이 함유된 걸 알고는 있어요?"

"환경문제에 관한 설교는 듣고 싶지 않아요. 냉장고까지 가겠다고 숲을 헤쳐가야 하는 것도 원하지 않고요. 내 아파트에 유령이 있다는 이유로 데

기적 35

이트를 거절해야 하는 것도 싫어요. 나는 야단법석 없이 조용하고 멋진 크리스마스를 보내고 싶어요. 친구들과 소소한 선물을 교환하고 회사 크리스마스 파티에 가고 또⋯." '오프숄더 검은 드레스를 입고 스콧 버클리의 눈을 휘둥그레지게 만들고.' 로렌은 생각했지만, 그 말은 안 하는 게 좋을 것 같았다. 유령이 스콧의 옷이 천연소재가 아니라고 그를 야노마모족 인디언으로 바꿔버릴지도 모르니까.

"그렇게 조용하고도 근사한 크리스마스를 보내고 싶다고요." 그녀는 어설프게 말을 맺었다.

"〈멋진 인생〉을 봐요." 유령이 나무쪽을 곁눈질하며 말했다. "오늘 오후 당신이 회사에 간 사이 그 영화를 봤어요. 지미 스튜어트는 자신이 무엇을 원하는지 통 모르더라고요."

그는 다시 주머니에 손을 넣어 브라질너트와 꼰실로 만든 구부러진 별을 하나 꺼냈다. "지미 스튜어트는 대학에 가고 싶고, 여행을 하고 싶고, 부자가 되고 싶다고 생각했지만, 그가 정말로 원한 것은 늘 자기 앞에 있었어요."

그가 무슨 행동을 하자 나무 꼭대기가 그의 앞으로 축 늘어졌다. 그는 꼰실로 별을 가지에 묶고 또 무슨 행동인가를 했다. 그러자 나무가 똑바로 펴졌다. "당신은 내가 가버렸으면 좋겠다고만 생각하죠." 그가 말했다.

누군가가 문을 두드렸다.

"당신 말이 옳아요." 로렌이 말했다. "당신이 가버리길 원하지 않아요. 이대로 있어주면 좋겠어요." 그녀는 얼른 거실로 달려 나갔다.

유령도 그녀를 따라 거실로 나왔다. "다행히 나는 유령이다 보니 당신이 정말로 원하는 게 뭔지 알고 있죠." 그러더니 사라져버렸다.

그녀는 프레드에게 문을 열어주었다. "방금까지 여기 있었어요." 그녀가 말했다. "문을 열었을 때 없어졌어요. 원래 미친 사람들이 이렇게 말하죠?"

"그렇죠." 프레드가 말했다. "아니면 '여기 있잖아요. 당신 눈엔 안 보여요?'라고 말하기도 하고요." 그는 호기심 어린 눈으로 방 안을 둘러보았다. "유령이 어디에 있었죠?"

"부엌에요." 그녀는 말하며 문을 닫았다. "나무를 장식하고 있었어요. 아마 지금은 거기 없을 거예요." 그녀는 프레드를 부엌으로 안내했다.

나무는 여전히 그 자리에 있었고 나뭇가지에 온통 큼직한 갈색 카드들이 꽂혔다.

"정말로 부엌 바닥을 뚫고 나무가 자라고 있군요." 프레드가 쭈그리고 앉아 나무뿌리를 살펴보며 말했다. "아래층 천장으로 뿌리가 삐져나올지 궁금하네요." 그는 일어섰다. "이건 뭐죠?" 그가 갈색 카드를 가리키며 물었다.

"크리스마스카드요." 그녀는 카드 한 장을 뽑아 들었다. "내 카드를 돌려달라고 했더니 이래 놓았네요." 그녀는 큰 소리로 카드를 읽었다. "당신이 이 크리스마스카드를 읽는 시간에도 82마리의 하프바다표범이 모피 때문에 곤봉으로 맞아 죽습니다." 그녀는 카드를 활짝 폈다. "즐거운 크리스마스 보내세요."

"유쾌하군요." 프레드가 말했다. 프레드는 로렌에게서 카드를 받아 들고 뒤집어 보았다. "이 카드는 채소 잉크로 재생 용지에 인쇄되었으며 퇴비로 써도 안전합니다."

"혹시 인터넷에 곤봉으로 유령을 때려잡는 법 안 나오나요?" 그녀가 물었다.

"안 나와요. 당신 언니는 모른대요?"

"언니는 어쩌다가 그 유령을 불러냈는지도 모르더라고요. 마하리시와 함께 이집트의 귀족을 소환하고 있었는데 갑자기 그가 '돌고래를 구하자' 티셔츠를 입고 나타났다고 해요. 마하리시도 언니만큼이나 놀랐던 모양이에요." 로렌은 부엌 식탁 앞에 앉았다. "오후에 쫓아내려고 해봤지만 우선 내가 진심으로 원하는 것을 그가 내게 줘야만 갈 수 있다고 했어요." 그녀는 고개를 들어 프레드를 쳐다보았다. 프레드는 유기농 장식물 하나에 조심스럽게 코를 대고 냄새를 맡아보고 있었다. "인터넷에서 뭐 알아낸 거 없어요?"

"컴퓨터를 가진 미치광이들이 참 많다는 걸 알아냈죠. 이건 뭐죠?"

"브라질 열대우림에서 찾은 천연재료래요." 그녀는 자리에서 일어났다.

기적

"내가 진심으로 원하는 건 그가 꺼지는 거라고 했거든요. 그랬더니 유령은 진심으로 원하는 게 뭔지 내가 모른다고 했어요."

"그게 뭔데요?"

"모르죠." 그녀가 말했다. "문을 열어주려고 거실로 나갔더니 자기는 다행히 유령이라서 내가 뭘 원하는지 안대요. 그래서 그 자리에 그대로 있으라고 했더니 사라져버렸어요."

"보여줘요." 그가 말했다.

그녀는 프레드를 거실로 데려가 유령이 서 있던 자리를 가리켰다. 프레드는 다시 쭈그리고 앉아 카펫을 살펴보았다.

"어떻게 사라졌어요?"

"모르겠어요. 그냥… 그 자리에 있다가 갑자기 없어졌어요."

프레드가 자리에서 일어났다. "또 바뀐 게 있어요? 나무 말고요?"

"내가 알기에는 없어요. 그는 리모컨이 없는데도 TV를 켰어요." 로렌이 방 안을 둘러보며 말했다. 쇼핑백은 그대로 커피 테이블 위에 놓여 있었다. 그녀는 쇼핑백 안을 뒤져서 비디오테이프를 꺼냈다. "받아요. 내가 당신 비밀 산타예요. 크리스마스이브까지 기다릴 수가 없어요. 유령이 이걸 흰올빼미나 뭐로 바꿔버리기 전에 가져가는 게 좋겠어요."

그녀는 그에게 비디오테이프를 건넸다. "자, 받아요. 열어봐요."

그는 비디오테이프 포장을 벗겼다. "아." 그는 뜨뜻미지근하게 말했다. "고마워요."

"작년 파티에서 우리가 나누었던 대화를 기억해요. 벌써 하나 갖고 있으면 어쩌나 걱정했어요. 설마 갖고 있는 건 아니겠죠?"

"아니에요." 그는 여전히 맥 빠진 목소리로 대답했다.

"후유, 다행이다. 그거 찾느라 힘들었거든요. 이 세상에 〈34번가의 기적〉을 좋아하는 사람은 우리 두 사람뿐이라는 당신 말이 맞았어요. 내가 아는 사람들은 전부 〈멋진 인생〉이 최고라고 하잖아요."

"나한테 사준 영화가 〈34번가의 기적〉이었어요?" 그가 얼굴을 찌푸리며 말했다.

"원본 흑백영화예요. 나는 일부러 색깔 입힌 영화는 정말 싫더라고요. 다들 치아가 회색이에요."

"로렌." 프레드가 비디오테이프 상자 앞면을 읽을 수 있게 로렌 쪽으로 내밀었다. "아무래도 당신 친구가 또 뭔가를 바꿔버린 모양이에요."

로렌은 비디오를 받아들었다. 커버에 지미 스튜어트와 도나 리드가 찰스턴을 추는 사진이 보였다.

"망할! 이 못된 쥐새끼 같으니라고!" 그녀가 말했다. "이 영화를 보고 있을 때 바꿔버린 게 틀림없어요. 나한테 〈멋진 인생〉이 가장 좋아하는 영화라고 말했거든요."

"브루투스 너마저?" 프레드가 고개를 저으며 말했다.

"혹시 다른 크리스마스 선물도 다 바꿔버린 건 아닐까요?"

"직접 확인해보는 게 좋겠어요."

"만약 그랬다면…." 그녀는 부엌으로 달려가 무릎을 꿇고 선물더미를 살살이 뒤졌다.

"똑같아 보여요?" 프레드가 옆에 쭈그리고 앉아 물었다.

"당신 선물도 겉으로는 똑같아 보였어요." 그녀는 빨간색과 금색 종이로 포장한 선물을 하나 집어 들고 만져보기 시작했다. "에비 선물은 괜찮은 것 같아요."

"뭔데요?"

"스테플러요. 에비는 늘 자기 스테플러를 잃어버리거든요. 마커로 위에 아예 이름까지 써두었어요." 그녀는 선물을 만져보라고 그에게 건넸다.

"스테플러 같네요. 다행이에요." 그가 말했다.

"아무래도 포장을 뜯어서 확인해보는 게 좋겠어요."

프레드가 포장지를 찢었다. "여전히 스테플러예요." 그는 선물을 보며 말했다. "크리스마스 선물로 대단히 좋은 생각이에요! 문서관리부 사람들도 늘 자기 스테플러를 잃어버리거든요. 아무래도 직원복지위원회 사람들이 크리스마스 메모지를 붙이려고 훔쳐 가는 것 같아요." 그는 그녀에게 선물을 돌려주었다. "다시 포장해야겠네요."

"괜찮아요." 로렌이 말했다. "야노마모족 장식물로 변하지 않은 게 어디예요?"

"하지만 언제 또 변할지는 아무도 모르죠." 프레드가 허리를 반듯이 펴며 말했다. "유령이 다음에는 또 뭘 바꾸기로 마음을 먹을지 알 수가 없잖아요. 당신 언니에게 전화를 걸어서 마하리시에게 유령을 아스트랄계로 돌려보내는 법을 아는지 물어보라고 하세요. 저는 집에 가서 구마 의식에 대해 알아볼게요."

"알았어요." 로렌이 그를 따라 문 쪽으로 가면서 말했다. "비디오테이프는 가져가지 마요. 유령한테 되돌려놓으라고 할 수 있을지도 몰라요."

"어쩌면요." 프레드가 얼굴을 찌푸리며 말했다. "유령이 당신이 진심으로 원하는 것을 주려고 왔다고 말한 게 확실해요?"

"확실해요."

"그래 놓고 왜 내 비디오테이프를 바꿨을까요?" 그는 곰곰이 생각해보며 말했다. "당신 언니가 정신이 똑바른 착한 유령을 불러내지 못한 게 정말 아쉽네요."

"산타클로스 같은 유령 말이죠." 로렌이 말했다.

언니는 집에 없었다. 로렌은 저녁 내내 언니에게 연락을 해봤지만, 마침내 통화가 되었을 때는 길게 이야기를 나눌 수가 없었다. "마하리시랑 바베이도스*에 갈 거야. 크리스마스이브에 그곳에서 조화발산이 일어나거든. 내 크리스마스 선물은 바베이도스로 보내렴." 언니는 이렇게 말하고 전화를 끊었다.

"언니 크리스마스 선물은 사지도 못했어." 로렌은 소파를 향해 말했다. "그리고 그건 전부 당신 탓이지."

그녀는 부엌으로 가서 나무를 노려보았다. "심지어 내가 없는 사이 당신이 내 소파를 혹등고래로 바꿔버릴까 봐 겁나서 쇼핑하러 갈 엄두도 안

---

* 카리브해 동쪽 끝에 있는 섬나라

나." 그녀는 말하고 나서 손으로 제 입을 찰싹 때렸다.

그녀는 조심스럽게 거실 쪽을 엿본 다음 혹시 멸종위기 동물이 있나 싶어 아파트 전체를 살펴보았다. 다행히 어떤 흔적도 없었고 유령의 흔적도 없었다. 그녀는 거실로 돌아가 TV를 켰다. 지미 스튜어트가 도나 리드와 찰스턴을 추고 있었다. 그녀는 리모컨을 집어 들고 채널 변경 버튼을 눌렀다. 지미 스튜어트가 "버펄로 아가씨, 오늘 밤 나랑 데이트할래요?" 하고 노래하고 있었다.

그녀는 자동 채널 변경 버튼을 눌렀다. 딱 한 개의 채널을 제외하고 전 채널에 지미 스튜어트가 나왔다. 그 한 채널에서는 '크리스마스 현재의 유령'이 스크루지에게 달라져야 한다고 말하고 있었다. 로렌은 〈크리스마스 캐럴〉의 나머지 부분을 보았다. 크래칫 가족이 크리스마스 저녁 식사를 하는 장면에 이르러서야 그녀는 여태 저녁을 먹지 않았다는 것을 깨닫고 부엌으로 갔다.

나무가 찬장을 완전히 가로막고 있었지만 가지 몇 개를 힘주어 밀치고 겨우 냉장고에 다다랐다. 에그노그가 없어졌다. 스토퍼스*의 냉동 앙트레도 없어졌다. 냉장고에 있는 거라곤 반쯤 마시고 남은 에비앙 생수뿐이었다.

그녀는 다시 나뭇가지를 밀치고 부엌을 나와 소파에 앉았다. 무슨 일이 생기면 프레드가 전화하라고 했지만 벌써 밤 11시가 지나 있었고 에그노그는 전부터 없었다는 느낌이 들었다.

〈크리스마스 캐럴〉이 끝나고 다음 영화의 오프닝 크레딧이 시작되고 있었다. "프랭크 카프라의 〈멋진 인생〉. 지미 스튜어트와 도나 리드 출연."

깜박 잠이 들었던 모양이었다. 깨어나보니 TV에서 〈34번가의 기적〉을 하고 있었다. 매장 지배인이 메이시 백화점의 산타클로스 에드먼드 그웬에게 아이들이 산타에게 요구한 장난감이 매장에 없을 때 은밀히 추천해야 할 장난감 목록을 건네고 있었다.

---

* 네슬레의 냉동식품 자회사

"이제야 좀 볼 만한 영화를 하네." 에드먼드 그웬이 목록을 적은 쪽지를 갈기갈기 찢는 장면을 보면서 로렌이 말했다. 그리고 곧 잠들었다. 다시 깨어났을 때 프레드 게일리 역을 맡은 존 페인이 도리스 워커 역을 맡은 모린 오하라와 키스하고 있었고, 누군가가 문을 두드렸다.

'문 두드리는 장면은 못 본 것 같은데.' 그녀는 까무룩 잦아드는 정신으로 겨우 생각했다. 프레드가 도리스에게 에드먼드 그웬이 진짜 산타클로스라고 뉴욕주 전체를 믿게 할 방법을 말했고 잠시 후에는 두 사람 모두 믿을 수 없다는 표정으로 길모퉁이에 서 있는 지팡이를 뚫어지게 보았다. '끝'이 화면에 떴다.

문 두드리는 소리가 계속 들렸다.

"이런." 로렌은 얼른 문을 열어주었다.

프레드가 맥도날드 봉지를 들고 서 있었다.

"지금 몇 시예요?" 로렌이 프레드를 향해 눈을 깜박이며 물었다.

"7시요. 에그 맥머핀하고 오렌지 주스를 사 왔어요."

"이런, 훌륭한 사람!" 그녀가 말했다. 그녀는 봉지를 받아 들고 커피 테이블로 가져갔다. "그 자식이 무슨 짓을 저질렀는지 알아요?" 그녀는 봉지 속에 손을 뻗어 샌드위치를 꺼냈다. "냉장고 속 음식들을 에비앙 생수로 바꿔버렸어요."

그는 호기심 어린 눈으로 그녀를 보고 있었다. "어젯밤 못 잤어요? 유령은 돌아오지 않았고요?"

"안 왔어요. 그 자식 기다리다 깜박 잠이 든 것 같아요." 그녀는 샌드위치를 크게 한 입 베어 물었다.

프레드는 그녀 옆에 앉았다. "저건 뭐죠?" 그는 커피 테이블 위에 쌓인 달러 지폐 더미를 가리켰다.

"몰라요." 로렌이 말했다.

프레드가 지폐를 집어 들었다. 그 아래 잔돈 한 줌과 분홍색 쪽지가 하나 있었다. "크리스마스카드 세 상자 환불 금액." 로렌이 쪽지를 읽었다. "38.18달러."

"진짜 돈이에요." 프레드가 돈을 세며 말했다. "당신 크리스마스카드를 더글러스 전나무로 바꿔버린 건 아니네요. 가져가서 환불을 받아왔어요."

"그렇다면, 부엌에 나무가 사라졌다는 말이네요!" 그녀는 벌떡 일어나 부엌으로 달려갔다. "아니요. 그대로 있어요."

그녀는 돌아와 소파에 앉았다.

"그래도 돈은 돌려받았잖아요." 프레드가 말했다. "간밤에 내가 인터넷으로 알아본 내용과도 맞아떨어져요. 거기 사람들이 그러는데 이 유령은 친근한 존재이고 아마 계절의 유령이 사람의 모습을 하고 나타난 것 같대요. 가장 일반적이고 친숙한 산타클로스의 변종인데 다른 종류도 있고요. 근데 전부 자비롭대요. 아마 당신이 진심으로 원하는 것을 주러 왔다는 유령 말은 사실일 거라고 해요."

"유령을 쫓아버릴 방법은 모른대요?" 그녀는 묻고 또 한입을 베어 물었다.

"모른대요. 유령을 쫓아내고 싶어 한 사람이 없었던 모양이에요." 그는 주머니에서 쪽지를 하나 꺼냈다. "읽어볼 만한 구마 의식 관련 책을 알아봤어요. 그런데 클래런스라는 친구 말이 구마 의식에서 가장 중요한 건 그 유령이 정확히 어떤 종류인지 정체를 아는 것이라고 해요."

"그걸 어떻게 알아내죠?" 로렌은 입안 가득 샌드위치를 물고 말했다.

"행동으로 알 수 있대요." 프레드가 말했다. "그 친구가 그러는데 계절의 유령은 변장을 자주 해서 외모는 아무런 의미가 없다는군요. 그 유령이 무슨 말을 했고 어떤 행동을 했는지 전부 적어두래요. 지금까지 유령이 정확히 뭘 했는지 나한테 말해줘요." 그는 재킷 주머니에서 펜과 수첩을 꺼냈다. "처음 봤을 때부터 어땠는지 전부 말해봐요."

"잠깐만요." 그녀는 남은 샌드위치를 마저 먹고 오렌지 주스를 마셨다. "좋아요. 그가 문을 두드렸고 내가 열어주었더니 크리스마스 선물을 주러 왔다고 했고, 내가 관심 없다고 말하고 문을 닫은 다음 드레스를 걸어두려고 침실로 갔을 때… 앗! 내 드레스!" 그녀는 화들짝 놀라 침실로 뛰어 들어갔다.

"왜 그래요?" 프레드가 뒤를 따라가며 물었다.

그녀는 옷장 문을 벌컥 열고 미친 듯이 걸려 있는 옷들을 옆으로 밀치기 시작했다. "그 자식, 내 드레스까지 바꿔버렸으면," 그녀는 동작을 멈추었다. "죽여버리겠어." 그녀는 깃털과 마른 나뭇잎을 모아놓은 갈색 더미를 들어 올렸다. "자비로운 유령이라고요?" 그녀가 말했다. "이런 걸 자비롭다고 해요?"

프레드는 조심스럽게 갈색 깃털을 만져보았다. "원래는 뭐였어요?"

"드레스요." 그녀가 말했다. "보는 사람의 넋을 쏙 빼놓을 만큼 아름다운 나의 검은색 오프숄더 드레스요."

"정말요?" 그는 미심쩍다는 듯 말했다. 그는 갈색이 도는 나뭇잎 몇 장을 집어 보았다. "이 상태로도 드레스라고 볼 수 있을 것 같아요." 그가 말했다. "어느 정도는요."

그녀는 나뭇잎과 깃털을 끌어안고 바스르뜨리며 침대 위에 주저앉았다. "내가 원한 건 회사 파티에 가는 게 전부였다고요!"

"회사 파티에 입고 갈 만한 다른 옷은 없어요? 작년에 입었던 그 예쁜 빨간색 옷은 어때요?"

그녀는 마음을 드러내듯 고개를 절레절레 흔들었다. "스콧은 그 옷에 눈길 한번 안 주었단 말이에요!"

"아, 그게 당신이 진심으로 원하는 거였어요?" 잠시 후 프레드가 말했다. "회사 파티에서 스콧 버클리의 눈에 띄는 거요?"

"그래요. 올해는 틀림없이 눈에 띌 수 있었어요! 그 드레스엔 스팽글도 달렸고 나한테 완벽하게 어울렸단 말이에요!" 그녀는 소매였을지도 모르는 어떤 것을 잡아당겼다. 갈색 대나무 가지에 초록색이 도는 갈색 덩어리가 매달려 있었다. "그런데 그 자식이 다 망쳐버렸어요!"

로렌은 드레스를 바닥에 내팽개쳐 버리고 침대에서 일어났다. "클래런스라는 사람이 뭐라고 했는지는 상관없어요. 그 자식은 전혀 자비롭지 않아요! 게다가 내가 크리스마스에 정말로 원하는 것을 주려고 하지도 않아요. 그 자식은 내 인생을 망치려고 해요!"

그녀는 프레드의 얼굴에 떠오른 표정을 보고 말을 멈추었다. "미안해요." 그녀가 말했다. "당신은 잘못한 게 전혀 없어요. 날 도와주려고 했을 뿐이죠."

"그리고 딱 당신의 유령만큼 도와주었죠." 그가 말했다. "자, 그를 쫓아낼 방법이 분명히 있을 거예요. 적어도 드레스를 돌려받을 방법이라도 있겠죠. 클래런스가 변신에 관한 주문을 조금 안다고 했거든요. 일단 내가 출근해서 좀 더 찾아볼게요."

그는 거실로 나가 문 쪽으로 향했다. "옷 가게에 가서 혹시 같은 드레스가 남아 있는지 알아보는 게 어떨까요?" 그는 문을 열었다.

"알았어요." 로렌이 고개를 끄덕였다. "소리 질러서 미안해요. 그리고 당신은 정말 많은 도움을 주었어요."

"난 괜찮아요." 그는 시무룩하게 말하고 밖으로 나갔다.

"그 드레스 어디서 났어요?" 지미 스튜어트가 도나 리드에게 말했다.

로렌은 뒤를 돌아보았다. TV가 켜져 있었다. 도나 리드가 지미 스튜어트에게 새 드레스를 보여주고 있었다.

"너 어딨어?" 로렌은 소파를 보며 따져 물었다. "당장 내 드레스를 되돌려 놔!"

"마음에 안 들어요?" 유령이 침실에서 말했다. "완벽한 생분해성 드레스인데."

그녀는 쿵쿵거리며 침실로 들어갔다. 유령이 옷걸이에 드레스를 걸며 쯧쯧 혀를 차고 있었다. "천연섬유는 조심스럽게 다뤄야죠." 그가 꾸짖듯이 말했다.

"원래 모습으로 되돌려놔요. 지금 당장."

"야노마모족 인디언들이 만든 수공품이에요." 그가 치마 부분으로 짐작되는 곳을 매끄럽게 펴며 말했다. "그들의 자연 서식지가 하루에 3제곱킬로미터씩 파괴되고 있다는 사실 알아요?"

"상관없어요. 내 드레스나 되돌려놔요."

그가 옷걸이에 건 드레스를 옷장으로 가져갔다. "정말 재미있죠. 도나 리드는 지미 스튜어트를 사랑한다는 걸 곧바로 알아차렸지만, 지미는 대학이며 새 가방 따위나 생각하느라 바빠서 도나가 존재하는지조차 몰랐어요." 그는 드레스를 걸었다. "머리를 한 대 맞고서야 알았죠."

"당장 내 드레스를 돌려놓지 않으면 내가 당신 머리를 내려칠 거야, 유령 씨." 그녀는 단단한 것을 찾아 주위를 둘러보았다.

"크리스라고 불러요." 그가 말했다. "스팽글은 재생이 안 되는 자원으로 만든다는 거 알아요?" 그리고 로렌이 램프를 휘두르자 사라져버렸다.

"아주 그냥 속이 후련하네." 그녀는 허공에 대고 소리쳤다.

매장에 남은 드레스는 44사이즈 하나뿐이었다. 로렌은 치욕을 무릅쓰고 어떻게든 그 옷을 입어보려고 애쓰다 결국 출근했다. 안내직원이 지미 스튜어트가 눈을 맞으며 다리 위에 서 있는 장면을 보며 휴지로 눈물을 닦고 있었다. 그녀가 로렌에게 쪽지를 건넸다.

직원복지위원회가 보낸 전달 사항이 두 개 있었다. 하나는 퇴근 후 썰매를 탈 것이라는 내용, 또 하나는 회사 파티에 치즈볼을 가져와야 한다는 내용이었다. 프레드에게서 온 메시지는 없었다.

"아아!" 안내직원이 울부짖었다. "이 장면 너무 슬퍼!"

"〈멋진 인생〉 정말 싫어." 로렌은 말하고 자기 부서로 올라갔다. "크리스마스가 정말 싫어." 그녀는 에비에게 말했다.

"크리스마스가 싫은 건 정상이야." 에비가 읽고 있던 책에서 고개를 들고 말했다. "이 책,《크리스마스는 잊어버려》에서 그러는데 다들 비현실적인 기대를 품어서 그런 거래. 사람들이 선물을 받을 때 말이야⋯."

"아, 그러니까 생각나네." 로렌은 가방을 뒤져 에비에게 줄 선물을 꺼냈다. 그사이 재빨리 만져보고 여전히 스테이플러인 것을 확인했다. 스테이플러가 맞는 것 같았다. 그녀는 에비에게 선물을 건넸다. "메리 크리스마스."

"난 네 선물 포장도 아직 못했는데." 에비가 말했다. "심지어 포장지도 아직 못 샀어. 이 책에 의하면 나는 회피성 콤플렉스를 앓고 있어." 그녀는 선물을 받아 들었다. "지금 열어봐야 하나? 내 맘에 쏙 드는 선물일 줄은 알지만 넌 내가 준비한 선물을 이것의 절반만큼도 좋아하지 않을 거고 그럼 나는 어마어마한 죄책감을 안고 후회하겠지."

"지금 안 열어봐도 돼." 로렌이 말했다. "그냥 미리 주는 게 좋을 것 같아서 그래." 그녀는 책상에 놓인 쪽지를 집어 들고 훑어보기 시작했다. "깜박 잊기 전에 주고 싶었어. 혹시 프레드한테 연락 온 거 없어?"

"있어. 15분 전쯤 널 찾아왔었어. 인터넷이 전혀 도움이 안 되어서 도서관에 가볼 생각이라더라." 그녀는 서글픈 얼굴로 로렌이 준 선물을 바라보았다. "심지어 네 선물은 포장까지 근사하구나." 그녀는 울적하게 말했다. "어젯밤에 회사 파티에 입고 갈 드레스를 사러 갔는데 오프숄더나 스팽글이 달린 옷이 있었을 것 같아? 그런 건 고사하고 남 보기 부끄러운 옷조차 남아 있지 않더라. 크리스마스에 스트레스 관련 질환의 발병률이 다른 시기보다 일곱 배나 높다는 거 알아?"

"충분히 공감할 수 있어." 로렌이 말했다.

"아니, 넌 공감 못 할 거야. 넌 나처럼 오만 군데 금 사슬이 주렁주렁 달린 끔찍한 회색 드레스를 사지 않아도 됐으니까. 적어도 스콧 버클리의 눈에 띄기는 하겠지. 그가 이렇게 말하겠지. '안녕, 에비. 말리의 유령처럼 분장한 거예요?' 그리고 너는 스팽글이 반짝이는 검은색 드레스를 입고 눈부신 모습으로 거기 서 있겠지."

"아니, 아니야." 로렌이 말했다.

"왜? 그 드레스 다 팔리고 없었어?"

"그게 아니라… 결함이 있었어. 프레드가 나하고 나눌 이야기가 있다는 말은 안 했어?"

"몰라. 그냥 나가는 길이라고 했어. 산타클로스 복장을 받으러 가야 한대. 오, 맙소사." 에비의 목소리가 속삭임으로 변했다. "스콧 버클리야."

"안녕." 스콧이 로렌에게 말했다. "혹시 오늘 밤 나랑 같이 쇼핑하러 갈 수 있어요?"

로렌은 깜짝 놀라 아무 말도 못 하고 멀뚱멀뚱 스콧을 보기만 했다.

"어젯밤 당신이 쇼핑을 갈 수 없다고 했을 때 오늘 약속을 취소하기로 마음먹었어요."

기적

"아…, 나는…" 그녀가 말했다.

"선물을 다 사고 나서 같이 저녁을 먹으면 좋겠어요."

그녀는 고개를 끄덕였다.

"좋아요." 스콧이 말했다. "6시 30분쯤 당신 아파트로 갈게요."

"안 돼요!" 로렌이 말했다. "내 말은요, 그냥 퇴근 후 곧바로 가는 게 어떨까요?"

"좋은 생각이에요. 그럼 여기로 데리러 올게요." 그는 상대의 마음을 사르르 녹이는 미소를 지어 보이고 갔다.

"나 자살할까 봐." 에비가 말했다. "크리스마스에 자살률이 다른 때보다 네 배나 높다는 거 알아? 저이 정말 귀엽다." 에비는 복도를 멀어져가는 스콧의 뒷모습을 아련하게 바라보며 말했다. "앗, 프레드잖아."

로렌이 고개를 들었다. 프레드가 산타클로스 복장과 책 한 더미를 들고 그녀의 책상 쪽으로 오고 있었다. 로렌이 서둘러 그를 향해 다가갔다.

"도서관에 가서 구마 의식과 주술에 관한 책을 전부 찾아왔어요." 프레드가 로렌의 팔에 책더미의 절반을 덜어주었다. "오늘 이 책들을 나눠서 훑어보고 오늘 밤 만나서 서로 메모한 내용을 비교해보기로 해요."

"아, 안 돼요." 로렌이 말했다. "오늘 밤 스콧이랑 회사 파티 때 나눠줄 선물을 사러 가기로 했어요. 미안해요. 안 된다고 말할 수가 없었어요."

"지금 농담해요? 그게 당신이 진심으로 원하는 일이잖아요." 그는 어색하게 로렌에게 덜어준 책을 다시 자기 책더미로 옮겼다. "당신은 선물을 사러 가요. 책은 내가 살펴보고 뭐라도 발견하면 알려줄게요."

"정말요?" 그녀는 죄책감을 느꼈다. "당신 혼자 모든 일을 떠맡을 필요는 없어요."

"내가 좋아서 하는 일인걸요." 그가 말했다. 그는 가려다가 멈추었다. "유령한테 당신이 진심으로 원하는 게 스콧이라는 말, 아직 안 했죠?"

"당연히 안 했죠. 왜요?"

"그냥 혹시… 아니에요. 신경 쓰지 마요." 그는 복도로 멀어졌다. 로렌은 책상으로 돌아갔다.

"크리스마스에 우울증 발병률이 다른 때보다 열여섯 배나 높다는 거 알아?" 에비가 말하며 로렌에게 소포 하나를 건넸다.

"이게 뭐야?"

"너의 비밀 산타가 보낸 거야."

로렌은 선물을 열어보았다. 《영화 〈멋진 인생〉 화보집》이라는 제목의 큼직한 책이었다. 표지의 지미 스튜어트가 우울해 보였다.

"선물을 전부 고르는 데 30분 정도 걸릴 것 같아요." 스콧이 공기를 주입한 야자나무 풍선 두 개를 지나 '업스케일 오아시스' 매장으로 로렌을 이끌었다. "그런 다음 함께 저녁을 먹고 서로를 알아가기로 해요." 스콧이 안마 의자에 드러누웠다. "이거 어때요?"

"오늘 사야 할 선물이 전부 몇 개죠?" 로렌이 매장을 둘러보며 물었다. 야자나무 풍선이 여기저기 놓였고 주크박스 한 대와 잡지계의 황제 말콤 포브스와 부동산 부자 레오나 헴슬리의 실물 크기 전신 입간판이 곳곳에 서 있었다. 가장 안쪽 벽에 고층 수족관이 두 개 있었고 테두리를 네온으로 장식한 텔레비전 탑도 있었다.

"72개요." 스콧은 안마 의자에서 일어나 로렌에게 직원 명단을 건네고는 꼰실로 묶어놓은 갈색 상자가 진열된 곳으로 갔다. "이런 건 어떨까요? 야노마모족 인디언이 수공으로 만든 크리스마스 장식물이래요."

"싫어요." 로렌이 말했다. "예산이 얼마나 되죠?"

"직원복지위원회가 6천 달러를 예산으로 책정해두었고 햇빛기금에도 5백 달러가 남아 있어요." 그는 도널드 트럼프 모양의 휴대용 계산기를 집어 들고 버튼을 이리저리 눌러보았다. "세금 포함해서 1인당 90달러네요. 이건 어떨까요?" 그는 고양이 자동 급식기를 들어 올렸다.

"작년에 받았어요." 로렌이 말했다. 로렌은 디지털 우산을 집어 들었다가 내려놓았다.

"자동차용 팩스는 어때요?" 스콧이 말했다. "아니, 잠깐만요. 이거, 바로 이거예요!"

로렌이 돌아보았다. 스콧은 금색 무선전화기처럼 생긴 것을 들고 있었다. "투자용 호출기예요." 그는 키를 두드리며 말했다. "봐요. 다우존스지수, 재무성 채권, 금리를 보내줘요. 완벽하지 않아요?"

"글쎄요." 로렌이 말했다.

"이것 봐요. 적대적 인수합병 경보도 울리고 연방준비은행이 금리를 조정할 때마다 알림이 와요."

로렌이 가격표를 읽었다. "'휴대용 갑부'. 74.99달러."

"좋아요." 스콧이 말했다. "돈이 남겠어요."

"앞으로 투자를 해야겠네요." 로렌이 말했다.

스콧이 휴대용 갑부가 72개나 있는지 알아보러 간 사이에 로렌은 텔레비전 탑 쪽으로 가보았다.

VCR과 마사지 샤워기 위에 〈34번가의 기적〉 비디오테이프가 하나 놓여 있었다. 로렌은 누가 보고 있는지 주위를 둘러보고는 VCR에서 〈멋진 인생〉을 꺼내고 대신 〈34번가의 기적〉을 집어넣었다.

메이시 백화점의 산타클로스 복장을 한 열두 명의 에드먼드 그웬이 열두 명의 매장 지배인에게서 어린이들에게 재고가 쌓인 장난감을 추천하라는 말을 듣고 있었다.

스콧이 쇼핑백 네 개를 들고 왔다. "직원이 선물 포장을 해줬어요." 그는 황금색 달러 무늬가 있는 초록색 종이로 포장한 휴대용 갑부를 보여주며 흡족하게 말했다. "덕분에 저녁 시간을 여유롭게 보낼 수 있겠어요."

"나는 오랫동안 이것을 상대로 싸워왔소이다!" 열두 명의 에드먼드 그웬이 열두 개의 쪽지를 갈기갈기 찢으며 말했다. "바로 크리스마스의 상업화 말이요."

"생각해봤는데요." 스콧이 자동차에 올라타며 말했다. "저녁을 나가서 먹지 말고 선물을 당신 아파트에 갖다 놓고 거기서 배달을 시켜 먹는 게 어떨까요?"

"배달이요?" 로렌이 무릎에 올려놓은 휴대용 갑부 쇼핑백을 꼭 움켜쥐고 말했다.

"배달이 되는 훌륭한 이탈리아 식당을 알아요. 엔젤헤어 파스타랑 와인이랑 전부 다 배달이 돼요. 아니면 식료품 매장에 들러서 요리 재료를 사 가는 것도 좋겠어요."

"솔직히 말하자면, 제 부엌이 지금 엉망진창이에요." 그녀는 말했다. '크리스마스트리가 자라고 있죠.' 그녀는 생각했다. '유기농 장식물까지 주렁주렁 매달려 있고 말이죠.'

스콧이 그녀의 아파트 앞에 차를 세웠다. "그럼 이탈리아 식당으로 하죠." 그는 자동차에서 내려 쇼핑백들을 꺼내기 시작했다. "프로슈토 좋아해요? 그 식당이 멜론 프로슈토를 기가 막히게 해요."

"사실 아파트 전체가 폭탄을 맞았어요." 로렌이 그를 따라 계단을 올라가며 말했다. "선물을 포장하고 어쩌고 하느라 바닥은 온통 리본이랑 가격표랑 포장지가 널려 있고…."

"대단하군요." 그가 그녀의 집 문 앞에 멈춰 서서 말했다. "하지만 우리는 선물에 가격표를 그대로 붙여두어야 해요."

"가격표가 필요하지는 않잖아요?" 로렌은 절박하게 말했다. "제 말은 어차피 전부 똑같은 물건이니까요."

"가격표가 붙어 있으면 개인적인 느낌을 주거든요." 스콧이 말했다. "마치 특별히 한 사람을 위해 선택한 것처럼 보여요." 그는 기대감이 서린 얼굴로 로렌의 손에 들린 열쇠와 문을 번갈아 쳐다보았다.

TV 소리가 들리지 않는 건 좋은 징조였다. 또 프레드가 올 때면 유령도 사라졌었다. '그러니까 스콧이 부엌에 가지 않게 막기만 하면 돼.' 그녀는 생각했다.

그녀가 문을 열자 스콧이 먼저 밀고 들어가 쇼핑백을 커피 테이블에 올려놓았다. "미안해요." 그가 말했다. "무지하게 무거웠거든요." 그는 허리를 펴고 거실을 둘러보았다. 유령이 있다는 신호는 없었지만, 커피 테이블에 에비앙 생수병이 세 개 있었다. "그렇게 지저분하지 않은데요? 내 아파트를 한번 보셔야겠군요. 아마 당신 부엌이 내 부엌보다 훨씬 더 깔끔할걸요."

로렌은 재빨리 부엌 쪽으로 움직여 문을 닫았다. "아니요, 그렇지 않을 걸요. 가지고 올라올 선물이 더 남아 있죠?"

"예, 내가 가서 가져올게요. 우선 이탈리아 식당에 전화부터 할까요?"

"아니요." 로렌이 부엌문 앞에 등을 돌리고 서서 말했다. "우선 쇼핑백부터 가져오는 게 좋겠어요."

"좋아요." 그는 마음을 사르르 녹이는 미소를 짓고 밖으로 나갔다.

로렌은 얼른 문으로 가서 잠금장치와 체인을 걸고 다시 부엌으로 가 문을 열어보았다. 나무는 여전히 있었다. 그녀는 서둘러 부엌문을 닫고 재빨리 침실로 갔다. 거기에도 유령은 없었고 화장실에도 없었다. "그래 참, 고맙다." 그녀는 하늘을 향해 나직이 말하고 다시 거실로 돌아갔다.

TV가 켜져 있었다. 에드먼드 그웬이 백화점 측 정신과 의사에게 소리를 지르고 있었다.

"있잖아요. 당신 말이 옳았어요." 유령이 말했다. 그는 '검은발족제비를 구하자'라고 쓴 티셔츠와 청바지를 입고 소파에 몸을 쭉 펴고 누워 있었다. "나쁜 영화는 아니네요. 물론 〈멋진 인생〉만큼 좋지는 않지만, 결말에 이르러 모든 일이 해결되는 방식이 마음에 들어요."

"여기서 뭐 해요?" 그녀는 불안하게 문 쪽을 흘끔거리며 따져 물었다.

"〈34번가의 기적〉을 보고 있죠." 그는 화면을 가리키며 말했다. 에드먼드 그웬이 백화점 정신과 의사에게 지팡이를 휘두르고 있었다. "에드먼드 그웬이 나탈리 우드에게 크리스마스에 원하는 게 뭐냐고 묻자 그녀가 집 사진을 보여주는 대목이 좋아요."

로렌은 프레드의 비디오를 집어 들고 유령을 향해 휘둘렀다. "좋아요. 그러면 프레드의 비디오를 되돌려놔요."

"알았어요." 그러더니 무슨 행동인가를 했다. 로렌은 프레드의 비디오를 보았다. 표지에 산타클로스 썰매와 순록이 지나가는 노란 달 앞에서 에드먼드 그웬이 나탈리 우드를 끌어안고 있었다. 로렌은 얼른 비디오테이프를 집어 커피 테이블에 올려놓았다.

"고마워요." 그녀가 말했다. "이제 내 드레스도 돌려놔요."

"물론 나탈리 우드가 정말로 원한 건 집이 아니었어요. 그 애가 진심으로 원한 건 모린 오하라가 존 페인과 결혼하는 것이었죠. 집은 원하는 것의 상징이었을 뿐이고."

TV에서 에드먼드 그웬이 지팡이로 백화점 정신과 의사의 이마를 세게 때리고 있었다.

누가 문을 두드렸다. "저예요." 스콧이었다.

"또 에드먼드 그웬이 아무도 원하지 않는 상품을 추천하라고 했다고 매장 지배인에게 고함치는 장면도 좋아요. 크리스마스 선물은 자고로 사람들이 진짜로 원하는 것이어야 하죠. 문 안 열어줘요?"

"안 사라져요?" 그녀가 속삭였다.

"사라지라고요?" 유령은 믿을 수 없다는 표정으로 말했다. "영화가 아직 안 끝났잖아요. 게다가 나는 아직도 당신이 크리스마스에 원하는 게 뭔지 듣지 못했어요." 그가 무슨 행동인가를 하자 그의 배 위에 콘플레이크 한 그릇이 나타났다.

스콧이 다시 문을 두드렸다.

로렌이 문으로 다가가 5센티미터 정도만 열었다.

"저예요." 스콧이 말했다. "왜 체인을 걸어놨어요?"

"저기…." 로렌은 희망을 품고 크리스 쪽을 보았다. 그는 콘플레이크를 먹으며 모린 오하라가 백화점 정신과 의사를 깨우려고 몸을 숙이는 장면을 보고 있었다.

"스콧, 미안해요. 저녁은 다음을 기약하는 게 좋겠어요."

그는 어리둥절해 보였다. 그리고 귀여웠다. "하지만…." 그가 말했다.

'나도 마찬가지예요.' 그녀는 생각했다. '하지만 내 집 소파에 당신을 브라질 열대우림 천연재료로 바꿔버리고도 남을 유령이 있답니다.'

"이탈리아 식당에 배달을 시키는 것도 좋을 것 같긴 해요." 그녀가 말했다. "그런데 지금 시간이 늦었고 우린 둘 다 내일 일하러 가야 해요."

"내일은 토요일이에요."

"아… 내 말은 선물 포장하는 일을 해야 한다는 뜻이었어요. 내일은 크리스마스이브인데 난 아직 선물 포장을 시작도 못 했어요. 또 회사 파티에 가져갈 치즈볼도 만들어야 하고 머리도 감아야 하고 또….”

"알았어요. 알았어. 무슨 말인지 알겠어요." 스콧이 말했다. "그냥 쇼핑백만 들여놓고 갈게요."

그녀는 복도에 놔두고 가라고 할까 생각했다가 문을 조금 닫고 체인을 풀었다.

'가버려!' 그녀는 유령을 향해 생각했지만, 그는 콘플레이크를 먹고 있었다.

그녀는 자기 몸만 겨우 빠져나갈 만큼 문을 열고 밖으로 나가 얼른 등 뒤로 문을 닫았다. "근사한 저녁이었어요." 그녀는 말하고 스콧에게서 쇼핑백들을 받아 들었다. "잘 가요."

"잘 자요." 스콧은 여전히 어리둥절한 얼굴로 말했다. 그는 복도를 지나가다가 계단 앞에서 몸을 돌리고 미소를 보냈다.

'저 유령 자식 죽여버릴 거야.' 로렌은 스콧을 향해 손을 흔들며 생각하고 쇼핑백을 들고 안으로 들어갔다.

유령은 없었다. 콘플레이크는 여전히 소파 위에 있었고 TV도 켜져 있었다.

"당장 돌아와!" 그녀는 외쳤다. "이 쥐새끼 같으니라고! 넌 내 드레스를 망쳐놓고 데이트도 망쳐버렸어. 이젠 아무것도 망치지 못할 거야. 당장 내 드레스와 크리스마스카드를 원래대로 돌려놔. 그리고 당장 내 부엌에서 저 나무를 없애버려!"

그녀의 목소리가 허공에 울렸다. 그녀는 쇼핑백을 든 채로 소파에 앉았다. TV 화면 속에 에드먼드 그웬도 정신병원에 앉아 물끄러미 벽을 바라보고 있었다.

"그래도 스콧이 마침내 나를 봐주기 시작했어." 그녀는 쇼핑백을 커피 테이블에 올려놓았다. 쨍그랑 소리가 들렸다.

"악! 안 돼!" 그녀가 말했다. "휴대용 갑부가 아니잖아!"

"문제는 말이에요…." 프레드가 주술에 관한 마지막 책을 덮으며 말했다. "그가 계절의 유령 중 누구인지 정체를 알아내지 못하면 쫓아낼 수도 없다는 거예요. 이 유령은 어떤 설명에도 맞지가 않아요. 틀림없이 위장을 한 거예요."

"놈을 쫓아내고 싶지 않아요." 로렌이 말했다. "죽이고 싶어요."

"어찌어찌 쫓아낸다고 해도 그가 바꿔버린 물건들까지 원래 모습으로 되돌아온다는 보장은 없어요."

"게다가 난 6천 달러어치의 크리스마스 선물을 어떻게 했는지 꼼짝없이 해명해야 하고요."

"휴대용 갑부가 6천 달러나 돼요?"

"정확히 5895.36달러죠."

프레드가 낮게 휘파람을 불었다. "유령이 휴대용 갑부가 마음에 안 드는 이유를 말하던가요? 명백한 이유가 아니더라도요. 이를테면 생분해성이 없다거나 뭐 그런 말을 했나요?"

"아니요. 심지어 이것들을 쳐다보지도 않았어요. 그냥 〈34번가의 기적〉을 보고 있었고 결말에 이르러 모든 일이 해결되는 방식이 맘에 든다고 했어요. 또 집 사진을 보여주는 장면도 좋다고 했고요."

"크리스마스 선물에 관해서는 아무 말도 없었어요?"

"기억이 안 나요." 로렌은 소파에 주저앉았다. "아, 기억나요. 에드먼드 그웬이 고객에게 원하지도 않는 물건을 사라고 설득하라는 매장 지배인한테 고함치는 장면이 좋다고 했어요. 크리스마스 선물은 자고로 사람들이 원하는 것이어야 한다면서요."

"흐음, 그렇다면 그가 왜 휴대용 갑부를 바꿔버렸는지 설명이 되네요." 프레드가 말했다. "다시 휴대용 갑부로 되돌려놓으라고 유령을 설득할 방법이 없다는 뜻이기도 하고요. 회사 파티 때 돌릴 선물을 구하지 않으면 당신이 곤란해지겠어요. 우리 대체할 선물을 생각해봐요."

"대체할 선물이라고요?" 로렌이 말했다. "어떻게요? 지금은 10시고 회사 파티는 내일 밤이에요. 또 우리가 겨우 구한 대체 선물을 유령이 또 바꾸지 않는다는 보장도 없잖아요."

"사람들이 원하는 것을 사면 되죠. 스콧하고 당신이 가진 돈이 전부 6천 달러였어요?"

"아니요." 로렌이 쇼핑백 하나를 뒤졌다. "직원복지위원회가 책정한 예산은 모두 6,500달러예요."

"그럼 얼마나 남았어요?"

그녀는 종잇조각 하나를 꺼냈다. "다행히 주문서랑 영수증은 바꾸지 않았네요." 그녀가 종이를 보며 말했다. "휴대용 갑부를 사는 데 전부 5895.36달러가 들었어요. 남은 돈은 604.64달러고요." 로렌은 프레드에게 종잇조각을 건넸다. "1인당 8.39달러씩이네요."

프레드는 영수증을 보며 생각해보더니 다시 쇼핑백 안을 들여다보았다. "이것들을 업스케일 오아시스에 가져가서 환불받을 수는 없겠죠?"

"'오존층을 살리자' 버튼 72개를 5895.36달러로 바꿔주진 않겠죠." 로렌이 말했다. "게다가 직원복지위원회에 전부 6,500달러어치라고 믿게 할 만한 8달러짜리 물건도 없어요. 차액을 메울 돈을 어디서 구하죠?"

"그럴 필요는 없을 것 같아요. 크리스가 크리스마스카드를 나무로 바꿔버렸을 때 기억해요? 사실 그는 정말로 그렇게 바꿔치기하지 않았어요. 어쨌든 크리스마스카드를 가게에 가져가 환불을 받아왔죠. 이번 휴대용 갑부도 그럴지 몰라요. 내일 아침쯤 당신 커피 테이블에 돈이 나타날지도 몰라요."

"그렇지 않으면요?"

"그건 내일 걱정하기로 해요. 지금 당장은 파티 때 나눠줄 선물을 생각해야 해요."

"예를 들면요?"

"스테플러랄지."

"스테플러요?"

"당신이 에비에게 선물한 거요. 우리 부서 사람들도 늘 자기 스테플러를 잃어버리죠. 스카치테이프도요. 내일은 회사 파티잖아요. 회사 사람들이 원하는 것을 사야 해요."

"회사 사람들이 원하는 게 뭔지 어떻게 알죠? 여기 명단에는 모두 72명이나 있어요."

"각 부서장에게 전화를 걸어서 물어보면 되죠. 그리고 함께 쇼핑을 가요." 그는 자리에서 일어났다. "전화번호부 어딨어요?"

"나무 옆에요." 그녀는 그를 따라 부엌으로 들어갔다. "그런데 쇼핑은 또 어떻게 하죠? 지금 밤 10시예요."

"비즈마트가 11시까지 열어요." 그는 전화번호부를 펴며 말했다. "또 식료품 매장은 밤새 열고요. 오늘 밤 살 수 있는 만큼 사고 나머지는 내일 아침에 사요. 포장은 오후 내내 하면 되고요. 포장지가 얼마나 있어요?"

"많아요. 작년에 이번 크리스마스부터는 달라지겠다고 결심했을 때 반값에 잔뜩 사두었어요. 그런데 아무리 생각해도 스테플러는 별로 대단한 선물 같지 않아요."

"받는 사람이 원한다면 대단한 선물이에요." 그는 전화기를 향해 손을 뻗었다.

그때 전화벨이 울렸다. 프레드가 수화기를 들어 로렌에게 건넸다.

"오, 로렌." 에비의 목소리가 들렸다. "방금 네가 준 선물 풀어봤어. 세상에, 너무너무 마음에 들어! 딱 내가 원했던 거야!"

"정말?" 로렌이 말했다.

"완벽해! 나 크리스마스하고 회사 파티 무렵이면 늘 우울했거든. 쇼핑도 다 못 끝냈어. 그래서 네 선물을 풀어보지도 않으려고 했지. 그런데 《크리스마스는 잊어버려》를 보니까 크리스마스 당일 아침을 망치고 싶지 않으면 선물을 미리 풀어보라고 하더라. 그래서 풀어봤는데, 세상에 너무 근사해! 심지어 스콧이 내게 눈길을 주든 말든 상관없을 정도야! 정말 고마워!"

"별말을." 로렌이 말했지만 에비는 벌써 전화를 끊은 뒤였다. 그녀는 프레드를 보았다. "에비예요. 사람들이 스테플러를 좋아할 거란 당신 말이 맞았어요." 그녀는 그에게 수화기를 건넸다. "부서장들에게 전화해요. 나는 코트를 가져올게요."

프레드는 전화기를 들고 번호를 누르기 시작했다가 다시 내려놓았다.
"유령이 〈34번가의 기적〉의 결말에 대해 정확히 뭐라고 했다고요?"

"결말에 이르러 모든 것이 해결되는 방식이 마음에 든다고 했어요. 왜요?"

그는 진지하게 생각에 잠겼다. "어쩌면 우리 생각이 완전히 틀렸을지도 모르겠어요."

"무슨 뜻이에요?"

"유령이 선물을 전부 바꿔버린 이유가 당신이 진심으로 원하는 것을 주기 위한 우회적인 방법이라면 어떨까요? 〈멋진 인생〉에서 천사가 그랬던 것처럼요. 천사는 지미 스튜어트의 자살을 막으려고 그를 말리거나 붙잡지 않고 자기가 강물에 뛰어들어 지미 스튜어트가 천사를 구하게 했잖아요."

"그러니까 유령이 휴대용 갑부 72개를 '오존층을 살리자' 버튼으로 바꿔버린 게 나를 도와주기 위해서라는 말이에요?"

"모르겠어요. 내 말은 차라리 당신이 진심으로 원하는 것은 검은색 스팽글 드레스를 입고 스콧 버클리와 함께 회사 파티에 가는 거라고 유령에게 솔직히 말하고 무슨 일이 벌어지는지 지켜보는 게 낫지 않겠느냐는 거예요."

"무슨 일이 벌어지는지 지켜보라고요? 그가 내 드레스에 한 짓을 보고도요? 내가 스콧을 원한다는 걸 알면 스콧을 하프바다표범으로 바꿔버릴지도 몰라요." 그녀는 코트를 입었다. "각 부서장에게 전화할까요, 말까요?"

그래픽디자인부는 스테플러를 원했고 외상매입부도 스테플러를 원했다. 크리스마스 스트레스 때문에 감기가 속출한 외상매출부는 도톰한 티슈와 목감기 사탕을 원했다. 문서관리부는 가위를 원했다.

프레드가 명단을 보며 통화를 마친 시스템부와 다른 부서에 확인 표시를 했다. "이제 남은 곳은 직원복지위원회뿐이에요." 그가 말했다.

"그들이 뭘 원할지 알 것 같아요." 로렌이 말했다. "《크리스마스는 잊어버려》 책이요."

두 사람은 비즈마트가 문을 닫기 전에 일부 물건을 구했고 나머지는 프레드가 토요일 아침 9시에 와서 구했다. 서점에서 로렌이 프레드를 처음 찾아갔던 날 선물을 스테플러로 찍어야 했던 중년 여자 직원을 우연히 마주쳤다.
"남편의 전처 선물을 까맣게 잊고 있었지 뭐예요." 그녀가 절박한 얼굴로 말했다. "게다가 뭘 사주면 좋을지도 전혀 떠오르지 않아요."
프레드가 안내직원에게 주기로 한 〈멋진 인생〉 비디오테이프를 건넸다. "이건 어떨까요?"
"그 여자가 좋아할까요?"
"다들 좋아해요." 프레드가 말했다.
"특히 나쁜 놈이 돈을 훔쳐 간 다음 지미 스튜어트가 그 돈을 메우려고 도시 곳곳을 뛰어다니는 대목을 좋아하죠." 로렌이 말했다.

나머지 선물을 사는 데 오전 시간 대부분을 썼고 선물 포장은 아무리 해도 끝나지 않았다. 오후 4시가 되었는데도 절반도 못 끝냈다.
"다음은 뭐죠?" 프레드가 마지막 스테플러에 리본을 묶으며 물었다. 그는 일어나서 허리를 폈다.
"목감기 사탕이요." 로렌이 산타클로스가 인쇄된 빨간 종이를 길게 자르며 말했다.
프레드는 다시 자리에 앉았다. "아, 맞다. 외상매출부가 진심으로 바라는 선물이었죠."
"당신이 진심으로 바라는 선물은 뭐예요?" 로렌이 목감기 사탕 위쪽에서 포장지를 접고 테이프로 붙이며 물었다. "유령이 찾아와 민폐를 끼치면 당신은 어떤 걸 요구할 생각이에요?"
프레드는 띠를 줄줄 풀었다. "글쎄요. 회사 파티에 가지 않게 해달라는 것, 그건 확실해요. 유일하게 좋았던 해는 작년 당신과 대화를 나눴던 때죠."
"농담 아니에요." 로렌이 말했다. 그녀는 양옆을 테이프로 붙인 포장 선물을 프레드에게 건넸다. "크리스마스에 정말 원하는 게 뭐예요?"
"내가 여덟 살 때 일이에요." 그는 진지하게 말했다. "크리스마스 선물로 컴퓨터를 원한다고 했어요. 그때 가정용 컴퓨터가 나온 지 얼마 안 되어서 어마어마하게 비쌌고 저는 그 선물을 받을 수 있을지 확신할 수도 없었어요. 〈34번가의 기적〉에서 나탈리 우드와 아주 비슷했죠. 나는 산타클로스를 믿지 않았고 기적도 믿지 않았지만, 정말로 컴퓨터가 갖고 싶었어요."

그는 띠를 길게 잘라 포장 선물 둘레에 두르고 위에서 매듭을 지었다.

"그래서 컴퓨터를 받았어요?"

"아니요." 그는 남은 띠를 자르며 말했다. "크리스마스 아침에 아래층으로 내려갔더니 차고에 가보라는 쪽지가 있더군요." 그는 가위를 벌려 가윗날 사이로 리본 띠를 잡아당겨 구불구불 말리게 했다. "강아지가 있었어요." 그는 그때를 떠올리며 빙그레 웃었다. "어떻게 된 거냐면요. 컴퓨터는 너무 비쌌지만 실낱같을지라도 받을 가능성이 있었기 때문에 선물로 요구할 수 있었던 거예요. 아이들은 아예 불가능하다고 생각하면 바라지도 않거든요."

"그러니까 강아지를 바랐으면서도 받을 가능성이 없다는 걸 알아서 요구하지도 않았다는 말이에요?"

"아니요. 당신은 내 말을 이해하지 못했어요. 아예 가질 수 없다는 걸 알아서 요구하지 않는 것도 있지만, 가능성의 영역에서 너무 멀리 떨어진 곳에 있어서 원한다는 생각조차 떠오르지 않는 것도 있다는 말이에요." 그는 구불구불해진 띠를 리본 모양으로 묶었다.

"당신이 진심으로 원하는 것이 가능성의 영역에서 너무 멀리 떨어진 곳에 있어서 그게 뭔지 알지도 못한다는 뜻인가요?"

"그렇게 말하지는 않았어요." 그가 말하고는 자리에서 일어났다. "에그노그 좀 마실래요?"

"예, 고마워요. 아직 냉장고에 남아 있다면요."

그는 부엌으로 갔다. 그가 숲을 헤치고 가는 소리, 냉장고 문을 여는 소리가 들렸다. "아직도 있네요." 그가 말했다.

"크리스가 아직 찾아오지 않는 게 웃기네요." 그녀가 큰 소리로 프레드에게 말했다. "틀림없이 무슨 꿍꿍이가 있는 것 같은데, 걱정이 돼요."

"크리스라고요?" 프레드가 에그노그 두 잔을 들고 거실로 돌아왔다.

"유령 말이에요. 자기를 그렇게 불러달라고 했어요." 그녀가 말했다.

"크리스마스 선물의 유령을 줄인 이름이라나?" 프레드가 얼굴을 찌푸렸다.

"왜요?" 로렌이 물었다.

"뭔가… 아니에요. 신경 쓰지 마요." 그가 TV 쪽으로 갔다. "오늘 오후 TV에서 〈34번가의 기적〉을 해준다는 말 없었죠?"

"예. 하지만 유령이 당신 비디오테이프를 원래대로 되돌려놓았어요." 그녀가 비디오를 가리켰다. "저기 TV 위에 있어요."

프레드가 TV를 켜고 VCR에 테이프를 넣고 재생 버튼을 눌렀다. 그리고 로렌 옆으로 돌아와 앉았다. 그녀가 포장한 목감기 사탕을 건넸지만, 그는 받지 않았다. 그는 TV를 보고 있었다. 로렌도 고개를 들었다. 화면에서 지미 스튜어트가 도나 리드의 집을 지나쳐 걷고 있었다. 지팡이로 울타리를 툭툭 치며 시끄러운 소리를 내면서.

"〈34번가의 기적〉이 아니네요." 로렌이 말했다. "유령이 되돌려놓는다고 했는데." 그녀는 비디오테이프 상자를 집어 들었다. 표지에는 여전히 에드먼드 그웬이 나탈리 우드를 끌어안고 있었다. "쥐새끼 같으니라고! 상자만 바꿔놨어!"

그녀는 TV를 노려보았다. 화면에서 지미 스튜어트도 도나 리드를 노려보고 있었다.

"괜찮아요." 프레드가 포장 선물을 받아 들고 리본으로 손을 뻗으며 말했다. "이것도 나쁜 영화는 아니에요. 결말이 지나치게 감상적이고 이해가 안 돼서 그렇지. 내 말은 모든 일이 가망이 없어지고 지미 스튜어트가 자살할 준비를 하자마자 천사가 나타나서 멋진 인생을 살았다고 설득하니 갑자기 모든 게 괜찮아지잖아요." 그는 테이블 위에 활짝 편 포장지를 손으로 눌러 폈다. "하지만 특별히 좋은 장면들이 있죠. 가위 못 봤어요?"

로렌이 새로 산 가위를 하나 건넸다. "그 가위는 맨 마지막에 포장하기로 해요."

TV에서 지미 스튜어트가 도나 리드의 거실에 거북한 얼굴로 앉아 있었다. "내 생각에 지미 스튜어트는 지나치게 자기희생적이에요." 로렌이 산타클로스 무늬 빨간 포장지를 길게 자르며 말했다. "동생을 위해 대학 진학을 포기하고 동생이 좋은 직장을 다니게 되자 또 대학을 포기해요. 심지어 클래런스를 구하겠다고 자살까지 포기하죠. 지나치게 자기를 희생하게 되는 일이 있기 마련이죠."

"어쩌면 자신은 그런 걸 가질 자격이 안 된다고 생각해서 포기하는 걸지도 몰라요."

"왜 그럴 자격이 안 된다는 거죠?"

"그는 대학에도 못 갔죠, 가난하죠, 한쪽 귀도 안 들려요. 때로는 장애가 있거나 과체중이거나 하면 다른 사람들이 가진 것을 자신은 가질 수 없다고 생각하기 쉬워요."

그때 전화가 울렸다. 로렌은 전화기를 향해 손을 뻗다가 TV에서 들리는 소리임을 깨달았다.

"여보세요, 샘." 도나 리드가 지미 스튜어트를 보며 말했다.

"이 리본 묶는 것 좀 도와줄래요?" 프레드가 말했다.

"예." 로렌이 말했다. 그녀는 얼른 프레드 옆으로 가서 엇갈리게 묶은 리본 띠 위에 손가락을 대고 단단히 눌렀다.

지미 스튜어트와 도나 리드가 바짝 붙어 전화기에 귀를 기울이고 있었다. 수화기에서 흘러나오는 목소리가 콩에 관해 이야기하고 있었다.

프레드는 아직도 매듭을 짓지 않았다. 로렌이 흘낏 그를 올려다보았다. 그도 TV를 보고 있었다.

지미 스튜어트가 도나 리드를 보고 있었다. 그의 얼굴이 그녀의 머리카락에 닿을락 말락 했다. 그걸 보고 도나 리드가 뒤로 물러났다. 수화기에서 흘러나오는 목소리가 일생일대의 기회에 대해 말하고 있었지만 두 사람 모두 그 말을 듣고 있지 않았다. 도나 리드가 지미 스튜어트를 올려다보았다. 그의 입술이 그녀의 이마에 거의 닿을 듯했다. 두 사람은 숨도 쉬지 않는 것 같았다.

로렌은 자신도 역시 숨을 쉬고 있지 않는다는 걸 깨달았다. 그녀는 프레드를 보았다. 그는 리본의 양쪽 끝을 양손에 하나씩 붙잡고서 그녀를 내려다보았다.

"매듭이요." 그녀가 말했다. "아직 매듭을 묶지 않았어요."

"아." 그가 말했다. "미안해요."

지미 스튜어트가 쨍 소리를 내며 전화기를 떨어뜨리고 도나 리드의 양쪽 팔을 붙잡았다. 그는 그녀를 마구 흔들며 소리를 지르기 시작했다. 그러더니 갑자기 그녀를 끌어안고 키스를 퍼부었다.

"매듭이요." 프레드가 말했다. "당신 손가락을 빼야 해요."

그녀는 무슨 말인지 몰라 프레드를 보았다가 다시 포장 선물을 내려다보았다. 그가 그녀의 손가락 위로 매듭을 묶어놓았고 손가락은 여전히 선물을 꾹 누르고 있었다.

"아, 미안해요." 그녀는 말하며 손가락을 뺐다. "당신 말이 맞았어요. 이 영화에도 좋은 순간들이 있네요."

그는 매듭을 단단히 묶었다. "그래요." 그는 또 리본 띠를 풀어 자르기 시작했다. 화면에는 도나 리드와 지미 스튜어트가 결혼식을 마치고 쌀알을 맞고 있었다.

"아니요. 당신 말이 맞았어요." 프레드가 말했다. "지미 스튜어트는 지나치게 자기희생적이에요." 그가 가위로 화면을 가리키며 말했다. "그는 곧 대출회사를 구하려고 신혼여행을 포기할 거예요. 그런 그가 도나 리드에게 청혼한 게 놀라울 뿐이에요. 아까 수화기 너머에 있던 남자와 도나 리드를 짝지어 주려고 하지 않은 것도 놀랍고요."

전화벨이 울렸다. 로렌은 이번에도 영화에서 들리는 소리라고 생각하고 화면을 보았다. 지미 스튜어트와 도나 리드가 택시 안에서 키스하고 있었다.

"전화 왔어요." 프레드가 말했다.

로렌이 몸을 일으켜 전화기를 향해 손을 뻗었다.

"안녕." 스콧이었다.

"아, 스콧." 로렌이 프레드를 보면서 말했다.

"오늘 밤 회사 파티에 관해 물어볼 게 있어요." 스콧이 말했다. "혹시 나랑 같이 파티에 갈래요? 내가 가서 선물들도 가져올 수 있어요."

"아… 그게…" 로렌이 말했다. 그녀는 한 손으로 수화기를 막았다. "스콧이에요. 선물에 대해 뭐라고 말하죠?"

프레드가 자기에게 전화기를 달라고 손짓했다. "스콧." 프레드가 말했다. "안녕하세요. 프레드 해치예요. 예, 산타클로스요. 저기, 선물에 문제가 생겼어요."

로렌이 눈을 질끈 감았다.

"업스케일 오아시스 매장에서 '휴대용 갑부'가 연방안전위원회의 리콜 요구를 받았다고 연락이 왔어요."

로렌이 눈을 떴다. 프레드가 그녀를 향해 웃었다. "예. 지나친 탐욕을 조장한다고요." 그가 말했다.

로렌이 씩 웃었다.

"하지만 걱정 안 해도 돼요." 프레드가 말했다. "우리가 선물을 다 바꿔 왔어요. 지금 포장 중이고요. 아니요, 괜찮아요. 나는 도움이 되어서 기쁜걸요. 예, 제가 로렌에게 전할게요." 그는 전화를 끊었다. "스콧이 7시 30분에 여기 와서 당신을 회사 파티에 데려간대요." 그가 말했다. "결국 당신이 진심으로 원하는 크리스마스 선물을 받게 됐군요."

"그렇네요." 로렌이 TV를 보면서 대답했다. 화면에서 대출회사가 도산을 맞고 있었다.

6시 30분에 마지막 가위의 포장을 끝낸 후, 프레드는 옷도 갈아입고 산타클로스 복장도 가지러 자기 아파트로 돌아갔다. 로렌은 업스케일 오아시스 쇼핑백 세 개에 선물을 나눠 담고 엄중하게 경고했다. "이건 건드릴 생각도 하지 마." 그녀는 빈 소파를 향해 말하고 외출 준비를 시작했다.

로렌은 샤워를 하고 머리를 손질하고 나서 혹시 유령이 빨간 드레스를 생분해해버렸거나 아니면 기적이 일어나 검은색 오프숄더 드레스가 되돌아왔는지 확인하러 침실로 갔다. 그러나 그런 일은 일어나지 않았다.

그녀는 빨간 드레스를 입고 거실로 돌아왔다. 7시가 조금 지나 있었다. 그녀는 TV를 켜고 프레드의 비디오테이프를 VCR에 넣은 다음 재생 버튼을 눌렀다. 에드먼드 그웬이 의사가 항상 원했던 엑스레이 기계를 주고 있었다.

로렌은 쇼핑백 하나를 집어 들고 그사이 선물이 전부 에비앙 생수로 변해버린 건 아닌지 확인하려고 맨 위의 가위를 만져보았다. 두 선물 사이에 봉투 하나가 끼워져 있었다. 안에는 아동병원 앞으로 기부한 5895.36달러 수표가 있었다.

그녀는 고개를 절레절레 흔들며 웃고 수표를 다시 봉투에 넣었다.

TV 화면에 모린 오하라와 존 페인이 빈집을 지나 밖으로 뛰어나가 뒷문 밖의 그네를 찾아가는 나탈리 우드를 지켜보고 있었다. 두 사람은 진지하게 서로를 보았다. 로렌은 숨을 참았다. 존 페인이 앞으로 다가가 모린 오하라에게 키스했다.

누군가가 문을 두드렸다. "스콧이 왔나 봐." 로렌은 모린 오하라가 존 페인에게 사랑한다고 말하는 장면까지 기다렸다가 문을 열어주러 갔다.

프레드였다. 그가 포일로 덮은 접시를 들고 있었다. 옷차림은 선물을 포장하러 왔을 때와 똑같은 스웨터와 바지였다. "치즈볼이에요." 그가 말했다. "당신 가스레인지에서 요리할 형편이 못 되잖아요." 그가 진지한 얼굴로 그녀를 보았다. "그 검은색 드레스가 없어서 스콧의 눈을 휘둥그레지게 못 할 거란 걱정은 안 해도 되겠어요."

그는 집 안으로 들어와 커피 테이블에 치즈볼을 올려놓았다. "포일을 벗기고 전자레인지에 강온으로 2분만 돌려요. 직원복지위원회에는 산타클로스 자루에 선물을 담아두라고 말해줘요. 나는 11시 30분에 갈게요."

"파티에 안 가요?"

"회사 파티가 재미있는 사람은 당신이고, 나는 아니에요." 그가 말했다. "게다가 8시에 〈34번가의 기적〉을 해준다고 했어요. 어쩌면 그 영화를 볼 유일한 기회일지도 몰라요."

"하지만 나는…."

누군가가 문을 두드렸다. "스콧이에요." 로렌이 말했다.

"흐음." 프레드가 말했다. "앞으로 15분 안에 유령이 뭔가 하지 않는다면 결국 당신은 진심으로 원하는 것을 가지게 되겠군요." 프레드가 문을 열었다. "들어와요." 그가 말했다. "로렌도 선물도 모두 준비가 끝났어요." 프레드가 스콧에게 쇼핑백 두 개를 건넸다.

"나와 로렌을 도와 이 모든 걸 해주다니 정말 고마워요." 스콧이 말했다.

프레드가 남은 쇼핑백 하나를 로렌에게 건넸다. "제가 좋아서 한 일이에요."

"당신도 함께 가면 좋을 텐데요." 로렌이 말했다.

"진짜 산타클로스를 볼 기회를 포기하라고요?" 프레드는 문이 열린 채로 잡았다. "두 사람은 무슨 일이 벌어지기 전에 빨리 가는 게 좋겠어요."

"무슨 말이죠?" 스콧이 깜짝 놀라 말했다. "이 선물들도 리콜 대상이 될 수 있다는 말인가요?"

로렌이 뭔가를 바라는 마음으로 소파를 그리고 TV를 보았다. 화면에 지미 스튜어트가 다리 위에 서서 눈을 맞으며 자살을 준비하고 있었다.

"아닐걸요." 프레드가 말했다.

회사 주차장에 차를 세웠을 무렵 눈이 오고 있었다. "선물 포장을 도와주다니 프레드는 정말 이타적인 사람이군요." 스콧이 로렌을 위해 로비 문을 잡아주며 말했다. "참 착한 친구예요."

"예." 로렌이 말했다. "정말 그래요."

"아, 저길 봐요!" 스콧이 보안용 모니터를 가리켰다. "〈멋진 인생〉이에요. 내가 제일 좋아하는 영화죠!" 모니터에서 지미 스튜어트가 눈 속을 달리며 "메리 크리스마스!"라고 외치고 있었다.

"스콧." 로렌이 말했다. "나 아무래도 파티에 못 가겠어요."

"잠깐만요. 괜찮죠?" 스콧이 화면을 뚫어지게 보며 말했다. "내가 제일 좋아하는 대목이에요." 그는 안내직원 책상에 쇼핑백을 내려놓고 그 위에 팔꿈치를 괬다. "지미 스튜어트가 결국 자신은 멋진 인생을 살았다는 걸 깨닫는 장면이죠."

"날 집까지 데려다줘요." 로렌이 말했다.

어디선가 찬바람과 눈이 불어닥쳤다. 로렌은 뒤를 돌아보았다.

"치즈볼을 놓고 갔어요." 프레드가 포일로 덮은 접시를 내밀었다.

"지나치게 자기를 희생하게 되는 일이 있기 마련이죠." 로렌이 말했다.

프레드가 접시를 내밀었다. "유령도 그렇게 말했어요."

"유령이 왔었어요?" 로렌은 쇼핑백을 노려보았다.

"예. 당신이 나간 직후에 왔어요. 선물은 걱정하지 마요. 스테플러는 훌륭한 생각이라고 했으니까. 또 당신 언니한테 줄 선물도 걱정하지 말라던데요."

"언니!" 로렌이 손으로 입을 막으며 말했다. "언니를 까맣게 잊고 있었어요!"

"유령이 그러는데 당신이 별로 좋아하지 않는 것 같아서 그 야노마모족 드레스를 언니한테 보냈대요."

"언니라면 완전히 좋아할걸요." 로렌이 말했다. "유령이 지미 스튜어트가 도나 리드를 눈앞에 두고 대학에 가길 원한 게 어처구니없을 정도로 어리석은 생각이었다는 말도 하던가요?"

"했어요."

"정말 대단한 영화예요." 스콧이 로렌을 향해 돌아서며 말했다. "이제 그만 올라갈까요?"

"아니요." 로렌이 말했다. "저는 프레드랑 영화를 보러 갈래요." 그녀는 프레드에게서 치즈볼을 가져다가 스콧에게 내밀었다.

"이걸 어쩌라고요?"

"포일을 벗기고 전자레인지에 2분만 돌려요." 프레드가 말했다.

"하지만 당신은 오늘 내 파트너잖아요." 스콧이 말했다. "나는 누구랑 가요?"

또 찬바람과 눈이 불어닥쳤다. 다들 뒤를 돌아보았다.

"나 어때?" 에비가 코트를 벗으며 말했다.

"와우!" 스콧이 말했다. "정말 끝내줘요!"

에비가 어깨를 드러낸 검은 드레스의 스팽글을 반짝이며 빙그르르 돌았다. "로렌이 크리스마스 선물로 줬어요." 에비는 행복에 겨워 말했다. "나는 크리스마스가 정말 좋아요. 스콧, 당신은요?"

"저는 그 드레스가 정말 좋아요." 스콧이 말했다.

"유령이 또 그러더군요." 프레드가 말했다. "〈34번가의 기적〉에서 가장 마음에 드는 대목은 산타클로스가 위장하고…."

"그는 위장하지 않았어요." 로렌이 말했다. "에드먼드 그웬은 자기가 산타클로스라고 모두에게 말했는걸요."

프레드가 손가락을 들어 올려 좌우로 흔들었다. "산타클로스는 자기 이름이 크리스 크링글이라고 했죠."

"크리스." 로렌이 말했다.

"아, 나 이 장면 너무 좋아." 에비가 말했다.

로렌이 돌아보았다. 에비는 스콧 옆에 서서 지미 스튜어트와 도나 리드가 나란히 서서 '석별의 정'을 부르는 장면을 보고 있었다.

"그는 모두를 위해 온갖 문제를 일으켰어요." 프레드가 말했다. "크리스마스를 완전히 뒤집어놓았죠."

"모린 오하라의 삶을 완전히 흩트려 놓았고요." 로렌이 말했다.

"하지만 막바지에 이르면 모든 게 해결돼요. 의사는 엑스레이 기계를 가지게 되고 나탈리 우드는 집을 가지게 되고…."

"모린 오하라는 프레드를 가지게 되고…."

"그리고 그가 어떻게 했는지 혹은 그가 무슨 짓을 하기는 했는지 아무도 확실히 알지 못하죠."

"어쩌면 그가 처음부터 모든 걸 계획했는지도 모르고요." 그녀가 진지하게 프레드를 보았다. "유령이 내가 크리스마스에 무엇을 원하는지 아는 줄 착각하고 있다고 했어요."

프레드가 그녀에게 다가갔다. "나한테는 불가능해 보인다고 해서 기적이 일어날 수 없다는 뜻은 아니라고 했어요."

"너무너무 훌륭한 결말이야!" 에비가 코를 훌쩍이며 말했다. "〈멋진 인생〉은 내가 가장 좋아하는 영화예요."

"나도요." 스콧이 말했다. "혹시 치즈볼 데우는 법 알아요?" 그는 로렌과 프레드 쪽으로 돌아섰다. "두 사람, 빨리 갑시다. 파티에 늦겠어요."

"우린 안 가요." 프레드가 로렌에게 팔을 두르며 말했다. 그들은 출입문을 향해 출발했다. "8시에 〈기적〉을 하거든요."

"가면 안 돼요." 스콧이 말했다. "이 선물들은 어떡하고요? 선물은 누가 나눠줘요?"

찬바람과 눈이 불어닥쳤다. "호 호 호." 산타클로스가 말했다.

"저거 당신 복장 아니에요, 프레드?" 로렌이 물었다.

"맞아요. 월요일 아침까지 대여점에 돌려줘야 해요." 프레드가 산타클로스에게 말했다. "열대우림 천연재료로 바꾸면 안 돼요."

"메리 크리스마스!" 산타클로스가 말했다.

"결말에 이르러 모든 게 해결되는 방식이 마음에 들어요." 로렌이 산타클로스에게 말했다.

"이제 모퉁이에 우뚝 서 있는 지팡이만 있으면 되겠네요." 프레드가 말했다.

"무슨 말을 하는지 통 모르겠군." 산타클로스가 말했다. "내가 나눠줄 선물들은 어디 있지?"

"여기요." 스콧이 말했다. 그가 산타클로스에게 쇼핑백 하나를 건넸다.

"비닐 쇼핑백이군." 산타클로스가 쯧쯧 혀를 차며 말했다. "재생지를 사용해야지."

"죄송해요." 스콧이 말했다. 그는 치즈볼을 에비에게 건네고 나머지 쇼핑백 두 개를 집어 들었다. "준비됐어요, 에비?"

"아니요." 에비가 보안용 모니터를 응시하며 말했다. "봐요, 〈멋진 인생〉이 막 시작했어요." 화면에 지미 스튜어트의 동생이 얼음 속으로 빠지고 있었다. "내가 가장 좋아하는 장면이에요." 에비가 말했다.

"나도요." 스콧이 에비 옆으로 다가가 섰다.

산타클로스가 호기심 어린 눈으로 잠시 화면을 곁눈질하다가 고개를 절레절레 흔들었다. "〈34번가의 기적〉이 훨씬 좋은 영화야." 그는 꾸짖듯이 말했다. "더 현실적이거든."

에밀리의 모든 것

All About Emily

이주혜 옮김

> 빨간 구두 꺼져!
> 나는 로켓 무용단이 되고 싶었다고!
> ―〈코러스 라인〉

    그래, 토니상을 세 차례나 수상한 브로드웨이의 전설이자 〈오직 인간일 뿐〉의 스타인 나, 클레어 하빌랜드가 어쩌다가 크리스마스 이틀 전 라디오 시티 뮤직홀* 앞에 서서 얼음같이 차가운 비를 흠뻑 맞으며 폐렴에 걸리기 직전의 몰골로 순진한 행인들을 붙잡고 말을 걸고 있는지 다들 궁금할 것이다.
    이게 전부 꼴도 보기 싫은 내 매니저 토랜스 때문이다. 그리고 메이시 백화점 때문이기도 하고. 또 영화 〈이브의 모든 것〉 때문이기도 하다.
    〈이브의 모든 것〉을 처음 들어본다고? 당연히 못 들어봤겠지. 다른 사람들도 못 들어봤을 것이다. 에밀리만 빼고.
    〈이브의 모든 것〉은 앤 백스터와 베티 데이비스가 나오고, 마릴린 먼로가 출연한 최초의 영화이기도 하다. 먼로는 제작자의 여자친구인 미스 캐스웰 역을 맡았지만, 이 영화는 그녀에 관한 이야기는 아니다. 점점 나이가 들어가는 브로드웨이의 배우 마고 채닝과 야망이 넘치는 젊은 배우 이브

---

* 토니상 시상식이 열리는 유명한 공연장

에밀리의 모든 것   73

해링턴이 주인공이다. 영화에서 이브는 마고의 환심을 사면서 그녀의 삶에 끼어들었고 결국 마고의 배역과 경력까지 훔쳐 갔으며 그녀의 남편까지 뺏어갈 뻔했다.

〈이브의 모든 것〉은 〈갈채〉라는 뮤지컬로 만들어졌고 이후 정극으로 무대에 올랐다가 또 다른 뮤지컬로 제작되었다. (사실 브로드웨이는 한 번도 독창적이었던 적이 없다.) 그 또 다른 두 번째 뮤지컬 제목이 〈평탄치 않은 밤〉이었고, 크리스틴 스튜어트가 이브 역할을 맡았고 내가 마고 역이었다. 겨우 석 달 상연되었을 뿐이지만 이 뮤지컬로 나는 생애 두 번째 토니상을 받았고 그 덕분에 〈깃털들〉의 주연 자리를 꿰찰 수 있었으며, 나는 그 작품으로 세 번째 토니상을 받았다.

혹시 몰라 말하자면 메이시는 뉴욕에 있는 백화점이다. 에밀리를 제외하면 오늘 불과 5분 전에 무슨 일이 벌어졌는지 아무도 모르는 것 같다. 메이시 백화점은 해마다 추수감사절 퍼레이드를 후원한다. 다양한 만화 주인공 모양의 대형 풍선이 등장하고 수많은 브로드웨이 스타가 행렬 차 위에 서서 얼어붙은 손을 흔들고 로켓 무용단이 등장하는 퍼레이드다.

그리고 내 매니저 토랜스는 걸핏하면 거짓말이나 하고 음모를 꾸미는 뱀 같은 자식이다. 어떻게 된 일인지 지금부터 들어보면 알 것이다.

추수감사절 전 수요일 밤 막간 시간에 토랜스가 내 대기실 문을 두드리고 말했다. "자기, 잠깐 시간 있어? 깜짝 놀랄 만한 소식이 있어!"

그때 그 자식의 꿍꿍이를 곧바로 알아차렸어야 했다. 토랜스가 무대 뒤로 나를 찾아올 때는 첫째, 나쁜 소식이 있을 때고 둘째, 뭔가를 원할 때였다. 게다가 그는 절대로 노크 같은 건 안 한다.

"공연이 폐막 되는 모양이지?" 내가 말했다.

"폐막이라고? 무슨 소리! 크리스마스까지 매일 밤 전 좌석 매진됐어. 그럴 만도 하지! 자기는 공연을 할 때마다 점점 더 눈이 부셔!" 그는 극적으로 제 가슴을 움켜잡았다. "자기가 1막 피날레를 부를 때면 관객들이 죄다 홀린 듯이 자기만 보잖아."

"아직도 누스바움하고 점심이나 하라고 나를 설득할 생각이라면, 싫어." 나는 가든파티 의상의 지퍼를 풀며 말했다. "〈시카고〉 리메이크 안 해."

"자기는 역대 최고의 록시 하트였잖아."

"그것도 이미 12년 전 이야기야." 나는 어깨와 엉덩이를 흔들며 드레스를 벗었다. "이 나이에 몸에 딱 들러붙는 무용복을 입을 생각은 없네요. 너무 늦어서…."

"자기야! 제발 늦었다는 말은 하지 마." 그는 불안하게 복도 쪽을 내다보고 등 뒤로 문을 닫았다. "누가 듣기라도 하면 어쩌려고 그래."

"들을 필요도 없어. 망사스타킹을 신은 내 모습을 보기만 해도 다들 이해할 테니까."

"헛소리 그만해." 그는 내 모습을 살피듯 바라보며 말했다. "자기 다리 그렇게 나쁘지는 않아."

그렇게 나쁘지는 않다니. "춤은 10점, 외모는 3점?" 나는 비꼬듯이 말했다.

그는 멍청하게 나를 보았다.

"〈코러스 라인〉에 나오는 대사잖아. 당신은 단 한 번도 보지 않은 게 분명한 내가 출연한 뮤지컬이지. 망사스타킹을 신은 내 모습을 나타내는 대사랄까. 그러니까 나는 절대로 〈시카고〉는 안 할 거야."

"누스바움은 그저 자기랑 점심이나 한 끼 같이 하자는 거야. 그게 뭐 힘들어? 게다가 그는 자기가 어떤 역할을 맡아주면 좋을지 아직 말도 하지 않았어. 록시 하트 역할이 아닐 거야. 자기가 맡아주길 바라는 역할은 어쩌면…."

"누구? 간수 아줌마?" 나는 가든파티 의상을 주워 둘둘 말았다. "내가 말했지? 나는 망사스타킹을 신기엔 너무 늙었지만 마마 모턴 역할을 할 만큼 늙지는 않았다고." 나는 둘둘 뭉친 드레스를 그에게 던졌다. "마마 로즈 역할도 마찬가지고. 〈아이 리멤버 마마〉에 출연할 만큼 늙지도 않았어."

"내 생각엔 누스바움이 자기한테 벨마 역을 바라는 것 같아." 그는 몇 미터나 되는 크리놀린 드레스에서 벗어나려고 몸부림을 치며 말했다.

"아니." 나는 말했다. "절대로 안 해. 나는 옷 입는 배역을 할 거야. 오스터만이 〈데스크 셋〉*의 뮤지컬 버전을 제작한다는 소문을 들었어."

"〈데스크 셋〉?" 그가 물었다. "그건 어떤 이야기야?"

틀림없이 원래 영화도 본 적이 없을 것이다. "컴퓨터가 사무실 직원들을 대체하는 이야기야." 내가 말했다. "몇 년 전 줄리아 로버츠와 리처드 기어가 리메이크한 영화인데 어디에도 망사스타킹은 안 나와." 나는 몸을 움찔거리며 무도회 드레스를 입었다. "용건 끝났어?"

물론 그렇지 않다는 걸 알고도 남았다. 토랜스가 내 매니저 노릇을 한 지도 15년이 넘었는데 그 세월 동안 내가 배운 게 있다면 그는 대화의 2막이 시작될 때까지는 절대로 자신이 진짜 원하는 것을 말하지 않는다. 그는 다른 용건을 먼저 꺼내 나를 구워삶을 수 있다고 믿었다. 내게 원하는 게 특별히 불쾌한 일이면 다른 용건을 두 개 꺼내기도 했지만, 〈시카고〉에 출연하는 것보다 더 불쾌한 일이 있을지는 모르겠다.

"그래서 여기 온 이유가 뭐야, 토랜스?" 나는 물었다. "막이 오를 때까지 5분밖에 안 남았어."

"아주 사소한 홍보 일이 하나 있는데 자기가 좀 해줬으면 해. 내일이 추수감사절이라 메이시 백화점에서 퍼레이드를 하잖아."

"아니. 〈오직 인간일 뿐〉 행렬 차에 타지 않을 거야. 얼음 같은 비를 맞으며 서서 '저길 봐! 월-E 풍선이다!'라고 말하지도 않을 거야."

뚜렷한 침묵이 있고 나서 토랜스가 말했다. "자기 퍼레이드에 월-E 풍선이 나오는지 어떻게 알았어? 맨날 〈버라이어티〉 잡지만 읽는 줄 알았는데."

"어제 〈타임스〉 홈페이지에 사진 실린 거 봤어."

"기사도 클릭했어?"

"아니. 왜? 당신 말대로 나는 신문 기사 절대로 안 읽어. 설마 퍼레이드에 참가하겠다고 벌써 허락한 건 아니겠지?" 나는 눈을 가름하게 뜨고 말했다.

---

* Desk Set, 월터 랭 감독의 1957년 작 영화로 한국 개봉 제목은 〈사랑의 전주곡〉

"아니. 당연히 아니지. 자기는 퍼레이드 근처에 갈 필요도 없어."

"그럼 그 이야기는 왜 꺼냈어?"

"이번 퍼레이드의 대장이 금요일 저녁에 우리 공연을 보러 오는데 공연 끝나고 무대 뒤에서 자길 만나고 싶어 해."

"올해 대장이 누군데?" 퍼레이드 대장은 언제나 정치인이나 차기 브로드웨이 공연에 출연할 예정인 재능 없는 십 대 초반의 아이돌이었다. "브리트니 스피어스의 아이들이라면 싫어."

"아니야." 토랜스가 말했다. "에드윈 오크스 박사야."

"박사라고?"

"물리학 박사. 인공 신경 전달물질에 관한 연구로 노벨상을 받았어. AIS의 설립자고."

"어쩌다가 물리학자가 메이시 백화점의 추수감사절 퍼레이드의 대장이 된 거지?" 내가 말했다. "아, 잠깐. 그 사람 혹시 로봇 과학자야?"

또 침묵. "자기, 기사는 안 읽는다면서?"

"안 읽었어. 운전기사 조르주가 그 박사에 대해 말해줬어."

"조르주는 오크스 박사에 대해 어디에서 들었대?"

"라디오에서. 날 기다리는 동안 리무진에서 라디오를 듣거든."

"아아. 조르주가 박사에 대해 뭐라고 말했어?"

"자동 현금지급기와 지하철승차권 판매기를 대체할 새로운 로봇을 발명했다던데? 또 나는 믿지 않지만, 로봇이 조만간 우리 인간의 직업을 전부 훔쳐 갈 거라고도 했고. 오, 세상에. 당신 무대 뒤로 쨍강거리는 로봇을 데려올 생각이구나?"

"아니, 아니야! 말도 안 되는 소리! 내가 그럴 것 같아?"

"응, 그럴 것 같아. 게다가 당신은 내 질문에 대답도 하지 않았어. 그 오크스 박사가 조르주가 말한 것과 같은 사람이야? 로봇 과학자라는?"

"응. 근데 로봇이 아니고 '인공지능'이야."

"뭐라고 부르든 상관없어. 나는 C-3PO하고는 '무대 뒤 인터뷰'를 하지 않을 거야."

"이럴 땐 정말 자기 나이 드러난다. C-3PO라니 무슨 몇 억 년 전 이야기야? 오크스 박사가 올해의 대장으로 초대된 이유는 퍼레이드 주제가 로봇이기 때문이야. 그 작품 있잖아…."

"말하지 마.〈금지된 세계〉맞지? 진작 눈치챘어야 했어."

〈금지된 세계〉. 브로드웨이 역사상 두 번째로 나쁜 공연이었지만 로봇 로비와 끊임없이 등장하는 십 대 초반 아이돌이 주연을 맡은 덕분에 브로드웨이 마제스틱 극장 앞은 연일 장사진을 쳤다. (현재 주연은 샤일로 졸리와 저스틴 비버 주니어다.) "오늘 밤 오크스 박사가 그 공연을 보고 있을 것 같은데?"

"아니야. 그들은〈금지된 세계〉를 보고 싶어 하지 않았어."

"그들이라고?" 나는 의심스럽게 물었다.

"오크스 박사와 조카딸 말이야. 그들은 샤일로와 저스틴을 만나고 싶어 하지 않았어.〈오직 인간일 뿐〉을 보고 싶다고 했어. 또 자길 만나고 싶어 하지."

'틀림없어.' 나는 생각했다. 토랜스가 무대 뒤로 나를 찾아온 진짜 이유는 아직 나오지 않았다. 두 명의 팬을 만나라는 게 여기까지 찾아온 진짜 용건은 아닐 것이다. 그는 매주 무대 뒤로 어중이떠중이들을 달고 왔다. 설마〈캣츠〉의 최신 리메이크에 출연하라고 조르는 건 아니겠지?〈캣츠〉는 브로드웨이 역사상 최악의 뮤지컬일 뿐만 아니라 쫄쫄이 의상을 입고 고양이 수염까지 붙여야 한다.

"오크스 박사의 조카가 자길 정말로 만나고 싶어 해." 토랜스가 말했다. "그 애가 자기 열혈 팬이야. 인터뷰는 5분이면 충분할 거야." 그가 애원했다. "게다가 티켓 판매에도 큰 도움이 될 거야."

"티켓 판매에 왜 도움이 필요해? 크리스마스 내내 매진이라며?"

"그렇지. 하지만 다음 주 날씨가 급작스럽게 나빠질 수도 있고 또 확실히 새해 첫날이 지나면 판매량이 쑥 줄어드니까. 경영진도 우리 공연이 1월을 못 넘길까 봐 걱정해. 게다가 디즈니가 새로〈라푼젤〉을 올릴 극장을 찾아다닌다는 소문도 있어. 우리 공연 내린다는 말에 디즈니 쪽이 긴장이라도 하면….”

 "그 사람들을 만나는 게 우리 홍보에 어떻게 도움이 된다는 건지 모르겠네. 물리학자가 신문 1면을 장식할 것 같지도 않고."

 "틀림없이 우리 홍보에 도움이 될 거야. WNET이 벌써 생중계를 하러 온다고 했어. 시리우스도. 에밀리가 〈굿모닝 아메리카〉에 출연해 자기를 만나고 싶다고 했을 때 이번 주말 티켓 판매량이 지붕을 뚫었어."

 "크리스마스 내내 표가 매진이라며?"

 "〈오직 인간일 뿐〉이 만석으로 공연 중이라는 말이었지."

 그 말은 티켓의 절반이 타임스퀘어 광장의 현장 구매 부스에서 반값에 팔리고 있고 발코니 뒤쪽의 다섯 열은 '수리 중'이라는 명목으로 밧줄을 쳐서 막아두었다는 뜻이었다.

 "투자가 손해를 볼 것 같으면 경영진이 어떻게 나오는 줄 알아? 그들은 돈이 될 만한 일이라면 어떤 일이든 덥석 물고 본다고."

 "좋아." 내가 말했다. "노벨상 박사하고 그 조카딸을 만날게. 그 애가 정말로 박사의 조카라면 말이지. 뭐, 심히 의심스럽긴 하지만."

 "왜 그런 말을 해?" 토랜스가 날카롭게 물었다.

 "중년 남자들이란 다 똑같으니까. 아무리 과학자라도 말이야. 설마 그 애 이름이 미스 캐스웰인 건 아니겠지?"

 "누구?"

 "제작자의 여자친구." 나는 몸짓으로 거대한 가슴을 흉내 냈다. "알겠어?" 그러나 그는 멍해 보였다. "정말이지 토랜스, 당신은 내가 올라간 무대는 최소한 본 척이라도 해야 하는 거 아니야?"

 "왜 그래? 난 다 봤어. 단지 〈오직 인간일 뿐〉에 나오는 미스 캐스웰이 누군지 기억나지 않을 뿐이야."

 "그야 〈오직 인간일 뿐〉에 나오지 않으니까. 미스 캐스웰은 〈평탄치 않은 밤〉에 나왔어. 린제이 로한이 맡은 역할, 기억나?" 그는 여전히 멍청한 표정을 짓고 있었다. "원본 영화에서는 마릴린 먼로가 맡은 역할이지. 제발 그게 누군지 모른다고는 하지 마. 그러면 내가 실제보다 훨씬 더 옛날 사람이 된 기분이니까."

"자기 그렇게 옛날 사람 아니야." 그가 말했다. "자신에게 너무 가혹하게 굴지 마. 자기는 전설이잖아."

전설이라니, 그건 한 사람의 경력에 대해 '늙었다'나 '셀룰라이트'보다 훨씬 더 치명적인 단어다. 그리고 '극장의 영부인'보다는 살짝 덜 경력을 끝장내는 표현이다. 나는 말했다. "그래. 이 '전설'이 방금 마음을 바꿨어. 무대 뒤 인터뷰는 없어."

"알았어." 토랜스가 말했다. "그들에게 절대 안 된다고 전할게. 하지만 그들이 〈금지된 세계〉 공연에 간다고 해도 놀라지는 마. 그 공연은 출연진 전체가 무대 뒤 인터뷰에 동의했어. 저스틴 비버 주니어까지 포함해서."

"알았어, 알았어. 할게." 내가 말했다. "대신 누스바움과의 점심은 빼주고 오스터만한테 〈데스크 셋〉에 대해 말 좀 잘해줘."

"알았어. 이번 인터뷰가 〈데스크 셋〉 관련해서도 도움이 될 거야." 그가 말했다. 어떻게 도움이 된다는 건지는 알 수 없었다. '스타, 팬을 만나다'는 홈페이지를 장식할 만한 뉴스가 아니었다. "자기도 만나고 나면 무척 흡족할 거야. 에밀리를 좋아하게 될걸?"

인터뷰를 하자는 협박을 받았던 것에는 그나마 좋아할 만한 일이 딱 하나 있었다. 토랜스와 입씨름을 벌이느라 막간 시간을 다 써버렸고 덕분에 토랜스가 무대 뒤로 날 찾아온 진짜 용건을 꺼낼 시간이 없었다는 점이다.

공연이 끝나고 토랜스가 다시 찾아올 거라고 예상했지만, 그러지 않았다. 대신 그는 메시지를 남겼다. 'WABC도 촬영을 올 예정임. 브로드웨이 전설에 어울리는 옷을 입을 것. 〈선셋 대로〉 의상?' 이 메시지가 바로 토랜스 역시 나처럼 나를 '지는(그리고 어지러운) 별'로 본다는 증거였다. 아니면 〈선셋 대로〉라는 뮤지컬을 본 적이 없거나.*

나는 의상 담당에게 〈마메〉 공연 때 입은 진홍색 호스티스 드레스와

---

* 〈선셋 대로〉는 잊혀진 무성영화 배우의 광기와 실패한 각본가의 이야기다.

〈에비타〉 때 했던 귀걸이를 찾아놓으라고 지시하고 무대 밖에서 기다리는 팬들에게 사인을 해주고 전화기를 꺼놓고 집에 가서 잤다.

그리고 토랜스가 전화를 걸어 퍼레이드에 출연한 오크스 박사를 보라고 할까 봐 추수감사절 내내 전화기를 꺼두었다. 그러나 혹시 〈데스크 셋〉에 관해서 오스터만에게 전화가 올지도 몰라서 금요일에는 전화기를 다시 켰다. 토랜스가 곧바로 전화를 걸어서 그날 무대 뒤로 나를 찾아온 진짜 용건을 꺼낼 거라고 예상했지만 그러지 않았다.

금요일 밤 공연 후 토랜스가 내 대기실로 데려온 사람들은 꾀죄죄해 보이는 교수와 화려하게 차려입은 조카딸이 아니었다. 조카가 아니라 교수의 애인일 수도 있다는 내 생각을 토랜스가 왜 단박에 부인했는지 알 것 같았다. 연한 갈색 머리에 들창코, 분홍빛 뺨을 한, 막 씻겨놓은 듯한 이 작은 십 대 소녀는 마릴린 먼로와는 전혀 달랐다. 매일 밤 〈금지된 세계〉 공연장 밖에 모여 저스틴 비버 주니어의 사인을 기다리는 키가 멀쑥하게 크고 문신을 한 누더기 옷차림의 소녀들과도 전혀 달랐다.

키가 160센티미터도 한참 안 되어 보이는 이 작은 소녀는 〈42번가〉 1막에 등장하는, 난생처음 뉴욕시에 와서 눈이 휘둥그레지고 어질어질한 페기 캐릭터에 더 가까웠다. 아니면 열여섯 살 줄리 앤드루스나. 성공한 여자 배우라면 누구나 첫눈에 미워하게 되는 사슴 같은 눈망울을 한 순수하고 순진한 소녀였다. 그리고 뉴욕 언론이 보자마자 한입에 덥석 물어버릴 만한 그런 소녀이기도 했다.

그런데 뉴욕의 언론은 이상하리만큼 공손했다. 게다가 전부 여기 몰려와 있었다. 〈굿모닝 아메리카〉만 온 게 아니었다. 다른 방송사, 케이블채널, 〈타임스〉, 〈포스트 데일리 뉴스〉, 그리고 블로거와 스트리밍 방송인들도 최소한 열두 명은 와 있었다.

"도대체 어떻게 된 일이야?" 기자들이 내 대기실로 비집고 들어올 때 토랜스에게 속삭였다. 토니상을 받을 때와 〈스파이더맨 3〉에 사고가 터졌을 때, 그리고 할리우드 스타가 아니면 언론이 공연계를 취재할 일이 없었다. "설마 레이디 가가가 내 역할을 대신하기로 한 건 아니지?"

에밀리의 모든 것   81

토랜스는 내 말을 무시했다. "클레어, 자기야." 그는 노엘 카워드의 《사생활》을 진행하기라도 하는 듯이 말했다. "에드윈 오크스 박사를 소개할게요. 그리고 이쪽은," 그는 화려한 동작으로 박사의 조카를 소개했다. "에밀리예요."

"오, 미스 하빌랜드." 에밀리가 열띤 목소리로 말했다. "만나 뵙게 되어서 정말 흥분돼요. 오늘 공연은 정말 대단했어요."

흐음, 적어도 이 아이는 나를 만나서 영광이라고 말하거나, 나를 전설이라 부르지 않았다.

"〈오직 인간일 뿐〉 정말 좋았어요." 그녀가 말했다. "지금껏 본 공연 중 최고였어요."

어쩌면 이 아이가 본 유일한 공연일지도 모르지만, 토랜스의 말은 옳았다. 이 만남은 홍보에 큰 도움이 될 것이다. 기자들이 모든 대화를 기록하고 있었고 특히 에밀리의 미소에 뚜렷하게 반응하고 있었는데 내가 봐도 달콤한 미소라는 것을 인정할 수밖에 없었다.

"노래도 춤도 정말 아름다워요, 미스 하빌랜드." 그녀가 말했다. "관객들은 그런 당신의 모습을 보고 현실이라고 믿게 될 정도죠."

"자기는 에밀리가 가장 좋아하는 배우야." 토랜스가 끼어들었다. "그렇지, 에밀리?"

"오, 그럼요. 나는 당신이 출연한 연극을 전부 봤어요. 〈깃털들〉, 〈계속해!〉, 〈졸음이 오는 샤프롱〉, 〈펜더 스트라트 기타〉, 〈무슨 일이 있어도〉, 〈사랑, 기타 등등〉 전부 다 봤어요."

"토랜스 말로는 뉴욕에 온 게 이번이 처음이라던데?" 내가 물었다. 게다가 이 아이는 〈계속해!〉를 보기엔 너무 어렸다. 〈계속해!〉를 공연할 때 이 아이는 다섯 살이었으니까.

"처음 온 거 맞아요." 아이는 열띤 목소리로 대답했다. "무대 공연을 본 적은 없지만, 토니상 시상식 공연까지 포함해서 모든 공연을 녹화한 걸로 봤어요. 시상식에서 '그들이 너의 꿈을 짓밟을 때'와 '주연 여자 배우의 비탄'을 부르셨죠. 또 유튜브로 인터뷰를 전부 찾아봤고 온라인 인터뷰 기사도 전부 찾아 읽었고 〈코러스 라인〉과 〈홀치기 염색〉과 〈넌지시 말해요〉 사운드트랙도 전부 들었어요."

"와우, 정말 팬 맞네!" 내가 말했다. "네 이름이 정말 에밀리 맞니? 혹시 이브 아니고?"

"이브라니요?" 오크스 박사가 날카롭게 물었다.

토랜스가 경고의 눈빛을 보냈고 기자들도 안드로이드에 대고 메모를 하다가 재빨리 고개를 들었다. "왜 이 아이 이름이 이브라고 생각하셨죠, 미스 하빌랜드?" 기자 하나가 물었다.

"농담이에요." 나는 이 모든 반응에 깜짝 놀랐다. 아마 내가 이브 해링턴을 가리킨 것이었다고 말한들 들어본 사람이 없을 거고 〈평탄치 않은 밤〉의 주인공이라고 말해줘도 역시 들어본 사람이 없을 것이다.

"그냥…."

"미스 하빌랜드가 저를 이브라고 불렀던 건 제가 이브 해링턴처럼 굴고 있기 때문이에요." 에밀리가 말했다. "제 말이 맞죠, 미스 하빌랜드? 이브 해링턴은 〈평탄치 않은 밤〉에 나온 인물이죠?"

"아, 그…, 그렇지." 이 아이가 나의 빈정거림을 알아챘다는 충격에서 벗어나려다 보니 말을 더듬거렸다. 저 또래 아이의 지식이 '고등학교 뮤지컬' 이후로 확장되기란 쉽지 않은 일이었다.

"이브가 여자 배우 마고 채닝을 만났을 때요." 에밀리는 기자들을 향해 신이 나서 말했다. "마고가 얼마나 훌륭한 배우인지 열띤 목소리로 말을 마구 쏟아내거든요."

"〈평탄치 않은 밤〉이라고요?" 기자 하나가 평소의 토랜스처럼 멍청한 표정으로 물었다.

"예." 에밀리가 대답했다. "〈평탄치 않은 밤〉은 영화 〈이브의 모든 것〉을 바탕으로 만든 뮤지컬이에요. 원본 영화는 베티 데이비스와 앤 백스터가 출연했어요."

"그리고 마릴린 먼로도 출연했죠." 내가 말했다.

"맞아요." 에밀리가 두 뺨에 보조개를 만들며 말했다. "제작자의 애인인 미스 캐스웰 역으로 나와요. 그게 마릴린 먼로의 첫 영화 출연작이에요."

나는 이 소녀가 마음에 들기 시작했다. 비록 피부와 머리카락이 완벽하고 청중을 사로잡는 매력도 완벽했지만, 기자들은 아이의 말을 한마디도 놓치지 않으려고 애썼다. 아마 그들도 나처럼 십 대 소녀의 해박한 영화 지식에 놀란 것 같았다.

"마릴린 먼로는 〈신사는 금발을 좋아해〉와 〈백만장자와 결혼하는 법〉에 나왔어요." 에밀리가 말했다. "〈백만장자와 결혼하는 법〉에는 로렌 바콜도 나왔는데, 로렌은 〈이브의 모든 것〉을 개작한 첫 뮤지컬 〈갈채〉에 출연했어요. 하지만 그 뮤지컬은 〈평탄치 않은 밤〉보다 못했고 원본 영화에 충실하지도 않았어요."

에밀리가 영화에 대해 무척 많이 알고 있었기 때문에 어쩌면 오스터만이 새로 제작한다는 연극 출연에 정말로 도움이 될 수 있을 것도 같았다. "〈데스크 셋〉을 본 적이 있니, 에밀리?" 나는 그녀에게 물었다.

"어떤 거요? 줄리아 로버츠와 리처드 기어가 출연한 리메이크 영화요? 아니면 캐서린 헵번과 스펜서 트레이시가 나오는 원본 영화요?"

세상에나. "원본 영화 말이야."

"예, 봤어요. 저 그 영화 정말 좋아해요."

"나도 좋아해. 혹시 그 영화를 뮤지컬로 제작할 예정이라는 소식 들었니?"

"오, 당신이 캐서린 헵번 역을 맡으면 정말 대단할 거예요!"

이 소녀가 정말로 마음에 들었다.

"〈캣츠〉는 어때?" 토랜스가 물었다.

나는 그를 노려보았지만, 그는 모른 척했다.

"뮤지컬 〈캣츠〉도 본 적이 있니?" 그가 물었다.

"예." 그녀가 말하고는 별로라는 듯이 코를 찡그렸다. "그 뮤지컬은 싫었어요. 구성이 전혀 없고 '메모리'는 끔찍한 노래예요. 〈캣츠〉는 〈오직 인간일 뿐〉만큼 좋지 않아요."

"봤지, 토랜스?" 나는 말하고 에밀리를 향해 활짝 웃어주었다. "오늘 밤 공연을 보러 와주어서 정말 기쁘구나."

"저도요." 그녀가 말했다. "아까 이브 해링턴처럼 굴어서 죄송해요. 저는 이브처럼 되고 싶지 않아요. 이브는 좋은 사람이 아니니까요." 에밀리는 기자들에게 설명했다. "이브는 마고의 배역을 훔치려고 했거든요."

"맞아. 이브는 정말 좋은 사람이 아니지." 나는 말했다. "하지만 배우가 되고 싶다고 해서 이브를 비난할 수는 없을 것 같아. 연기란 세상에서 가장 보람 있는 직업일 테니까. 너는 어때, 에밀리? 너도 배우가 되고 싶니?"

완벽하게 안전한 질문이었다. 나를 만나겠다고 무대 뒤로 찾아오는 십 대 소녀들은 전부 진지하게 배우가 되기를 갈망했다. 에밀리도 난생처음 브로드웨이에 와서 뮤지컬을 본 직후인데다 내 공연과 영화에 대해 강박적일 만큼 관심을 보이고 있으니 당연히 배우가 꿈일 것이다.

그러나 에밀리는 내 질문을 받은 다른 소녀들처럼 "그럼요! 물론이죠!"라고 속삭이지 않았다. 그녀는 말했다. "아니요."

'거짓말.' 나는 생각했다.

"저는 어떤 일이 있어도 당신만큼은 못 할 거예요, 미스 하빌랜드." 에밀리는 꾸밈없는 말투로 말했다.

"그럼 네 꿈은 뭐야? 그림? 글쓰기?"

에밀리는 자신 없게 삼촌을 흘깃 쳐다보았다가 다시 나를 보았다.

"삼촌이 자기처럼 신경물리학자가 되라고 하시니?" 내가 물었다.

"아니요. 저는 그런 일도 못 할 거예요. 어떤 일도 못 해요."

"당연히 할 수 있지. 너처럼 똑똑한 아이라면 말이야. 넌 하고 싶은 일은 뭐든 할 수 있어."

"하지만 저는…." 에밀리는 마치 지시를 구하는 듯이 다시 삼촌을 흘깃 쳐다보았다.

"너도 틀림없이 되고 싶은 게 있을 거야. 우주비행사든지, 발레리나랄지, 진짜 아이랄지."*

"클레어, 자기야. 가엾은 아이 좀 그만 쪼아대." 토랜스가 억지웃음을

---

* '진짜 아이가 되고 싶다'는 건 〈피노키오〉의 소원을 말한다.

웃으며 말했다. "에밀리는 뉴욕에 온 게 이번이 처음이야. 진로상담을 하러 온 게 아니라고."

"아, 당신 말이 맞네. 미안하다, 에밀리." 나는 말했다. "뉴욕은 어땠니?"

"오, 정말 대단해요!" 그녀가 말했다.

에밀리의 말투에 열렬함이 돌아오자 오크스 박사도 마음을 놓는 것 같았다. 혹시 아이는 무대 생활을 동경하는데 저 삼촌이라는 자가 반대하나? 아니면 내가 모르는 다른 일이 벌어지고 있는 건가? "뉴욕은 어땠니?"가 크게 관심을 끌 만한 질문이 아니었는데도 이상하게 기자들은 찍소리 한 번을 내지 않았다. 그들은 우리 사이에 금방이라도 무슨 일이 벌어지길 바라는 것처럼 완전한 집중상태로 우리를 지켜보고 있었다.

'〈타임스〉의 그 기사를 읽어볼 것을.' 나는 생각하고 에밀리에게 엠파이어 스테이트 빌딩에 다녀왔는지 물어보았다.

"아니요." 그녀가 말했다. "내일 NBC 위크엔드에 출연하고 나서 아침에 갈 예정이에요. 10시에는 록펠러센터에서 스케이트를 탈 거예요. 당신도 올 수 있으면 얼마나 좋을까요, 미스 하빌랜드."

"아침 10시에?" 나는 화들짝 놀라 말했다. "나는 그 시간이면 한밤중이란다." 기자들이 웃음을 터뜨렸다. "그래도 물어봐줘서 고맙다. 내일 밤에는 뭘 할 생각이니?" 나는 묻자마자 〈금지된 세계〉를 보러 갈 거라는 대답이 돌아올 거라고 예상했지만, 괜한 걱정이었다.

"라디오시티 뮤직홀에서 크리스마스 공연을 볼 거예요." 그녀가 말했다.

"오, 잘됐구나. 로켓 무용단을 보면 정말 좋아할 거야. 아, 벌써 봤던가? 퍼레이드에 로켓 무용단이 나왔니?"

"아니요." 에밀리가 말했다. "그게 뭐죠?"

"로켓 무용단은 퍼레이드에 참가하지 않아." 토랜스가 끼어들었다. "로켓 무용단은 34번가 메이시 백화점 앞에서 춤을 추지. 삼촌과 너는 내일 또 뭘 할 예정이지, 에밀리?"

"타임스퀘어에 갔다가 메이시 백화점과 블루밍데일스 백화점에 크리스마스 상품을 보러 갈 거고 다음은 디즈니 매장에 가서…."

"맙소사." 내가 말했다. "그 모든 걸 하루에? 말만 들어도 지치네!"

"하지만 저는⋯." 에밀리가 말을 시작했다.

이번에는 오크스 박사가 끼어들었다. "에밀리는 여기 와 있는 게 너무 신이 나서 피곤할 틈도 없답니다." 그가 말했다. "볼 것도, 할 일도 아주 많죠. 에밀리는 로켓 무용단을 보기를 기대했었지?" 그는 아이에게 신호를 주려는 듯 에밀리를 향해 고개를 끄덕였고 기자들은 기대감에 일제히 앞으로 몸을 기울였다. 그러나 기자들이 눈길을 던진 건 에밀리 쪽이 아니었다. 그들은 나를 보고 있었다.

갑자기 모든 게 확실해졌다. 그들이 에밀리가 피곤하다는 주제를 굳이 피하려고 했던 것이며, 토랜스가 퍼레이드에 관한 기사를 내가 얼마나 읽었는지 캐물었던 것, 그리고 에밀리가 연극계에 대해 백과사전 수준의 지식을 갖추고 있었던 것, 또 월-E 풍선까지.

올해 퍼레이드의 주제가 로봇이었던 것은 〈금지된 세계〉 때문이 아니었다. 바로 오크스 박사와 그의 '인공지능'을 알리기 위해서였다. 그리고 그중 하나가 지금 내 앞에 서 있었다. 그 뺨은 센서로 이루어졌고 눈을 동그랗게 뜬 표정이며 보조개가 쏙 들어가는 미소도 모두 프로그램된 결과였다.

토랜스, 이 쥐새끼, 나를 잘도 속였겠다. 그는 내가 〈버라이어티〉 잡지만 읽으니 에밀리가 누군지 모를 거라고 믿었다.

언론이 모두 여기에 와 있는 것도 당연했다. 그들은 숨을 죽이고 내가 무슨 일이 벌어지고 있는지 알아챌 순간을 기다리고 있었다. 그 순간은 썩 근사한 유튜브 동영상이 되어줄 것이다. 내가 도무지 믿을 수 없어 하며 충격을 받는 모습과 아주 흡족한 표정으로 능글맞게 실실 웃는 오크스 박사, 너털웃음을 터뜨리는 토랜스까지.

그리고 인터뷰가 끝날 때까지 내가 아무것도 눈치 못 채고 에밀리가 나를 교묘하게 속이는 데 성공한다면 훨씬 더 좋을 것이다. 그야말로 오크스 박사가 여기까지 와서 증명해 보이고 싶어 했던 바가 아니겠나. 그가 만든 인공지능은 인간과 전혀 구별이 안 된다는 것.

'에밀리는 진짜 이브 해링턴이로군.' 나는 생각했다. '순수하고 사랑스럽

고 금방이라도 상처를 받을 것처럼 생겼어. 그러나 겉보기와는 딴판이지.'

그러나 내가 그대로 말해버린다면, 에밀리에게 불쑥 비난의 손가락질을 하며 "이 사기꾼!"하고 소리를 지른다면, 오크스 박사와 AIS가 홍보 중인 이미지에 큰 타격이 가고 토랜스도 화를 내겠지. 지금까지 지켜본 것으로 짐작해보면 에밀리는 진심으로 보이는 눈물을 터뜨릴 것이고, 나는 〈평탄치 않은 밤〉의 1막 끝부분 파티 장면에서의 마고 채닝처럼 순진한 사람을 괴롭히는 못된 여자처럼 보일 것이며, 그리하여 〈데스크 셋〉의 주연을 맡을 기회도 함께 사라지고 말 것이다.

그러나 내가 계속 눈치를 못 챈 척하면서 토랜스가 내게 맡긴 1막짜리 작은 익살극 역할에 충실한다면, 나는 특급 바보처럼 보일 것이다. 타임스퀘어 광장의 〈타임스〉 건물에 헤드라인이 지나가는 게 보일 지경이다. "브로드웨이 전설의 평탄치 않은 밤." "로봇, 극장의 영부인을 속이다." 토니상 수상이 거론되는 여자 배우로서 얻고 싶은 홍보 효과는 절대로 아니다.

게다가 〈데스크 셋〉의 주제는 인간이 기술보다 더 똑똑하다는 것이다. '이런 상황에서 캐서린 헵번이라면 어떻게 했을까?' 나는 생각했다. '마고 채닝이라면 어땠을까?'

"크리스마스 쇼가 정말 마음에 들 거야." 토랜스가 에밀리에게 말하고 있었다. "특히 예수 탄생 장면이 훌륭하지. 진짜 나귀와 양이 출연하거든. 낙타도 나오고."

"정말 환상적일 것 같아요." 에밀리가 애교 있는 미소를 지으며 나를 보았다. "하지만 아무리 환상적이어도 〈오직 인간일 뿐〉보다 더 좋을 수는 없을 거예요."

오직 인간일 뿐. 그랬군. 이들이 내 공연을 보고 무대 뒤로 찾아와 나를 속이고 싶었던 이유가 바로 그거로군. '다들 안전벨트 단단히 매라고.' 나는 속으로 말했다. '평탄치 않은 밤이 될 테니까.'

"그리고 라디오시티 뮤직홀도 마음에 들 거야." 토랜스가 말했다. "아름다운 아르데코 양식 건물이거든."

오크스 박사가 고개를 끄덕였다. "쇼를 보기 전에 건물도 구경시켜주겠다고 했습니다. 그렇지, 에밀리?"

그게 나의 신호였다. "에밀리." 나는 생각에 잠긴 듯이 그 이름을 반복해 말했다. "참 예쁜 이름이구나. 정말 예뻐. 누구 이름을 따서 지은 거니?"

기자들이 송신장치와 안드로이드에서 일제히 고개를 들었고 오크스 박사는 눈에 띄게 긴장했다. 내 생각이 옳았다는 뜻이었다.

"예." 에밀리가 말했다. "에밀리 웹의 이름을 땄어요."

"〈우리 읍내〉에 나오는 에밀리 웹?" '그럴 줄 알았어.' 완벽한 이름이다. 〈톰 아저씨의 오두막〉에 출연한 어린 에바를 제외하면 에밀리 웹이야말로 미국 무대 역사상 가장 깜찍하고 사랑스러운 순수 소녀. 에밀리는 머리에 큼직한 리본을 달고 하얀 원피스를 입고 소녀처럼 깡충깡충 뛰어다니며 해바라기와 생일과 '잠들었다 깨어나기'를 얼마나 사랑하는지 종알종알 떠들다가 3막이 시작될 때 비극적으로 죽는 캐릭터다.

"아이 엄마가 가장 좋아하는 연극이었죠." 오크스 박사가 말했다. "에밀리는 그녀가 가장 좋아한 캐릭터였고요."

"아아." 나는 대답하고 아무렇지 않게 덧붙였다. "사람 이름을 땄는지는 몰랐어요. 그냥 약자가 아닐까 생각했죠."

"약자라니요?" 오크스 박사가 날카롭게 물었다.

"예. 엠엘이(MLE), 제조된 유사 생명체(Manufactured Lifelike Entity). 이런 거요."

쥐 죽은 듯한 침묵이 이어졌다. 마치 〈오직 인간일 뿐〉의 3막에서 내가 호프의 딸인 게 밝혀졌을 때 찾아오는 침묵 같았다. 기자들이 미친 듯이 안드로이드를 두드리기 시작했다.

나는 그들을 못 본 척했다. "그러다가 곧 혹시 너의 모델명일 수도 있겠다고 생각했어." 나는 에밀리에게 말했다. "네 얼굴은 마사 스콧을 모델로 삼았니? 그녀는…."

"마사 스콧은 원래 연극에서 에밀리 웹 역을 맡았어요. 프랭크 크레이븐이 무대감독을 맡은 연극이기도 하고요." 에밀리가 말했다. "그러나 제 얼굴은 조 앤 세이어스를 모델로 했어요. 에일린 역을 맡았던…."

에밀리의 모든 것

"브로드웨이 연극 〈내 동생 에일린〉의 에일린 말이구나." 내가 말했다.

"예." 그녀는 행복하게 말했다. "에일린이라는 이름을 갖고 싶었지만 삼촌이… 아, 그러니까 오크스 박사님이 그 이름은 잘못된 암시를 줄 수도 있다고 걱정하셨어요. 에일린은 에밀리 웹보다 훨씬 더 섹시하니까요."

에일린은 가는 곳마다 대소동을 일으켜 결국 뉴욕의 절반과 브라질 해군 전원이 콩가 춤을 추면서 그녀를 따라 긴 줄을 서게 되는 캐릭터이므로, 오크스 박사는 자신의 인공지능에게 그런 일이 벌어지는 것을 원하지 않았을 것이다.

"여자들은 때로 다른 여자의 섹시함을 위협으로 여기거든요." 에밀리가 말했다. "저는 전혀 위협적이지 않게 설계되었어요."

"그러니 당연히 이브라는 이름도 제외되었겠구나?"

"예." 에밀리는 열심히 대답했다. "그게 아니더라도 이브라는 이름은 쓸 수 없었을 거예요. 종교인들 사이에서 그 이름에 대한 선호도가 낮게 나왔어요. 또 〈월-E〉에 이브라는 로봇이 나오는 문제도 있었어요. 오크스 박사님은 사람들이 곧바로 로봇을 떠올릴 수 있는 이름은 좋지 않다고 하셨어요."

"그럼 터미네이터라는 이름도 제외되었겠구나." 나는 무미건조하게 말했다. "할(HAL)이라는 이름도."

기자들은 더 이상 참지 못했다. "에밀리가 인공지능이라는 사실은 언제 알아채셨죠?" 〈타임스〉 기자가 물었다.

"물론 처음 봤을 때부터죠. 연기야말로 제 전공이니까요. 보자마자 이 아이가 진짜 사람이 아니라는 걸 알았어요."

"정확히 무엇을 보고 알았죠?" 유튜브 기자가 말했다.

"전부요." 나는 거짓말을 했다. "억양이나 표정이나 말하는 타이밍이나…."

에밀리는 비참한 표정을 지었다.

"하지만 그 결함이란 게 몹시 사소했어요." 나는 달래듯이 말했다. "아무나 알아챌 수 있는 정도는 아니었죠."

나는 이렇게 말하려고 했다. "저처럼 무대 생활을 오래 한 사람만이…." 그러나 제때 말을 멈추었다.

"오직 프로만이 알아챌 수 있었을 거예요." 대신 이렇게 말했다. "전문적인 배우는 관객이 전혀 알아채지 못할 때도 누군가가 연기를 하는 걸 알아보거든요."

그것은 사실이었다. 아니라면 그들도 내가 새빨간 거짓말을 하고 있다는 걸 깨달았을 것이다. "넌 정말, 정말 잘했어, 에밀리." 나는 아이를 향해 활짝 웃었다.

에밀리는 여전히 동요한 것처럼 보였다. 나는 그 애의 고통스러운 표정과 입술을 깨문 얼굴 뒤에 숨은 감정이 진짜가 아니라는 것을 알면서도 이렇게 말했다. "네가 보통 무대 뒤로 찾아오는 어린 여자애들보다 연극에 관한 지식이 훨씬 더 해박하지 않았다면, 아마 나조차도 사실을 알아챌 수 있었을까 확신이 서지 않을 정도란다. 그런 애들은 뮤지컬 〈리틀 나이트 뮤직〉이 〈트와일라잇〉 뮤지컬 버전에 나오는 노래인 줄 알거든."

두 명을 제외한 기자들이 웃음을 터뜨렸다. 그 두 명과 토랜스만 멍한 얼굴이었다.

"넌 지나치게 똑똑한 게 탈이었어." 나는 에밀리를 향해 빙그레 웃으며 말했다. "캐롤 채닝에게 수업이라도 받아야겠다."

"캐롤 채닝은 〈신사는 금발을 좋아해〉에서 로렐라이 리 역할을 맡았어요." 에밀리는 말하고 아차 싶었는지 손으로 제 입을 막았다.

기자들이 웃었다.

"하지만 내가 확실히 눈치를 챌 수 있었던 건 말이야." 나는 그 애의 진짜 같은 어깨를 다정하게 붙잡으며 말했다. "내가 지금껏 만나본 네 또래 아이 중에서 너는 배우가 되고 싶다고 말하지 않은 유일한 아이였단다."

"오, 세상에." 에밀리가 오크스 박사를 보며 말했다. "배우가 되고 싶다고 말했어야 한다는 거 알아요." 그 애는 다시 내 쪽을 보았다. "하지만 그랬다간 제가 당신 직업을 욕심낸다는 인상을 심어줄까 봐 걱정되었어요. 당연히 저는 그럴 마음이 없으니까요. 인공지능은 누구의 직업도 뺏기를 원하지 않아요."

"우리 인공지능은 오직 인간을 도우려고 설계되었습니다." 오크스 박사가 말했다. "인간의 직업을 더 쉽고 즐겁게 해줄 일만 하게 되어 있죠." 박사의 말은 명백히 현란한 회사홍보였다. "인공지능은 사람들이 싫어하는 기계를 없애려고 왔습니다. 셀프주유기, 식료품 매장의 계산기, 도무지 작동법을 이해할 수 없는 전자기기 등을 말입니다. 수리용 프로그램을 쓸 필요 없이, 잘생긴 젊은이가 와서 컴퓨터 버그를 고쳐주는 편이 훨씬 좋지 않을까요? 어떤 것도 나의 상황에 적용되지 않는 열두 개의 선택안 중 무엇을 고를까 고민하는 대신 친절하고 똑똑한 교환원이 직접 연결되어 내 말을 들어주는 편이 낫지 않겠어요? 아니면," 박사는 내 쪽을 향해 고개를 끄덕이며 말했다. "구글을 검색하느라 시간을 낭비할 필요 없이 오리지널 뮤지컬에 어떤 배우가 출연했는지 줄줄 알려줄 수도 있고요."

"그럼 너는 그 모든 일을 다 할 수 있니?" 나는 에밀리에게 물었다. "주유를 하고 컴퓨터를 고치고 20달러 지폐를 뱉어내고?"

"오, 아니요." 그 애는 눈을 크게 뜨고 말했다. "그중 어떤 것도 프로그램되지 않았어요. 저는 대중에게 인공지능을 소개하기 위해 설계되었어요."

그리고 젊고 예쁘장한 모습으로 거기 서서 인공지능이 위협적인 존재가 아님을 설득하려고 설계되었겠지. 마치 미스 캐스웰처럼.

"에밀리는 단지 모형일 뿐입니다." 오크스 박사가 말했다. "실제 인공지능은 다양한 직업별로 다양한 일을 하도록 설계되지요. 인공지능은 당신의 하녀가 될 수도 기술지원을 할 수도 개인 비서가 될 수도 있습니다."

"이브 해링턴처럼요." 내가 말했다.

"예?" 오크스 박사가 얼굴을 찡그리며 물었다.

"마고 채닝은 이브 해링턴을 개인 비서로 고용해요." 에밀리가 설명했다. "그런데 이브는 마고의 경력을 훔쳐 가죠."

"그러나 인공지능에게는 그런 일이 일어날 수 없습니다." 오크스 박사가 말했다. "그들은 인간을 대체하기 위해서가 아니라 인간을 도우려고 만들어지니까요." 박사가 나를 보고 활짝 웃었다. "다시는 이브 해링턴에 관해 걱정할 필요가 없습니다."

"오크스 박사님은 인공지능이 인간의 직업을 차지하는 게 금지되어 있다고 말씀하셨습니다." 기자 하나가 큰 소리로 물었다. "하지만 방금 본 에밀리처럼 인공지능이 꽤 똑똑하다면 그 규칙을 교묘하게 피할 방법을 찾아내지 않으리라는 보장을 어떻게 할 수 있죠?"

"그건 규칙의 문제가 아니기 때문입니다." 오크스 박사가 말했다. "그것은 프로그래밍의 문제입니다. 인간은 다른 사람의 직업을 '원합니다.' 인공지능은 그럴 수가 없어요. '원한다'는 개념은 그들의 프로그램에 없으니까요."

"하지만 제가 아까 에밀리에게 이름에 관해 물었을 때 원래 에일린이라고 불리기를 원했다고 했어요." 나는 박사를 일깨웠다.

"그건 상징적인 표현이었습니다." 박사가 말했다. "에밀리는 인간이 말하는 것처럼 그 이름을 '원한' 게 아니었어요. 여러 선택안 가운데 하나를 선택했고 추가 정보를 바탕으로 그 선택을 바꿨다는 사실을 그렇게 표현했을 뿐입니다. 에밀리는 그 긴 과정을 줄여서 '원하다'라는 단어를 사용한 겁니다."

'그리고 그 애가 우리처럼 생각한다고 믿게 하려고 그 단어를 사용했겠지.' 다시 말해 그 애는 연기를 하고 있었다. "그렇다면 에밀리가 연극을 사랑한다고 말했을 때는요?" 나는 박사에게 물었다.

"정말로 사랑해요." 에밀리가 말했다. 이것도 전부 프로그램된 것이고 정교한 센서의 작용이겠지만 그 애는 진심으로 속상한 얼굴을 하고 있었다. "우리가 뭔가를 좋아하는 것도 인간과 똑같아요."

"그렇다면 인공지능이 우리 직업을 가져가는 것을 '좋아하는' 것은 어떻게 막을 수 있습니까?" 아까와 같은 기자가 물었다.

"예." 또 다른 기자가 연달아 물었다. "선호도를 전혀 가지지 않게 프로그램을 만드는 게 더 안전하지 않을까요?"

"그건 불가능해요." 에밀리가 말했다. "인간의 행동을 모의하려면 고차원적인 사고가 필요하고 고차원적인 사고는 선택안 사이의 선택을 요구하기 때문이에요."

"그리고 그 선택안들은 모두 타당한 것들로 이루어져 있습니다." 오크스 박사가 말했다. "예를 들면 어떤 단어를 고를지, 어떤 표정을 지을지, 어떤 정보를 줄지, 혹은 어떤 정보를 보류할지를 선택하는 것이죠."

'네가 인공지능이라는 사실을 알릴지 숨길지 선택하는 것처럼 말이지.' 오크스 박사가 설교 중에 고차원적인 사고에는 거짓말하는 능력도 포함되어 있다는 사실을 말할지 궁금했다.

"어떤 행동을 취할지 선택하는 것은 다른 행동, 다른 말, 심지어 다른 생각 대신 한 가지를 선택하는 능력이 없이는 불가능합니다." 그는 계속 말했다.

"인간의 것을 차지하겠다는 '선택'을 막아줄 장치가 있습니까?" 세 번째 기자가 말했다.

"인공지능은 인간이 대다수 직업에서 더 나은 자격을 갖추게 도와주는 기술과 속성을 고려하도록 프로그램되어 있습니다. 그러나 인간의 직업과 경력을 '욕망'하게 하는 속성은 프로그램되어 있지 않습니다. 개인적으로 두드러지고 싶은 진취성이랄지 추동력, 욕구 말이죠."

"그러니까 자기 직업은 안전하다는 뜻이야, 클레어." 토랜스가 말했다.

"물론입니다." 오크스 박사는 비꼬지 않고 직설적으로 말했다. "게다가 인공지능의 선호도는 감정을 기반으로 하지 않으므로 이들에겐 직업을 향한 동기를 불러일으키는 다른 요소, 즉 권력과 섹스와 돈을 향한 욕망이 없습니다. 또 마지막 안전장치로 인간을 만족하게 하고자 하는 충동을 프로그램에 넣었습니다. 그렇지, 에밀리?"

"그래요." 에밀리가 말했다. "저는 누구의 직업도 훔치기를 원하지 않을 거예요. 특히 당신의 직업은요, 미스 하빌랜드."

'이브 해링턴도 정확히 저렇게 말했지.' 나는 생각했다.

그러나 이 자리는 맞서 싸우기가 아니라 언론홍보를 위한 자리였고 기자들도 토랜스도 에밀리의 연기를 곧이곧대로 믿는 게 분명했으므로, 내가 만약 무슨 말이라도 보탠다면 나는 파티의 마고 채닝처럼 보일 것이다. 완전히 나쁜 년 말이다.

그래서 나는 웃으며 에밀리와 사진 촬영을 위한 자세를 취했고 그 애가 나에게 라디오시티 뮤직홀의 크리스마스 쇼에 함께 갈 수 있느냐고 물었을 때도 ("시장님이 입장권을 추가로 구해주실 수 있을 거예요.") "내 눈에 흙이 들어가기 전에는 안 돼."라고 말하지 않았다.

나는 안타깝다는 듯이 말했다. "그날 공연을 해야 한단다." 그리고 토랜스를 기쁘게 해주려고 "거기 보고 계신 모든 시청자 여러분. 44번가 나단 레인 극장에서 상연 중인 〈오직 인간일 뿐〉을 보러 와주세요. 저녁 8시랍니다."라고 말했다.

"자기 정말 끝내줬어!" 다들 가고 난 후 토랜스가 말했다. "자기 공연 중 최고였어! 부활절까지 표가 매진될 거야. 록펠러센터에서 아이스스케이트 타는 건 다시 생각할 필요도 없지 않아? 대단한 홍보가 될 거야. 자기는 이제 귀여운 아이스스케이트 스커트를 입고 30분 동안 얼음 위를 미끄러지기만 하면 돼."

"스케이트 스커트 안 입어." 나는 귀걸이를 빼며 말했다. "타이츠도 안 신고. 또…."

"무용복도 안 입고. 미안, 내가 깜박했어. 우리 그 애를 다시 불러다 극장을 구경시켜줄까? 그러면 여름까지 표가 매진될 거야. 아니면 그 애를 자기 아파트로 초대해 내일 오찬을 할 수도 있어."

"오찬 안 해." 나는 화장을 지우며 말했다. "극장 구경도 없어. 로봇도 없고."

"인공지능이야." 그는 반사적으로 내 말을 고쳐주고 얼굴을 찡그렸다. "난 자기가 에밀리를 좋아하는 줄 알았는데."

"그런 걸 연기라고 부르는 거야."

"하지만 왜 그 애를 좋아하지 않아?"

"위험하니까."

"위험하다고? 그렇게 다정한 어린아이가?"

"그게 정확한 이유야. 다정하고 어리고 순진하고 사랑스럽고 완전하게 무해한 트로이의 목마지."

"자기도 오크스 박사 말을 들었잖아. 그가 만든 인공지능은 인간의 직업을 훔치기 위해서가 아니라 인간을 도우려고 프로그램되었다고."

"옛날에도 영화가 보드빌* 쇼를 죽이지 않을 거라고 했어. 전자 악기가 극장의 오케스트라를 없애지 않을 거라고 했고. 컴퓨터그래픽이 무대 설치가들을 대체하지 않을 거라고 했어."

"하지만 박사가 그랬잖아. 위험을 방지하기 위해 안전장치를 마련했다고. 아니, 그렇지 않더라도 에밀리는 자기를 대체할 수 없어. 그 애는 연기를 못 하잖아."

"당연히 할 수 있어. 그 애가 아까 1시간 동안 여기서 보여준 게 뭐라고 생각하는 거야? 자신이 가지지도 않은 감정을 흉내 내는 것, 그거야말로 연기의 정의라고 나는 믿어."

"자기가 이런 문제를 걱정하다니 믿을 수가 없어. 아무도 자길 대체할 수 없어, 클레어. 자기는 단 하나야. 자기는…."

"'전설'이라고 하기만 해봐."

"'스타'라고 말하려고 했어. 게다가 자기도 에밀리 말 들었지. 그 애는 배우가 되기를 원하지 않아."

"나도 그 애 말을 들었지만 그렇다고 그 애가 저 문밖에서 기다리고 있다가 내가 나가면 내 비서가 되고 싶다고 애원하지 않는다는 뜻은 아니야. 그러면 다음에 어떤 일이 벌어질지 안 봐도 뻔하잖아? 나는 자동차에 기름도 떨어지고 직업도 잃은 채 버몬트주 한가운데에서 꼼짝달싹도 못 하겠지."

"버몬트?" 토랜스가 멍청한 얼굴로 물었다. "자기가 왜 버몬트에 가? 올해는 여름 휴양지 공연 계획이 없잖아?"

그의 말을 듣고 있으려니 〈평탄치 않은 밤〉을 실제로 본 사람을 곁에 둘 수만 있다면 차라리 에밀리를 개인 비서로 고용하는 편이 낫겠다는 생각이 들었다. '춤은 10점, 외모는 3점'이 무슨 뜻인지 알아듣는 사람이 옆에 있어준다면.

그러나 사인을 받으려고 밖에서 기다리는 무리 중에 에밀리는 없었다.

---

* 19세기 중반 프랑스에서 시작된 다양한 오락 장르의 연극. 1880년대 초부터 1930년대 초까지 미국과 캐나다에서 인기를 끌었다.

내 사인을 받겠다고 서 있는 무리가 〈금지된 세계〉를 공연 중인 마제스틱 극장 밖에 모인 인파보다 상당히 적다는 사실이 어쩔 수 없이 눈에 띄었다. 에밀리는 리무진 옆에서 기다리고 있지도 않았고, 3막에서 이브가 그랬던 것처럼 이미 제집처럼 편안해진 내 아파트에서 기다리고 있지도 않았다.

그리고 다음 날 아침 일어났을 때 내 문밖에 서 있지도 않았다. 토랜스가 가져다 둔 게 확실한, 근사한 기사가 실린 〈포스트 데일리 뉴스〉만 한 부 놓여 있었다. 신문에 어제 무대 뒤를 방문한 사진 한 장과 두 칸을 꼬박 채운 기사가 실렸다. 기사에서 나를 '전설'로 부르지 않아 기뻤고 30분 후에 토랜스가 전화를 걸어 〈오직 인간일 뿐〉이 내년 2월까지 전 좌석 매진이라는 소식을 알려와서 또 기뻤다. "전부 자기 덕분이야."

"아부해도 소용없어." 내가 말했다. "그래도 난 아이스스케이트는 타지 않을 테니까."

"에밀리도 안 타." 토랜스가 말했다. "밖에 비가 쏟아지고 있거든."

'참 잘됐네.' 나는 생각했다. 에밀리는 이제 크라이슬러 빌딩이나 현대미술관 같은 곳에 들어가 자신이 위협적인 존재가 아님을 대중에게 설득해야 할 것이다. 아니면, 정말로 그렇게 나의 열혈 팬이라면 〈오직 인간일 뿐〉을 다시 보러 오겠지. 그러나 낮 공연 때 에밀리의 모습은 보이지 않았다.

나는 안심했다. 오크스 박사가 AIS의 인공지능은 우리 직업을 훔치러 온 게 아니라고 장담했고 에밀리도 배우가 되기를 원하지 않는다고 열변을 토했지만, 〈이브의 모든 것〉과 비슷한 점이 너무 많아 마음을 놓을 수가 없었다. 지금 장난하나? 인공지능이 정말로 위협적인 존재가 아니라면 오크스 박사와 AIS는 우리를 설득하는 일에 왜 그렇게 많은 시간과 노력을 쏟아붓고 있단 말인가.

그래서 저녁 공연 직전에 비가 진눈깨비로 변해 퍼붓기 시작했을 때도, 취소사태가 이어지고 공연을 보러 온 관객들이 젖은 양털 냄새를 풍겼을 때도 나는 전혀 불행하지 않았다. 관객들이 1막과 2막 내내 기침을 하고 코를 훌쩍거리고 중요한 대사마다 요란한 소리를 내며 우산을 떨어뜨렸지만, 적어도 에밀리는 2막의 이브 해링턴처럼 공연 후 무대 밖에서 나를 기다리고 있지는 않을 것이다.

사실, 무대 밖이나 좌석 쪽에서 기다리는 사람은 아무도 없었다. 물론 진눈깨비가 내린다고 해서 〈금지된 세계〉의 팬들이 거리에 줄지어 서 있는 것까지 막지는 못했다. 엄청난 군중이 우산 아래 옹송그리고 모여 서서 흠뻑 젖은 프로그램 리플릿을 움켜쥐고 샤일로 졸리와 저스틴 주니어를 기다리고 있었다. 에밀리와의 만남이 더 어린 관객층을 끌어모을 거라던 토랜스의 말은 이쯤에서 잊기로 하자.

운전기사 조르주가 우산을 펼쳐 들고 내 쪽으로 철벅철벅 달려왔다. 나는 고마운 마음으로 우산 밑으로 들어갔고 그는 대기 중인 리무진으로 나를 안내하고 뒷좌석에 태웠다.

내가 차 안에 앉아 코트 자락을 터는 사이 조르주는 차를 돌아 운전석으로 갔고 나는 구두가 얼마나 망가졌는지 보려고 고개를 숙였다.

한 소녀가 손바닥으로 내가 탄 쪽 차창을 두드렸다. 창에 김이 서려 있어서 손만 보일 뿐 누구인지는 보이지 않았다. 그러나 그게 누구든 소녀는 내 이름을 알고 있었다. "미스 하빌랜드!" 창문이 닫혀 있기도 하고 지나가는 자동차 소리에 묻히기도 해서 소녀의 목소리는 잘 들리지 않았다. "잠깐만요!"

'사인을 받겠다고 기꺼이 얼어 죽을 것 같은 추위를 견디는 팬은 저스틴 주니어만 거느린 게 아니야.' 나는 차창을 내리려고 문을 더듬으며 버튼을 찾았다. "어떤 버튼이죠?" 나는 큰 덩치를 부리며 이제 막 운전석에 올라탄 조르주에게 물었다.

"왼쪽 버튼입니다." 그는 운전석 문을 쾅 닫으며 시동을 걸었다. "원하시면 출발하겠습니다."

"팬을 남겨두고요?" 나는 말했다. "당치 않아요!" 물론 그 주에 나를 기다린 팬들은 저스틴 주니어를 기다리다 지쳐서 잠시 진눈깨비나 피하려고 대신 내 사인이라도 받으러 온 〈금지된 세계〉의 팬일 가능성이 컸다. "사인은 브로드웨이 전설의 의무죠." 나는 말하고 버튼을 눌렀다.

"아, 감사해요, 미스 하빌랜드." 소녀가 내려가는 차창 위쪽을 움켜잡고 말했다. "그대로 가버리면 어쩌나 걱정했어요."

에밀리였다. 연갈색 머리카락이 이마와 뺨에 찰싹 들러붙었고, 눈썹과 코에서 빗물이 뚝뚝 떨어지는 모양이 꼭 물에 빠진 생쥐 꼴이었다.

"여기서 뭐 하는 거야?" 뭘 하는지 분명했지만 물어보았다. 이브가 마고 채닝에게 마고의 공연 티켓을 사느라 돈을 다 써버려서 며칠 동안 아무것도 먹지 못했다고 말하는 〈평탄치 않은 밤〉의 장면과 똑같았다.

"드릴 말씀이 있어요." 에밀리는 다급하게 말했고 나는 오크스 박사의 천재적인 기술에 감탄할 수밖에 없었다. 에밀리의 뺨과 코는 얼어붙는 추위로 새빨개져 있었고 입술은 얌전한 분홍색 립스틱 아래서도 창백해 보였으며 아래로 내려간 차창을 꼭 움켜쥔 손등은 하얗게 질려 있었다.

'이 아이는 정말로 추운 게 아니야.' 나는 생각했다. '전부 센서가 하는 일이야. 센서가 반응하도록 프로그램된 거야.' 그러나 그렇게 서 있는 그녀를 향해 안쓰러운 마음을 느끼지 않기란 어려웠다. 환상은 너무도 완벽했다.

그리고 조르주는 확실히 그 환상에 넘어갔다. 그는 뒷좌석 쪽으로 몸을 기울이며 물었다. "저 소녀를 차에 태워야 하지 않겠어요?"

'아니.' 나는 생각했다. '그러면 그 애는 내게 눈물 없이는 들을 수 없는 이야기들을 쏟아낼 테고 그다음은 알다시피 내가 그 애를 대역배우로 고용하게 되겠지. 나는 제2의 마고 채닝이 되고 싶지 않아. 저 애가 아무리 애처로워 보이더라도.'

그러나 그렇게 말하지는 않았다. 대신 이렇게 말했다. "오크스 박사는 어디 있니? 오늘 저녁 라디오시티 뮤직홀에서 크리스마스 쇼를 보기로 한 줄 알았는데?"

"우리… 우리는… 저는 쇼를 봤어요." 그녀는 말을 더듬거렸다. "그런데 무슨 일이 생겼어요."

"오크스 박사에게?" 순간 그 애가 프랑켄슈타인의 괴물처럼 박사를 죽이고 어둠 속으로 미친 듯이 뛰쳐나가는 모습이 불쑥 떠올랐다.

"아니요." 그녀가 말했다. "박사님은 제가 없어진 것도 몰라요. 무슨 일이 생겼는지 당신에게 말하고 싶어서 몰래 빠져나왔거든요. 무슨 일이…

에밀리의 모든 것 99

제가 쇼를 보는 동안… 저한테 무슨 일이 벌어졌어요."

'그랬겠지.' "결국 배우가 되고 싶다고 결심했구나." 나는 무미건조하게 말했다. 아니, 한바탕 쏟아지는 차가운 비를 온통 내게로 끌어모을 수 있을 만큼 건조하게 말했다.

그 애의 눈이 경악에 찬 표정을 완벽하게 흉내 내며 휘둥그레졌다. "아니에요, 미스 하빌랜드!" 그 애는 애원하듯 말했다. "꼭 드릴 말씀이 있어요."

"아이를 저렇게 밖에 세워두면 안 돼요." 조르주가 나무라듯 말했다. "저러다 폐렴에 걸리겠어요."

'아니, 그렇지 않아.' 나는 생각했지만, 조르주의 말이 옳았다. 저 애를 저렇게 밖에 세워두면 안 된다. 물 때문에 저 애의 전자장치에 합선이 일어나거나 장비에 녹이 슬거나 할지도 모른다. 그리고 누구라도 저 애가 밖에 서서 차에 태워달라고 애원하는 모습을 본다면 나는 괴물처럼 보일 것이다.

게다가 사람들에게 저 애는 그저 로봇이라고 말해도 사람들은 빨간 코와 새파래진 입술을 하고 저기 서 있는 아이를 보고 내 말을 믿지 않을 것이다. 이제 아이는 숫제 치아까지 달그락거리며 떨고 있었다. "차에 타." 나는 말했다.

조르주가 서둘러 나가 에밀리에게 문을 열어주자 그 애는 온 군데에 물을 묻히며 차에 탔다. "정말 고맙습니다, 미스 하빌랜드." 그 애가 내 손을 잡으며 말했다. 그녀의 센서는 생각보다 훨씬 훌륭했다. 그 애의 손은 진눈깨비 내리는 날 밖에 서 있는 팬들이 그럴 것처럼 정확히 얼음장처럼 차가웠다.

"난방을 켜요." 나는 조르주에게 지시했다. "에밀리, 오크스 박사 몰래 빠져나왔을 때 어디에 있었지? 라디오시티 뮤직홀에 있었니?"

"예. 박사님에게 대강당 밖 여자 화장실에 가야 한다고 말했어요."

여자 화장실이라고? 저 애는 대체 얼마나 진짜 같은 건가.

"벽화를 보려고요." 그 애가 말했다. "시대별로 화장(化粧)의 역사를 보여주는 비톨드 고든의 벽화가 있거든요. 클레오파트라, 그리스 시대, 마리 앙투아네트, 또…"

"그런데 여자 화장실에서 무슨 일이 있었니?"

"아니요." 그녀는 얼굴을 찡그리며 말했다. "여자 화장실에 다녀오겠다고 한 건 박사님 몰래 옆문으로 빠져나가려고 그랬던 거예요."

'거짓말을 할 수 있는 건 확실하군.' 나는 생각했다. "그게 얼마 전 일이지?" 내가 물었다.

"18분 전이요. 내내 뛰어왔어요."

아직 20분이 안 됐으니까 오크스 박사가 공황에 빠져 '실종 로봇' 신고를 하지는 않았다는 뜻이었다. "조르주, 전화기 좀 줘봐요." 내가 말했다.

조르주가 전화기를 건넸다.

"에밀리, 오크스 박사 휴대폰 번호가 어떻게 되지?"

"오, 안 돼요. 박사님한테 돌려보내지 마세요!"

"안 그럴 거야." 나는 약속했다. "박사 전화번호를 알려줘."

그 애가 번호를 알려줬다.

"클레어 하빌랜드예요." 박사가 전화를 받자 말했다. "걱정하지 마시라고 전화했어요. 에밀리는 저랑 같이 있어요. 제가 극장 구경을 시켜주고 있어요. 그런 다음 나가서 진짜 뉴욕 치즈케이크를 먹을 거예요."

"그 애는 치즈케이크를 못 먹어요. 그 애는 인공지능…."

"예, 알아요. 하지만 저는 먹을 수 있죠. 그 애는 진짜 극장가의 음식을 보는 것만으로도 즐거울 거예요. 그런 다음 제가 집까지 데려다줄게요. 박사님은 호텔에 계신가요?"

그렇지 않았다. 그는 라디오시티 뮤직홀에 있었다. "직원들하고 에밀리를 찾느라 온갖 데를 헤맸어요. 지금 막 경찰에 전화하려던 참이었습니다. 그 애는 당신이 극장 구경을 시켜주기로 했다고 왜 제게 말하지 않았을까요?"

"의사 전달 과정에 잠시 실수가 있었던 거죠." 내가 말했다 "에밀리는 제가 당신에게 말했다고 생각했고, 나는 우리가 그 문제를 이야기할 때 당신도 그 자리에 있었다고 생각했어요." 박사가 에밀리와 내가 단둘이 얘기할 기회가 없었고 내내 그가 옆을 지키고 있었다는 사실을 기억하지 못하길 바라며 말했다. "혼동을 일으켜서 죄송해요, 오크스 박사님."

"그 애는 저한테 말하고 갔어야 했어요." 박사가 말했다. "제가 걱정할 걸 알았어야 한단 말입니다."

"어떻게 그래요?" 내가 말했다. "에밀리에겐 인간적인 감정이 없다고 박사님이 말씀하셨잖아요."

"하지만 저는 매우 구체적인 프로그램을…."

아무래도 말이 길어질 것 같았다. "박사님 목소리가 갈라진 것 같아요." 나는 그의 주의를 다른 데로 돌리려고 했다. "감기 걸리셨어요?"

"그런 것 같네요. 에밀리를 기다리느라 비를 흠뻑 맞았거든요. 이러다 폐렴이라도 걸리면…."

"어머, 딱해라." 나는 25년간 갈고닦은 연기 능력을 죄 끌어모아 최대한 동정심을 느끼는 척했다. "어서 집에 가서 주무세요. 룸서비스로 뜨거운 토디*를 시켜서 드세요. 에밀리는 제가 데리고 있다가 안전하게 돌려보낼게요." 그는 언짢은 부모의 말투로 뭐라 뭐라 잔소리를 조금 더 한 뒤에 전화를 끊었다.

"좋아." 내가 말했다. "이 문제는 해결했고…."

"우리 정말로 식당에 가요?" 에밀리는 안타깝게 물었다.

"아니, 네가 원하지 않으면 안 가. 그냥 박사가 극장으로 온다고 할까 봐 둘러댄 거야. 넌 어딜 가고 싶니? 극장으로 돌아갈까? 아직 베니가 있을 테니 우릴 들여보내 줄 거야."

"그냥 차 안에 있으면 안 돼요?"

"물론 되지." 나는 조르주에게 차를 연석 쪽으로 가까이 대라고 말했다. 조르주는 그렇게 한 다음 트렁크에서 격자무늬 담요를 하나 꺼내와 에밀리의 무릎에 덮어주었다. "오, 하지만 저는…." 그 애가 거절하려고 했다.

나는 에밀리에게 고개를 저었다.

그 애는 고개를 끄덕이고 조르주가 제 무릎에 담요를 덮어주고 어깨에 재킷을 둘러주는 걸 가만히 놔두었다. "고맙습니다." 그 애는 조르주를 향

---

* 위스키에 레몬, 설탕, 온수를 섞은 음료

해 매혹적인 미소를 지으며 인사했다.

"뜨거운 거라도 마시겠어요?" 조르주는 차 안에 나도 있다는 걸 잊은 사람처럼 에밀리에게만 물었다. "커피나 뭐라도?"

"아, 아니에요." 그 애가 말했다. "저는 마실 수가…."

"코코아를 마실 거예요." 나도 이 아이처럼 젊고 무기력하게 매혹적으로 보일 수 있다면 얼마나 많은 것을 내어줄 수 있을까 생각하며 끼어들었다. "그리고 나는 커피에 럼샷을 추가한 걸 사다 줘요. 다크 브루에서 파는 그 진흙탕물 말고요." 나는 덧붙였다. "피넬리에가에 있어요." 그 카페는 여섯 블록이나 떨어져 있었다.

조르주는 순순히 떠났다. "좋아." 나는 말했다. "이제 이야기를 나눌 수 있겠다. 무슨 일이 있었는지 말해봐. 너는 라디오시티 뮤직홀에 크리스마스 쇼를 보러 갔다고 했지."

"예, 정말 아름다웠어요. 그리고 거대했어요. 황금색 커튼과 샹들리에와 조각상과 엄청나게 넓은 무대와…."

"알아. 나도 가본 적 있어. 그런데 거기서 무슨 일이 벌어졌다고 했지?"

"예, 쇼가 시작되었고 노래를 부르고 춤을 추고 나서 로켓 무용단이 나왔어요. 그들은 80명의 무용수로 이루어졌는데 공연마다 40명씩만 나와요. 원래는 록시 극장에서 춤을 추었던 16명의 록시에트 무용단으로 출발했지만 1932년 라디오시티 뮤직홀이 개관하면서 엄청난 인기를 끌게 되었죠. 폭 44미터의 무대에 선 그들의 모습이 장관이었거든요. 그래서 20명의 무용수를 더하고 나중에 또 4명을 더해 그 후로는 쭉 40명이 공연을 하게 되었어요. 그들은 전부 키가 똑같고 의상도 똑같고…."

"나도 로켓 무용단이 뭘 하는지는 알아." 나는 말했지만 에밀리를 막을 수는 없었다. 그 애는 이미 봇물 터지듯 말하고 있었다.

"총 10만여 회가 넘는 공연을 해왔고 1970년대에는 라디오시티 뮤직홀을 구하기도 했어요! 뮤직홀이 해체될 위기에 처했을 때 로켓 무용단이 공연 의상을 입고 밖으로 나와 건물 둘레에 둘러서서 길 가는 사람들을 붙들고 건물을 구하자는 탄원서에 서명을 받았어요. 80명의 단원이 전부 밖에

서서 말이에요. 한겨울 눈이 오는 거리였어요."

나는 그 애가 숨을 쉬려고 잠깐 멈출 때를 기다리다가, 곧 그 애가 숨을 쉴 일은 없을 거라는 사실을 깨달았다. 그냥 내가 끼어들어서 막아야 했다. "로켓 무용단이 나온 다음 어떻게 됐지?" 내가 물었다.

"그들은 길고 완벽한 직선을 이루어 섰어요. 가장자리에 흰색 털이 달린 빨간색 무용복을 입고 모자를 쓰고 황금색 탭 슈즈를 신었죠. 그건 그들의 전통적인 크리스마스 공연 의상 중 하나예요. 그들은 1933년부터 크리스마스 공연을 하고 있어요."

이런 식이면 밤을 꼬박 새워도 모자랄 판이었다. 나는 다시 끼어들었다. "그들이 직선을 이룬 다음 어떻게 했니?"

"팔짱을 끼고 동시에 공중으로 다리를 차올렸어요." 그 모습을 설명하는 에밀리의 눈이 흥분으로 빛났다. "머리 높이까지 찼어요. 그리고 모든 발차기의 높이가 정확하게 똑같았어요."

나는 고개를 끄덕였다. "그래서 로켓 무용단이 유명한 거야. 정확하게 눈높이까지 올라오는 발차기."

"그리고 스케이터들이 등장해 연못에서 스케이트를 탔어요. 바로 무대 위였어요. '심플 리틀 위크엔드' 노래에 맞춰서요."

〈평탄치 않은 밤〉에 나오는 노래다.

"그러자 로켓 무용단이 스팽글이 달린 하늘색 무용복을 입고 은색 탭 슈즈를 신고 다시 나와 발차기를 조금 더 하고 나서…."

전체 쇼가 어땠는지 일일이 다 들어야 하는 건가? "에밀리." 내가 말했다. "그래서 정확히 무슨 일이 있었던…?"

"커튼이 열리자 장난감 가게가 나왔고 로켓 무용단이 장난감 병정 의상을 입고 나와서 일제히 쓰러졌어요."

대쪽같이 꼿꼿하게 선 장난감 병정이 길게 늘어서 있다가 도미노처럼 서로 몸에 포개지며 쓰러져 무대 위에 깔끔하게 정렬하는 것도 로켓 무용단의 유명한 쇼 중 하나였다.

"그러고 나서," 에밀리가 계속 말했다. "머리에 빛이 번쩍이는 네모난

상자를 쓰고 온통 은색 의상으로 차려입고 나와서는….”

'로봇이로군.' 나는 생각했다. '그랬겠지. 메이시 백화점의 퍼레이드 주제와 백화점의 크리스마스 진열 상품에 맞춘 거야.'

"전부 탭댄스를 췄어요." 에밀리는 숨도 쉬지 않고 말했다. "정확히 똑같이 돌아서고 정확히 똑같은 높이로 발차기를 했어요. 그 순간 저는 깨달았어요. 당신이 지난밤 제게 뭘 하고 싶으냐고 물었을 때 그게 무슨 뜻인지 몰랐거든요. 뭔가가 되기를 원하는 게 무슨 뜻인지 몰랐다는 말이에요. 그런데 이제 알겠어요." 그 애가 반짝반짝 빛나는 눈동자로 나를 쳐다보았다. "저, 로켓 무용단이 되고 싶어요!"

처음 든 생각은 이랬다. '뮤지컬 배우가 아니라 로켓 무용단이라니, 하느님 감사합니다!' 이 젊고 순수한 아이의 모든 걸 무장 해제시키는 열정과 경쟁하지 않아도 된다.

두 번째로 든 생각은 이랬다. '이런 모순이 있나!' 오크스 박사가 이 아이를 뉴욕에 데려온 이유는 인공지능이 인간의 직업을 욕심내지 않는다는 것을 사람들에게 확신시키기 위해서였는데, 아이는 지금 뉴욕에서 가장 인기 있는 직업 중 하나를 원한다고 선언한 것이다. 이제 에밀리는 로켓 무용단이 되기를 열망하는 수천 명의 소녀와 미국 전역에서 댄스 강습을 받는 수만 명의 어린 소녀들에게 위협적인 존재가 되었다.

'박사가 자초한 일이야.' 나는 생각했다. '에밀리에게 로켓 무용단을 보여주다니, 조금 더 신중했어야지.' 로봇 의상을 입지 않았더라도 똑같은 의상에 똑같이 긴 다리, 똑같이 웃는 얼굴을 한 로켓 무용단은 흡사 로봇처럼 보였다. 게다가 그들은 똑같이 발을 맞춰 탭댄스를 추고 자로 잰 듯 정확하게 회전을 하고 스텝을 밟고 발차기를 한다. 오크스 박사는 그런 모습이 에밀리의 시선을 단박에 사로잡을 것을 예상했어야 했다.

그 애의 젊음에 덧붙여(열여섯 나이에 맞춘 겉포장이 아니라 경험 부족을 말하는 것이다. 세상에 갓 만들어진 로봇보다 경험이 부족한 사람이 누가 있겠는가?) 로켓 무용단의 공연을 한번 본 어린 소녀라면 누구나 그들처럼 되기를 원한다는 사실까지 생각하면 어떤 일이 벌어질지는 불을 보듯 뻔했다.

그러나 에밀리의 꿈은 불가능했다. 우선 에밀리는 의심할 줄 모르는 얼간이들과 홍보용 사진을 찍고 인터뷰를 하려고 설계되었지, 춤을 추려고 만들어지지 않았다. 둘째로 오크스 박사가 절대로 허락할 리 없었다.

"너는 로켓 무용단이 될 수 없어." 나는 말했다. "인공지능은 인간의 직업을 차지할 수 없다고 네 입으로 말했잖니."

"하지만 무용단은 직업이 아니에요!" 그 애는 열정적으로 말했다. "그러니까… 직업은 사회가 계속 굴러가게 하고 또 생계를 위한 돈벌이로 해야 하는 임무예요. 로켓 무용단이 되는 것과는 완전히 달라요! 그건 돈과 아무런 상관이 없어요. 그건, 뭐랄까, 꿈이나… 추구나… 음…."

"사랑을 위해 하는 일?"

"맞아요." 그녀는 말했다. 이제 그 애가 확실히 무대를 동경한다는 것을 알 수 있었다. 그 애는 방금 내가 한 말이 브로드웨이 뮤지컬에 나오는 대사라는 것조차 알아채지 못했다.

"하지만 그것도 직업이야." 나는 말했다. "로켓 무용단도 돈을 받아."

"저는 돈을 받지 않아도 돼요. 저는 공짜로 할 거예요!"

"인공지능이 인간의 직업을 차지해도 좋다고 허락을 받는다 쳐도 여전히 네 키가 문제가 될 거야."

"제 키요?"

"응. 너는 너무 작아. 로켓 무용단이 되려면 키 제한이 있어."

"알아요. 그들은 전부 키가 똑같아요. 키가 얼마여야 하죠?"

"사실 그들의 키가 정확히 똑같은 건 아니야." 내가 말했다. "시각적인 환상을 이용하지. 가장 키가 큰 단원을 가운데에 세우고 양쪽 끝으로 갈수록 점점 작아져."

"그럼 저는 맨 끝에 서면 되겠네요."

나는 고개를 저었다. "아니. 아무리 그래도 168센티미터에서 178센티미터 사이는 되어야 해. 어쨌든 내가 로켓 무용단 오디션을 봤을 때 기준은 그랬어. 그 후로 더 높아졌을지도 몰라."

"당신이 로켓 무용단이었다고요?" 그녀는 깜짝 놀라 새된 소리로 물었다. 나에 대한 에밀리의 평가가 몇 단계 높아진 건 분명해 보였다. "아니, 왜? 약력에는 그런 말이 없었어요."

"그야 로켓 무용단이 아니었으니까. 오디션을 보던 중에 〈졸음이 오는 샤프롱〉의 코러스를 해보라는 제안이 왔고 당장 수락했지. 그건 결정적인 기회였어."

"어떻게 로켓 무용단을 포기할 수 있어요? 저라면 그것 말고는 어떤 것도 원하지 않았을 거예요!"

사실 로켓 무용단이 되고 싶어서가 아니라 그저 눈에 띄고 싶어서 오디션을 봤다거나, 〈졸음이 오는 샤프롱〉 코러스 제안을 받았을 때 뒤도 한 번 안 돌아보고 라디오시티 리허설 홀을 걸어 나왔다는 말은 하지 않는 게 좋겠다.

"로켓 무용단이 되려면 뭘 해야 하는지 알려주세요." 에밀리가 내 팔을 움켜잡으며 말했다. "탭댄스를 배워야 한다는 건 알아요."

"재즈댄스랑 발레도 배워야 해. 앙 포앵트*."

그녀는 예상했다는 듯 고개를 끄덕였다. "그런 프로그램을 설치하면 돼요."

"탭댄스 프로그램을 설치하는 것과 실제로 스텝을 배우는 건 같지 않아." 내가 말했다. "댄서가 되려면 몇 년간의 훈련과 고된 노력이 필요해."

그녀는 고개를 끄덕였다. "〈코러스 라인〉에서처럼 말이죠."

"그래, 그거야." 나는 말했다. "하지만 그런 경험이 있다고 해도 지금 그게 중요한 게 아니야. 넌 겨우… 얼마지? 기껏해야 158센티미터?"

"155센티미터요."

"키가 최소한 170센티미터는 되어야 해." 그 애가 원하는 게 그리 좋은 생각이 아니라는 것을 논리로 호소할 수 있기를 바라며 말했다. 그 애가 처음 에일린이라는 이름을 원했을 때처럼 말이다. "너는 너무 작아."

그녀는 뭔가를 생각하며 고개를 끄덕였다.

---

* 발끝으로 선 자세

"미안하다. 실망스럽다는 거 알아. 하지만 무대에 서려면 꼭 필요한 일이야. 나는 〈레미제라블〉 리메이크작에서 키가 너무 크다고 팡틴 역을 맡지 못했단다. 버나뎃 피터스도 키 때문에 배역을 잃은 적이 있어."

그 애는 내 말을 듣고 있지 않았다. "빙고 봉고는 어떨까요?"

"뭐?"

"빙고 봉고요. 저도 그걸 받아야 할까요?"

내가 여전히 멍한 얼굴을 하자, 에밀리가 말했다.

"〈코러스 라인〉에 나오잖아요. '춤은 10점 외모는 3점' 노래요. 발렌타인이 자기는 빙고 봉고를 받았다고 했어요."

맞다. 발렌타인은 가슴을 확대하고 엉덩이를 들어 올리는 수술을 받았다고 얘기한다. 정확한 대사로는 '젖꼭지와 궁둥이'라고 했지만. 뭐, 사슴 같은 눈망울을 한 순수한 아이에게 혹은 로봇에게는 굳이 설명하지 않아도 될 것이다.

"소용없을 거야." 나는 그녀에게 말했다. "말했지만 너는 벌써 키 자격이 안 되잖아."

"오디션 볼 때는 뭘 했어요?"

그 애는 이미 동경에 푹 빠져 있어서 내 말은 한마디도 듣고 있지 않았다. "다시 말하지만 너는 오디션의 첫 번째 관문도 통과하지 못할 거…."

"뭘 해야 했어요?"

"무용단에서 연결 동작을 가르쳐줬어. 세 명씩 팀을 짰지. 2차 합격 통보를 받으면 이번에는 탭댄스와 발차기로 이루어진 공연 전체 동작을 배우고 솔로로 탭댄스도 춰야 했어."

"솔로로 뭘 했어요?"

"'무슨 일이 있어도'. 하지만 솔로 준비는 안 해도 돼. 넌 첫 번째 관문도 통과하지 못할 테니까. 너는 키가 너무 작아. 또 자격조건을 전부 갖춘다고 해도 네가 합격할 가능성은 아주 낮아. 매년 수백 명이 오디션을 보러 오는데 그중 겨우 한두 명만 합격하거든. 널 실망시키고 싶지는 않지만, 에밀리." 실망시키려는 말인 줄 알면서도 했다. "난 현실을 똑바로 알려주고 싶을 뿐이란다."

그녀는 고개를 끄덕이고 잠시 침묵했다. "충고 감사해요, 미스 하빌랜드. 정말 친절하게 대해주셨어요." 그녀는 이렇게 말하고 자동차 밖으로 나가더니 조금 전보다 훨씬 더 심하게 퍼붓는 빗속으로 뛰쳐나갔다.

"에밀리!" 나는 그 애를 불렀다. "기다려!" 그러나 차창을 내렸을 때 이미 에밀리는 반 블록이나 멀어지고 있었다.

"돌아와!" 나는 그 애를 불렀다. "실망한 거 알아. 하지만 이대로 집까지 걸어갈 수는 없어. 곧 조르주가 돌아올 거야. 집까지 태워다줄게. 시간도 늦었고 호텔은 여기서 몇 킬로미터나 떨어져 있잖니."

그녀는 여기저기 빗물을 튀기며 고개를 흔들었다. "겨우 45블록 떨어져 있어요." 그녀는 발랄하게 말하고 모퉁이를 돌아 사라졌다.

몇 분 후 조르주가 종이컵 두 개를 들고 돌아왔다가 불같이 화를 냈다. "아니, 이 빗속에 어린애를 걸어가게 놔뒀다고요?" 그는 믿을 수 없다는 듯이 말했다. "그러다 폐렴이라도 걸리면 어쩌려고 그랬어요?"

"안 걸려요." 나는 말했지만, 그 역시 내 말을 듣고 있지 않았다.

"가엾은 것." 그는 중얼거리며 거칠게 차를 출발시켰고 덕분에 내 옷 위로 커피가 쏟아졌다. "어린 것이 딱하기도 하지!"

'어린 것이 딱하기도' 한 게 맞았다. 그 애가 안무가를 매혹해 키 제한을 포기하게 할 수 있을지라도(전혀 가능한 일은 아니었지만, 그 애의 매력을 고려해보면 불가능하지는 않을 것이다), 오크스 박사가 허락할 가능성이 전혀 없었다. 에밀리가 로켓 무용단이 된다면 오크스 박사와 AIS가 대중에게 호소하려는 이미지가 크게 훼손될 것이다. 그 애가 로켓 무용단이 될 가능성을 높이려는 노력 자체가 너무 위험했다. '박사는 당장 투어를 중단하고 다음 비행기로 뉴욕을 떠날 거야. 어쩌면 벌써 떠났을지도 모르고.'

그러나 다음 날 아침 TV에서 에밀리는 자유의 여신상 발치에서 미소를 지으며 손을 흔들었고 잠시 후 센트럴 파크에서 마차를 탔으며 월요일 밤에는 그 애와 오크스 박사가 집에 돌아가는 길에 라과디아 공항 보안검색대를 지나가며 기자들과 교통안전국 직원들을 완전히 사로잡았다는 뉴스가 나왔다. 어디에서도 그 애가 희망을 송두리째 잃었다는 신호는 보이지 않았다.

"조만간에 뉴욕에 다시 올 생각인가요, 에밀리?" 십여 명의 기자 중 하나가 물었다.

"아니요, 아쉽지만 아니에요." 그 애의 목소리에 후회의 흔적은 전혀 보이지 않았다. "뉴욕에서 정말 환상적인 시간을 보냈어요! 엠파이어스테이트 빌딩도 좋았고요! 무엇보다 〈오직 인간일 뿐〉 뮤지컬을 봤던 게 가장 좋았어요."

'흠, 저 애가 우리 공연 이야기를 해서 적어도 토랜스는 기뻐하겠군.' 나는 생각했다. 그리고 그 애가 로켓 무용단 이야기를 하길 기다렸다.

"라디오시티 뮤직홀의 크리스마스 쇼는 어땠나요?" 기자가 물었다.

에밀리는 상대의 마음을 사로잡는 미소를 지었다. "예수 탄생 장면이 정말 좋았어요. 진짜 낙타가 나왔어요!"

"다음에는 어디로 갑니까, 에밀리?" 또 다른 기자가 물었다. "산호세로 돌아갑니까?"

"예, 그리고 윌리엄스버그에서 크리스마스를 보낼 거예요."

"그런 다음 LA의 로즈 볼 퍼레이드에 갑니다." 오크스 박사가 말했다. "정말 기대되지 않니, 에밀리?"

"예, 그럼요." 그 애는 보조개가 쏙 들어가게 웃었다. "저는 꽃이 참 좋아요! 그리고 풋볼도요!"

"마지막 질문입니다." 기자가 말했다. "이번 방문에서 가장 좋았던 순간은 언제였죠?"

'올 것이 왔군.' 나는 생각했다.

"클레어 하빌랜드를 만난 거요. 그분은 정말이지 대단한 배우예요!"

그 아이에게 고마워해야 옳을 것이다. 특히 토랜스가 다음 날 전화를 걸어 〈오직 인간일 뿐〉이 부활절 사흘 후까지 매진되었고 오스터만이 나와 점심을 함께하며 〈데스크 셋〉에 관한 얘기를 나누고 싶어 한다는 소식을 전해주었으니까.

그러나 나는 고맙지 않았다. 의심스러웠다. 내 차에서 보여준 그 감동적인 장면은 실력이 뛰어난 배우의 연기에 불과했으며 그 애는 로켓 무용단과 사랑에 빠진 게 아니었다. 그렇다면 그 애의 목적은 무엇이었을까? 이브 해링턴이 마고 채닝의 공연을 보고 무대와 사랑에 빠졌다는 이야기를 지어냈던 것처럼 나를 구워삶아서 내 인생에 슬그머니 들어오려는 목적이었나?

라과디아 공항을 떠나는 모습을 TV로 봤으면서도 화요일 밤 공연에 그 애가 오지 않을까 내심 기대했다. 그러나 역시 그 애는 오지 않았고 공연을 마치고 집에 돌아가는 길에 조르주가 그들이 캘리포니아에 도착했다는 소식을 라디오에서 들었다고 말해주었다.

"혹시 라디오에서 그 애가 로켓 무용단에 관해 말하지 않았어요?" 나는 조르주에게 물었다.

"아니요. 그 애는 당신이 비바람이 몰아치는 맨해튼 한복판을 걸어가게 놔두었다는 이야기도 하지 않았어요." 조르주는 백미러로 나를 노려보았다. "그 애가 감기에 걸려 죽지 않은 게 당신에게는 큰 행운인 줄 아세요."

그 애는 토요일 낮 공연에도 오지 않았고 공연 후 무대 뒤로 찾아오지도 않았다. 12월 중반이 되자 그 애보다 더 중요한 고민거리가 생겼다. 짐작대로 오스터만은 내가 〈데스크 셋〉의 꿈 장면에 무용복과 망사스타킹을 신고 나와야 한다고 고집했다.

게다가 티켓 수요가 점점 늘어나면서 경영진이 낮 공연을 추가하기로 결정했고, 오스터만은 내가 스펜서 트레이시 역할의 오디션 심사를 봐주길 원했으며 시내의 모든 기자가 〈오직 인간일 뿐〉이 토니상 후보로 올라갈 것인가에 관해 나와 인터뷰하길 원했다.

그러던 중 공연 전에 대기실에서 잠깐 낮잠을 자고 있는데 무대감독 베니가 문을 두드리며 누가 나를 찾아왔다고 말했다. "캐시 퍼거슨이라던데요." 그가 말했다. "당신과 아는 사이라고 했어요."

"캐시 뭐라고요?" 혹시 오스터만의 비서 이름인가 싶어 애매하게 물어보았다. "어떻게 생겼죠?"

"금발에 키가 크고 아주 화끈하던데요."

오스터만의 비서들은 전부 금발에 키가 크고 화끈하다. 그는 미스 캐스웰의 제작자 애인처럼 나쁜 놈이다. 그리고 찾아온 여자가 정말로 오스터만의 비서가 맞다면 지금 이 시간에 그녀를 만날 이유가 없었다. 낮잠은 내 얼굴의 10년과 맞바꿀 정도로 소중했다. "〈타이거 비트〉 잡지와 인터뷰 중이라고 말해줘요. 막간 시간에 보자고요."

그는 안타까운 표정을 지었다. "지금 당장 만나야 한다고 했어요."

"아, 알았어요." 내가 말했다. "그럼 5분만 줘요. 그 후에 들여보내요." 그리고 미친 듯이 화장을 고치기 시작했지만, 곧바로 문 두드리는 소리가 들렸다.

베니의 말이 옳았다. 대단한 미인이었다. 키가 크고 다리도 길쭉하고 아름다운 금발 머리를 길게 늘어뜨리고 벨트가 있는 레인코트를 입었는데도 몸매가 대단히 아름답다는 걸 알 수 있었다.

"자." 그녀가 말했다. "저, 어때요?"

"에밀리!" 나는 앞을 뚫어지게 쳐다보며 말했다. "세상에! 이게 대체…."

"빙고 봉고를 받았어요." 그녀는 행복하게 말했다.

"그런 거 같구나."

"그냥 다리만 더 길게 늘이려고 했는데 비율이 좋지 않아서 어쩌다 보니 상체도 새로 해야 했고, 그럴 거면 그 노래 가사처럼 엉덩이도 새로 하고 또…."

"그런데 왜 그랬니?"

"키 자격조건에 맞추려고요." 그녀는 당연하지 않으냐는 듯이 말했다.

'오, 맙소사.' 나는 생각했다. '이 애는 진지하구나. 정말로 로켓 무용단이 되려고 해.'

"상한선이 180센티미터예요." 그녀는 말했다. "하지만 현재 로켓 무용단의 평균 키는 175센티미터라서 그 길이로 맞췄어요. 가슴은 36인치로 했고요. 옷 사이즈 55에 맞추려고 C컵으로 했어요. 그게 가장 일반적인 옷 치수라서요. 또 사람들은 가슴이 납작한 여자한테 위협을 덜 느끼는 경향이 있거든요."

그녀는 벨트를 풀고 레인코트를 활짝 벌려 스파게티 어깨끈이 달린 검은색 무용복과 타이즈를 보여주었다.

'화끈하다'는 말은 평가절하한 표현이었다. 온몸에 '빙고 봉고'를 한 게 분명해 보였다.

토랜스가 이 자리에 없는 게 딱할 정도였다. "여길 봐." 나는 토랜스에게 이렇게 말했을 것이다. "이게 바로 무용복 차림의 정석이야. 그러니 나는 〈데스크 셋〉이든 어디서든 무용복을 입고 싶지 않다고."

"D컵으로 할 걸 그랬나요?" 에밀리가 물었다.

"아니야." 나는 말했다.

"의상은 어때요? 오디션에 적합한 차림인가요? 지난 10년간 오디션 동영상과 사진을 분석해봤는데 이 복장이 가장 일반적이었어요. 가끔 색깔이 들어간 무용복이나 레깅스를 입은 무용수도 있더라고요. 그래야 눈에 띄지 않을까 고민 중이에요."

"아니야, 내 말을 믿어. 넌 눈에 확 띌 거야." 내가 말했다.

"신발은 어때요?" 그녀는 T자 끈이 달린 탭 슈즈를 신고 한쪽 발을 앞으로 내밀었다. "오디션 요강을 보니까 캐릭터 슈즈를 신으라고 되어 있던데, 검은색을 신어야 할지 베이지색을 신어야 할지 모르겠어요."

"검은색." 내가 말했다. "하지만 오디션은 여름에나 있어."

"알아요. 하지만 충원해야 할 빈자리가 생겼어요."

'오, 맙소사. 이 애가 로켓 무용단원 한 명을 죽였나 봐.' 그녀는 내 생각을 눈치챘는지 얼른 덧붙였다. "투어 중인 단원 하나가 결혼 때문에 일을 그만둔다고 해요. 그래서 뉴욕 공연단 한 명이 그녀를 대체하러 가서 특별 오디션을 여는 거래요."

"하지만 탭댄스를 출 줄 알아야 할 텐데…."

"알아요." 그녀가 말했다. "또 재즈랑 현대무용, 발레도 배웠어요. 오디션 영상을 가져왔어요." 그녀는 안드로이드를 꺼내 몇 차례 화면을 옆으로 밀었다가 내게 건넸다.

화면 속에서 그 애가 탭댄스를 추고 있었다. 흠 없는 스텝과 연속 발구르기, 맥시 포드 동작을 하고 그 유명한 로켓 무용단의 대표 동작인 눈높이 발차기를 하고 있었다.

"안무 용어도 전부 프로그램했고 솔로 오디션을 위해 공연 동작 세 가지를 외웠어요. '무슨 일이 있어도'랑 〈코러스 라인〉의 '원(One)'이랑 '42번가'요. 어떤 게 좋을까요?"

"에밀리…."

"크리스마스 쇼에서 추는 춤도 전부 배웠지만 그중 하나로 오디션을 봐야 할지는 잘 모르겠어요." 그녀가 말했다. "아, 그리고 제 머리 어때요? 금발이 괜찮나요? 로켓 무용단의 62퍼센트가 금발이에요."

"금발이라면 괜찮은 정도가 아니지." 내가 말했다.

"그러면 제가 로켓 무용단처럼 보여요?"

완벽한 로켓 무용단으로 보였다. "응."

"얼굴은요? 연령 자격이 18세 이상이라서 좀 더 나이가 들어 보이게 바꿨어요."

그랬다. 광대가 더 도드라져 있었고 얼굴은 더 갸름해졌다. 그래도 넓고 순수한 눈망울과 상대방을 무장 해제시키는 미소는 여전해서 에밀리인 줄은 알아볼 수 있었다.

"다른 로켓 무용단원하고 비슷하게 바꿀까도 생각했어요. 현재 공연단의 얼굴을 합성해봤더니 코가 더 반듯하고 입술이 더 도톰하더라고요."

'그리고 훨씬 덜 취약해 보이는 얼굴이지.' 나는 생각했다. 나쁜 경험도 많이 하고 나쁜 남자친구도 많이 만나는 맨해튼 현대 여성의 얼굴. 하지만 그런 얼굴을 한 에밀리는 도무지 떠올릴 수가 없었다.

만약 그녀가 로켓 무용단에 도전해 정말로 단원이 된다면 온갖 도움의 손길이 필요할 것이고 그럴 때 그 애의 얼굴은 가장 큰 무기가 될 것이다. 아니, 가장 큰 무기는 아닐지 모른다. 그러나 분명히 무기는 무기였다. 그때 무대 뒤로 나를 찾아왔을 때 기자들의 반응을 보면 알 수 있었다. 또 조르주의 행동만 봐도.

"어떻게 생각해요?" 에밀리가 물었다. "얼굴도 바꿔야 할까요?"

"아니." 나는 말했다. "절대로 바꾸지 마." 그리고 가장 먼저 물어봤어야 했을 질문을 던졌다. 그가 언제라도 여기 쳐들어올 수 있으니까. "오크스 박사는 뭐라고 하니? 너의 변신을 허락해줬어?"

"아니요. 물론 아니죠." 그녀는 말했다. "절대로 허락하지 않을 거예요. 엔지니어 몇 사람에게 도움을 받았어요."

"그 사람들은 어떻게 설득했니?" 이렇게 물어보려다가 대답을 이미 알고 있다는 것을 깨달았다. 조르주와 교통안전국 직원들을 매혹한 것처럼 그들도 매혹했겠지. "그러면 오크스 박사는 반대하지 않았어?"

"아니요. 박사님은 알지도 못해요. 지금 아이코랑 일본에 갔거든요."

'그렇구나. 다른 나라에 자신의 인공지능을 소개하려고 떠났구나.' 문화권마다 인공지능에 대해 위협적으로 생각하는 요소도 다를 것이다. 그러니 무해하게 보이려면 세심하게 선택한 얼굴과 이름을 가진 다른 모델이 필요했을 것이다. 일본 홍보용으로 만든 아이코는 변하기 전의 에밀리보다 키가 훨씬 더 작았고 인도 홍보용은 라쉬미카, 중국 홍보용은 메이 리였다.

그리고 그 사이 박사가 만든 미국 홍보용 모델은 엘리자 두리틀*과 프랑켄슈타인의 괴물이 조합된 모습으로 변해버렸다.

"얼굴을 유지하는 게 좋을지 확신이 안 서요." 그녀가 말했다. "로켓 무용단원 중 누구라도 절 알아보면 어쩌죠? 그날 밤 라디오시티 뮤직홀에서 몇 명을 만났거든요."

그들은 뉴스나 나와의 인터뷰 영상에서도 에밀리를 봤을 것이다. "그럼 캐시 어쩌고 하는 이름으로 오디션을 볼 생각이었니?"

"캐시 퍼거슨이요. 예. 규정을 보면 적어도 18세 이상은 되어야 한다는데, 저는 겨우 한 살이니까요."

한 살이라. 하지만 단 하나뿐이지 않나! "정말로 독보적인 느낌이네."

---

* 조지 버나드 쇼의 희곡 《피그말리온》의 주인공

에밀리의 모든 것   115

나는 나지막이 중얼거렸다.

"그러면 안 될까요?" 그녀는 초조하게 물었다. "거짓말인 줄은 알지만 제가 인공지능인 걸 알면…."

'절대로 오디션을 허락하지 않겠지.' 그들은 나와 똑같은 반응을 보일 것이고 지금 에밀리는 예전 내가 느꼈던 것보다 훨씬 더 위협적으로 보일 것이다. 토랜스가 말했듯이 배우는 독보적인 존재가 되어야 지금 위치에 도달하지만, 로켓 무용단은 똑같은 모습이 핵심이다.

그리고 로켓 무용단은 바보가 아니다. 그들은 단 한 명의 단원이 대체될 수 있다면 곧 전원이 대체될 수 있다는 것을, 일단 경영진이 의료보험이나 50퍼센트 초과근무수당을 요구하지 않는 단원을 거느릴 수 있다는 사실을 깨닫는 즉시 모든 게 끝장이라는 것을 알아챌 것이다.

그러니 에밀리는 인간이라고 거짓말을 해야 할 것이다. 그러나 결코 성공하지 못할 것이다. 오디션에서는 어찌어찌 속이고 넘어갈 수 있을지라도 첫 번째 리허설 때가 오면 들통이 나겠지. 그녀는 땀을 흘리지도 않을 것이고 숨 가빠하지도 않을 것이며 실수도 하지 않을 것이다. 한 번 보기만 해도 탭댄스 동작 전체를 금세 배울 테고. 그러니 그녀는 곧 정체를 들키고 말 것이다.

에밀리는 걱정스러운 표정으로 나를 보고 있었다. "내가 인간이라고 말하면 안 된다고 생각하세요?"

"모르겠다. 생각해봐야겠어." 뭐라고 말해주면 좋을지 에밀리의 컴퓨터 두뇌가 알려주면 좋겠다. 사실 뭐라고 말해야 할지 알고 있었다. 차갑고 단단한 진실이었다. 에밀리는 로켓 무용단이 될 가능성이 전혀 없으므로 산호세의 집으로 돌아가 원래 설계된 목적에 맞는 일을 해야 한다는 진실.

그쪽이 등불을 향해 날아드는 나방처럼 스스로 죽음을 향해 뛰어들게 놔두는 것보다 훨씬 더 친절한 행위가 될 것이다. 그러나 동시에 그 애는 내가 열여덟 살 때보다 더 내 말을 듣지 않을 것이다.

"어떻게 생각해요?" 에밀리가 물었다. "오디션 지원서에 '인공지능'이라고 써야 할까요?"

"아니." 내가 말했다. "넌 오디션을 보지 않을 거야."

"오디션을 보지 않으면 로켓 무용단이 될 수 없어요."

"네가 보통 인간이라면 그렇겠지." 나는 말했다. "오크스 박사가 언제 일본에서 돌아오지?"

"22일은 되어야 와요. 그 후 윌리엄스버그에 가서 크리스마스를 보낼 예정이에요."

22일이면 일주일 후였지만 우리에겐 시간이 그리 많지 않았다. AIS가 벌써 에밀리를 찾고 있을지도 몰랐다. 다국적 기업은 귀중한 자산이 제 발로 걸어 나가게 놔두지 않을 테니까. 특히 대중에게 인공지능에 대한 좋은 이미지를 홍보할 희망을 망쳐버린 자산이라면 더더욱.

한편, 그들은 '완벽하게 무해한' 로봇 하나가 고삐 풀린 망아지처럼 제멋대로 굴게 되었다는 사실이 밖으로 새어 나가는 걸 절대로 원치 않을 것이다. 그들은 은밀한 통로를 통해 에밀리를 찾아야 할 것이고 그만큼 속도가 느려질 것이다. 만에 하나 공개적으로 에밀리를 찾기로 하고 경찰에 전국지명수배령을 내리게 하더라도 그들은 연갈색 머리에 키 155센티미터의 16세 소녀를 찾게 될 것이고 우리는 그사이 시간을 조금 벌 수 있을 것이다.

그러나 에밀리를 공개적으로 찾기 시작하면 오크스 박사가 곧바로 일본에서 돌아올 것이다. 그러므로 그가 여기 도착할 무렵이면 아무것도 하지 못하게 미리 조처를 해두어야 할 것이다.

"좋아, 에밀리." 나는 말했다. "우리가 할 일이 있어. 앞으로 모든 뉴스와 토크쇼, 야간 방송에 출연해서 네가 얼마나 간절하게 로켓 무용단이 되고 싶은지 말해야 해. 그날 밤 리무진 안에서 내게 했던 모든 말을 그대로 방송에서 해. 로켓 무용단이 어떻게 시작되었고 그동안 어떤 일을 해왔는지, 메이시 백화점의 퍼레이드에서 춤을 추고 라디오시티 뮤직홀 건물을 구한 이야기들 말이야. 또 네가 로켓 무용단에 들어가기 위해 노력한 일들을 모두 말해. 어떻게 춤을 배우고 공연 동작을 외우고 무용단의 역사를 공부했는지 전부. 네가 무용단원이 될 자격이 충분하다고 그들을 설득해야만 해."

그것은 정확히 사실이 아니었다. 우리는 에밀리가 무용단원이 될 자격이 충분하다고 '대중'을 설득하고 그 결과로 로켓 무용단에 압력을 행사할 것이다. "지난번 메이시 백화점 퍼레이드 때문에 여기 왔을 때 인터뷰를 했던 토크쇼 진행자들의 이름을 기억하니?" 내가 물었다.

"당연하죠."

'당연하겠지.' "좋아. 방송진행자 이름과 연락할 방법을 명단으로 만들자."

"제가 직접 연락해 인터뷰를 잡을까요?"

"아니. 네가 방송에 출연할 때까지는 누구도 네가 어디 있는지 알면 안 돼. 우선 내 아파트로 가. 조르주가 데려다줄 거야. 내 컴퓨터로 로켓 무용단 의상 사진을 검색해봐. 이왕이면 크리스마스 의상이 좋겠다. 방송에 나가 크리스마스와 연관된 이야기를 하면 좋을 거야. 사람들은 결말이 행복하게 끝나는 크리스마스 이야기를 좋아하거든. 사진을 찾은 다음 조르주에게 연락해. 그러면 조르주가 사진을 받아다가 극장으로 와서 우리 의상팀에게 전달할 거야."

"왜요?"

"그래야 인터뷰 때 의상을 입을 수 있지. 네가 방송에서 춤을 출 수 있게 자리를 마련할 거야. 그동안 배운 공연 동작 하나를 선보일 수 있어."

"하지만…."

"알아. 로켓 무용단과 함께 춤을 추는 것과는 다르겠지. 하지만 그렇게 해야 네가 정말로 무용단이 될 수 있다는 걸 보여줄 수 있잖아. 오디션이라고 생각해. 할 수 있겠지?"

"물론이죠." 그녀는 말했다. "그런데 의상 사진은 필요 없어요. 이미 모든 의상을 다 만들어두었거든요."

"전부? 크리스마스 쇼에 입는 의상을 전부 만들어두었다고?"

"아니요. 로켓 무용단이 지금까지 입은 의상을 전부 만들어두었어요."

계획은 내가 예상했던 것보다 훨씬 순조롭게 진행되었다. 에밀리는 모든 쇼에 출연해 탭댄스를 추고 시청자들의 심금을 울리는 이야기를 들려주었고 처음 록시에트 무용단 시절의 의상부터 3천 개의 스와로프스키 크리스털이 달린 디자이너 밥 매키의 '샤인' 의상과 라디오시티 뮤직홀이 해체될 예정이었을 때 로켓 무용단이 '마지막' 공연이라고 입었던 회전목마 의상까지 다양한 의상을 입고 선보였다. 에밀리는 로켓 무용단에 대해 아는 게 거의 없었던 진행자들에게 온갖 사실을 신들린 듯이 들려주었는데, 로켓 무용단 단원들이 뉴욕으로 오기 전 '미주리 로켓 무용단'이라는 이름으로 세인트루이스에서 춤을 췄던 일이며 영화 상영 막간에 나와 춤을 췄던 일, 라디오시티 뮤직홀에 살면서 간이침대에서 자고 무용단을 위해 만든 특별 구내식당에서 식사했던 이야기, 파리 박람회의 공개 경연대회에서 러시아 팀과 파리 오페라의 '코르 드 발레' 팀을 이겼던 일화 등을 줄줄이 늘어놓았다.

"루실 브레머도 로켓 무용단 출신이에요." 그녀는 말했다. "또 영화 〈세인트루이스에서 만나요〉에서 주디 갈란드의 언니 역할을 했던 배우도요. 또 〈화이트 크리스마스〉의 베라 엘렌도 로켓 무용단 출신이죠. 하지만 그녀는 계속 실력을 과시했어요. 훌륭한 로켓 무용단원은 절대로 두드러지려고 하지 않죠. 다른 단원과 똑같이 추려고 노력해요."

또 모든 방송 프로그램과 팟캐스트에 출연해 로켓 무용단이 라디오시티 뮤직홀 앞에 늘어서서 이 건물을 국가적인 명소로 만들자는 탄원서에 서명을 받아 결국 건물을 구한 일화를 빠짐없이 들려주었다. "그들은 계속해서 TV와 라디오 방송에 출연해 대의를 호소했어요. 바깥 계단에 서서 시장님과 함께 발차기를 선보이기도 했지요."

시청자들은 에밀리의 말과 그녀가 직접 보여준 눈높이 발차기를 맛나게 먹어 치웠고 그녀의 모습은 곧바로 유튜브에서 히트를 쳤다. 그녀가 정중하게 자신에게 로켓 무용단에 들어가는 게 왜 그렇게 큰 의미가 있는지 설명하는 동영상이 입소문을 타고 널리 퍼져 나갔다.

유일한 탈이라면 토랜스였다. 그는 내가 에밀리를 도와주는 게 엄청난 위험이라고 생각했다. "위험해." 그는 말했다. "아직 바깥세상에는 인공지능을 향한 적대감이 상당해. 그 불꽃이 자기에게 튈 수도 있고 그러다가 토니상까지 번질 수도 있어."

"자기야말로 에밀리가 무해하다고 굳게 믿던 사람 아니야?" 내가 말했다.

"그야 그 애가 로켓 무용단이 되고 싶어 하기 전의 일이지." 그가 역겹다는 듯이 말했다. "자기는 왜 그렇게 그 애를 도와주고 싶어 하는 거야? 자기야말로 그 애를 싫어하는 줄 알았는데?"

"난 그 애가 내 경력을 훔쳐 가지 않기를 바랐을 뿐이야. 그 애가 로켓 무용단에 들어가면 내 경력을 훔칠 일도 없고 재닛도 안전할 거야."

"재닛? 재닛이 누구야?"

"지난 한 해 동안 일주일에 여덟 번이나 공연했던 내 배역이지." 나는 말했다. "에밀리라면 당연히 알고 있을 사실이고."

"그래서 그 애를 돕는 거야? 자기가 맡은 배역 이름을 알고 있어서?"

"응. 게다가 당신이 그렇게 걱정하는 토니상 후보에 내가 올라간다면 그건 전부 에밀리가 홍보해준 덕분이야. 나는 그 호의를 되갚는 중이고."

"헛!" 그가 말했다. "솔직히 내가 지금 무슨 생각하는 줄 알아? 자기가 이 모든 홍보활동을 지휘하고 있는 건 그 애를 함정에 빠뜨리기 위해서지?"

이브 해링턴이 마고 채닝을 함정에 빠뜨렸던 것처럼. 이브가 마고의 자동차에서 기름을 빼내 버몬트주 한가운데에서 꼼짝달싹 못 하게 하고 그 사이 마고의 자리를 차지해버린 것처럼.

"그 애를 온갖 TV 프로그램에 내보낸 게 오크스 박사에게 그 애의 위치를 알려서 집에 데려가게 하려고 그런 게 아니라고 확신할 수 있어?" 토랜스가 물었다.

만약 그게 정말이라면, 그건 잘된 일이 아닌가? 나 한 사람뿐만 아니라 어쩌다가 '오직 인간일 뿐'인 다른 사람들에게도? 그 애는 정말로 모든 연극과 뮤지컬과 영화의 제목과 출연자 명단, 노래 가사와 오페라 대본, 댄스 동작과 대본을 줄줄 말할 수 있다. 실제로 오디션에 어떻게 입고 가야 할지 온갖 질문을 던질 때도 그 애는 이렇게 물어보았다. "머리를 위로 틀어 올려야 할까요?"

"아니, 포니테일로 묶어." 나는 말했었다. "네 뺨 색깔이 돋보이도록 장밋빛 스카프도 매고."

그런 그 애와 어떻게 경쟁할 수 있겠는가? 그 애는 절대로 스텝을 실수하지 않을 텐데. 혹은 대사를 잃어버릴 일이 전혀 없을 텐데. 또 절대로 나이가 들지도 않을 텐데.

토랜스 말이 맞았다. 그 애는 정말로 위험하다.

그러나 나는 그렇게 말하지 않았다. 대신 이렇게 말했다. "나는 그저 그 애를 돕고 싶을 뿐이야. 그게 나를 돕는 길이기도 해. 그 애가 로켓 무용단원이 되어야 내게서 버니를 훔쳐 가지 않을 것 아냐?"

"버니?" 그는 혼란스러운 얼굴로 말했다. "이브가 훔쳐 가려고 하는 마고 채닝의 남편이야?"

"아니. 〈데스크 셋〉의 주인공이야. 오스터만이 진행 중인 뮤지컬." 나는 비꼬듯이 말했다. "어때? 어디서 들어본 것 같아?"

'로켓 무용단이 끝내 에밀리를 거부한다면 당장 토랜스를 해고하고 에밀리를 매니저로 삼을 테다.'

그러나 그들이 에밀리를 거부할 것 같지 않았다. 겨우 이틀 방송에 출연했는데 에밀리에 대한 대중과 언론의 반응은 압도적으로 긍정적이었고 에밀리가 무용단원이 될 기회에 대해 어떻게 생각하느냐는 기자들의 질문을 받은 무용단 측은 이렇게 말했다. "그녀가 우리 로켓 무용단보다 무용단에 대해 더 많이 알고 있더군요." "모르겠습니다. 인공지능이 인간의 모든 걸 점령할 수 있다는 예견이 두렵기도 하지만, 일단 그녀가 몹시 원하고 있으니까요!" '맙소사, 에밀리가 정말로 해낼 것 같아!'

그래서 수요일 낮 공연을 마치고 에밀리가 극장으로 나를 찾아왔을 때 깜짝 놀랄 수밖에 없었다. "〈더 뷰〉와 인터뷰 중 아니었어?" 내가 말했다.

그 애는 고개를 저었는데, 그 모습이 너무 창백해 보여서 나는 그 애의 센서가 고장이 난 게 틀림없다고 생각했다. "제가 아예 신청 자격이 안 되도록 로켓 무용단 지원 규정을 바꿔버렸어요."

"그럼 전에 했던 대로 하면 되지." 나는 단호하게 말했다. "그 자격에 맞게 네 몸을 바꾸면 되잖아."

"안 돼요." 그녀가 새 규정을 보여주었다.

"인공지능 불가." 아예 이렇게 씌어 있었다. "'오직 인간일 뿐'인 사람만 지원할 수 있다는 말이군.'

"그렇다면 우리가 그 규정을 바꾸도록 해야겠네." 내가 말했다.

"어떻게요?"

"너처럼 사랑스럽고 무해한 아이를 부당하게 괴롭히는 게 괴물의 짓으로 보이게 해야지. 〈평탄치 않은 밤〉의 파티 장면 기억해? 마고 채닝이 이브의 정체를 폭로하고 온갖 모진 말들을 쏟아내는 장면?"

그녀는 고개를 끄덕였다.

"그리고 그게 어떤 역효과를 낳았는지도 기억하지? 오히려 마고는 괴롭히는 사람처럼 보이고 이브가 피해자처럼 보였잖아. 지금 우리가 하려는 일이 그거야. 너 울 수 있니?"

"아니요. 하지만 정말 슬픈 표정을 지을 수는 있어요."

"좋아. 넌 그걸 하면 돼. 그러면 무력한 피해자처럼 보일 거야. 〈이브의 모든 것〉을 보고 이브의 말투와 버릇 같은 걸 외워. 그동안 나는 네가 외울 대본을 쓸게. 넌 누구도 해를 입길 원하지 않았고 문제를 일으키고 싶지도 않았어. 그저 로켓 무용단을 지극히 숭배할 뿐이야!"

"하지만…." 에밀리가 그 크고 순수한 눈망울로 나를 쳐다보며 말했다. "저는 이브 해링턴이 되고 싶지 않아요. 그녀는 좋은 사람이 아니잖아요."

"내가 작은 비밀을 알려줄게, 에밀리." 내가 말했다. "여자 배우들은 거의 모두가 어느 정도는 이브 해링턴 같은 면이 있어서 배역을 따내려고 나이를 속이거나 여성적인 술수를 쓰거나 부당하게 이익을 챙기거나 해. 이브에게 어떤 꿍꿍이가 있는지 마고 채닝이 어떻게 눈치를 챌 수 있었을까?" 내가 물었다. "그건 이브를 보았을 때 마고 자신이 떠올랐기 때문이야."

"당신도 비슷한 일을 한 적이 있나요?"

"물론이지. 〈사랑, 기타 등등〉의 배역을 따내려고 나이를 속였고, 브로드웨이 외의 경력도 속였어. 또 오디션 시간이 바뀐 걸 알고도 다른 지원자들에게 알려주지 않았지." 그리고 감독과 잔 적도 있었다.

"하지만 대신 내가 원한 것을 얻었어." 나는 에밀리를 보았다. "너는 얼마나 간절하게 로켓 무용단원이 되고 싶지?"

오크스 박사는 틀렸다. 그는 자신의 인공지능이 진취성과 추동력, 선호도가 부족하다고 말했다. 그러나 일단 선호도에 푹 빠지게 되면 그게 단 하나의 단어나 동작을 선택하는 능력에 불과할지라도 그 밖의 모든 게 함께 따라온다. 그리고 박사가 욕망과 탐욕과 야망 같은 추동력을 막아낼 안전장치를 설치했을 때 그는 그중에서도 가장 위험하고 다른 모든 것보다 우선하는 한 가지를 깜박 잊었다.

뮤지컬 몇 개만 봐도 도움이 될 사람은 토랜스만이 아니었다. 오크스 박사가 〈코러스 라인〉만 봤어도 이런 일은 절대로 일어나지 않았을 것이다. 그랬다면 내가 에밀리에게 로켓 무용단원이 되기 위해 기꺼이 무슨 일까지 할 수 있겠느냐고 물었을 때 어떤 대답이 나올지 그도 알았을 것이다.

"응?" 나는 다시 물었다. "얼마나 간절하게 로켓 무용단원이 되고 싶어?"

그 애는 인공 턱을 치켜들고 나를 물끄러미 보았다. "이 세상 그 무엇보다도 더요."

에밀리는 로켓 무용단 경영진이 악당처럼 보이게 만들 우리의 계획이 뭔지 궁금해했다.

"로켓 무용단이 라디오시티 뮤직홀을 어떻게 구했는지 기억해?" 내가 말했다. "너도 똑같은 방법으로 로켓 무용단이 될 수 있을 거야. 이번 주 날씨가 어때?"

"눈과 비가 섞여 내리고 최고 기온이 영하 7도예요."

"좋아." 나는 비가 내리던 날 내 차 밖에 서서 흠뻑 젖은 채 오들오들 떨던 에밀리의 모습을 떠올렸다. "가장 노출이 심한 로켓 무용단 의상을 입어. 깃털 달린 모자가 있으면 더 좋고. 그리고 물에 번지는 마스카라를 칠해. 아, 물론 네가 평소에 마스카라를 칠하지 않는다는 거 알아." 나는 그 애가 끼어들기 전에 미리 말했다. "하지만 이번에는 마스카라를 칠해야 해. 절반은 꽁꽁 얼어붙은 모습으로 하루 24시간 동안 밖에 서서 네가 로켓 무용단이 될 수 있도록 규정을 바꿔달라는 탄원서에 서명을 받을 거야. 나는 그 모습을 취재하러 올 언론을 수배할게."

나는 전화기를 들고 토랜스에게 연락해 카메라를 부르라고 지시했다.

"하지만 인공지능이 추위나 더위를 느낄 수 없다는 사실은 사람들도 다 알아요."

"그건 중요하지 않아. 내 말을 믿어." 나는 조르주를 생각하며 말했다. 그는 아직도 나에게 말을 걸지 않는다. "네가 이를 딱딱 부딪치며 오들오들 떨면 지나가는 사람들이 괜찮으냐고 물어볼 거야. 그러면 너는 '예, 정말 춥네요!'라고 말하면서 탄원서에 서명받아야 해."

"하지만 눈과 비가 섞여 내린다는데 서명받은 게 다 번지지 않을까요?"

"그게 훨씬 더 좋아. 눈물에 번진 것처럼 보일 테니까."

"그렇지만…."

"서명을 받는 게 중요한 게 아니야. 로켓 무용단 경영진이 악당처럼 보이게 만드는 게 중요하지."

"잘 모르겠어요. 마고가 이브한테 어떻게 모진 말을 했는지…."

"또 경영진이 널 추운 바깥에 세워둔 것처럼 보여야 해." 나는 말했다. "그것도 크리스마스에, 빗속에서 말이지. 내 말을 믿어. 그들은 진짜 악당처럼 보일 거야. 사람들은 악당처럼 보이는 걸 좋아하지 않아. 역사적인 상징 건물이 해체되도록 놔두는 그런 사람처럼 보이는 것도 싫어하지. 건물이든 고난에 처한 아가씨든, 뭔가 구출하는 영웅처럼 보이기를 좋아해. 노출이 심한 끈 없는 의상을 입고 빗속에 서 있어. 금요일이면 로켓 무용단이 나와서 제발 입단해달라고 너한테 애원하게 될 거야. 눈이 오기 시작하면 목요일에 행동 개시야."

그렇게 오래 기다릴 필요가 없었다. 다음 날 아침 토랜스에게 연락해 현장에 카메라가 오기로 했느냐고 물었더니 이렇게 말했다. "카메라 보낼 필요 없어. 전부 끝났어."

"'인공지능 불가' 조항을 삭제했다는 말이야? 잘됐네!"

"아니." 그가 말했다. "에밀리가 로켓 무용단원이 되길 원하는 게 끝났다는 말이야."

"끝났다니?"

"오크스 박사가 그 애 프로그램을 바꿔버렸어."

"프로그램을 바꿔버렸다고?" 나는 멍하니 반복했다. "언제?"

"오늘 아침. 자기도 좋아할 줄 알았는데? 이제 그 애가 자기 경력을 가로챌까 봐 걱정할 필요가 없어졌잖아. 아, 경력 하니까 생각났는데, 아까 오스터만이 전화를 걸어서 이번 일로 〈데스크 셋〉이 크게 홍보될 거라고 좋아하더라. '〈오직 인간일 뿐〉의 배우가 인공지능을 쫓아내다!' 이렇게 말이야. 이번 일로 자기가 토니상 후보에 오르는 건 식은 죽 먹기라던데? 그럼 〈평탄치 않은 밤〉과 똑같은 결말을 맺는 거지. 물론 이번에는 이브가 아니라 마고가 토니상을 받게 되겠지만."

"토니상이 아니었어." 나는 말했다. "사라 시던스 상이었어. 공연을 봤다면 알 텐데." '에밀리처럼 말이야.' 나는 생각했다.

"자기가 왜 이렇게 기분이 언짢은 건지 모르겠네." 토랜스가 말했다. "에밀리는 키와 몸매와 머리카락 색깔까지 전부 다시 바꿨어. 예전과 똑같이."

아니, 달라. "기억도 전부 지웠대?" 나는 물었다. "프로그램을 바꾸면서 기억도 지웠대?" 연극과 등장인물과 대사와 로켓 무용단의 역사까지 전부?

"아니, 아니, 그런 게 아니야." 토랜스가 말했다. "오크스 박사 말에 의하면 그냥 소프트웨어를 조금 조정했을 뿐이래. 그 애가 로켓 무용단 자극에 그토록 강렬하게 반응하지 않도록 선호도에 관한 것을 낮추고 장애물에 대한 반응도를 조정했대. 하지만 그 애는 여전히 똑같은 에밀리야."

'아니, 그렇지 않아.' 나는 생각했다. '진짜 에밀리는 로켓 무용단원이 되고 싶어 했어.'

그래서 나는 지금 여기 와 있다. 절대로 입지 않겠다고 맹세한 무용복과 망사스타킹 차림으로 로켓 무용단의 상징인 밤색과 황금색 모자를 쓰고 목덜미로 고스란히 떨어지는 차가운 눈비를 맞으며 서 있다.

온기를 위해 클립보드를 꼭 움켜쥐고 발작적으로 떨지 않으려고 애쓰며 지나가는 사람들을 붙잡고 에밀리의 소프트웨어를 되돌리고 그녀가 심장으로 원하는 것을 시도할 수 있도록 로켓 무용단 지원 규정을 바꿔달라는 탄원서에 서명을 받고 있다.

그렇다. 나는 인공지능에게 심장이 없다는 것을 잘 안다. 그리고 그녀에게 직업을 빼앗길지도 모르는 키 167센티미터에서 180센티미터 사이에 탭댄스와 재즈와 발레를 배우는 인간 소녀들은 또 어쩌란 건지도 잘 안다.

그렇다. 나는 발레리나와 신경물리학자와 교통순경이 되고 싶은 꿈을 가진 로봇 무리에게 내 행동이 봇물을 터뜨려줄 수도 있다는 것을, 가까운 미래에 나의 대기실에 상대의 마음을 무장 해제시키는 앤 백스터 같은 이미지의 젊은 여자가 찾아와 내 개인 비서가 되고 싶다고 했을 때 오늘의 내 행동을 진심으로 후회할 것을 안다.

그러나 내겐 선택의 여지가 없다. 내가 브로드웨이 무대에 서고 싶다고 선언했을 때, 엄마는 내가 강도를 당하고 강간을 당하고 지하철 선로로 밀쳐질 거라고 했고, 아빠는 내가 결국 파산하고 식당 종업원이나 될 거라고 했으며, 내가 처음으로 오디션을 봤던 세 곳의 에이전트와 다섯 명의 감독은 '캔자스로 돌아가 결혼이나 해요, 아가씨.'라고 말했다. 다들 나를 말리겠다고 온갖 행동을 생각해냈다.

그래도, 그들은 내게 뇌엽절리술을 시키지는 않았다. 무대를 갈망하는 내 심장을 잘라내고 그 자리에 고향으로 돌아가 결혼을 하고 아기들을 낳아 키우고 싶어 하는 심장으로 바꿔 심지 않았다. 혹은 내가 그만 포기하고 집으로 돌아갈 수 있도록 장애물에 대한 내 반응도를 조정하지 않았다.

그래서 나는 지금 얼어붙은 손가락에 따뜻한 입김을 불어 넣으려고 애쓰며, 더 따뜻한 의상을 입을걸 하고 후회하며, 추운 날 내 피부도 에밀리처럼 장밋빛으로 변하면 얼마나 좋을까 생각하며 여기에 서 있다.

내 피부는 그렇지 않았다. 추우면 셀룰라이트가 얼룩덜룩한 자주색과 회색으로 변했다. 나이를 숨겨주는 내 화장을 빗물이 다 씻어버렸다. 탄원서에 서명해달라고 행인들을 불러야 하는데 목소리도 완전히 삼겨버렸다. 오늘 밤 공연을 어떻게 할지는 오직 하늘만 알 것이다. 몇 분 전 토랜스가 들러서 왜 바보짓을 하고 있느냐고. 이러다가 〈데스크 셋〉의 주연 자리와 토니상까지 위태로워질 거라고 경고했다.

여기 나온 지 사흘 만에 정확히 18명에게서 서명을 받았는데 그중에는 토랜스와(서명하지 않으면 새 매니저를 구하겠다고 협박했다) 조르주와(그는 단호하게 '당신도 이제 얼어붙을 것 같은 추위에 서 있는 게 어떤 느낌인지 알겠군요.'라고 말했다) TV에 나올 수 있다면 서명이든 뭐든 상관없는 2명의 청소년도 포함되었다.

얼음 같은 비 때문에 그리고 아무 일도 없는데다가 곧 눈도 올 것 같아서 카메라도 1시간 전에 철수했다. 그들을 다시 불러올 수 있는 유일한 방법은 내가 눈더미 아래 웅크린 채 얼어붙은 시신으로 발견되었을 때뿐일 것이다. 심지어 관광객들조차 포기하고 집으로 돌아가고 있었다. 몇 분 후면 그 구역에 남은 유일한 인간이 로켓 무용단일 것이다. 그러나 서명전을 시작한 이후로 그들의 털끝 하나 보지 못했다. 아마 나를 피하려고 건물의 다른 방향 문으로 드나드는 모양이었다.

잠깐. 저기 에밀리가 나를 만나려고 몰래 빠져나온 날 사용했던 그 옆문으로 누가 나온다. 젊은 여성은 틀림없는 로켓 무용단원이다. 커피 색깔 다리는 에밀리보다 훨씬 길고 빨간색과 초록색의 넓은 지팡이 사탕 줄무늬 띠를 어깨 한쪽에 비스듬히 걸치고 엉덩이에 리본을 묶은 모습이 꼭 크리스마스 선물 같다.

그녀가 조심스럽게 주위를 살피는 모습을 보고 나는 실망했다. 그냥 담배나 한 대 피우려고 몰래 나왔군. 그러나 아니다. 그녀는 잠시 주위를 둘러본 다음 조용히 등 뒤로 문을 닫고 서둘러 내게 왔다. 그녀의 구두 굽이 보도 위에서 또각또각 소리를 냈다.

"안녕하세요. 제 이름은 레온다예요." 그녀는 가슴 위로 두 팔을 감싸 안으며 말했다. "으으, 정말 춥네요!"

"탄원서에 서명하러 나왔어요?" 나는 희망을 담아 물었다. 로켓 무용단은 오랫동안 소수자의 입단을 거부해왔다. 모든 단원이 정확히 똑같지 않으면 관객들의 주의가 흩어질 거라고 주장했다. 그중에는 피부색도 포함되어 있었는데 에밀리가 〈투데이쇼〉에 출연해서 들려준 이야기에 의하면 무용단은 1982년까지 올바른 일을 거부하다가 마침내 그해 처음으로 아프리카계 미국인을 고용했고 3년 후에는 처음으로 아시아계 미국인을 고용했다. 레온다도 에밀리의 말을 듣고 자신도 올바른 일을 해야겠다고 결심했을지도 모른다. 비록 그 행동이 자신의 직업을 위험에 빠뜨릴 수 있다는 뜻이더라도.

물론 아닐 수도 있다. "오, 아니에요. 저는 서명을 할 수 없어요." 그녀는 불안하게 뒤를 돌아 옆문을 흘깃 보았다. "그냥 당신이 얼마나 근사한 배우인지 말하고 싶어서 나왔어요, 미스 하빌랜드. 어렸을 때 〈졸음이 오는 샤프롱〉에서 당신을 봤는데, 정말 대단했어요!" 그녀는 반짝이는 눈망울로 나를 보았다. "당신을 보고 무용수가 되기로 결심했었죠. 혹시 사인을 받을 수…."

"레온다!" 누군가가 문 쪽에서 외쳤다.

장난감 병정 의상을 입은 또 다른 로켓 무용단원이 얼굴을 찌푸리며 문 밖으로 몸을 내밀었다. "거기서 뭐 해? 교대해야지! 시간이 다 됐어!"

"전 그저… 미안해요." 레온다는 나에게 말하고 다시 문 쪽으로 달려갔다. 또각또각 구두 굽 소리가 젖은 도로 위에 울렸다.

"탄원서에 서명하면 사인해줄게요." 나는 그녀의 뒤에 대고 외쳤지만, 그녀는 벌써 건물 안으로 들어가고 없었다. 무용단이 라디오시티 뮤직홀이 해체 위기를 맞았을 때 건물을 구하려고 했던 것과 같은 일을 벌일 것 같지는 않았다. 어쩌면 로켓 무용단이 그토록 훌륭하다는 에밀리의 말은 틀렸는지도 모른다. 그들은 고귀한 일을 하려고 노력한 게 아니었을지도 모른다. 그저 자신의 직업을 잃지 않으려고 애썼을 뿐일지도.

두 로켓 무용단원이 가버리자 TMZ 기자와 비를 막으려고 카메라에 방수 비닐을 씌워놓은 촬영기사가 짜증스러운 얼굴을 하고 나타났다. "로켓 무용단은 어디 있죠?" 기자가 물었다. "무슨 일이 벌어지고 있다고 들었는데요. 그들은 어디 있죠?"

"방금 한 사람이 다녀갔어요." 나는 말했다. 그때 지나가던 택시 기사가 차창을 내리고 빗줄기를 향해 몸을 내밀더니 큰 소리로 외쳤다. "이 배신자야! 로봇에게 직업을 주겠다고 거기서 뭘 하는 거야? 동족 편이나 들지 그래, 이 아줌마야?" 그리고 촬영기사는 당연히 이 모든 장면을 찍었다.

"이 '극장의 영부인'도 당신 동족이야!" 나는 택시를 향해 외쳤고 기사는 그만두라는 듯 손을 내저으며 가버렸다.

"방금 질문에 뭐라고 대답하실 거죠?" 기자가 내 얼굴에 마이크를 들이대며 물었다. "동족 편이나 들지 그러느냐는 질문 말입니다."

"저는 동족 편을 들고 있습니다." 나는 말했다. "저는 로켓 무용단과 극장의 편이에요. 그들은 늘 올바른 일을 향해 용감하게 나섰으니까요." 진심이었다면 훨씬 더 인상적인 연설이 되었을 것이다. 게다가 내 이가 추위로 딱딱 맞부딪치고 있지 않았더라면 더 좋았겠지. "또한 저는 아까 그분이 어떻게 생각하든 인류의 편입니다. 인간됨이란 게 그토록 진입하기 어려운 쇼라면 차라리 누가 가장 인간적인가를 오디션으로 결정하는 게 낫지 않을까요?"

"기준이 뭐죠?"

"누가 더 인정이 넘치는가죠."

"그래서 지금 이러고 있는 거로군요." 기자가 회의적으로 말했다.

"그래요." 나는 기자에게 말했다. 그러나 거짓말이었다. 나는 고귀한 대의명분을 옹호하고자 이러는 게 아니었다. 에밀리가 〈42번가〉의 페기처럼 보여서, 혹은 〈우리 읍내〉의 가여운 비련의 여주인공처럼 보여서도 아니었다.

내가 여기 나와서 목이 꽉 잠겨버리고, 다시 점잖은 역할을 맡을 기회까지 망치는 이유는 그날 밤 내 리무진 안에서 비에 흠뻑 젖은 옷을 입고 거기 앉아 탭댄스 스텝과 정확한 눈높이 발차기에 대해 있지도 않은 심장의 말을 쏟아낸 에밀리가 꼭 오래전 나처럼 보였기 때문이었다.

그리고 나는 처음으로 마고 채닝이 왜 이브 해링턴을 도왔는지도 깨달았다. 그건 이브의 교묘한 속임수 때문이 아니었다. 마고가 이브에게서 젊은 시절 무대를 동경하고 사랑에 푹 빠졌던, 타고난 일을 하고 싶어 안간

힘을 쓰던 자신의 모습을 보았기 때문이었다.

만약 〈평탄치 않은 밤〉을 다시 상연하게 되고 내가 마고 역을 맡게 된다면 이 사실을 꼭 기억하리라. 그러면 마고라는 캐릭터를 완전히 새로운 차원으로 해석할 수 있을 것이다.

그러나 이렇게 된 마당에 내가 다시 마고 역을 맡을 가능성은 없을 것이다. 아니, 마마 모턴을 포함해 그 어떤 배역도 다시는 맡을 수 없을 것만 같았다. 기자는 '공연계의 자랑스러운 전통과 인간됨'에 관한 나의 연설에 조금도 감동하지 않은 표정이었다. 그는 연설 내내 내가 아니라 혹시 로켓 무용단원이 나타나지 않을까 살피는 데 급급했다.

그러나 기자 역시 로켓 무용단이 나타나지 않을 거라는 결론에 도달한 게 분명했다. "내가 이럴 줄 알았어. 결국 별일 아닐 거라고 했잖아." 기자가 촬영기사에게 말했다.

촬영기사도 고개를 끄덕이고 방수 비닐을 덮은 카메라를 어깨에서 내렸다.

"그만 가지." 기자가 말했다. "불알이 얼어붙을 지경이야."

"잠깐만요." 나는 기자의 팔을 붙잡았다. "가기 전에 탄원서에 서명이라도 해주지 그래요?" 그러나 그들은 내 말을 듣고 있지 않았다. 그들은 다시 열린 옆문 쪽을 보고 있었다.

'레온다겠지.' 나는 생각했다. 레온다가 내 사인을 받으러 다시 나온 거야. 하지만, 어림없지. 사인은 안 해줄 거니까. 그러나 그게 아니었다. 나온 사람은 아까 레온다를 부른 그 단원이었다. 그녀는 장난감 병정 의상을 로켓 무용단의 대표적인 크리스마스 의상인 흰색 털이 달린 빨간색 옷으로 갈아입고 우리가 지켜보는 가운데 옆문을 활짝 열고 금색 구두로 문을 고정해놓고는 안에 있는 누군가에게 손짓하고 있었다.

그러자 그녀와 똑같은 의상을 입은 로켓 무용단원이 밖으로 나왔는데… 오, 세상에! 클립보드를 들고 있었다! 그녀 뒤를 이어 곧바로 다른 단원이 나왔다. 그리고 또 다른 단원이. 어느새 레온다가 나와서 내 앞을 지나가며 자기 클립보드에 끼운 탄원서를 내 쪽으로 보여주며 속삭였다.

"제 건 이미 서명해서 아까 당신 탄원서에 서명을 못 했던 거예요." 그리고 에밀리만큼이나 상대의 마음을 무장 해제시키는 달콤한 미소를 지어 보였다.

"지금 이거 촬영하고 있어요?" 나는 촬영기사에게 물었고 그는 당연히 찍고 있었다. 장엄한 광경이었다! 그들은 에밀리라도 되는 듯 차가운 바람 따위 아랑곳하지 않고 고개를 들고 가슴을 펴고 행진했다. 그러나 나는 얼음 같은 바람이 그들의 타이츠와 황금색 탭 슈즈 안의 발가락 틈까지 뚫고 들어온다는 걸 잘 알았다.

이제 그들은 건물 전체를 에워쌀 수 있을 만큼 끝이 없는 긴 줄을 아름답게 서서 나왔다. 전부 빨간색 무용복을 입고 흰색 털이 달린 모자를 썼다. 게다가 이 모습을 촬영하는 언론은 TMZ만이 아니었다. 어느새 다른 카메라들도 속속 도착했고 관광객까지 몰려와 휴대폰과 안드로이드로 이 모습을 찍고 있었다. 택시 기사들도 속도를 줄이며 휘파람을 불며 환호했고 조르주 브랜디를 넣은 뜨거운 커피를 들고 내게 왔다. 아직 무용단 전원이 문밖으로 나오지 않았는데 사람들이 벌써 몰려들어 탄원서에 서명하겠다고 했다. 그리고 내 탄원서에도.

이 모습을 더 아름다운 피날레로 장식할 유일한 장치가 눈이 내리는 것인데, 마지막 무용단원이 문밖으로 걸어 나오는 순간에 딱 맞춰 눈이 내리기 시작했다. 단원들이 자세를 잡으며 움직이는 사이 반짝이는 하얀 눈송이가 그들의 흰색 털모자와 눈썹 위로 떨어지고 그들의 뺨은 에밀리의 것만큼 고운 분홍색으로 물들었다.

그들이 자리를 잡았다. 80명의 로켓 무용단과 (나중에야 알았지만) 32명의 전직 단원과 〈코러스 라인〉과 〈금지된 세계〉와 〈거의 인간일 뻔〉의 모든 여성 댄서가, 그리고 〈새장 속의 광대〉의 코러스들까지. 그들은 전부 고개를 높이 쳐들고 등을 꼿꼿이 세운 자세로 라디오시티 뮤직홀을 때리고 지나가는 기세등등한 바람을 향해 우뚝 서 있었다. 탄원서를 들고 그 환상적인 다리와 전부 때려눕힐 듯한 미소를 드러내며. 지금 이 순간만큼은 나조차도 로켓 무용단이 되고 싶었다.

이제 그들은 전부 자리를 잡고 섰다. 마지막 한 사람까지 전부 황금색 탭 슈즈를 신고 흰색 털이 달린 빨간색 의상을 입었다. 나만 빼고. 그러자 마지막 여덟 명이 문밖으로 나와 내 양옆으로 오더니 크롬과 네온으로 장식한 라디오시티 뮤직홀의 대형 차양 아래 섰다.

그들은 로봇 의상 차림이었다.

우리 여관에는 방이 없어요

Inn

이주혜 옮김

크리스마스이브. 오르간이 '임하소서 임마누엘'의 마지막 소절을 연주하자 성가대가 모두 자리에 앉았다. 윌 목사가 설교문을 타자한 누리끼리한 종이 다발을 꼭 움켜쥐고 설교단을 향해 천천히 다리를 절며 걸어갔다.

성가대의 데보라가 샤론 쪽으로 몸을 숙이며 속삭였다. "시작이야. 딱 24분 걸리지."

샤론 반대편에서 버지니아가 중얼거렸다. "그때 모든 사람이 각기 자기의 고향으로 등록하러 가니라."

윌 목사가 설교단에 종이 다발을 내려놓고 끈끈한 눈빛으로 신도들을 바라보며 입을 열었다. "그때 모든 사람이 각기 자기의 고향으로 등록하러 가니라. 요셉도 갈릴리 나사렛 성읍에서 유대 다윗의 성읍, 즉 베들레헴이라는 곳으로 가니 이는 그가 다윗 가문의 계열이기 때문이더라. 그가 자기와 정혼한 아내 마리아와 함께 등록하러 갔는데, 그녀는 아이로 인하여 배가 불렀더라."* 목사가 잠시 멈추었다.

---

* 누가복음 2장 3절~5절

"우리는 나사렛으로부터의 여정에 대해서는 아는 바가 없습니다." 버지니아가 속삭였다.

"우리는 나사렛으로부터의 여정에 대해서는 아는 바가 없습니다." 월 목사가 흔들리는 목소리로 말했다. "이 젊은 부부가 어떤 모험에 맞닥뜨렸는지, 가는 길에 어느 여관에 머물렀는지도 우리는 모릅니다. 우리가 아는 거라곤 그들이 오늘 같은 크리스마스이브에 베들레헴에 도착했다는 것, 그리고 여관에는 방이 없었다는 것뿐입니다."

버지니아가 자기 주보 가장자리에 뭔가를 끼적였다. 데보라는 기침을 시작했다. "혹시 목감기 사탕 있어?" 데보라가 샤론에게 속삭였다.

"어젯밤에 내가 준 건 어쨌어?" 샤론이 속삭였다.

"우리는 비록 그들의 여정에 대해 아는 바가 전혀 없지만," 월 목사의 목소리가 한층 더 커졌다. "그들이 살았던 세계에 대해서는 많은 것을 알고 있습니다. 그때는 인구조사와 군인들의 세계였고 관료와 정치인들의 세계였으며 재산과 규율과 자체 업무로 분주한 세계였습니다."

데보라가 다시 기침을 시작했다. 그녀는 악보집 주머니를 뒤져 종이로 싼 목감기 사탕을 꺼내더니 포장지를 풀고 입속에 쏙 집어넣었다.

"그 자체 업무로 너무도 분주한 세계라 머나먼 곳에서 온 신분이 낮은 부부는 눈에 띄지도 않았습니다." 월 목사가 읊조렸다.

버지니아는 뭐라고 끼적거린 주보를 샤론에게 건넸다. 데보라도 몸을 기울여 낙서를 읽었다. '어젯밤 리허설 끝나고 여기 무슨 일 있었어? 쇼핑몰에서 돌아오는 길에 봤더니 교회 밖에 경찰차들이 있더라.'

데보라는 주보를 든 채로 자신의 악보집을 뒤져 연필을 하나 꺼내더니 옆에 끼적였다. '누가 교회에 몰래 들어왔대.' 그리고 샤론을 거쳐 버지니아에게 건넸다.

"말도 안 돼." 버지니아가 속삭였다. "붙잡혔대?"

23일 리허설은 7시에 시작할 예정이었다. 그러나 8시 15분 전에도 성가대는 여전히 성소 뒤에 서서 행렬 성가를 부를 순서를 기다리고 있었고 목동과 천사 들은 흥분상태로 날뛰고 있었으며 월 목사는 설교단 뒤의 지정석에 앉아 꾸벅꾸벅 졸고 있었다. 부목사 리사 패리슨은 구유를 놓을 자리를 마련하려고 포인세티아 화분들을 성단소* 계단으로 옮기고 있었고 성가대 지휘자 로즈 헨더슨은 무릎을 꿇고 앉아 판지로 만든 야자나무에 나무 받침대를 망치질하고 있었다. 야자나무가 벌써 두 번이나 쓰러졌다.

"내일 밤 크리스마스이브 예배 시간까지 이러고 있는 거 아냐?" 샤론이 성소 문에 기대서서 말했다.

"난 안 돼." 버지니아가 시계를 흘낏 보며 말했다. "9시 전에는 쇼핑몰에 가야 해. 메건이 갑자기 졸업 파티 바비인형을 갖고 싶다고 선언했어."

"목이 또 아파." 데보라가 목울대를 만져보며 말했다. "여기 덥니? 아니면 내가 열이 나는 건가?"

"성가복을 입으니까 더워." 샤론이 말했다. "근데 리허설인데 왜 성가복을 입고 있어야 하지?"

"로즈가 내일 밤하고 모든 게 똑같아야 한다고 했거든."

"내일 밤도 지금과 모든 게 똑같다면 나는 아마 죽을지도 몰라." 데보라가 목청을 가다듬으며 말했다. "아프면 안 된단 말이야. 아직 선물 포장을 시작도 못 했고 심지어 크리스마스 저녁으로 뭘 먹을지도 생각 못 했어."

"넌 선물이라도 샀지." 버지니아가 말했다. "나는 아직 여덟 명 선물을 못 샀어. 졸업 파티 바비인형은 빼고도 말이야."

"난 아무것도 안 했어. 크리스마스카드도 안 쓰고 쇼핑도 선물 포장도 빵 굽기도 아무것도 안 했어. 빌의 부모님도 온다고 했는데." 샤론이 말했다. "제발 이 리허설, 시작이라도 좀 하지."

로즈와 어린이 성가대의 천사 하나가 야자나무를 가져다가 세웠다. 나무가 오른쪽으로 심하게 기울었다. 꼭 베들레헴에 허리케인이 불어오는 것 같았다. "이거 똑바르게 세워졌어요?" 로즈가 뒤쪽을 향해 큰 소리로 물었다.

"예." 샤론이 말했다.

---

* 교회 예배 때 성직자와 성가대가 앉는 제단 옆자리

"교회에서 거짓말을 하다니." 데보라가 말했다. "쯧쯧."

"좋아요." 로즈가 주보를 집어 들며 말했다. "다들 잘 들어요. 여기 예배 순서가 있어요. 관악 4중주의 성찬식 전 연주, 행렬, 본 기도, 공고 순서예요. 리사 부목사님, 공고 순서에 '지극히 작은 자' 프로젝트에 대해 말씀하실 거죠?"

"예." 리사 부목사가 대답하면서 성소 앞으로 걸어 나왔다. "지금 잠깐만 공고를 하나 해도 될까요?" 그러더니 성가대 쪽으로 돌아섰다. "혹시 기부할 게 있으면 내일 아침 9시까지는 교회로 가져다주셔야 해요." 부목사는 힘차게 말했다. "9시에 기부품을 노숙자 센터로 배달할 거예요. 아직도 담요와 통조림이 더 필요합니다. 기부할 물건은 친목회관으로 가져오세요."

리사 부목사가 통로로 돌아가자 로즈가 다시 행사 순서를 발표했다. "공고 다음에는 '임하소서 임마누엘'을 부른 후, 월 목사님 설교 차례고…."

자기 이름이 불리자 월 목사가 잠에서 깨어나 고개를 끄덕였다. "아." 그는 설교문을 타자한 누리끼리한 종이 다발을 꼭 움켜쥐고 설교단 쪽으로 절뚝거리며 다가갔다.

"오, 안 돼." 샤론이 말했다. "크리스마스 연극에 설교까지! 그러다간 영영 교회 안에 갇혀 있어야 해."

"그냥 설교도 아니지." 버지니아가 말했다. "바로 그 설교지. 꼬박 24분짜리 설교. 나는 아예 외웠다니까. 월 목사가 여기 부임한 후로 매년 똑같은 설교를 해왔잖아."

"그보다 더 길어." 데보라가 말했다. "작년에는 설교하다 1차 세계대전 이야기도 하더라니까."

"그때 모든 사람이 각기 자기의 고향으로 등록하러 가니라." 월 목사가 말했다. "요셉도 갈릴리 나사렛 성읍에서 유대 다윗의 성읍, 즉 베들레헴이라는 곳으로 가니…."

"오, 안 돼." 샤론이 말했다. "지금 전체 설교를 다 하려나 봐."

"우리는 나사렛으로부터의 여정에 대해서는 아는 바가 없습니다." 월 목사가 말했다.

"감사합니다, 윌 목사님." 로즈가 말했다. "설교 다음에는 성가대가 '오 베들레헴 작은 마을'을 부르고 이어서 마리아와 요셉이…."

"그들의 여정은 우리에게 어떤 메시지를 주고 있습니까?" 윌 목사가 차츰 속도를 내며 말했다.

로즈는 서둘러 통로를 지나 성단소 계단을 올라갔다. "윌 목사님, 지금은 설교 전체를 다 하실 필요가 없어요."

"그것이 우리에게 말하고자 하는 바가 무엇이겠습니까?" 목사가 말했다. "세계대전에서 회복하려고 고군분투하는 우리에게 말입니다."

데보라가 샤론의 옆구리를 찔렀다.

"윌 목사님." 로즈가 설교단까지 다가가 말했다. "지금은 전체 설교를 들을 시간이 없어요. 빨리 연극을 점검해야 하거든요."

"아." 목사는 말하고 종이 다발을 모아들었다.

"좋아요." 로즈가 말했다. "성가대가 '오 베들레헴 작은 마을'을 부르면 마리아와 요셉은 통로로 걸어 나오세요."

실내복과 샌들 차림의 마리아와 요셉이 성소 뒤쪽에 대기하고 있다가 중앙통로로 걸어 나오기 시작했다.

"아니, 아니. 마리아와 요셉, 그런 식으로 나오면 안 돼." 로즈가 말했다. "동방박사들이 중앙통로로 나와야 하고 너희는 나사렛에서 오는 길이니까 옆 통로로 나와야지."

마리아와 요셉이 로즈의 말대로 종종걸음을 치며 통로를 지나갔다.

"아니, 아니. 천천히 가야지." 로즈가 말했다. "두 사람은 지금 지쳤잖아. 나사렛에서 여기까지 내내 걸어왔어. 다시 해보자."

마리아와 요셉은 나란히 교회 뒤쪽으로 달려갔다가 다시 출발했다. 처음에는 천천히 그러다가 점점 속도를 높였다.

"신도석에서는 보이지도 않겠네." 로즈가 고개를 저으며 말했다. "옆 통로 조명이 어디 있지? 저거 어떡해요, 리사 부목사님?"

"부목사님 여기 없어요." 데보라가 말했다. "뭐 가지러 가셨어요."

"제가 모셔 올게요." 샤론이 말하고 현관을 가로질러 갔다.

미리엄이 설탕 입힌 쿠키가 든 종이 접시를 들고 성인 교회학교 교실로 막 들어가고 있었다. "리사 부목사님 어디 있는지 알아요?" 샤론이 물었다.

"방금 사무실에서 봤어요." 미리엄이 접시를 든 손으로 가리켰다.

샤론은 사무실로 가보았다. 리사 부목사가 책상 앞에 서서 전화 통화를 하고 있었다. "승합차가 얼마나 빨리 올 수 있죠?" 부목사는 샤론에게 잠깐 기다리라고 몸짓하며 통화를 계속했다. "찾을 수 있겠어요?"

샤론은 책상을 보면서 기다렸다. 전화기 옆에 종이로 포장한 목감기 사탕이 유리 접시에 담겼고 그 옆에는 훈제 굴 통조림 하나와 물밤 통조림 세 개가 놓여 있었다. 아마 '지극히 작은 자' 프로젝트의 기부품일 거라고 그녀는 서글프게 생각했다.

"15분이요? 알겠어요. 고맙습니다." 리사 부목사는 전화를 끊었다. "잠깐만요." 부목사는 샤론에게 말하고 바깥의 교회 출입문으로 갔다. 그러고는 문을 열고 밖으로 몸을 내밀었다. 사무실에 서 있는 샤론에게까지 찬 바람이 느껴졌다. 눈이 오기 시작했다.

"잠시 후 승합차가 올 거예요." 부목사가 밖에 있는 누군가에게 말했다.

샤론은 출입문 양옆의 스테인드글라스 창문으로 밖에 있는 사람이 누군지 보려고 했다.

"그 승합차를 타면 노숙자 쉼터로 갈 수 있어요." 리사 부목사가 말했다. "아니, 아니. 밖에서 기다려요." 부목사는 문을 닫았다. "자, 무슨 일이죠, 샤론?" 부목사가 그녀를 향해 돌아서서 말했다.

샤론은 여전히 창밖을 보면서 말했다. "성소에서 부목사님을 찾아요." 눈이 내리기 시작했다. 창 너머로 눈송이가 푸르게 보였다.

"곧바로 갈게요." 리사 부목사가 말했다. "노숙자가 찾아와서 처리하느라고요. 오늘 밤만 벌써 두 번째 커플이네요. 크리스마스만 되면 꼭 노숙자들이 찾아오죠. 뭐가 문제라고 했죠? 야자나무가 또 말썽인가?"

"예?" 샤론이 여전히 눈을 보며 말했다.

부목사도 샤론의 시선을 따라 창밖을 보았다. "노숙자 쉼터에서 승합차를 보냈으니까 곧 와서 그들을 데려갈 거예요." 부목사가 말했다. "감독할 사람도 없는데 그들을 교회 안에 들일 수는 없어요. 지난달 제일감리교회는 두 번이나 물품을 도난당했고 우리 교회에도 '지극히 작은 자' 프로젝트 기부품들이 있어요." 부목사가 친목회관 쪽을 가리켰다.

'그 기부품이라는 게 노숙자를 위한 게 아니었나?' 샤론은 서글프게 생각했다. "잠깐만이라도 성소나 다른 데서 기다리고 있으라고 하면 안 되나요?" 샤론은 물었다.

리사 부목사는 한숨을 내쉬었다. "그들을 받아주는 게 친절을 베푸는 게 아니에요. 그 사람들이 쉼터 말고 교회에 오는 이유가 뭔지 알아요? 쉼터에서는 술을 압수하기 때문이에요." 목사는 현관을 가로질러 가기 시작했다. "나를 찾는 이유가 뭐죠?"

"아." 샤론이 말했다. "조명이요. 마리아와 요셉이 옆 통로를 지나갈 때 조명을 켤 수 있는지 알고 싶대요."

"조명은 나도 잘 모르는데." 부목사가 말했다. "이 교회 조명체계가 아주 엉망진창이거든요." 부목사는 성가대실과 교회학교 교실들로 내려가는 계단 바로 옆 스위치 더미에서 걸음을 멈추었다. "어디 조명이 켜지는지 알려줘요." 부목사가 스위치 하나를 눌렀다. 교회 현관 조명이 꺼졌다. 리사 부목사는 그 스위치를 다시 누르고 다른 스위치를 눌러봤다.

"사무실 조명이에요." 샤론이 말했다. "아래층 현관도 같이 켜지네요. 그리고 그건 성인 교회학교 교실 조명이고요."

"이건요?" 리사 부목사가 물었다. 성가대 사이에서 고함이 터져 나왔다. 아이들이 소리를 질렀다.

"성소네요." 샤론이 말했다. "좋아요. 그게 옆 통로 조명이에요." 그녀는 성소를 향해 소리쳤다. "어때요?"

"좋아요." 로즈가 대답으로 소리쳤다. "아니, 잠깐만요. 오르간이 꺼졌어요."

리사 부목사가 그 스위치를 다시 누르자 오르간이 그르렁 소리를 내며 켜졌다.

"이제 옆 통로 조명도 꺼졌어요." 샤론이 말했다. "설교단 불도 꺼지고요."

"내가 아주 엉망진창이라고 했죠?" 리사 부목사가 말했다. 부목사가 또 다른 스위치를 눌렀다. "이건 어때요?"

"바깥 현관 조명이 꺼졌어요."

"잘됐네. 현관 조명은 꺼두어야겠어요. 그러면 노숙자들도 더 찾아오지 않겠지." 부목사가 말했다. "월 목사님이 지난주 어느 노숙자 남자를 교회 안에서 기다리게 했는데 그 사람이 성인 교회학교 교실 카펫에다가 실례를 했지 뭐예요. 카펫을 전부 세탁해야 했어요." 부목사는 타이르듯이 샤론을 바라보았다. "이런 사람들을 상대할 때는 연민에 이끌려서는 안 돼요."

'그렇죠.' 샤론은 생각했다. '예수님이 그랬다가 어떻게 됐는지 보면 알 수 있죠.'

"여관주인은 그들을 외면할 수도 있었습니다." 월 목사가 읊조렸다. "그는 바빴고 여관은 손님으로 가득 차 있었습니다. 그는 마리아와 요셉 앞에서 문을 닫아버릴 수도 있었습니다."

버지니아는 샤론을 지나 데보라 쪽으로 몸을 숙였다. "교회에 몰래 들어온 사람들이 뭐라도 훔쳐 갔대?"

"아니." 샤론이 말했다.

"누군지는 몰라도 놀이방 바닥에 오줌이 있었대." 데보라가 속삭였고, 월 목사는 혼란스럽게 말끝을 흐리더니 성가대 쪽을 굽어보았다.

데보라가 큰 소리로 기침을 하기 시작하면서 손을 들어 입을 막았다. 목사는 그녀를 향해 희미하게 미소를 짓고 다시 설교를 시작했다. "여관주인은 그들을 외면할 수도 있었습니다."

데보라는 잠시 기다렸다가 찬송가집의 주보를 끼워둔 자리를 펼치고 주보 위에 뭔가를 끼적이기 시작했다. 그녀는 주보를 버지니아에게 건넸고 버지니아는 읽어보고 다시 샤론에게 건넸다.

'리사 부목사 말이 노숙자들이 들어온 것 같대.' 이렇게 씌어 있었다. '그 사람들이 야자나무를 다 찢어놨대. 나무 받침도 다 뜯어버리고. 왜 그런 짓을 했을까?'

"오래전 크리스마스이브에 여관주인이 마리아와 요셉을 위한 자리를 마련해주었듯이," 윌 목사의 설교가 마지막을 향해 가고 있었다. "우리도 마음에 그리스도를 위한 자리를 마련합시다. 아멘."

오르간이 '오 베들레헴 작은 마을'의 도입부를 연주하기 시작하자 마리아와 요셉이 미리엄과 함께 뒤쪽에서 모습을 드러냈다. 미리엄이 마리아의 하얀 베일을 고쳐주고 두 사람에게 뭐라 뭐라 속삭였다. 요셉이 풀로 붙인 수염을 잡아당겼다.

"결국, 저 두 사람은 어느 통로로 가기로 했어?" 버지니아가 속삭였다. "옆 통로에서 들어오기로 했어, 아니면 그냥 곧바로 중앙통로로 나오기로 했어?"

"옆 통로." 샤론이 속삭였다.

성가대가 자리에서 일어났다. "오 베들레헴 작은 마을이여, 평안 속에 놓여 있음을 우리가 보노라." 그들은 노래했다. "네가 깊고도 곤히 잠든 위로 조용히 별들이 지나가노라."

마리아와 요셉이 옆 통로를 걷기 시작했다. 그들은 로즈가 가르쳐준 대로 나란히 서서 천천히 계산된 걸음으로 나갔다. '아니.' 샤론은 생각했다. '저건 옳지 않아. 그들은 저런 모습이 아니었어. 요셉이 마리아의 조금 앞에 서서 그녀를 보호했고 그녀의 손은 아기를 보호하느라 배 위에 올라가 있었지.'

결국, 마리아와 요셉이 어떻게 걸어 나올 것인가 하는 결정은 미뤄두고 연극을 시작했다. 마리아와 요셉이 여관 문을 두드리자 여관주인이 활짝 웃으며 방이 없다고 말했다.

"패트릭, 그렇게 즐거운 표정을 지으면 어떡하니." 로즈가 말했다. "넌 기분이 나빠야 해. 바쁘고 피곤하고 남는 방도 없잖아."

패트릭이 험악한 표정을 짓고 말했다. "우리 여관에는 방이 없어요. 하지만 마구간에 머무를 수는 있소." 여관주인이 그들을 구유 쪽으로 안내하자 마리아가 그 옆에 무릎을 꿇고 앉았다.

"아기 예수는 어딨지?" 로즈가 물었다.

"내일 밤에나 도착할걸." 버지니아가 속삭였다.

"누구 아기 인형 가져올 사람?" 로즈가 물었다.

천사 한 명이 손을 들자 로즈가 말했다. "좋아요. 마리아, 지금은 담요를 사용하자. 성가대는 '저 멀리 어느 구유에서'의 첫 소절을 불러요. 자, 목동들." 로즈가 성소 뒤쪽을 향해 외쳤다. "'저 멀리 어느 구유에서'가 끝나자마자 나와서 이쪽 옆에 서요." 그녀가 방향을 가리켰다.

목동들이 하키 스틱, 빗자루 손잡이, 지팡이를 하나둘씩 테이프로 감싼 소품을 집어 들고 두건을 고쳐 썼다.

"좋아요. 여기까지 한번 해봅시다." 로즈가 말했다. "오르간?"

오르간이 도입부를 연주하자 성가대가 일어났다.

"저어 멀리." 데보라가 노래하다 기침이 시작되자 손으로 입을 막았다.

"목… 감기… 사탕…?" 그녀는 발작적인 기침 사이로 겨우 내뱉었다.

"사무실에 있는 거 봤어." 샤론은 말하고 성단소 계단을 달려 내려가 통로를 지나 현관으로 나갔다.

어두웠지만 굳이 조명 스위치를 찾느라 시간을 낭비하고 싶지 않았다. 샤론은 성소에서 나오는 불빛에 의지해 어찌어찌 길을 찾아갈 수 있을 것 같았고, 목감기 사탕이 있던 자리도 정확히 안다고 생각했다.

사무실 조명도 꺼져 있었고 리사 부목사가 노숙자들이 찾아오지 못하게 껐던 현관 조명도 다시 켜지 않았다. 샤론은 사무실 문을 열고 더듬거리며 책상까지 가서 여기저기를 만져보다가 마침내 유리 접시를 찾았다. 그녀는 목감기 사탕을 한 줌 집어 들고 다시 더듬거리며 현관으로 나왔다.

성가대가 노래하고 있었다. "그 맑고 환한 밤중에." 그러나 노래는 두 소절 만에 멈추었고 갑자기 찾아온 고요 속에서 교회 출입문 두드리는 소리가 들렸다.

그녀는 문 쪽으로 가려다가 좀 전에 리사 부목사가 거절한 노숙자 부부가 소란을 피우려고 다시 찾아온 게 아닐까 싶어 잠시 머뭇거렸다. 그러나 문 두드리는 소리는 수줍게 들릴 정도로 아주 작았고 스테인드글라스 창

너머로 보이는 바깥에는 눈이 몹시 내리고 있었다.

그녀는 목감기 사탕을 왼손으로 옮겨 들고 출입문을 조금 열어 밖을 내다보았다. 현관에 두 사람이 서 있었는데 한 사람이 다른 사람 조금 앞에 섰다. 너무 어두워 사람의 윤곽만 겨우 보였다. 언뜻 봤을 때 두 사람 다 여자인 줄 알았는데 앞에 선 사람이 젊은 남자 목소리로 말했다. "에르카스."

"죄송해요." 샤론이 말했다. "제가 스페인어를 몰라요. 혹시 머물 장소를 찾고 있나요?" 눈은 진눈깨비로 변하고 있었고 바람도 거세졌다.

"쿰라." 젊은 남자가 목청을 가다듬는 듯한 소리를 냈는데 샤론은 무슨 말인지 하나도 알아들을 수가 없었다.

"잠깐만요." 그녀는 말하고 문을 닫았다. 얼른 사무실로 돌아가 더듬더듬 전화기를 찾아 암흑과 다름없는 곳에서 곁눈질로 겨우 버튼을 보며 쉼터 번호를 눌렀다.

통화 중이었다. 그녀는 수화기를 내려놓고 잠시 기다렸다가 다시 전화를 걸었다. 여전히 통화 중이었다. 그녀는 그들이 포기하고 가버렸길 기대하며 다시 출입문으로 돌아갔다.

"에르카스" 그녀가 문을 열자마자 남자가 말했다.

"미안해요." 그녀는 말했다. "지금 노숙자 쉼터에 전화를 걸고 있어요." 남자가 몹시 열렬하게 빠른 속도로 무언가 말하기 시작했다.

남자가 앞으로 다가와 문에 손을 댔다. 그는 온몸에 담요를 두르고 있어서 여자로 오해한 것 같았다. "에르카스." 남자가 또 말했는데 몹시 절박하고 흥분해 있으면서도 어딘가 수줍고 소심해 보였다.

"보트 룸." 남자가 여자 쪽을 가리키며 말했다. 여자는 현관의 거의 가장자리에 서 있었지만, 샤론은 여자를 보고 있지 않았다. 그녀는 그들의 발을 보고 있었다.

그들은 샌들을 신고 있었다. 처음에는 맨발인 줄 알고 경악하며 어둠을 골똘히 바라보았다. 눈 속에 맨발이라니! 어렴풋이 검은 끈이 보였지만 그래도 여전히 경악했다. 눈이 거세게 내리고 있었다.

이대로 그들을 밖에 세워둘 수는 없었지만 그렇다고 승합차가 올 때까지 감히 그들을 교회 안으로 들일 수도 없었다. 리사 부목사가 옆에 있는 게 아닌데도 그랬다.

사무실에는 아무도 없었고(그사이 전화가 올지도 모른다) 노숙자들을 위한 기부품이 쌓여 있는 친목회관에 들일 수도 없었다.

"잠깐만요." 샤론은 말하고 문을 닫은 다음 미리엄이 아직도 성인 교회학교 교실에 있는지 보러 갔다. 어두웠지만, 완전한 어둠은 아니었는데 문 옆 테이블 위에 램프가 하나 있었다. 그녀는 램프를 켰다. 아, 여기도 안 되겠다. 벽에 바짝 붙여 놓은 진열창 안에 은 식기들이 있어서 안 된다. 게다가 테이블 위에 종이컵 더미가 있고 미리엄이 가져다 놓은 크리스마스 쿠키가 담긴 종이 접시들도 있었다. 리허설이 끝나고 여기서 다과회가 있을 예정이었다. 그녀는 램프를 끄고 다시 현관으로 나갔다.

월 목사의 사무실도 안 된다. 게다가 지금은 잠겨 있었다. 리사 부목사의 사무실도 당연히 안 된다. 혹시 아래층으로 내려가 교회학교 교실 중 한 곳에 데려가려면 사람들에게 들켜서는 안 될 것이다.

보일러실은 어떨까? 그곳은 성인 교회학교 교실과 친목회관 사이에 있었다. 그녀는 보일러실 손잡이를 돌려보았다. 열렸다. 안을 들여다보았다. 보일러가 공간을 거의 차지했고 남은 공간에는 접이식 의자들이 쌓였다. 조명 스위치를 찾을 수 없었지만, 보일러의 점화 불씨 덕분에 몸을 움직일 만큼은 보였다. 무엇보다 여긴 현관보다 따뜻했다.

그녀는 다시 출입문으로 돌아가 누구 오는 사람이라도 없나 현관을 한 번 확인하고 그들을 안으로 들였다. "여기서 기다려요." 그녀는 말했지만, 그들은 그녀의 말을 이해하지 못하는 게 분명했다.

그들은 샤론의 뒤를 따라 어두운 현관을 가로질러 보일러실로 갔다. 그녀는 접이식 의자를 두 개 펼쳐놓고 그들에게 들어오라고 손짓했다.

'그 맑고 환한 밤중에'가 도중에 멈추고 로즈의 목소리가 성소에서 흘러나왔다. "목동들의 지팡이는 무기가 아니야. 좋아. 천사?"

"쉼터에 전화해볼게요." 샤론은 서둘러 말하고 문을 닫았다.

그녀는 사무실로 들어가 쉼터에 다시 전화를 걸었다. "제발, 제발 좀 받아라." 그녀는 말했다. 막상 상대가 전화를 받았을 때는 너무 놀라 노숙자 한 쌍이 교회 안에 들어와 있다고 말하는 걸 깜박 잊어버렸다.

"최소한 30분은 걸릴 겁니다." 쉼터 남자가 말했다. "아니면 45분이요."

"45분이나요?"

"기온이 영하로 떨어질 때마다 이래요." 남자가 말했다. "되도록 빨리 갈 수 있게 노력하겠습니다."

적어도 그녀는 올바른 일을 했다. 그들을 45분이나 눈 속에 세워둘 수는 없었다. '올바른 일이라….' 그녀는 서글프게 생각했다. 사람을 보일러실에 처박아놓고서 올바른 일이라니. 그러나 그곳은 적어도 따뜻했고 눈도 오지 않았다. 그리고 샤론이 어디서 뭘 하고 있는지 누가 찾으러 오지 않는 한 그들은 안전했다.

"아, 참, 데보라." 샤론은 불쑥 말했다. 그녀가 밖으로 나온 것은 데보라에게 목감기 사탕을 가져다주기 위해서였다.

사탕은 전화를 거는 사이 놓아둔 책상 위에 그대로 있었다. 그녀는 얼른 사탕을 집어 들고 현관을 지나 성소로 돌아갔다.

천사가 성단소 계단에서 목동들에게 두려워하지 말라고 말하고 있었다. 샤론은 그들을 뚫고 성단소로 올라가 데보라와 버지니아 사이에 앉았다.

그녀는 데보라에게 목감기 사탕을 건넸다. "왜 이렇게 오래 걸렸어?" 데보라가 물었다.

"전화를 걸 데가 있어서. 내가 놓친 순서가 어디야?"

"아무것도 놓치지 않았어. 아직도 목동 순서야. 야자나무 하나가 쓰러져서 고쳐야 했고 리사 부목사가 리허설을 중단하고 교회 안에 노숙자를 들이지 말라고 공지했어. 성삼위일체교회 성소가 파괴당했대."

"어머." 샤론이 말했다. 그녀는 리사 부목사를 찾아 성소 주변을 훑어보았다.

"좋아요. 이제 천사는 말을 마치고 나서," 로즈가 말했다. "천사 무리에 합류해요. 너희 말이야, 어린이 성가대. 아니, 계단 위에 줄을 서야지. 자, 오르간?"

오르간이 '들어라, 예언의 천사가 노래한다'를 연주하자 어린이 성가대가 거의 들리지 않는 피리 같은 소리로 노래를 시작했다.

리사 부목사는 어디에도 보이지 않았다. "부목사님 어디 갔는지 알아?" 샤론은 데보라에게 속삭였다.

"너 들어왔을 때 바로 나가셨어. 사무실에서 뭐 가져올 게 있으시대."

사무실! 부목사가 보일러실에서 무슨 소리라도 듣고 문을 열어봤다가 그들을 발견하면 어쩌지! 샤론은 절반쯤 일어섰다.

"성가대." 로즈가 샤론을 똑바로 노려보며 말했다. "어린이 성가대와 함께 허밍을 도와주겠어요?"

샤론은 자리에 다시 앉았고 잠시 후 리사 부목사가 가위를 들고 뒤쪽에서 나타났다. "보아라, 이윽고 주가 오시니." 어린이 성가대가 노래하자 미리엄이 일어나서 밖으로 나갔다.

"미리엄은 어딜 가는 거지?" 샤론이 속삭였다.

"내가 어떻게 알아?" 데보라가 의심스러운 눈길로 샤론을 보았다. "다과회 준비를 하러 가는 거겠지. 왜 그래?"

"아니야." 그녀는 말했다. "모두에게 빛과 생명을 가져다주시니." 빨리 노래가 끝나야 나갈 수 있을 텐데. 그러나 노래가 끝나자마자 로즈가 말했다. "좋아요. 이제 동방박사." 그러자 보석함을 든 6학년 아이가 중앙통로로 걸어오기 시작했다. "성가대, '동방박사 세 사람'입니다. 자, 오르간?"

'동방박사 세 사람'은 4절까지 있는 긴 노래였고 샤론은 더 이상 기다릴 수가 없었다.

"나 화장실 좀 다녀올게." 샤론은 의자 위에 악보집을 세워놓고 성단소 뒤쪽 계단으로 몸을 숙이고 내려가 옆 통로로 향하는 좁은 방을 지나갔다. 철 지난 제단 장식물들을 놔두는 곳이라 성가대는 그 방을 '꽃방'이라고 불렀다. 가끔 교회를 일찍 나서야 할 때 몰래 빠져나가는 비상구로 그 방을 이용했는데, 지금은 여유 공간이 거의 없어서 겨우 몸을 비집고 나가야 했다. 바닥에는 성가대가 쓰는 악보대와 실크로 만든 부활절 백합 화분이 잔뜩 쌓였고 성소로 통하는 문 앞에는 거대한 붉은 장미 꽃바구니가 놓여 있었다.

샤론은 꽃바구니를 구석으로 밀치고 백합 화분 사이를 조심스럽게 걸어서 문을 열었다.

"발타자르, 구유 앞에 황금을 내려놔. 떨어뜨리지 말고. 마리아, 너는 신의 어머니잖아. 그렇게 겁먹은 얼굴을 하고 있으면 안 되지." 로즈의 목소리가 들려왔다.

샤론은 서둘러 옆 통로를 지나 현관으로 나갔다. 거기에는 다른 두 동방박사가 향수병을 들고 자기 차례를 기다리고 있었다.

"명랑하고 귀한 별 아기 예수 계신 곳에 우리 인도하여라." 성가대가 노래했다.

현관과 사무실 조명은 여전히 꺼져 있었지만, 성인 교회학교 교실에서 새어 나온 빛이 현관 끝까지 퍼져 흘렀다. 보일러실 문이 여전히 닫혀 있는 게 보였다.

'다시 쉼터에 전화를 걸어보자.' 그녀는 생각했다. '빨리 오라고 재촉해보고 안 되면 다른 사람들이 전부 집에 돌아갈 때까지 그들을 아래층에 데려다 놔야겠어. 그런 다음 내가 직접 쉼터에 데려다줘야지.'

그녀는 미리엄의 눈에 띄지 않도록 까치발로 성인 교회학교 교실의 열린 문을 지나쳐 달리다시피 해서 사무실로 들어갔다.

"안녕." 미리엄이 책상 앞에서 고개를 들고 말했다. 그녀는 한 손에 알루미늄 주전자를 들고 다른 손으로 맨 위 서랍을 뒤지고 있었다. "혹시 주방 열쇠 어디에 보관해두는지 알아요? 주방이 잠겨서 들어갈 수가 없네."

"몰라요." 샤론이 말했다. 심장이 쿵쾅거렸다.

"분말주스를 저을 숟가락이 필요해요." 미리엄이 책상 옆 서랍을 열었다 닫았다 하며 말했다. "직원이 열쇠를 집에 가져갔나 봐. 하긴 그 사람 탓은 아니지. 제일감리교회가 지난달 도둑을 맞았대요. 그 교회는 자물쇠를 전부 바꿔야 했다지 뭐예요."

샤론은 불안하게 보일러실 문을 흘끔거렸다.

"그렇다면," 미리엄이 다시 맨 위 서랍을 열면서 말했다. "이걸로라도 어떻게 해봐야겠네." 그녀는 플라스틱 자를 꺼냈다. "애들은 별로 신경 쓰지 않겠지."

미리엄은 밖으로 나가려다가 멈춰 섰다. "리허설 아직 안 끝났죠?"

"예." 샤론이 말했다. "아직 동방박사 부분이에요. 남편한테 냉동실 칠면조를 꺼내놓으라고 전화하러 나왔어요."

"나도 집에 가면 꺼내놔야겠네요." 미리엄은 말하고 현관을 가로질러 도서실로 들어가 문을 열어두었다. 샤론은 잠깐 기다렸다가 쉼터에 전화를 걸었다. 통화 중이었다. 그녀는 현관에서 흘러나오는 빛에 손목시계를 비춰보았다. 쉼터에서는 30분에서 45분 정도 걸릴 거라고 했었다. 그때쯤이면 리허설은 끝날 것이고 현관은 사람들로 북적거릴 것이다.

30분도 남지 않았다. 벌써 '주의 죽을 몸 위해 나는 몰약 드리네'를 부르고 있었다. 이제 남은 노래는 '고요한 밤 거룩한 밤' 그리고 '기쁘다 구주 오셨네'뿐이고, 그러면 천사들이 쿠키와 주스를 먹겠다고 봇물 터지듯 쏟아져 나올 것이다.

샤론은 출입문 쪽으로 가 밖을 내다보았다. 기온이 영하로 내려갔다고 쉼터 직원이 말했었는데, 지금은 주차장 전역에 진눈깨비가 날카로운 사선을 그리며 떨어지고 있었다.

신발도 신지 않은 그들을 밖으로 내보낼 수는 없었다. 그리고 아이들이 바로 옆방에 있는데 그대로 보일러실에 놔둘 수도 없었다. 아무래도 아래층으로 옮겨야 할 것 같았다.

하지만 어디로 보낸단 말인가. 성가대실은 안 된다. 거기에 악보집과 성가복을 가져다 놓으러 성가대원들이 몰려올 것이다. 교회학교 교실은 연극에 참가하는 아이들이 코트를 놔두었을 테고. 그리고 주방은 잠겨 있다.

놀이방은 어떨까? 거긴 괜찮을지도 모르겠다. 성가대실에서 현관 맞은편에 있지만 일단 계단으로 내려가려면 성인 교회학교 교실을 지나가야 하고 그 문은 지금 활짝 열려 있다.

"고오요한 바암… 거어룩한 바암…." 성소에서 노랫소리가 흘러나왔다가 이내 뚝 끊겼고 곧 리사 부목사의 말소리가 들렸는데 아마도 교회 안에 노숙자를 들이면 위험하다고 당부하는 것 같았다.

샤론은 다시 보일러실 문을 흘낏 보고 성인 교회학교 교실로 들어갔다. 미리엄이 테이블에 종이컵을 차리고 있다가 고개를 들었다. "남편하고는 통화가 됐어요?"

"예." 샤론이 말했다. 미리엄이 무슨 일이냐는 표정을 지었다.

"쿠키 하나 먹어도 돼요?" 샤론은 아무 말이나 했다.

"별 모양 쿠키 하나 가져가요. 아이들은 산타 모양이랑 크리스마스트리 모양을 가장 좋아하거든요."

샤론은 밝은 노란색 설탕이 입혀진 별 모양 쿠키 하나를 집어 들었다. "고마워요." 그리고 밖으로 나가면서 등 뒤로 문을 닫았다.

"문 열어둬요." 미리엄이 말했다. "리허설 하는 소리가 들려야 하거든요."

샤론은 문을 다시 열었지만, 미리엄이 와서 직접 문을 활짝 열지 않기를 바라며 최대한 닫을 수 있는 만큼인 절반만 열어놓고 조용히 보일러실로 갔다.

성가대가 '고요한 밤 거룩한 밤'의 마지막 소절을 부르고 있었다. 이제 '기쁘다 구주 오셨네'와 축복기도만 남았다. 이제 문이 열려 있든 닫혀 있든 빨리 그들을 다른 곳으로 옮겨야 했다. 그녀는 보일러실 문을 열었다.

그들은 그녀가 접이의자를 놔두었던 자리에 그대로 서 있었는데, 증거는 없어도 그녀가 나간 후로 내내 그렇게 서 있었다는 것을 알 수 있었다.

젊은 남자는 처음 교회 문 앞에 서 있을 때처럼 여자의 몸 조금 앞에 섰다. 그런데 지금 보니 그는 사내가 아니라 소년에 가까웠고 턱수염도 청소년처럼 가늘고 성기었으며, 여자는 훨씬 더 어려서 어쩌면 열 살 아이처럼도 보였는데 그보다는 나이가 많다는 걸 알 수 있는 게 성인 교회학교 교실의 반쯤 열린 문에서 새어 나오는 빛에 의지해서 보니 임신부였다.

이제야 그녀는 모든 것을 이해했다. 여자의 어색하게 커다란 몸집이며 남자의 턱수염, 그들이 의자에 앉아 있지 않았던 점, 좀 전에는 보이지 않았던 것이 굳이 성인 교회학교 교실의 불빛 덕분에 보였던 점까지 전부. 그럼에도 마음 한쪽은 여전히 쉼터에서 보낸다는 승합차가 언제나 도착할까,

어떻게 해야 리사 부목사의 눈을 피해 그들을 쉼터까지 보낼 수 있을까 생각했고, 다른 마음 한쪽으로는 처음 교회 문을 열어주었을 때부터 이미 어렴풋이 알아챘던 사실을 확실하게 증명해주는 세부 사항을 헤아리고 있었다.

"여기서 뭘 하고 있어요?" 그녀가 속삭이자 남자는 양손을 벌려 어쩔 수 없다는 몸짓을 해 보였다. "에르카스." 그는 말했다.

여전히 돌아가는 마음 한쪽 때문에 그녀는 자기도 모르게 입술에 손가락을 가져다 댔는데 두 사람 모두 즉시 겁을 먹는 걸 보면 그 몸짓의 의미를 이해한 것 같았다. "날 따라와요." 그녀는 속삭였다.

그러나 이윽고 생각하는 기능이 완전히 멈추면서 샤론은 거의 뛰다시피 반쯤 열린 문을 지나 계단으로 갔는데, 그때는 오르간이 '기쁘다 구주 오셨네'를 큰 소리로 연주하는 것도 들리지 않았다. 그녀가 "빨리! 빨리요!"라고 속삭이자 그들은 그녀를 따라오긴 했는데 계단을 어떻게 내려가는지 몰라서 여자는 뒤로 돌아 손으로 위쪽 계단을 짚으며 거꾸로 기다시피 내려갔고 그 옆에서 남자가 여자를 도와주었다. 마치 벼랑에 매달려 내려가는 사람들 같았다. 샤론은 속도를 내려고 여자를 잡아당겨 보았지만, 괜히 나동그라질 뻔하기만 했다.

샤론은 속삭이듯 말했다. "이렇게 해봐요." 그리고 한 손을 계단 난간 손잡이에 올리고 앞을 향해 한 칸 한 칸 걸어 내려가는 모습을 보여주었다. 그러나 그들은 샤론 쪽은 쳐다보지도 않고 아기들처럼 거꾸로 기어 내려갔다. 시간이 너무 오래 걸렸다. 샤론 귀에 들리지도 않는 찬송가는 벌써 3절의 끝으로 치닫고 있었는데 그들은 이제 겨우 계단을 반쯤 내려가면서 전부 거칠게 숨을 몰아쉬고 있었다. 샤론은 어떻게 하면 속도를 내게 할 수 있을까 싶어서 종종걸음으로 계단을 거슬러 올라갔다가, 그러다가 그들이 따라서 계단을 다시 올라오면 어쩌나 걱정했다가, 지금쯤 쉼터에 전화해 승합차를 보내지 말라고 해야 하나 떠올렸다가, 나중에는 오직 '빨리빨리 서둘러'와 '이들은 어쩌다가 여기에 오게 되었을까?'라는 생각만 났다.

어찌어찌 그들을 몰아 아래층 현관을 가로질러 놀이방 앞에 도착하고서도 제정신이 돌아오지 않았다. '제발 잠겨 있지 마라. 제발 잠겨 있지 마.'

놀이방 문은 정말로 잠기지 않았고 그들을 얼른 놀이방 안으로 들이고 등 뒤로 문을 꼭 닫고 잠그려고 했다가 잠금장치가 없는 걸 보고서야 생각했다. '이래서 잠겨 있지 않았던 거로군.' 이것은 보일러실 문을 열었던 순간 이후로 처음 든 논리정연한 생각이었으므로 그녀는 이제야 비로소 정신을 차린 것 같았다.

샤론은 숨을 거칠게 몰아쉬며 그들을 뚫어지게 바라보았다. '그들'이 틀림없었다. 굳이 증거가 필요하다면 그들이 계단을 한 번도 본 적이 없다는 게 증거였다. 그러나 그녀에게는 증거가 필요 없었다. 사실 처음 봤을 때부터 알고 있었고 의문의 여지가 없었다.

'일종의 환영인가.' 샤론은 생각했다. 착한 사람들이 냉장고에서 예수의 얼굴을 본다거나 푸르고 흰 옷차림의 성모 마리아가 장미에 둘러싸인 모습을 본다거나 하지 않던가. 그러나 그들이 입은 거친 갈색 망토는 놀이방 카펫에 눈 녹은 물을 뚝뚝 떨어뜨리고 있었고 쓸모없는 샌들을 신은 발은 추위로 빨갛게 얼어붙었으며 잔뜩 겁에 질린 얼굴이었다.

그들은 종교화에서 보았던 것과 전혀 다른 모습이었다. 일단 키가 너무 작았고 머리카락도 기름졌으며 얼굴은 젊은 펑크족처럼 굳었다. 여자가 쓴 베일은 더러운 행주처럼 보였으며 느슨하게 늘어뜨리지도 않았고 목둘레를 감아 뒤쪽에서 매듭이 지어졌으며, 일단 둘 다 너무 어려서 마치 이들의 복장을 하고 연극 연습을 하는 위층의 꼬마들 또래로 보였다.

그들은 겁에 질린 얼굴로 방 안을 둘러보았다. 흰색 아기 침대와 흔들의자를 보고 머리 위의 전등을 쳐다보았다. 남자가 허리띠 안쪽을 만지작거리더니 가죽 주머니를 꺼냈다. 그는 주머니를 샤론에게 건넸다.

"여긴 어떻게 왔어요?" 그녀가 물었다. "베들레헴으로 가는 길이었잖아요."

남자가 그녀에게 주머니를 내밀었다. 그녀가 받지 않자 가죽끈을 풀어 투박한 모양의 동전 하나를 꺼내 내밀었다.

"돈은 안 줘도 돼요." 그녀는 말해놓고 어딘가 우습다고 생각했다. 어차피 그들은 그녀의 말을 이해하지도 못할 것이다. 그녀는 손을 반듯이 펴서 세우고 고개를 흔들며 동전을 밀어냈다. 이 정도면 보편적인 신호겠지. 그렇다면 환영의 표시는 뭘까? 샤론은 두 팔을 활짝 벌리고 젊은이들을 향해 웃었다. "여기 온 걸 환영해요." 그녀는 목소리에 단어의 의미를 실으려고 애쓰며 말했다. "앉아요. 쉬어요."

그들은 계속 서 있었다. 샤론은 흔들의자를 끌고 왔다. "여기 앉아요."

마리아는 겁에 질려 있었다. 샤론은 어떻게 하는지 보여주려고 양손을 의자 팔걸이에 올리고 앉았다. 요셉이 곧바로 무릎을 꿇었고 마리아도 거북한 몸짓으로 무릎을 꿇으려고 했다.

"아니, 아니에요." 샤론은 얼른 의자에서 일어났다. 덕분에 흔들의자가 덜컹거렸다. "무릎을 꿇지 마요. 나는 아무것도 아니에요." 그녀는 그들을 무기력하게 바라보았다. "여기는 어떻게 왔어요? 여기로 오려던 게 아니었잖아요."

요셉이 일어났다. "에르카스." 그는 말하고 게시판으로 걸어갔다.

게시판에 예수의 생애를 표현한 컬러 사진이 붙어 있었다. 불구의 소년을 치유하는 예수, 사원에 있는 예수, 겟세마네 동산의 예수.

그는 예수 탄생 장면을 가리켰다. "쿰라." 그가 말했다.

혹시 자신을 알아본 걸까? 샤론은 궁금했지만, 요셉은 구유 옆에 서 있는 나귀를 가리켰다. "에르카스." 그가 말했다. "에르카스."

그 말은 '나귀'를 뜻하는 걸까? 샤론에게 자기들 나귀를 어떻게 했는지 물어보는 건가? 아니면 나귀가 있느냐고 물어보는 걸까. 그림 속 마리아는 모든 장면에서 나귀를 타고 있었다. 샤론은 예전에도 나귀를 탄 부분은 틀렸다고 생각했다. 그러나 지금 보니 다른 부분도 전부 틀렸다. 얼굴도 옷차림도 틀렸고 무엇보다 그들의 젊음과 무기력함까지 틀렸다.

"쿰라 에르카스." 그가 말했다. "쿰라 에르카스. 보트 롬?"

"몰라요." 샤론이 말했다. "저는 베들레헴이 어딘지 몰라요."

'아니, 당신들을 어떻게 하면 좋을지도 몰라요.' 그녀는 생각했다. 처음에는 리허설이 끝나고 신도들이 전부 집에 돌아갈 때까지 여기에 숨겨두자고 생각했다. 리사 부목사에게 들켜서는 안 된다고.

그러나 이들이 누구인지 알게 된 순간부터는 생각이 달라졌다. 어떡하지? 무릎이라도 꿇어야 할까? 아니면 쉼터에 전화를 걸어 승합차를 보내달라고 해야 하나? "오늘 밤만 벌써 두 번째 커플이네요." 리사 부목사는 교회 문을 닫으면서 이렇게 말했었다. 샤론은 갑자기 궁금해졌다. 아까 부목사가 돌려보낸 커플이 이들이었을까? 갈 곳을 잃고 두려움에 빠진 채 주차장을 헤매다가 다시 문을 두드린 걸까?

리사 부목사에게 들켜서는 안 된다. 그러나 부목사가 놀이방에 올 이유는 없었다. 아이들은 전부 위층에 있었고 다과회는 성인 교회학교 교실에서 열린다. 하지만 만약 부목사가 교회 문을 잠그기 전에 모든 방을 확인하고 돌아다닌다면 어쩌지?

'우리 집으로 데려가야겠어.' 샤론은 생각했다. '우리 집이라면 안전할 거야.' 리허설이 끝나기 전에 그들을 다시 계단 위로 데려가 주차장으로 빠져나가면 된다.

'여기까지 데려올 때도 아무에게도 들키지 않았잖아.' 그녀는 생각했다. 하지만 겨우 주차장까지 간다고 해도 샤론이 자동차 시동을 걸고 안전벨트로 그들의 몸을 조이면 그들은 너무 놀라 까무러칠지도 모른다. 그렇다면 집이 쉼터보다 낫다는 보장도 없다.

그들은 시공의 어떠한 우연으로 길을 잃고 결국 교회에 오게 되었다. 돌아가는 길은(돌아가는 길이 있다면 말이다. 그리고 이들은 내일 밤까지 베들레헴에 도착해야 하므로 돌아가는 길이 반드시 있어야 한다) 여기에 있었다.

어쩌면 그들을 교회 안에 들이지 말았어야 했다는 생각이 불쑥 스쳤다. 돌아가는 길은 북쪽에 있을 거라고. '하지만 들이지 않을 수가 없었어.' 샤론은 내심 항변해보았다. '눈이 내리고 있었고 신발도 제대로 신고 있지 않았단 말이야.'

그러나 만약 그녀가 그들을 거절했다면 그들은 현관에서 벗어나 자기 시공으로 돌아갔을지도 모른다. 어쩌면 지금도 가능한 일일 수 있다.

그녀는 하고 싶은 말을 몸짓으로 보여주려고 손을 내밀며 말했다. "여기 있어요." 그리고 놀이방을 나가 등 뒤로 문을 단단히 닫고 현관으로 갔다.

성가대는 아직도 '기쁘다 구주 오셨네'를 부르고 있었다. 아마 도중에 끊을 일이 있었던 모양이다. 샤론은 조용히 계단을 올라 성인 교회학교 교실을 지나갔다. 그 문은 아직도 반쯤 열린 상태였고 테이블에 놓인 쿠키 접시들이 보였다. 그녀는 북쪽 문을 열고 혹시 모래사막과 낙타가 보이지 않을까 예상하며 잠시 머뭇거렸다가 문밖으로 몸을 내밀어 보았다. 진눈깨비가 내리고 있었고 자동차마다 눈이 3센티미터 정도 쌓였다.

그녀는 문을 열어둘 고정장치가 될 만한 것을 찾아 주위를 둘러보다가 야자나무 화분을 괴어놓고 현관으로 나갔다. 바닥이 미끄러워 벽을 단단히 붙잡고 있어야 했다. 그녀는 조심스럽게 현관 가장자리까지 걸어가 덜덜 떨며 진눈깨비가 떨어지는 바깥을 바라보았다. '나는 지금 무엇을 찾는 걸까? 진눈깨비가 잦아들기를 바라는 건가? 어둠 속에서도 유독 어두운 곳을 찾고 있나? 아니면 어둡지 않은 곳을 찾고 있나? 빛이 환한 곳을?'

아무것도 없었다. 잠시 후 그녀는 현관을 떠나 마리아와 요셉이 계단을 내려갈 때처럼 조심스럽게 움직이며 주차장을 한 바퀴 돌았다.

아무것도 없었다. 바깥에 돌아가는 길이 있더라도 지금은 보이지 않았고 계속 나와 있다간 그녀는 아마 얼어버릴 것이다. 그녀는 교회 안으로 돌아와 그 자리에 서서 물끄러미 문만 바라보며 어쩌면 좋을지 생각했다. '그들을 도와야 해.' 그녀는 온기를 위해 양팔로 제 가슴을 끌어안으며 생각했다. '누군가에게 말해야 해.' 그녀는 현관을 가로질러 성소로 향했다.

오르간이 멈췄다. "마리아와 요셉, 잠깐 나랑 이야기 좀 하자." 로즈의 목소리가 들렸다. "목동들, 지팡이는 의자 맨 앞줄에 올려놔. 나머지는 성인 교회학교 교실에 다과가 준비되어 있어요. 성가대는 가지 마세요. 점검할 게 몇 가지 있어요."

막대가 서로 부딪치는 소리가 들리고 이어서 사람들이 우르르 몰려나왔다. 샤론은 다과회를 향해 달려가는 목동들과 부딪쳤다. 동방박사 한 명이 '에어조던'을 신은 발로 긴 의상 끝자락을 밟았다가 거의 넘어질 뻔했고 천사 둘은 쿠키를 향해 열렬하게 손을 뻗다가 반짝이 후광 머리띠를 잃어버렸다.

샤론은 아이들을 헤치고 성소 뒤쪽으로 갔다. 로즈는 옆 통로에서 마리아와 요셉에게 걷는 법을 보여주고 있었고 성가대는 악보를 챙기는 중이었다. 데보라가 보이지 않았다.

버지니아가 성가복을 훌훌 벗으며 중앙통로를 걸어 내려왔다. 샤론은 버지니아에게 다가갔다. "데보라 어디 있는지 알아?" 샤론은 버지니아에게 물었다.

"집에 갔어." 버지니아는 샤론에게 악보집을 건네며 말했다. "자기 의자에 이거 놓고 갔더라. 데보라 목소리가 완전히 맛이 갔길래 내가 바보 같은 짓 그만하고 얼른 집에 가서 잠이나 자라고 했어."

"버지니아, 있잖아…." 샤론이 말했다.

"내 성가복 좀 대신 가져다 놔줄래?" 버지니아가 머리에서 성가복 어깨띠를 잡아빼며 말했다. "10분 안에 쇼핑몰에 도착해야 하거든."

샤론이 조용히 고개를 끄덕이자 버지니아는 그녀의 팔 위에 성가복을 걸쳐주고 서둘러 나갔다. 샤론은 성가대를 눈으로 훑어보며 누구에게 비밀을 털어놓을 수 있을지 생각했다.

로즈가 마리아와 요셉을 보내자 그들은 한달음에 중앙통로를 내달렸다. "내일 저녁 리허설은 6시 15분이에요." 로즈가 말했다. "정각에 다들 성가복을 입고 이 자리에 모여주세요. 6시 40분에 관악 4중주와 연습을 해야 하니까요. 질문 있나요?"

'예.' 샤론은 성소를 둘러보며 속으로 생각했다. '저는 누구에게 도움을 구해야 할까요?'

"행렬 때 무슨 노래를 부르나요?" 테너 한 사람이 물었다.

"'참 반가운 신도여'입니다." 로즈가 말했다. "나가기 전에 각자 파트너가 누군지 확인하는 줄을 서보세요."

월 목사는 신도석 뒤쪽에 앉아서 설교문을 들여다보고 있었다. 샤론은 신도석을 따라 옆걸음질을 쳐 월 목사 옆자리로 가 앉았다.

"월 목사님." 그녀는 말하고는 뭐라고 운을 떼야 할지 몰랐다. "에르카스가 무슨 뜻인지 아세요? 히브리어 같아요."

월 목사는 설교문에서 고개를 들고 그녀를 흘낏 보았다. "아람어*입니다. '잃어버리다'라는 뜻이에요."

'잃어버리다.' 요셉은 교회 문 앞에서도 보일러실에서도 아래층에서도 계속 그렇게 말하려고 한 것이다. '우리는 길을 잃었어요.'

"잊었다는 뜻도 되고," 월 목사가 말했다. "제자리가 아니라는 뜻도 됩니다."

제자리가 아니다. 그것도 맞는 말이군. 2천 년이나 떨어져, 바다 하나를 건너왔으니 몇 킬로미터나 될까?

"마리아와 요셉이 나사렛을 떠나 베들레헴으로 갔을 때 어떻게 갔나요?" 그녀는 목사가 "왜 그런 걸 묻지요?"라고 되물어주기를 기대하며 말했다. 그러면 목사에게 비밀을 다 털어놓을 수 있을 것 같았다. 그러나 목사는 이렇게 말했다. "이런, 내 설교를 제대로 듣지 않았군요. 우리는 그 여정에 대해서 아는 바가 없습니다. 오직 그들이 베들레헴에 도착했다는 것만 알 수 있지요."

'이래서는 안 되겠어.' 그녀는 생각했다.

"찬가 악보는 전부 제출하고 가세요." 로즈가 성단소에서 말했다. "복사본이 서른 장밖에 없어서 내일 밤에 모자라면 안 됩니다."

샤론이 고개를 들었다. 성가대가 떠나고 있었다. "그 여정에서 혹시 그들이 길을 잃기도 했다면, 그런 곳이 어디 있을까요?" 샤론은 서둘러 말했다.

"에르카스는 '숨어 있다, 보이지 않게 되다'라는 뜻도 있습니다." 목사가 말했다. "아람어는 히브리어랑 아주 비슷해요. 히브리어로 에르카스는…"

"월 목사님." 중앙통로에서 리사 부목사가 말했다. "축복기도에 대해서 드릴 말씀이 있어요."

"아. 기도문을 지금 줄까요?" 월 목사는 종이를 움켜쥐고 자리에서 일어났다.

샤론은 얼른 자기 악보집을 붙잡고 아래로 몸을 숙였다. 그녀는 성가대

---

* 예수와 제자들이 사용한 언어로, 당시 유대인들의 공용어

뒤를 따라 아래층으로 뛰어 내려갔다.

성가대가 놀이방에 들어갈 이유는 없었지만, 샤론은 아래층 현관에 서서 마치 악보를 순서대로 정리하는 듯이 악보집을 이리저리 만지며 어떻게 하면 좋을지 생각했다.

전부 성가대실로 들어가면 몰래 놀이방이나 교회학교 교실 하나로 들어가 교회가 빌 때까지 숨어 있을 수 있을 것이다. 그러나 리사 부목사가 나가기 전에 모든 방을 확인해볼지도 모른다. 운이 나쁘다면 모든 방을 잠그고 나갈 수도 있다.

리사 부목사에게 늦게까지 교회에 남아서 찬가를 연습해야 한다고 둘러댈 수도 있겠지만, 부목사가 교회 문을 대신 잠그게 할 정도로 그녀를 신뢰하지는 않을 것이다. 괜히 부목사의 주의만 끌어서 "샤론이 어디 갔지? 떠나는 걸 못 봤는데?"하고 생각하게 만들고 싶지도 않았다. 어쩌면 성단소나 꽃방에 숨어 있을 수도 있겠지만 그러면 놀이방을 무방비 상태로 놔두게 된다.

빨리 결정해야 했다. 신도들은 점점 줄어들었고 성가대는 모두 로즈에게 찬가 악보를 건넨 후 외투를 입고 부츠를 신고 있었다. 샤론은 뭔가 해야 했다. 언제라도 리사 부목사가 계단을 내려와 놀이방을 수색할 수도 있었다. 샤론이 이러지도 저러지도 못한 채 어물쩍 계속 거기 서서 악보를 아무렇게나 정리하는 척하고 있는데 부목사가 열쇠 꾸러미를 들고 계단을 내려왔다.

샤론은 마치 요셉처럼 방어적으로 뒷걸음질을 쳤다. 그러나 리사 부목사는 샤론에게 눈길도 주지 않고 곧장 로즈에게 다가가 말했다. "나 대신 문 좀 잠가줄래요? 9시 30분에 임마누엘 루터 교회에 가서 '지극히 작은 자' 기부품을 받아와야 해요."

"저는 관현악 4중주와 약속이 있는데…." 로즈가 꾸물거리며 말했다.

'로즈의 거절을 받아주지 마.' 샤론은 생각했다.

"친목회관을 포함해서 문이란 문은 전부 잠가야 해요." 리사 부목사는 로즈에게 열쇠 꾸러미를 건네며 말했다.

"아니에요. 저도 열쇠 꾸러미가 있어요." 로즈가 말했다. "하지만…."

"그리고 주차장도 꼭 확인해줘요. 아까 주변을 어슬렁거리는 노숙자들이 있었어요. 고마워요."

리사 부목사가 계단을 뛰어 올라가자 샤론은 곧바로 로즈에게 다가갔다. "로즈."

로즈가 샤론의 악보를 향해 손을 내밀었다.

샤론은 악보집을 뒤져서 찬가 악보를 꺼내 건넸다. "있잖아요." 그녀는 평범한 말투로 들리려고 애쓰며 말했다. "교회에 남아서 내일 부를 노래 연습을 좀 더 할까 해요. 문은 내가 대신 잠글게요. 열쇠는 내일 아침 당신 집에 들러서 돌려주면 될 것 같아요."

"오, 정말 고마워요." 로즈가 말했다. 그녀는 샤론에게 악보 더미를 건네고 자기 가방에서 열쇠 꾸러미를 꺼냈다. "이건 바깥으로 나가는 문들 열쇠예요. 북쪽 문, 동쪽 문, 친목회관." 열쇠를 넘기며 말하는 속도가 너무 빨라서 어떤 게 어떤 건지 알 수가 없었지만 그건 중요하지 않았다. 다들 나간 다음 알아보면 될 것이다.

"이건 성가대실 열쇠예요." 로즈가 말하고 열쇠 꾸러미를 샤론에게 주었다. "정말 고마워요. 관악 4중주가 오늘 밤 콘서트가 있어서 리허설에 못 왔거든요. 따로 만나서 성찬식 전 찬송가를 점검해봐야 해요. 중간 부분에 어려움을 겪고 있어요."

'나도 그래요.' 샤론은 생각했다.

로즈는 코트를 입었다. "관악 4중주를 만난 다음에는 사라 버그의 집에 들러서 아기 예수를 받아와야 해요." 그녀는 코트 소매에 팔을 반쯤 끼우다가 멈췄다. "혹시 나도 남아서 노래 연습하는 걸 봐줘야 하나요?"

"아니요!" 샤론은 깜짝 놀라 말했다. "아니에요, 괜찮아요. 혼자 몇 번만 불러보면 돼요."

"좋아요. 대단해요. 다시 한번 고마워요." 로즈는 말하고 샤론의 주머니 위를 두드리며 열쇠를 찾았다. 그녀는 샤론에게서 열쇠 꾸러미를 다시 받아 가더니 자기 자동차 열쇠를 빼갔다. "당신은 정말이지 하늘이 보내준 은인이에요." 그녀는 말하고 종종걸음으로 계단을 올라갔다.

알토 두 사람이 장갑을 끼며 나왔다. "집에 도착하면 어떤 일이 기다리고 있게?" 줄리아가 말했다. "크리스마스트리를 세워야 해."

그들은 샤론에게 악보를 건넸다.

"크리스마스 정말 싫어." 캐런이 말했다. "끝날 때쯤 되면 지쳐서 아주 너덜너덜해진다니까."

두 사람은 계속 대화를 나누며 서둘러 계단을 올라갔다. 샤론은 성가대실에 들어가 비어 있는지 확인한 후 악보 더미를 내려놓고 로즈의 성가복을 의자에 걸쳐놓은 다음 자기 성가복도 벗어놓고 위층으로 올라갔다.

성인 교회학교 교실에서 미리엄이 주스를 들고 나왔다. "서둘러, 엘리자베스." 그녀는 교실 안에 대고 말했다. "가게 문 닫기 전에 가야 해. 얘가 글쎄 후광 머리띠를 완전히 망가뜨렸지 뭐예요." 그녀는 샤론에게 말했다. "반짝이 끈을 더 사야 해요. 엘리자베스, 교회에 우리밖에 안 남았어."

엘리자베스는 엄지장갑을 낀 손으로 크리스마스 쿠키를 들고 밖으로 나왔다. 아이는 나오다 말고 문간에 반쯤 멈춘 채로 쿠키의 설탕을 핥아 먹었다.

"엘리자베스." 미리엄이 말했다. "얼른 가자니까."

샤론이 문을 잡아주자 미리엄은 몰아치는 진눈깨비를 피해 고개를 푹 숙이고 밖으로 나갔다. 엘리자베스는 하늘을 쳐다보며 그 뒤를 따라 꾸물거리며 갔다.

미리엄이 손을 흔들었다. "내일 저녁에 만나요."

"내일 봐요." 샤론은 말하고 문을 닫았다. '나는 내일도 여전히 여기 있을 테니까요.' 그녀는 생각했다. '그런데 그들도 여기 있으면 어쩌지? 그러면 어떻게 될까? 크리스마스 연극도, 다른 것들도 전부 사라질까? 쿠키도 쇼핑도 졸업 파티 바비인형도? 그리고 교회도?'

그녀는 스테인드글라스 창 너머로 미리엄과 엘리자베스가 탄 자동차 후미등이 파란 유리를 통과해 자주색을 뿌리며 주차장을 완전히 빠져나갈 때까지 지켜보았다가 열쇠를 하나씩 맞춰보며 교회 출입문을 잠갔다.

그리고 혹시 아직도 남아 있는 사람이 있는지 재빨리 성소와 화장실들을 둘러본 후, 아직도 그들이 교회에 있는지 혹시 사라지지는 않았는지 확인하러 계단을 뛰어 내려가 놀이방으로 갔다.

그들은 여전히 거기 있었다. 두 사람은 흔들의자 옆 바닥에 앉아 보따리를 펼쳐놓고 말린 대추처럼 보이는 것을 나눠 먹고 있었다. 샤론이 문틈으로 머리를 내밀자 요셉이 보고 벌떡 일어났지만, 그녀는 그에게 다시 앉으라고 몸짓을 했다. "여기에 그대로 있어요." 그녀는 나직이 말하고 곧 속삭일 필요가 없다는 것을 깨달았다. "금방 올게요. 문을 마저 잠가야 하거든요."

그녀는 문을 닫고 다시 위층으로 돌아갔다. 그들이 배가 고플 거라는 생각은 하지도 못했고 원래 어떤 음식이 익숙한지도 알 수가 없었다. 이스트를 넣지 않은 빵? 양고기? 그게 무엇이든 아마 교회 주방에는 없을 테지만 지난주 집사들이 재림절 저녁 만찬을 했었다. 운이 좋으면 냉장고에 칠리가 조금 남아 있을지도 모른다. 더 운이 좋으면 크래커가 있을 수도 있다.

주방은 잠겨 있었다. 미리엄이 말했던 걸 깜박 잊었다. 그래도 열쇠 꾸러미 중 하나는 맞겠지. 그러나 모든 열쇠를 두 번씩 시도해봤지만 어떤 것도 맞지 않았고 그제야 이것이 리사 부목사의 열쇠 꾸러미가 아니라 로즈의 열쇠 꾸러미라는 사실을 기억해냈다. 샤론은 친목회관 조명을 켰다. 거기에는 어마어마한 양의 음식이 담요와 중고의류, 장난감과 함께 테이블 위에 쌓여 있었다. 리사 부목사가 게시판에 구체적으로 명시했듯이 전부 통조림이었다.

미리엄이 아까 주스를 들고 집에 가는 걸 봤지만 쿠키를 가져가는 모습은 보지 못했다. '어쩌면 아이들이 다 먹어버렸을지도 몰라.' 그녀는 생각했지만 성인 교회학교 교실로 들어가 확인해보았다. 종이 접시 절반쯤의 쿠키가 남아 있었는데 아이들이 크리스마스트리와 산타 쿠키를 가장 좋아한다는 미리엄 말대로 남은 건 전부 노란 별 쿠키였다. 종이컵도 한 무더기 쌓여 있었다. 그녀는 종이 접시와 종이컵을 모두 들고 아래층으로 내려갔다.

"먹을 것을 조금 가져왔어요." 샤론은 말하고 그들 사이 바닥에 접시를 내려놓았다.

그들은 깜짝 놀란 표정으로 그녀를 빤히 보았고 곧 요셉이 벌떡 일어났다.

"음식이에요." 그녀는 말하고 손을 입으로 가져가 씹는 흉내를 냈다. "케이크."

요셉은 마리아의 팔을 붙잡고 그녀를 일으키려고 했다. 그때 두 사람 모두 경악에 찬 표정으로 샤론의 청바지와 운동복 상의를 빤히 보았다. 샤론은 비로소 그들이 성가복을 입지 않은 자신을 알아보지 못한다는 생각이 들었다. 성가복은 적어도 그들의 의상과 약간 비슷했지만, 지금 복장은 완전히 낯설게 보일 것이다.

"마실 걸 가져올게요." 샤론은 서둘러 말하고 그들에게 종이컵을 보여준 다음 밖으로 나갔다. 그녀는 얼른 성가대실로 뛰어갔다. 그녀의 성가복은 아까 던져놓은 그대로 로즈의 성가복과 악보 더미와 함께 의자 위에 놓여 있었다. 그녀는 성가복을 입고 식수대에서 종이컵에 물을 채운 다음 다시 놀이방으로 갔다.

그들은 서 있었지만 성가복을 입은 샤론을 보고 다시 자리에 앉았다. 샤론이 마리아에게 물컵을 하나 건넸지만, 그녀는 공포에 질린 얼굴로 보고만 있었다. 샤론은 컵을 요셉에게 주었다. 그는 컵을 받아 들었지만, 너무 세게 움켜쥐는 바람에 종이컵이 구부러지면서 물이 카펫 위에 쏟아졌다.

"괜찮아요. 괜찮아." 샤론은 말하고 바보 같은 짓을 했다고 자신을 욕했다. "진짜 컵을 가져다줄게요."

그녀는 진짜 컵이 어디에 있을까 생각하면서 위층으로 달려갔다. 커피잔은 전부 주방에 있었고 유리잔도 마찬가지였으며 친목회관이나 성인 교회학교 교실에서도 컵을 보지 못했다.

순간 그녀는 씩 웃었다. "내가 진짜 컵을 가져다주지." 그녀는 말하고 성인 교회학교 교실로 들어가 진열창에서 성찬식용 은제 성배를 꺼냈다. 은 접시도 있었다. 진작 생각해낼걸.

그녀는 친목회관에 들어가 담요 하나를 가지고 아래층으로 갔다. 성배에 물을 담고 놀이방으로 가 마리아에게 건넸더니 이번에는 주저 없이 받아서 벌컥벌컥 마셨다.

샤론은 요셉에게 담요를 주었다. "나는 나가 있을 테니 먹고 쉬도록 해요." 그녀는 이렇게 말하고 문을 다시 닫고 현관으로 나갔다.

그녀는 성가대실로 가 로즈의 성가복을 제자리에 걸어놓고 악보 더미를 테이블 위에 깔끔하게 정리해 올려놓았다. 또 보일러실로 올라가 접이식 의자를 접어 다시 벽에 기대 세워두었다. 동쪽 문을 확인하고 친목회관 문도 확인했다. 두 문 모두 잠겨 있었다.

친목회관과 사무실 조명을 끄고 나서야 쉼터에 다시 전화해야 한다는 걸 떠올렸다. 다시 사무실 조명을 켰다. 처음 전화를 한 지 1시간이 지나 있었다. 어쩌면 승합차가 벌써 도착했는데 아무도 없는 줄 알고 돌아갔을지도 모르지만, 정말로 늦게 오는 것일 수도 있으니 쉼터에 전화를 걸어야 할 것 같았다.

통화 중이었다. 두 번 더 걸어봤다가 포기하고 집에 전화했다. 빌의 부모님이 와 있었다. "늦을 거야." 그녀는 남편에게 말했다. "리허설이 정말 오래 걸리네." 그리고 끊었다. 도대체 오늘 밤 거짓말을 몇 번이나 한 걸까.

원래 그런 거 아닌가? 요셉은 아기가 자기 애라고 거짓말을 했고 동방박사도 돌아가는 길에 몰래 빠져나갔으며 아기 예수의 가족도 급히 이집트로 달아났고 여관주인도 헤롯왕의 병사들에게 그들의 행방에 대해 거짓말을 했다.

그리고 그사이에 숨고 숨겨주는 일은 더 많았다. 그녀는 아래층으로 내려가 그들을 놀라게 하지 않으려고 조용히 문을 열고 서서 안을 들여다보았다.

그들은 쿠키를 다 먹었다. 성배 옆 바닥에 빈 종이 접시가 놓여 있었는데 접시 위에는 부스러기 하나도 보이지 않았다. 마리아는 담요를 덮고 아기처럼 웅크리고 누웠고 요셉은 흔들의자에 등을 기대고 앉아 마리아를 지키고 있었다.

'가엾은 것들.' 그녀는 문에 뺨을 기대고 서서 생각했다. '가엾고 딱하다. 저렇게 어린 사람들이 이토록 먼 곳까지 와 있다니.' 그들은 이 모든 것을 어떻게 이해하고 있을까. 길을 잃고 헤매다가 낯선 왕국의 궁궐에 들어왔다고 생각할까? '저들을 찾아올 낯선 자들이 아직 있는데. 목동과 천사와 동방박사가 보석함과 향수병을 들고 찾아올 텐데. 그런 다음에는 가나로 가겠지. 그리고 예루살렘. 또 골고다까지.'

그러나 지금 당장은 궂은 날씨를 피해 잘 곳과 음식, 그리고 잠깐의 평화가 절실했다. '네가 깊고도 곤히 잠든 위로 조용히 별들이 지나가노라.' 그녀는 문에 뺨을 기댄 채 한참을 그렇게 서서 마리아가 곤히 자고 요셉이 깨어 있으려고 안간힘을 쓰는 모습을 지켜보았다.

요셉의 고개가 앞으로 꺾였다가 다시 뒤로 젖혀지면서 잠에서 깨어나 샤론을 보았다. 그는 마리아를 깨우지 않으려고 조심하면서 자리에서 일어나 샤론에게 다가오더니 걱정스러운 얼굴로 말했다. "에르카스 쿰라. 보트 롬?"

"내가 가서 찾아볼게요." 샤론이 말했다.

그녀는 위층으로 올라가 다시 조명을 켜고 친목회관으로 들어갔다. 북쪽 문밖에 그들이 돌아갈 만한 길은 없었지만 어쩌면 그들이 처음에 다른 문을 두드렸다가 아무도 대답을 하지 않아서 건물을 돌아 북쪽 문으로 온 것일 수도 있었다. 친목회관 출입문은 건물의 북서쪽 모퉁이에 있었다. 그녀는 열쇠를 하나씩 맞춰가며 그 문을 열었다. 진눈깨비가 더 거세게 내리고 있었다. 어느새 주차장의 타이어 자국도 눈에 덮여 보이지 않았다.

그녀는 그 문을 닫고 일요 예배 때를 제외하고는 아무도 사용하지 않는 동쪽 문을 열어보았고 다음으로 북쪽 문도 다시 열어보았다. 아무것도 없었다. 오직 진눈깨비와 바람과 차가운 공기뿐이었다.

이제 어쩌지? 두 사람은 나사렛에서 베들레헴으로 가는 길이었고, 그 길 어디선가 길을 잘못 들었다. 그러나 어떻게? 그리고 어디서? 샤론은 심지어 그들이 어느 방향으로 향하고 있었는지도 몰랐다. 위쪽이라고 했지. 요셉은 나사렛에서 위로 향했다고 했는데 그건 '북쪽'을 의미했고 '저 들 밖에 한밤중에' 찬송가에는 별이 북서쪽으로 갔다고 했다.

지도가 필요했다. 목사 사무실은 둘 다 잠겨 있었지만, 성인 교회학교 교실 진열창 아래 선반에 책들이 있었다. 그 가운데 지도가 있을지도 모른다.

그러나 없었다. 전부 우울증과 상호의존성과 청소년 임신에 대응하는 방법을 다룬 자기계발서뿐이었고, 아닌 것은 오래되어 보이는 《성서용어색인》과 《성경사전》이었다.

《성경사전》 뒤에 부록으로 지도가 딸려 있었다. 가나안의 초기 이스라엘 정착지, 아시리아 제국, 이스라엘인들의 황야 방랑기. 그녀는 책을 앞으로 넘겼다. 사도 바울의 여정. 한 페이지 뒤로 넘겼다. 신약시대의 팔레스타인.

예루살렘은 쉽게 찾았다. 베들레헴은 거기서 북서쪽에 있어야 했다. 마리아와 요셉이 출발한 나사렛이 있었다. 그렇다면 베들레헴은 거기서 더 북쪽에 있어야 했다.

그러나 없었다. 그녀는 손가락으로 도시 위를 더듬어가며 작은 활자를 읽었다. 가나, 게데스, 예리고… 그러나 베들레헴은 없었다. 정말이지 어이가 없었다. 베들레헴은 여기 어딘가에 있어야 한다. 그녀는 북쪽에서 시작해 아래로 내려가면서 손가락으로 각 도시를 짚어보았다.

마침내 베들레헴을 찾았을 때, 그곳은 있어야 할 곳에 있지 않았다. '그들과 똑같군.' 그녀는 생각했다. 베들레헴은 남쪽에 있었다. 예루살렘에서 약간 서쪽이었으며 그 도시에서 몇 킬로미터도 떨어져 있지 않은 아주 가까운 곳이었다.

지도축적을 찾아 페이지 맨 아래쪽을 봤더니 거기 '마리아와 요셉의 베들레헴으로 가는 여정'이라는 제목이 붙은 삽도가 있고 붉은 점선으로 그들의 경로가 표시되어 있었다.

나사렛은 베들레헴에서 거의 정북 방향에 있었지만, 그들은 동쪽의 요단강으로 향했다가 강둑을 따라 남쪽으로 갔다. 예리고에서 서쪽으로 돌아 유대 사막이라고 표시된 텅 빈 갈색의 공간을 통과해 예루살렘으로 향했다.

만약 유대 사막에서 길을 잃었다면 나귀가 물을 찾아 헤매는 사이 그들이 뒤를 따라가다가 길을 잃은 것 같았다. 정말로 그렇다면 그들이 돌아갈 길은 남서쪽에 있었다. 그러나 교회에는 남서쪽으로 열리는 문이 전혀 없었고 만에 하나 있다고 해도 그 문을 열면 1세기의 팔레스타인이 아니라 20세기의 주차장과 눈이 나올 것이다.

대체 그들은 어쩌다가 여기까지 왔을까? 지도에 표시된 여정에는 그런 일이 벌어질 만한 신호가 전혀 보이지 않았다.

샤론은 사전을 다시 꽂아놓고 색인을 꺼냈다.

그때 무슨 소리가 들렸다. 열쇠 돌리는 소리. 누군가 문을 열고 있었다. 그녀는 얼른 책을 덮고 책꽂이에 다시 꽂은 다음 현관으로 나갔다. 리사 부목사가 잔뜩 겁먹은 얼굴로 교회 문 앞에 서 있었다. "오, 샤론." 부목사는 가슴에 손을 올리며 말했다. "여기서 뭘 하고 있어요? 심장이 떨어져 죽는 줄 알았어요."

'나도요.' 샤론은 생각했다. 심장이 마구 날뛰었다. "남아서 노래 연습 좀 했어요." 그녀가 말했다. "로즈에게는 제가 문을 잠그고 간다고 말했어요. 부목사님은 여기서 뭘 하세요?"

"노숙자 쉼터에서 연락이 왔어요." 부목사는 사무실 문을 열며 말했다. "우리 교회에서 노숙자 부부를 데리러 오라는 전화가 왔었다는데 막상 교회에 와보니 아무도 없더래요."

부목사는 사무실 안으로 들어가 책상 뒤쪽과 서류함 옆 모퉁이를 확인했다. "노숙자가 교회에 침입한 건 아닐까 봐 걱정이 됐어요." 부목사는 사무실 밖으로 나가며 말했다. "크리스마스 이틀 전에 누가 교회에 들어와 교회 물건을 부수는 것이야말로 절대로 있어서는 안 될 일이잖아요?" 부목사는 등 뒤로 사무실 문을 닫았다. "문은 전부 확인해봤어요?"

'그럼요.' 그녀는 생각했다. '하지만 어디든 그들을 데려다줄 곳은 없었어요.' "예." 샤론은 대답했다. "전부 잠겨 있었어요. 그리고 누가 교회에 들어오려고 했다면 제가 무슨 소리를 들었겠죠. 제가 들은 소리는 부목사님 소리뿐이에요."

리사 부목사는 보일러실 문을 열었다. "신도들이 전부 교회를 떠날 때 누군가가 몰래 들어와 어디 숨어 있을지도 몰라요." 부목사는 접이식 의자를 쌓아놓은 곳을 확인해보고 문을 닫았다. 부목사는 현관을 가로질러 계단 쪽으로 갔다.
 "제가 교회 안을 전부 확인했어요." 샤론이 뒤를 따라가며 말했다.
 부목사는 계단 맨 위에서 멈춰 서더니 뭔가 생각하는 얼굴로 계단 아래를 내려다보았다.
 "혼자 있으려니 걱정이 되더라고요." 샤론이 절박하게 말했다. "그래서 불을 전부 켜고 교회학교 교실 전체랑 성가대실이랑 화장실까지 다 확인했어요. 그런데 아무도 없었어요."
 부목사는 계단 아래에서 눈을 들어 현관 끝을 보았다. "성소는요?"
 "성소요?" 샤론이 멍하니 말했다.
 부목사는 벌써 성소를 향해 현관을 가로지르고 있었고 샤론은 안심하며 그 뒤를 쫓아갔다. 순간 희망이 불쑥 솟구쳤다. 어쩌면 그녀가 놓친 문이 있을지도 모른다. 성소에 남서쪽을 향해 열리는 문이 있을지도 모른다. "성소에 문이 있나요?"
 리사 부목사는 초조해 보였다. "누가 동쪽 문으로 나갔다면 노숙자들이 그 문으로 몰래 들어와 성소에 숨어 있을지도 몰라요. 신도석도 다 확인했어요?" 부목사가 성소로 들어갔다. "최근 신도석에서 잠을 자는 노숙자들이 있어서 우리로선 곤란한 일이 많았어요. 당신은 저쪽을 맡아요. 나는 이쪽을 맡을게요." 부목사가 말하고 옆 통로로 갔다. 부목사는 패드를 댄 신도석 줄을 따라 고개를 숙여 아래쪽까지 일일이 확인하며 지나갔다. "슬픔의 성모 교회는 글쎄 제단에 있던 성찬식 은제 식기를 도둑맞았다지 뭐예요."
 '성찬식 은제 식기.' 샤론은 신도석을 따라 확인하며 생각했다. 성배를 깜박 잊고 있었다.
 리사 부목사가 맨 앞줄에 도착했다. 부목사는 꽃방을 열고 안을 들여다본 다음 문을 닫고 성단소로 올라갔다. "성인 교회학교 교실도 확인했나요?" 그녀는 고개를 숙여 의자 밑을 확인하며 물었다.
 "거긴 아무도 숨어 있을 수가 없어요. 어린이 성가대가 거기서 다과회를 한걸요." 그러나 샤론은 말해봤자 아무 소용이 없다는 것을 깨달았다.

리사 부목사는 어떻게든 그곳도 확인해야 직성이 풀릴 것이고 진열창이 열리고 성배가 사라진 걸 확인하자마자 즉시 모든 방을 샅샅이 수색할 것이다. 그러다가 기어이 놀이방까지 가게 되겠지.

"그런데 이게 좋은 생각일까요?" 샤론이 말했다. "누가 정말로 교회 안에 숨어 있다면 위험할 수도 있잖아요. 그냥 기다리는 게 좋겠어요. 제가 남편을 부를게요. 남편이 도착하면 셋이 함께 찾아보기로…."

"내가 경찰을 불렀어요." 리사 부목사가 성단소 계단을 내려와 중앙통로를 지나갔다. "곧 경찰이 올 거예요."

경찰. 그들은 놀이방에 숨어 있다. 턱수염이 난 펑크족과 임신한 청소년이 성찬식 은제 식기를 들고 현행범으로 붙잡힐 것이다.

리사 부목사가 현관으로 나갔다.

"친목회관을 확인 안 했어요." 샤론이 재빨리 말했다. "아, 문이 잠겼는지는 확인했는데 조명을 켜고 보지는 않았어요. 거기 노숙자를 위한 기부품이 잔뜩 쌓여 있는데…."

샤론은 리사 부목사를 끌고 계단을 지나쳐서 현관 아래로 갔다. "리허설 도중에 북쪽 문으로 들어와서 친목회관 테이블 아래에 숨어 있을지도 모르잖아요."

리사 부목사가 스위치 더미 앞에 멈춰 서서 이런저런 스위치를 딸깍딸깍 눌러보기 시작했다. 성소 조명이 꺼지고 계단 위 조명이 켜졌다.

'맨 위에서 세 번째야.' 샤론은 리사 부목사가 스위치를 누르는 것을 지켜보며 생각했다. '제발. 성인 교회학교 교실 조명이 켜지면 안 돼.'

사무실 불이 켜지고 현관 불이 꺼졌다. "크리스마스만 지나면 제일 먼저 이 스위치 위에 라벨을 붙여야지." 리사 부목사가 말하자 친목회관 불이 켜졌다.

샤론은 부목사를 따라 곧바로 친목회관 앞으로 갔다가 부목사가 안으로 들어가자 말했다. "부목사님은 여길 확인하고 계세요. 저는 성인 교회학교 교실을 둘러볼게요." 그리고 문을 닫았다.

샤론은 성인 교회학교 교실로 가서 문을 열고 1분을 꼬박 기다렸다가 조용히 문을 닫았다. 그녀는 현관을 기어 스위치 더미 쪽으로 가서 일단 계단 위 조명을 끄고 어두운 계단을 내려가 아래층 현관을 지나 놀이방으로 들어갔다.

그들은 벌써 일어나고 있었다. 마리아가 흔들의자의 앉는 자리에 손을 짚고 몸을 지탱했다. 의자가 흔들렸지만 손을 놓지는 않았다.

"날 따라와요." 샤론이 성배를 집어 들고 속삭였다. 물이 반쯤 남아 있어서 샤론은 허겁지겁 주위를 둘러보다가 그냥 카펫 위에 물을 쏟아버리고 성배를 옆구리에 끼웠다.

"빨리요!" 샤론은 속삭이며 문을 열었는데, 그들에게 앞으로 움직이라는 신호를 보내거나 입술에 손가락을 대거나 할 필요가 전혀 없었다. 그들은 재빨리 그리고 조용히 그녀를 따라 현관으로 나왔다. 마리아는 고개를 숙였고 요셉은 양옆으로 두 팔을 뻗어 언제라도 그녀를 지킬 태세를 갖췄다.

샤론은 계단으로 가면서 그들을 또 계단 위로 올라가게 해야 한다는 생각에 몸서리를 쳤다. 잠깐 그냥 성가대실에 놔두고 문을 잠글까 생각했다. 그녀에겐 열쇠가 있고 리사 부목사에게는 성가대실에 아무도 없는 걸 이미 확인하고 문을 잠갔다고 둘러대면 될 테니까. 그러나 그게 통하지 않는다면 그들은 퇴로도 없는 함정에 빠지고 말 것이다. 어떻게든 위층으로 데려가야 한다.

샤론은 계단 발치에 멈춰 서서 고개를 들고 층계참 주변을 살피며 귀를 기울였다. "서둘러요." 그녀는 그들에게 올라가는 법을 보여주려고 난간 손잡이를 붙잡고 계단을 오르기 시작했다.

이번에는 훨씬 더 잘했다. 여전히 난간이 아닌 앞쪽 계단을 손으로 짚고 있었지만, 속도가 빨라졌다. 4분의 3쯤 올라갔을 때 심지어 요셉은 난간을 손으로 붙잡기도 했다.

샤론도 좀 전보다 나아져서 마음속으로 꾸준히 어떻게 리사 부목사를 피할지, 경찰에게 뭐라고 둘러댈지, 이들을 어디로 데려갈지 생각했다.

리사 부목사가 이미 확인했어도 보일러실은 안 된다. 교회 출입문에서 너무 가까워서 경찰은 현관 주변부터 수색하기 시작할 것이다. 성소도 안 된다. 너무 개방되어 있다.

샤론은 계단 맨 위 바로 아래서 멈추고 그들에게 가만히 있으라고 신호를 보냈다. 그들은 즉시 그늘에 바싹 붙어 섰다. 이런 신호들은 어쩌자고 이리도 보편적일까. 위험, 침묵, 달리기 같은 신호들. 아마 위험한 세계였기 때문일 것이다. 그때나 지금이나 더 나쁜 일들이 찾아올 수 있었다. 헤롯왕, 이집트로의 도피. 그리고 유다. 그리고 경찰.

샤론은 계단 맨 위 칸까지 기어가 성소 쪽을 살펴보고 이어서 출입문 쪽을 살폈다. 리사 부목사는 아직도 친목회관에 있는 모양이었다. 현관에는 없었다. 만약 부목사가 성인 교회학교 교실에 들어갔다면 성배가 사라진 걸 봤을 테고 그러면 고함을 치고 비명을 질렀을 것이다.

샤론은 입술을 깨물며 성배를 되돌려놓을 시간이 될까 생각했다. 과감하게 이들을 여기 계단에 놔두고 교회학교 교실에 몰래 들어가 성배를 되돌려놓는다고 해도 너무 늦는다. 그때 경찰이 도착했다. 빨간색과 파란색 경광등이 스테인드글라스 창을 통해 자주색으로 번쩍였다. 그들은 금방이라도 출입문을 두드릴 것이고 그러면 리사 부목사가 친목회관에서 나올 것이므로 뭘 할 시간이 없었다.

리사 부목사가 경찰을 데리고 아래층으로 내려갈 때까지 이들을 성소에 숨겨야 한다. 그런 다음은 어디로 옮기지? 보일러실? 거긴 출입문과 너무 가깝다. 친목회관?

샤론은 전쟁영화의 존 웨인처럼 그들을 향해 위로 가라고 손짓했다. 현관을 가로질러 성소로 갔다. 리사 부목사가 조명을 꺼두었지만, 성단소의 십자가에서 조명이 흘러나와 앞을 볼 수는 있었다. 그녀는 뒤쪽 신도석에 성배를 놓고 그들을 그늘진 옆 통로로 안내한 다음 문 두드리는 소리가 들리는지 귀를 쫑긋 세운 채로 그들을 앞쪽으로 밀었다.

요셉이 땅을 보며 앞으로 갔다. 갑자기 계단이 나타날까 봐 걱정하는 것 같았다. 그러나 마리아는 고개를 들고 성단소와 십자가를 보았다.

'보지 마요.' 샤론은 생각했다. '그걸 보지 마요.' 샤론은 서둘러 꽃방으로 앞장섰다.

천둥 같은 둔탁한 소리가 들리고 이어서 문 두드리는 소리가 들렸다.

"여기예요." 그녀는 속삭이며 꽃방 문을 열었다.

아까 리사 부목사가 꽃방을 확인할 때 샤론은 성소의 다른 쪽에 있었다. 이제 보니 왜 부목사가 꽃방을 대충 보고 말았는지 알 수 있었다. 전에도 꽃방은 물건으로 가득 차 있었다. 그런데 지금은 야자나무와 구유까지 꽉 들어찼다. 연극 소품이 전부 그 방에 쌓여 있었다. 여관주인의 등불과 아기 담요까지 있었다. 구유를 뒤로 밀자 엇갈린 다리 한쪽이 악보대에 걸려 기울었다. 그녀는 잽싸게 달려들어 악보대를 붙잡고 잠시 멈춰 서서 바깥을 향해 귀를 기울였다.

현관에서 노크 소리가 들렸다. 이어 문이 닫히는 소리. 사람들 목소리. 샤론은 악보대를 놓고 두 사람을 꽃방으로 밀어 넣었다. 마리아를 커다란 장미 꽃바구니가 있는 모퉁이로 밀어 넣었는데 장미 꽃바구니가 또 다른 악보대를 밀어 넘어뜨릴 뻔했다.

요셉에게 다른 쪽에 서 있으라고 몸짓으로 말한 다음 샤론 자신은 야자나무에 납작하게 몸을 기대고 안에서 문을 닫았는데, 곧 실수였음을 깨달았다.

이렇게 어두운 곳에 서 있을 수는 없었다. 누구라도 아주 조금만 움직이면 모든 물건이 무너지며 와장창 소리를 낼 것이고 마리아는 오랫동안 구석에 이렇게 불편한 자세로 서 있을 수가 없었다.

문을 살짝 열어두어야 했다. 그러면 문틈으로 십자가의 조명이 흘러들어와 앞이 보일 것이고 샤론도 경찰이 어디 있는지 소리를 들을 수 있을 것이다. 문을 닫아놓으면 그들의 호흡 소리, 자세를 바꾸려고 할 때마다 등불이 쨍강거리는 소리 말고는 아무 소리도 들을 수 없을 것이다. 그러나 이미 경찰이 그녀를 찾아서 성소에 들어왔을지도 모르기 때문에 다시 문을 여는 위험을 감수할 수가 없었다. 마리아와 요셉만 여기 놔두고 자신은 현관으로 돌아가 경찰을 따돌렸어야 했다. 리사 부목사가 자기를 찾고 있을 것이고 만약 찾지 못하면 위험한 노숙자가 교회에 숨어 있다는 더할 나위 없는 증거로 생각하고 경찰에게 교회 안을 샅샅이 수색하자고 할 것이다.

어쩌면 성가대 위층 자리로 나갈 수 있을지도 모른다. 악보대를 치울 수 있다면, 적어도 물건들을 움직여 그 뒤에 숨을 수만 있다면. 그러나 어둠 속에서는 아무것도 할 수가 없었다.

샤론은 등을 꼿꼿이 세운 채로 천천히 무릎만 구부려 조심스럽게 한 손을 뒤로 내밀어 구유 위를 더듬었다. 뾰족한 지푸라기 사이를 더듬어 아기 담요를 찾아 꺼냈다. 동방박사의 향수병도 구유 안에 넣어두었는지 담요를 꺼낼 때 향수병이 날카롭게 쨍강하는 소리를 냈다.

그녀는 무릎을 더 구부리고 손을 더듬거려 문 아래의 좁은 틈을 찾아 거기에 담요를 쑤셔 넣었다. 문 전체 너비를 막을 수는 없었지만 그게 할 수 있는 최선이었다. 그녀는 천천히 몸을 펴고 스위치를 찾아 벽을 더듬었다.

손끝에 스위치가 만져졌다. '제발.' 그녀는 기도했다. '이걸 누르면 다른 조명은 켜지지 마라.' 그리고 스위치를 딸깍 눌렀다.

아무도 움직이지 않았다. 심지어 손의 위치도 달라지지 않았다. 마리아는 장미 꽃바구니에 바짝 붙어 숨을 들이켰다가 내내 숨을 참고 있던 사람처럼 천천히 내뱉었다.

두 사람은 샤론이 다시 무릎을 꿇고 담요 귀퉁이를 여민 다음 방 안을 향하도록 천천히 몸을 돌리는 것을 지켜보고 있었다. 그녀는 구유 너머로 손을 뻗어 악보대 하나를 붙들고 조심스럽게 뒤쪽 악보대에 포갰다. 마치 폭탄의 뇌관을 제거하는 사람처럼 아주 천천히 조심스럽게 행동했다. 그런 다음 다시 구유 너머로 손을 뻗어 다른 악보대를 들어 지푸라기 위에 놓고 구유를 최대한 뒤로 밀어 움직일 공간을 확보했다. 악보대가 기우뚱 기울자 요셉이 붙잡았다.

샤론은 판지 야자나무 하나를 집어 들었다. 합판으로 만든 받침을 뽑아 구유 안에 놓고 야자나무는 마리아 옆의 벽에 납작하게 밀어 넣었다. 다른 야자나무도 똑같이 처리했다.

그러자 공간이 더 생겼다. 나머지 악보대는 금속 틀이 서로 얽혀 있어서 더 이상 건드릴 수가 없었다. 바깥을 향하는 벽에는 높은 금속 캐비닛이 있었으며 그 앞에 부활절 백합 화분들이 놓였다. 적어도 백합 화분을 캐비닛 위에 올려놓을 수는 있을 것 같았다.

샤론은 잠시 문에 귀를 대고 조심스럽게 바깥쪽 소리를 들어본 다음 살금살금 구유를 넘어 백합 화분 쪽으로 갔다. 몸을 숙여 화분 하나를 집어 들어 캐비닛 위에 올렸다가 순간 동작을 멈추고 얼굴을 찌푸리며 벽을 보았다. 그녀는 다시 몸을 숙여 손으로 바닥을 따라 천천히 반원을 그리며 움직였다.

차가운 공기가 느껴졌다. 찬 공기는 캐비닛 뒤쪽에서 나왔다. 그녀는 까치발을 딛고 그 뒤를 보았다. "문이 있어." 그녀는 속삭였다. "밖으로 향하는 문이야."

"샤론." 성소에서 둔탁한 소리가 들려왔다.

마리아가 얼어붙고 요셉은 마리아와 문 사이에 있으려고 움직였다. 샤론은 조명 스위치에 손을 올리고 귀를 기울이며 기다렸다.

"샤론?" 남자의 목소리가 들렸다. 훨씬 더 먼 곳에서 또 다른 목소리가 들렸다. "그 부인의 자동차는 아직 주차장에 있어요." 그러자 리사 부목사의 목소리가 또 들렸다. "아래층에 내려간 모양이에요."

침묵. 샤론은 문에 대고 귀를 기울였다가 다시 요셉을 지나 캐비닛 옆으로 가서 뒤쪽을 살폈다. 문은 바깥쪽으로 열리게 되어 있었다. 캐비닛을 많이 움직이지 않아도 된다는 뜻이었다. 샤론이 틈새로 몸을 비집고 들어가 문을 열 수 있을 정도만 밀면 될 것 같았다. 그런 다음 다들 문밖으로 빠져나가면 된다. 심지어 마리아도 나갈 수 있었다. 교회 이쪽에는 덤불 숲이 있다. 경찰이 떠날 때까지 이들을 덤불 아래 숨길 수 있을 것이다.

샤론은 요셉에게 도와달라는 몸짓을 하고 같이 캐비닛을 벽에서 몇 센티미터 떨어지게 밀었다. 부활절 백합 화분이 떨어졌지만, 마리아가 거북하게 몸을 숙여 화분을 받아 제 품에 안았다.

그들은 다시 캐비닛을 밀었다. 이번에는 쨍강 소리가 들렸는데 그 안에 옷걸이가 있는 모양이었다. 샤론은 바깥에서 목소리들이 다시 들리는 것 같았지만 어쩔 수가 없다. 그녀는 좁은 공간으로 몸을 비집고 들어가며 생각했다. '잠겨 있으면 어쩌지?' 그리고 문을 열었다.

온기가 와락 끼쳤다. 별들이 가득 뿌려진 맑고 검은 하늘이 다가왔다.

"세상에…." 그녀는 문 너머 땅을 내려다보며 바보같이 중얼거렸다. 사이사이 맨흙이 보이는 바위투성이 땅이었다. 희미한 산들바람이 불어왔다. 흙냄새와 달큰한 향기가 풍겼다. 오렌지일까?

샤론은 몸을 돌리고 말했다. "찾았어요. 문을 찾았어요." 그러나 요셉은 벌써 마리아를 이끌고 틈새를 지나오고 있었다. 틈을 더 넓히려고 캐비닛을 밀어가면서. 마리아는 여전히 부활절 백합 화분을 안고 있어서 샤론은 그녀에게서 화분을 받아다가 문을 열어두는 지지대로 내려놓고 어둠을 향해 나갔다.

열린 문에서 빛이 흘러나와 그들 앞의 땅을 비추었다. 빛 가장자리에 흰색 흙으로 이루어진 긴 띠가 보였다. '길이로군.' 그녀는 생각했지만 가까이 다가가 보니 좁은 강의 마른 강바닥이었다. 그 너머로 바위투성이 땅이 가파르게 솟구쳐 있었다. 골짜기의 맨 밑에 와 있는 게 틀림없었는데, 아마 여기 어디선가 그들이 길을 잃은 것 같았다.

"보트 룸?" 요셉이 그녀 뒤에서 말했다.

그녀는 뒤를 돌아보았다. "보트 룸?" 그는 다시 말하며 놀이방에서 그랬던 것처럼 앞쪽과 옆쪽을 가리켰다. 어느 쪽인가요?

그녀도 몰랐다. 문은 서쪽을 향해 있었는데, 그 방향이 맞고 여기가 유대 사막이라면 이들은 남서쪽으로 가야 할 것이다. "저쪽이에요." 샤론은 말하며 가장 가파른 경사면을 가리켰다. "저쪽으로 가야 할 것 같아요."

그들은 움직이지 않았다. 그저 샤론을 보며 서 있었다. 요셉은 마리아 바로 앞에 서서 샤론이 길을 안내하기를 기다렸다.

"나는 안 가…." 그녀는 도중에 말을 멈추었다. 그들을 여기에 놔두는 것은 보일러실에 놔두는 것보다 더 나을 게 없었다. 혹은 눈 속에 놔두는 것보다도 낫지 않았다. 그녀는 거의 리사 부목사와 경찰이 와주길 바라는 심정으로 문 쪽을 돌아보았다. 그리고 곧 그녀가 남서쪽이길 바라는 방향을 향해 출발했다. 경사로를 서투르게 올라가는데 구두가 자꾸 바위에서 미끄러졌다.

'이들은 이런 길을 어떻게 왔을까?' 그녀는 마른 잡초 더미를 붙잡고 생각했다. '심지어 나귀도 있었을 텐데?' 마리아는 이런 경사로를 절대로 올라갈 수 없을 것이다. 그녀는 걱정하며 뒤를 돌아보았다.

두 사람은 생각보다 쉽게 묵묵히 따라오고 있었다. 마치 샤론이 계단을 올라갈 때처럼 자신 있는 모습이었다.

그러나 이 골짜기 꼭대기에 또 다른 골짜기가 있으면 어쩌지? 아니면 깎아지른 절벽이라도 나타난다면? 아니, 길이 없다면. 그녀는 발을 단단히 딛고 열심히 경사로를 기어 올라갔다.

갑자기 무슨 소리가 들렸다. 샤론은 얼른 뒤를 돌아 문 쪽을 보았지만, 문은 여전히 반쯤 열려 있고 발치에 백합 화분이 놓였으며 뒤에 구유도 보였다.

더 가까운 곳에서 다시 소리가 들려왔고 이어서 발소리가 들리고 다음으로 날카롭게 씩씩거리는 소리가 들렸다.

"나귀야." 그녀가 말했다. 나귀는 샤론을 봐서 반갑다는 듯 그녀를 향해 터벅터벅 걸어왔다.

그녀는 밑으로 손을 뻗어 고삐를 잡았는데, 그것은 그저 누더기 밧줄에 불과했다. 나귀가 그녀를 향해 한 걸음 다가와 귀에 대고 울었다. "히이잉!" 그리고 씩씩거렸는데 거의 웃음소리 같았다.

그녀도 웃으며 나귀의 목을 쓰다듬었다. "다시는 헤매지 마." 그녀는 말하고 나귀를 요셉에게 데려갔다. 요셉은 그녀가 떠난 자리에서 기다리고 있었다. "길을 벗어나지 마요." 그녀는 경사면 꼭대기까지 기어 올라갔는데 갑자기 길이 나타날 거라는 확신이 들었다.

길은 없었지만, 그것은 중요하지 않았다. 멀리 남서쪽에 별빛을 받아 멀리서 하얗게 빛나는 예루살렘이 보였다. 수백 개의 난로와 수천 개의 기름 등불이 반짝이고 있었다. 그 너머 살짝 서쪽에 별 세 개가 낮게 떠 있었는데, 너무 가까워 손을 뻗으면 닿을 것만 같았다.

마리아와 요셉이 나귀를 끌고 옆에 나타났다. "보트 롬." 샤론이 방향을 가리켰다. "저기, 별이 있는 곳이에요."

요셉이 다시 허리띠 안쪽을 뒤지더니 작은 가죽 주머니를 꺼냈다.

"아니에요." 그녀는 주머니를 밀어내며 말했다. "베들레헴 여관에 가면 돈이 필요할 거예요."

그는 마지못해 주머니를 다시 집어넣었고, 샤론은 이들에게 줄 게 있다면 얼마나 좋을까 하는 생각이 불쑥 들었다. 이를테면 유향이랄지. 혹은 몰약이랄지.

"히이잉." 나귀가 시끄럽게 울더니 언덕을 내려가기 시작했다. 요셉이 얼른 다가가 밧줄을 붙잡았고 마리아가 고개를 숙이고 뒤를 따라갔다.

"조심해요." 샤론이 말했다. "헤롯왕을 조심해요." 그녀는 손을 흔들었다. 따뜻한 바람이 불어와 성가복 소매를 흔들었지만, 그들은 뒤를 돌아보지 않고 계속 언덕을 내려갔다. 마리아는 나귀에 손을 올려 몸을 지탱했고 요셉은 조금 더 앞서갔다. 언덕 아래에 거의 도착했을 때 요셉이 걸음을 멈추고 땅을 가리키며 나귀를 샤론이 선 곳에서는 보이지 않는 곳으로 끌고 갔는데 샤론은 그들이 드디어 길을 찾아냈다는 것을 알 수 있었다.

샤론은 잠시 그 자리에 서서 향기로운 산들바람을 맞으며 별을 바라보다가 다시 바위와 쉽게 흩어지는 흙 위를 미끄러지며 경사로를 내려와 문을 괴어 두었던 부활절 백합 화분을 치우고 문을 닫았다. 캐비닛을 원위치로 밀어놓고 문틈을 막아두었던 담요를 꺼내고 조명을 끄고 어둑어둑한 성소로 나갔다.

아무도 없었다. 그녀는 얼른 성배를 집어 들어 성가복 소매 안에 감추고 현관을 내다보았다. 거기에도 아무도 없었다. 그녀는 성인 교회학교 교실로 들어가 진열창에 성배를 되돌려놓고 아래층으로 내려갔다.

"어디 있었어요?" 리사 부목사가 말했다. 제복 차림의 경찰관 두 명이 놀이방에서 손전등을 들고나왔다.

샤론은 성가복의 지퍼를 풀고 벗었다. "성찬식 은제 식기가 무사한지 확인했어요." 그녀가 말했다. "없어진 게 없었어요." 그녀는 성가대실로 들어가 성가복을 걸었다.

"거긴 아까 우리가 들여다봤는데?" 리사 부목사가 뒤를 따라 들어오며 말했다. "그때 거기 없었잖아요."

"누가 문 앞에 있는 소리를 들었던 것도 같아요." 샤론이 말했다.

'오 베들레헴 작은 마을'의 2절이 끝났는데도 마리아와 요셉은 성소 앞으로 가는 길의 4분의 3밖에 오지 않았다.

"저 속도라면 부활절까지도 베들레헴에 도착 못 하겠다." 데보라가 속삭였다. "쟤들 좀 빨리빨리 오면 안 되나?"

"그들은 벌써 도착했을 거야." 샤론이 마리아와 요셉을 보며 속삭였다. 두 사람은 불안한 듯 성단소를 보면서 천천히 통로를 지나갔다. "오 고요히 고요히." 샤론은 노래했다. "놀라운 선물을 주셨네."

두 사람은 맨 앞에서 두 번째 줄 신도석을 지나 성가대가 보이지 않는 곳으로 갔다. 여관주인이 등불을 들고 단호하고 엄숙한 얼굴로 성단소 계단 맨 위로 갔다.

"하나님께서 인간의 마음에
하나님 나라 축복을 주시네."

"걔들 어디 갔어?" 버지니아가 그들을 찾아보려는 듯 목을 쑥 빼며 속삭였다. "뒤쪽 길로 몰래 나간 거야?"

마리아와 요셉이 다시 나타나 천천히 침착하게 야자나무와 구유를 향해 걸어갔다. 여관주인이 마치 그들을 기다리고 있지 않았던 것처럼, 그들을 봐서 지나치게 기쁘지는 않은 것처럼 보이려고 애를 쓰며 계단을 내려왔다.

"구세주 오는 소리 듣는 자 없어도
하지만 이 죄악의 세상에서."

성소 뒤쪽에 목동들이 막대기를 부딪치며 모여 서 있었고 미리엄이 동방박사들에게 보석함과 향수병을 건넸다. 엘리자베스가 반짝이 후광 머리띠를 고쳐 썼다.

"착한 영혼들은 구세주를 영접할 것이라네.
친애하는 그리스도께서 들어오신다네."

요셉과 마리아가 가운데로 가 멈춰 섰다. 요셉이 마리아 앞으로 한 걸음 나가 상상의 문을 두드리자 여관주인이 앞으로 나와 입이 귀에 걸리게 씩 웃으며 문을 열어주었다.

모두가 땅에 앉아 있었는데
All Seated on the Ground

김세경 옮김

나는 외계인이 지구에 실제로 착륙하면 실망스러울 거라고 항상 말해왔다. 외계인으로서는 영화 〈우주 전쟁〉과 〈미지와의 조우〉, 〈E.T.〉 이후로 대중의 머릿속에 박힌 외계인 이미지에 부응할 방법이 없다는 의미다. 그게 좋은 이미지든, 나쁜 이미지든 간에.

또한 나는 실제 외계인은 영화에 나오는 외계인과 전혀 다를 것이라고 말해왔다. 외계인은 A) 우리를 죽이려거나 B) 우리가 사는 행성을 차지해 우리를 노예로 삼으려거나 C) 영화 〈지구가 멈추는 날〉에서처럼 우리를 우리 자신으로부터 구하려거나 D) 지구 여성과 섹스하려고 오지는 않을 것이다. 괜찮은 사람을 찾기가 아무리 힘들다고 해도 설마 데이트나 하려고 외계인이 수천 광년을 여행해서 오겠는가? 더구나 그들은 지구 여성이 아니라 멧돼지나 실난초, 심지어 에어컨에 오히려 더 매력을 느낄 수 있다.

항상 난 A)와 B)는 거의 가능성이 없다고 생각했다. 제국주의적 침략자들은 근처에 있는 행성을 침략하거나 다른 침략자에게 침략당하느라 바빠서 지구처럼 오지에 있는 행성까지 욕심낼 경황이 없을 것이기 때문이다. 하긴 그거야 모르는 일이다. 이라크를 보라. 그리고 C)로 말하자면, 나는 트레서 목사처럼 우리를 구하러 왔다는 사람이나 외계인을 경계한다. 그리고 수천 광년 거리의 우주여행을 하는 데 필요한 우주선을 만들 만한 외계인이라면 복잡한 문명을 가지고 있을 게 분명하므로, 워싱턴을 불사르거나 가정집에 전화하는 일보다는 복잡한 동기를 가지고 왔을 것이다.

하지만 나는 외계인이 지구에 착륙할 거라고는 한 번도 생각해보지도 못했다. 게다가 9개월이나 그들에게 말을 걸고도 무슨 동기로 왔는지 알아내지 못하리라고는 결코 생각하지 못했다.

지금 내가 이야기하고 있는 착륙은 UFO가 인적 없는 남서부 외딴곳을 덮쳐 소 몇 마리를 난도질하고 한두 개의 크롭 서클을 만든 다음, 전혀 믿을 수도 없고 멍청한 소리나 늘어놓는 사람을 유괴해 황당한 장소에서 조사하고 다시 이륙해버리는, 그런 착륙이 아니었다. 나는 외계인이 그런 짓을 할 거라고 믿어본 적도 없고, 외계인들은 그런 짓을 한 적도 없다. 뭐, 미국 남서부에 착륙 비슷한 걸 하기는 했지만 말이다.

외계인은 우주선을 덴버에, 그것도 덴버 대학교 캠퍼스 한가운데에 착륙시킨 후 "우리를 당신들의 지도자에게로 데려가라"는 듯한 전형적인 태도로 곧장 대학본부 정문 앞까지 행군했다. 사실 '행군했다'는 틀린 표현이다. 알타이르인들은 미끄덩거리기와 뒤뚱거리기의 중간쯤 되는 방식으로 움직였기 때문이다.

그리고 그게 다였다. 그들은(여섯이었다) 아무 말도 하지 않았다. "우리를 당신들의 지도자에게로 데려가라!"라든지 "외계인(人)에게는 하나의 작은 발걸음이나, 외계종(種)에게는 하나의 위대한 도약이다."라든가 "지구인들이여, 너희 여성들을 우리에게 넘겨라."라는 말도, 지구를 넘기라는 말도 없었다. 그들은 그저 대학본부 정문 앞에 서 있기만 했다.

외계인들은 계속 그곳에 서 있었다. 경찰차들이 그들을 포위하고 조명을 비췄다. TV 뉴스팀과 기자들은 그들을 향해 카메라를 겨눴다. F-16 전투기들이 굉음과 함께 머리 위를 날아다니며 우주선 사진을 찍고 A) 우주선을 둘러싼 역장(力場)이 있는지 B) 무기를 탑재하고 있는지 C) 외계인이 대학본부를 폭파할 수 있는지(그들은 폭파할 수 없었다) 알아내려고 애썼다. 시민 절반이 공포에 질려 산으로 도망가는 바람에 I-70번 고속도로에 엄청난 교통 체증이 발생했고, 나머지 절반은 무슨 일이 일어나고 있는지 보려고 대학 캠퍼스로 차를 몰고 가는 바람에 에번스 가에 엄청난 교통 체증이 발생했다.

덴버 대학교의 천문학과 교수가 "그 외계인들이 독수리자리에 있는 알타이르에서 왔다."라고 발표하는 바람에(나중에 사실과 다른 것으로 밝혀졌다), 모두가 그들을 알타이르인이라고 불렀다. 알타이르인들은 이 모든 일에 아무런 반응도 보이지 않았기 때문에 덴버 대학교 총장은 그들이 영화 〈인디펜던스 데이〉에 나오듯 대학을 폭파하지는 않을 거라고 확신하게 된 모양이었다. 총장은 밖으로 나와서 알타이르인이 지구와 덴버 대학교에 온 것을 환영한다고 말했다.

알타이르인들은 계속 대학본부 정문 앞에 서 있었다. 덴버 시장이 와서 그들이 지구와 덴버에 온 것을 환영했고, 콜로라도 주지사도 와서 그들이 지구와 콜로라도에 온 것을 환영했다. 주지사는 사람들에게 콜로라도 방문이 매우 안전하다고 장담하며, 알타이르인들은 장엄한 로키산맥을 보기 위해 각지에서 몰려든 수많은 관광객 중 가장 최근에 온 관광객일 뿐이라고 넌지시 내비쳤다. 하지만 그런 것 같지 않았다. 알타이르인들은 로키산맥 반대쪽을 향해 서 있었고, 주지사가 그들 곁을 지나며 파이크스피크산을 가리킬 때조차 돌아보지 않았다. 그들은 대학본부를 마주 보며 그 자리에 서 있기만 했다.

과학자와 국무부 관리, 외국 고위 인사, 교회와 경제계 지도자들이 끝도 없는 환영 연설을 하고, 나뭇가지를 부러뜨리고 전깃줄을 끊어버린 4월 말의 눈보라를 포함한 온갖 날씨가 지나가는 동안, 알타이르인들은 착륙 후 3주 내내 그 자리에 서 있었다. 표정만 아니었다면 사람들은 알타이르인들을 식물이라고 생각했을 것이다.

하지만 식물들은 그런 식으로 노려보지 않는다. 사람을 기죽이는, 철저하게 못마땅한 표정이었다. 내가 처음으로 그런 표정을 직접 봤던 것은, 맙소사, 주디스 고모의 얼굴에서였다.

주디스 고모는 사실 아버지의 고모였다. 고모는 한 달에 한 번꼴로 정장을 입고 모자를 쓰고 흰 장갑을 낀 모습으로 우리 집에 들러 의자 끝에 걸터앉아 우리를 노려봤다. 그 눈빛 때문에 엄마는 주디스 고모가 온다는 것을 알게 될 때마다 발작적으로 청소하고 빵을 구웠다. 주디스 고모가 엄마의 살림 실력이나 요리 솜씨를 비난했다는 말이 아니다. 고모는 비난하지 않았다. 고모는 엄마가 대접한 커피를 한 모금 마실 때도, 먼지가 있는지 보려고 흰 장갑을 낀 손가락으로 벽난로 위 선반을 쓱 만질 때도 얼굴을 찌푸리는 법이 없었다. 그럴 필요도 없었다. 엄마가 고모와 대화하기 위해 필사적으로 노력하는 중에도 고모는 냉랭한 침묵을 지키며 앉아서 못마땅한 감정을 온몸으로 드러냈다. 그 노려보는 눈빛을 보고 있자면, 고모가 우리를 깔끔하지도 않고 예의도 없고 무식하며 경멸할 가치조차 없는 사람들로 여기고 있다는 사실이 분명하게 느껴졌다.

고모는 절대로 무엇 때문에 불쾌한지 말하지 않았기 때문에(가끔 "가정교육을 제대로 받은 아이들은 말하라고 할 때까지는 함부로 말하지 않아!"라고 이야기했던 걸 빼고는), 엄마는 미친 듯이 은 식기를 닦아서 윤내고 쿠키를 굽고, 트레이시 언니와 나에게 풀 먹인 긴 앞치마를 억지로 입히고 에나멜 구두를 신기고, 주디스 고모가 우리에게 생일 선물로 1달러짜리 지폐가 들어 있는 카드를 주시면 예의 바르게 감사 인사를 하라고 명령했고, 집 안 구석구석을 문질러 닦고 먼지를 털었다. 엄마는 심지어 거실 전체를 다시 꾸미기까지 했다. 하지만 그 어느 것도 별 도움이 되지 않았다. 주디스 고모는 여전히 경멸감을 발산했다.

아무리 강한 사람이라도 그런 태도가 계속되면 진이 빠지기 마련이다. 엄마는 주디스 고모가 다녀가고 나면 이마에 차가운 수건을 얹고 드러눕는 일이 잦았는데, 알타이르인들은 그들을 보러 왔던 고위 인사와 과학자, 정치인들에게 똑같은 효과를 일으켰다. 그들을 처음 만난 다음, 주지사는 다시는 외계인을 만나지 않겠다고 했고, 지지율이 이미 20퍼센트 초반까지 내려가서 격분한 시민들의 모습에 지친 대통령도 알타이르인들을 절대로 만나지 않겠다고 했다.

그 대신 대통령은 알타이르인에 관해 연구하고 그들과 의사소통할 방법을 찾기 위해 국방부와 국무부, 국토안보부, 하원, 상원, 그리고 연방재난관리청 대표들로 구성된 초당파적인 위원회를 설립했는데, 그 위원회가 실패하자 천문학과 인류학, 우주 생물학, 소통 전문가들로 이루어진 두 번째 위원회를 만들었다. 하지만 그것도 실패하자 세 번째로 누구든 그들이 끌어모을 수 있는 사람들과 알타이르인에 대한 이론이나 그들과의 의사소통 방법에 대한 이론 비슷한 것들을 만든 사람들로 구성된 위원회를 꾸렸다. 그곳이 바로 내가 속하게 된 위원회였다. 나는 알타이르인의 착륙 전후로 외계인에 대한 칼럼을 신문에 연재했었다(나는 그 외에도 관광객 문제, 운전 중 휴대폰 사용 문제, I-70의 교통 체증 문제, 데이트할 좋은 남자 구하기가 힘들다는 문제, 그리고 주디스 고모에 대해서도 칼럼을 썼다).

나는 "가족들과 더 많은 시간을 보내고 싶다."며 위원회를 그만둔 언어 전문가를 대체하기 위해 11월 말에 채용되었다. 나를 채용한 사람은 위원장이었던 모스맨 박사였지만(박사는 내 칼럼이 익살스러운 농담이었다는 사실을 이해하지 못한 게 분명했다), 그 사실은 그다지 중요하지 않았다. 어차피 모스맨 박사는 내 말이건 다른 위원들의 말이건 귀 기울여 들을 생각이 없었기 때문이다. 그 당시 위원회에는 언어학자 세 명, 인류학자 두 명, 우주론자 한 명, 기상학자 한 명, (그들이 정말 식물일 경우를 대비해) 식물학자 한 명, (그들이 영장류나 조류나 곤충일 경우를 대비해) 영장류와 조류 및 곤충 행동학 전문가들, (그들이 피라미드를 지었던 것으로 밝혀질 경우를 대비해) 이집트 학자 한 명, 동물 심령술사 한 명, 공군 대령 한 명, 군 법무참모 한 명, 외국 관습 전문가 한 명, 비언어 의사소통 전문가 한 명, 무기 전문가 한 명, (내가 보기에는 어느 분야의 전문가도 아닌) 모스맨 박사, 그리고 콜로라도 스프링스가 덴버와 가깝다는 이유로 참가한 '유일한 진리의 길 대교회'의 수장인 트레셔 목사가 있었다. 트레셔 목사는 알타이르인의 착륙이 종말의 전조라고 확신했으며, "신이 그들을 덴버에 착륙하게 하신 데에는 이유가 있다."고 떠들어댔다. "그렇다면 왜 알타이르인은 콜로라도 스프링스에 착륙하지 않았을까요?"라고 트레셔 목사에게 묻고 싶었지만 목사 역시 남의 말을 듣는 사람이 아니었다.

내가 위원회에 참가하기 전에 이 사람들과 전임자들이 이룬 유일한 진전은 알타이르인들이 온갖 장소로 위원들을 따라다니도록 만든 것뿐이었다. 외계인들은 그들을 연구하기 위해 대학본부에 만든 온갖 연구실로 위원들을 졸졸 따라다녔다. 하지만 내가 비디오테이프로 봤을 때는 알타이르인이 위원들의 말이나 행동에 반응하는 것인지 분명하지 않았다. 내가 보기에는 오히려 알타이르인 스스로 모스맨 박사와 다른 위원들을 따라다니기로 한 것 같았다. 그들이 매일 밤 9시가 되면 몸을 돌려 미끄덩/뒤뚱뒤뚱 대학본부 밖으로 나와 자기네 우주선 안으로 사라져버렸기 때문이다.

처음 알타이르인들이 그런 행동을 했을 때, 사람들은 외계인들이 떠난다고 생각해서 크게 당황했다. 그날 저녁 뉴스 헤드라인은 '외계인, 떠나다! 지구에 질렸나?'였다. 하지만 나는 사람들이 무슨 명확한 증거가 있어서라기보다는 순전히 알타이르인에게서 받은 느낌 때문에 그런 결론을 내린 거라고 생각했다. 알타이르인들은 그저 〈데일리 쇼〉에 출연하는 존 스튜어트를 보기 위해 우주선으로 돌아간 것일 수도 있었다. 그러나 일종의 마감 시한 같은 것이 있어서 기한 내에 알타이르인들과 의사소통하지 못한다면 지구가 잿더미가 될 거라는 주장은 다음 날 그들이 다시 나타난 후에도 사라지지 않았다. 주디스 고모도 늘 내게 정확하게 똑같은 느낌, 고모의 기대에 미치지 못하면 난 끝장날 것이라는 느낌을 줬었다.

나는 고모의 기대에 전혀 미치지 못했지만, 고모가 내게 1달러짜리 지폐가 든 생일 카드를 더 이상 보내지 않는다는 사실을 제외하면 특별한 일은 일어나지 않았다. 알타이르인들이 트레셔 목사와 몇 번 대화를 나누긴 했지만(목사는 끊임없이 성경 구절들을 읽으며 그들을 개종시키려고 했다), 아직 우리를 없애버리지 않았고 앞으로도 그럴 기미는 보이지 않았다.

하지만 자기들이 여기에서 무엇을 하고 있는지 우리에게 말해줄 것 같지도 않았다. 위원회는 페르시아어와 나바호 암호*와 런던 토박이 속어 등 거의 모든 언어를 이용해 알타이르인에게 말을 걸어보려 했다. 음악을 들

---

* 2차 세계대전 때 미 해병대가 나바호족 지원병을 통신병으로 양성하면서 개발한 암호

려주고 드럼을 치고 연하장을 적어 보내기도 했으며, 파워포인트 프레젠테이션을 하고 문자를 보내고 로제타 스톤도 보여줬다. 알타이르인이 들을 수 있다는 건 분명했으나 어쨌든 수화와 팬터마임도 사용해봤다. 하지만 누군가가 알타이르인에게 말을 걸거나 선물을 줄 때마다(혹은 그들을 위해 기도할 때마다), 오히려 그들의 못마땅한 표정은 경멸감으로 깊어져만 갔다. 주디스 고모가 그랬던 것처럼.

내가 위원회에 합류했을 무렵 위원들은 우리 엄마가 거실을 완전히 다시 꾸몄을 때처럼 필사적인 상태가 되어, 알타이르인들이 호의적인 반응을 보일 수도 있다는 기대를 품고 덴버와 콜로라도 관광을 통해 그들을 감동시켜보기로 했다.

"소용없을 거예요." 내가 말했다. "저희 어머니는 커튼을 새로 달고 벽지까지 새로 바꿨지만 전혀 소용이 없었어요." 하지만 모스맨 박사는 내 말을 듣지 않았다.

우리는 알타이르인들을 덴버 미술관과 로키산 국립공원과 '신들의 정원'과 브롱코스 미식축구 경기에 데려갔다. 그들은 못마땅함의 파장을 내뿜으며 그저 그 자리에 서 있기만 했다.

모스맨 박사는 단념하지 않았다. "우리는 내일 저들을 덴버 동물원으로 데려갈 거네."

"과연 좋은 생각일까요?" 내가 물었다. "제 말은, 그들에게 잘못된 생각을 불어넣어 주고 싶지 않다는 거예요." 그러나 모스맨 박사는 내 말을 듣지 않았다.

다행히 알타이르인들은 동물원에 있는 어느 것에도, 시민회관의 크리스마스 조명에도, 발레 〈호두까기 인형〉에도 반응하지 않았다. 그리고 우리는 쇼핑몰로 향했다.

그 무렵 위원회는 언어학자 두 명과 동물 심령술사가 그만둔 바람에 열일곱 명으로 줄어들긴 했어도, 여전히 관찰자 수가 너무 많아서 알타이르인들이 사람들 틈에 짓밟힐 위험이 항상 있었다. 하지만 위원들 대부분은 직접적인 관찰이 요구되지 않는 "대체 연구 방식을 추구하고 있다."며 현장 조사 나가는 걸 그만두었는데, 이는 사실 현장에 있을 때나 승합차를 타고 돌아오는 내내 알타이르인들이 자신들을 노려보는 것을 견딜 수 없다는 의미였다.

그래서 우리가 쇼핑몰에 갔던 그날도 일행이라고는 모스맨 박사와 아로마 전문가인 와카무라 박사, 트레셔 목사, 그리고 나뿐이었다. 언론매체 하나 동행하지 않았다. 알타이르인이 처음 착륙했던 날에는 모든 TV 방송국과 CNN이 그들을 다뤘지만, 외계인들이 몇 주가 지나도록 아무런 행동도 하지 않자 방송국들은 〈에이리언〉과 〈우주의 침입자〉와 〈맨 인 블랙 2〉에 나오는 훨씬 흥미진진한 장면들을 보여주기로 방향을 틀었다가 나중에는 외계인에 완전히 흥미를 잃어 패리스 힐튼과 좌초된 고래 이야기로 돌아갔다. 유일하게 우리와 함께했던 카메라맨 레오는, 모스맨 박사가 우리의 나들이를 촬영하기 위해 채용한 십 대 소년이었는데 쇼핑몰에 들어서자마자 내게 말했다. "멕, 촬영 시작하기 전에 살짝 빠져나가서 여자친구에게 줄 크리스마스 선물을 사와도 될까요? 뭐, 솔직히 말해서 쟤네 어차피 저 자리에 가만히 서 있기만 할 거잖아요."

레오의 말이 맞았다. 알타이르인들은 매장 몇 개를 미끄덩미끄덩/뒤뚱뒤뚱 지나치더니 그 자리에 멈춰 서서 '샤퍼 이미지'와 '갭' 매장 진열창에 전시된 물건들과, 가던 길을 멈추고 그들 여섯을 멍하니 쳐다보는 사람들을 동일한 방식으로 노려봤다. 사람들은 곧 알타이르인들의 표정에 질겁해서 황급히 눈을 돌리고는 가던 길을 갔다.

쇼핑몰은 유모차를 미는 부모들과 아이들, 쇼핑백을 잔뜩 든 연인들, 그리고 노래 부를 차례를 기다리는 초록색 성가복의 여중생 무리로 가득 차 있었다. 연말이 되면 쇼핑몰은 학교 합창단과 교회 성가대를 초대해 식당가에서 공연을 열었다. 성가대 여자아이들이 키득대며 재잘거렸고, 한 어린아이는 "하기 싫어!"라고 소리를 질렀고, 쇼핑몰에서 틀어놓은 뮤잭*에서는

---

* 백화점 등 공공장소에서 배경음악으로 방송하는 음악

줄리 앤드루스가 부르는 〈기쁘다 구주 오셨네〉가 흘러나왔고, 트레셔 목사는 팬티와 브래지어를 입고 날개가 달린 마네킹들이 전시된 '빅토리아 시크릿' 진열창을 가리키며 고함을 질렀다. "저것 봐. 사악한 것들!"

"이쪽으로!" 모스맨 박사는 마차 행렬을 지휘하는 사람처럼 팔을 휘두르며 알타이르인들을 이끌었다. "저들에게 산타클로스를 보여주고 싶네." 나는 알타이르인들과 나 사이를 막고 나란히 걷고 있던 십 대 남자애 세 명을 돌아서 지나가기 위해 옆으로 걸음을 옮겼다.

그때 갑자기 헉 하는 소리와 함께 쇼핑몰이 일제히 조용해졌다. 들리는 건 뮤잭 소리뿐이었다. "이게 도대체…?" 모스맨 박사가 큰 소리로 말했다. 나는 무슨 일이 일어났는지 보기 위해 남자애들을 밀치고 나아갔다.

알타이르인들이 매장들 사이에 있는 널찍한 공간 한복판에 조용히 앉아서 노려보고 있었다. 이 광경에 매료된 쇼핑객들이 둥그렇게 그들을 에워쌌고, 쇼핑몰 관리자인 듯 보이는 정장 차림의 남자가 허겁지겁 달려와 따져 물었다. "도대체 무슨 일이에요?"

"굉장해." 모스맨 박사가 말했다. "여기저기로 데리고 다니면 언젠가 반응할 줄 알았어." 박사가 나를 돌아봤다. "멕은 알타이르인들 뒤쪽에 있었지? 저들이 무엇 때문에 앉은 거야?"

"잘 모르겠어요." 내가 말했다. "제가 있던 자리에서는 알타이르인들이 보이지 않았어요. 혹시…?"

"가서 레오를 찾아오게." 모스맨 박사가 명령했다. "그 애가 녹화했을 거야."

레오가 그 장면을 찍었을 것 같지는 않았지만 나는 그 애를 찾으러 갔다. 레오는 선명한 핑크색의 작은 쇼핑백을 들고 '빅토리아 시크릿'에서 막 나오던 참이었다. "멕, 무슨 일 있었어요?" 레오가 물었다.

"알타이르인들이 앉았어." 내가 말했다.

"왜요?"

"우리가 알아내려는 게 바로 그거야. 너, 촬영 안 하고 있었지?"

"안 했죠. 말했잖아요. 여자친구한테 줄…. 제기랄, 모스맨 박사가 날 죽여버리려고 하겠네." 레오는 핑크색 쇼핑백을 청바지 호주머니에 쑤셔 넣었다. "그럴 거라고는…."

"그럼 지금이라도 녹화 시작해." 내가 말했다. "나는 가서 혹시 휴대폰 카메라로 촬영한 사람이 있는지 알아볼게." 산타클로스를 보여주려고 아이들을 데리고 온 이 많은 사람 중에는 카메라를 가지고 있는 사람이 분명 있을 것이다. 나는 둥글게 모여서 알타이르인들을 쳐다보고 있는 구경꾼들부터 둘러보기 시작했다. 나는 모스맨 박사로부터 멀찍이 떨어져 있었는데, 박사는 쇼핑몰 관리자에게 쇼핑몰 이쪽 끝을 차단하고 이 안에 있는 모든 사람을 격리해야 한다고 말하고 있었다.

"이 안에 있는 사람들을 전부 다요?" 관리자가 화를 누르며 말했다.

"당연하지. 반드시 그래야 해. 알타이르인들이 반응하게 된 원인은 분명히 저들이 보거나 듣거나…."

"냄새로 맡은 것 때문이겠죠." 아로마 전문가 와카무라 박사가 끼어들었다.

"그래서 그게 무엇인지 우리가 알아내기 전까지는 아무도 이곳을 떠날 수 없습니다." 모스맨 박사가 말했다. "그게 뭔지 알아내야 우리가 알타이르인들과 의사소통을 할 수 있을 테니까."

"하지만 크리스마스까지 2주밖에 안 남았어요." 쇼핑몰 관리자가 말했다. "그렇게 간단히 쇼핑몰을 봉쇄할 수 있는 상황이…."

"지구의 운명이 위기에 처했다는 걸 모르는 모양이군." 모스맨 박사가 말했다.

나는 그 말이 사실이 아니기를 바랐다. 지금은 알타이르인들이 노려보든 말든 사람들 모두 휴대폰을 꺼내 그들을 찍고 있지만, 당시 상황을 녹화한 사람은 아무도 없는 듯했기 때문이다. 나는 빙 둘러서 있는 쇼핑객들을 훑어보며 행여 어느 부모나 할머니, 할아버지가….

성가대. 그 여자애들의 부모 중에는 비디오카메라를 가져온 사람이 있을 게 틀림없었다. 나는 서둘러 초록색 성가복을 입은 소녀들에게 다가갔다.

"얘들아, 있잖아." 내가 아이들에게 말했다. "난 알타이르인들이랑 같이 온 사람인데…."

실수였다. 아이들은 곧장 나에게 질문 공세를 퍼붓기 시작했다.

"왜 외계인들이 앉아 있어요?"

"왜 말을 안 해요?"

"왜 계속 화를 내고 있어요?"

"저희 노래하나요? 아직 노래 못 불렀어요."

"저분들이 우리더러 계속 여기에 있어야 한대요. 얼마나 있어야 해요? 저흰 6시에 플랫아이언 몰에 가서 노래해야 해요."

"저 외계인들이 우리 몸속으로 들어가서 배를 뚫고 나오나요?"

"혹시 너희 부모님 중에 비디오카메라 가지고 오신 분 계시니?" 나는 쏟아지는 질문들 사이로 목소리를 높여 보았지만, 소용이 없었다. "너희 지휘자 선생님이랑 이야기해야겠다."

"레드베터 선생님이요?"

"언니가 선생님 여자친구예요?"

"아니." 나는 성가대 지휘자처럼 생긴 사람을 찾으려고 애를 쓰며 말했다. "어디 계셔?"

"저기 계세요." 한 아이가 캐주얼한 바지와 상의를 입은 키가 크고 마른 남자를 가리키며 말했다. "저희 레드베터 선생님이랑 사귈 거예요?"

"아니." 나는 남자가 있는 쪽으로 가려고 발길을 돌리며 말했다.

"왜요? 정말 괜찮은 분이에요."

"언니는 남자친구 있어요?"

"아니." 나는 지휘자에게 다가가면서 말했다. "레드베터 씬가요? 저는 맥 예이츠라고 합니다. 알타이르인에 관해 연구하는 위원회에서 일하고 있는데…."

"바로 제가 이야기하려고 찾던 사람이군요." 지휘자가 말했다.

"죄송하지만 저도 이 상황이 언제까지 계속될지는 잘 모르겠어요." 내가 말했다. "6시에 다른 곳에서 공연이 있다는 이야기를 아이들에게 들었어요."

"맞습니다. 저는 오늘 밤에 리허설도 해야 하고요. 하지만 제가 이야기 하려는 건 그게 아닙니다."

그때 한 여자애가 말했다. "레드베터 선생님, 이 언니는 남자친구가 없대요."

나는 그 아이가 우리의 대화를 방해한 틈을 타 지휘자에게 말했다. "혹시 성가대와 함께 온 사람 중에 방금 일어났던 일을 비디오카메라로 촬영한 사람이 있을…."

"아마 있을 거예요. 벨린다?" 지휘자는 나에게 남자친구가 없다고 말했던 바로 그 아이를 불러서 말했다. "가서 엄마 좀 모시고 와라." 아이가 사람들 틈으로 사라졌다. "저 아이의 어머니는 저희가 교회를 떠날 때부터 녹화를 시작하셨어요. 그분이 못 찍었다면 아마 캐니샤의 어머니가 하셨을 거예요. 아니면 첼시 아버지가 하셨을 수도 있고."

"아, 정말 다행이네요." 내가 말했다. "저희 카메라맨이 미처 그 상황을 못 찍었거든요. 무엇이 그들에게 행동을 일으키도록 했는지 알아내려면 녹화된 영상이 필요해요."

"무엇이 알타이르인들을 앉게 했느냐, 그 말이죠?" 지휘자가 말했다. "비디오테이프는 필요 없습니다. 그게 뭐였는지는 제가 알아요. 노래였어요."

"노래라뇨?" 내가 물었다. "저희가 쇼핑몰에 들어왔을 때 공연 중인 합창단은 없었어요. 게다가 알타이르인들은 이전에도 음악에 노출된 적이 있었는데 전혀 반응이 없었어요."

"어떤 종류의 음악이었죠? 혹시 영화 〈미지와의 조우〉에 나오는 그런 멜로디였나요?"

"네." 내가 방어적인 태도로 말했다. "그리고 베토벤과 드뷔시, 찰스 아이브스 음악도요. 온갖 작곡가들의 음악을 다 들려줬죠."

"하지만 그 곡들은 연주 음악이었지 노래는 아니잖아요. 맞죠? 저는 지금 노래 이야기를 하는 겁니다. 뮤잭에서 흘러나오던 크리스마스 캐럴 중 하나였어요. 저는 알타이르인들이 앉는 모습을 봤어요. 저들은 분명…."

"레드베터 선생님, 저희 엄마 찾으셨죠?" 벨린다가 비디오카메라를 든 몸집 큰 여자를 끌고 오면서 말했다.

"그래." 지휘자가 말했다. "칼슨 부인, 오늘 찍으신 성가대 비디오를 제가 좀 봐도 될까요? 저희가 쇼핑몰에 도착했을 때부터요."

칼슨 부인은 레드베터의 요구대로 비디오카메라에서 그 부분을 찾아 지휘자에게 건네줬다. 지휘자는 잠시 테이프를 빨리 감으며 영상을 훑어봤다. "좋았어. 여기 있네요." 지휘자는 테이프를 되감은 다음 내가 작은 화면을 볼 수 있도록 손으로 받쳐줬다. "자, 보세요."

화면에는 옆면에 '제일장로교회'라고 적힌 버스와 버스에서 내리는 여자애들, 그리고 여자애들이 쇼핑몰로 우르르 몰려 들어가는 모습과 그 애들이 인테리어 전문점인 '크레이트 앤드 배럴' 앞에 모여 키득키득 수다 떠는 모습이 나왔지만, 소리가 너무 작아 그들이 뭐라고 하는지 통 알아들을 수가 없었다. "볼륨을 좀 높여 주시겠어요?" 레드베터가 칼슨 부인에게 말하자, 부인이 버튼을 눌렀다.

여자애들의 목소리가 들렸다. "레드베터 선생님, 공연 끝나고 프레첼 먹으러 식당가에 가도 되나요?"

"레드베터 선생님, 하이디 옆에 서기 싫어요."

"레드베터 선생님, 버스에 립글로스를 놓고 내렸어요."

"레드베터 선생님…."

'여기에 알타이르인들이 찍혀 있을 리가 없지.' 나는 생각했다. 잠깐… 거기, 초록색 성가복을 입은 여자애들 뒤쪽으로 모스맨 박사와 비디오카메라를 든 레오와 알타이르인들이 보였다. 하지만 언뜻언뜻 지나갔기 때문에 확실하게 보이지 않았다. "죄송하지만…." 내가 말했다.

"쉿!" 지휘자가 볼륨 버튼을 다시 누르며 말했다. "들어보세요."

지휘자가 볼륨을 끝까지 높였다. 트레셔 목사의 목소리가 들렸다. "저것 봐. 사악한 것들! 정말 구역질이 난다니까!"

"비디오에서 뮤잭 소리가 들리세요?" 지휘자가 내게 물었다.

"어렴풋이 들려요." 내가 말했다. "무슨 곡이죠?"

"〈기쁘다 구주 오셨네〉입니다." 내가 볼 수 있게 비디오카메라를 손에 든 채로 지휘자가 말했다. 비디오에서 모스맨 박사를 따라가는 알타이르인들의 모습을 가리는 사람들이 없는 거로 볼 때 칼슨 부인은 알타이르인들을 좀 더 잘 찍기 위해서 장소를 이동했던 게 틀림없었다. 나는 알타이르인들이 유모차나 크리스마스 장식, '빅토리아 시크릿' 마네킹, 아니면 화장실 안내표시 같은 특정한 사물을 노려보고 있었는지 알아내려 애썼다. 하지만 설령 외계인들이 특정한 사물을 노려보고 있다고 할지라도 나로서는 그게 뭔지 알 수 없었다.

"이쪽으로!" 모스맨 박사가 비디오 속에서 말했다. "저들에게 산타클로스를 보여주고 싶네."

"좋아요, 바로 여기예요." 지휘자가 말했다. "들어보세요."

"목자들이 한밤중에 자기 양 떼를 지키고 있을 때…." 뮤잭 속 합창단이 가냘픈 목소리로 노래했다.

트레셔 목사가 "이건 신성모독이야!"라고 말하는 소리와 한 여자애가 "레드베터 선생님, 노래하고 나서 맥도날드 가도 되나요?"라고 묻는 소리가 들려오는 중 알타이르인들이 느닷없이 주저앉았다. 마치 영화 〈바람과 함께 사라지다〉에서 스칼렛 오하라가 크리놀린이 받혀진 드레스를 입은 채 마룻바닥에 털썩 주저앉는 모습 같았다. "뮤잭에서 나오는 노래 들으셨나요?" 지휘자가 물었다.

"아니요…."

"'모두가 땅에 앉아 있었는데' 부분이에요. 여기요." 지휘자가 테이프를 되감으면서 말했다. "잘 들어봐요."

지휘자가 그 부분을 다시 틀었다. 나는 소음들 사이에서 뮤잭 소리를 집어내기 위해 집중하면서 알타이르인들을 지켜봤다. "목자들이 한밤중에 자기 양 떼를 지키고 있을 때 모두가 땅에 앉아 있었는데…." 합창단이 노래했다.

지휘자의 말이 맞았다. 알타이르인들은 '앉아'라는 단어가 끝나자마자 그 자리에 주저앉았다. 나는 지휘자를 쳐다봤다.

"봤죠?" 지휘자가 기쁜 목소리로 말했다. "노래에서 앉으라는 말이 나오자마자 알타이르인들이 앉았어요. 제가 뮤잭을 따라 부르고 있었기 때문에 우연히 알아챘지요. 제 나쁜 습관이에요. 이것 때문에 여자애들이 절 항상 놀린답니다."

하지만 9개월이 넘는 시간 동안 우리가 했던 그 어떤 말에도 반응하지 않았던 알타이르인들이 크리스마스 캐럴에 들어 있는 단어에는 왜 반응한 걸까? "이 비디오테이프를 빌릴 수 있을까요?" 내가 부탁했다. "이것을 다른 위원들에게도 보여줘야겠어요."

"그럼요." 지휘자는 그렇게 대답하더니 칼슨 부인에게 물었다.

"글쎄요." 칼슨 부인이 주저하며 말했다. "저는 벨린다의 공연 테이프를 하나도 빠짐없이 다 보관하거든요."

"이분이 테이프를 복사한 다음 원본을 돌려드릴 거예요." 지휘자가 칼슨 부인에게 말했다. "그럴 거죠?"

"네." 내가 말했다.

"좋아요." 지휘자가 말했다. "멕, 당신은 저한테 테이프를 보내줘요. 그럼 제가 책임지고 벨린다에게 돌려주겠습니다. 그렇게 하면 될까요?" 그가 칼슨 부인에게 물었다.

칼슨 부인은 고개를 끄덕이더니 비디오카메라에서 테이프를 꺼내어 나에게 건네줬다. "감사합니다." 나는 인사를 하고 서둘러 모스맨 박사에게 돌아갔다. 모스맨 박사는 아직도 쇼핑몰 관리자와 언쟁 중이었다.

"쇼핑몰 전체를 닫는다는 게 그리 간단한 일이 아닙니다." 쇼핑몰 관리자가 말하고 있었다. "지금은 1년 중 수익이 가장 많은 시기이고…."

"모스맨 박사님." 내가 말했다. "알타이르인들이 앉는 장면이 담긴 테이프를 가져왔어요. 이 장면을 녹화한 사람은…."

"나중에." 모스맨 박사가 말했다. "레오에게 가서 알타이르인들이 쳐다봤을 만한 것들을 모조리 찍으라고 하게."

"하지만 레오는 지금 알타이르인들을 찍고 있어요." 내가 말했다. "만일 알타이르인들이 또 다른 행동을 하면 어쩌죠?" 하지만 모스맨 박사는 내가 하는 말을 듣고 있지 않았다.

"레오더러 알타이르인들이 반응했을지 모르는 것들을 죄다 찍으라고 해. 매장, 쇼핑객, 크리스마스 장식, 전부 다. 그리고 경찰서에 전화해서 주차장을 봉쇄하라고 하게. 아무도 이곳을 떠나게 해서는 안 된다고 경찰에게 전해."

"봉쇄라뇨!" 쇼핑몰 관리자가 말했다. "이 많은 사람을 모두 여기에 붙잡아둘 수는 없어요!"

"이 사람들 전부 다 쇼핑몰 여기에서 데려가 조사받을 수 있는 곳으로 이동시켜야 해." 모스맨 박사가 말했다.

"조사를 받아요?" 쇼핑몰 관리자는 거의 졸도하기 직전이었다.

"그렇지. 이 사람들 중 누군가는 무엇이 알타이르인들의 행동을 유발했는지 봤을 수도 있고…."

"본 사람이 있어요." 내가 말했다. "제가 방금 이야기하고 왔는데…."

모스맨 박사는 듣고 있지 않았다. "이 사람들 전부 다 이름과 연락처, 진술서가 필요하겠군." 박사가 쇼핑몰 관리자에게 말했다. "그리고 여기 이 사람들 모두 전염병 검사도 받아야 하겠소. 알타이르인들이 앉은 게 몸이 좋지 않아서인지도 모르니까."

"모스맨 박사님, 알타이르인들은 아픈 게 아니에요." 내가 말했다. "저들은…."

"나중에! 레오에게 말은 전했나?" 모스맨 박사가 말했다.

나는 포기했다. "지금 가서 말할게요." 나는 레오가 알타이르인들을 촬영하고 있는 곳으로 가서 모스맨 박사의 지시사항을 전달했다.

"알타이르인들이 뭔가 다른 행동이라도 하면 어쩌죠?" 레오가 자리에 앉아 노려보고 있는 알타이르인들을 보며 말했다. 그리고 한숨을 쉬었다. "모스맨 박사 말이 맞는 것 같네요. 당분간 움직일 것 같진 않아요." 레오는 카메라를 휙 돌려 '빅토리아 시크릿' 매장의 진열창을 찍기 시작했다. "여기에 얼마나 오래 잡혀 있을 거 같아요?"

나는 모스맨 박사가 했던 말들을 그 애에게 해줬다.

"젠장, 이 사람들을 다 조사하겠다고요?" 레오가 '윌리엄스 소노마' 매장의 진열창으로 자리를 옮기며 말했다. "저는 오늘 밤에 갈 데가 있어요."

나는 아기를 유모차에 태운 엄마, 어린아이, 노부부, 십 대 청소년, 그리고 지금으로부터 1시간 후 다른 곳에서 공연하기로 되어 있는 50명의 여중생을 바라보며 생각했다. '이 사람들 모두 오늘 밤에 갈 데가 있어.' 모스맨 박사가 좀처럼 내 말을 들으려 하지 않는 것이 성가대 지휘자의 책임은 아니다.

"모든 사람을 수용할 만한 큰 방이 하나 있어야겠소." 모스맨 박사가 말했다. "큰 방 옆에 이들을 조사하는 데 쓸 방들도 필요하고."

쇼핑몰 관리자가 소리를 질렀다. "여기는 쇼핑몰입니다. 관타나모가 아니라고요!"

나는 조심스럽게 모스맨 박사와 쇼핑몰 관리자에게서 물러나 사람들을 헤치며 여학생들에 둘러싸여 있는 성가대 지휘자에게 갔다. "그래도, 레드베터 선생님…." 한 여학생이 말했다. "저희, 금방 돌아올게요. 프레첼 가게는 바로 저기에 있잖아요."

"레드베터 씨, 잠깐 이야기할 수 있을까요?" 내가 물었다.

"물론이죠. 얘들아, 쉿." 지휘자가 여자애들에게 말했다.

"그래도, 레드베터 선생님…."

레드베터는 아이들을 무시했다. "크리스마스 캐럴 이론에 대해 위원회는 어떻게 생각하던가요?" 레드베터가 나에게 물었다.

"의견을 물어볼 기회가 없었어요. 저기요, 5분 내로 쇼핑몰 전체가 봉쇄될 거예요."

"하지만 전…."

"알아요. 다른 공연이 있죠. 그러니 떠나려면 지금 바로 떠나세요. 저라면 저쪽으로 가겠어요." 내가 동쪽 문을 가리키면서 말했다.

"정말 감사합니다." 레드베터가 진심으로 말했다. "하지만 곤란해지지 않겠어요?"

"성가대의 진술이 필요하게 되면 제가 전화할게요." 내가 말했다. "전화번호가 어떻게 되세요?"

"벨린다, 펜이랑 적을 종이 같은 것 좀 주겠니?" 레드베터가 말했다. 벨린다는 레드베터에게 펜을 건네준 후 자기의 백팩을 뒤지기 시작했다.

"놔둬라." 레드베터가 말했다. "시간이 없네요." 레드베터는 내 손을 잡더니 손바닥 위에 자기 전화번호를 적었다.

"선생님이 우리한테는 몸에 뭘 적지 말라고 하셨잖아요." 벨린다가 말했다.

"넌 안 돼." 레드베터가 말했다. "정말 감사합니다, 멕."

"어서 가세요." 나는 초조하게 모스맨 박사가 있는 쪽을 바라보며 말했다. 앞으로 30초 안에 출발하지 못하면 그들은 절대로 다음 공연시간에 맞추지 못할 것이다. 하지만 레드베터가 그렇게 짧은 시간에 50명이나 되는 여중생들을 모을 수 있을 것 같지 않았다. 하다못해 아이들이 그의 말을 듣기나 할는지….

"아가씨들…." 레드베터는 이렇게 말하며 성가대를 지휘하듯 두 손을 들어 올렸다. "줄 서!" 그러자 놀랍게도 여자애들이 즉시 지휘자의 말에 따라 조용히 한 줄로 서더니 동쪽 문을 향해 빠르게 걸어갔다. 키득대거나 "레드베터 선생님?" 하고 부르는 아이도 없었다. 레드베터에 대한 내 호감도가 급상승했다.

나는 곧장 사람들을 헤치며 아직도 모스맨 박사와 쇼핑몰 관리자가 입씨름하는 곳으로 갔다. 레오는 '버라이즌 와이어리스' 매장을 찍으러 동쪽 문에서 멀리 떨어진 쇼핑몰 안으로 멀리 들어가 있었다. 잘됐다. 나는 모스맨 박사가 고개를 돌려 나를 쳐다보더라도 동쪽 문은 볼 수 없도록 박사의 오른쪽으로 가서 섰다.

"하지만 화장실은 어떻게 할 건데요?" 쇼핑몰 관리자가 고래고래 소리를 질렀다. "쇼핑몰 화장실은 이 사람들이 다 사용할 수 있을 만큼 많지가 않다고요."

성가대가 동쪽 문을 거의 빠져나갔다. 나는 마지막 한 명이 시야에서 사라지고, 지휘자가 그 뒤를 따라 나갈 때까지 지켜봤다.

"이동식 화장실을 들여올 거요. 멕, 이동식 화장실 설치 문제를 처리하게." 모스맨 박사가 나를 쳐다보며 말했다. 박사는 내가 자리를 비웠었다는 사실을 전혀 몰랐던 게 분명했다. "그리고 국토안보부에 전화를 연결해주게."

"국토안보부라뇨!" 쇼핑몰 관리자가 울부짖었다. "언론에서 떠들어대면 영업에 어떤 영향을 미칠지 아세…?" 관리자가 말을 멈추더니 알타이르인들 주위에 몰려 있던 사람들을 건너봤다.

사람들이 갑자기 "헉!" 하는 소리를 내더니 조용해졌다. 어느 시점에 누군가가 뮤잭을 꺼버렸는지 아무런 소리도 들리지 않았다. "뭐야…? 좀 지나갑시다." 모스맨 박사가 정적을 깨고 말했다. 박사는 무슨 일이 일어나고 있는지 보기 위해 둥글게 모여서 있는 쇼핑객들을 밀치고 안쪽으로 들어갔다.

나도 모스맨 박사를 뒤따라갔다. 알타이르인들이 팽팽히 당겨지는 현(絃)처럼 천천히 일어서고 있었다.

"오, 감사합니다." 쇼핑몰 관리자가 대단히 안도하는 목소리로 말했다. "자, 이제 다 끝났으니 쇼핑몰을 다시 개방해도 되죠?"

모스맨 박사는 고개를 가로저었다. "이것은 또 다른 행동으로 이어지는 시작에 불과할지도 몰라. 또 다른 자극에 대한 반응일 수도 있고. 레오, 저들이 일어서기 바로 직전에 무슨 일이 있었는지 비디오를 보여줘."

"촬영 못 했는데요." 레오가 말했다.

"못 했다고?"

"박사님께서 쇼핑몰에 있는 것들을 촬영하라고 하셨잖아요." 레오가 말했지만, 모스맨 박사는 그 애가 하는 말을 듣고 있지 않았다. 박사는 알타이르인들을 쳐다보고 있었고, 그들은 몸을 돌려서 미끄덩미끄덩/뒤뚱뒤뚱 천천히 동쪽 문으로 돌아가는 중이었다.

"저들을 따라가." 모스맨 박사가 레오에게 명령했다. "눈에서 놓치면 절대 안 돼. 이번에는 꼭 테이프에 담아." 박사가 나에게 고개를 돌렸다. "자네는 여기 남아서 쇼핑몰에 감시카메라 테이프들이 있는지 찾아보게. 그리고 여기 있는 모든 사람의 이름과 연락처를 받아. 조사해야 할지도 모르니까."

"가시기 전에 아셔야 할 게 있는데…."

"나중에! 알타이르인들이 떠나고 있잖아. 저들이 다음에 어디로 갈지는 아무도 몰라." 모스맨 박사는 그렇게 말하더니 알타이르인들을 따라 자리를 떴다. "혹시라도 그 상황을 비디오카메라에 담은 사람이 있는지 알아보게."

나중에 알게 된 일이지만, 알타이르인들은 우리가 그들을 쇼핑몰로 데려올 때 타고 왔던 승합차까지밖에 가지 않았고, 거기에서 덴버 대학교로 다시 데려다주기를 기다리며 노려보고 있었다. 내가 대학으로 돌아갔을 때, 알타이르인들은 와카무라 박사와 주 실험실에 있었다. 나는 대학으로 돌아가기 전까지 4시간 가까이 쇼핑몰에 머무르며 "어린애 두 명을 데리고 쇼핑몰에 6시간이나 있었어요. 6시간이나!"라든가 "우리 손자가 나오는 크리스마스 공연을 놓쳤다고요. 아시겠어요?" 같은 말들을 퍼붓는 크리스마스 쇼핑객들로부터 이름과 전화번호를 받아 적었다. 레드베터와 그가 맡은 중학교 1학년짜리 여자애들을 몰래 내보낸 것은 정말로 잘한 일이었다. 그러지 않았다면 그들은 절대로 공연시간에 맞춰 다른 쇼핑몰에 도착하지 못했을 것이다.

이름 받아적기와 욕 얻어먹기를 모두 끝낸 뒤 쇼핑몰 감시카메라 테이프들에 관해 물어보기 위해서 쇼핑몰 관리자를 찾아갔다. 욕을 더 얻어먹을 각오를 했지만, 관리자는 쇼핑몰을 다시 열게 되었다는 사실 덕분에 무척 기분이 좋은 상태여서 곧바로 테이프들을 넘겨줬다. "이 테이프에 소리도 녹음되어 있나요?" 내가 묻자 관리자는 아니라고 대답했다. "방송으로 내보내셨던 그 크리스마스 음악은 테이프가 없죠?" 내가 물었다.

나는 테이프가 없을 것이라고 거의 확신하고 있었다. 뮤잭은 보통 전송받아서 틀기 때문이다. 하지만 놀랍게도 쇼핑몰 관리자는 있다고 하더니 CD 한 장을 건네줬다. 나는 CD와 테이프들을 가방 속에 찔러 넣은 뒤 덴버 대학교로 돌아가서 모스맨 박사를 찾기 위해 주 실험실로 갔다. 모스맨 박사는 주 실험실에 없었고, 대신 와카무라 박사가 알타이르인들에게 콘도그, 팝콘, 초밥 등 온갖 식당의 냄새를 뿜어대고 있었다. 혹시라도 그 냄새 중 하나가 알타이르인들을 앓게 한 것은 아닌지 알아보려는 것이었다. "저는 저들이 쇼핑몰에서 나는 냄새에 반응했다고 확신합니다." 와카무라 박사가 말했다.

"제 생각에 이들은 아마…." 내가 말했다.

"정확히 무슨 냄새였는지만 찾으면 됩니다." 와카무라 박사가 알타이르인들에게 피자 냄새를 뿌려 대며 말했다. 알타이르인들이 우리를 노려봤다.

"모스맨 박사는 어디 계세요?"

"옆방에요." 와카무라 박사가 퍼널 케이크 추출액을 알타이르인들에게 뿌리면서 말했다. "다른 위원들과 회의 중이에요."

나는 주춤거리다 옆방으로 갔다. "쇼핑몰 바닥재를 살펴볼 필요가 있습니다." 쇼트 박사가 말하고 있었다. "알타이르인들은 목재와 석재의 차이에 반응했을지도 모릅니다."

"그리고 공기 표본도 채취해야 합니다." 자비스 박사가 말했다. "지구의 대기를 구성하는 물질 중에 그들에게 독이 되는 무언가에 반응했을 수도 있습니다."

"독이요?" 트레셔 목사가 말했다. "신성모독적인 것을 말씀하시는 거겠지. 음란한 속옷을 입은 천사라니! 알타이르인들은 그 악의 소굴에 들어가지 않겠다고 거부한 게 틀림없소. 그래서 연좌시위를 한 것이고. 심지어 외계인도 죄악은 알아볼 수 있단 말이오."

"저는 동의하지 않습니다, 자비스 박사님." 쇼트 박사가 트레셔 목사의 말을 무시하고 말했다. "쇼핑몰 안의 공기가 박물관이나 체육관 안의 공기와 다르게 구성되었을 리가 없잖아요. 저희가 지금 찾고 있는 것은 변수예요. 소리는 어떨까요? 소리가 요인이 될 수 있을까요?"

"네. 될 수 있습니다." 내가 대답했다. "알타이르인들은…."

"멕, 감시카메라 테이프들은 확보했나?" 모스맨 박사가 끼어들었다. "다 훑어보고 알타이르인들이 앉기 바로 직전부터 틀어볼 수 있도록 맞춰 오게. 저들이 무엇을 보고 있었는지 내가 봐야겠어."

"박사님, 알타이르인들은 무엇을 보고 앉은 게 아닙니다." 내가 말했다. "그들은…."

"그리고 쇼핑몰에 전화해서 바닥재 표본들을 받아오게." 모스맨 박사가 말했다. "쇼트 박사, 방금 뭐라고 했죠?"

나는 감시카메라 테이프들과 쇼핑객 명단을 모스맨 박사의 책상 위에 올려놓고 음향실로 가서 CD에 수록된 노래들을 들어봤다. 〈산타클로스가 왔어요〉, 〈화이트 크리스마스〉, 〈기쁘다 구주 오셨네〉….

여기 있다. "목자들이 한밤중에 자기 양 떼를 지키고 있을 때, 모두가 땅에 앉아 있었는데, 주의 천사가 내려와, 영광이 저희를 두루 비추었네." 알타이르인들은 이 노래가 자기들의 우주선이 하강하는 모습을 이야기한다고 생각한 건 아닐까? 그들은 전혀 다른 것에 반응했는데 그저 우연히 시점이 맞아 떨어졌던 건 아닐까?

알아낼 방법은 한 가지뿐이었다. 나는 주 실험실로 돌아갔다. 그곳에서는 와카무라 박사가 불이 붙은 초들을 알타이르인들의 코앞에 꽂고 있었다. "맙소사, 이건 뭐죠?" 내가 코를 찡그리면서 물었다.

"월계수-목련 향초예요." 와카무라 박사가 말했다.

"냄새가 지독하네요."

"백단-제비꽃 향을 맡고 나면 그런 소리 안 할걸요. 알타이르인들이 앉았던 곳은 '바람 앞의 촛불' 매장 바로 옆이었어요. 향초 매장에서 나온 향에 반응했을 가능성이 있지요."

"무슨 반응이 있었나요?" 나는 알타이르인들이 이번만큼은 아주 적절한 표정을 짓고 있다고 생각하면서 물었다.

"아무 반응이 없었어요. 가문비나무-수박 향에조차 반응이 없었어요. 정말로 외계스러운 향인데도 말이에요. 모스맨 박사는 감시카메라 테이프에서 무슨 단서라도 찾았대요?" 와카무라 박사가 기대에 찬 목소리로 물었다.

"아직 보지도 않으셨어요." 내가 말했다. "박사님 실험이 끝나면 알타이르인들은 제가 우주선까지 데려다줄게요."

"그렇게 해줄래요?" 와카무라 박사가 고마운 표정을 지으며 말했다. "그렇게 해주면 정말 감사하죠. 저들은 제 장모랑 정말 똑같이 생겼어요. 지금 데리고 갈래요?"

"그러죠." 나는 그렇게 말한 뒤 알타이르인들에게 가서 나를 따라오라고 손짓했다. 9시가 거의 다 되었기 때문에 나는 그들이 방향을 틀어 우주선으로 돌아가지 않기만 바랐다. 알타이르인들은 우주선으로 가지 않았다. 그들은 나를 따라서 복도를 지나 음향실로 들어왔다. "해보고 싶은 것이 있어서요." 나는 알타이르인들에게 말한 다음 〈목자들이 한밤중에〉를 틀어줬다.

"목자들이 한밤중에 자기 양 떼를 지키고 있을 때…." 합창단이 노래를 불렀다. 알타이르인들의 표정에는 아무런 변화가 없었다. 레드베터가 틀렸다는 생각이 들었다. 저들은 다른 것에 반응했던 게 분명해. 노래를 듣지도 않잖아. "…모두가 땅에 앉아…."

알타이르인들이 앉았다.

레드베터에게 전화해야 해. 나는 CD를 멈추고, 레드베터가 내 손에 적어주었던 전화번호를 눌렀다. "안녕하세요, 캘빈 레드베터입니다." 자동응답기에 녹음된 목소리였다. "죄송하지만 지금은 전화를 받을 수 없습니다." 그제야 레드베터가 리허설이 있다고 말했던 게 기억났다. "혹시 리허설에 관해 전화하셨다면 리허설 일정은 다음과 같습니다. 마일하이 여성 합창단 리허설은 목요일 오후 8시, 몬트뷰 감리교회 성가대의 금요일 오전 11시 리허설은 취소, 삼위일체 성공회 덴버 심포니 리허설은 오후 3시…." 레드베터는 집에 없는 게 분명했다. 게다가 레드베터는 알타이르인들에 대해 걱정하기에는 너무도 바빴다.

나는 전화를 끊고 알타이르인들을 건너다봤다. 그들은 여전히 앉아 있었다. 그 노래를 들려주지 말았어야 했다는 생각이 들었다. 무엇이 그들을 다시 일으켜 세웠는지 내가 전혀 알지 못했기 때문이다. 그들을 다시 일으켜 세웠던 것은 뮤잭이 아니었다. 뮤잭은 그때 이미 꺼져 있었다. 그들을 일으켜 세웠던 자극물이 쇼핑몰에 있던 것이라면 우리는 음향실에 밤새 있어야 할지도 모른다. 하지만 몇 분이 지나자 알타이르인들은 현이 당겨지는 것 같은 그 기괴한 움직임으로 자리에서 일어나 나를 노려봤다. "목자들이 한밤중에 자기 양 떼를 지키고 있을 때…." 내가 그들에게 말했다. "모두가 땅에 앉아 있었는데."

알타이르인들은 계속 서 있었다.

"땅에 앉아 있었는데…." 내가 반복해서 말했다. "앉아 있었는데! 앉아!" 전혀 반응이 없었다.

나는 같은 노래를 다시 틀었고 알타이르인들은 정확히 같은 부분에서 자리에 앉았다. 그렇더라도 그들이 노래 가사가 시키는 대로 하고 있다는 증거는 되지 못한다. 그들은 그저 노랫소리에 반응하는 것일 수도 있었다. 알타이르인들이 쇼핑몰에 들어섰을 때는 주변이 무척 시끄러웠다. 어쩌면 〈목자들이 한밤중에〉가 그들이 들을 수 있었던 첫 노래여서 그다음부터 노래가 들릴 때마다 앉은 것일 수도 있다. 나는 알타이르인들이 다시 일어설 때까지 기다렸다가 그 노래 앞에 수록된 노래 두 곡을 틀어줬다. 그들은 빙 크로스비가 부르는 〈화이트 크리스마스〉에도, 줄리 앤드루스가 부르는 〈기쁘다 구주 오셨네〉에도, 그리고 노래와 노래 사이의 짧은 막간에도 전혀 반응하지 않았다. 그들이 누군가가 노래 부르고 있다는 사실을 인식하고 있다는 기미조차 없었다.

"목자들이 한밤중에 자기 양 떼를 지키고 있을 때…." 합창이 시작됐다. 나는 혹시라도 내가 주는 비언어적 신호에 알타이르인들이 반응하게 될지도 몰라서 꼼짝도 하지 않고 무표정한 얼굴로 있으려고 노력했다. "…모두가 땅에 앉아 있었는데…."

알타이르인들은 정확히 같은 부분에서 앉았다. 그렇다면 이 특정한 가사가 원인인 게 분명했다. 아니면 그 부분을 노래하는 목소리거나, 그 부분의 특정한 음정 배열이거나, 리듬이거나, 그 단어들에 해당하는 음정의 주파수거나.

그게 무엇이든 내가 하룻밤에 알아낼 수는 없었다. 벌써 10시가 다 되어가고 있었으므로, 나는 알타이르인들을 우주선으로 돌려보내야 했다. 나는 그들이 일어서기를 기다렸다가, 노려보는 그들을 데리고 우주선으로 갔다. 그러고는 내 아파트로 돌아왔다.

자동응답기의 메시지 알림등이 반짝이고 있었다. 내가 쇼핑몰로 돌아가 공기 표본을 채취하기를 바라는 모스맨 박사일지도 몰랐다. 나는 재생 버튼을 눌렀다. "안녕하세요. 레드베터입니다." 성가대 지휘자의 목소리였다.

"쇼핑몰에서 만났었는데, 기억하세요? 당신께 말씀드릴 게 있습니다." 레드베터가 자신의 휴대폰 번호를 알려주었고, 집 전화번호도 다시 알려줬다. "손에 적어드렸던 번호가 지워졌을까 봐 다시 알려드리는 겁니다. 11시까지는 집으로 돌아갈 거예요. 그때까지 당신이 무엇을 하든 그 외계인 녀석들에게 크리스마스 캐럴은 절대로 들려주지 마세요."

두 번호 모두 응답이 없었다. 리허설 중에는 휴대폰을 꺼놓는 모양이었다. 시계를 보니 10시 15분이었다. 나는 전화번호부 책을 펴서 몬트뷰 감리교회의 주소를 찾은 뒤 교회를 향해 출발했고, 가는 길에 알타이르인들의 우주선이 있는 쪽으로 우회해서 아직도 우주선이 그 자리에 있는지, 그리고 혹시 포문을 열고 발포하기 시작했거나 불길한 불빛들을 번쩍이고 있는 건 아닌지 확인했다. 그런 일들은 일어나지 않았다. 우주선은 평소와 다름없이 스핑크스 같은 모습 그대로 있었다. 나는 안심이 됐다. 살짝.

교회까지 가는 데 20분이 걸렸다. 리허설이 끝나버려서 지휘자를 놓친 게 아니길 바랐는데, 다행히 주차장에 차들이 많았고 아직도 스테인드글라스 창문을 통해 불빛이 비쳐 나오고 있었다. 하지만 교회 앞문은 잠긴 채였다.

나는 건물을 돌아서 옆문으로 갔다. 옆문이 열려 있었는데 안쪽 어딘가에서 노랫소리가 들렸다. 나는 노랫소리를 따라 어두워진 복도를 걸어갔다.

노래가 가사 중간에 갑자기 멈췄다. 나는 잠깐 기다리며 귀를 기울여봤지만 노래는 다시 시작되지 않았다. 나는 문을 하나씩 열어봤다. 처음 문 세 개는 잠겨 있었지만 네 번째 문이 열리며 예배당이 나왔다. 여성 성가대가 맨 앞쪽에 서 있었고 그들과 마주 보고 서 있는 레드베터는 나를 등진 자세였다. "10페이지 맨 위." 레드베터가 이야기하고 있었다.

아직 교회에 있다니 정말 다행이었다. 나는 슬쩍 안으로 들어갔다.

"'오, 천사의 목소리를 들으라'부터입니다." 레드베터는 그렇게 말하고 오르간 연주자를 향해 고개를 끄덕이더니 지휘봉을 들어 올렸다.

"잠깐만요. 숨을 어디에서 쉬어야 하나요?" 한 여자가 물었다. "'목소리를' 다음인가요?"

"아니요, '신성한' 다음에서 쉬세요." 레드베터가 앞에 있는 보면대 위에 놓인 악보를 보면서 말했다. "그다음에는 13페이지 맨 아래에서 쉬면 됩니다."
또 다른 여자가 말했다. "알토 파트 한번만 연주해 주시겠어요? '무릎을 꿇어라'부터요."
리허설은 분명 꽤 오래 걸릴 것 같았고 나에겐 기다릴 여유가 없었다. 내가 성가대를 향해 통로를 따라 걸어가자 성가대원 모두가 악보에서 고개를 들어 나를 노려봤다.
고개를 돌린 레드베터의 얼굴이 환해졌다. 레드베터가 여자들에게로 다시 고개를 돌리고 말했다. "바로 돌아올게요." 그러고는 전속력으로 나에게 달려왔다. "안녕하세요, 멕. 그런데 무슨…?" 레드베터가 내게로 와서 물었다.
"방해해서 죄송해요. 남기신 메시지를 받았는데…."
"방해는 아니에요. 정말이에요. 어차피 거의 다 끝났어요."
"크리스마스 캐럴을 들려주면 안 된다는 게 무슨 뜻인가요? 쇼핑몰에서 가져온 CD에서 캐럴 몇 개를 틀어준 뒤에야 메시지를 확인했어요."
"그리고 무슨 일이 있었죠?"
"아무 일도 없었어요. 하지만 메시지에서…."
"무슨 노래들이었어요?"
"〈기쁘다 구주 오셨네〉랑…."
"4절까지 모두 다요?"
"아니요, 두 개 절만요. CD에 녹음된 건 그게 전부였어요. 1절이랑 '놀라운 그의 사랑'이 들어 있는 절이었어요."
"1절과 4절이군요." 레드베터가 다른 곳을 응시하며 말했고, 레드베터의 입술이 가사를 읊는 듯 빠르게 움직였다. "그 부분은 괜찮을 거예요…."
"무슨 의미죠? 왜 그런 메시지를 남겼어요?"
"알타이르인들이 〈목자들이 한밤중에〉의 가사에 문자 그대로 반응하고 있는 거라면 위험한 크리스마스 캐럴이 많아서요…."
"위험하다고요?"
"네. 〈동방박사 세 사람〉을 예로 들어보죠. 설마 그 노래를 들려주지는 않으셨죠?"

"아니요. 〈기쁘다 구주 오셨네〉랑 〈화이트 크리스마스〉만 들려줬어요."

"레드베터 선생님." 한 여자가 교회 앞쪽에서 소리쳤다. "얼마나 더 걸릴 것 같으세요?"

"곧 가겠습니다." 레드베터가 여자에게 대답한 뒤 내게로 다시 고개를 돌렸다. "〈목자들이 한밤중에〉는 어디까지 들려주셨나요?"

"'모두가 땅에 앉아 있었는데'가 나오는 부분까지만요."

"다른 절은 안 들려주셨고요?"

"네. 그런데 도대체…?"

"레드베터 씨." 같은 여자가 조급한 목소리로 말했다. "저희 중에 가야 할 사람이 있어요."

"곧 가겠습니다." 레드베터가 여자에게 큰 소리로 외친 뒤 내게 말했다. "5분만 기다려주세요." 그러고는 통로를 전속력으로 달려 성가대에게 돌아갔다.

나는 신도석 뒷자리에 앉아 찬송가 책을 집어서 〈동방박사 세 사람〉을 찾으려 했으나 말처럼 쉽지 않았다. 찬송가에 번호가 매겨져 있었지만 특정한 순서로 되어 있는 것 같지는 않았다. 나는 목차를 찾기 위해 책 뒤쪽을 펼쳤다.

"하지만 저희는 아직 〈이방인들의 구주여, 오소서〉도 못 해봤어요." 빨간 머리의 젊고 귀여운 여자가 말했다.

"그 곡은 토요일 밤에 하도록 하죠." 레드베터가 말했다.

목차를 봐도 〈동방박사 세 사람〉이 어디에 있는지 찾을 수 없었다. 목차에는 일련의 번호들(5.6.6.5와 8.8.7.D)이 있었고, 번호 밑에는 라반, 허슬리, 올리브즈 브라우, 아리조나와 같은 이상한 단어들이 암호처럼 적혀 있었다. 알타이르인들은 《다빈치 코드》처럼 캐럴 속에 숨겨진 일종의 암호 같은 것들에 반응하고 있었던 건 아닐까? 제발 그런 것이 아니기를 바랐다.

"저희가 거기로 몇 시까지 가면 될까요?" 여자들이 물었다.

"7시요." 레드베터가 말했다.

"그럼 〈이방인들의 구주여, 오소서〉를 다시 해볼 시간이 부족할 텐데, 그렇지 않을까요?"

"게다가 〈울면 안 돼〉는 어쩌죠?" 아까 그 빨간 머리 여자가 물었다. "제2소프라노 파트가 한 명도 없어요."

나는 목차를 포기하고 찬송가들을 훑어보기 시작했다. 간단한 찬송가 책 하나 이해하지 못하고서, 어떻게 우리와 전혀 다른 외계 종족의 의사소통 방식을 이해하길 바라겠는가? 그들이 소통하고 싶은 건지는 모르겠지만 말이다. 어쩌면 알타이르인들은 우리가 꽃을 보려고 걸음을 멈추듯이 음악을 듣기 위해 앉았던 것인지도 모른다. 아니면 그저 발이 아팠든지.

"어떤 신발을 신어야 하나요?" 성가대가 물었다.

"편한 신발로 신으세요." 레드베터가 말했다. "아주 오래 서 있게 될 거예요."

나는 계속해서 찬송가 책을 살살이 뒤졌다. 〈저 아기 잠들었네〉, 내가 제대로 찾고 있는 것이 틀림없었다. 〈햇불을 가져오거라, 쟈넷, 이사벨라〉, 거기 어디쯤 있어야 했다. 〈크리스마스 날 밤, 모든 이들이 노래를 부르네〉.

마침내 여자들이 자기 물건들을 챙겨 교회를 떠나고 있었다. "토요일에 만나요." 레드베터가 그들을 문밖으로 이끌면서 말했다. 귀엽게 생긴 빨간 머리 여자만이 문에서 레드베터를 붙잡고 이런저런 소리를 늘어놓았다. "저랑 남아서 제2소프라노 파트 한번 다시 해보는 건 어떠세요? 몇 분 걸리지 않을 거예요."

"오늘 밤에는 안 되겠습니다." 레드베터가 말했다. 빨간 머리 여자가 고개를 돌려 나를 노려보았는데, 나는 그 눈빛이 무엇을 의미하는지 정확히 알고 있었다.

"토요일 밤에 다시 말씀해주시겠어요? 그때 해보지요." 레드베터가 말했다. 그리고 문을 닫아서 여자를 내보내고 내 옆에 와서 앉았다. "죄송합니다. 토요일에 큰 공연이 있어서요. 자, 이제 외계인 이야기를 해보죠. 어디까지 이야기했었죠?"

"〈동방박사 세 사람〉이요. 당신이 그 가사가 위험하다는 이야길 했어요."

"아, 맞아요." 레드베터는 내게서 찬송가 책을 가져가더니 전문가다운 솜씨로 정확한 페이지를 펼친 다음 손가락으로 가리켰다. "4절. '슬퍼하며, 탄식하며, 피 흘리며, 죽어가며.' 알타이르인들이 돌처럼 차가운 무덤에 스스로 가둬버리길 원하지는 않으시겠죠?"

"당연하죠." 내가 열띤 목소리로 말했다. "〈기쁘다 구주 오셨네〉도 마찬가지로 위험하다고 하셨는데, 그 곡에는 어떤 내용이 들어 있나요?"

"고통과 죄악, 땅을 뒤덮는 가시덤불이 나와요."

"알타이르인들이 찬송가에서 하라는 대로 뭐든지 하고 있다고 생각하는 건가요? 그들이 찬송가를 따라야 할 명령처럼 대하고 있다고요?"

"잘 모르겠어요. 하지만 알타이르인들이 그러는 거라면, 그들이 하지 않았으면 좋겠다고 생각할 만한 온갖 행동들이 크리스마스 캐럴에 들어 있어요. 지붕 위를 뛰어다니고, 횃불을 가져오고, 아기들을 죽이고…."

"아기들을 죽인다고요?" 내가 말했다. "그건 어느 캐럴에 들어 있죠?"

"〈코번트리 캐럴〉이에요." 레드베터가 또 다른 페이지를 펼치며 말했다. "헤롯왕에 관한 대목이죠. 보이세요?" 레드베터가 가사를 가리켰다. "이날 그가 심히 노하여… 모든 어린 아기들을 죽였으니."

"맙소사. 그 곡이 쇼핑몰에서 가져온 캐럴에 들어 있었어요. CD로 받아 왔거든요." 내가 말했다. "당신을 보러 오길 정말 잘했네요."

"저도 그렇게 생각합니다." 레드베터가 나를 보며 활짝 웃었다.

"저에게 〈목자들이 한밤중에〉를 얼마만큼 틀어주었는지 물어보셨는데…." 내가 말했다. "그 캐럴에도 유아 학살 장면이 나오나요?"

"아니에요. 하지만 2절에 '두려움'과 '엄청난 공포'라는 가사가 있죠. '그들의 불안한 마음을 점령하라'도 있고요."

"절대로 알타이르인들이 그런 짓을 하게 해서는 안 돼요." 내가 말했다. "하지만 지금 저는 무엇을 해야 할지 모르겠어요. 알타이르인들과 의사소통할 방법을 구축하려고 9개월 동안이나 노력했는데, 그들이 처음으로 반응한 게 바로 그 노래였어요. 그런데 크리스마스 캐럴을 틀어줄 수 없다면…."

"틀어줄 수 없다는 말이 아닙니다. 알타이르인들에게 들려주는 캐럴에 살인이라든가 폭력 같은 게 들어 있는지 확인할 필요가 있다는 거죠. 쇼핑몰에서 틀어줬던 음악 CD를 가지고 있다고 하셨죠?"

"네. 제가 그들에게 틀어준 게 그 CD예요."

"레드베터 씨?" 망설이는 목소리가 들려왔다. 성직복을 입고 머리가 벗겨진 남자가 문에 기대어 있었다. "얼마나 더 계실 건가요? 문단속을 해야 해서요."

"아, 죄송합니다, 맥킨타이어 목사님." 레드베터가 자리에서 일어났다. "지금 나가겠습니다." 레드베터는 통로를 뛰어가 악보를 움켜쥐고 다시 돌아왔다. "고통에 참가하시죠, 그렇죠?" 레드베터가 맥킨타이어 목사에게 말했다.

'고통이라고? 내가 잘못 들은 것이 분명해.'

"글쎄요." 맥킨타이어 목사가 말했다. "제 핸들이 꽤 녹슬었거든요."

'핸들이라고? 이 사람들이 도대체 무슨 이야기를 하는 거지?'

"특히나 〈할렐루야 합창〉은 몇 년 만에 불러보는 거라서요."

'아, 핸들이 아니라 헨델 이야기였구나.'

"내일 11시에 삼위일체 성공회 성가대와 그 곡 리허설을 하는데, 오셔서 저희와 함께 연습해보실래요?"

"그래야겠네요."

"아주 좋습니다." 레드베터가 말했다. "그럼, 안녕히 주무세요." 레드베터가 나를 예배당 밖으로 안내했다. "주차는 어디에 하셨어요?"

"앞쪽에요."

"잘됐네요. 제 차도 거기에 있거든요." 그가 교회 옆문을 열었다. "제 아파트까지 뒤따라오시면 됩니다."

갑자기 눈앞에 주디스 고모의 얼굴이 환영처럼 눈부시게 어른거렸다. 고모는 나를 못마땅하다는 눈초리로 노려보면서 이렇게 말했다. "숙녀는 절대 남자가 사는 아파트에 혼자 들어가지 않아."

"쇼핑몰에서 받아온 CD를 가지고 오셨다고 하셨죠?"

나는 레드베터의 아파트로 가면서 혹시라도 레드베터가 빨간 머리 제

2소프라노와 사귀는 것은 아닌지 궁금하던 참이었는데, 이래서 별 근거도 없이 지레짐작하면 안 된다.

"제가 오는 길에 생각해봤는데요…." 아파트 건물에 도착했을 때 레드베터가 말했다. "우리가 첫 번째로 해야 할 일은, 알타이르인들이 '모두가 땅에 앉아 있었는데' 부분에서 정확히 어떤 요소에 반응했는지 알아내는 것입니다. 음정에 반응한 건지, 단어들에 반응한 건지…. 물론 이전에도 알타이르인들이 음악에 노출됐었다고 말씀하셨던 거 압니다. 하지만 그 음들이 이루는 특정한 배열에 반응했을 수도 있어요."

나는 알타이르인들에게 그 캐럴의 가사를 읊어주었던 일을 레드베터에게 말해줬다.

"좋아요, 그렇다면 다음으로 우리가 해야 할 일은 혹시 반주 음악에 반응하는지 알아보는 일입니다." 레드베터가 문을 열면서 말했다. "아니면 박자나 키에."

"키요?" 내가 레드베터의 손에 들려 있는 열쇠들을 내려다보며 말했다.

"네. 영화 〈위기의 암호명〉 보셨어요?"

"아니요."

"대단한 영화예요. 우피 골드버그가 출연했지요. 그 영화에서 음조의 키가 정보 요원의 암호였어요. 문자 그대로 B플랫이 암호였죠. 〈목자들이 한밤중에〉의 키는 C지만, 〈기쁘다 구주 오셨네〉의 키는 D예요. 그래서 〈기쁘다 구주 오셨네〉에는 반응하지 않았는지도 몰라요. 아니면 특정 악기 소리에만 반응하는 것일 수도 있고요. 알타이르인들에게 베토벤의 어떤 음악을 들려줬죠?"

"9번 교향곡이었어요."

레드베터가 눈살을 찌푸렸다. "그렇다면 그랬을 가능성은 없군요. 하지만 〈목자들이 한밤중에〉의 반주에 기타나 마림바 같은 악기가 사용되었을 수도 있어요. 한번 들어보죠. 들어오세요." 레드베터가 그렇게 말하면서 문을 열더니 곧장 침실 안으로 사라져버렸다. "냉장고에 탄산음료가 있어요." 레드베터는 침실에서 밖을 향해 큰 소리로 내게 말했다. "쭉 들어가서 앉아 있으세요."

말처럼 쉽지는 않았다. 소파와 의자, 커피 탁자가 온통 CD와 악보와 옷가지들로 뒤덮여 있었다. "미안해요." 레드베터가 노트북 컴퓨터를 가지고 돌아오며 말했다. 레드베터는 노트북을 책더미 위에 놓고, 내가 의자에 앉을 수 있도록 수북이 쌓인 빨랫감을 치웠다. "12월은 고약한 달이에요. 게다가 올해는 늘 해왔던 콘서트 5천 개와 교회 예배들과 칸타타 공연들에다 고통(aches)까지 지휘하고 있거든요."

그렇다면 내가 아까 잘못 들었던 것이 아니었다. "고통이라뇨?"

"아, A-C-H-E-S, '명절맞이 전국 초교파 합창제(All City Holiday Ecumenical Sing)'요. 우리 중학교 1학년 여자애들은 '고통과 고난'이라고 부르긴 하죠. 아주 거대한 콘서트예요. 뭐, 관객들까지 다 함께 노래를 부르니, 정확히 말하자면 콘서트는 아니에요. 하지만 전국의 모든 시립 합창단과 교회 성가대 들이 합창제에 참가합니다." 레드베터는 소파에 쌓여 있던 레코드판들을 바닥에 내려놓고 내 맞은편에 앉았다. "매년 덴버에서 열려요. 컨벤션센터에서요. 합창제에 가보신 적 있으세요?" 레드베터가 물었다. 난 고개를 가로저었다. "꽤 감동적입니다. 작년에는 44개 합창단에 3천 명이 참가했어요."

"당신이 그것을 지휘한다고요?"

"네, 사실 교회 성가대들을 지휘하기보다 훨씬 쉽죠. 중학교 1학년 여학생 합창단 지휘보다는요. 게다가 재밌기도 해요. 본래는 참가한 사람들이 모두 함께 모여서 헨델의 〈메시아〉를 부르는 '전국 메시아 합창제'였어요. 그런데 유니테리언 교파*에서 솔스티스** 노래를 넣어달라고 요구한 뒤 일이 눈덩이처럼 커져버렸죠. 지금은 하누카*** 노래들과 〈즐거운 크리스마스 보내세요〉와 〈콴자****의 일곱 밤〉도 부르죠. 크리스마스 캐럴과 〈메시

---

* 삼위일체론을 반대하고 예수의 신성을 부정하는 교파
** 하지와 동지. 유니테리언 교파는 하지와 동지를 기념한다.
*** 히브리력에 따라 겨울에 열리는 유대교 축제
**** 12월 26일에서 1월 1일까지 이어지는 일부 아프리카계 미국인들의 축제

아〉 중에서 선정한 곡들도 물론 부르고요. 아 참, 그 노래들도 알타이르인들이 들으면 안 돼요."

"거기에도 유아 학살 장면이 들어 있나요?"

"머리를 박살 내죠. '당신이 그들을 쇠몽둥이로 부수고'와 '그들을 내동댕이쳐서'라는 가사가 있어요. 상처를 입히고, 두들겨 패고, 칼로 베고, 조롱하고, 경멸하며 비웃기도 하죠."

"사실 알타이르인들은 경멸에 관해서는 이미 잘 알고 있어요." 내가 말했다.

"나라들을 뒤흔드는 것에 관해서는 모르길 바랍니다. 어둠으로 땅을 뒤덮는 것에 관해서도 말이죠." 그가 노트북을 열었다. "좋아요. 제가 첫 번째로 하려는 일은 그 캐럴을 살펴보는 일입니다. 그러고 나서는 보컬 부분만 틀어줄 수 있도록 반주 부분을 없앨 거예요."

"저는 무엇을 하면 되죠?"

"당신은…." 지휘자가 다시 다른 방 안으로 사라지더니 높이가 족히 30센티미터쯤 되는 낱장 악보와 악보집 더미를 가지고 돌아와서 내 무릎 위에 내려놓았다. "알타이르인들이 듣지 않았으면 하는 노래들을 모두 목록으로 만들어주세요."

나는 고개를 끄덕이고 《거룩하고 즐거운 크리스마스 노래집》을 훑어보기 시작했다. 캐럴은 평화와 온정에 대한 노래라고 늘 생각했었는데, 폭력적인 가사가 담긴 캐럴이 그렇게 많다니 놀라울 따름이었다. 유아 학살 장면은 〈코번트리 캐럴〉에만 있는 게 아니라 〈크리스마스 날이 왔어요〉에도 있었다. 게다가 거기에는 죄악과 전투와 군사들에 대한 언급도 있었다. 〈곧 오소서, 임마누엘〉에는 전투는 물론 질투와 다툼이 나왔고 〈호랑가시나무와 담쟁이덩굴〉에는 가시덤불과 피와 곰이 나왔다. 〈선한 왕 웬체슬라스〉는 사람들에게 살코기를 가져다주고 피를 얼리고 심장을 멈추는 잔인함에 관해 이야기하고 있었다.

"크리스마스 캐럴들이 이렇게 잔인할 줄은 꿈에도 몰랐어요." 내가 말했다.

"부활절 노래들을 들어보세요." 레드베터가 말했다. "보다가 '앉아(seated)'라는 가사가 들어 있는 노래가 있는지 찾아보세요. 그러면 알타이르인들이 바로 그 단어에 반응하고 있는 것인지 알 수 있겠죠."

나는 고개를 끄덕이고 다시 가사들을 읽기 시작했다. 〈주님 앞에 떨며 서서〉에 나오는 사람들은 앉아 있는 게 아니라 서 있었고, 가사에는 '공포', '전율하는'이란 단어들과 함께 자기 자신을 거룩한 음식으로 바치는 구절도 있었다. 〈저 들 밖에 한밤중에〉에는 '피'라는 단어가 있었고, 목자들은 앉지 않고 누워 있었다.

어떤 크리스마스 노래에 '앉아'가 들어 있지? 나는 기억해내려고 애를 썼다. 〈징글벨〉 가사에 미스 누군가가 어떤 사람 옆에 앉아 있다는, 뭐 그런 내용이 있었던 것 같은데?

그래, 〈징글벨〉에 '앉아'라는 단어가 있었다. 〈건배, 건배〉의 가사에는 불 옆에 '앉아 있는(sitting)'이란 구절은 있었지만 '앉아'는 없었다.

나는 계속 찾아봤다. 비종교적인 크리스마스 노래들도 캐럴만큼 끔찍했다. 심지어 〈크리스마스에 아무것도 못 받아요〉 같은 동요도 야구 방망이로 사람 머리를 아작내는 이야기를 신나게 해댔고, 〈할머니가 순록에게 치었어요〉 같은 유형의 노래들은 장르 하나를 완전히 새로 이루고 있는 것 같았다. 〈할머니의 죽여주는 과일 케이크〉, 〈길에서 치어 죽은 순록을 봤어요〉, 〈할아버지가 산타를 고소할 거래요〉.

가사가 폭력적이지 않을 때도 '온 땅을 지배하라'든가 '우리를 다스릴지니' 같은 구절들이 들어 있어서, 알타이르인들이 듣는다면 우리가 지구 정복을 요청한다고 생각하게 될지도 몰랐다.

해롭지 않은 캐럴이 몇 개쯤은 있을 거라고 생각하면서 나는 〈그 어린 주 예수〉를 목차에서 찾아봤다. 찬송가 책에는 없었지만 《거룩하고 즐거운 크리스마스 노래집》에는 분명히 수록되어 있었다. '…그의 사랑스러운 머리를 눕히고… 하늘의 별들….' 폭력은 없군. 그 노래는 목록에 확실히 넣을 수 있었다. '사랑… 축복….'

'그리고 저희를 당신과 함께 그곳 천국으로 데려가소서.' 해로운 구절은 아니어도 알타이르인들에게는 전혀 다른 의미가 될 수 있다. 나는 독수리자리로 돌아가는 우주선에 타고 싶지 않았다. 아니 그들이 어디에서 왔든 그곳으로 가고 싶지 않았다.

레드베터와 나는 거의 새벽 3시까지 일했다. 그 결과 우리는 '모두가 땅에 앉아 있었는데' 부분의 보컬과 반주, 그리고 레드베터가 피아노와 기타와 플루트를 연주하고 내가 녹음한 선율들과, 비록 좀 짧기는 하지만 알타이르인들이 안전하게 들을 수 있는 노래들의 목록과, '앉아(seated)'와 '앉다(sit)'와 '앉아 있는(sitting)'이 들어간 노래들의 더욱더 짧은 목록을 갖게 되었다.

"정말 감사드려요, 레드베터 씨." 내가 코트를 입으며 말했다.

"캘빈이라고 불러요."

"캘빈. 어쨌든 고마워요. 어떻게 감사해야 할지 모르겠네요. 알타이르인들에게 이 노래들을 들려준 다음에 결과를 알려줄게요."

"멕, 지금 농담하시는 거죠?" 캘빈이 말했다. "노래를 들려줄 때 저도 함께 있고 싶습니다."

"하지만 제 생각에는… 당신은 그 고통인가 뭔가 때문에 합창단들과 리허설을 하셔야 되지 않나요?" 나는 캘빈이 자동응답기에 남겨 놓았던 빽빽한 일정을 떠올리며 말했다.

"네. 교향악단과도 리허설이 있고, 교회 성가대와 유치원 합창단과 크리스마스이브 예배를 위해 핸드벨 합창단과도 리허설을 해야 하지요…."

"어머, 제가 너무 늦은 시간까지 붙잡아두고 있었군요." 내가 말했다. "정말 죄송해요."

"지휘자들은 12월에 잠을 안 자요." 캘빈이 유쾌한 목소리로 말했다. "제가 하려고 했던 말은, 리허설 중간중간과 내일 오전 11시까지는 제가 한가하다는 거였어요. 얼마나 일찍 알타이르인들을 데려오실 수 있으세요?"

"알타이르인들은 우주선에서 보통 아침 7시쯤 나오지만, 그들과 일하고 싶은 위원이 있을 수도 있어요."

"모닝커피도 마시기 전에 그 번쩍거리는 얼굴들을 보고 싶어 하는 사람이 있을 거라고요? 제가 장담하는데, 당신이 알타이르인들을 독차지할 수 있을 거예요."

캘빈의 말이 아마도 맞을 것이다. 나는 알타이르인들을 만나려면 온종일 마음의 준비를 해야 한다던 자비스 박사의 말이 떠올랐다. "저들은 제가 중학교 1학년 때 담임선생님과 정말 똑같이 생겼어요."

"정말로 아침에 눈 뜨자마자 알타이르인들을 마주하고 싶으세요?" 내가 물었다. "알타이르인이 노려보는 눈빛은…."

"하고 싶었던 솔로를 못 맡게 된 제1소프라노의 눈빛에 비하면 아무것도 아니죠. 걱정하지 말아요. 알타이르인쯤은 다룰 수 있어요." 캘빈이 말했다. "그들이 무엇에 반응하는지 빨리 알아내고 싶어서 견딜 수가 없네요."

우리가 알아낸 것은 정말이지 아무것도 아니었다.

캘빈의 말이 맞았다. 알타이르인들이 모습을 드러냈을 때, 대학본부 밖에서 그들을 기다리는 사람은 우리밖에 없었다. 나는 그들을 떠밀어 음향실 안으로 들어간 뒤 문을 잠그고 캘빈에게 전화했다. 캘빈은 곧장 스타벅스 커피와 한 아름의 CD를 안고 음향실로 왔다.

"어이쿠!" 캘빈이 스피커 옆에 서 있는 알타이르인들을 보더니 말했다. "제1소프라노와는 비교할 게 아니군요. 이건 제가 '안 돼. 합창단 공연 도중에 문자 보내는 거 아니야.'라든가 '얼굴에 반짝이 파우더 바르지 마.'라고 중학교 1학년짜리에게 말했을 때 저를 쏘아보는 눈빛에 더 가깝네요."

내가 고개를 가로저었다. "주디스 고모가 노려보는 눈빛이에요."

"사람들 머리를 산산조각으로 때려 부수는 부분을 들려주지 않기로 한 건 정말 잘했군요." 캘빈이 말했다. "저들이 인간들을 몽땅 죽여버리려고 지구에 온 게 아니라는 건 확실한가요?"

"잘 모르겠어요." 내가 말했다. "그래서 저들과의 의사소통 방법을 찾아야 해요."

"그렇죠." 캘빈이 전날 밤 우리가 녹음했던 반주를 틀었다. 아무 일도 일어나지 않았다. 피아노와 기타와 플루트로 이루어진 선율을 틀었을 때도 마찬가지였다. 하지만 보컬 부분만 따로 틀어주자 알타이르인들은 바로 그 자리에 앉았다.

"확실히 가사가 원인이네요." 캘빈이 말했다. 우리가 〈징글벨〉을 들려주자 그들은 '내 옆에 앉아(seated)'에서 다시 앉았다. 그로써 캘빈의 이론이 확인되는가 싶었다. 하지만 뮤지컬 〈아가씨와 건달들〉의 첫머리에 나오는 〈앉아요(Sit down), 배가 흔들리잖아요〉를 틀었을 때나 〈바닷가 부두에 앉아서(sittin')〉를 틀었을 때, 알타이르인들은 앉지 않았다.

"'앉아(seated)'라는 단어 때문이군요." 내가 말했다.

"아니면 크리스마스 노래에만 반응하거나." 캘빈이 말했다. "알타이르인들에게 틀어줄 수 있는 캐럴이 더 남았나요?"

"있기는 한데 '앉아(seated)'가 들어 있지는 않아요." 내가 말했다. 〈크리스마스에 내가 원하는 건 앞니 두 개뿐〉에 나오는 가사는 '앉아 있는(sitting)'이거든요."

우리는 알타이르인들에게 〈크리스마스에 내가 원하는 건 앞니 두 개뿐〉을 틀어줬다. 아무런 반응이 없었다. 하지만 뮤지컬 〈메임〉에 나오는 〈우리에게는 약간의 크리스마스가 필요해요〉를 틀어주자, 알타이르인들은 '앉아 있는(sitting)'이라는 단어가 나오자마자 그 자리에 앉았다.

캘빈은 그 캐럴에서 '내 어깨에 앉아 있는 한 명의 천사가 필요해요'라는 가사 중 '앉아 있는'이 나오는 구절 외의 나머지를 잘라냈다. 우리가 원하는 것은 우리 어깨에 앉아 있는 알타이르인들이 아니었기 때문이었다. 그러고서 캘빈은 나를 쳐다봤다. "도대체 왜 〈우리에게는 약간의 크리스마스가 필요해요〉에 나오는 '앉아 있는'에는 반응하면서, 〈크리스마스에 내가 원하는 건 앞니 두 개뿐〉에 나오는 '앉아 있는'에는 반응하지 않는 걸까?" 캘빈이 혼잣말했다.

나는 "그거야 〈크리스마스에 내가 원하는 건 앞니 두 개뿐〉이 정말 형편없는 노래라서 그렇죠."라고 말하고 싶었지만 참았다. "목소리 때문일까요?" 내가 넌지시 말했다.

"그럴 수도 있겠네요." 캘빈이 CD들을 뒤져서 스태틀러 브라더스가 노래한 〈우리에게는 약간의 크리스마스가 필요해요〉를 찾아냈다. 알타이르인들은 정확히 같은 부분에서 그 자리에 앉았다.

그러니 목소리 때문이 아니었다. 크리스마스 노래에만 반응하는 것도 아니었다. 캘빈이 뮤지컬 〈1776〉의 첫 곡을 틀어주었을 때, 대륙회의 의원들이 노래로 존 애덤스에게 앉으라고 명령하자, 알타이르인들이 다시 자리에 앉았다. 더욱이 '앉다(to sit)'라는 의미가 들어간 가사 때문도 아니었다. 우리가 〈하누카 송〉을 틀어주자 그들은 진지하게 제자리에서 빙빙 돌았다.*

"좋아요. 교파를 뛰어넘는다는 사실은 알아냈군요." 캘빈이 말했다.

"정말 다행이에요." 나는 트레셔 목사가 떠올랐다. 알타이르인들이 크리스마스 캐럴에 반응했다는 것을 트레셔 목사가 알아낸다면 그는 뭐라고 말할까. 하지만 '지구는 다시 공전하네'라는 구절이 있는 유니테리언 교파의 솔스티스 노래를 틀어주자 그들은 서서 노려보기만 했다.

"혹시 s로 시작되는 단어 때문이 아닐까요?" 내가 말했다.

"그럴지도 모르죠." 캘빈이 잇달아 〈눈이 내렸어요(The Snow Lay on the Ground)〉와 〈울면 안 돼(Santa Claus Is Coming to Town)〉와 〈수지 스노우플레이크(Suzy Snowflake)〉를 틀어줬다. 하지만 아무 일도 일어나지 않았다.

10시 45분이 되자 캘빈은 성가대 리허설에 가기 위해 떠났다. "리허설은 삼위일체 성공회 성당에서 있어요. 저를 만나시려면 정오에 그곳으로 오시면 됩니다." 캘빈이 말했다. "그러면 성공회 성당에서 제 아파트로 곧바로 갈 수 있어요. 저들이 반응했던 구절들의 주파수 형태를 분석해보고 싶네요."

"좋아요." 나는 대답했다. 그리고 알타이르인들을 와카무라 박사에게 데려다줬다. 와카무라 박사는 '크랩트리 앤 에블린' 매장에서 파는 향수들을 알타이르인들에게 뿌려보고 싶어 했다. 나는 알타이르인들이 와카무라 박사를 노려보도록 내버려둔 채 모스맨 박사의 사무실로 갔다. 모스맨 박사는 사무실에 없었다. "페인트 표본들을 모으러 쇼핑몰로 가셨어요." 자비

---

* 〈하누카 송〉에는 '돌리다(spin)'라는 가사가 들어 있다.

스 박사가 말했다.

모스맨 박사의 휴대폰으로 전화했다. "박사님, 제가 몇 가지 실험을 해봤는데…." 내가 말했다. "알타이르인들이…."

"나중에. 지금 미국화학학회에서 올 중요한 전화를 기다리는 중일세." 모스맨 박사는 그렇게 말하고 전화를 끊어버렸다.

나는 음향실로 돌아갔다. 그리고 케임브리지 소년 합창단과 바브라 스트라이샌드와 베어네이키드 레이디스의 크리스마스 앨범들을 들으며, 동사 '앉다(sit)'와 '돌리다(spin)'의 변화형을 포함하면서도 유혈 사태가 나오지 않는 노래들을 찾으려고 애썼다. 동사 '돌다(turn)'가 나오는 경우들도 찾아봤다. 알타이르인들은 솔스티스 노래들에 나오는 '돌다'에 반응하지 않았지만, 그렇다고 해서 그것이 뭔가를 입증한다는 확신은 없었다. 그들은 〈크리스마스에 내가 원하는 건 앞니 두 개뿐〉에 나오는 '앉아 있는'에도 반응하지 않았다.

정오에 나는 캘빈을 만나기 위해 삼위일체 성공회 성당에 갔다. 리허설은 아직 끝나지 않았고, 곧 끝날 것 같지도 않았다. 캘빈이 합창을 시작했다 멈추기를 반복하며 말했다. "베이스, 두 박자 빨리 들어오고 있어요. 알토, '노래하면서'는 A플랫이라니까요. 다시 해보죠. 8페이지 위쪽부터."

성가대는 같은 악절을 네 번이나 다시 불렀지만 별다른 진전이 없었다. 결국 캘빈이 말했다. "자, 이제 그만 하죠. 모두 토요일 밤에 만나요."

"우리는 도입부를 절대로 못 마칠 거예요." 몇몇 성가대원들이 악보를 챙기며 투덜거렸고, 어제저녁에 보았던 대머리 성직자 맥킨타이어 목사는 완전히 의기소침한 모습이었다.

"아무래도 저는 노래를 부르지 말아야겠어요." 맥킨타이어 목사가 캘빈에게 말했다.

"아니요, 하셔야 해요." 캘빈이 맥킨타이어 목사 어깨 위에 손을 올렸다. "걱정하지 마세요. 결국엔 다 돼요. 두고 보시면 알 겁니다."

"정말 그렇게 믿으세요?" 맥킨타이어 목사가 나간 뒤 내가 캘빈에게 물었다.

캘빈은 웃었다. "지금 저 사람들의 노래를 들어서는 믿기 힘드시겠죠. 저도 늘 사람들이 할 수 있을 거라고 생각하지는 않았어요. 하지만 아무리 리허설이 엉망진창이더라도 막상 무대에 올라가면 어떻게든 해내고 말지요. 인간에 대한 믿음을 회복하기에 충분할 정도로요." 그러고는 캘빈이 얼굴을 찌푸렸다. "당신이 오면 함께 주파수 형태들을 살펴보려고 했는데…."

"그렇게 해요." 내가 말했다. "왜요?"

캘빈이 내 뒤쪽을 가리켰다. 그곳에는 알타이르인들이 맥킨타이어 목사와 함께 서 있었다. "이들이 밖에 있더군요." 맥킨타이어 목사가 미소를 지으며 말했다. "길을 잃은 게 아닌가 걱정돼서요."

"아, 맙소사. 저를 따라왔나 봐요. 정말 죄송합니다." 내가 말했다. 딱히 맥킨타이어 목사가 그들에게 겁먹은 것 같지는 않았지만, 그렇게 말할 수밖에 없었다.

"저는 괜찮아요." 맥킨타이어 목사가 말했다. "제 설교가 맘에 들지 않을 때 신도들의 짜증스러워하는 표정에 비하면 아무것도 아니에요."

"제가 저들을 다시 데려갈게요." 내가 캘빈에게 말했다.

"아닙니다. 기왕 저들이 여기에 왔으니 차라리 제 아파트로 데리고 가서 노래를 좀 더 들려주는 편이 낫겠어요. 우리에게는 더 많은 자료가 필요해요."

나는 어찌어찌 그들 여섯 모두를 내 차 안에 쑤셔 넣어 캘빈의 아파트로 데려갔다. 그리고 내가 그들에게 노래를 몇 곡 더 틀어주는 동안 캘빈이 주파수 형태를 분석했다. 그들이 노래의 질적인 차이나 가수가 누구냐에 따라 반응하는 게 아니라는 것만은 분명했다. 알타이르인들은 윌리 넬슨의 〈예쁜 포장지〉에는 앉으려 하지 않았지만, 1940년대에 아이들이 소름 끼치는 가성으로 녹음한 〈꼬마 아가씨 머펫〉을 듣고는 그 자리에 앉았다.

단어의 의미 때문도 아니었다. 내가 알타이르인들에게 라틴어로 된 〈참 반가운 성도여〉를 틀어주었을 때, 합창단이 "당신께 영광이 있나이다(*tibi sit gloria*)"라는 구절을 부르자 알타이르인들이 앉았다.

"저들이 소리를 있는 그대로 받아들이고 있다는 증거예요." 그들이 우리의 대화를 들을 수 없는 부엌으로 내가 캘빈을 데려가자 캘빈이 말했다.

"네. 알타이르인들이 동음이의어를 듣지 않게 확인해야 한다는 의미죠." 내가 말했다. 〈아름답게 장식하세(Deck the Halls)〉도 들려주면 안 돼요. 누굴 때려눕히기라도 할까 봐 겁나네요."*

"'구유에 눕혀진(laid in a manger)'이라는 구절도 절대로 들려주면 안 되죠." 캘빈이 씩 웃으면서 말했다.**

"재미없어요." 내가 말했다. "이런 식으로 가다가는 아무것도 못 틀어주겠어요."

"분명 문제없는 노래들이 있을 거예요…."

"도대체 무슨 노래들이요?" 나는 절망감에 빠졌다. "〈나에게는 나를 따뜻하게 감싸줄 연인이 있어요〉는 불타는 심장에 관해 이야기하고 있고, 저들이 〈크리스마스 타이드〉를 들었다가는 쓰나미를 일으킬지도 모르고, 〈오늘 저희 안에서 태어나소서〉는 영화 〈에이리언〉의 한 장면 같잖아요."

"그러게요." 캘빈이 말했다. "걱정하지 마세요. 무언가 찾아낼 거예요. 이리 와봐요. 제가 도와줄게요." 캘빈은 부엌 식탁을 치우더니, 낱장으로 된 악보 더미와 앨범과 CD들을 가져와서 나를 맞은편에 앉혔다. "제가 노래를 찾을 테니 당신이 가사를 확인해주세요."

우리는 그 곡들을 훑어보기 시작했다. "안 되고…, 안 되고…, 〈크리스마스에 벨 소리를 들었어요〉는 어떨까요?"

"안 돼요." 내가 가사를 살펴보고 말했다. "가사에 '미워하다', '잘못된', '죽은', '절망'이 들어 있어요."

"재밌군요." 캘빈이 말했다. 우리가 더 많은 노래를 살펴보는 동안 잠시 침묵이 흘렀다. "존 레넌의 〈해피 크리스마스〉는요?"

나는 고개를 저었다. "'전쟁', '싸움', '공포'."

다시 침묵이 흘렀다. 그러다 캘빈이 입을 열었다. "크리스마스에 제가

---
* deck은 '장식하다'라는 뜻 외에 '때려눕히다'라는 뜻도 있다.
** lay의 과거분사인 laid는 '눕혀진'이라는 뜻 외에 '술이나 마약에 취해 있는', '섹스하는'이라는 뜻도 있다.

원하는 건 당신뿐이에요."

나는 화들짝 놀라서 고개를 들고 캘빈을 바라봤다. "뭐라고 하셨어요?"

"〈크리스마스에 제가 원하는 건 당신뿐이에요(All I Want for Christmas is You)〉." 캘빈이 되풀이해서 말했다. "노래 제목이에요. 머라이어 캐리."

"아." 내가 가사를 찾아봤다. "제 생각에는 괜찮을 것 같아요. 살인이라든가 폭력 따위는 보이지 않네요." 하지만 캘빈은 고개를 저었다.

"다시 생각해보니 들려주지 않는 게 낫겠어요. 사랑이 전쟁보다 훨씬 더 위험할 수 있죠."

나는 거실 쪽을 바라봤다. 거실에는 알타이르인들이 문이 열린 틈으로 나를 노려보며 서 있었다. "저들이 지구 여자들을 훔쳐 가기 위해 왔다고는 생각하지 않아요."

"하지만 저들이 그런 생각을 하게 해서도 안 되겠죠."

"그럼요." 내가 말했다. "절대로 그러면 안 되죠."

우리는 다시 노래 찾는 일로 돌아갔다. "〈크리스마스엔 집에 있을 거예요〉는 어때요?" 캘빈이 패티 페이지의 앨범을 들어 보이며 말했다.

〈크리스마스엔 집에 있을 거예요〉는 심사를 통과했어도 알타이르인들은 그 노래에 반응하지 않았고, 에드 에임스가 부르는 〈크리스마스 당나귀의 발라드〉에도, 미스 피기가 부르는 〈산타 베이비〉에도 반응하지 않았다.

그들의 반응에 무슨 규칙이나 이유가 있는 것 같지는 않았다. 키, 음정, 악기 모두 달랐다. 앤드루스 시스터스에는 반응했지만 랜디 트래비스에는 반응하지 않았고, 줄리 앤드루스의 〈깨어나라, 깨어나라, 졸고 있는 영혼들아〉에 반응하는 것으로 보아 목소리 때문도 아니었다. 우리는 줄리 앤드루스가 부른 〈실버벨〉도 틀어줬다. 그들은 웃지 않았고(별로 놀랍진 않았다) 분주히 움직이지도 않았지만, 신호등 불빛들이 빨간색과 초록색으로 깜빡이는 대목에 이르러서는 그들 여섯 모두 눈을 깜빡였다. 우리는 같은 앨범에서 〈일어나라, 목자여, 그리고 따르라〉를 틀어줬다. 하지만 그들은 그냥 앉아 있었다.

"〈크리스마스 왈츠〉는 어떨까요?" 내가 앨범 표지를 보며 말했다.

캘빈이 고개를 저었다. "그 노래에도 사랑이 들어 있어요. 분명히 남자친구 없다고 하셨죠, 맞죠?"

"맞아요." 내가 말했다. "알타이르인이랑 데이트할 생각도 없고요."

"좋네요." 캘빈이 말했다. "자, 그럼 '깜빡이다'가 들어간 노래가 뭐 또 없을까요?"

캘빈이 교향악단과 리허설을 하러 떠날 때까지도 우리는 별다른 진전이 없었다. 나는 알타이르인들을 다시 와카무라 박사에게 데려다주었는데, 박사는 그들을 보는 게 그다지 달갑지 않은 모양이었다. 나는 '깜빡이다'가 들어간 노래를 찾으려 애를 썼지만 소용없었고, 저녁을 먹은 후에 다시 캘빈의 아파트로 갔다.

캘빈은 벌써 아파트로 돌아와 일하는 중이었다. 나는 낱장으로 된 악보들을 살펴보기 시작했다. "〈기뻐하라 온 세상 만민들아〉는 어떨까요?" 내가 말했다. "가사에 '고개를 숙이다'라는 부분이 있네요." 그때 전화벨이 울렸.

캘빈이 전화를 받았다. "무슨 일이니, 벨린다?" 캘빈은 잠시 귀를 기울여 듣더니 "멕, TV 좀 켜봐요."라고 말하면서 리모컨을 내게 건네줬다.

텔레비전을 켰다. 화성인 마빈이 벅스 버니에게 지구를 불태워버릴 계획이라고 말하고 있었다. "CNN이요." 캘빈이 말했다. "40번 채널요."

채널 번호를 누른 게 후회스러웠다. 트레셔 목사가 기자들이 떼거리로 몰려 있는 음향실 앞에 서서 이렇게 말하고 있었다. "…어제 알타이르인들이 쇼핑몰에서 보였던 행동에 대한 해답을 발견했다는 발표를 하게 되어 매우 기쁩니다. 그때 쇼핑몰의 음향 시스템을 통해 크리스마스 캐럴이 방송되고 있었는데…."

"아, 안 돼." 내가 말했다.

"감시카메라 테이프에 소리는 녹음 안 됐잖아요?" 캘빈이 말했다.

"안 됐어요. 쇼핑몰에 비디오카메라를 가지고 있던 사람이 또 있었겠죠."

"…알타이르인들은 그 거룩한 노래들을 듣자…." 트레셔 목사가 말하고 있었다. "그 메시지 속에 담긴 진리와 하나님의 복된 말씀이 지닌 능력에 압도되어…."

"맙소사." 캘빈이 말했다.

"…자신들의 죄를 회개하며 땅바닥에 주저앉았습니다."

"말도 안 돼." 내가 말했다. "그냥 앉았던 거잖아."

"지난 9개월 동안 과학자들은 왜 알타이르인들이 우리 행성으로 왔는지 알아내고자 노력해왔습니다. 하지만 진작에 그 대신 성스러운 우리 구세주께로 고개를 돌려야 했습니다. 모든 해답이 그분 안에 있기 때문입니다. 알타이르인이 왜 이곳으로 왔을까요? 바로 구원받기 위해서입니다. 그들은 거듭나기 위해서 왔습니다. 여러분에게 보여드리겠습니다." 트레셔 목사가 크리스마스 캐럴 CD 한 장을 들어 보였다.

"아! 안 돼!" 캘빈과 내가 동시에 소리쳤다. 나는 휴대폰을 집어 들었다.

"알타이르인들은 과거의 동방박사들처럼 그리스도를 찾아 이곳으로 왔습니다. 이는 기독교만이 유일하게 참된 종교임을 증명하고 있습니다." 트레셔 목사가 말했다.

한참을 기다려도 모스맨 박사는 전화를 받지 않았다. 마침내 박사가 전화를 받았다. "모스맨 박사님, 알타이르인들에게 크리스마스 캐럴을 들려주면 절대로…."

"지금은 이야기할 수 없네." 모스맨 박사가 말했다. "우리는 지금 기자회견 중이야." 그리고 박사가 전화를 끊어버렸다.

"모스맨 박사…." 나는 재다이얼 버튼을 눌렀다.

"그럴 시간이 없어요." 캘빈이 자기 열쇠들과 내 코트를 낚아챘다. "어서요. 제 차를 타죠." 우리가 요란스럽게 아래층으로 내려가는 동안 캘빈이 말했다. "기자들이 엄청나게 많이 있었어요. 그런데 트레셔 목사는 지구에 사는 모든 유대교도와 이슬람교도, 불교도, 주술사, 비복음주의 기독교인들까지 열받게 만들 말을 해버린 거예요. 재수 좋으면 우리가 그곳에 도착할 때까지 기자들의 질문에 답하고 있을 거예요."

"재수가 없으면요?"

"알타이르인들이 불안한 마음들을 점령하러 나올 테니 우리는 성전을 치러야겠죠."

우리는 가까스로 늦지 않게 도착했다. 캘빈의 예상대로 엄청나게 많은 질문이 쏟아지고 있었는데, 트레셔 목사가 낙태 문제와 동성애자 결혼 문제 그리고 다음 선거에서 모든 행정직에 공화당원들을 선출해야만 할 필요성에 관해 알타이르인들이 자기와 뜻을 같이했다고 말한 뒤에는 더 많은 질문이 쏟아졌다.

하지만 아우성치는 기자들이 계단과 문과 복도까지 막고 있어서 그들을 뚫고 지나간다는 것은 불가능에 가까웠다. 우리가 음향실에 도착했을 때 트레셔 목사는 반투명 거울 너머에서 무릎을 꿇고 앉아 있는 알타이르인들을 자랑스럽게 가리키며 기자들에게 말하고 있었다. "보시다시피, 크리스마스 메시지를 들은 알타이르인들이 존경심에 무릎을 꿇었고…."

"아, 안 돼요. 〈오, 거룩한 밤〉을 듣고 있는 게 분명해요." 내가 말했다. "아니면 〈구주 탄생하실 때〉를 듣고 있거나."*

"저들에게 무엇을 틀어줬죠?" 캘빈이 무릎을 꿇고 있는 알타이르인들을 가리키며 소리쳐 물었다.

"유일한 진리의 길 대교회 크리스마스 CD죠." 트레셔 목사가 CD 케이스를 높이 들며 자랑스럽다는 듯 말하자, 기자들은 기다렸다는 듯이 케이스를 낚아채서 촬영한 후 자기들의 아이팟에서 다운로드했다. 〈참된 기독교인들을 위한 크리스마스 캐럴〉.

"아니, 제 말은 대체 무슨 노래냐고요."

"각각의 캐럴이 저들에게 특별한 의미가 있나요?" 기자들이 소리쳤다. "외계인들이 쇼핑몰에서 무슨 캐럴을 듣고 있었죠?", "알타이르인들이 침례를 받았나요, 트레셔 목사님?" 그사이 나는 모스맨 박사에게 간신히 말했다. "박사님, 음악을 끄셔야 해요."

"음악을 끄라고?" 모스맨 박사가 믿을 수 없다는 투로 기자들의 목소리

---

* 두 곡에는 모두 '무릎을 꿇고'라는 구절이 나온다.

보다 더 크게 외쳤다. "드디어 알타이르인들과의 의사소통이 진전을 보이는 바로 지금 말인가?"

"어떤 노래들을 틀었는지 말하세요!" 캘빈이 소리쳤다.

"도대체 당신은 누구요?" 트레셔 목사가 따졌다.

"저랑 함께 온 사람이에요." 나는 이렇게 대답한 뒤, 모스맨 박사에게 덧붙였다. "지금 당장 음악을 끄셔야 해요. 캐럴 중에 위험한 곡들이 있어요."

"위험하다고?" 모스맨 박사가 고함을 지르자 기자들의 시선이 우리에게 쏠렸다.

"위험하다니, 그게 무슨 뜻이죠?" 기자들이 물었다.

"말 그대로 위험하다는 의미입니다." 캘빈이 말했다. "알타이르인들은 회개하고 있는 것이 아니에요. 저들은…."

"어떻게 감히 알타이르인들이 거듭나지 않았다는 말을 할 수 있소?" 트레셔 목사가 말했다. "찬송가의 감동 어린 가사에 저들이 반응하는 모습을 내 두 눈으로 똑똑히 봤단 말이오. 저들이 무릎 꿇는 광경을…."

"알타이르인들은 〈실버벨〉에도 반응했어요." 내가 말했다. "〈하누카 송〉에도요."

"〈하누카 송〉이라고요?" 기자들이 다시 질문을 퍼붓기 시작했다. "외계인들이 유대교도란 말인가요?", "정통파 유대교도인가요, 아니면 개혁파 유대교도인가요?", "힌두교 챈트에는 어떤 반응을 보였나요?", "모르몬교 성가대 노래는 어떤가요? 그 노래에도 반응했나요?"

"종교와는 아무 상관이 없습니다." 캘빈이 말했다. "알타이르인들은 노래에 나오는 특정한 가사에 문자 그대로 반응하고 있습니다. 지금 저들이 듣고 있는 가사 중 일부는 매우 위험해서 그들에게…."

"신성모독이오!" 트레셔 목사가 소리쳤다. "신성한 크리스마스 메시지가 어떻게 위험할 수 있단 말이오?"

"〈크리스마스 날이 왔어요〉는 저들에게 어린 아기들을 죽이라고 말하죠." 내가 말했다. "다른 캐럴들의 가사에는 피와 전쟁과 불덩어리를 빗줄기처럼 쏟아붓는 별들이 나오고요. 그래서 지금 당장 음악을 꺼야 하는 겁니다."

"너무 늦었어요." 캘빈이 거울 너머를 가리켰다.

알타이르인들이 사라졌다. "외계인들이 어디 갔죠?" 기자들이 소리치기 시작했다. "어디로 간 거죠?" 트레셔 목사와 모스맨 박사가 동시에 나를 쳐다보더니 그들에게 무슨 짓을 한 거냐며 따져 물었다.

"멕을 내버려둬요. 멕도 당신들처럼 알타이르인이 어디에 있는지 모릅니다." 캘빈이 성가대 지휘자 목소리로 말했다.

그 목소리는 중학교 1학년짜리들에게나 그 방에 있는 사람들에게나 똑같이 효과가 있었다. 모스맨 박사는 나를 놓아주었고 기자들은 입을 다물었다. "자, 무슨 노래를 틀어주고 계셨습니까?" 캘빈이 트레셔 목사에게 말했다.

"〈만백성 기뻐하여라〉." 트레셔 목사가 말했다. "하지만 그 곡은 가장 유래 깊고 가장 사랑받는 크리스마스 캐럴이오. 그걸 듣는다고 누군가가 위험에 빠질 수 있다는 건 말도 안 되는…."

"〈만백성 기뻐하여라〉라는 노래 때문에 알타이르인들이 떠난 건가요?" 기자들이 소리쳤다. "가사가 어떻게 되죠? 전쟁에 대한 언급이 있나요? 유아 학살은요?"

"주께서 너희를 편히 쉬게 하리니…." 나는 가사를 기억해내려 애쓰며 낮은 목소리로 중얼거렸다. "그 어떤 일에도 실망하지 말라…."

"그들이 어디로 갔나요?" 기자들이 아우성쳤다.

"…오, 밀려오는 위안과 기쁨…." 내가 중얼거렸다. 힐끗 캘빈을 건너다봤다. 그도 나와 똑같이 하고 있었다. "…우리 모두를 구원하시기 위해… 우리가 길을…."

"그들이 어디로 갔을 거로 생각하시나요?" 기자 한 명이 소리쳤다.

캘빈이 나를 바라보며 불길하게 말했다. "…길을 잃고 헤맬 때…."

알타이르인들은 다른 실험실이나 캠퍼스 내 다른 건물에도 없었고, 자기네 우주선에도 없었다. 최소한 우주선으로 올라가는 경사로가 내려오거나 외계인들이 안으로 들어가는 걸 본 사람은 없었다. 그들이 캠퍼스를 돌아다니거나 주변 도로를 걷는 모습을 본 사람도 없었다.

"이건 전적으로 자네 탓일세, 멕." 모스맨 박사가 나에게 말했다. "전국에 지명수배령을 내리세요." 박사가 경찰에게 말했다. "그리고 앰버 경보를 내보내요."

"그건 어린아이가 납치되었을 때나 하는 거잖아요." 내가 말했다. "알타이르인들이 납치를 당한 건 아니⋯."

"그야 알 수 없지." 모스맨 박사는 날카롭게 쏘아붙이고 경찰관에게 돌아갔다. "FBI에도 연락하세요."

경찰관이 캘빈에게로 고개를 돌렸다. "모스맨 박사님 말씀에 의하면, 알타이르인들이 '길을 잃고 헤매다'라는 말에 반응했다고 당신이 말했다던데, 이 노래에 위험한 단어가 또 있나요?"

"사⋯." 내가 말하기 시작했다.

"없습니다." 캘빈이 대답했다. 그리고 모스맨 박사가 그 경찰관에게 국토안보부에 전화해서 적색경보 발령을 요청하라고 말하고 있는 사이, 캘빈은 인도까지 나를 떠밀고 내려가더니 알타이르인의 우주선 뒤로 데려갔다.

"왜 그렇게 말했죠?" 내가 물었다. "'사탄의 힘'은 어떡하고요? 게다가 '경멸'은요?"

"쉿!" 캘빈이 낮은 소리로 말했다. "경찰관이 벌써 국토안보부에 전화하고 있어요. 공군에까지 연락하게 할 수는 없잖아요. 핵무기라도 동원하면 어떡해요." 캘빈은 말을 이었다. "저 사람들에게 설명해줄 시간이 없어요. 우리가 알타이르인들을 찾아야만 해요."

"혹시 그들이 어디로 갔을지 짐작되는 곳 있으세요?"

"아니요. 적어도 우주선은 아직 여기 있네요." 캘빈이 우주선을 보며 말했다.

하지만 알타이르인들이 문이 잠긴 음향실을 빠져나갈 수 있는 능력을 보여준 이 마당에 그건 아무 의미도 없었다. 내가 캘빈에게 그 이야기를 하자 캘빈도 동의했다. "애초에 그들이 '길을 잃고 헤맬 때'에 반응한 게 아니었을 수도 있어요. 구유나 목동들을 찾으러 떠났을 수도 있죠. 게다가 그 노래는 여러 번 개작됐어요. 〈참된 기독교인들을 위한 크리스마스 캐럴〉에는 더 오래된 판이 들어 있었을지도 몰라요."

"그렇다면 음향실로 돌아가 그들이 들었던 게 정확히 무엇이었는지 알아내야겠군요." 내가 말했다. 심장이 쪼그라드는 기분이었다. 모스맨 박사가 나를 체포하라고 할 가능성도 있었다.

캘빈도 같은 결론에 도달한 모양이었다. "돌아가면 안 돼요. 그건 너무 위험한데다, 트레셔 목사가 알타이르인들을 찾기 전에 우리가 먼저 찾아야 해요. 그 인간이 알타이르인들에게 다음엔 무엇을 틀어줄지 모르잖아요."

"하지만 어떻게…?"

"그들이 정말로 길을 잃고 헤매고 있다면, 아직 이 근처에 있을 거예요. 당신은 차를 몰고 캠퍼스 북쪽에 있는 거리들을 확인해주세요. 저는 남쪽을 확인해볼게요. 휴대폰 가지고 있죠?"

"있어요. 그런데 차가 없어요. 제 차는 당신 아파트에 있어요. 당신 차를 타고 왔잖아요."

"알타이르인들을 태우고 왔을 때 사용했던 그 승합차는 어떨까요?"

"너무 눈에 띄지 않을까요?"

"그들이 찾고 있는 건 걸어 다니는 알타이르인 여섯이에요. 승합차에 탄 알타이르인이 아니라." 캘빈이 말했다. "게다가 만일 알타이르인들을 찾게 되면 그들을 태울 게 필요할 겁니다."

"당신 말이 맞네요." 나는 모스맨 박사도 똑같이 생각하지는 않았길 바라며 교직원 주차장을 향해 출발했다.

모스맨 박사는 주차장에 없었다. 주차장에는 아무런 인기척이 없었다. 나는 승합차의 뒷문을 열며 알타이르인들에게 '길을 잃고 헤매다'가 '승합차에 있다'를 의미하면 좋겠다는 기대도 살짝 해보았지만, 그들은 승합차에 없었고 덴버 대학교 북쪽 3킬로미터 내의 그 어느 도로에서도 보이지 않았다. 나는 유니버시티 대로를 따라 북쪽으로 올라간 다음 골목길들을 위아래로 천천히 오가며 살펴봤다. 차에 치여 도로 위에 으깨진 모습이 된 그들을 발견하게 될까 봐 겁이 났다.

날이 벌써 어두워졌다. 캘빈에게 전화했다. "흔적도 없네요. 쇼핑몰로 되돌아갔을지도 몰라요. 제가 그리로 가서…."

"안 돼요. 가지 마세요." 캘빈이 말했다. "모스맨 박사와 FBI가 쇼핑몰에 있어요. CNN을 보고 있는데 그 사람들이 지금 '빅토리아 시크릿'을 수색하고 있어요. 그리고 알타이르인들은 쇼핑몰에 없어요."

"그걸 어떻게 아세요?"

"그들이 지금 여기 제 아파트에 있으니까요."

"정말이요?" 안도감에 맥이 풀렸다. "어디에서 찾았어요?"

캘빈은 대답하지 않았다. "여기로 올 때 절대로 큰길로는 오지 마세요." 캘빈이 말했다. "그리고 주차는 골목에 해요."

"왜요? 그들이 무슨 짓을 저질렀나요?" 내가 물었지만 캘빈은 이미 전화를 끊은 후였다.

내가 도착했을 때 알타이르인들은 캘빈의 거실 한가운데에 서 있었다. "〈만백성 기뻐하여라〉의 다른 가사 판본들을 확인하러 아파트로 돌아왔다가 저를 기다리고 있는 이들을 발견했어요." 캘빈이 설명해줬다. "주차는 골목에 했죠?"

"네. 이 구역 반대편 끝에요. 저들이 무슨 짓을 저질렀나요?" 묻는 것조차 두려웠지만 나는 거듭해서 물었다.

"아무 짓도 안 했어요. 적어도 CNN에 나올 만한 일은 하지 않았어요." 캘빈이 TV를 가리키며 말했다. 경찰들이 향초 매장을 수색하는 모습이 방영되고 있었다. TV 소리를 줄여놓긴 했지만 화면 하단을 가로질러 자막이 떠 있었다. "외계인, 무단이탈!"

"그런데 왜 이렇게 비밀스럽게 조심하세요?"

"알타이르인들이 왜 저런 행동을 하는지 우리가 밝혀내기 전까지는 저 사람들이 알타이르인을 찾아선 안 되기 때문이에요. 길을 잃고 헤매는 거야 해로울 게 없지만, 다음에도 그럴 거란 보장이 없어요. 그래서 당신 아파트로 갈 수도 없어요. 그들이 당신이 사는 곳을 알고 있잖아요. 이곳에 몸을 숨겨야만 해요. 저와 함께 일하고 있다는 이야기를 누구에게 한 적 있나요?"

곰곰이 생각해봤다. 쇼핑몰에서 돌아왔을 때 모스맨 박사에게 캘빈에 대해 말하려고 했지만, 캘빈의 이름은 꺼내지도 못했다. 그리고 트레셔 목사가 "도대체 당신은 누구요?"라고 물었을 때 나는 "저랑 함께 온 사람이에요."라고만 했다.

"아무에게도 당신 이름은 말 안 했어요." 내가 말했다.

"좋아요." 캘빈이 말했다. "알타이르인들이 여기로 오는 것도 아무도 못 본 게 틀림없어요."

"하지만 어떻게 그걸 장담하죠? 이 동네 사람들이…."

"알타이르인들은 아파트 안에서 저를 기다리고 있었어요." 캘빈이 말했다. "지금 있는 바로 저 자리에서요. 즉, 자물쇠를 열 수 있거나 벽을 통과할 수 있거나, 아니면 순간이동을 할 수 있는 거죠. 저는 순간이동을 한 거라고 확신해요. 위원회도 이들이 어디에 있는지 전혀 모르고 있군요." 캘빈이 TV를 가리켰다. 범죄자 수배 사진처럼 생긴 알타이르인들 사진이 '이런 외계인들을 보셨습니까?'라는 자막과 함께 화면에 떠 있었고, 사진 중간에 걸쳐 제보 전화번호가 적혀 있었다. "다행히 지난번에 식료품 가게에 갔을 때 먹을 걸 좀 사뒀어요. 그러면 공연들 사이에 장 보러 갈 필요가 없거든요."

"맞다. 공연이랑 전국 합창제가 있었죠! 저는 까맣게 잊고 있었어요." 나는 죄책감에 사로잡혔다. "오늘 밤에 리허설에 가셔야 하는 거 아니에요?"

"취소했어요." 캘빈이 말했다. "필요하다면 내일 아침 리허설도 취소할 수 있어요. 합창제는 내일 밤에 있고요. 알아낼 시간은 충분해요."

나는 TV를 보며 생각했다. '저들이 먼저 우리를 찾아내지만 않는다면 말이지.' 그들은 쇼핑몰 식당가를 수색하고 있었다. 결국 그들이 어디서도 알타이르인들을 찾아내지 못하면 나도 보이지 않는다는 걸 알아차리고 우리를 찾기 시작할 것이다. 그리고 기자들은 레오와는 달리 그날 있었던 모든 일을 비디오테이프에 담았다. 만약 그들이 캘빈의 사진을 제보 전화번호와 함께 TV에 방송한다면 성가대 단원들이나 중학교 1학년짜리들 중 한 명이 전화해 그가 누군지 알려줄 게 뻔했다.

그것은 우리가 신속히 일해야 한다는 걸 의미했다. 나는 우리가 수집한 노래와 행동 목록을 집어 들고 캘빈에게 물었다. "어디부터 시작할까요?" 캘빈은 쌓여 있는 레코드판들을 살펴보던 중이었다.

"〈눈사람 프로스티〉는 빼죠." 캘빈이 말했다. "여기저기 쫓아다니는 건 못 참을 것 같아요."

"〈방황하며 생각했죠〉는 어때요?"

"무척이나 재밌군요." 캘빈이 말했다. "'무릎을 꿇다'에 반응했다니 거기부터 시작해보죠."

"좋아요." 우리는 알타이르인들에게 '너희 무릎을 꿇으라'와, '와서 무릎 꿇고 숭배하라', '몸을 낮추고'라는 구절들을 틀어줬는데, 그들은 어떤 구절에는 반응하면서도 또 어떤 구절에는 반응하지 않았다. 왜 그러는지는 알 수 없었다.

"〈저 들 밖에 한밤중에〉의 가사에 '매우 경건하게 무릎을 꿇었네'라는 부분이 있어요." 내가 말하자 캘빈이 노래를 찾기 위해 침실 쪽으로 갔다.

캘빈이 TV 앞을 지나다 걸음을 멈췄다. "와서 이것 좀 보시는 게 좋겠어요." 그리고 TV 볼륨을 높였다.

"기대했던 바와 달리, 알타이르인들은 쇼핑몰에 없었습니다." 모스맨 박사가 말하고 있었다. "그리고 위원회 일원인 멕 예이츠 또한 보이지 않는다는 것을 알게 됐습니다." 모스맨 박사와 기자 뒤로 음향실에서의 상황을 담은 비디오가 방송되고 있었고, 내가 모스맨 박사에게 음악을 끄라고 소리치는 모습이 보였다. 이제 곧 어떤 캐럴을 틀었냐고 따지는 캘빈의 모습이 화면에 나타날 것이다.

나는 휴대폰을 집어 들고 모스맨 박사에게 전화를 걸었다. 그들이 휴대폰 번호를 추적하지 못하기를, 그리고 TV에 나오는 중이기는 하지만 박사가 전화를 받기를 빌었다.

모스맨 박사가 전화를 받았다. 다행히 카메라가 박사를 클로즈업 한 덕에 비디오는 극히 일부분만 화면에 보였다. "지금 어디에서 전화하고 있는 건가?" 박사가 다그쳤다. "알타이르인들은 찾았나?"

"아니요." 내가 말했다. "하지만 그들이 어디에 있는지 알 것 같아요."

"어디지?" 모스맨 박사가 물었다.

"알타이르인들이 길을 잃고 헤매고 있을 것 같지는 않아요. 그 노래의 다른 가사에 반응하고 있다는 생각이 드네요. '쉬어라'나 어쩌면…."

"그럴 줄 알았어." 트레셔 목사가 모스맨 박사를 밀치고 앞으로 나오며 말했다. "알타이르인들은 '우리 구세주 그리스도께서 크리스마스에 태어나셨음을 기억하세요'에 반응하고 있었던 겁니다. 그래 맞아, 그들은 교회로 갔어요. 그들은 바로 지금 '유일한 진리의 길 대교회'에 있을 겁니다."

내가 생각했던 건 이게 아니었지만, TV에 캘빈의 사진이 나오는 것보다야 '유일한 진리의 길 대교회' 사진이 나오는 편이 훨씬 나았다. "적어도 2시간은 벌었네요. 그 교회는 저 아래쪽 콜로라도 스프링스에 있거든요." 나는 볼륨을 다시 줄이고 알타이르인들에게 노래를 틀어주며 그들의 반응과 무반응을 기록하는 일로 돌아갔다. 그런데 30분 후 캘빈이 루이 암스트롱 CD를 찾으러 침실로 들어가다가 TV 앞에서 다시 걸음을 멈추고 눈살을 찌푸렸다.

"무슨 일이에요?" 나는 무릎 위에 있던 악보 더미를 옆에 있는 소파 위에 내려놓고, 캘빈에게 가기 위해 알타이르인들의 곁을 옆걸음으로 지나갔다. "그들이 미끼를 물었나요?"

"네, 제대로 물었네요." 캘빈이 TV 볼륨을 높였다.

"저희는 알타이르인들이 베들레헴에 있다고 믿습니다." 모스맨 박사가 말하고 있었다. 박사는 덴버 국제공항의 출발 안내판 앞에 서 있었다.

"베들레헴?" 내가 말했다.

"가사에 '베들레헴'이 두 번이나 나와요." 캘빈이 말했다. "그들이 이스라엘로 가면 우리에게 시간 여유가 더 많아지겠네요."

"국제적 사건이 터지는 셈이기도 하죠." 내가 말했다. "그것도 중동에서요. 모스맨 박사에게 전화해야겠어요." 하지만 모스맨 박사는 휴대폰을 꺼놓은 모양이었다. 위원회 연구실도 연락되지 않았다.

"트레셔 목사에게 전화해봐요." TV 화면을 가리키며 캘빈이 말했다.

트레셔 목사는 기자들에 둘러싸여 자신의 렉서스에 올라타고 있었다. "저는 지금 알타이르인들에게 가는 길입니다. 그리고 오늘 밤 저희는 기도 예배를 열 것입니다. 여러분은 그들이 그리스도인으로서 신앙 간증을 하는 이야기와 처음 그들을 주님께 인도했던 크리스마스 캐럴을 부르는 걸 들으실 수…."

캘빈이 TV를 껐다. "베들레헴까지는 비행기로 16시간이나 걸려요." 캘빈은 격려하는 목소리로 말했다. "우리는 그 전에 분명 알아낼 겁니다."

전화벨이 울렸다. 캘빈이 나를 힐끗 쳐다보더니 전화를 받았다. "안녕하세요, 스타인버그 씨." 캘빈이 말했다. "제 메시지 못 받으셨어요? 오늘 밤 리허설은 취소했어요." 캘빈은 한참을 들었다. "12페이지 도입부가 걱정이시라면, 합창제 전에 다시 한번 해볼게요." 이번에는 좀 더 오래 들었다. "잘될 거예요. 늘 그렇잖아요."

나는 알타이르인의 퍼즐을 푸는 일도 그러길 바랐다. 그렇지 않는다면 우리는 납치 죄목으로 기소되거나 종교 전쟁을 불러일으키게 될 거다. 하지만 그 두 가지 모두, 트레셔 목사가 저들에게 '천천히 죽어가는'이나 '가시덤불이 땅을 뒤덮고'를 들려주는 것보단 나았다. 결국 우리가, 그것도 빨리, 알타이르인들이 무엇에 반응하고 있는지 알아내야 한다는 의미였다. 우리는 그들에게 돌리 파튼과 맨해튼 트랜스퍼와 톨레도의 바버샵 합창단과 딘 마틴의 노래들을 틀어줬다.

좋은 생각이 아니었다. 나는 지난 이틀 동안 거의 잠을 못 잔 탓에 처음 몇 마디가 시작되자마자 꾸벅꾸벅 졸기 시작했다. 똑바로 앉아서 알타이르인들에게 집중하려고 애써봤지만 소용없었다. 정신을 차려보니 내가 캘빈의 어깨에 머리를 기대고 있었고, 캘빈이 내게 묻고 있었다. "맥? 맥? 알타이르인들도 잠을 자나요?"

"잠이요?" 나는 자세를 바로 하고 눈을 비비며 말했다. "죄송해요. 깜빡 잠이 들었나 봐요. 지금이 몇 시죠?"

"4시 조금 지났어요."

"새벽이요?"

"네. 알타이르인들도 잠을 자나요?"

"적어도 위원회는 그렇다고 생각해요. 뇌파의 형태가 변하고 자극에 반응하지 않거든요. 그런데 문제는 그러고 나면 전혀 반응하지 않는다는 거예요."

"잠들었다는 사실을 알려주는 시각적 표시 같은 게 있나요? 눈을 감는다거나 자리에 눕지는 않나요?"

"아니요. 조금 처지긴 해요. 한동안 물을 주지 않은 꽃처럼요. 그리고 눈빛이 약간 약해지죠. 왜요?"

"시도해보고 싶은 게 있어서요. 다시 주무세요."

"아니에요, 괜찮아요." 나는 하품을 억지로 참으며 말했다. "자야 할 사람이 있다면 그건 바로 당신이죠. 지난 이틀간 저 때문에 한숨도 못 주무셨잖아요. 게다가 오늘 밤 그 합창제 지휘도 하셔야 하고요. 제가 할 테니 당신은 가서…."

캘빈이 고개를 가로저었다. "저는 아무렇지도 않아요. 말씀드렸잖아요. 저는 연말에는 잠을 안 자요."

"그럼, 당신이 시도해보고 싶은 계획이 뭔가요?"

"〈고요한 밤, 거룩한 밤〉 1절을 틀어보고 싶어요."

"'아기 잘도 잔다.'"

"맞아요. 다른 행위 동사가 없는데다, 저에게 최소한 50가지의 〈고요한 밤, 거룩한 밤〉이 있거든요. 조니 캐시, 케이트 스미스, 브리트니 스피어스…."

"50가지를 다 틀어줄 만한 시간이 있을까요?" 내가 TV를 건너다보며 물었다. 둘로 나뉜 화면에는 이스라엘 지도와 유일한 진리의 길 대교회의 바깥 풍경이 나오고 있었다. 볼륨을 높이자 기자의 목소리가 들렸다. "안쪽에서는 수천 명의 신도가 알타이르인들이 나타나기를 기다리고 있습니다. 트레셔 목사는 그들이 이제 곧 언제라도 모습을 드러내리라 예상하고 있고, 뜨거운 열기 속에 계속되고 있는 24시간 철야 기도회는…."

나는 볼륨을 다시 줄였다. "시간은 충분하겠네요. 뭐라고 하셨죠?"

"〈고요한 밤, 거룩한 밤〉은 진 오트리, 마돈나, 벌 아이브스 등 모든 가수가 다 녹음했던 곡이에요. 다른 목소리, 다른 반주, 다른 키로요. 어떤 판에 저들이 반응하는지…."

"그리고 어떤 판에 반응하지 않는지 보면, 저들의 반응에 대한 단서를 얻게 될 수도 있겠네요." 내가 말했다.

"바로 그거예요." 캘빈이 CD 케이스를 열며 말했다. 그리고 CD를 플레이어에 넣은 뒤 4번 트랙을 틀었다. "자, 갑니다."

"고요한 밤, 거룩한 밤…." 엘비스 프레슬리의 목소리가 방 안을 가득 채웠다. 캘빈이 소파로 돌아와 내 곁에 앉았다. 엘비스의 노래가 '감사기도 드릴 때'란 대목에 이르렀을 때, 우리 둘 다 기대를 품고 알타이르인들을 쳐다보며 몸을 앞으로 기울였다. "아기 잘도 잔다…." 엘비스가 낮은 목소리로 부드럽게 노래했지만 알타이르인들은 여전히 뻣뻣하게 똑바로 서 있었다. '아기 잘도 잔다'가 반복되는 내내 그들은 줄곧 그렇게 있었다. 칩멍크 엘빈의 솔로에도. 셀린 디온에도.

"노려보는 눈초리가 약해지는 것 같진 않군요." 캘빈이 말했다. "굳이 변화를 찾으라면, 오히려 눈빛이 점점 더 무서워지는 것 같아요."

정말이었다. "차라리 주디 갈랜드를 틀어주시는 게 낫겠어요." 내가 말했다.

캘빈은 주디 갈랜드는 물론, 돌리 파튼과 해리 벨라폰테도 틀어줬다. "이 노래들에 전혀 반응하지 않으면 어쩌죠?" 내가 물었다.

"그럼 다른 걸 시도해봐야겠죠. 〈할머니가 순록에게 치었어요〉를 스물여섯 곡 가지고 있어요." 캘빈이 씩 웃어 보였다. "농담이에요. 하지만 〈내 사랑, 밖은 추워요〉는 아홉 곡 가지고 있지요."

"제2소프라노인 빨간 머리에게 쓰려던 거 아닌가요?"

"아니에요." 캘빈이 말했다. "쉿. 제가 좋아하는 판이에요. 냇 킹 콜."

나는 입을 다물고 음악을 들으며 알타이르인들이 어떻게 잠을 참을 수 있는지 궁금해졌다. 냇 킹 콜의 목소리는 딘 마틴의 목소리보다 훨씬 더 나

른했다. 나는 소파에 등을 기댔다. "고요한 밤 거룩한…."

또 잠이 들었나 보다. 정신을 차려보니 음악은 이미 멈췄고 밝은 대낮이었다. 시계를 봤다. 오후 2시. 알타이르인들은 그 자리에 그대로 서서 노려보고 있었고, 캘빈은 부엌 의자에 웅크리고 앉아서 턱을 손으로 받친 채 걱정스러운 표정으로 그들을 쳐다보고 있었다.

"무슨 일이 있었나요?" 나는 TV를 슬쩍 쳐다봤다. 트레셔 목사가 말하고 있었는데 '트레셔 목사, 은하 차원의 기독교 십자군 전쟁 개시'라는 자막이 떠 있었다. '중동 공습 시작'이라고 적혀 있지 않은 게 다행이었다.

캘빈이 천천히 고개를 흔들었다.

"〈고요한 밤, 거룩한 밤〉에는 전혀 반응이 없었나요?" 내가 물었다.

"있었지요." 캘빈이 말했다. "당신이 냇 킹 콜 노래에 반응했어요."

"알아요." 내가 말했다. "죄송해요. 알타이르인들은요? 〈고요한 밤, 거룩한 밤〉 노래들 중에 저들이 반응한 건 없었나요?"

"있었어요." 캘빈이 말했다. "딱 한 곡에 반응했어요."

"하지만 잘된 거 아니에요?" 내가 물었다. "이제 우리는 저들이 반응한 곡이 다른 곡들과 어떻게 다른지 분석할 수 있잖아요. 어떤 판이었어요?"

캘빈은 대답 대신 CD 플레이어로 걸어가 재생 버튼을 눌렀다. 콧소리를 잔뜩 내는 여성 합창단이 요란스러운 목소리로 힘차게 노래를 시작했다. "고요한 밤! 거룩한 밤!" 외치듯 노래하는 그들의 목소리가 쨍그랑거리고 달그락거리는 불협화음 위로 겹쳐 들렸다. "도대체 이게 뭐죠?" 내가 물었다.

"뮤지컬 〈42번가〉에 출연한 브로드웨이 합창단이 〈고요한 밤, 거룩한 밤〉을 부르면서 노래에 맞춰 탭댄스 하는 소리예요. 브로드웨이 크리스마스 자선사업을 위해 특별히 녹음했던 곡이죠."

나는 캘빈이 틀렸고 알타이르인들이 정말 잠이 든 건 아닐 거라 생각하면서 그들을 돌아봤는데, 그런 소음 속에서도 그들은 축 늘어진 채 머리가 거의 땅에 닿을 지경이었고 심지어 평화로워 보이기까지 했다. 노려보던 눈초리도 흐릿해져서, 주디스 고모가 완전히 경멸스러워 할 때의 눈빛에서 살짝 못마땅해할 때의 눈빛으로 약해져 있었다.

나는 〈42번가〉의 여성 합창단이 〈고요한 밤, 거룩한 밤〉을 힘차게 부르며 거기에 맞춰 탭댄스 하는 소리를 좀 더 들어봤다. "약간 끌리는데요?" 내가 말했다. "특히 '주의 부모 앉아서' 대목을 소리 질러 부를 때요."

"그렇죠?" 캘빈이 말했다. "우리 결혼식에서 틀면 좋겠네요. 알타이르인들이 취향 하나는 확실히 우리랑 비슷하군요. 하지만 그것 말고는, 이게 도대체 무슨 의미인지 모르겠어요."

"알타이르인들이 쇼에 나오는 곡들을 좋아한다는 것?"

"맙소사. 만약 그렇다면 트레셔 목사가 무슨 짓을 할지 생각해보세요." 캘빈이 말했다. "그런데 저들은 〈앉아요, 배가 흔들리잖아요〉에는 반응하지 않았어요."

"맞아요. 하지만 〈메임〉에 나오는 노래에는 반응했죠."

"그리고 〈1776〉에 나오는 노래에는 반응했지만, 〈뮤직맨〉이나 〈렌트〉에는 반응하지 않았고요." 캘빈이 낙담한 목소리로 말했다. "결국 원점으로 돌아왔군요. 저들이 무엇에 반응하고 있는지 전혀 모르겠어요!"

"그러게요." 내가 말했다. "정말 죄송해요. 처음부터 당신을 이 일에 끌어들이는 게 아니었어요. 고통인지 뭔지를 지휘하셔야 하잖아요."

"합창제는 7시에 시작해요." 캘빈이 무더기로 쌓여 있는 레코드판들을 뒤지면서 말했다. "4시간은 더 일할 수 있다는 뜻이에요. 알타이르인들이 반응하는 〈고요한 밤, 거룩한 밤〉을 하나만 더 찾아낼 수 있다면 대관절 저들이 뭘 하고 있는지 밝혀낼 수 있을 텐데 말이죠. 제기랄, 〈스타워즈 크리스마스〉 앨범은 어디로 간 거지?"

"그만 해요." 내가 말했다. "이건 말도 안 돼요." 난 캘빈에게서 앨범들을 빼앗았다. "당신은 너무 지친데다 큰일을 앞두고 있어요. 잠 한숨 자지 않고 그 많은 사람을 모두 지휘할 수 없다고요. 이건 천천히 해도 돼요."

"하지만…."

"한숨 자고 나면 머리가 더 잘 돌아가는 법이에요." 내가 단호하게 말했다. "자고 일어나면 해답이 분명하게 보일 거예요."

"그러지 않으면 어쩌죠?"

"그럼 당신은 가서 합창제를 지휘하고…."

"합창…." 캘빈이 생각에 잠겨 말했다.

"전국 합창제인지 고통과 고난인지 뭐지, 저는 여기 남아서 당신이 돌아올 때까지 알타이르인들에게 〈고요한 밤, 거룩한 밤〉을 더 들려줄게요. 그리고…."

"〈앉아라, 요한아〉는 합창단이 불렀어요." 캘빈이 축 늘어져 있는 알타이르인들을 바라보며 말했다. "〈목자들이 한밤중에〉도 그렇죠. 그리고 〈고요한 밤, 거룩한 밤〉 중에서 〈42번가〉에 나오는 곡만 솔로가 아니었어요." 캘빈이 두 손으로 내 어깨를 붙잡았다. "그 곡들 모두 합창이에요. 그래서 저들이 줄리 앤드루스가 부른 〈일어나라, 목자여, 그리고 따르라〉나, 스터비 케이가 부른 〈앉아요, 배가 흔들리잖아요〉에는 반응하지 않았던 거예요. 저들은 합창에만 반응하고 있어요."

내가 고개를 저었다. "〈깨어나라, 깨어나라, 졸고 있는 영혼들아〉를 잊으셨군요."

"아." 그가 고개를 떨구었다. "당신 말이 맞아요. 잠깐만요!" 그가 달려가 줄리 앤드루스의 CD를 가져오더니 플레이어 안에 집어넣었다. "제 기억으로 줄리 앤드루스가 노래를 시작한 다음 합창단이 들어갔어요. 들어보세요."

캘빈의 말이 맞았다. 합창단이 노래했다. "깨어나라, 깨어나라."

"당신이 쇼핑몰에서 가져온 CD에서 〈기쁘다 구주 오셨네〉는 누가 불렀죠?" 캘빈이 물었다.

"줄리 앤드루스 혼자 불렀어요." 내가 말했다. "그리고 브렌다 리가 〈크리스마스트리에서 춤을 춰요〉를 불렀고요."

"조니 마티스가 〈영광 나라 천사들아〉를 불렀죠." 캘빈은 기쁜 목소리로 말했다. "하지만 〈하누카 송〉은요? 저들이 분명히 반응했잖아요. 그 노래는…." 캘빈이 CD 케이스를 보고 읽었다. "샬롬 싱어즈가 불렀네요. 이게 답인 게 확실해요." 캘빈은 다시 레코드판들을 훑어보기 시작했다.

"뭘 찾으세요?" 내가 물었다.

"모르몬교 성가대요." 캘빈이 말했다. "그들도 틀림없이 〈고요한 밤, 거룩한 밤〉을 녹음했을 거예요. 그걸 알타이르인들에게 틀어보죠. 만일 저들이 잠든다면 우리가 제대로 가고 있는지 알게 될 겁니다."

"하지만 이미 잠들었는걸요." 나는 일주일 지난 꽃꽂이용 꽃처럼 축 늘어진 그들을 가리켰다. "어떻게…?"

캘빈은 벌써 앨범들을 다시 뒤지고 있었다. 그러다 케임브리지 소년 합창단 앨범을 찾아 레코드판을 꺼낸 다음 혼잣말로 제목을 읽었다. "여기에 있었는데…. 그래, 여기 있군요." 캘빈이 레코드판을 틀자 감미로운 목소리의 소년 합창단이 노래를 시작했다. "믿는 자들아, 깨어나, 행복한 아침에 인사를 건네자."

알타이르인들이 즉시 곧게 일어서더니 우리를 노려봤다. "당신이 맞았어요." 내가 부드러운 목소리로 말했지만, 캘빈은 내 말을 듣고 있지 않았다. 캘빈은 레코드판을 턴테이블에서 들어 올리고는 또 중얼거리며 제목을 읽고 있었다. "자, 너희도 분명 〈고요한 밤, 거룩한 밤〉을 불렀을 거야. 〈고요한 밤, 거룩한 밤〉은 누구나 부른다고." 캘빈이 레코드판을 뒤집어 보더니 "그럼 그렇지." 캘빈은 레코드판을 턴테이블 위에 다시 올려놓았다. 그러고는 전문가다운 솜씨로 바늘을 내려놓았다. "감사기도 드릴 때…" 소년들이 천사와 같은 목소리로 노래를 불렀다. "…잘도 잔다."

알타이르인들은 '잔다'라는 단어가 끝나기도 전에 축 늘어졌다. "이거예요!" 내가 말했다. "이게 바로 공통분모였어요."

캘빈이 고개를 흔들었다. "우리에겐 더 많은 자료가 필요해요. 단순한 우연일 수도 있어요. 합창단이 부른 〈일어나라, 목자여, 그리고 따르라〉가 필요해요. 〈앉아요, 배가 흔들리잖아요〉도요. 〈아가씨와 건달들〉은 어디에 두셨어요?"

"하지만 그것은 솔로곡이었잖아요."

"우리가 틀어주었던 첫 부분은 솔로였죠. 하지만 나중에 도박꾼 모두가 함께 노래를 불러요. 노래 전체를 틀어줘야 해요."

"하지만 틀어줄 수 없어요, 기억나세요?" 내가 CD를 넘겨주며 말했다. "너를 끌어내릴 거라는 구절이랑 물에 빠져 죽는 구절이 있다는 걸 기억하세요. 도박과 음주는 말할 것도 없고요."

"아, 그렇죠." 캘빈이 말했다. 캘빈은 헤드폰을 쓰고 노래를 듣다가 헤드폰 플러그를 뽑았다. "앉으라고…." 남성 합창단이 힘찬 목소리로 노래를 부르자 알타이르인들이 앉았다.

우리는 합창으로 부르는 〈크리스마스에 내가 원하는 건 앞니 두 개뿐〉과 〈일어나라, 목자여, 그리고 따르라〉를 틀어줬다. 알타이르인들이 그 자리에 앉았다가 다시 일어섰다. 그들은 플레터스가 부르는 〈저 들 밖에 한밤중에〉에 무릎을 꿇었다. "당신 말이 맞았어요." 캘빈이 말했다. "이것이 바로 공통분모네요. 좋아요. 하지만 왜 이러는 걸까요?"

"저도 모르겠어요." 내가 인정했다. "어쩌면 합창단보다 적은 수가 부르는 것은 이해하지 못하는 걸 수도 있어요. 그렇다면 저들이 왜 여섯인지도 설명되겠네요. 어쩌면 저들 각자가 특정 주파수들만 듣는 건지도 모르죠. 개별적으로는 의미가 없지만 여섯이 모이면…."

캘빈은 고개를 가로저었다. "3인조 앤드루스 시스터즈를 잊고 있군요. 4인조 베어네이키드 레이디즈도요. 그리고 설령 저들이 합창이라는 측면에 반응하고 있다 해도, 그것으로는 저들이 지구에서 도대체 뭘 하는 건지 여전히 알 수가 없어요."

"그래도 이제 우리에게 말하도록 하는 방법은 알잖아요." 내가 《거룩하고 즐거운 크리스마스 노래집》을 손에 쥐며 말했다. "영어로 된 〈참 반가운 성도여〉 합창곡을 찾아주실 수 있으세요?"

"찾을 수 있을 거예요." 캘빈이 대답했다. "왜죠?"

"왜냐면 가사 중에 '우리는 그대를 환영합니다'라는 구절이 있거든요." 나는 〈기뻐하라 온 세상 만민들아〉의 가사를 손가락으로 훑어 내려가면서 말했다.

"〈파수꾼이여, 그날 밤에 대해 말해주오〉라는 노래도 있어요." 캘빈이 말했다. "〈큰 기쁨의 좋은 소식〉이라는 노래도 있고요. 그 노래 중 한 곡 정도엔 반응할 거예요."

하지만 알타이르인들은 반응하지 않았다. 피터, 폴 앤 메리가 그들에게 '가서 말하라'고 명령했지만(우리는 '산에서'라는 부분을 지워버렸다), 그들이 포크 음악을 좋아하지 않았거나 앤드루스 시스터즈의 경우가 요행이었던 모양이다.

아니면 우리가 너무 성급하게 결론을 내렸을 수도 있었다. 앤드루스 시스터즈가 불렀던 노래를 보스턴 코먼즈 합창단 곡으로 다시 시도해보았을 때 아무 반응이 없었다. '내가 말하는 동안'이 들어 있는 〈아름답게 장식하세〉와 '아무에게도 말해주지 마세요'가 들어 있는 〈명랑한 성 니콜라스 할아버지〉를 '마세요'를 뺀 나머지 부분만 틀어주었을 때도 마찬가지였다. 심지어 〈다정한 동물들〉에도 반응이 없었다. 1절부터 6절까지 가사 모두에 '말한다'가 들어 있는데도 말이다.

캘빈은 시제가 문제일지도 모른다며 '이야기'와 '이야기했다'가 들어 있는 〈꼬마 성 닉〉과 '이야기하고 있는'이 들어 있는 〈벨의 캐럴〉을 들려주었지만, 소용이 없었다. "어쩌면 단어가 문제인지도 몰라요." 내가 말했다. "저들이 '이야기하다'라는 단어를 모를 수도 있잖아요." 하지만 그들은 '말하다', '말하고 있다', '말했다', '메시지'나 '선언하다'에도 반응하지 않았다.

"우리가 세웠던 합창 이론이 틀린 게 분명해요." 캘빈은 그렇게 말했지만, 딱히 그런 것도 아니었다. 캘빈이 합창제를 위해 침실에서 턱시도를 입는 동안, 내가 베어네이키드 레이디스 CD에서 〈저 들 밖에 한밤중에〉와 〈지붕 위에서〉의 일부를 틀어주었는데, 그들은 정확한 대목에 이르러 무릎을 꿇거나 폴짝 뛰었다.

"어쩌면 저들이 지구가 체육관이고 지금은 체육 시간이라고 생각할지도 모르죠." 알타이르인들이 세인트폴 대성당 성가대의 〈12일간의 크리스마스〉에 맞춰 껑충껑충 뛰고 있을 때, 캘빈이 거실로 들어오며 말했다. "'부르는'이라는 단어도 아무런 효과가 없나 보네요."

"네." 내가 캘빈의 나비넥타이를 매어주면서 말했다. "'나는 당신에게 아주 간단한 말을 하고 있는 거예요'도 효과가 없었어요. 음악이 아무런 영향도 주지 못한다는 생각은 안 해보셨어요? 그 가사들이 나올 때 저들이 그저 우연히 앉고 뛰고 무릎 꿇는 걸 수도 있잖아요."

"아니요." 캘빈이 말했다. "분명 연관이 있어요. 그렇지 않다면 우리가 아직도 알아내지 못했다는 사실에 저렇게까지 화를 내고 있지는 않겠죠."

캘빈의 말이 맞았다. 알타이르인들이 노려보는 눈빛은 한층 사나워졌고, 자세만 보아도 그들이 내뿜는 불만을 느낄 수 있었다.

"우리에겐 더 많은 자료가 필요해요. 그 방법밖에 없어요." 캘빈이 검은색 구두를 가지러 가며 말했다. "제가 돌아오자마자 함께…." 캘빈이 말을 멈췄다.

"무슨 일이에요?"

"이거 보시는 게 좋겠어요." 캘빈이 TV를 가리키며 말했다. 화면은 우주선의 모습을 보여주고 있었다. 모든 조명이 켜져 있고 측면 분사구들을 통해 분사 가스가 뿜어져 나오고 있었다. 캘빈이 리모컨을 들고 볼륨을 높였다.

"이제 알타이르인들은 우주선으로 돌아가 출발 준비를 하는 것으로 보입니다." 뉴스 진행자가 말했다. 나는 힐끗 알타이르인들을 쳐다봤다. 그들은 아직 거실에 서 있었다. "점화 장치 회전을 분석한 바에 의하면, 우주선은 6시간 안에 이륙할 것으로 보입니다."

"이제 어떡하죠?" 내가 캘빈에게 물었다.

"우리가 알아낼 거예요. 들으셨죠? 발사까지 6시간 남았어요."

"하지만 합창제는…."

캘빈이 나에게 코트를 건넸다. "이제 합창과 관련 있다는 사실을 알잖아요. 당신이 원하는 모든 종류의 합창곡이 저한테 다 있어요. 일단은 알타이르인들을 컨벤션센터로 데려가면서 가는 길에 좋은 생각이 떠오르길 바랍시다."

가는 길에 좋은 생각 따위는 떠오르지 않았다. "아무래도 저들을 다시 우주선으로 데려다줘야 할까 봐요." 컨벤션센터 주차장으로 들어서며 내가 말했다. "저 때문에 알타이르인들이 지구에 남겨지기라도 하면 어떡해요."

그러자 캘빈이 말했다. "알타이르인들은 E.T.가 아니에요."

나는 직원용 출입구에 주차한 뒤, 차에서 내려 승합차의 뒷문을 밀어서 열기 시작했다. "아니요, 일단 승합차에 남겨두죠." 캘빈이 말했다. "데리고 들어가기 전에 먼저 저들을 놔둘 만한 곳을 찾아야 해요. 차 문을 잠가요."

그게 무슨 소용일지 의문스럽긴 했지만, 나는 차 문을 잠그고 캘빈을 따라 '합창단 전용'이라고 적힌 옆문을 통해 '성 베드로 소년 합창단', '빨간 모자 합창단', '덴버 게이 남성 합창단', '스윗 아델린즈 쇼 합창단', '마일하이 재즈 싱어즈'라고 적힌 문들이 줄줄이 있는 미로 같은 통로를 걸어갔다. 건물 앞쪽은 와자지껄했다. 중앙 복도를 지나자 금색과 초록색과 검은색 합창복을 입은 사람들이 서로 이야기하며 서성거리는 게 보였다.

캘빈은 몇 개의 문들을 하나씩 열어보고, 방 안에 슬쩍 들어가 문을 닫았다가 고개를 가로저으며 다시 모습을 드러냈다. "알타이르인들이 〈메시아〉를 들으면 안 되는데, 여기서는 객석의 소음까지 다 들려요." 캘빈이 말했다. "방음 장치가 된 곳이 필요해요."

"아니면 더 멀리 있거나요." 나는 그렇게 말하고 통로를 따라 내려가 옆으로 난 복도 쪽으로 방향을 틀었다. 그때 회의실에서 나오던 캘빈의 중학교 1학년짜리들과 정면으로 마주쳤다. 칼슨 부인이 여자애들을 녹화하고 있었고 다른 엄마는 여자애들을 입장시키기 위해 줄 세우려 애쓰는 중이었는데, 아이들은 보자마자 캘빈을 둘러싸고 떠들었다. "레드베터 선생님, 어디 계셨어요? 안 오시는 줄 알았어요.", "레드베터 선생님, 칼슨 부인이 저희더러 휴대폰 끄라고 하셨는데 그냥 진동으로 해놓으면 안 될까요?", "레드베터 선생님, 셸비랑 저랑 같이 입장해야 하는데, 셸비는 대니카랑 같이 가고 싶대요."

캘빈은 아이들의 말을 무시했다. "캐니샤, 안에서 의상 입을 때 다른 합창단 리허설 소리 들렸니?"

"왜요?" 벨린다가 물었다. "우리가 입장 순서를 놓쳤나요?"

"들렸니, 캐니샤?" 캘빈이 재차 물었다.

"조금이요." 캐니샤가 말했다.

"그럼 안 되겠네요." 캘빈이 내게 말했다. "제가 맨 끝에 있는 방을 확인해볼게요. 여기서 기다려요." 그러고는 전속력으로 복도를 달려갔다.

"그날 쇼핑몰에 있던 언니 맞죠?" 벨린다가 나에게 따지듯 물었다. "레드베터 선생님이랑 같이 사라지신 거 맞죠?"

알타이르인들이 지구에서 뭘 하고 있는지 알아내지 못하면, 우리 모두 다 같이 펑 소리와 함께 사라질지도 모른다. "아니야." 내가 대답했다.

"둘이 잤어요?" 첼시가 물었다.

"첼시!" 칼슨 부인이 충격을 받은 듯 소리쳤다.

"그런 거예요?"

"너희, 줄 서야 하는 거 아니니?" 내가 물었다.

캘빈이 전력 질주해서 돌아왔다. "괜찮을 것 같아요." 캘빈이 내게 말했다. "방음이 꽤 잘 되는 것 같네요."

"왜 방음이 되어야 해요?" 첼시가 물었다.

"그래야 섹스할 때 아무도 못 듣지." 벨린다가 말하자 첼시가 키스 소리를 흉내 냈다.

"아가씨들, 입장할 시간이야." 캘빈이 그 합창단 지휘자 톤으로 말했다. "줄 서!" 캘빈은 정말 대단했다. 아이들이 즉시 두 명씩 짝을 지어 한 줄로 서기 시작했다.

"모두 강당으로 들어갈 때까지 기다리세요." 캘빈이 나를 옆으로 잡아당기며 말했다. "그 뒤 알타이르인들을 데려와 방 안에 집어넣으세요. 그들이 방으로 들어갈 동안 음악을 듣지 못하도록 제가 오케스트라와 조직위원회를 소개하고 있을게요. 방 안에 아무도 들어오지 못하게 문을 막을 만한 탁자가 있어요."

"하지만 알타이르인들이 떠나려고 하면 어쩌죠?" 내가 물었다. "탁자로는 그들을 막을 수 없어요. 아시잖아요."

"제 휴대폰으로 전화해요. 관객들에게는 소방 훈련이나, 뭐 그런 게 있다고 말할게요. 아시겠죠? 최대한 빨리 끝낼게요." 캘빈이 씩 웃었다.

"〈12일간의 크리스마스〉만큼 오래 걸리진 않을 거예요. 걱정하지 말아요, 멕. 우리가 밝혀낼 거예요."

"내가 말했잖아. 레드베터 선생님 여자친구라니까."

"정말이에요, 선생님?"

"갑시다, 아가씨들." 캘빈은 여자애들을 데리고 복도를 따라 걸어가 강당 안으로 들어갔다. 마지막으로 꾸물거리며 들어간 아이들 뒤로 강당 문이 닫히자마자 휴대폰이 울려대기 시작했다. 모스맨 박사였다. "수색을 중단하게. 알타이르인들은 우주선 안에 있어." 박사가 말했다.

"어떻게 아세요? 그들을 보셨어요?" '알타이르인들을 차에 남겨두는 게 아니었어.' 나는 그렇게 생각하며 물었다.

"아니네. 하지만 우주선이 점화 과정을 시작했는데, NASA가 앞서 예측했던 것보다 훨씬 빨리 움직이고 있어. 이제 이륙까지는 4시간도 채 남지 않았다고 하는군. 자네는 어디 있나?"

"돌아가는 중이에요." 나는 휴대폰 너머로 내가 주차장으로 뛰어가 승합차를 여는 소리가 들리지 않게 하려고 무척 조심했다. 다행히 승합차는 아직 그 자리에 그대로 있었다.

"그럼 어서 서두르게." 모스맨 박사가 날카롭게 말했다. "여기 보도진들이 있네. 정확히 어떻게 알타이르인들을 탈출시켰는지 자네가 설명해야 할 거야." 나는 승합차의 문을 열었다.

알타이르인들이 안에 없었다.

아, 안 돼. "이 사태에 대한 모든 책임을 자네에게 물을 걸세." 모스맨 박사가 말했다. "만일 국제적인 파문이라도 일게 된다면…."

"최대한 빨리 그쪽으로 가겠습니다." 나는 전화를 끊고, 운전석 쪽으로 달려가려 몸을 돌렸다.

그리고는 알타이르인들과 충돌했다. 보아하니 그들은 그동안 계속 내 뒤에 서 있었던 모양이었다. "이런 식으로 사람 놀라게 하지 마요." 내가 말했다. "이제 이쪽으로 오세요." 난 그들을 이끌고 컨벤션센터로 재빨리 들어가서 닫혀 있는 강당 문을 지나 긴 복도를 따라서 캘빈이 알려주었던 방으로 들어갔다. 강당을 지날 때 말소리가 들리긴 했지만, 천만다행으로 노랫소리는 들리지 않았다.

방은 캘빈이 말해줬던 탁자를 제외하곤 텅 비어 있었다. 나는 알타이르인들을 방 안쪽으로 몰아넣은 뒤, 탁자를 옆으로 눕혀 문 쪽으로 밀어서 손잡이 밑에 억지로 끼워 넣었다. 그러고는 문에 귀를 대고 강당에서 무슨 소리가 나는지 들어봤다. 캘빈의 말이 맞았다. 지금쯤이면 분명 합창제가 시작되었을 텐데 아무 소리도 들리지 않았다.

자, 이제 어떡하지? 우주선이 이륙하기까지 4시간밖에 남지 않은 상황에서, 일분일초도 낭비할 수 없었다. 하지만 방 안에는 내가 사용할 수 있는 거라곤 아무것도 없었다. 피아노도, CD 플레이어도, 레코드판도 없었다. 중학교 1학년 아이들의 분장실을 이용하는 게 좋았을 거라는 생각이 들었다. 아이들에겐 적어도 아이팟이나 뭐 그런 비슷한 것들이 있었을 것이다.

하지만, 설령 내가 알타이르인들에게 합창단이 부른 크리스마스 캐럴을 수백 곡 틀어주고 그들이 그 모든 합창곡에 반응한다 해도(절을 하고, 아름답게 장식하고, 한 마리의 말이 끄는 썰매를 타고 눈 속을 달리고, 저 멀리 있는 별을 쫓는다 해도) 왜 그들이 지구에 왔는지, 왜 떠나기로 했는지 여전히 알 수 없을 것이다. 알타이르인들이 〈42번가〉의 합창단이 시끄러운 탭댄스를 추면서 부른 '천상의 평화 속에 잠자네'를 왜 지시로 받아들였는지도, 그들이 '자다', '앉아', '빙빙 돌다', '깜빡이다'와 같은 단어들의 의미를 알긴 했는지도, 우리는 알아내지 못할 것이다.

캘빈은 알타이르인들이 두 명 이상이 부르는 노래의 가사만 이해할 수 있을 거로 추측했지만, 그럴 리가 없었다. 누구든 어떤 단어를 처음 들으면 그게 무슨 뜻인지 알 수 없다. 알타이르인들은 '모두가 땅에 앉아 있었는데'라는 말을 쇼핑몰에 갔던 그날 처음으로 들었다. 그 단어들이 무슨 뜻인지 알고 있었으려면 그 전에 그 단어를 들어봤다는 의미인데, 그렇다면 그 단어를 노래가 아닌 말로 들을 수밖에 없다. 그 말은, 즉 그들이 노래로 나온 단어는 물론 말로 들은 단어도 이해할 수 있다는 것을 의미한다.

나는 쇼트 박사가 알타이르인들에게 준 로제타 스톤과 사전이 떠올라서, 그들이 단어들을 그 전에 읽어봤을 수도 있겠다는 생각이 들었다. 하지만 저들이 어찌어찌 독학으로 영어를 읽을 수 있게 됐다 하더라도, 발음하는 법을 알 수는 없다. 그러니 단어를 말로 들어도 그게 무슨 단어인지 알지 못했을 것이다. 저들이 어떤 단어인지 알아들을 수 있으려면 말로 하는 단어를 들어보는 방법밖에 없다. 그 말은, 알타이르인들이 지난 9개월 동안 우리가 했던 모든 말을 듣고 이해했다는 걸 의미했다. 캘빈과 내가, 저들이 아기들을 살해하고 이 행성을 파괴할지도 모른다고 이야기했던 것까지 포함해서 말이다. 그러니 알타이르인들이 떠나려고 할 만도 했다.

하지만 그들이 우리의 말을 이해했다면, 그것은 둘 중 하나를 의미했다. 그들은 우리와 말하고 싶지 않거나, 말을 할 수 없는 거다. 그들이 자리에 앉는 등 여러 반응을 보였던 건 몸짓으로 대화하려는 시도가 아니었을까?

아니, 그럴 리도 없었다. 그랬다면 벌써 수개월 전에 '앉다'라는 단어를 들었을 때 알타이르인들은 그 말에 반응해 행동을 보였을 것이다. 그리고 그들이 소통하기 위해 노력하고 있다면, 그저 거기 가만히 서서 '우리는 지금 기분이 좋지 않다'는 식으로 노려보는 대신, 캘빈과 내가 맞는 길로(혹은 틀린 길로) 가고 있는지 암시라도 주지 않았을까? 게다가 나는 단 한 순간도 그 표정이 그들이 지닌 우연한 특성이라고는 믿지 않았다. 못마땅한 표정인지 아닌지는 보면 알 수 있다. 너무나도 여러 해 동안 주디스 고모를 봐온 탓에 모를 수가….

주디스 고모. 나는 호주머니에서 휴대폰을 꺼내 트레이시 언니에게 전화했다. 언니가 전화를 받자 내가 말했다. "언니, 주디스 고모에 대해 기억나는 대로 다 말해줘."

"고모에게 무슨 일이라도 생겼어?" 언니가 놀란 목소리로 말했다. "지난주에 내가 고모랑 이야기했을 때만 해도…."

"지난주?" 내가 말했다. "주디스 고모가 아직 살아 계신단 말이야?"

"글쎄, 지난주에 점심 같이 먹었을 땐 살아 계셨지."

"점심? 주디스 고모랑? 지금 같은 사람 이야기하고 있는 거 맞아? 아빠의 주디스 고모? 고르곤가의?"

"맞긴 한데, 성이 고르곤은 아니야. 고모도 알고 보면 무척 좋은 사람이지."

"주디스 고모가?" 내가 말했다. "항상 모두를 못마땅하단 눈초리로 노려봤던 그 고모가?"

"맞아, 지난 몇 년 동안 나를 노려본 적은 없지만 말이야. 내가 말했잖니, 고모도 막상 알고 보면…."

"언니가 정확히 어떻게 했길래 고모랑 가까워질 수 있었어?"

"생일 선물을 보내주시길래 감사하다고 했지."

"그리고…?" 내가 말했다. "그게 전부일 리가 없어. 엄만 늘 우리 둘에게 고모한테 선물에 대한 감사의 말을 상냥히 하라고 시켰었잖아."

"알아. 하지만 그건 예법에 맞지 않아. '곧장 감사의 손편지를 쓰는 것만이 예절에 맞는 감사의 형태지.'" 트레이시 언니가 말했다. 고모의 말을 인용한 게 확실했다. "내가 고등학생 때 수업 시간에 감사 편지 쓰기를 했었어. 그때 마침 고모가 내게 1달러가 든 생일 카드를 보내셨길래 고모에게 감사 편지를 썼어. 그런데 다음 날 고모가 내게 전화를 걸어 일장 연설을 하시는 거야. 바른 예절이 얼마나 중요한지, 더 이상 아무도 가장 기본적인 예절 규범조차 지키지 않는다는 게 얼마나 충격적인지, 그리고 적어도 어린애 하나는 제대로 처신하는 법을 안다는 걸 보게 되어서 얼마나 기쁜지, 그런 이야기들이었지. 그러고 나서 나한테 〈레미제라블〉을 같이 보러 가고 싶냐고 물어보시는 거야. 그래서 난 고모께 에밀리 포스트[*]가 쓴 책 한 권을 사드렸어. 그때 이후로 우리는 정말 사이좋게 지냈어. 에반과 내가 결혼할 땐 고모가 순은으로 된 생선 뒤집개도 보내주셨어."

"언니가 고모에게 감사의 손편지를 보내서 그랬다고?" 내가 멍하니 말했다. 주디스 고모가 노려봤었던 이유는 우리가 천박하고 예의가 없었기 때문이었다. 그래서 알타이르인들이 저렇게 못마땅해 보이는 걸까? 우리가 감사의 손편지 같은 거라도 보내길 기다리고 있는 건가?

---

[*] 에티켓에 관한 책들로 유명한 미국 작가

만일 그게 이유라면 우리는 망했다. 예절 규범은 비논리적이고 문화적인 특성이 강하기로 악명이 높은데, 우리가 상담할 수 있는 은하계 차원의 에밀리 포스트는 존재하지 않기 때문이었다. 그리고 맙소사, 이륙까지는 이제 2시간도 채 남지 않았다.

"고모가 언니한테 전화했던 그날 고모가 정확하게 무슨 이야길 했는지 말해줘." 나는 어쩌면 고모가 실마리가 될 수 있을지도 모른다는 생각을 버리고 싶지 않았다.

"8년 전 일이라…."

"나도 알아. 그래도 기억을 좀 해봐."

"그러지 뭐…. 고모는 많은 이야기를 하셨어. 장갑이며, 노동절 다음 날 흰 구두를 신어선 안 된다는 거며, 앉을 때 다리를 꼬면 안 된다는 이야기들이었지. '가정교육을 제대로 받은 숙녀들은 양 발목이 겹치게 앉는 법이야.' 같은 거."

알타이르인들이 쇼핑몰에서 앉았던 게, 혹시 바르게 앉는 방법을 보여주려는 예절 수업이었을까? 그랬을 리가 없다. 하지만 주디스 고모는 특정 날짜에 잘못된 색의 신발을 신었다는 이유로 사람들과 말하길 거부했었다.

"…그리고 고모는, 내가 결혼할 때 돋을새김으로 인쇄된 초대장을 보내드려야 한다고 말씀하셨어." 트레이시 언니가 말했다. "그래서 그렇게 했지. 내 생각엔 그래서 고모가 우리에게 생선 뒤집개를 주신 것 같아."

"생선 뒤집개 따위엔 관심 없어. 고모는 언니가 보낸 감사 편지에 대해 뭐라고 하셨어?"

"고모는 '이제야 제대로 하는구나, 트레이시. 나는 너희 집안사람 중에 문명인다운 태도를 보여줄 사람이 과연 있을지 거의 희망을 접을 뻔했단다'라고 하셨어."

문명인다운 태도. 바로 그거였다. 알타이르인들은, 우리 집 거실에 앉아 우리를 노려봤던 주디스 고모처럼, 우리가 문명인이라는 표시를 보이길 기다리고 있었던 것이다. 그리고 노래가(정확히 말해서 합창이) 바로 그 표시였다. 그런데 합창은 흰색 구두나 돋을새김으로 인쇄된 초대장처럼 임의적인 예절 규범일까, 아니면 다른 무언가를 상징하는 걸까? 나는 캘빈이 수다 떠는 중학교 1학년 아이들에게 줄을 서라고 하자, 떼 지어 키득거리며 무질서하게 우왕좌왕했던 여자애들이 질서정연하고 근사한 태도로 문명인답게 줄 섰던 일을 떠올렸다.

이제야 알 것 같았다. 알타이르인들이 지금껏 기다린 것은 문명화된 태도를 나타내는 징후였다. 그리고 그들은 지구에서 지낸 9개월 동안 그런 징후를 거의 보지 못했다. 위원회는 비조직적이었고 위원들은 계속해서 일을 그만뒀으며, 그나마 남은 위원들은 남의 말을 전혀 듣지 않았다. 그 끔찍했던 성가대 리허설에서 베이스는 도입부조차 제대로 해내지 못했고, 쇼핑몰 안의 쇼핑객들은 소리 지르는 아이들을 끌고 다니며 어쩔 줄 몰라 했다. 알타이르인들은 뮤잭에서 합창단이 부르는 〈목자들이 한밤중에〉를 들었을 때, 우리가 결국에는 서로 어울려 살아갈 수 있으리라는 가능성을 처음으로 보았을지(정확히 말해서 들었을지도) 모른다.

알타이르인들이 쇼핑몰 한가운데에서 그 자리에 앉아버린 것도 놀랄 일이 아니었다. 주디스 고모처럼 그들도 "이제야 제대로 하는구나!"라고 생각한 게 분명했다. 하지만 그렇다면 왜 그들은 우리에게 전화를 한다거나, 함께 〈레미제라블〉을 보러 가자고 하는 것 같은 행동을 하지 않았던 걸까?

어쩌면 자기들이 본 것이(정확히 말해서 들은 것이) 자기들이 생각한 바로 그 징후라는 확신이 들지 않았을지도 모른다. 그들은 사람들이 노래하는 모습을 본 적이 없었다. 캘빈과 그 한심한 베이스 단원들은 빼고 말이다. 그들은 우리가 조화를 이루며 아름답게 노래할 수 있다는 징후를 본 적이 없었다.

하지만 〈목자들이 한밤중에〉가 그들에게 어쩌면 그것이 가능할지도 모른다는 생각을 하게 하였고, 바로 그런 이유에서 우리를 졸졸 따라다니며 우리가 그들에게 합창을 들려줄 때마다 앉고 잠들고 길을 잃었다. 우리가 그 단서를 알아채길 바라며. 그리고 더 많은 증거를 볼 수 있길 바라며.

그렇다면 우리는 이 방음실에 있을 게 아니라 강당에 가서 합창제를 들어야 했다. 특히 우주선이 이륙 준비를 하고 있다는 사실은, 그들이 포기하고 결국 자신들이 오해했던 거라고 결정했다는 의미이기 때문이다. "이쪽으로 와요." 내가 알타이르인들에게 말하며 자리에서 일어섰다. "당신들에게 보여줄 것이 있어요." 나는 탁자를 밀치고 문을 열었다.

문 앞에 캘빈이 있었다. "아, 잘됐네요. 여기 있었군요." 내가 말했다. "제가… 그런데 지금 지휘하고 있어야 하는 거 아니에요?"

"당신에게 해야 할 말이 있어서 휴식 시간을 공지했어요. 제가 알아낸 것 같아요. 알타이르인들이 무엇에 반응해왔는지." 캘빈이 내 팔을 붙들고 말했다. "저들이 왜 크리스마스 노래들에 반응했는지 말이에요. 〈난롯불에 알밤을 구우며〉를 지휘하는 동안 생각해봤어요. 거의 모든 크리스마스 노래들에 공통으로 나오는 게 뭔지 아세요?"

"모르겠네요." 내가 말했다. "알밤? 산타클로스? 종소리?"

"비슷해요." 캘빈이 말했다. "합창이에요."

합창이라고? "저들이 합창단이 부르는 노래에 반응한다는 건 이미 알고 있잖아요." 나는 혼란스러웠다.

"단지 합창단이 부른 노래가 아니었어요. 합창에 대한 노래들이었어요. 천사 합창단과 어린이 합창단, 크리스마스에 집집마다 돌아다니며 찬송가를 부르는 사람들이 하프를 뜯으며 합창을 한다는 노래들이었다고요!" 캘빈이 말했다. 〈천사들의 노래가〉에 나오는 천사들은 들판 위에서 달콤하게 노래를 해요. 〈그 맑고 환한 밤중에〉에서는 온 세상이 그들의 노래에 화답하고 있고요. 그것들 모두 노래에 관한 노래였어요." 캘빈이 흥분하며 말했다. "'저 영광된 옛 노래가', '천사들이 달콤한 성가로 인사하는'. 자, 보세요." 캘빈은 구절들을 가리키며 악보를 획획 넘겼다. "'오, 천사들의 목소리를 들으라', '옛사람들이 노래했던 것처럼', '목자들이 지켜주고 천사들이 노래해주던', '사람들로 하여금 힘껏 노래하게 하라.' 랜디 트래비스, 피너츠 키즈, 폴 매카트니가 부른 노래들과 영화 〈그린치〉에 나오는 노래들에도 합창에 대한 언급이 있어요. 〈목자들이 한밤중에〉가 합창이었기 때문만은 아니었던 거죠. 그 노래가 합창단이 노래하는 것에 대한 노래였기 때문이었어요. 합창하는 것만 중요한 게 아니었어요. 무엇을 노래하는지도 중요했어요." 캘빈은 마지막 절을 가리키며 내 앞으로 악보를 내밀었다. "'이제 하늘로부터 인간에게 온정이 있을지니.' 이것이 바로 저들이 우리에게 전하려고 했던 것입니다."

내가 고개를 가로저었다. "아니에요. 저들은 이것을 우리가 자기들에게 전해주길 기다려왔어요. 주디스 고모가 그랬듯이요."

"주디스 고모요?"

"나중에 설명해드릴게요. 지금 당장은 저들에게 우리가 문명인이라는 사실을 증명해야 해요. 알타이르인들이 떠나버리기 전에요."

"그걸 어떻게 하죠?"

"우리가 노래를 불러주는 거예요. 아니, 차라리, '전국 초교파 합창단'이 불러주는 편이 낫겠네요."

"무슨 노래를 불러야 하죠?"

그게 중요한 것 같진 않았다. 그들이 찾고 있는 것은, 우리가 서로 협력해서 함께 조화롭게 일할 수 있는 존재라는 증거였고, 그렇다면 〈멜레 칼리키마카〉*도 〈평화의 캐럴〉만큼이나 효과가 있을 거라고 나는 확신했다. 하지만 할 수 있는 한 상황을 확실히 처리한다고 해서 나쁠 건 없었다. 트레셔 목사가 은하계 십자군 전쟁을 위한 무기로 사용할 수 없는 노래라면 더더욱 좋을 것이다.

"알타이르인들에게 우리가 문명화된 종족이라는 확신을 심어줄 그런 노래를 불러야 해요." 내가 말했다. "온정과 평화를 전하는 노래요. 특히 평화. 그리고 되도록 종교적인 노래는 빼죠."

"곡을 쓸 수 있는 시간이 얼마나 있죠?" 캘빈이 물었다. "복사도 해야 할 텐데…."

그때 내 휴대폰이 울렸다. 휴대폰 액정을 보니 모스맨 박사에게서 온 전화였다. "잠깐만요. 잠깐이면 될 거예요." 나는 통화 버튼을 눌렀다. "여보세요?"

---

* 하와이풍의 크리스마스 캐럴. 하와이어로 메리 크리스마스를 뜻한다.

"도대체 어디 있는 건가?" 모스맨 박사가 소리쳤다. "우주선이 최종 점화 회전을 시작하고 있단 말일세."

나는 몸을 돌려 알타이르인들이 아직 그 자리에 있는지 확인했다. 고맙게도 그들은 아직 그곳에서 나를 노려보고 있었다. "최종 점화 회전은 얼마나 걸리죠?" 내가 물었다.

"그야 아무도 모르지." 모스맨 박사가 말했다. "길어봐야 10분일 걸세. 자네, 지금 당장 여기로 오지 않으면…."

나는 전화를 끊었다.

"자, 그래서요?" 캘빈이 말했다. "시간이 얼마나 있죠?"

"없어요." 내가 말했다.

"그렇다면 이미 가지고 있는 곡을 사용해야겠군요." 캘빈이 낱장으로 된 악보들을 휙휙 넘기며 말했다. "그리고 사람들이 화음을 알고 있는 노래여야 해요. 문명화된… 문명화된… 제 생각에는…." 그가 찾던 곡을 발견하고 훑어봤다. "…그래요, 단어 몇 개만 바꾸면 이 노래가 좋을 것 같네요. 알타이르인들이 라틴어를 이해할까요?"

"저는 충분히 가능하다고 봐요."

"그럼 첫 번째 두 줄만 하지요. 5분만 기다려주시면…."

"5분이나…?"

"그래야 제가 무엇이 바뀌었는지 모두에게 간단히 설명해줄 수 있어요. 그 뒤에 알타이르인들을 데리고 들어오세요."

"좋아요." 내가 말했다. 그가 강당으로 달려갔다.

알타이르인들과 내가 양쪽으로 여는 문을 통해 강당으로 들어가자 관객들이 기대에 차 웅성거렸다. 무대를 빙 둘러 배치된 합창단들의 대열, 그 적갈색과 금색과 초록색과 보라색 합창복들의 바다가 음악 소리 너머로 서로 속삭이기 시작했다.

캘빈이 이제 막 설명을 마친 모양이었다. 합창단들과 관객들 일부가 분주히 악보에 적고, 연필을 건네고, 서로에게 질문하는 중이었다. 무대 한쪽에서는 오케스트라가 끽끽거리는 소리와 뚜뚜거리는 소리, 떠들썩하게 지껄이는 소리들로 어수선한 불협화음 속에서 연주 준비를 하고 있었다.

다른 한쪽에서는 마일하이 여성 코러스의 소프라노 단원들이 알토 단원들에게 전날 밤 내가 리허설을 방해했던 일을 들려주고 있는 눈치였다. 그들이 일제히 고개를 돌려 나를 노려보았다. "우리가 알고 있는 가사로 노래할 수 없다니 어처구니가 없네." 장갑을 끼고 베일이 달린 모자를 쓴 나이든 여성이 동료 단원에게 말했다.

동료가 고개를 끄덕였다. "그러게나 말이에요. 이 초교파인지 뭔지가 도를 넘어선 것 같아요. 인간들이야 그렇다 치고, 외계인이라니!"

나는 다른 아이들의 의자 너머로 몸을 기대어 깔깔대고 껌을 씹고 있는 캘빈의 중학교 1학년짜리 여자애들을 보면서 생각했다. '이건 절대로 성공하지 못할 거야.' 벨린다는 휴대폰으로 누군가에게 문자를 보내는 중이었고, 캐니샤는 아이팟으로 음악을 듣고 있었다. 첼시가 손을 번쩍 들어 큰 소리로 외쳤다. "레드베터 선생님! 선생님! 셸비가 제 악보를 뺏어갔어요."

오케스트라 쪽에서는 타악기 연주자가 요란한 소리를 내며 심벌즈 연습을 하고 있었다. '가망이 없어.' 나는 노려보고 있는 알타이르인들을 건너다보며 그렇게 생각했다. 문명화는 고사하고, 우리가 지각이 있는 종족이라는 확신조차 심어줄 수 없을 것이다.

내 휴대폰이 울렸다. 망했군. 휴대폰 벨 소리가 최후의 한 방을 날렸다. 더듬더듬 휴대폰을 꺼내 들었다. 이제는 모든 사람이, 하다못해 심벌즈 연주자까지도 나를 노려봤다. "저렇게 예의가 없을 수가!" 흰 장갑을 낀 나이든 여성이 말했다.

"우주선이 방금 카운트다운을 시작했어!" 모스맨 박사가 내 귀에 대고 소리소리 질렀다.

나는 '종료' 버튼을 누르고 휴대폰을 꺼버렸다. "서둘러요." 내가 캘빈에게 소리 없이 입 모양으로 말하자, 캘빈이 고개를 끄덕이고 연단 위로 올라갔다.

캘빈이 지휘봉으로 보면대를 두드리자 강당 전체가 조용해졌다. "〈참 반가운 성도여〉." 모두가 자기의 악보를 펼쳤다.

"〈참 반가운 성도여〉라니?" 저 사람이 도대체 뭘 하는 거지? 우리에게 필요한 건 '믿음이 충만한 자여, 다 이리 오라'가 아니라고. 나는 머릿속으로 가사를 훑어 내려갔다. '베들레헴으로 오라… 가서 우리가 그를 경배케 하라….' 안 돼, 안 돼, 종교적인 것은 안 된다고!

하지만 너무 늦었다. 캘빈이 손바닥이 위로 향하게 손을 펼쳐서 양손을 들어 올리자 모두 자리에서 일어났다. 그리고 캘빈이 오케스트라를 향해 고개를 끄덕이자 오케스트라가 〈참 반가운 성도여〉의 도입부를 연주하기 시작했다.

나는 고개를 돌려 알타이르인들을 바라봤다. 그들은 평소보다도 훨씬 더 비난하는 눈초리로 오케스트라를 노려보고 있었다. 나는 그들과 문 사이로 자리를 옮겼다.

오케스트라의 연주가 도입부 끝부분에 다다르고 있었다. 캘빈이 나를 힐끗 쳐다봤다. 나는 격려의 뜻으로 보이길 바라며, 미소를 짓고 손가락으로 행운의 표시를 해 보였다. 캘빈은 고개를 끄덕이더니, 다시 지휘봉을 들어 올렸다가 아래로 내렸다.

"합창제에 가보신 적 있으세요?" 캘빈이 물었었다. "꽤 감동적입니다."

사실이었다. 강당에는 족히 4천 명가량의 사람이 있었는데, 그들 모두 완벽한 화음을 이루며 노래를 불렀다. 설령 그들이 〈칩멍크 송〉을 부르더라도 여전히 장엄했을 것이다. 하지만 캘빈과 내가 알타이르인들에게 지시할 가사를 써서 사람들이 바로 그 가사를 불렀다면 그보다 더 완벽할 수는 없었으리라. "노래하라, 지상의 합창단들이여." 사람들이 떤꾸밈음으로 노래했다. "기쁘게 노래하라, 천상의 시민들에게." 그러자 알타이르인들이 통로를 따라 미끄덩미끄덩/뒤뚱뒤뚱 무대 쪽으로 가더니 캘빈의 발아래 앉았다.

나는 살그머니 복도로 빠져나가서 모스맨 박사에게 전화했다. "우주선 상황은 어때요?" 내가 박사에게 물었다.

"지금 어디야?" 모스맨 박사가 다그쳐 물었다. "이쪽으로 오는 중이라고 했잖나."

"도로가 많이 막혀요." 내가 말했다. "우주선 상황은 어때요?"

"점화 과정을 중단하고 조명들도 다 꺼졌네." 모스맨 박사가 말했다.

다행이다. 우리가 하는 일이 효과가 있다는 뜻이었다.

"그냥 땅 위에 앉아 있네."

"적절하군요." 내가 중얼거렸다.

"도대체 그건 또 무슨 소리지?" 모스맨 박사가 비난조로 말했다. "스펙트럼 분석에 따르면 알타이르인들은 우주선 안에 없다더군. 자네가 그들을 데리고 있지, 그렇지 않나? 자네 지금 어디에 있고 대체 지금껏 그들에게 무슨 짓을 한 건가? 만일…."

나는 전화를 끊고 휴대폰을 끈 다음 강당 안으로 들어갔다. 사람들이 〈참 반가운 성도여〉를 마치고 〈천사 찬송하기를〉을 부르고 있었다. 알타이르인들은 여전히 캘빈의 발밑에 앉아 있었다. "…조화하니…." 강당 안에 있는 사람들이 모두 노래했다. "기쁘도다, 너희 만국의 백성들이여 일어나." 그러자 알타이르인들이 일어섰다.

그리고 날아올랐다. 통로 위로 족히 60센티미터 높이까지. 헉 소리가 동시에 들렸고, 모든 사람이 노래를 멈추고 둥둥 떠다니는 알타이르인들을 뚫어지게 쳐다봤다.

'안 돼, 멈추면 안 돼.' 나는 마음속으로 외치며 서둘러 앞쪽으로 향했다. 다행히 캘빈은 상황을 잘 통제했다. 캘빈이 주디스 고모에 버금갈 만한 눈빛으로 중학교 1학년 여자애들을 노려보자, 아이들이 마른침을 꿀꺽 삼키고 다시 노래하기 시작했다. 그리고 잠시 후 다른 사람들도 모두 마음을 진정하고 마저 노래를 불렀다.

노래가 끝나자 캘빈이 고개를 돌려 입 모양으로 내게 말했다. "다음엔 뭘 하죠?"

"계속 노래해요." 나도 입 모양으로 답했다.

"무슨 노래요?"

나는 '저도 몰라요'라는 뜻으로 어깨를 한 번 으쓱해 보이고는, 입 모양으로 "이건 어때요?" 하고 말한 뒤, 프로그램 안내 책자에 있는 노래 중 네 번째 노래를 가리켰다.

캘빈이 활짝 웃더니 합창단 쪽으로 고개를 돌려 이렇게 말했다. "이제 〈공중에는 노래〉를 부르겠습니다."

바스락바스락 악보 넘기는 소리가 들리더니 합창단이 노래 부르기 시작했다. 나는 알타이르인들이 하강하지는 않는지 주의 깊게 관찰했지만, 그들은 계속 공중을 맴돌고 있었다. 합창이 "그리고 아름다운 노래가"에 이르자 노려보던 눈빛이 약간 부드러워진 듯했다.

강당 안에 있는 사람들이 노래했다. "그리고 저 멀리 들리는 노랫소리가 땅 위를 휩쓸었도다." 그때 강당 문들이 쾅하고 열리더니 모스맨 박사와 트레셔 목사, 그리고 FBI 요원 수십 명과 경찰, 기자, 카메라맨들이 쏟아져 들어왔다. "꼼짝 마!" FBI 요원이 소리쳤다.

"이건 신성모독이야!" 트레셔 목사가 고함을 질렀다. "이것 좀 봐! 마녀들에, 동성애자들에, 자유주의자들이라니!"

"저 젊은 여자를 체포하세요." 모스맨 박사가 나를 가리키며 말했다. "그리고 지휘하고 있는 저 젊은 남자도…." 박사는 말을 멈추고 입을 떡 벌린 채 무대 위를 맴돌며 날아다니는 알타이르인들을 바라봤다. 카메라 플래시들이 터지기 시작했고, 기자들은 마이크에 대고 떠들기 시작했으며, 트레셔 목사는 카메라 앞에 정면으로 자리 잡더니 두 손을 움켜쥐었다. "오, 주여." 목사가 소리쳤다. "알타이르인들로부터 사탄의 마귀들을 몰아내소서!"

"안 돼!" 내가 중학교 1학년 아이들에게 소리쳤다. "노래를 멈추면 안 돼." 하지만 그들은 이미 노래를 멈춘 상황이었다. 나는 절망적으로 캘빈을 바라봤다. "지휘를 계속해요!" 하지만 경찰들이 벌써 캘빈의 손에 수갑을 채우기 위해 앞쪽으로 나아가며 알타이르인들 주위를 조심스레 걷고 있었다. 알타이르인들이 조금씩 바람이 빠져나가는 풍선처럼 천천히 아래로 내려왔다.

"또한 여기 있는 이 죄인들에게 그들의 과오를 가르치소서." 트레셔 목사가 읊조렸다.

"이러시면 안 돼요, 모스맨 박사님." 나는 간절히 말했다. "알타이르인들은…."

모스맨 박사가 내 팔을 붙잡아서 경찰관에게 끌고 갔다. "이 두 사람을 납치 죄목으로 고발하고 싶습니다." 박사가 말했다. "그리고 이 여자에게는 범죄 모의죄도 추가하겠습니다. 이 모든 일이 이 여자 책임…." 모스맨 박사가 말을 멈추더니 내 등 뒤를 뚫어지게 쳐다봤다.

나는 몸을 돌렸다. 알타이르인들이 바로 내 뒤에 서서 노려보고 있었다. 막 내 손에 수갑을 채우려던 경찰관도 내 손목을 놓고 뒤로 물러섰다. 기자들과 FBI 요원들도 마찬가지였다.

"친애하는 알타이르인 여러분…." 모스맨 박사가 몇 발짝 뒤로 물러서며 말했다. "저희 위원회는 이 일과 아무 상관이 없다는 사실을 알아주셨으면 합니다. 저희는 아무것도 몰랐습니다. 순전히 이 젊은 여자 잘못입니다. 이 여자가…."

"환영해주셔서 감사합니다." 중앙에 있는 알타이르인이 나에게 고개 숙여 인사하며 말했다. "저희 또한 당신을 만나 반갑습니다."

놀라움에 웅성거리는 소리가 강당 전체를 울렸고, 모스맨 박사는 말까지 더듬었다. "다, 당신들, 영어를 할 줄 아는 거요?"

"물론이죠." 나는 그렇게 말한 뒤 알타이르인들에게 고개 숙여 인사했다. "마침내 대화할 수 있게 되어 정말 좋네요."

"저희는 당신을 천상 시민의 일원으로 받아들입니다." 맨 끝에 있는 알타이르인이 말했다. "당신이 준 온정과 땅 위의 평화와 알밤들에 대한 응답입니다."

"또한 저희가 선물을 가지고 왔음을 알려드립니다." 반대쪽에 있는 알타이르인이 말했다.

"기적입니다!" 트레서 목사가 외쳤다. "주께서 저들을 고치셨습니다! 주님이 저들의 입술을 열었습니다!" 목사는 무릎을 꿇고 기도하기 시작했다. "오, 주여, 저희는 이러한 기적을 일으킨 것이 바로 저희의 기도였음을 알며…."

모스맨 박사가 앞으로 튀어나왔다. "친애하는 알타이르인 여러분, 이 누추한 행성에 와주신 여러분을 제가 첫 번째로 환영해드리고자 합니다." 박사가 손을 내밀며 말했다. "저희 정부를 대신해…."

알타이르인들은 모스맨 박사를 무시했다. "당신들의 세상에 대한 저희의 평가가 잘못됐던 거라는 생각이 들기 시작하고 있었습니다." 아까 이야기했던 그 알타이르인이 나에게 말했다. 그리고 또 그녀의? 그의? 옆에 서 있는 알타이르인이 말했다. "당신들이 충분히 지각 있는 종족인지 의심스러웠습니다."

"알아요." 내가 말했다. "저도 가끔 그게 의심스럽답니다."

"또한 저희는 당신들이 조화라는 개념을 이해하고 있는지 확신할 수가 없었습니다." 반대쪽에 서 있는 알타이르인이 말했다. 그러고는 몸을 돌려 캘빈의 손목을 날카롭게 노려봤다.

"레드베터 씨의 수갑을 풀어주시는 게 좋을 것 같아요." 내가 모스맨 박사에게 말했다.

"그래야지, 그래야지." 박사가 경찰관에게 몸짓으로 신호했다. "이게 모두 사소한 오해 때문이었다고 저분들에게 설명해주게나." 모스맨 박사가 내게 귓속말로 속삭이자 알타이르인들이 몸을 돌려 박사와 경찰관을 차례로 노려봤다.

캘빈이 수갑에서 풀려나자 맨 끝에 있는 알타이르인이 말했다. "옛사람들과 마찬가지로 저희가 틀렸다는 것이 증명되어 기쁩니다."

'우리도 마찬가지예요.' 나는 마음속으로 생각했다. "저희 행성에 오신 것을 기쁜 마음으로 환영합니다." 내가 말했다.

"이제 저희와 함께 덴버 대학교로 돌아가시면…." 모스맨 박사가 끼어들었다. "워싱턴으로 가서서 대통령을 만나실 수 있도록 조치하겠습니다. 그리고…."

알타이르인들이 다시 노려보기 시작했다. '아, 안 돼.' 나는 캘빈을 절박한 눈으로 바라봤다. "저희가 사절단을 위한 환영 인사를 모두 마치지 못했습니다, 모스맨 박사님." 캘빈은 이렇게 말하고 알타이르인들을 향해 몸을 돌렸다. "여러분께 저희가 준비한 환영 노래들을 마저 불러드려도 될까요?"

"듣고 싶군요." 중앙에 있는 알타이르인이 말하자, 그들 여섯 모두 즉시 몸을 돌려 통로를 따라 되돌아가더니 자리에 앉았다.

"제 생각엔 여러분도 자리에 앉으시는 게 좋겠어요." 내가 모스맨 박사와 FBI 요원들에게 말했다.

"악보를 저분들에게도 나눠주시겠습니까?" 캘빈이 맨 마지막 줄에 앉아 있는 사람들에게 말했다. "그리고 악보를 찾는 일도 도와주시겠어요?"

"마녀들이랑 동성애자들과 함께 노래를 부를 생각은 추호도…." 트레셔 목사가 분개하기 시작하자 알타이르인들이 일제히 고개를 돌려 목사를 노려봤다. 결국 목사도 자리에 앉았고, 야물커를 쓴 나이 든 유대인 남자가 목사에게 자기 악보를 건네줬다.

"〈할렐루야 합창〉의 가사는 어떻게 할까요?" 캘빈이 내게 귓속말로 속삭였는데, 알타이르인들이 자리에서 일어나더니 통로를 따라 우리에게 걸어왔다.

"당신들의 즐거운 노래를 바꿀 필요는 없습니다. 원래 가사대로 들었으면 합니다." 중앙에 있는 알타이르인이 말했다.

"저희는 당신들 행성의 신화와 미신들에 관심이 아주 많습니다." 맨 끝에 있는 알타이르인이 말했다. "구유 속 아기, 콴자 메노라에 불붙이기, 어린이들에게 장난감과 이빨을 가져다주는 일 등등 더 많은 것에 대해 배우고 싶습니다."

"궁금한 게 많습니다." 그 옆에 서 있던 알타이르인이 말했다. "그 아이는 사막에서 태어났는데, 어떻게 헤롯왕이 아이들을 썰매에 태울 수 있었죠?"

"썰매라고요?" 모스맨 박사가 물었고, 캘빈도 의문에 찬 눈빛으로 나를 쳐다봤다.

"모든 어린이들아, 썰매를 타자." 내가 속삭였다.

"게다가, 신성한 것이 즐거운 것이라면, 왜 그것은 짖어대지요?" 반대쪽 끝에 있는 알타이르인이 물었다. "그리고 레드베터 씨, 멕이 당신의 여자친구입니까?"

"환영 인사가 끝나고 나면 질문과 협상과 선물을 위한 시간이 따로 있을 것입니다." 이제까지 한마디도 하지 않았던 왼쪽으로부터 두 번째 알타이르인이 말했다. 나는 분명 그가 리더일 거로 생각했다. 아니면 합창단 지휘자거나. 그가 말하자, 알타이르인들은 즉시 짝을 지어 대열을 갖추고 통로를 다시 올라가 자리에 앉았다.

나는 지휘봉을 집어 캘빈에게 건네줬다. "무슨 노래를 먼저 불러야 할까요?" 캘빈이 내게 물었다.

"크리스마스에 제가 원하는 건 당신뿐이에요." 내가 말했다.

"정말요? 제 생각엔 먼저 〈천사들의 노래가〉나 아니면⋯."

"노래 제목이 아니에요." 내가 말했다.

"아." 그리고 캘빈은 알타이르인들을 향해 돌아섰다. "여러분의 질문에 대한 제 대답은 '네, 맞습니다.'입니다."

"이거야말로 크고 기쁜 소식이군요." 중앙에 있는 알타이르인이 말했다.

"키스하려면, 겨우살이 줄기들이 많이 있어야겠군요." 맨 끝에 있는 알타이르인이 덧붙였다.

왼쪽에서 두 번째 있는 알타이르인이 그들을 노려봤다. "이제 노래를 하는 게 좋을 것 같네요." 나는 그렇게 말한 뒤, 첫 번째 줄에 앉아 있는 맥킨타이어 목사와 터번을 두르고 꽃무늬 셔츠를 입은 아프리카계 미국인 여성 사이로 비집고 들어갔다.

캘빈이 지휘대 위로 올라섰다. "〈할렐루야 합창〉입니다." 캘빈이 말하자 사람들이 악보를 찾느라 페이지를 뒤졌다. 내 옆에 있던 여자가 악보를 함께 볼 수 있도록 내 쪽으로 내밀더니 귓속말을 했다. "저는 이 곡을 들을 때는 자리에서 일어서는 게 예절에 맞는다고 생각해요. 조지 2세께 경의를. 그분이라면 이걸 처음 듣자마자 자리에서 일어나셨을 거예요."

"사실을 말하자면⋯." 맥킨타이어 목사가 속삭였다. "조지 2세 그 양반은 깊이 잠들어 있다가 놀라서 벌떡 일어났을 겁니다. 하지만 존경과 찬양을 표하는 의미에서 일어서는 일은 여전히 적절한 화답이겠지요."

나는 고개를 끄덕였다. 캘빈이 지휘봉을 들어 올리자 알타이르인들을 제외한 강당 안의 모든 사람이 일제히 일어나 노래하기 시작했다. 〈참 반가운 성도여〉도 놀랍도록 아름다웠지만 〈할렐루야 합창〉은 정말 숨 막히게 아름다웠고, 나는 갑자기 영광스러운 옛 노래와 달콤한 찬송과 널리 울려 퍼지는 기쁨을 거듭 노래하는 것에 관한 모든 가사가 이해되기 시작했다. "그리고 온 세상이 노래로 화답하노라." 나는 생각했다. "이제 천사들이 노래를 부르니."

알타이르인들도 나만큼이나 음악에 감동한 것 같았다. '할-렐-루-야!'가 다섯 번째 나온 뒤에 아까처럼 그들이 공중으로 떠올랐다. 오르고, 또 올라, 높은 돔 천장 바로 아래를 미끄러지듯 떠다녔다.

그들이 어떤 기분일지, 나는 알았다.

분명 그것은 의사소통에서의 대전환점이었다. 이전보다 특별히 더 친해졌다고 보긴 어려웠지만, 전국 합창제 이후 알타이르인들은 말하기를 멈추지 않았다. 그들은 대답하기보다는 질문하기에 훨씬 능숙했다. 자기들이 어디에서 왔는지도 마침내 우리에게 알려주었는데, 용자리에 있는 '알사피'라는 별이었다. 하지만 알타이르가 '날아다니는 자'를 뜻하기 때문에(알사피는 '요리용 삼각대'라는 뜻이다), 여전히 사람들은 그들을 알타이르인이라고 부른다.

또한 알타이르인들은 자기들이 왜 캘빈의 아파트에 나타났으며 계속해서 나를 따라다녔는지도 말해주었다. "저희는 당신과 레드베터 씨 사이에 조화가 일어날 흥미로운 가능성을 어렴풋이 엿보았습니다." 자신들의 우주선이 어떻게 작동하는지도 대충 말해줬는데, 공군은 이 부분에 큰 관심을 보였다. 하지만 아직도 우리는 왜 그들이 이곳에 왔는지, 그들이 무엇을 원하고 있는지 모른다. 알타이르인들이 우리에게 분명하게 말해준 유일한 요구사항은, 모스맨 박사와 트레셔 목사를 위원회에서 제명해달라는 것과 와카무라 박사를 위원장으로 임명해달라는 것이었다. 위원회가 한 일 중 그나마 그들의 맘에 들었던 게 향수 뿌리기였던 것으로 밝혀졌다. 알타이르인들은 아직도 빤히 노려본다.

주디스 고모도 마찬가지다. 고모는 전국 합창제 다음 날 나에게 전화를 걸어, 나를 CNN에서 봤다며 내가 지구를 구하는 훌륭한 일을 했다고 생각한다고 했다. 하지만 도대체 내가 무슨 옷을 입고 있었던 거냐며, 합창제에 가려면 정장을 입어야 한다는 것쯤은 알고 있어야 하는 거 아니냐고 말했다. 내가 고모에게 모든 일이 잘될 수 있었던 게 고모 덕분이라고 말하자, 고모는 나를 노려보다가(심지어 수화기 너머로도 느낄 수 있었다) 전화를 끊었다.

하지만 화가 아주 많이 나시진 않았던 모양이다. 고모는 내가 약혼했다는 소식을 듣곤, 트레이시 언니에게 전화를 걸어 웨딩 샤워*에 초대되길 기대한다는 이야길 전했다. 엄마는 지금 미친 사람처럼 청소하는 중이다.

나는 알타이르인들이 우리에게 생선 뒤집개를 주는 건 아닐지 궁금하다. 아니면 1달러가 들어 있는 생일 카드거나, 혹은 초광속 여행일지도.

---

* 결혼식을 앞둔 신부에게 신혼살림 용품을 선물하는 파티

코펠리우스 장난감 가게
In Coppelius's Toyshop

이주혜 옮김

그래서 나는 여기, 결코 오고 싶지 않았던 곳, 코펠리우스 장난감 가게에 갇혀 있다. 특히 크리스마스에는 절대로.

여기는 빽빽 울어대는 아기들과 쇼핑백을 든 여자들과 테디베어와 팅커벨로 변장한 사람들로 발 디딜 틈 없는 곳이다. 산타클로스를 만나려고 선 줄이 너무 길어 출입문 밖으로까지 뻗어나가 매디슨가까지 이어지고 계산대 줄은 그보다 훨씬 더 길었다.

어딜 가도 꼬마 녀석들이 통로를 이리저리 내달리고 에스컬레이터를 오르내리고, 다짜고짜 비명을 질러대며 라푼젤 탑 주위에 몰려와 조그만 창이 줄지어 뚫린 곳을 넋을 빼고 올려다보았다. 창문 하나가 열리면 발레리나가 나왔다. 발레리나가 빙글빙글 돌고 창문이 닫히면 다른 창문이 열렸다. 이번 창문에서는 생쥐가 나오고, 그 뒤에서 검은 고양이가 입을 벌리고 풀쩍 뛰어오르면 생쥐는 창밖에 매달려 "살려줘요! 살려줘요!"하고 찍찍거렸다. 아이들은 손가락질하며 웃음을 터뜨렸다.

이 모든 난장판 위로 코펠리우스 장난감 가게의 주제가가 대략 천 번쯤은 흘러나왔다.

"오세요, 코펠리우스 장난감 가게
환하고 따뜻한 그곳으로
그 무엇도 두렵지 않아요.
이 코펠리우스 박사가
여러분을 안전하게 지켜줄게요."

여긴 내가 있을 곳이 아니었다. 원래 뉴욕 닉스팀의 농구 경기를 보러 가기로 했었다. 오후에 재닌과 함께 닉스팀 대 보스턴 셀틱스팀의 경기를 보며 데이트하기로 했었는데, 지금 나는 이 바보 같은 장난감 가게에 갇혀 있다. 그녀에게 데이트 신청을 했을 때만 해도 있는지도 몰랐던 그녀의 아들 녀석 때문에.

여자들은 늘 남자들더러 '거짓말을 한다', '결혼해놓고 말하지 않는다'라며 난리를 피우면서 자기들은 왜 그러는지 모르겠다. 자기들이 부르기 좋아하는 말로 '관계'에서 가장 중요한 게 정직이라면서 우리 남자들 스스로 주머니를 탈탈 털고 마침내 그녀의 아파트까지 올라가게 해달라고 간절하게 속닥거리게 해놓고, 막상 가보면 잠옷 차림의 꼬마 녀석 셋을 줄줄 데리고 나와서 동물원에 데려가 달라고 기대하는 얼굴로 쳐다보곤 했다.

이런 일이 내게도 대략 열 번 정도 일어났기 때문에 재닌에게 데이트 신청을 하기 전 재닌의 회계사무소 동료인 비버리에게 재닌이 혼자 사는지 물어봤다. 비버리는 나와 한 달 넘게 데이트하는 동안 내게 자신의 아이에 대해 한마디도 하지 않았고, 결국 내가 차버렸을 때 머리끝까지 화를 냈던 그녀는, 재닌이 정말로 혼자 살고 약 1년 전 이혼했으며 현재 매우 '취약한' 상태이므로 나 같은 나쁜 놈은 재닌의 인생에서 절대로 필요하지 않을 거라고 말했다.

재닌에게도 똑같이 말했는지 재닌과 말을 트기까지만 해도 나의 숙련된 매력을 한껏 끌어당겨 써야 했고 마침내 허락을 받을 때까지 데이트 신청을 열다섯 번 정도는 해야 했다.

어쨌든 닉스팀 경기가 우리의 세 번째 데이트였다. 버나드 킹이 출전할 예정이었고 경기가 끝나면 행운도 거머쥘 수 있을 것 같아 꽤 흥거운 기분으로 재닌의 집 문을 두드렸는데 웬 작은 꼬마 녀석이 문을 열더니 말했다.
"우리 엄마, 아직 준비 안 됐어요."

그때 곧바로 돌아 나왔어야 했다. 재닌의 표는 암표로 팔면 50달러는 받았을 것이다. 그러나 그녀는 벌써 문으로 나와 휴지로 눈가를 훔치며 어서 들어오라고 하더니, 이 아이는 빌리이며 자신은 경기를 보러 갈 수 없게 되어 너무 미안하고 이번 주는 자기가 아이를 돌보는 주말이 아닌데 전남편이 멋대로 순서를 바꿔버렸고 그래서 나한테 전화하려 했지만 내가 벌써 출발한 뒤라고 줄줄 말했다.

나는 여전히 현관에 서 있었다. "경기 시작 몇 분 전에는 닉스팀 경기 표를 구할 수 없어요." 내가 말했다. "암표상들이 얼마나 부르는지 알아요?" 그녀는 몰라요, 몰라요, 라고 말했고 내가 자신의 표까지 구했다는 예상은 하지 못한 것 같아 나는 몰래 안도의 한숨을 내쉬었는데, 그러지 말았어야 했던 게 그녀가 방금 전화를 한 통 받았는데 어머니가 심장마비를 일으켜 병원에 실려 갔으며 당장 퀸스까지 가서 어머니를 봐야 하는데 전남편에게 연락해도 그가 전화를 받지 않는다고 했다.

"내가 애를 데리고 닉스팀 경기에 갈 거라고 기대하지 않는 게 좋을걸요." 내가 말하자 그녀는 아니에요, 아니에요, 라고 말하고 벌써 비버리에게 아이를 봐달라고 전화를 걸었으며 그녀가 내게 원하는 건 아이를 데리고 나가 5번가 58번지 모퉁이에서 비버리를 만나서 아이를 넘겨주는 것뿐이라고 했다.

"부탁할 사람이 따로 있었다면 당신에게 이러지 않았을 거예요. 하지만 병원에서 당장 와야 한다고…." 그녀는 다시 울기 시작했다. "지금 당장…."

그녀는 이야기하는 내내 코트를 입고 아이 코트를 입히고 문을 잠갔다. "우리 아가, 할머니한테 대신 '안녕하세요.' 하고 말해줄게." 그녀는 아이에게 말하고 젖은 눈으로 나를 보았다. "비버리가 거기에 서 있겠다고 했어요. 우리 아가, 아저씨 말 잘 들어야 해." 그녀는 아이에게 당부하고 내가 절대로 안 된다고 하기 전에 계단을 내려가 아파트 정문 밖으로 나갔다.

그래서 나는 꼼짝없이 이 아이를 데리고 5번가 58번지로 가게 되었고, 그 모퉁이에 코펠리우스 장난감 가게가 있었다. 코펠리우스 장난감 가게는 뉴욕에서 가장 큰 장난감 가게였다. 정문은 빨간색과 황금색으로 알록달록했고, 장난감 병정 옷을 입은 두 사람이 양쪽에 서서 지나가는 사람들에게 경례를 붙이고, 빨간 모자로 변장한 젊은 아가씨들이 빨간색 망토 차림에 바구니를 들고 지나가는 사람들에게 지팡이 사탕을 나눠주었다.

엄청난 인파가 모여들어 동화를 주제로 꾸민 진열창을 들여다보고 있었다. 알지 않나. 죽 한 그릇을 먹는 금발 머리가 숟가락을 계속 입으로 가져가는 모습이나 머리를 돌리고 눈을 깜박이는 봉제 인형 곰 같은 것 말이다. 뉴욕 인구의 절반이 여기 몰려와 진열창을 들여다보는 것만 같았다. 딱 한 사람, 비버리만 빼고.

손목시계를 들여다봤다. 정오였다. 비버리가 빨리 오지 않으면 저 꼬마 녀석은 혼자서 기다려야 할 것이다. 꼬마가 진열창을 보고 돌진했다. "당장 돌아와!" 나는 고함을 지르며 녀석의 팔을 붙들고 거칠게 진열창 밖으로 잡아끌었다. "이리 와!" 나는 녀석을 연석까지 잡아끌었다. "여기 서 있어."

꼬마는 울면서 코를 닦았는데 그 모습이 재닛과 판박이였다. "비버리 아줌마가 진열창 구경을 시켜준다고 했어요." 꼬마가 말했다.

"아무렴. 그렇겠지." 나는 말했다. "비버리 아줌마가 오면 해. 빌어먹을, 빨리 좀 와라! 난 온종일 여기 서 있을 수 없으니까."

"추워요." 꼬마가 말했다.

"코트 지퍼 올려." 나는 말하며 내 코트의 지퍼를 올리고 주머니에 손을 넣었다. 진짜 차가운 뉴욕의 바람이 길모퉁이에 휘몰아치고 있었고 눈이 내리기 시작했다. 손목시계를 봤다. 12시에서 15분이나 지나 있었다.

"화장실 가고 싶어요." 꼬마가 말했다.

나는 녀석에게 그 입 다물라고, 지금은 어디도 갈 수 없다고 말했다. 녀석은 다시 울기 시작했다.

"당장 울음 그쳐. 안 그러면 더 울 일을 만들어줄 테니까." 내가 말했다.

곧바로 빨간 모자가 다가와 꼬마에게 지팡이 사탕을 건네며 물었다. "무슨 일이니, 애야?"

꼬마가 옷 소매로 코를 닦았다. "춥고 화장실도 가고 싶어요." 꼬마가 말하자 빨간 모자가 말했다. "나랑 같이 코펠리우스 장난감 가게에 가자." 그러더니 내가 말릴 틈도 주지 않고 꼬마 손을 잡고 가게 안으로 들어가버렸다.

"이봐요!" 나는 두 사람을 쫓아갔지만, 장난감 병정 놈들이 이미 그들 뒤에서 문을 닫아버리고는 뻣뻣한 팔로 경례 붙이는 동작을 처음부터 반복하고 나서야 문을 열어줘서 나는 뒤늦게 안으로 들어갔다.

마침내 안으로 들어갔을 때 차라리 오지 말걸, 하는 생각이 절로 들었다. 그곳은 악몽 그 자체였다. 대략 백만 명의 꼬마들이 고함을 지르며 장난감과 장난감처럼 변장한 사람들로 가득한 거대한 공간을 이리저리 뛰어다녔다. 마술사가 야광공으로 저글링을 하고 누더기 앤이 감초 사탕을 나눠주고 초록 얼굴의 마녀가 끈 달린 비행기를 고객들의 귓가에 쌩하고 날리고 있었다. 매장 가장자리 둘레에는 장난감 기차들이 벽에 붙여놓은 철로 위를 씩씩, 횟횟, 뿌뿌 소리를 내며 증기를 뿜으며 돌아갔다.

이 난장판 한가운데에 둥근 모양의 보라색 탑이 우뚝 서 있었는데 적어도 2층 건물 높이는 되었다. 꼭대기에 커다란 창이 하나 뚫렸고 기계장치 라푼젤이 그리로 몸을 내밀고 탑 바닥까지 금발 머리를 길게 늘어뜨리고 머리를 빗고 있었다. 라푼젤의 창 아래에는 작은 창들이 줄지어 뚫렸는데 차례로 열렸다 닫혔다 하면서 아기인형이나 흰토끼, 우주선 같은 것들이 튀어나왔다. 아기인형은 "엄마."하고 말했고, 흰토끼는 주머니에서 회중시계를 꺼내 들여다보며 고개를 절레절레 흔들었고, 우주선은 위로 솟구쳤다.

아이들 한 무리가 탑 둘레에 서 있었지만, 재닌의 아이는 보이지 않았고 어디에도 녀석과 빨간 모자의 모습은 보이지 않았다. 뒤쪽 벽을 따라 에스컬레이터가 분주히 오르내리며 사람들을 다른 층으로 실어 나르고 있었는데 거기에도 녀석은 보이지 않았고 '화장실' 표시도 보이지 않았으며 계산대 앞줄은 너무도 길어서 감히 직원들에게 물어볼 수도 없었다.

신데렐라로 변장한 젊은 아가씨가 통로 한가운데 서서 초록색 장난감 개구리의 태엽을 감아 바닥에 놓자 개구리들이 펄쩍펄쩍 뛰면서 사람들의 길을 가로막았다.

"화장실이 어디죠?" 내가 물어도 신데렐라는 내 말을 듣지 못했는데, 당연한 일이었다. 고함을 질러대는 아이들, 뿌뿌 소리를 내는 기차, 타다다다 발사되는 장난감 총, 그리고 이 모든 아수라장 위로 단조로운 가락의 주제가가 큰 소리로 흘러나오고 있었다.

"나는야 코펠리우스 박사.
모두 환영합니다.
여자아이 남자아이 모두
장난감이 가득가득
즐거움이 펑펑펑."

꺽꺽대는 노인의 목소리가 2절을 노래하면 곧바로 1절이 시작되었고 끊임없이 반복 또 반복되었다.

"이 지독한 소음을 어떻게 견디죠?" 신데렐라에게 소리쳤지만, 그녀는 방한복을 입은 작은 아이에게 말을 하느라 내 말을 무시했다.

물어볼 사람이 있나 주위를 둘러보다가 에스컬레이터 맨 위에서 빨간 모자를 얼핏 보고 서둘러 달려갔다.

에스컬레이터에 막 오르려는 순간 길쭉한 빨간색 코트와 회색 포니테일 가발을 쓴 노인이 내 앞을 가로막았다. "코펠리우스 장난감 가게에 오신 걸 환영합니다." 그는 한껏 꾸민 목소리로 말했다. "저는 어린이의 친구, 코펠리우스 박사입니다." 그는 허리를 푹 숙여 우스꽝스럽게 인사했다. "우리 코펠리우스 장난감 가게에서는 어린이가 최우선으로 대접을 받지요. 무엇을 도와드릴까요?"

"당장 내 앞에서 비켜요." 나는 그를 밀치고 에스컬레이터에 올라탔.

이제 빨간 모자는 어디론가 가버렸고 에스컬레이터에는 아이들만 가득했다. 그중 절반은 움직이는 손잡이에 매달려 양옆에 줄지어 선 테디베어,

기린, 실물 크기의 벨벳 검은 표범을 구경했다. 표범의 분홍색 혀는 실크로 만들었고 실물처럼 보이는 날카로운 송곳니에 상표가 달렸다. "오직 하나." 상표에 이렇게 씌어 있다. 가격은 4천 달러였다.

에스컬레이터 맨 위에 도착했을 때 재닌의 아이도 빨간 모자도 보이지 않았지만 '신나는 바퀴나라', '아기나라', '테디베어의 소풍' 등 온갖 곳을 가리키는 빨간색과 황금색으로 만든 화살표 모양 이정표들이 있었다. 거기에 '화장실' 이정표가 있었는데, 화살표가 왼쪽을 가리켰다.

이정표가 가리킨 방향으로 갔지만, 그곳은 사방으로 뚫린 통로가 얽히고설켜 있고 통로마다 아이들이 득실득실한 미로였다. 나는 소방차와 화학 실험 도구 세트를 뚫고 마침내 우주총과 광선검과 우주 전사 등 〈스타워즈〉 관련 상품이 가득한 커다란 방에 도착했다. 그러나 거기에도 이정표는 없었다.

바보 같다고 느끼면서도 금색으로 칠한 로봇에게 방향을 물어봤다. 로봇이 대답했다. "이 통로를 지나서 왼쪽으로 돌아가세요. 그러면 블록쌓기가 나옵니다. 팅커토이에서 왼쪽으로 갔다가 다시 왼쪽으로 가세요. 레고 진열대 바로 옆에 화장실이 있습니다."

통로를 지나 왼쪽으로 돌아갔지만, 블록쌓기는 나오지 않았다. 거기는 인형 매대였고 봉제 인형과 더 많은 기린과 토끼와 코끼리와 온갖 크기의 테디베어가 있었다. 걸음마쟁이 하나가 인형에 매달려 다짜고짜 소리를 질렀다. 꼬마는 사탕을 입에 물었는데 눈물이 흘러내려 사탕의 초콜릿과 섞이는 바람에 온몸이 완전히 끈적끈적 엉망이었다.

녀석은 "잃어버렸어."하고 울부짖었는데 나를 보자마자 테디베어를 내려놓고 나를 향해 그 끈적거리는 손을 내밀며 돌진했다. "엄마를 잃어버렸어."

바지가 초콜릿 범벅이 되는 건 내가 절대로 원하는 일이 아니었다. "엄마 옆에 꼭 붙어 있지 그랬냐." 나는 말했다. "이렇게 뛰어다니니 엄마를 잃어버리지." 그리고 다시 인형 매대로 돌아갔는데, 바비인형 한가운데에서 또 다른 표범이 노란 유리 눈알로 나를 쏘아보고 있었다. 코펠리우스 늙은이가 검은 표범에 대해 거짓말을 한 게 분명했다.

나는 길을 거슬러 올라가 인형의 집을 통과해 결국 세발자전거 매대에 도착했는데 여기는 더욱더 혼란스러웠다. 이 공간을 영원히 헤매다가 재닌의 꼬마를 절대로 찾을 수 없을 것만 같았다. 게다가 벌써 1시였다. 1시 30분까지 출발하지 않으면 경기 초반을 놓치고 말 것이다. 당장 가버릴 수도 있었지만 그러면 재닌은 화를 낼 것이고 나는 그녀의 전남편이 아이를 돌보는 주말에 그녀를 어떻게든 구슬려 하룻밤을 보낼 기회를 영영 잃고 말 것이었다.

그러나 이렇게 헤매봐야 녀석을 찾지 못할 것이다. 다시 메인 층으로 돌아가 빨간 모자가 녀석을 데리고 올 때까지 기다려야 했다.

썰매 매대에서 내려가는 에스컬레이터를 발견하고 올라탔지만, 막상 내려가보니 메인 층이 아니었다. 아기 유모차와 노란 고무 오리와 더 많은 테디베어가 가득한 '아기나라'였다.

이렇게 멀리 오는 게 아닌데. "에스컬레이터가 어디죠?" 나는 리틀보핍* 아가씨에게 물었다. 그녀는 '우르르 까꿍' 하며 아기를 달래고 있어서 나는 다시 물어봐야 했다. "내려가는 에스컬레이터가 어디에 있습니까?"

리틀보핍이 고개를 들고 나를 보더니 얼굴을 찌푸렸다. "내려가는 에스컬레이터라고요?"

"예." 나는 화가 치밀어올랐다. "아래층으로 내려가는 에스컬레이터 말입니다."

그러나 아무 말도 없었다.

"제발 여기서 나가게 해줘!"

리틀보핍은 아기의 귀를 덮으려는 듯 아기에게 한 걸음 다가서더니 말했다. "놀이울타리를 지나 죽 걸어간 다음 왼쪽으로 돌아가세요. 승용 완구 끝에 있어요."

그녀가 말한 대로 갔지만 도착해보니 이 에스컬레이터는 내려가는 게 아니라 올라가는 것이었다. 어쨌든 이걸 타고 다시 세발자전거 매대로 돌

---

* 〈마더구스〉에 나오는 양치기 소녀

아가 다른 에스컬레이터를 찾아보기로 했지만 '아기나라'는 지하층이었는지 올라가보니 메인 층이 나왔다.

여긴 좀 전보다 훨씬 더 분주하고 붐볐다. 어릿광대가 밝은 주황색 요요로 시범을 보였고 험티덤티*는 장난감 공룡의 태엽을 감는 중이었으며 너무도 많은 꼬마와 아기 유모차와 쇼핑백이 있어서 라푼젤의 탑까지 가는 데만 15분이나 걸렸다.

빨간 모자와 꼬마 녀석, 혹은 비버리의 흔적도 보이지 않았지만, 거기서 있으니 정문과 온갖 에스컬레이터가 다 보였다. 코펠리우스 박사가 에스컬레이터 밑에 서서 사람들에게 인사를 건네며 큼직한 빨간 막대 사탕을 나눠주고 있었다.

탑 주변 아이들이 손가락질을 해대기에 나도 위를 쳐다봤다. 매부리코에 뾰족모자를 쓴 꼭두각시 인형이 여러 창 중 하나로 몸을 내밀었다. 꼭두각시 손으로 막대를 붙잡고 둥근 모양으로 흔들었고, 아이들이 웃음을 터뜨렸다.

창이 닫히고 또 다른 창이 열렸다. 발레리나가 빙글빙글 돌았다. 표범만큼이나 이빨이 날카로운 검은 고양이가 생쥐 뒤에서 풀쩍 뛰어오르자 생쥐가 "살려줘요! 살려줘요!"하고 찍찍거렸다. 라푼젤이 긴 금발 머리를 빗었다. 찍찍거리고 빙글빙글 돌고 빗질을 하는 모든 난장판 위로 그 노래가 반복해서 흘러나왔다.

"여자아이 남자아이 모두
장난감이 가득가득 즐거움이 펑펑펑."

거기 5분 정도 서 있었더니 노래 가사가 전부 머릿속에 박혀버렸다.
시계를 봤다. 1시 15분이었다. 도대체 애를 데리고 화장실에 다녀오는데 왜 이렇게 오래 걸리는 거야?

---

* 영어 동요에 등장하는 알 모양 인물

1절이 끝나고 2절이 시작됐다.

"오세요, 코펠리우스 장난감 가게
환하고 따뜻한 그곳으로."

저 시끄러운 노래를 한 번만 더 듣는다면 나는 아마 미쳐버릴 것이다. 도대체 비버리는 어디 있는 거야?

다시 시계를 봤다. 1시 30분이었다. 5분만 더 기다렸다가 한 번 더 둘러본 다음 꼬마가 보이거나 말거나 나는 그냥 경기를 보러 갈 것이다.

누가 내 코트를 잡아당겼다. "그래, 드디어 왔군." 내가 말했다. "도대체 어디 갔었던 거냐?" 나는 아래를 보았다.

구정물 같은 금발 머리에 안경을 쓴 여자애였다. "그는 언제 와서 그녀를 데려가나요?" 여자애가 물었다.

"누굴 데려가?" 내가 물었다.

아이가 콧잔등 위로 안경을 밀어 올렸다. "탑에 사는 라푼젤이요. 왕자는 언제 와서 그녀를 꺼내주지요?"

나는 허리를 굽혀 아이 곁에 바짝 다가가 말했다. "절대 안 와."

아이는 안경 너머로 눈을 깜박이며 나를 보았다. "절대 안 온다고요?"

"왕자는 기다리다 기다리다 신물이 났거든." 내가 말했다. "그녀를 기다리고 기다리다 질려버려서 그냥 가버렸어."

"혼자 놔두고요?" 여자애가 꺅 소리를 질렀다. 꼭 생쥐처럼.

"혼자 놔두고. 그 후로 영영."

"라푼젤은 탑 밖으로 못 나오나요?"

"아무 데도 못 가지. 그래도 싸. 다 제 잘못이니까."

아이는 뒷걸음질을 치더니 금방이라도 비명을 지를 것처럼 보였지만 비명을 지르지는 않았다. 그저 안경 너머로 빤히 나를 보다가 다시 탑을 올려다보았다.

흰토끼가 시계를 들여다보았다. 용이 주황색 포일로 만든 불꽃을 내뿜었다. 아기 인형이 "엄마."하고 말했다. 단조로운 노래가 울려 퍼졌다. "그 무엇도 두렵지 않아요." 그리고 다시 시작했다. "나는야 코펠리우스 박사." 나는 사람들을 밀치고 코펠리우스 박사가 서 있는 에스컬레이터 밑으로 갔다.

"잃어버린 아이는 어디서 찾죠?" 나는 코펠리우스 박사에게 물었다.

"이 에스컬레이터를 타고 '화가' 매대로 가세요." 그가 한껏 꾸민 목소리로 말했다. "점토 모형 진열대에서 오른쪽으로 돌아 끝까지 가세요." 그는 내 팔을 살짝 잡았다. "걱정하지 마세요. 아이는 완벽하게 안전합니다. 저희 코펠리우스 장난감 가게에서는 어떤 아이도 다치지 않는답니다."

"예, 뭐, 마침내 찾아내면 다칠 녀석을 하나 알고는 있지요." 나는 말하고 에스컬레이터에 올랐다.

아까 올라갔던 것과 같은 에스컬레이터라고 생각했는데 아니었다. 검은 표범이 없었고 맨 위에 이정표도 없었지만, 통로 하나에 물감과 크레용이 보여서 그쪽으로 갔다. 그러나 통로 중간이 아이들과 유모차를 미는 엄마들로 막혀 있었다.

"대체 이게 다 뭡니까?" 나는 엘프 변장을 한 남자에게 물었다.

"산타클로스를 만나려는 줄이랍니다." 그가 말했다. "돌아가셔야겠네요. 저쪽 통로로 절반쯤 가다가 농구공 매대에서 왼쪽으로 돌아가세요."

나는 통로를 지나갔지만 농구공은 보이지 않았고, 커다란 아타리 게임 회사 간판과 팩맨 게임을 하는 아이들이 잔뜩 모여 있어서 거기서 왼쪽으로 돌아갔더니 장난감 탱크와 바주카포가 가득한 방이 나왔다. 다시 돌아나와 왼쪽으로 갔더니 산타클로스 줄과 정면으로 맞닥뜨렸다.

시계를 봤다. 2시 15분이었다. 여긴 정말 지옥이다. 벌써 경기 초반을 놓쳤으니 나머지는 절대로 놓치지 않을 것이다. 비버리가 왔다면 아이를 찾아다니겠지. 나는 이제 출발할 것이다.

산타클로스 줄을 겨우 뚫고 가장 가까운 에스컬레이터를 타고 아래로 내려갔지만, 아까 그곳은 3층이었는지 여기에는 〈스타워즈〉 장난감들이 있었다. 에스컬레이터를 타고 또 내려가보니 '아기나라'가 나와서 다시 올라가는 에스컬레이터를 타야 했다. 그러나 적어도 이제는 내가 어디에 있는지 알았다. 놀이울타리를 지나 승용 완구 매대로 갔다. 예상대로 에스컬레이터가 있었다. 에스컬레이터에 올라타려고 했다.

에스컬레이터 발치에 검은 표범이 날카로운 이빨에 상표를 매달고 서 있었다.

나는 마음을 바꿔 먹고 다시 승용 완구 쪽으로 돌아가 왼쪽으로 돌았다. 인형 매대가 나왔다. 이럴 리가 없는데. 나는 다시 놀이울타리 쪽으로 거슬러 올라가 보았지만 이제 거기도 찾을 수가 없었다. 어느새 퍼즐과 게임 매대에 와 있었다.

물어볼 사람을 찾아 주위를 둘러봤지만, 직원도 마더구스도 없고 아이들도 없었다. 전부 산타클로스를 보러 간 게 틀림없었다. 나는 인형 매대로 돌아가 내가 어디에 있는지 위치를 파악해보기로 했지만, 직소 퍼즐이 있던 통로로 가자 나가는 길이 보이지 않았고, 저기 코펠리우스 박사가 보일 즈음에는 슬슬 걱정되기 시작했다.

그는 사탕나라 진열대를 지나 '위험!'과 '죄송합니다!'라고 씌어 있는 벽 사이 문으로 들어갔다. 얼핏 회색 벽과 금속 계단이 보였다. 틀림없이 직원용 계단일 것이다.

나는 어릿광대가 다른 데를 쳐다볼 때까지 몇 분을 기다렸다가 그 문을 열었다. 직원용 계단이 맞았다. 포장 상자와 운반용 목제상자가 벽에 포개져 있고 계단 위에는 '매장 규칙'이라는 제목의 커다란 표지판도 있었다. 금속 계단을 올려다보니 저 멀리 위쪽에서 주제가가 들려오는 걸 보면 메인 층으로 가는 계단이 틀림없었다.

"여자아이 남자아이 모두
장난감이 가득가득 즐거움이 펑펑펑."

나는 등 뒤로 문을 닫고 계단을 오르기 시작했다. 문이 닫혀서 어둡고 올라갈수록 더 어둡고 좁아졌지만, 노랫소리는 꾸준히 커졌다. 대체 이 계단의 정체는 뭔가 생각하며 계속 올라갔다. 계속 돌고 도는 계단인 걸 보면 물건을 실어 나르는 계단은 아닐 것이다. 다시 내려가는 게 낫겠다고 생각했을 무렵 누군가 아래쪽 문을 잠그는 소리가 났다. 계속 올라갈 수밖에 없었다. 계단은 점점 더 좁아지고 점점 더 어두워지다가 마침내 양옆 벽을 손으로 더듬어야 하고 벽 사이에 몸이 끼는 마지막 계단에 도착해서야 머리 위로 문이 보였다. 문 가장자리로 빛이 새어 들어오고 노랫소리가 정말로 크게 들렸다.

"오세요, 코펠리우스 장난감 가게
환하고 따뜻한 그곳으로."

몸을 비집고 마지막 계단을 몇 칸 올라가 문을 열었더니 그것은 문이 아니었다. 생쥐와 발레리나와 흰토끼가 나왔던 작은 창 중 하나였다. 어떻게 된 일인지 나는 라푼젤의 탑에 와 있었다. 기계장치 장난감이 고장 났을 때 고치러 올라오는 계단이 틀림없었다.

내가 창을 열자 위를 쳐다보던 아이들이 내가 마치 장난감이라도 되는 것처럼 손가락질하며 웃었다. 나는 창을 닫고 다시 좁은 틈을 비집고 계단을 내려갔다. 문을 여는 지레로 사용하려고 계단에 쌓여 있던 목제상자에서 널빤지를 부러뜨렸지만 어디선가 길을 잘못 들었는지 같은 자리로 돌아와 있었다. 나는 창문을 열고 소리쳤다. "이봐! 날 여기서 꺼내줘!" 그러나 아무도 관심을 보이지 않았다.

도와달라는 신호를 보내려고 주위를 둘러보며 빨간 모자나 로봇, 코펠리우스 박사를 찾아보았다. 그때 비버리가 정문으로 걸어가는 게 보였다. 그녀는 재닌의 아이를 데리고 있었고 아이는 빨간 막대 사탕을 꼭 쥐고 소매로 코를 닦았다. 비버리가 무릎을 꿇고 주저앉아 휴지로 아이의 눈물을 닦았다. 그녀는 아이 코트의 지퍼를 올려주고 문밖으로 나갔다. 장난감 병정이 그들을 위해 문을 잡아주었다.

"기다려!" 나는 그들의 시선을 끌려고 널빤지를 흔들며 소리쳤다. 아이들이 나를 가리키며 키득키득 웃었다.

나는 창밖으로 빠져나가 라푼젤의 머리채를 붙잡고 탑의 옆면으로 내려가려고 했다. 나는 창틀에 한 발을 내디뎠다. 창틀 너머로 다리를 빼려니 온몸이 꽉 끼지만, 겨우 해냈다. 여기서 나가면 저 막대 사탕을 든 꼬마 놈이 매우 유감스러워하겠지. 나는 한쪽 다리를 단단히 걸고 반대쪽 발을 창틀 위로 올리기 시작했다.

아래를 내려다봤다. 탑 발치에 검은 표범이 웅크리고 기다리고 있었다. 표범은 분홍색 실크 혀로 벨벳 입을 핥았다. 날카로운 이빨이 빛났다.

그렇게 해서, 나는 여기 코펠리우스 장난감 가게에 영원처럼 느껴지는 시간을 갇혀 있게 되었다. 아이들이 빽빽 고함을 지르며 이리저리 뛰어다니고 기차가 뿌뿌거리며 저 바보 같은 노래가 몇 번을 되풀이해 나오고 또 나왔다.

"나는야 코펠리우스 박사,
모두 환영합니다."

나는 시계를 꺼내 들여다봤다. 12시 5분 전이다. 여기에 얼마나 갇혀 있었는지 감각을 잃었다. 이틀은 안 되었겠지. 월요일에 재닌이나 비버리, 혹은 회사 아가씨 중 하나가 내가 출근하지 않은 걸 알아채고 내가 여기서 마지막으로 목격되었다는 것까지 알아낼 것이다. 그러나 더 오래된 일인 것처럼 느껴졌고 슬슬 걱정이 들기 시작했다.

창문이 열릴 때마다 못 보던 장난감이 보이는 것 같았다. 최신 컴퓨터 게임과 리모컨으로 움직이는 자동차와 바퀴가 한 줄로 달린 재미있어 보이는 롤러스케이트 같은 것이 나왔다. 또 장난감 시범을 보이고 지팡이 사탕을 나눠주는 사람들의 모습도 달라졌다. 인어와 헤드밴드를 한 거북이와 광대 모자를 쓴 곰사등이와 자주색 망토를 쓴 사람까지 있었다.

그리고 지난번 창밖을 내다보았을 때는 구정물 같은 금발에 안경을 쓴 여자가 탑 아래에 서서 나를 쳐다보았다. "내가 어렸을 때 말이야." 여자는 옆에 있는 남자에게 말했다. "난 여기가 정말 싫었어. 라푼젤이 너무 걱정이 되었거든."

여자는 콧잔등 위로 안경을 밀어 올리며 말했다. "그때는 라푼젤이 장난감인 줄 몰랐어. 진짜 사람인데 왕자가 그녀를 버리고 혼자 남았다고 생각했거든. 왕자가 기다리다 기다리다 신물이 나서 그녀를 놔두고 가버린 거라고 생각했어. 혼자 놔두고."

여자는 남자에게 말하고 있었지만, 시선은 나를 똑바로 보고 있었다. "그 후로 영영. 그래도 싸. 다 제 잘못이니까."

그러나 안경을 쓰는 사람은 흔했고 재년의 어머니가 죽어서 장례식에 가야 했더라도 수요일쯤이면 다시 출근할 것이다.

나는 출구를 굽어보았다. 장난감 병정은 아직도 문 양쪽 옆에 서서 경례를 붙였고 그 사이에 코펠리우스 박사가 미소를 지으며 허리를 숙여 인사했다. 그 위로 노래가 꽥꽥거렸다.

"그 무엇도 두렵지 않아요.
이 코펠리우스 박사가
여러분을 안전하게 지켜줄게요."

노래는 다시 1절부터 시작했다.

나는 시계를 꺼내 보고 나서 창문을 닫고 나가는 길을 찾아보았지만, 계단이 헷갈리고 어디선가 길을 잘못 들어 결국 같은 자리로 돌아왔다. 조그만 창문이 열리면 나는 몸을 내밀고 외쳤다. "살려줘! 살려줘!"

아이들이 손가락질하며 깔깔 웃었다.

말하라, 유령
Adaptation

신해경 옮김

>"장작을 더 쌓아라! 바람이 차다.
>그러나 바람이 맘껏 휘파람을 불게 하라,
>그래도 우리는 즐거운 크리스마스를 보낼지니."
>― 월터 스콧 경

우선 말리가 죽었다는 말부터 해야겠다.

디킨스의 《크리스마스 캐럴》은 어떤 개정판을 찾아봐도 방금 말한 첫 문장은 변함없이 잘 살아 있다. 나의 직장인 해리지 백화점 서점에도 《미키 마우스의 크리스마스 캐럴》, 《머펫 크리스마스 캐럴》, 《커들리우들리의 크리스마스 캐럴》 등이 있고 스크루지와 크랫칫 부인처럼 옷을 입은 강아지 사진이 실린 판본까지 모두 19개의 개정판이 있다.

또 크리스마스 캐럴 요리책, 대림절 달력, 직소 퍼즐, 그리고 미국의 TV 드라마 〈스타트렉: 넥스트 제너레이션〉의 피카드 선장이 모든 배역을 연기한 오디오테이프까지 있다.

물론 이것들은 전부 개정판이라서 짧게 줄이거나 내용을 바꾸거나 일부 삭제한 판본이다. 우리 서점에도 페이퍼백으로 팔지만 요즘은 아무도 원본을 읽지 않는다. 여기서 일한 지 2년이나 되었지만 원본은 딱 한 권 팔았는데, 내가 샀다. 작년에 딸 젬마와 크리스마스를 함께 보내면서 읽어주려고 원본을 샀지만, 시간이 없었다. 이혼한 아내 마거릿이 애인 로버트와 함께 젬마를 데리고 팬터마임 공연에 가야 한다며 예정보다 일찍 데리러 왔을 때, 우리는 겨우 '말리의 유령'이 나오는 대목을 읽고 있었다.

그러나 젬마는 원본을 한 번도 읽어보지 않았지만 다른 사람들처럼 줄거리를 다 알고 등장인물의 이름도 안다. 사실《크리스마스 캐럴》의 등장인물들은 너무도 유명해 올해 해리지 백화점 경영진은 크리스마스 계절이 시작될 무렵 매출 증가와 '분위기를 내기 위해' 직원들에게 스크루지와 타이니 팀으로 변장하길 제안하기도 했다.

당연히 격렬한 반대가 있었고 제안은 철회되었다. 그러나 22일 아침 출근해보니 바닥에 질질 끌리는 검은 망토를 두르고 모자를 둘러쓴 사람이 보스킨스 씨와 함께 계산대 옆에 서 있었다. 보스킨스 씨가 능글맞게 웃었다.

"안녕하세요, 그레이 씨." 보스킨스 씨가 나에게 인사했다. "이쪽은 그레이 씨를 도와줄 새 조수예요." 나는 반쯤 그가 망토 두른 사람을 "블랙 씨랍니다." 하고 소개하길 기대했지만, 보스킨스 씨는 흡족한 얼굴로 이렇게 말했다. "'크리스마스 미래의 유령'이랍니다."

사실은 '다가올 크리스마스의 유령'이 맞지만, 보스킨스 씨 역시 원본을 읽지 않은 모양이었다.

"처음 뵙겠습니다." 나는 보스킨스 씨가 나까지 변장을 해야 한다고 요구하면 어쩌나, 그리고 왜 지금에야 일손을 구했는가, 생각하며 인사를 건넸다. 서점은 12월 내내 일손이 부족했다.

"자세한 건 그레이 씨가 설명해줄 거예요." 보스킨스 씨가 유령에게 말했다. "해리지 백화점에서 저자사인회가 열릴지도 몰라요." 보스킨스 씨가 나에게 말했다. 이제야 크리스마스 사흘 전에 인원을 충당한 이유를 알 것 같았다. 당연히 저자사인회를 여는 책은《크리스마스 캐럴》의 다른 개정판이겠지. "사인회는 모레 있을 예정입니다."

"크리스마스이브에요?" 내가 물었다. "그게 몇 시죠? 제가 크리스마스이브에는 일찍 퇴근하기로 해서요."

"그건 저자 일정에 달렸어요." 보스킨스 씨가 말했다. "정말 바쁜 분이거든요."

"그날 저녁 딸아이와 함께 보내기로 했어요." 나는 사정을 설명했다.

"제가 아이를 볼 수 있는 유일한 시간이라서요." 아이는 크리스마스 주간의 나머지 시간을 로버트의 부모가 사는 서리에서 보낼 예정이었다.

"자세한 건 오늘 오전 저자 측과 상의할 겁니다." 보스킨스 씨가 말했다. "아, 그리고 아까 부인이 전화했었어요. 전화를 걸어달라고 하던데요."

"'전 부인'입니다." 나는 고쳐주었지만, 그는 벌써 내게 새 조수를 맡겨놓고 서둘러 가버렸다.

"그레이라고 합니다." 나는 손을 내밀며 말했다.

유령은 말없이 나를 향해 깡마른 손을 내밀어 악수했고 그제야 나는 작품 속에서도 '미래의 유령'은 원래 말 한마디 하지 않고 오직 손짓으로만 엄숙하게 의사소통했다는 사실을 기억해냈다.

"서점에서 일해본 적이 있습니까?" 내가 물었다.

그는 모자를 둘러쓴 머리를 흔들었다. 나는 그가 고객을 응대할 때도 저렇게 등장인물에 충실할 계획이 아니길 바랐다. 혹시 정말로 그럴 생각인가? 오직 '계절 분위기를 내려고' 여기 온 건가?

"그쪽을 뭐라고 부르면 되죠?" 내가 물었다.

그는 뼈만 앙상한 손가락을 내밀어 책 표지에 검은 모자를 쓴 유령이 스크루지의 이름이 새겨진 묘비를 가리키는 그림이 있는 《거친 서부의 크리스마스 캐럴》을 가리켰다.

"유령? 크리스마스? 미래의 유령?" '분위기를 내기 위한' 조수는 아예 없는 것보다 못하다는 생각이 들었다.

그러나 내 생각은 틀렸다. 알고 보니 그는 매우 유능했다. 현금출납기 사용법과 신용카드 결제 절차를 아주 쉽게 배웠고 고객들에게도 신속하게 곧바로 응대했다. 그가 검은 소매 밖으로 앙상한 손가락을 내밀어 그들이 찾는 책을 가리키면 고객들도 기뻐하는 것 같았다. 10시가 되자 잠시 그에게 서점을 맡기고 나가도 괜찮겠다는 확신이 들어서 마거릿에게 전화를 걸려고 직원 휴게실로 갔다.

통화 중이었다. 15분 후 다시 전화를 걸려고 했지만 손님들이 갑자기 몰려왔고 아무리 미래의 유령이 꽤 도움 된다고 해도 11시나 되어서야 다시 빠져나올 수 있었다. 마거릿의 아파트로 전화를 걸어봤지만 아무도 받지 않았다.

거의 기쁠 지경이었다. 저자사인회 시간을 먼저 알고 나서 마거릿과 통화하고 싶었다. 마거릿의 표현에 의하면 '방문 일정'을 두고 이미 두 차례나 싸움을 벌였다. 원래 내가 젬마를 크리스마스이브뿐 아니라 크리스마스 다음 날에도 보기로 했는데 로버트의 부모가 그 주 내내 그들을 서리로 초대했다. 결국 내가 젬마를 크리스마스이브와 크리스마스 당일 일부에 보기로 타협했다. 그러다가 지난주 마거릿이 전화를 걸어 로버트의 부모가 크리스마스 당일 아침 로버트가 교회에 가서 성서를 낭독하는 게 가족의 전통이기 때문에 다 같이 교회에 가기를 특별히 원한다고 알렸다. "당신은 젬마랑 크리스마스이브에 온종일 같이 있을 수 있어."

"나 그날 출근해."

"그날 하루 휴가를 낼 수도 있을 텐데…." 그녀는 말꼬리를 흐리며 말했다.

문장을 다 끝내지 않아도 의미는 분명하게 전달하는 게 마거릿의 수법이었다. 이혼 기간에도 이 수법을 탁월한 기술로 활용해 내가 비난한 내용 중 어떤 것도 자기 입으로 직접 말한 적이 없다고 주장했다. 실제로 그녀는 직접 말하지 않았다. 그래서 나는 젬마를 데려올 때만 마거릿을 보지만 여전히 그녀의 말을 완벽하게 이해했다.

"그날 하루 휴가를 낼 수도 있을 텐데…."라는 말은 이런 뜻이었다. "당신이 진심으로 젬마를 위한다면 말이지." 그리고 그에 대한 대답은 없다. 크리스마스이브는 매장 직원이 휴가를 내겠다고 고집할 수 있는 날이 아니라는 것을 그녀에게 이해시킬 도리가 없다. 매장 직원으로 사는 것은 회계사로 사는 것과 다르다는 것을 설명할 도리는 더욱더 없다. 내가 왜 회계사 일을 그만두었는지 설명할 길도 없다.

그리고 내가 저자사인회 때문에 일정을 바꿔야 할지도 모른다는 사실을 마거릿에게 설명할 길은 아예 없다. 나는 보스킨스 씨와 이야기를 나눠보고 마거릿에게 전화하기로 했다.

보스킨스 씨는 정오가 지나서야 왔다. "저자사인회는 11시부터 1시까지 열립니다." 그는 빨간색과 초록색으로 인쇄한 홍보 전단 한 더미를 건네며 말했다. "고객들에게 나눠줘요."

나는 맨 위 전단을 읽어보고 저자사인회 때문에 젬마와의 일정에 문제가 생기지는 않을 거라는 사실에 안도했다. 전단에 이렇게 씌어 있었다. "스펜서 시던 경의 신간《일확천금을 벌어라》특별 사인회."

"베스트셀러 목록에 오른 책이죠." 보스킨스 씨가 흡족하게 말했다. "저자를 우리 서점에 모시다니, 큰 행운입니다. 그분 비서가 자세한 일정을 논의하러 1시 30분에 여기로 올 거예요."

"그럼 직원이 더 필요하겠네요." 내가 말했다. "우리 두 사람만으로는 저자사인회와 고객 응대를 동시에 할 수 없을 거예요."

"사람을 찾아볼게요." 그는 애매하게 대답했다. "스펜서 경의 비서가 오면 모든 걸 논의할 생각입니다."

"그럼 지금 점심을 먹으러 가도 될까요?" 내가 말했다. "그리고 이… 분은…." 나는 유령을 가리켰다. "제가 회의 시간에 맞춰 돌아오면 두 번째로 점심을 먹으러 나가면 되겠죠?"

"아니에요." 보스킨스 씨가 말했다. "두 사람 다 회의에 와야 합니다. 지금 다녀와요." 그는 애매하게 우리 방향으로 손짓했다.

"누구 말입니까?"

"두 사람 다요. 생활용품 매장에서 직원을 구해다 잠시 서점을 맡기겠어요. 1시까지 돌아오세요."

대타가 왔을 때 나는 점심을 먹을 때나 차를 마시며 쉴 때마다 틈틈이 읽는《크리스마스 캐럴》원본을 코트 주머니에 꽂아 넣으며 유령에게 말했다. "점심 먹고 와도 돼요." 그리고 마거릿에게 전화하러 갔다. 또 통화 중이었다.

직원 휴게실에서 나왔을 때 유령이 밖에 서서 나를 기다리고 있었다. 그제야 그가 점심을 먹으러 어디에 가야 하는지 모를 거라는 생각이 들었다. 해리지 백화점은 이익을 증대한다는 구실로 직원 식당을 폐쇄하고 직원들에게 30분의 점심시간을 줬기 때문에 다들 나가서 정신없이 먹어 치우고 돌아와야 했다. "빨리 먹을 수 있는 곳을 알아요." 나는 유령에게 말했다.

그는 고개를 끄덕였고 나는 그가 잘 따라오길 바라며 앞장서서 붐비는 통로를 지나갔다. 걱정할 필요가 전혀 없었다. 그는 길을 가로막는 수십 명의 고객에게 나처럼 연신 죄송하다는 말도 하지 않고서도 쉽게 나를 따라왔다. 남쪽 문에 도착했을 무렵에는 심지어 내 옆에 나란히 서 있었고 내가 캐번디시 광장 쪽으로 돌기도 전에 뼈만 앙상한 길쭉한 손가락을 내밀어 리젠트 거리를 가리키며 나보다 앞서 움직였다.

리젠트 거리의 식당은 전부 점심값이 비싸고 가는 곳마다 다리를 쉬어 가는 쇼핑객들로 붐벼서 가는 데만 10분은 걸렸다. 거기까지 걸어갈 시간은 충분했지만 음식을 먹고 돌아올 시간은 충분하지 않았다.

"저는 보통 윌슨식당으로 가요." 내가 말했다. "더 가깝거든요." 그러나 그는 계속해서 명령하듯 손가락으로 방향을 가리켰고 우리는 입씨름을 할 시간도 없었다. 나는 그를 따라 거리를 걸어갔고, 있는 줄도 몰랐던 어느 골목길에 들어섰으며 '마마 몬토니'라는 이름의 휑뎅그렁한 간이식당으로 들어갔다.

어쨌든 그곳은 붐비지 않았고 작은 테이블들도 비교적 깨끗해 보였지만 진열대 위의 샌드위치는 만든 지 며칠은 되어 보였다.

한 테이블에 무성한 갈색 턱수염을 기른 거구의 남자가 앉아 있었는데, 그 사람을 보니 왜 유령이 나를 여기로 데려왔는지 알 수 있었다. 남자는 가장자리에 흰색 털을 댄 초록색 망토를 입고 호랑가시나무 관을 쓴 모습이 누가 봐도 '크리스마스 현재의 유령'이었다.

"들어와요! 들어와!" 우리는 이미 들어와 있었지만, 남자는 이렇게 말했다. 내 동료는 미끄러지듯 남자에게 다가갔다.

거구의 남자가 고개를 흔들며 말했다. "아니, 그 친구는 오늘 점심 먹을 시간을 내지 못했어." 마치 미래의 유령이 물어봐서 대답을 하는 것 같았다.

나는 그들이 말하는 '그 친구'가 누군지 궁금했다. 혹시 '크리스마스 과거의 유령'은 아니겠지?

"둘 다 일자리를 구하지 못해서 걱정이야." 거구의 남자가 낙담한 목소리로 미래의 유령에게 말했다. "은행 임원 대부분이 휴가야. 하지만 창구 직원 말이 오늘 오후 아델피 호텔에서 팬터마임 오디션이 열릴 예정이래."

나는 그 팬터마임이 《크리스마스 캐럴》에 관한 것인지 아니면 과거에 다 함께 공연을 한 사이인데 이제 그 의상에 맞는 일자리를 찾는 건지 궁금했다. 남자의 의상은 훌륭했다. 《크리스마스 캐럴》 원본에 묘사된 모습 그대로 호랑가시나무 관에는 고드름이 맺혔고 초록색 망토의 허리띠에는 녹슨 칼집이 달렸다. 그러나 맨 가슴이 드러나 있지는 않았고 발도 맨발은 아니었다. 남자는 두꺼운 양말을 신고 샌들을 신는 것으로 날씨와 타협했고 육중한 가슴 위로 자꾸 벌어지는 망토에는 큼직한 초록색 단추를 채웠다.

나는 출입문 바로 앞에 그대로 서 있었다. 내 동료가 돌아서서 나를 가리키자 거구의 남자가 큰 소리로 말했다. "들어와요! 우리 친해집시다, 친구!" 그리고 테이블 쪽으로 오라고 손짓했다.

주문 먼저 해야 한다고 말하려는데 계산대 뒤쪽에 있던 나이 든 여자가 (아마도 마마 몬토니?) 뒤쪽으로 사라져버렸다. 나는 테이블 쪽으로 다가갔다. "처음 뵙겠습니다. 에드윈 그레이라고 합니다."

"만나서 반가워요." 거구의 남자는 진심으로 다정하게 말했다. "앉아요, 앉아. 내 친구 말이 함께 일하는 사이라고요."

"예." 나는 자리에 앉았다. "해리지 백화점에서 일합니다."

"이 친구가 당신네 부서에서 추가로 사람을 구한다는데, 맞습니까?"

"아마도요." 스펜서 시던 경이 《크리스마스 캐럴》의 등장인물 절반과 마주치면 어떤 기분일까 궁금해졌다. 스펜서 경은 자신이 스크루지처럼 보인다고 생각할까? "하지만 임시직이에요. 크리스마스까지 딱 사흘간이요."

"크리스마스까지라…." 남자가 말했고 이어서 나이 든 여자가 은제 포크와 숟가락 한 줌과 붉은 듯 보이는 스파게티 두 접시를 들고 나타났다.

"저도 두 분과 같은 거로 먹겠습니다." 내가 말했다. "그리고 홍차도 들고 갈 수 있게 종이컵에 담아주세요."

미래의 유령과 친척 관계가 틀림없는 노파는 아무 대답도 하지 않고, 심지어 내 말을 알아들었다는 신호도 주지 않고 다시 뒤쪽으로 사라졌다.

"여기 이런 식당이 있는 줄은 몰랐어요." 나는 남자가 다시 직원 채용 이야기를 꺼내지 않게 먼저 말했다.

"탁월한 선택이로군요." 남자가 내 코트 주머니에서 삐죽 나와 있는 《크리스마스 캐럴》 원본을 가리키며 말했다.

"당신도 좋아하는 책이겠네요." 나는 책을 꺼내 테이블 위에 놓으며 빙긋 웃었다.

그는 갈색 수염이 덥수룩한 얼굴을 가로 저었다. "나는 디킨스 선생의 《리틀 도릿》을 더 좋아해요. 감옥에 갇혀 있는 와중에도 아주 참을성 많고 쾌활하죠. 그리고 트롤럽의 《바체스터의 탑》도 좋아하지요."

"책을 많이 읽으시는 모양이에요." 내가 말했다. 트롤럽은 말할 것도 없고 옛날 작가의 책을 읽는 사람을 만나기가 아주 드문 일이었다.

그는 고개를 끄덕였다. "시간 보내기에 아주 도움이 되더라고요." 남자가 말했다. "특히 이맘때면 더 그렇죠. '어두운 12월이 낮에 그늘을 드리우고 / 우리 가을의 기쁨을 앗아가면 / 쓰레기 같은 시든 눈더미로 / 햇빛이 짧고 비스듬히 떨어지면 / 차갑고 무익한 마음이 솟구쳐…' 월터 스콧 경의 《마미온》."

"5편의 도입부죠." 내가 말하자 남자가 환하게 웃었다.

"당신도 책을 많이 읽지요?" 그가 열띠게 물었다.

"책을 읽으면 마음이 참 편안해져요." 내가 말하자 남자가 고개를 끄덕였다.

"《크리스마스 캐럴》을 어떻게 생각하는지 말해봐요." 남자가 말했다.

"그토록 오랜 세월 동안 사랑받는 건 사람들이 그런 일이 실제로 일어날 수 있다고 믿고 싶어 하기 때문이라고 생각해요." 내가 말했다.

"그런데 당신은 믿지 않고요?" 남자가 물었다. "당신은 사람이 진실한 말을 듣고 달라질 수도 있다는 걸 믿지 않나요?"

"저는 스크루지가 너무 쉽게 변했다고 생각해요." 내가 말했다. "살면서 제가 만난 스크루지들과 비교해보면요."

마마 몬토니가 뒤쪽에서 나타나 우리를 쏘아보며 미지근하게 식은 스파게티 접시와 차가 반쯤 담긴 도자기 잔을 쿵 소리 나게 내려놓았다.

"당신도 《마미온》을 읽었나요?" 현재의 유령이 물었다. "말해봐요. 데이비드 린지 경*의 이야기는 어떻게 생각해요?" 그리고 우리는 열띤 토론을 시작했는데 그만 너무 오래 하고 말았다. 스크루지 비서와의 회의에 늦을 것 같았다.

내가 일어나자 내 조수도 일어났다. "우린 그만 가봐야겠어요." 나는 코트를 입으며 말했다. "만나서 반가웠습니다. 성함이…?"

남자는 커다란 손을 내밀었다. "'크리스마스 현재의 유령'입니다."

나는 웃었다. "그러면 세 번째 친구를 그리워하고 있겠군요. '과거의 유령'은 어디 있습니까?"

"미국에요." 그는 몹시 진지하게 말했다. "그 친구, 향수병과 상업적 이익에 너무 오염되어버렸죠."

그는 내가 자기 양말과 샌들을 의심스럽게 바라보는 것을 알아챘다. "요즘 우리가 사정이 좋지 않아요." 그가 말했다. "아무래도 불경기를 만난 것 같아요."

틀림없었다. "당신이 개과천선 시킬 스크루지들이 나타나면 호황기가 되겠군요."

"스크루지야 실제로 있죠." 그가 말했다. "하지만 그들은 탐욕을 부리고도 칭찬을 받고 많은 보상과 찬사를 받지요. 또," 그는 단호한 얼굴로 나를 보았다. "그들은 유령의 존재를 믿지 않아요. 프로이트와 호르몬 불균형을 숭배하고, 그들의 상담사들은 죄책감을 느끼지 말고 자신에게 더욱 집중하라고 말해주죠."

"뭐, 그렇죠." 나는 말했다. "이제 그만 가봐야겠어요." 나는 '크리스마스 미래의 유령'이 '다가올 크리스마스의 유령'이라고 불러주길 바라는지 어쩐지 알 수가 없어서 그냥 내 조수를 가리키며 말했다. "당신은 원한다면 친구랑 좀 더 이야기를 나누고 와도 돼요." 그리고 식당을 빠져나왔다. 적어

---

* 16세기 스코틀랜드 시인으로 가톨릭교회와 당시 정부를 익살맞게 풍자했다.

말하라, 유령 295

도 추가 직원 채용에 관해 보스킨스 씨에게 부탁해보라는 암시를 하지 않은 게 다행이었고 만약 보스킨스 씨가 미친 사람을 고용했다는 것을 알게 되면 어떻게 나올까 궁금하기도 했다.

보스킨스 씨는 서점에 없었고 작가의 비서도 없었다. 1시가 훨씬 지났을 거라 생각하고 시계를 봤지만 겨우 15분이 지나 있었다. 나는 마거릿에게 전화를 걸었다. 통화 중이었다.

자리로 돌아왔을 때 미래의 유령이 벌써 와서 고객을 응대하고 있었지만, 보스킨스 씨는 여전히 보이지 않았다. 그는 2시에 나타나서 작가 비서가 전화로 일정 변경을 알려왔다고 전했다.

"저자사인회 일정을요?" 나는 불안하게 물었다.

"아니요. 우리와의 회의 일정이요. 비서는 30분이 지나서야 올 거예요."

나는 그 시간을 이용해 다시 마거릿과 통화를 시도했다. 그리고 젬마가 받았다.

"엄마는 아래층에서 경비 아저씨랑 집 비우는 것에 관해서 이야기 중이야." 젬마가 말했다.

"엄마가 아빠한테 무슨 이야기를 하려는지 알아?" 나는 젬마에게 물었다.

"음… 모르겠어." 아이는 잠시 생각해보더니 말했다. 그리고 아이 특유의 일관성 없는 말을 덧붙였다. "나 치과에 갔었어. 엄마는 금방 올 거야."

"그럼 그동안 너랑 이야기해야겠다." 내가 말했다. "우리 크리스마스이브에 뭘 먹을까?"

"무화과." 아이는 재빨리 대답했다.

"무화과?"

"응. 그리고 설탕 입힌 케이크도. 소공녀랑 어민가드랑 베키가 파티에서 먹었던 것들이야. 음, 사실 먹지는 못했어. 무시무시한 민친 선생님이 발견하고 다 뺏어갔으니까. 그리고 레드커런트 와인도. 아빠가 와인을 허락해주지는 않겠지만. 하지만 레드커런트 음료수나 레드커런트 주스라도, 레드커런트만 들어가면 돼."

"그리고 무화과도 말이지." 나는 맛이 없겠다는 듯이 말했다.

"응. 그리고 테이블보로 쓸 빨간색 숄도 필요해. 책에 나오는 거랑 똑같이 하고 싶어."

"어떤 책?" 나는 놀리듯이 물었다.

"《소공녀》."

"그게 어떤 책이더라?"

"알잖아. 소공녀가 부자였는데 아빠를 잃고 민친 선생님이 그 애를 다락방에 살게 하고 하녀로 삼았는데 인도 신사가 딱하게 여기고 선물을 보내주잖아. 다 알면서. 내가 가장 좋아하는 책이잖아."

물론 잘 알지. 2년째 아이가 가장 좋아하는 책이다. 《빨간 머리 앤》과 《작은 아씨들》 모두를 제친 책이기도 하다. "우린 정말 똑같으니까." 그 책이 왜 그렇게 좋으냐고 물었을 때 아이는 이렇게 대답했다.

"너희 둘 다 다락방에 살아?" 내가 물었다.

"아니. 하지만 우린 둘 다 나이에 비해 키가 크고 머리카락 색이 검어."

"그랬지." 나는 수화기에 대고 말했다. "아빠가 깜박 잊었네. 크리스마스 선물로 뭘 갖고 싶어?"

"인형은 아니야. 인형을 갖고 놀기에 나는 너무 컸어." 아이는 곧바로 말하고는 조금 머뭇거렸다. "소공녀의 아버지는 크리스마스 선물로 항상 책을 줬어."

"그랬어?"

그때 보스킨스 씨가 흥분한 얼굴로 바로 옆에 나타났다. "금방 갈게요." 나는 수화기를 손으로 가리며 말했다.

"30분이 거의 다 지났어요." 그가 말했다.

"금방이면 돼요." 나는 젬마에게 무화과와 레드커런트 어쩌고를 사두겠다고 약속하고 엄마에게 전화했었다고 전해달라고 말하고 비서를 만나러 갔다. 비서가 혹시 스크루지의 비서 밥 크랫칫처럼 생겼을까 궁금했다. 그러면 크리스마스 과거의 유령을 제외하고 완벽한 캐스팅이 될 것이다. 물론 미국에 있다는 그 과거의 유령 말이다.

비서는 아직 오지 않았다. 3시 15분 전에 보스킨스 씨의 비서가 전화로 회의 시간을 4시로 변경했다고 알렸다. 나는 남는 시간을 이용해 젬마에게 선물할《소공녀》를 한 권 샀다. 아이는 이미 페이퍼백으로 한 권 갖고 있었고 그 책을 열두 번도 더 읽었지만, 내가 산 책은 원본을 재출간한 것으로 천으로 된 암청색 표지와 컬러 삽화까지 있었다. 젬마는 나를 보러 서점에 올 때마다 갈망하는 눈빛으로 이 책을 보며 내게 숨겨지지 않는 온갖 암시를 주었다. 방금 "소공녀의 아버지는 크리스마스 선물로 항상 책을 줬어."라고 말한 것처럼.

나는 미래의 유령에게 현금출납기를 맡기고《소공녀》를 내 코트 옆에 놔두고 창고에 가 다른《소공녀》를 한 권 들고나왔다. 그래야 젬마가 모레 서점에 왔을 때 그 책이 없어진 걸 알아채지 못할 테니까.

《소공녀》를 들고 돌아와보니 보스킨스 씨가 스펜서 경의 비서와 함께 와 있었다. 비서가 밥 크랫칫처럼 생겼을 거라는 내 추측은 빗나갔다. 그녀는 산뜻하게 차려입은 젊은 여성으로 짧게 자른 머리카락에 윤기가 흘렀고 황금 롤렉스 시계를 차고 있었다.

"스펜서 경은 팔걸이가 없고 등받이가 반듯한 의자에 70센티미터 높이의 목제 테이블, 청록색 잉크를 넣은 만년필 두 자루를 요구하십니다. 작가님을 어디에 앉게 할 계획이죠?"

나는 비서에게 문학 매대의 테이블을 보여주었다. "오, 이건 절대로 안 됩니다." 그리고 그녀는 책을 보며 말했다. "사진작가가 올 거예요. 이쪽 책장은 전부《일확천금을 벌어라》로 채워놔야 합니다. 앞표지가 앞을 향하게요. 그리고 나머지는 여기에." 그녀는 역사 매대 책장을 가리키며 말했다. "그래야 줄을 서 있어도 쉽게 접근할 수 있지요. 행사 책임자가 누구죠?"

"저분입니다." 나는 미래의 유령을 가리키며 말했다.

"한 줄이에요." 그녀는 자기 노트를 보며 말했다. "일 인당 두 권입니다. 새로 나온 양장본만 가능하고요. 페이퍼백은 안 됩니다. 그리고 미리 사둔 것도 절대로 안 돼요."

"쪽지에 고객들 이름을 미리 써놓을까요?" 내가 물었다. "그러면 저자가 일일이 이름을 물어보지 않아도 되잖아요."

그녀는 차갑게 나를 빤히 보았다. "스펜서 경은 책에 개인 이름을 써주지 않습니다. 오직 서명만 해요. 스펜서 경은 생수도 페리에가 아니라 아르망티에르를 선호하십니다. 그리고 가벼운 다과도요. 워터 비스킷이나 영양 치즈 같은 거요." 그녀는 자신의 노트에서 목록을 하나씩 점검해나갔다. "눈에 띄지 않게 떠날 수 있는 출구도 필요합니다."

"바닥에 뚫린 문이요?" 나는 미래의 유령을 보며 말했는데, 비서와 비교하니 그가 친근해 보일 지경이었다.

비서는 보스킨스 씨에게 말했다. "직원이 몇 명이나 되죠?"

"추가로 직원을 보충할 생각입니다." 그가 말했다. "그리고 출판사에서 추가로 책도 들여올 예정이고요."

그녀는 탁 소리가 나게 노트를 닫았다. "스펜서 경은 내일 11시부터 1시까지 여기 계실 겁니다. 그분을 모시게 된 걸 굉장한 행운으로 생각하세요. 스펜서 경을 찾는 곳은 무척 많으니까요."

남은 시간 동안 우리는 책장에서 책들을 꺼내고 지하실과 가구 매대를 샅샅이 뒤져 구체적인 요구사항에 맞는 테이블을 찾았다. 퇴근 후에 젬마와의 파티를 위한 재료를 사러 가려고 했지만 대신 아르망티에르 생수를 찾아 이 상점 저 상점을 돌아다녔다. 여섯 번째 시도 끝에 생수를 겨우 찾았지만, 젬마를 위한 레드커런트 주스는 찾지 못했다. 블랙커런트 차 한 상자를 사고 그걸로도 충분하길 바랐다.

집에 도착했을 때는 거의 10시가 다 되었지만, 마거릿에게 두 번 더 전화했다. 두 번 모두 통화 중이었다.

다음 날 아침 미래의 유령에게 서점을 맡기고 영양 치즈와 워터 비스킷을 구하러 식품관으로 내려갔다. 돌아와보니 마거릿이 와서 미래의 유령에게 내가 어디 갔느냐고 묻고 있었다.

"말이 없는 서점 직원이라니, 당신 생각이었지?" 마거릿이 말했다.

"여기서 뭘 해? 젬마도 왔어?" 내가 물었다.

"응." 젬마가 나타나 빙그레 웃으며 말했다.

"당신이랑 할 말이 있어." 마거릿이 말했다. "젬마, 아동복 매대에 가서 네 크리스마스 드레스랑 어울릴 만한 머리띠를 찾아봐."

젬마는 여행 매대를 가리키고 있는 미래의 유령을 보고 있었다. "저 사람은 '크리스마스 미래의 유령'이야?" 젬마가 물었다. "《크리스마스 캐럴》에 나오는 그 유령?"

"응." 내가 말했다. "진짜 유령이야."

"젬마." 마거릿이 말했다. "가서 머리띠를 찾아봐. 로버트 아저씨가 선물한 드레스랑 딱 어울리는 버건디 색깔로." 마거릿은 젬마를 보내고 젬마가 통로에서 충분히 멀어질 때까지 지켜보았다가 내 쪽으로 돌아섰다. "일부러 내 전화에 응답하지 않은 거지?"

"했어." 내가 말했다. "젬마가 내가 전화했었다고 말 안 했어?"

"내가 돌아올 때까지 고작 몇 분도 못 기다리더란 말은 했어. 당신이 너무 바쁘다고."

젬마는 당연히 그렇게 말하지 않았을 것이다. "그래서 무슨 이야기를 하려고 했던 건데?" 내가 물었다.

"당신 딸의 복지에 관한 이야기." 그녀는 날카롭게 책 상자들을 보았다. "또는 당신이 고작 저것 때문에 바쁜지에 대해서도."

가끔 내가 정말로 마거릿을 사랑한 적이 있었던가 떠올리기 어려울 때가 있다. 이성적으로야 알지만, 그녀가 나에게 이혼을 요구했을 때 칼날이 몸을 관통하는 것 같았던 느낌은 기억하는데 내가 그녀를 사랑했던 감정이나 그녀의 어떤 면을 사랑했던가는 기억나지 않는다.

나는 천천히 말했다. "젬마의 복지가 어떤데?"

"그 애는 치아교정을 해야 해. 치과의사 말이 피개교합*이라서 교정을 해야 한대. 비싸겠지…." 그녀는 그렇게 말하고 또 말꼬리를 흐렸다.

서점 직원이 감당하기엔 너무 비싸다는 뜻이다. 회계사였다면 감당할 수 있었겠지만.

마거릿이 실제로 그렇게 말했더라도 나로선 대답할 말이 없었다. 그녀

---

* 아랫니보다 윗니가 훨씬 앞으로 나온 상태

는 내가 회계사를 그만둔 것이 양육비를 많이 주지 않으려는 악의 때문이라고 믿고 있고 나로선 그렇지 않다고 해명하기 위해 해줄 말이 하나도 없었다. 당연히 사실이 아니었다. 사실 마거릿과 젬마를 잃고 나서 책 말고는 견딜 수 있는 일이 없었다.

"로버트가 교정 비용을 내겠다고 제안했어." 마거릿이 말했다. "나는 그가 매우 관대하다고 생각하지만, 그는 당신이 반대할 거라고 걱정해. 당신, 반대해?"

"아니." 나도 "내가 교정 비용을 내고 싶어."라고 말하고 싶었다. 그러나 그녀가 말하지 않고도 전달한 말처럼 서점 직원은 교정 비용을 치를 만큼 돈을 벌지 못했다. "절대로 반대하지 않아."

"안 그래도 당신은 신경도 쓰지 않을 거라고 말했어." 그녀가 말했다. "지난 2년 동안 당신이 젬마를 조금도 신경 쓰지 않는다는 게 점점 분명해지고 있잖아."

"그럼 이것도 점점 분명해지고 있겠네." 나는 목소리를 높였다. "당신이 내게서 체계적으로 내 딸을 빼앗아 가려고 한다고. 심지어 당신은 내가 크리스마스에 젬마를 보는 것조차 반대하잖아!" 소리를 질렀는데 그때 젬마가 보였다.

그 애는 문학 매대 책장을 등지고 서 있었다. 《소공녀》 한 권을 들고 있었는데 내가 그 책을 벌써 샀는지 아니면 아직도 진열되어 있는지 보려고 돌아온 게 틀림없었다.

그리고 부모가 자신을 둘로 쪼개려고 싸우는 소리를 들었다. 책장에 등을 기대고 몸을 움츠린 채 책을 꼭 쥔 모습이 조그맣고 쫓기는 것처럼 보였다.

"젬마." 내가 말하자 마거릿도 몸을 돌려 아이를 보았다.

"버건디 색 머리띠는 찾았어?" 그녀가 물었다.

"아니." 젬마가 말했다.

"그럼, 같이 가자. 살 게 있어."

젬마는 조심스럽게 책을 제자리에 내려놓고 우리 쪽으로 다가왔다.

"내일 저녁에 보자." 나는 웃으려고 애쓰며 말했다. "우리 파티를 위해 블랙커런트 차를 구했어."

젬마는 침울하게 말했다. "무화과도 구했어?"

"어서 와, 젬마." 마거릿이 말했다. "아빠한테 작별 인사해."

"아빠, 안녕." 아이는 나를 향해 머뭇머뭇 미소를 지었다.

"무화과도 꼭 구해놓을게." 나는 약속했다.

그러나 말처럼 쉽지 않았다. 해리지 백화점 식품관에는 무화과가 생과일도 통조림도 없었고 거리 아래에 있는 식료품 가게에도 없었다. 점심시간이 짧아 시장까지 걸어갔다가 돌아올 수도 없었다. 아무래도 퇴근 후에 가봐야 할 것 같았다.

그리고 마마 몬토니 식당에도 가고 싶지 않았다. 현재의 유령에게서 서점의 추가 직원 고용에 대해 꼬치꼬치 캐묻는 듯한 질문을 받고 싶지 않았다. 그리고 제정신인 사람이건 미친 사람이건 누구하고도 대화할 기분이 아니었다. 나는 베이컨 샌드위치나 포장해 와서 먹을 생각으로 윌슨식당으로 가는 골목에 숨어들었다.

거기 현재의 유령이 조그만 테이블을 차지하고 앉아 《일확천금을 벌어라》를 읽고 있었다. 내가 들어가자 그는 고개를 들더니 테이블 쪽으로 오라고 열심히 손짓했다.

"여기서 제이콥 말리*를 만나기로 했어요." 그는 내게 손짓하며 말했다. "어서 와요. 우린 《아이반호》와 《에드윈 드루드의 비밀》에 대해 토론하기로 했어요."** 그가 나를 위해 의자 하나를 빼주었다. "나는 늘 에드윈이 정말로 죽었는지 아니면 다시 살아날 수도 있었는지 궁금했거든요."

나는 자리에 앉아 《일확천금을 벌어라》를 집어 들었다. "옛날 작가들의 작품만 읽는 줄 알았어요."

"일종의 연구랄까요." 그는 다시 책을 가져가며 말했다. "말리는 우리가 일을 구할 수 있을지 기대가 몹시 커요. 오늘 아침에는 법정 변호사를 만나

---

* 스크루지의 동업자
** 《아이반호》는 월터 스콧의 역사소설, 《에드윈 드루드의 비밀》은 찰스 디킨스의 유작인 미완성 추리소설이다.

려고 중앙형사법원에 갔답니다."

"틀림없이 이혼 전문 변호사겠죠." 내가 말했다. "아니면 형량을 좀 줄여달라고 부탁하러 갔나요?"

"회개하러 갔습니다." 그가 말했다.

나는 멋쩍게 웃었다. "당신들은 진심으로 디킨스의 유령들이 환생한 거라고 믿고 있군요."

"'디킨스'의 유령이 아니에요." 그가 말했다.

"그럼 당신은 진짜 크리스마스 '현재의 유령'이고 제 조수는 진짜 '미래의 유령'이라고 믿나요? 그래서 그는 절대로 말을 하지 않는 건가요? 디킨스의 이야기에 나오는 '미래의 유령'이 한마디도 하지 않아서?"

"그 친구, 말할 수 있어요." 그는 몹시 진지하게 말했다. "다만 말을 싫어할 뿐이지. 많은 이들이 그 친구 목소리가 진짜 듣기 괴롭다고 하거든요."

"그럼 당신 직업은 구두쇠들을 개심시키고 크리스마스의 즐거움을 전파하는 거라고 믿어요?" 나는 팔을 크게 흔들었다. "그런데 왜 이런 일을 하죠?" 나는 씁쓸하게 말했다. "마법을 쓰면 되잖아요. 마법으로 필요한 사람들을 도와줘요. 노숙자에겐 집을 주고 아버지들은 자식을 만날 수 있게 해주고요."

"우리에겐 그럴 힘이 없어요. 그저 자물쇠에 관한 시시한 기술하고 시간에 관한 소소한 잔재주뿐이에요. 우린 원래의 존재나 과거의 존재를 바꿀 수는 없어요. 우리가 가진 힘이란 그저 꾸짖고 상기시키고 교훈을 주고 경고하는 것뿐이죠."

"책처럼 말이죠." 내가 말했다. "이제 아무도 안 읽는 책처럼 말이에요."

"당신 딸은 읽잖아요."

"내 딸…." 나는 갑자기 반색하고 물었다. "어딜 가야 무화과를 구할 수 있죠?"

"통조림? 아니면 생과일?"

"아무거나요." 내가 말했다.

"포트넘 앤 메이슨 백화점." 그는 말하고 내가 자리에서 일어나자마자 다시 스펜서 경의 책을 읽기 시작했다. 포트넘 앤 메이슨 백화점까지 갈 시간은 없었지만, 해리지 백화점으로 돌아가 시계를 보니 점심시간이 거의 10분이나 남아 있었다.

보스킨스 씨가 나를 기다리고 있었다.

"스펜서 경의 비서가 전화했어요. 스펜서 경은 내일 1시 30분이나 되어야 여기 올 수 있다고 하네요." 그는 내게 새로 찍은 홍보 전단 한 더미를 건넸다. "저자사인회는 1시 30분부터 3시 30분까지입니다."

나는 당황한 얼굴로 전단을 보았다.

"저자 일정 중 시간이 비는 때는 그때뿐이래요." 그는 방어적으로 말했다. "어쨌거나 우리 서점에 그분을 모실 수 있게 된 것만도 큰 행운입니다."

나는 사인회 후의 정리와 청소를 생각했다. "저는 4시에는 출발해야 해요. 크리스마스이브에 딸아이가 오기로 했거든요."

기나긴 오후였다. 미래의 유령이 문학 매대 책장에서 책들을 내리고 스펜서 경의 책 표지가 앞으로 향하게 배치했다. 100파운드 지폐 디자인과 황금색 글씨를 박은 밝은 초록색 표지였다. 나는 홍보 전단을 테이프로 붙였고, 기대하지 않은 선물을 받아서 어쩔 수 없이 선물로 갚아야 하는 고객들을 응대했다. "절대로 2파운드가 넘지 않는 거로 골라주세요." 나는 그들에게 신용카드 영수증과 홍보 전단을 내밀며 생각했다. '하루만 더 참으면 젬마를 만날 수 있어.'

퇴근 후 포트넘 앤 메이슨 백화점에 갔더니 무화과가 생과일과 통조림 둘 다 있었다. 나는 두 가지를 모두 사고 설탕 입힌 케이크와 초콜릿도 샀다. 젬마에게는 인도의 신사가 보내줬다고 말할 생각이었다.

집에 돌아와서는 테이블보로 사용할 오래된 빨간색 울 목도리를 찾아냈고 아파트를 말끔히 치웠다. 이제 딱 하루만 있으면 된다.

마침내 그날이 왔다. 새 홍보 전단과 (1시 30분부터 3시 30분까지) '크리스마스 현재의 유령'도 함께 왔다. "여기서 뭐 해요?" 내가 물었다.

"우리가 드디어 일을 구했어요." 그가 환하게 웃으며 대답했다.

"우리라고요?" 나는 '말리의 유령'을 찾아 주위를 둘러보았다. 말리처럼 생긴 사람은 보이지 않았고 '현재의 유령'은 벌써 진열 테이블에 스펜서 경의 책을 쌓고 있었다.

"어떤 일이요?" 나는 의심스럽게 물었다. "설마 스펜서 경을 반대하는 시위 같은 일은 아니죠?"

"당신의 새 조수예요." 그는 주문대 옆 바닥에 책을 쌓으며 말했다. "줄 선 사람들에게 번호표를 나눠줄 거예요."

"설마 그렇게 많이 올라고요?" 나는 웃으며 말했지만 10시밖에 안 되었는데 벌써 스무 명이 번호표를 꼭 쥐고 서 있었다.

나는 그들에게 《일확천금을 벌어라》를 팔았고 스펜서 경이 왜 처음 홍보했던 11시에 여기 올 수 없는지 해명했다. "그분은 몹시 바쁜 분이라서요." 나는 말했다. "어쨌거나 우리 서점에 그분을 모실 수 있게 된 것만도 큰 행운입니다."

보스킨스 씨가 11시에 나타나 우리더러 미리 점심을 먹고 오라고 했다. 그의 말이 옳았다. 서점은 떼 지어 서성이는 사람으로 가득했고 미래의 유령은 책을 더 가지러 지하실에 내려가야 했으며 현재의 유령은 더 많은 전표에 번호를 써야 했다.

정오가 되자 번호표에 따라 줄을 서기 시작했고 줄이 통로 중간까지 내려왔다.

"가서 책을 더 가져오는 게 좋겠어요." 미래의 유령에게 말하려고 몸을 돌렸는데 거기 마거릿이 서 있었다.

"여기서 뭐 해?" 나는 어리둥절한 얼굴로 물었다. "젬마는 어디 있어?"

"5층에서 인형을 보고 있어." 그녀가 말했다.

"젬마는 인형을 원하지 않는다고 했는데?"

"그냥 구경만 하고 싶대." 그녀가 말했다. 그래, 안전하게 두 층이나 떨어진 곳에 숨어 있어야 부모가 싸우는 꼴을 보지 않게 되겠지.

"크리스마스이브도 안 되겠어." 마거릿이 말했다.

"뭐?" 이미 마거릿의 말뜻을 알아들었으면서도 멍하니 물었다. 마치 칼날이 몸을 관통하는 것처럼 느껴지는 말이었다.

"기차를 더 일찍 타야 해. 로버트의 부모님이 친구를 초대했는데 그분이 치과교정전문의래. 그분이 젬마의 피개교합을 봐주기로 했는데 크리스마스이브만 거기 있을 거라잖아."

"내가 젬마와 크리스마스이브를 보내기로 했어." 나는 바보처럼 말했다.

"나도 알아. 그래서 내가 온 거잖아. 일정을 조정하려고. 우린 설날 다음 날에나 돌아올 거야. 그때 젬마를 데려가."

"교정 전문의를 설날 지나서 만나면 안 되는 거야?"

"그분은 정말로 바쁜 사람이거든. 보통은 대기자 명단에 이름을 올려야 겨우 볼 수 있지만 이번에 특별히 호의를 베풀어서 우리 애를 봐주기로 한 거야. 어쨌거나 그분을 모실 수 있게 된 것만도 우리로선 굉장히 감사할 일이야."

"설날 다음 날에는 재고관리를 해야 해." 내가 말했다.

"그렇겠지." 마거릿은 말꼬리를 흐리며 말했다. "그럼 그다음 주말. 언제든 당신 좋은 날로 정해."

'그러면 그다음 주말에는 교정 일정을 잡아야겠지. 또 그다음 주말에는 교정 장치를 조이거나 밴드를 씌워야 할 테고.' "나는 크리스마스이브에는 젬마와 함께 있을 수 있다고 굳게 믿었어. 기차 시간을 늦추면 안 돼?" 나는 말하면서도 이미 가망이 없다는 걸 알고 있었다. 그리고 지금 내가 젬마처럼 쫓기는 모습으로 책장에 기대 서 있다는 것도.

"기차 시간은 4시와 10시 30분이 전부야. 뒤에 걸 타면 새벽 1시에나 도착해. 로버트가 자기 부모님하고 교정 전문의에게 순전히 우리 때문에 기다려달라고 부탁할 수는 없잖아. 난 당신이 선뜻 협조해줄 거라고 생각했는데…."

"그레이 씨, 번호표가 다 떨어졌어요." 보스킨스 씨가 말했다. "또 줄서기에 대해 할 말도 있고요."

"우리가 하루 일찍 돌아올게. 설날을 젬마와 함께 보내." 마거릿이 말했다.

"줄이 거의 통로 끝까지 서 있어요." 보스킨스 씨가 말했다. "원 모양으로 돌아가게 할까요?"

마거릿은 붐비는 통로를 향해 움직이기 시작했다. "기다려." 내가 말했다. "젬마 선물을 집에 가져다 두었어. 잠깐만 기다려."

나는 서둘러 문학 매대 책장으로 갔지만, 그 책들을 전부 여행 매대 밑으로 옮겼다는 사실을 기억해냈다. 나는 쪼그리고 앉아 《소공녀》를 찾았다. 포장을 하지는 않았지만 적어도 크리스마스에 젬마가 그 책을 가지고 있을 수는 있었다.

그러나 책이 보이지 않았다. 'ㅅ'칸을 두 번 뒤지고 암청색 표지를 찾아 책 등을 손가락으로 훑으며 찾아보았다. 그러나 없었다. 혹시 미래의 유령이 거기에 두었나 싶어 아동서 매대도 찾아봤지만 없었다. 다시 문학 매대를 살피다가 자리에서 일어났을 때 마거릿은 벌써 가고 없었다.

"줄을 두 겹으로 서게 했어요." 보스킨스 씨가 말했다. "이만하면 대성공이지 않을까요, 그레이 씨?"

"대성공이네요." 나는 말하고 쪽지에 번호를 쓰러 갔다.

스펜서 경은 세빌 로*의 양복을 입고 2시 15분 전에 도착했다. 그는 등받이가 반듯한 의자에 앉아 오만한 얼굴로 테이블과 줄을 쳐다보더니 만년필 하나를 들고 뚜껑을 열었다.

그는 앞에 놓인 책에 사인을 시작했고 자신을 추앙하며 줄을 선 사람들에게 지혜를 베풀기 시작했다.

"크리스마스야말로 자신의 미래를 생각해볼 만한 정말 좋은 때죠." 그는 S자로 보이는 구불구불한 선을 하나 끼적이고 곧바로 길고 울퉁불퉁한 선을 하나 그었다. "또한 새해의 경제전략을 짜기에도 딱 좋은 때예요."

줄 맨 앞에서 네 번째에 구식 코트와 무거운 사슬이 달린 바지를 입고 과하게 녹회색 분장을 한, 누가 봐도 말리의 유령인 사람이 하나 있었다. 그는 턱부터 머리까지 머릿수건을 묶고 《일확천금을 벌어라》 책을 한 권 들고 있었다.

"저 사람들이 정말로 스펜서 경을 개과천선 시키려나 보네." 나는 생각

---

* 런던의 고급 수제 양복점이 늘어선 거리

했다. 스펜서 경이 어떻게 나올지 궁금했다.

말리의 유령은 줄 앞으로 가서 테이블에 책을 펼친 채로 내려놓았다. "살아 있을 때…." 그가 말했다. 완전히 죽었던 사람처럼 들리는 불안정하고도 건조한 이상한 목소리였다.

"살아 있을 때 나는 제이콥 말리였소." 그는 죽은 사람 특유의 희미한 목소리로 말하며 녹회색 손으로 몸에 달린 사슬을 흔들었지만, 스펜서 경은 벌써 말리의 유령에게 책을 돌려주고 다음 사람을 향해 손을 뻗고 있었다.

"돈이 전부가 아니라고 말하는 사람들이 있죠." 스펜서 경이 군중을 향해 말했다. "돈은 전부가 아닙니다. '유일한' 것이지."

줄 선 군중이 환호했다.

2시 30분, 스펜서 경은 손가락도 풀고 아르망티에르 생수도 마실 겸 잠시 쉬었다. 그는 비서와 속닥거리며 뭔가를 의논하고 시계를 보더니 생수를 한 모금 더 마셨다.

생수를 한 병 더 가지러 주문대에 갔다가 돌아오는 길에 현재의 유령과 거의 충돌할 뻔했다. 그는 맨 위에 호랑가시나무 잔가지를 얹은 거대한 자두 푸딩을 들고 있었다.

"뭐 해요?" 내가 물었다.

"크리스마스야말로 자신의 미래를 생각해볼 만한 정말 좋은 때죠." 그는 눈을 찡긋하며 말하고 사인 테이블 쪽으로 출발했지만 매끈한 비서가 스펜서 경 앞으로 튀어나와 그를 가로막았다.

현재의 유령은 여전히 웃는 얼굴로 비서에게 자두 푸딩을 건넸지만, 그녀는 돌려주었다. "제가 구체적으로 '가벼운' 다과를 요청하지 않았던가요?" 그리고 시계를 들여다보더니 다시 스펜서 경에게 돌아갔다.

현재의 유령이 비서 뒤를 따라갔다. "이봐요, 우리 친해집시다." 그가 비서에게 말했지만, 그녀는 다시 스펜서 경과 뭔가를 의논했고 두 사람 모두 시계를 들여다보았다.

비서가 나에게 다가왔다. "줄이 더 빨리 움직이게 해야겠어요." 그녀가 말했다. "제목이 있는 페이지를 펼쳐놓고 기다리게 하세요."

나는 줄을 따라 뒤로 가며 비서의 말을 전했다. 그때 갑작스럽게 주위가 조용해져서 테이블 쪽을 돌아보았다. 미래의 유령이 줄 맨 앞에 선 중년 여성 앞으로 미끄러지듯이 끼어들자 중년 여성이 넓은 품에 책을 꼭 끌어안고 뒤로 물러났다.

'그걸 하려나 봐.' 나는 생각했고 거의 그러기를 바랐다. 뭔가 좋은 일이 벌어지는 모습을 보고 싶었다.

스펜서 경이 책을 향해 손을 뻗자 미래의 유령이 자세를 잡고 그를 향해 손가락을 내밀었는데 그것은 손가락이 아니라 해골의 뼈였다.

'그가 말을 하려나 봐.' 나는 생각했다. 왠지 그 목소리가 어떨지 알 것 같았다. 그것은 이혼을 원한다고 말할 때의, 기차를 더 일찍 타야 한다고 말할 때의 마거릿의 목소리일 것이다. 죽음을 선고하는 목소리.

나는 그 목소리를 듣게 될까 봐 두려워하며 숨을 크게 들이마셨다. 비서가 앞으로 나섰다. "스펜서 경은 신체 부위에는 사인하지 않습니다." 그녀는 단호하게 말했다. "책을 갖고 있지 않으면 옆으로 비켜주세요."

그것으로 끝이었다. 스펜서 경은 새로 산 양장본 책에만 3시 15분까지 사인을 했고 사인을 휘갈기다 말고 자리에서 일어나 미리 마련해둔 뒷길로 가버렸다.

"다 끝내지 않았잖아요." 사인을 하다 만 책의 주인인 젊은 여성이 애처롭게 말했다. 나는 그 책을 받아 들고 펜을 집어 들고 비록 희망은 별로 없었지만, 스펜서 경의 뒤를 쫓아가기 시작했다.

문 앞에서 그를 붙잡았다. "아직 책에 사인을 받지 못한 사람들이 많습니다." 내가 책과 펜을 내밀며 말하자 비서가 사이를 가로막았다.

"스펜서 경은 해처드 백화점에서 두 번째 사인회가 있습니다." 비서가 말했다. "사인을 못 받은 사람은 그리로 오라고 말해주세요."

"크리스마스잖아요." 나는 말하고 그의 소매를 붙잡았다.

스펜서 경이 나한테 붙들린 자신의 소매를 날카롭게 바라보았다.

"이러다가 마요르카행 비행기를 놓치겠어요." 비서가 말하자 그는 자신의 소매를 잡아당기고 시계를 보면서 총총 사라졌다. "늦었어요." 비서의 말소리가 들렸다.

나는 여전히 펜과 S자를 쓰다 말고 펼쳐진 책을 들고 있었다. 나는 여자에게 책을 돌려주었다. "남겨두고 가도 괜찮으시다면 제가 대신 사인을 받아놓겠습니다. 크리스마스 선물인가요?"

"예, 아버지 선물이에요." 여자가 말했다. "하지만 아버지는 크리스마스가 지나야 만날 수 있으니까 괜찮아요."

나는 여자의 이름과 전화번호를 받아 적어두고, 책들을 주문대 위에 정리하고 포스터들을 치우기 시작했다.

미래의 유령이 다른 유령들처럼 스펜서 경을 개과천선 시키려다 실패하고 어디론가 가버렸을지도 모른다고 생각했지만, 그는 서점에 남아 책들을 상자에 차곡차곡 넣고 있었다.

어쨌든 그는 더 조용해 보였고(사실 지금껏 한마디도 하지 않았기 때문에 불가능한 일이긴 하지만), 역시 어이없는 생각이기는 하지만 어딘가 풀이 죽어 보였다. 원래 미래의 유령은 소름이 끼치고 무시무시해 보여야 정상이었지만 그는 움츠러들어 보였다. 마치 책장에 기댄 채 움츠러들었던 젬마처럼.

'소름이 끼치는 건 스펜서 경이지.' 나는 생각했다. '그리고 그 비서도. 또 그녀의 황금 롤렉스 시계도.' "스크루지들은 탐욕을 부리고도 칭찬을 받고 많은 보상과 찬사를 받지요." 현재의 유령의 말은 옳았다. 그들은 정말로 그렇다. 새빌 로의 수제양복을 입고 기사 작위를 받고 마요르카로 휴가를 가면서도 말이다. 지금이 유령들의 불경기인 것도 당연하다.

"그래도 시도는 해봤잖아요." 내가 말했다. "시작도 하기 전에 패배하는 싸움도 있는걸요."

아동용품부 직원이 선물을 사러 왔다. "가정용품부 직원한테 줄 거예요. 동료끼리 선물 교환하지 말자고 했는데." 그녀는 짜증스럽게 말했다. "그쪽이 먼저 뭘 샀으니 어째. 게다가 나는 오늘 일찍 퇴근할 계획이거든요. 아, 당신도 그러기로 했죠? 오늘 딸내미하고 저녁을 함께 보내기로 했잖아요."

나는 시계를 보았다. 3시가 지났다. 그들은 곧 기차역을 향해 출발할 것이다. 로버트의 부모를 향해, 그리고 치과교정전문의를 향해.

나는 다과를 치웠다. 자두 푸딩 위에 포일을 씌우고 그 젊은 여성이 두고 간 책 옆에 놔두었다. 다시 사인을 받을 희망은 없었다. 나는 젬마와 크리스마스이브 생각을 하지 않으려고 애쓰면서 책장에서 《일확천금을 벌어라》를 내리는 미래의 유령을 도우러 갔다.

유령이 갑자기 하던 일을 멈추고 일어서더니 어딘가를 가리켰다. 그 앙상한 손 밑으로 소맷자락이 떨어져 내렸다. 나는 더 나쁜 소식을 듣게 되면 어쩌나 걱정하는 마음으로 뒤를 돌아보았다. 거기 통로에 젬마가 우리를 향해 걸어오고 있었다.

젬마는 그 작은 얼굴에 단호한 표정을 짓고 전부 반대 방향으로 향하는 쇼핑객들과 주렁주렁 매달린 쇼핑백들 틈새를 몸을 숙인 채 꾸준히 거슬러 오르고 있었다.

"젬마!" 나는 아이를 통로 밖으로 안전하게 잡아끌었다. "여기서 뭐 하고 있어?"

"아빠한테 작별 인사도 하고 크리스마스이브에 못 가서 미안하다고 말하려고."

나는 고개를 들어 통로 쪽을 내다보았다. "엄마는 어딨어? 설마 혼자 온 건 아니지?"

"엄마는 5층에 있어." 젬마가 말했다. "인형을 보고 있어. 내가 마음이 바뀌어서 인형을 가지고 싶다고 말했거든. 눈동자가 초록색인 신부 인형으로." 젬마는 흡족해 보였다. 그도 그럴 것이 마거릿이 기차역에서 로버트를 만나기로 약속한 30분 전에 여기로 오게 한 것은 결코 작은 성취가 아니었다. 젬마가 여기 왜 오고 싶어 했는지 알았다면 마거릿은 절대로 허락하지 않았을 것이다. 마거릿이 뭐라고 했을지는 안 봐도 뻔했다. "시간이 없다, 아빠는 설날 다음 날 보면 된다, 로버트를 불편하게 할 수는 없다, 결국 너의 교정 비용을 대는 사람은 로버트가 아니냐." 지금 젬마는 그 모든 주장을 깔끔하게 제쳤으니 흡족할 만하다.

"엄마한테 3층에 다녀온다고 말했어?" 나는 나무라는 듯이 보이려고 애쓰며 말했다.

"엄마가 인형 사는 모습을 볼 수 없게 게임이나 보고 오라고 했어." 젬마가 말했다. "나, 아빠랑 크리스마스이브를 보내는 편이 더 좋다고 말하고 싶었어."

'사랑해.' 나는 생각했다.

"내가 돌아오면," 젬마는 진지하게 말했다. "그러면 우리 그날이 진짜 크리스마스이브인 척해야 해. 소공녀와 베키처럼 말이야."

"걔들도 크리스마스이브인 척했어?"

"아니. 소공녀는 춥거나 배가 고프거나 슬프면 자기가 사는 다락방이 바스티유 감옥인 척했어."

"바스티유 감옥이라…." 나는 곰곰이 생각해보았다. "바스티유에는 무화과가 없을 것 같은데?"

"없지." 젬마가 깔깔 웃었다. "소공녀는 원하는 것을 가질 수 없을 때마다 온갖 것을 그런 척했어. 그래서 나도 우리가 다시 만나는 날이 크리스마스이브인 척하기로 했지. 종이 모자를 쓰고 트리에 불도 밝히고, '오, 크리스마스가 다 됐어.'라거나 '잘 들어봐, 크리스마스 종이 울리고 있어.' 같은 말을 하기로 해."

"그리고 '거기 무화과 좀 건네줘.' 같은 말도 하고?" 내가 말했다.

"나 진지해." 젬마가 말했다. "우린 크리스마스가 지나야 만날 수 있지만, 그때가 되면 그런 척해야 하는 거야." 아이는 말을 멈추고 울적한 표정을 지었다. "난 서리에서 즐겁게 지낼 거야." 아이는 불분명하게 말꼬리를 흐렸다.

"당연히 즐겁게 지내야지." 나는 진심을 다해 말했다. "선물도 어마어마하게 받고 거위 요리도 많이 먹어. 그리고 무화과도. 서리에서는 거위 배 속을 무화과로 채운다더라." 나는 아이를 끌어안았다.

《소공녀》의 민친 선생님처럼 깡마르고 머리가 하얗게 센 여자가 다가왔다. "실례할게요. 여기 직원인가요?" 여자는 못마땅한 얼굴로 물었다.

"잠깐만 기다려주세요." 내가 말했다.

미래의 유령이 서둘러 다가왔지만, 여자가 손짓으로 그를 물리쳤다. "책을 찾고 있어요." 여자가 말했다.

나는 젬마에게 말했다. "엄마가 인형을 다 사고 널 찾아다니기 전에 그만 가는 게 좋겠어."

"그럴 일은 없을걸. 신부 인형은 다 팔렸거든. 지난번 여기 왔을 때 물어봤어." 아이는 눈을 찌푸리며 웃었다. "엄마가 창고를 확인해보라고 직원을 보냈을 거야." 아이는 신이 나서 말했는데, 순간 제 엄마와 똑같아 보였고 내가 마거릿의 어떤 면을 사랑했었는지 불쑥 떠올랐다. 영리함과 순수한 즐거움. 그리고 풍부한 지략. 그 미소. 그러자 내가 원하는지조차 몰랐던 대단한 크리스마스 선물을 받은 것만 같았다.

"책을 찾고 있어요." 민친 선생님이 다시 말했다. "몇 주 전에 여기서 봤는데."

"나, 가볼게." 젬마가 말했다.

"응." 나는 말했다. "그리고 엄마가 창고를 완전히 뒤집기 전에 신부 인형을 원하지 않는다고 말해."

"사실은 많이 원해." 아이가 말했다. "소공녀도 인형이 있거든." 그리고 말하지 않은 것을 남겨둔 것처럼 다시 말꼬리를 흐렸다.

"다 팔렸다고 말했잖아."

"다 팔렸어." 아이가 말했다. "하지만 진열대에 전시된 게 하나 있어. 아빠도 엄마를 알잖아. 엄마는 기필코 그 인형을 구하고 말 거야."

"실례해요." 민친 선생님이 고집스럽게 말했다. "초록색 책이었어요. 초록색과 금색."

"나, 갈게." 젬마가 다시 말했다.

"그래." 나는 안타깝게 말했다.

"안녕." 아이는 말하고 지금은 반대 방향으로 움직이는 쇼핑객들의 물결에 뛰어들었다.

"양장본이에요." 민친 선생님이 말했다. "여기 이 책장에 있었다고요."

젬마가 통로 중간에서 멈추었다. 아이 주변에 쇼핑객들이 잔뜩 몰려 있었다. 아이가 뒤를 돌아 나를 보았다. "설탕 입힌 케이크는 상할지도 모르니까 아빠가 먹어. 나는 즐겁게 지내다 올게." 아이는 조금 더 단호하게 말하고 다시 군중 속으로 사라졌다.

"황금색 글씨였어요." 민친 선생님이 말했다. "백작이 쓴 책이라고 했어요."

오래 걸려 찾고 보니 민친 선생님이 말한 책은《일확천금을 벌어라》였다. 그럼 그렇지.

"딸아이가 참 다정하네요." 원하는 것을 얻은 다음이라 한없이 친근해진 민친 선생님이 책값을 계산하는 내게 말했다. "운이 좋은 아빠로군요."

"그렇죠." 나는 별로 운이 좋다고 느끼지는 않았지만 그렇게 말했다.

나는 시계를 들여다보았다. 4시 5분이었다. 젬마는 벌써 서리행 열차에 올랐을 것이고 나는 올해에는 그 어여쁜 얼굴을 보지 못할 것이다. 백화점 폐점 후에도 여기 남아 모든 것을 제자리로 돌려놓는다고 해도 여전히 내게 남은 크리스마스이브의 시간을 혼자 견뎌야 할 것이다. 그리고 그다음 날도. 또 그다음에 올 모든 날도.

그리고 남은 오후 시간도, 늦도록 쇼핑을 끝내지 못한 쇼핑객들도,《우주의 크리스마스 캐럴》이 다 팔려서 화가 나고 짜증이 나고 피곤한 그 사람들도, 구입한 상품을 우리가 선물 포장해주길 기대하는 사람들도 견뎌야 할 것이다.

또 못마땅한 얼굴을 하고 찾아와 저자사인회 판매량에 매우 실망했으며 책장을 원 상태로 모두 돌려놓으라고 말하는 보스킨스 씨도 견뎌야 할 것이다.

그사이 미래의 유령과 나는 접이식 의자를 모두 접고 스펜서 경의 책들을 지하실에 가져다 놓았다.

바깥은 어두워졌고 몰리던 쇼핑객들도 점차 줄어들었다. 미래의 유령이 앙상한 손으로 책이 가득 든 상자를 들고 내게 다가왔다. "다시 올라올 필요 없어요. 곧바로 퇴근해요." 내가 말했다. 그리고 그에게 행복한 크리스마스를 보내라고 인사를 건넬 마음도 없었다.

드문드문 찾아오던 고객도 잦아들어 이제 절망적인 얼굴을 한 젊은 남자만 둘 남았다. 나는 그들에게 향기 나는 다이어리를 팔고 스펜서 경의 책을 문학 매대 책장에서 치우고 상자에 담기 시작했다.

책장 위에서 두 번째 칸에 《일확천금을 벌어라》 뒤에 《소공녀》가 있었다. 어쨌든 그게 마지막 충격인 것 같았다. 이 책이 내내 여기 숨어 있었던 게 충격적인 것은 아니었다. 이 책이 제자리에 없었던 것과 내가 책을 찾지 못했던 것 사이에는 실제로 차이가 없었다. 다음 주에 만나 내가 이 책을 주면 젬마는 크리스마스 아침인 것처럼 좋아할 테니까. 그러나 새로 산 양장본 책에만 사인해줄 수 있으며 아르망티에르 생수만 먹겠다고 한 스펜서 시던 경, 크리스마스의 유령들을 조심하기는커녕 크리스마스의 유령들을 알아보지도 못했던 스크루지 경과 빌어먹을 그의 비서가 크리스마스를 지킬 생각조차 없었으면서 젬마의 크리스마스를 희생시켰다는 게 화가 났다.

"불경기야." 나는 말하며 윙체어에 몸을 묻었다. "나는 지금 불경기를 지나가고 있어." 잠시 후 그 책을 펼치고 책장을 넘겨 컬러 삽화를 보았다. 소공녀와 아빠가 마차를 타고 있었다. 소공녀와 아빠가 학교에 갔다. 소공녀와 아빠.

생일 파티. 소공녀가 쫓기는 표정으로 인형을 꼭 끌어안고 벽에 기대 움츠리고 있었다.

"소공녀에겐 인형이 있거든." 젬마의 말은 이런 뜻이었다. "그 애가 힘든 시기를 견딜 수 있게 도와주었어."

소공녀가 아빠를 잃었을 때 인형이 그 아이를 도와주었던 것처럼. 그 책이 젬마를 도와주었던 것처럼.

"책을 읽으면 마음이 참 편안해져요." 나는 현재의 유령에게 말했었다. 그리고 젬마도 역시 그랬다. 아버지를 잃은 우리 젬마도.

"난 서리에서 즐겁게 지낼 거야." 아이는 이렇게 말하며 말꼬리를 흐렸는데 무슨 말을 하려고 했는지 이어지는 문장을 완성할 수 있었다. "모든 게 이 모양이지만."

그건 희망이 아니었다. 상황이 이 모양이지만 어떻게든 행복해지려고 노력하겠다는 결심이었다. 소공녀가 추운 다락방에서 행복해지려고 노력했던 것처럼. "나는 즐겁게 지내다 올게." 아이는 마지막 순간 뒤를 돌아 다시 말했었다. 그 말은 한꺼번에 나를 꾸짖고 상기시키고 교훈을 주었다. 그리고 위로했다.

나는 잠시 서서 《소공녀》를 들여다보다가 다시 책을 덮고 젬마처럼 조심스럽게 책장에 되돌려 놓았다.

나는 주문대로 가서 자두 푸딩을 집어 들었다. 그 밑에 스펜서 경이 사인을 완성해주길 기대하고 젊은 여성이 두고 간 책이 있었다. 나는 그 책을 펴고 그녀의 이름과 주소를 적어둔 종이를 꺼냈다.

마사. 나는 청록색 잉크가 든 만년필을 찾아 뚜껑을 열고 스펜서 경의 것과 비슷해 보이게 사인을 했다. "마사의 아버지에게." 나는 이렇게 썼다. "돈이 전부가 아니랍니다!" 그리고 유령들을 찾으러 갔다.

물론 그들을 찾을 수 있다면 말이다. 그들이 변호사나 은행가를 만나 일자리를 찾지 못했다면, 마요르카행 비행기를 타지 않았다면, 또는 서리로 가지 않았다면.

마마 몬토니 식당은 문 안쪽에 큼지막하게 '영업 종료' 간판이 걸렸고 계산대 위 전등도 꺼져 있었지만, 문을 한번 밀어보니 잠겨 있지는 않았다. 나는 조심스럽게 문을 열었다. 경보음이 울리지 않아서 안쪽으로 몸을 들이밀었다. 마마 몬토니가 난방을 꺼버렸는지 가게 안은 얼음장처럼 추웠다.

그들은 추운 듯 몸을 움츠린 채 구석 테이블에 앉아 있었다. 미래의 유령은 소매 안 깊숙이 손을 집어넣었고 현재의 유령은 초록색 망토를 바짝 끌어당기려는 듯 자꾸 단추를 여몄다. 그는 모두에게 《크리스마스 캐럴》을 읽어주고 있었다.

"말리의 유령이 다시 입을 열었다. '자네에게 세 유령이 찾아올 걸세.'" 현재의 유령이 낭독했다. "'그게 자네가 말한 기회와 희망인가, 제이콥?' 스크루지가 더듬거리며 물었다. '그렇네.' '내… 내 생각에는 안 보는 편이 낫겠는데.' 스크루지가 말했다. '그들이 찾아오지 않으면,' 유령이 말했다. '자네는 내가 밟은 길을 피할 수가 없을걸세.'"

나는 문을 벌컥 열고 성큼성큼 안으로 들어갔다. "저희 집에 오셔서 저녁이라도 같이 하세요, 외삼촌." 내가 말했다.

다들 내 쪽을 돌아보았다.

"그 대목은 벌써 읽었어요." 말리의 유령이 말했다. "스크루지의 조카는 벌써 집에 돌아갔어요. 스크루지도 갔고."

"지금은 말리의 유령이 스크루지를 찾아오는 장면을 읽고 있어요." 현재의 유령이 날 위해 의자를 빼주며 말했다. "당신도 함께 하겠어요?"

"아니요." 내가 말했다. "이제 당신들이 우리 집에 찾아와야 하는 대목이에요."

뒤쪽에서 마마 몬토니가 쏜살같이 튀어나왔다. "문 닫았어!" 그녀는 으르렁거렸다. "크리스마스이브잖아!"

"그래요, 크리스마스이브예요." 나는 말했다. "마마 몬토니 식당도 문을 닫았으니 여러분은 우리 집에 가서 저녁을 먹어야 해요."

그들은 서로를 보았다. 마마 몬토니가 문에서 '영업 종료' 간판을 낚아채 내 얼굴에 대고 휘둘렀다. "문 닫았어!"

"대접할 게 많지는 않아요. 무화과. 무화과가 있어요. 또 설탕 입힌 케이크도 있죠. 또 월터 스콧 경이 있네요. '크리스마스니 가장 독한 에일을 꺼내자, 크리스마스니 가장 즐거운 이야기를 하자.'"

"신나는 크리스마스 하루가 반년 내내 가장 가난한 자의 마음마저 즐겁게 하리니." 현재의 유령이 중얼거렸지만 아무도 움직이지 않았다. 마마 몬토니가 전화기를 향해 움직였다. 틀림없이 경찰을 부르고 있을 것이다.

"크리스마스엔 누구도 혼자 있으면 안 돼요." 내가 말했다.

그들은 다시 서로를 보았다. 잠시 후 미래의 유령이 일어나 미끄러지듯이 내 쪽으로 다가왔다.

"시간이 점점 줄고 있어요." 내가 말하자 미래의 유령이 손가락을 내밀어 그들을 가리켰다. 말리의 유령이 일어났고 이어서 현재의 유령이 책을 덮으며 천천히 일어났다.

마마 몬토니가 화가 잔뜩 난 얼굴로 우리를 문밖으로 몰아냈다. 나는 주머니에서 《크리스마스 캐럴》을 꺼내 그녀에게 건넸다. "훌륭한 책이에요."

내가 말했다. "교훈도 풍부하답니다."

마마 몬토니가 우리 등 뒤에서 문을 쾅 닫고 잠가버렸다. "메리 크리스마스." 나는 문 너머로 그녀에게 말하고 일행을 우리 집으로 이끌었다. 그러나 지하철역에 도착하기도 전에 미래의 유령이 앞장을 서더니 손가락을 들어 열차가 가는 방향을 가리켰고 이어서 내 집이 있는 거리와 내 아파트를 가리켰다.

"블랙커런트 차도 있어요." 나는 주전자를 올리러 부엌으로 들어갔다. "무화과도요. 다들 편하게들 지내세요. 현재의 유령, 디킨스 책들은 저쪽 책꽂이에 있어요. 맨 위 칸에요. 그 아래 월터 스콧이 있고요."

나는 설탕과 우유를 내오고 젬마에게 주려고 산 설탕 입힌 케이크도 내왔다. 자두 푸딩의 포일도 벗겨 냈다. "안타깝게도 여전히 구두쇠로 남은 스펜서 경 덕분입니다." 나는 자두 푸딩을 테이블에 내려놓으며 말했다. "여러분이 개과천선 시킬 사람을 찾지 못해서 유감이에요."

"그래도 우린 작은 성공을 거두었답니다." 현재의 유령이 책꽂이 앞에서 말하자 말리의 유령이 은밀하게 웃었다.

"그게 누구죠?" 나는 물었다. "마마 몬토니는 아니겠죠?"

주전자가 삑삑 울었다. 나는 찻주전자에 끓는 물을 부어서 내왔다. "자, 다들 앉아요. 현재의 유령, 당신은 책을 가져와요. 차가 우러나는 동안 우리에게 책을 읽어주세요." 나는 그를 위해 의자를 하나 빼주었다. "하지만 먼저 당신이 개과천선 시킨 사람이 누군지 말해야 해요."

말리의 유령과 미래의 유령은 비밀을 나누듯이 서로를 보았고 이어서 둘 다 현재의 유령을 보았다.

"월터 스콧 경의 《마미온》은 읽어봤죠?" 현재의 유령이 말하자 나는 그게 누구든지 이들이 내게 말해주지 않을 작정이라는 걸 알 수 있었다. 줄을 섰던 사람 중 하나일까? 아니면 해리지 백화점의 직원일까?

"《마미온》은 크리스마스에 읽기에 아주 훌륭한 시라고 늘 생각해왔어요." 현재의 유령이 말하며 책을 펼쳤다.

"예로부터 우리 기독교인들은," 현재의 유령이 낭독했다. "한해가 찬찬히 지나 또다시 즐거운 크리스마스가 찾아오면, 몹시도 좋아하며 환대했다네."

나는 찻잔에 차를 부었다.

"리본으로 장식한 넉넉한 갈색 그릇에," 그가 계속해서 시를 읽었다. "향기로운 술을 담아 떠들썩하게 한 순배 돌리고," 그는 책을 내려놓고 찻잔을 들어 건배를 청했다. "크리스마스를 제대로 보내는 법을 알았던 월터 스콧 경을 위하여!"

"그리고 이 축제를 처음 시작한," 말리의 유령이 말했다. "디킨스 선생을 위하여."

"그리고 힘든 나날을 보내는 우리에게 교훈도 주고 견딜 힘도 주는," 나는 젬마와 소공녀를 생각하며 말했다. "책을 위하여!"

"장작을 더 쌓아라!" 현재의 유령이 다시 책을 집어 들고 읽었다. "바람이 차다. 그러나 바람이 맘껏 휘파람을 불게 하라, 그래도 우리는 즐거운 크리스마스를 보낼지니."

나는 차를 더 따랐고 우리는 설탕 입힌 케이크와 젬마의 무화과와 냉장고 깊숙한 곳에서 발견한 고기파이 절반을 먹었고 현재의 유령은 음향효과처럼 우리에게 《마미온》의 '로신바' 편을 읽어주었다.

두 번째로 찻주전자를 가져왔을 때 시계가 울리기 시작했고 동시에 바깥에서 교회 종들이 울리기 시작했다. 나는 시계를 보았다. 믿을 수 없게 벌써 자정이었다.

"벌써 크리스마스야!" 현재의 유령이 유쾌하게 말했다. "친구들과 함께 하는 저녁은 정말 쏜살같이 지나가는군."

"그리고 시간을 지나가게 하는 게 바로 친구들이죠." 내가 말했다.

"작은 성공을 위하여." 말리의 유령이 말하며 나를 향해 찻잔을 들어 올렸다.

나는 현재의 유령을 바라보고 이어서 여전히 얼굴이 보이지 않는 미래의 유령을 보았다가 다시 말리의 유령을 보았다. 그는 은밀하게 웃고 있었다.

"자, 자." 현재의 유령이 말하자 다들 조용해졌다. "미래의 유령은 아직

건배사를 하지 않았잖아."

"그럼, 그럼." 말리의 유령이 열렬히 사슬을 흔들며 말했다. "말하라, 유령."

미래의 유령이 뼈만 앙상한 손가락으로 찻잔 손잡이를 붙잡고 찻잔을 들어 올렸다.

나는 숨을 멈추었다.

"크리스마스를 위하여." 그가 말했다. 나는 왜 그의 목소리가 무시무시할 거라고 생각했을까? 아이처럼 맑은 목소리였다. "다음 크리스마스는 아빠랑 함께 보낼 거예요."라고 말하는 젬마의 목소리 같았다.

"크리스마스를 위하여." 미래의 유령이 단어 하나하나에 힘을 주어 말했다. "우리 모두에게 축복을!"

장식하세.com

deck.halls@boughs/holly

이주혜 옮김

승객이 거의 없는 자기부상열차가 역을 출발하자마자 리니는 잉게에게 접속했다. "쉴즈 부인에 대해 넷체크를 해봐야겠어." 리니가 말했다. "주소는 그레이터 덴버 아스펜가 3404번지야."

"오늘?" 잉게가 말했다. "오늘은 추수감사절이야."

'노르웨이에서도 추수감사절을 지내나?' 리니는 생각했지만, 잉게는 어딘가 갈 계획이 있는 게 분명해 보였다. 그녀는 어깨를 드러낸 벨벳 상의를 입고 반짝이 화장을 하고 있었다. "알아, 미안. 지금 새 고객을 만나러 가는 길이거든." 리니가 말했다. "넌 재무 기록에 접속할 수 있잖아. 고객이 뭘 좋아할지 알려면 이력을 알아야 하거든. 직업이나 취미, 관심사 같은 거."

"지금 당장?" 잉게가 애처롭게 말했다. "나 있잖아… 그게 어떻게 된 거냐면…, 카를로하고 추수감사절 저녁 식사를 함께하기로 했는데, 약속 시간이 몇 분 안 남았거든."

"조금만 늦으면 안 될까?" 리니가 물었다. "이력 조회는 30분이면 될 것 같은데."

"안 돼. 카를로는 지금 톰보 우주정거장에 있고 거긴 통신 창구가 딱

4시간 열리는데 개인적인 통신은 우선권이 없거든. 거기 저녁 시간에 맞춰서 카를로랑 대화하기로 약속했어. 우주정거장은 케네디 우주센터가 있는 케이프 커내버럴 시간대에 맞춰서 살고 있어."

카를로가 달에 가 있다는 사실을 깜박했다. "그럼, 어서 저녁 먹으러 가." 리니가 말했다. "카를로에게 추수감사절 잘 보내라고 전해줘. 오늘은 나 혼자 예비방문을 할 테니까 나중에 네가 넷체크로 자세히 알아봐줘."

"정말? 고마워! 약속을 못 지킬까 봐 걱정했어." 잉게가 말했다. 막상 리니가 허락하자 잉게는 별로 서두르는 기색이 없었다. "노월이랑 추수감사절 저녁 식사 같이 안 해?"

"노월은 오늘 설치작업이 있어." 리니가 말했다.

"그럼 추수감사절인데 같이 저녁을 먹을 사람이 아무도 없단 말이야?"

"엄마랑 벌써 먹었어."

"너희 엄만 사우디아라비아에 있잖아."

"응. 아까 온라인으로 같이 저녁 먹었어." 사실은 한밤중이었다. 리니는 야간근무 시간에 반쯤 졸린 얼굴로 화면 앞에 앉아 소이플레이크를 먹는다는 걸 엄마가 볼 수 없게 비디오캠 위치를 조심스럽게 맞췄다.

잉게가 코웃음을 쳤다. "지금이라도 얼마든지 노월이랑 저녁을 먹으러 갈 수 있잖아. 카를로와 나는 38만 킬로미터나 떨어져 있는데도 너희 두 사람보다 데이트를 더 자주 하는 것 같아. 지금이 한창 바쁜 때라는 건 알지만 그래도…."

"혹시 나한테 메시지 온 거 없어?" 리니는 잉게의 말을 잘랐다.

"있어. 〈음악은사나운짐승을달랜다.com〉에 베토벤이 다 팔렸대. 혹시 바흐도 괜찮으냐고 물어보래. 그리고 〈잉크병.com〉이 자기네 전자카드를 쓸 건지 알려달래."

'좋아.' 리니는 생각했다. 적어도 판도라 프리에게서 온 메시지는 없었다. 그 말은 곧 그녀가 아직은 학창 시절 추억 주제에 만족하고 있다는 뜻이리라. 이런 식으로 유지할 수만 있다면 리니는 계약서를 가지고 판도라를 찾아갈 수 있을 것이다. 작년 판도라는 아홉 번이나 마음을 바꿨고 마지막 변심은 설치작업 하루 전날이었다. 올해는 판도라가 이틀 이상 유지할 만한 크리스마스 장식 주제에 도달하기까지 사하라사막, 보드게임 외에도 아홉 가지 주제를 거쳤다. 리니가 쉴즈 부인을 면담하는 2시간 동안만 그 주제를 유지할 수 있다면….

"나 그만 가볼게." 리니가 잉게에게 말했다. "넷체크에 들어가 봐야겠어."

"응, 그럼 나도…. 악! 시간이 벌써 이렇게 됐어! 나 아직 눈에 잉크도 안 넣었던 말이야…." 그리고 잉게는 갑자기 접속을 끊었다.

리니는 〈음악은사나운짐승을달랜다.com〉에 접속했다. '추수감사절 서비스 중지'라는 알림창이 떴다. 그녀는 넷체크 사이트에 접속해 '쉴즈 부인'이라고 입력하고 일반적인 이력 조회와 마케팅 프로필을 요구했다.

아무것도 나오지 않았다. '내가 뭘 잊은 거지?' 그녀는 생각했다. 넷체크에 들어온 지 꽤 오래되긴 했다. 그동안 전부 잉게가 해주었다. 아무래도….

삐삐 소리와 함께 화면에 우선알림창이 떴다. 노월이었고, 짜증이 난 얼굴이었다.

"어디 갔었어?" 노월이 닦아세웠다. "자기한테도 잉게한테도 45분이나 접속 시도를 했어."

"잉게는 오후에 휴가를 줬어. 추수감사절이잖아. 그리고…."

"아주 잘됐네." 그가 말했다. "요즘 벌어지는 일들만큼이나 잘됐어. 테디 로페즈가 방금 전화했어. 주제를 바꾸고 싶대."

"왜? 테디도 에밀도 재즈 주제를 아주 마음에 들어 하는 줄 알았는데?"

"마음에 들어 했지. 하지만 두 사람이 약혼했거든." 노월이 역겹다는 듯이 말했다.

"와, 정말 잘됐다…." 리니가 말을 시작했다.

"자기가 그렇게 생각한다니 다행이네. 지금 그들은 처음부터 완전히 새로운 사랑 관련 디자인과 하트와 큐피드, 오렌지꽃 등등을 원하고 약혼 파티 날까지 설치를 완료할 수 있게 설치 작업일을 12일로 바꿔주길 원하는데 말이지."

"〈예배당에가요.com〉에 굉장히 근사한 다이아몬드 반지 장식물이 있어."

리니가 말했다. "또 반짝이는 광섬유 크리스마스트리라면 완벽할 거야."

"법적으로는 우리 쪽에서 주제 변경을 허락하지 않아도 돼. 그들은 벌써 계약서에 서명했으니까. 우리에겐 계약 내용을 고수할 권리가 있어."

"하지만 노월. 그들은 이제 막 약혼했잖아." 리니가 항의했다. "그리고 크리스마스야."

"그건 굳이 알려주지 않아도 돼. 앞으로 엿새 동안 크리스마스 설치작업을 네 군데나 해야 하니까." 알림창 안의 노월이 마치 리니 뒤에 무엇이 있는지 자세히 보려는 듯 앞으로 몸을 숙였다. "움직이는 게 보이는데? 자기 지금 어디 있어?"

"자기부상열차 안이야. 아스펜가에 가는 길이야."

"아스펜가? 설마 판도라 프리가 아직도 계약서에 서명하지 않은 건 아니겠지? 자기는 너무 물러 터져서 고객들이 만만하게 보잖아. 리니, 좀 더 단호해지라고. 이건 낭만이 아니라 사업이야."

전에도 이런 설교를 들은 적이 있었다. "판도라 프리는 오늘 계약서에 서명하기로 했어."

"얼마나 걸리겠어? 여기 설치작업장 옥외설치물에 조명을 달아야 하는데 자기가 도와줬으면 해."

"안 돼." 리니가 말했다. "고객 면담이 있어."

"면담? 설마 지금 새 고객을 받겠다는 건 아니지? 오늘이 11월 28일이야! 새 고객을 받는 건 6월이 마감이라고 말했어?"

"이분은 한 번도 전문적인 크리스마스 장식 의뢰를 해본 적이 없대. 늘 직접 꾸며서 전문적인 장식 절차가 어떤 식으로 굴러가는지 몰랐대."

"그래서 그 고객이 딱했던 거야?"

리니는 고개를 끄덕였다. "정말 절박해 보였어." 게다가 아주 집요하기까지 했다. 리니로선 거절할 틈이 없었지만, 노월에게 그 이야기까지 할 수는 없었다. "우리 고객층을 넓힐 기회야. 게다가 나 지금 상태가 괜찮거든. 내가 맡은 설치작업 중 세 군데가 벌써 끝났고 이 고객도 15일 이후에나 설치하면 된다고 했어. 새 고객을 받아도 전혀 문제가 없을 거야."

"그 고객이 판도라 프리처럼 계속 변심하지만 않으면 말이지."

"그러지 않을 거야. 이분은 내가 일을 맡아주기만 해도 엄청나게 고마워했어."

"그래. 그래 놓고 자기 친구들에게 우리가 12월에 신청해도 기꺼이 새 고객을 받아주더라고 떠들겠지. 그런데 대체 그 고객이 누구야? 재정 상태 조회해봤어?"

"응." 리니는 거짓말을 했다. 하지만 쉴즈 부인이 판도라 프리처럼 부자 동네에 산다는 사실은 적어도 그녀가 적당히 부자라는 뜻이었고, 어쨌든 그녀는 노월이 아니라 리니의 고객이었으므로 만에 하나 알고 보니 쉴즈 부인이 손이 많이 가는 고객인 게 밝혀지더라도 그건 리니의 문제였다.

"어쨌든 계약서에 서명도 받지 않고 나오지는 마. 그런데 자기가 왜 그렇게 먼 곳까지 직접 가는 거야? 사무실에서 온라인으로 면담하면 되잖아."

"그 고객이 온라인으로 대화하는 걸 좋아하지 않아. 컴퓨터를 잘 모른대."

"덕분에 자기는 온종일 거기까지 가서 하루 시간을 낭비하고 나는 조명을 설치해줄 사람이 없는 거로군. 새 고객을 구하러 직접 나설 정도로 자기가 한가했다면 내 작업을 도와줄 수도 있었을 텐데 말이야." 노월은 그렇게 말하고 리니가 추수감사절 잘 보내라는 인사를 하기도 전에 접속을 끊어버렸다. 하긴 이런 분위기에서는 하나 마나 한 인사였을 것이다.

리니는 다시 넷체크에 접속했다. 곧바로 삐삐 소리와 함께 우선알림창이 튀어나왔다. 판도라 프리였다. "오늘 오후 계약서 가지고 오는 거 맞죠?"

"예, 4시에요."

"오, 맙소사."

악, 안 돼. "무슨 문제라도 있나요?" 리니는 속으로 떨며 물었다.

"내가 생각을 좀 해봤는데 말이야, 셰익스피어 흉상이 없으면 학창 시절 추억이라는 주제가 아무런 의미가 없겠어. 영어는 내가 가장 좋아하는 과목이었고 또…."

"흉상 있어요." 리니가 말했다. "벌써 주문해놨어요."

"그렇지만 스푼메이커 선생님의 영어 시간에 있던 그 흉상과 다르면 어떡해? 흉상을 직접 보기 전까진 서명 못 해요."

'내가 직접 흉상을 들고 가서 당신 눈앞에 대령하길 바란다는 말이지.' 리니는 생각했다. "오늘 공급상이 문을 열었는지 모르겠네요." 리니가 말했다.

"아, 급하진 않아요. 계약서 서명이야 다음 주에 하면 되니까."

그때쯤이면 판도라는 반대할 거리를 열두 가지 정도는 더 찾아낼 수 있을 것이다. "제가 한번 연락해볼게요." 리니가 말했다.

〈바위와 벽 사이〉에 접속했더니 다행히 5시까지 영업을 한다고 해서 다시 판도라에게 접속해 약속 시간을 7시로 변경했는데, 그 시간도 빠듯했다. 쉴즈 부인과의 면담이 2시간을 넘기면 안 되고, 면담 후에 다시 시내로 돌아와 한 사람이 들기엔 너무 무거울 거라고 〈바위와 벽 사이〉 주인이 말한 셰익스피어 흉상을 받아서 이 동네로 다시 와야 했다. 아무래도 노월에게 연락해야 할 것 같았다.

리니는 노월에게 접속했다. "자기 바쁜 거 아는데 흉상을 역까지 가져가는 것만 도와주면 거기서부턴 내가 어떻게 해볼게." 역에서 판도라의 집까지 열 블록을 어떻게 갈지는 확신이 서지 않았지만 정 안되면 택시를 타면 될 것이다.

"불가능해." 노월이 말했다. "여기 자정까지 있어야 해. 아까 말한 대로 면담을 마치자마자 판도라 프리의 서명을 받아냈으면 일이 이렇게 꼬이지도 않았을 거 아니야. 어쩔 수 없네. 자기 새 고객한테 연락해서 일을 맡을 수가 없게 됐다고 말⋯."

"역에 도착했어. 나 그만 가볼게." 리니가 말했다.

'게다가 난 아직도 넷체크에 접속하지도 못했지.' 리니는 생각하며 쉴즈 부인의 집을 향해 걷기 시작했다. 뭐, 넷체크 조회 없이 해야지. 어쩌면 집만 둘러봐도 대강 알 수 있을지도 모른다. 이미 쉴즈 부인이 첨단기술 공포증이 있다는 건 알지 않았나. 또 이전에 대화할 때 화면으로 본 인상에 의하면 그녀는 오십 대 후반의 나이에 머리를 염색하지 않았다. 또 '부인'이라는 구식 호칭을 쓰는 걸 보면 복고를 좋아한다는 뜻이니 아마 전통적인 크리스마스 주제 중 하나면 될 것이다. 23번 '초원의 집 크리스마스'나 119번

'강을 건너고 숲을 지나서'라면 되겠지.

아스펜가 3404번지에 도착했다. 집은 기대했던 것만큼 비싸 보이지는 않았다. 판도라 프리가 사는 동네의 집들은 전부 어마어마한 저택일 거로 생각했는데 3404번지는 도로에서 상당히 멀찍감치 떨어진 길쭉하고 지붕이 낮은 집이었다. 아무래도 넷체크로 재정 상태를 조회했어야 했다는 생각이 들었다.

그러나 널찍한 잔디밭은 전문가가 손질한 듯 보였고 큼직한 전면유리창 너머로 보이는 가구는 소박하면서도 무게 있는 미션 스타일* 공예품이었다.

출입문에는 센서도 식별용 스크린도 없고 구식 초인종만 있었다. 리니가 초인종을 누르자 잠시 후 키가 큰 젊은 남자가 양모 스웨터를 입고 목에 냅킨을 두른 채 문을 열어주었다. "무슨 일이죠?" 그가 얼굴을 찌푸리고 물었다.

"리니 치앙이라고 합니다." 그녀는 말했다. "약속이 있어요."

"들어와요, 들어와! 브라이언, 아가씨를 그렇게 밖에 세워두면 어떡하니?" 쉴즈 부인이 젊은이를 밀고 앞으로 나와 리니를 말 그대로 집 안으로 끌고 갔다. "정말 춥죠!"

부인도 손에 냅킨을 들고 있었다. "추수감사절 저녁 식사를 하시는데 제가 방해했나요?" 리니는 불안하게 물었다.

"오, 아니에요. 전혀 아니에요. 우린 다 먹었어요." 부인은 여전히 얼굴을 찌푸린 채로 있는 브라이언 쪽을 날카롭게 쳐다보며 말했다. "브라이언, 아가씨 코트를 받아드려야지." 부인은 씨름하듯 리니의 코트를 벗기더니 브라이언에게 건넸다. "얼른 가서 서재의 난로를 켜두렴."

브라이언이 코트를 들고 나갔다. "저 잘생긴 젊은이가 내 조카예요. 브라이언 웨스트." 쉴즈 부인이 말했다. "우린 둘 다 아가씨가 추수감사절까지 포기하고 여기까지 와준 걸 대단히 고맙게 생각해요. 저녁 먹었어요? 칠면조랑 드레싱이 있는데 좀 들겠어요? 우리 조카가 환상적인 굴 드레싱

---

* 20세기 초 미국 예술 공예 운동에서 유래한 디자인으로, 굵고 직선적인 라인과 단순함, 그리고 목재의 견고함이 특징이다.

을 만들었답니다."

"감사합니다만 괜찮습니다. 저녁을 일찍 먹었어요."

"가족이랑 함께 먹었어요?" 부인은 리니를 거실을 지나 서재로 안내하며 물었다.

"어머니와 온라인으로 먹었어요. 어머니가 사우디아라비아에 계시거든요."

"그랬다면 한밤중에 먹었겠군요."

리니는 쉴즈 부인이 사우디아라비아의 시간대를 알고 있다는 사실에 깜짝 놀랐다. 심지어 리니의 어머니마저도 시차를 정확히 알지 못했다. "거기 시간대로 하면 아가씨는 늦게 먹었겠네요." 부인이 계속 말했다. "몇 시쯤이었으려나? 9시?"

"그 후로 아무것도 안 먹었다는 말이에요?" 쉴즈 부인이 걱정스럽게 계속 물었다. "크랜베리 소스랑 설탕에 졸인 참마가 있는데…."

"아니, 정말로 괜찮아요. 감사합니다. 자기부상열차에서 먹었어요." 리니는 거짓말을 했다.

"그럼 차라도 마셔요. 요즘 젊은이들은 뭘 마시나? 맥스프레소? 아니면 레드티?"

뭐든 먹거나 마시겠다고 하기 전에는 부인의 맹공이 멈출 것 같지 않았다. "차가 좋겠어요." 리니가 말하자 쉴즈 부인은 부산스럽게 서재 밖으로 나갔다.

리니는 주위를 둘러보았다. 여기에도 미션 스타일 가구가 있었는데 겉모양을 보니 진짜 구스타프 스티클리*가 디자인한 명품이었고 카펫도 낡기는 했지만 나바호족이 손수 짠 골동품이었다. 리니는 쉴즈 부인의 재정 상태 추정치를 몇 단계 위로 올렸다.

하지만 온갖 잡동사니 장식품이 없는 것으로 미루어 몇 가지 가능한 주제를 추측해볼 수 있었다. 우선 유니콘 봉제 인형이나 원주민 가면, 복엽

* 미국 미술공예 운동의 선구자

비행기 모형은 안 된다. 또 애완동물의 흔적이 없는 것도 리니로선 안타까운 일이었다. 애완동물이 있는 집은 꽤 쉬웠다. 〈어떤짐승도동요하지않았다.com〉에 접속해 애완동물이 무슨 종인지 입력만 하면 오디오 장식물, 자수 양말, 리본 장식한 밀크본 개과자, 심지어 개나 고양이 캐럴 시디까지 구할 수 있었다.

이 집에는 홀로그램도 없이 다리를 그린 유화만 한 점 난로 위에 걸려 있었다. '세상의 다리가 되어' 주제는 어떨까? 옥외설치물로 금문교와 뚜껑을 씌운 다리 디오라마*는 어떨까? 아니면 쉴즈 부인은 그림이나 특정 화가에게 관심이 있을지도 모른다. 리니는 그림의 서명을 보려고 몸을 앞으로 숙였다.

"우리 조카 브라이언이 다리 일을 해요." 쉴즈 부인이 부산스럽게 들어오며 말했다. "엔지니어거든요. 두 사람이 비슷한 또래일 것 같은데?" 부인은 리니에게 차가 담긴 머그잔을 건넸다. "조카는 스물여덟 살이에요." 그리고 기대하는 얼굴로 리니를 보았다.

"저는 스물일곱 살입니다." 리니가 말했다. "면담은 여기서 할까요?"

"그래요. 혹시 전원이나 인터넷에 연결해야 하나요? 나는 컴퓨터라면 일자무식이라서요. 브라이언이라고 딱히 더 나은 수준은 아니랍니다."

"아니요. 제가 다 준비해왔어요." 리니가 노트북을 열고 스위치를 누르자 쉴즈 부인이 소리쳤다. "브라이언! 브라이언!"

브라이언이 이번에는 냅킨을 빼고 들어왔다. "이쪽은 우리의 새로운 크리스마스 디자이너 리니 치앙 양이란다." 부인이 말했다.

"크리스마스 디자이너라고요?" 그가 어리둥절한 얼굴로 자신의 이모를 보며 말했다.

"그래." 쉴즈 부인이 그를 향해 빙그레 웃더니 다시 리니를 바라보았다. "난 크리스마스마다 늘 직접 장식을 했어요. 하지만 올해는 너무 힘이 들어서 전문적인 크리스마스 장식을 받기로 결심했지요."

---

* 3차원 축소 모형

"그러셨죠." 브라이언이 말했다.

그는 분명히 못마땅해 보였다. 리니는 전에도 이런 식의 거부감을 목격한 적이 있다. 주로 가족의 크리스마스를 해왔던 방식대로 지내길 바라는 남자들이었다. 그 말은 그 많은 일을 전부 여자가 해왔다는 뜻이었다.

"요즘 크리스마스는 과거보다 훨씬 많은 계획과 일이 필요해요." 리니가 말했다. "쇼핑도 해야 하고 장식도 해야 하고 집 청소도 하고 케이크도 굽고 선물을 사서 포장도 하고 전자카드도 보내야 하죠. 한 사람이 그 많은 일을 다 하기란 불가능해요. 어찌어찌해낸다고 해도 너무 스트레스를 받고 지쳐버려 휴일을 제대로 즐기지도 못하겠죠."

"내 말이!" 쉴즈 부인이 브라이언을 보며 말했다. "나도 크리스마스를 진짜로 즐기고 싶어. 이 아가씨가 날 도와줄 거다. 그러니 넌 나를 말릴 생각은 하지도 마라, 브라이언. 나는 이미 마음을 굳혔으니까. 혹시 생각해둔 게 있으면 우리에게 보여주겠어요?"

"고객님 생각이 중요하죠." 리니는 휴대용 홀로그램 프로젝터를 설치했다. "저희 〈장식하세.com〉에서는 고개 여러분이 원하는 대로 맞춤형 크리스마스를 제공합니다. 저희는 총 900가지의 크리스마스 주제를 마련해두고 있으며 그중 원하는 게 없으면 고객을 위한 단 한 가지 주제를 디자인해드립니다. 마음에 둔 거라도 있으세요?"

"아, 있어요. 이모는 분명히 마음에 둔 게 있을 거예요." 브라이언이 말했다.

리니가 궁금한 얼굴로 쉴즈 부인을 보았다.

"난 모르겠구나." 쉴즈 부인이 말했다. "우리 집 크리스마스는 늘 무척 소박했잖니. 그저 트리 하나 세우고 난롯가에 양말이나 걸어둔 게 다였지."

"맞아요. 화려한 건 전혀 없었죠." 브라이언이 말했다.

"그럼 우선 소박한 것들을 보여드리죠."

"아니요. 난 아가씨 아이디어를 전부 보고 싶어요. 전문적인 크리스마스를 처음 보내는데 전부 보는 게 좋죠."

"알았어요. 그럼 저희가 제공하는 서비스를 대략 설명하는 것으로 시작하겠습니다." 리니는 쉴즈 부인에게 소형기기 하나를 건넸다. "마음에 드는 주제가 나오면 거기에 번호를 쓰세요. 저희는 완전한 범위의 서비스를 제공합니다. 장식부터 조명, 선물 포장, 쇼핑…."

"쇼핑도요?" 브라이언이 몹시 놀란 말투로 말했다.

"예. 고객님이 주신 목록대로 구입하기도 하고 마케팅 프로필을 이용하기도 합니다. 또 크리스마스카드나 전자메일, 음성메일도 보내드립니다. 완전한 그래픽카드나 손으로 쓴 카드 모두요. 또 파티 초대장도 보내드립니다. 여기에 캐럴을 마련해 드리기도 합니다. 원하는 서비스를 선택하세요."

리니는 두 가지 가격 내역을 인쇄해 그들에게 건넸다. 두 사람 다 종이를 한번 흘낏 보고 그만이었다. 리니는 다시 재정 상태 추정치를 올렸다.

"그럼 이제 몇 가지 가능한 주제를 보여드릴게요. 이것은 68번 '이상한 나라의 겨울'입니다." 리니는 말하며 코드를 입력했다.

온통 하얀 공간의 계단 위로 눈부신 흰색과 은색 빛이 쏟아지는 총천연색 홀로그램이 나타났다. 계단 밑에는 다이아몬드를 가득 단 크리스마스트리가 흰색 벨벳 천사 매듭을 매달고 있고 공중에 크리스털 눈송이가 떠 있다. "크리스털 눈송이는 워터포드 제품이고 다이아몬드는 각각 0.125캐럿입니다."

"조금 덜 형식적인 것을 좋아하신다면 241번 '네스호의 크리스마스'도 있습니다." 하얀 방이 빨간색과 초록색의 스코틀랜드 격자무늬 방으로 바뀌었다. 격자무늬 소파와 격자무늬 의자 사이에 커다란 자주색 헤더 덤불이 서 있고 거기에 스코틀랜드 전통 모자 탬 오샌터, 스코틀랜드 국화인 엉겅퀴, 큰 바다뱀이 걸렸다. "가구와 장식 커튼, 카펫 전부 가문 특유의 타탄 무늬로 제작 가능합니다." 리니가 말했다.

"어떤 분들은 자신의 취미를 주제로 크리스마스를 꾸미기도 합니다." 리니는 110번 '십자말풀이 크리스마스'를 클릭했다. 배경이 전부 흑백 사각형으로 바뀌었다. "또 정치 성향과 관련해 꾸미기도 하고요. '코끼리는 절대로 잊지 않는다'라는 주제입니다." 리니는 빨간색과 흰색, 파란색으로 된 코끼리 문양 깃발이 펄럭이는 방의 홀로그램을 보여주었다. 빨간색 크리스마스트리는 성조기와 백악관 모형으로 뒤덮여 있고 맨 위에는 레이건과 뉴트 깅그리치, 세 명의 부시 얼굴로 이루어진 러시모어산 모형이 올라가 있었다.

"이거 농담이죠?" 조카가 말했다.

"물론 민주당 버전도 있습니다." 리니는 말했지만 쉴즈 부인이 별로 열띤 반응을 보이지 않자, 바로 다음으로 넘어갔다. "또 국제화 크리스마스도 있습니다. 이것은 '세계는 작다'라는 주제입니다." 그러나 쉴즈 부인은 전혀 감동한 얼굴이 아니었다.

"대다수 고객은 자신의 직업을 반영하는 크리스마스를 선택합니다." 리니는 이들에게 보여줄 다리 주제가 있으면 얼마나 좋을까 생각했다. "아니면 개인적인 관심사도 있고요. 좋아하는 꽃이랄지." 그녀는 309번 '튤립밭을 살며시 지나가 볼까'를 불러냈다. "또 좋아하는 색깔도 있습니다." 방 안이 자주색으로 변했다. "이건 저희의 '접시꽃 멜로디' 주제입니다." 곧 방 안이 연두색으로 변했다. "이건 116번 '샤르트뢰즈 칸타타'이고요. 또 가족의 추억이나 다가올 행사를 위주로 꾸밀 수도 있어요. 얼마 전 제 파트너의 고객 두 분이 약혼해서 하트와 큐피드를 주제로 정했답니다."

"어머나, 멋져라." 쉴즈 부인이 말하고는 자기 조카를 향해 물었다. "저런 건 어떠니?"

"사랑에 관한 주제가 몇 가지 더 있어요. '달빛과 장미'랄지." 리니가 말하며 방 한가운데에 홀로그램을 띄웠다. "'로미오와 줄리엣', '할리퀸 로맨스'…"

"아가씨는 약혼할 때 어떤 주제로 했지요?" 쉴즈 부인이 물었다.

"저요?" 리니가 말했다. "오, 저는 약혼 안 했어요."

"아, 아까 파트너라고 하기에 아가씨가 약혼한 줄…"

"아니에요. 사업 동료 노월 허쉬를 말한 거였어요."

"그 사람이 아가씨 남자친구는 아니고요?" 쉴즈 부인이 집요하게 물었다.

'남자친구라는 말을 쓰다니, 확실히 복고풍이야.' 리니는 생각했다. "아니요. 제 말은, 그러니까, 예, 데이트를 하기는 하지만…"

"약혼한 사이는 아니다?" 쉴즈 부인이 말했다. "브라이언도 약혼 안 했어요. 만나는 사람도 없다지 뭐예요. 이 사람도 크리스마스에 아가씨랑 함께 일하나요?"

"브라이언이요?"

"아니, 아가씨 파트너요."

"아니요. 우리는 각자 담당 고객이 따로 있어요."

"하지만 사무실 공간은 같이 쓰겠군요."

확실히 복고풍이다. "저희는 자체 사무실이 없어요. 설치작업을 제외하곤 전부 무선이나 인터넷으로 해요. 저희 비서 잉게는 노르웨이 오슬로에 살아요."

"당신 파트너는요?"

"여기 살아요." 그녀가 말했다. "하지만 서로 얼굴 보는 일은 거의 없어요." 그리고 조용히 속으로 덧붙였다. 심지어 추수감사절에도 못 본답니다.

"오슬로라…." 쉴즈 부인이 말했다. "나는 늘 스칸디나비아에 가보고 싶었어요. 스칸디나비아에 관한 주제는 없나요?"

"오, 있어요." 리니가 말하고 다시 주메뉴로 돌아갔다. "몇 가지 있어요. '산타루치아의 날', '노르웨이의 크리스마스', '스웨덴의 크리스마스', '놀랍고 놀라운 코펜하겐'. 아니면 가고 싶은 도시로 꾸밀 수도 있어요. 지역의 명물을 홀로그램으로 넣고 루테피스크*나 링곤베리**를 넣은 팬케이크, 블러드 푸딩*** 같은 지역 음식을 곁들이죠."

"오, 음식도 하는군요." 쉴즈 부인이 말하자 브라이언은 정말 싫다는 듯이 고개를 절레절레 흔들었다.

"기본 패키지에는 각 주제에 맞는 크리스마스 만찬이 포함되어 있어요." 리니가 말하며 음식 제공업체 명단과 샘플 메뉴를 인쇄했다. "또 크리스마스이브 저녁 식사와 파티, 뷔페도 제공합니다. '피오르의 크리스마스'를 보시겠어요?"

쉴즈 부인은 고개를 저었다. "청어는 좋아한 적이 없어요. 또 다른 장소

---

* 말린 대구로 만든 노르딕 국가의 전통 음식
** 월귤. 북유럽의 '붉은 금'이라 불리는 야생 베리류
*** 피를 굳혀 만든 소시지 형태의 음식

로 어디가 있죠?"

"지구 안이나 지구 밖이나 어디든 다 돼요. 우주 관련 주제도 완벽하게 갖춰져 있습니다. 달 기지와 화성도 있고요. 태양계도 명왕성이 있는 것과 빠진 것 전부 준비되어 있어요. 모든 국가와 모든 주요 도시도 다 있고요. 런던, 뉴델리, 파리." 리니는 하나씩 차례로 클릭하며 말했다. "라스베이거스…"

에펠탑이 사라지고 네온사인이 번쩍이는 결혼식장과 슬롯머신, 산타클로스와 분홍색 타조 깃털 꼬리를 단 쇼걸 사이에서 결혼식 주례를 보는 엘비스 프레슬리 분장 배우가 나타났다. "또 허구의 공간도 있어요." 리니가 말했다.

"라스베이거스는 허구가 아니었던 것처럼 말하는군요." 조카가 말했다.

리니는 그의 말을 무시했다. "네버랜드." 그녀는 차례로 클릭하며 말했다. "가운데땅, 아틀란티스, 호그와트. 그리고 역사적인 유적지도 있어요. 게티즈버그, 워털루, 사이공. 저희 〈장식하세.com〉은 역사 관련 주제라면 사건과 인물 모두 완벽하게 준비되어 있습니다. 클레오파트라, 패튼 장군, 빌 게이츠…"

"돌리 레비." 브라이언이 말했다.

"영화 〈헬로, 돌리〉에 나오는 중매쟁이 말인가요?" 리니는 브라이언의 암시를 알아들은 게 기뻤다. 그녀는 곧 영화 관련 메뉴를 불러왔다. "브로드웨이 연극, 영화, TV 주제도 완벽하게 갖춰져 있습니다. 〈레미제라블〉, 〈스타워즈: 에피소드 9〉, 〈아이스맨 코메스〉, 〈캣츠〉." 그녀는 〈헬로, 돌리〉를 클릭했다. "보시다시피 아이린 몰리 여성모자 상점에서 구한 모자들로 크리스마스트리를 장식했고 주방은 하모니아 가든스 제품으로 꾸몄으며 집 앞은." 그녀는 잔디밭 장식물을 클릭했다. "실물보다 큰 바바라 스트라이젠드와 주제가를 연주하는 루이 암스트롱의 움직이는 모형이 있어요."

쉴즈 부인은 브라이언을 향해 고개를 흔들었다.

"바바라 스트라이젠드를 좋아하지 않으시면 캐롤 채닝도 있습니다." 리니가 말했다. "아니면 브리트니 스피어스와 리메이크에 출연한 다른 배우들도 있어요."

"그건 출연이 아니죠. 〈헬로, 돌리〉는 리메이크를 하지….."

"정말로 크리스마스와 관련된 건 없습니까?" 브라이언이 끼어들었다.

"아, 그래요." 쉴즈 부인이 마지못해 말했다. "사람들이 매년 똑같은 주제를 원하지 않아서 뭔가 새롭고 색다른 걸 원한다는 건 알겠지만…."

"저희는 전통적인 크리스마스 패키지도 다양하게 갖추고 있습니다. '호두까기인형의 크리스마스', '12일간의 크리스마스', '실버벨', '그린치는 어떻게 크리스마스를 훔쳤나' 등이 있고요." 리니는 브라이언을 보며 말했다. "종교적인 주제를 선호하신다면," 그리고 새로운 메뉴를 클릭했다. "'우리 여관에는 방이 없어요', '동방박사 세 사람', '천사들의 노래가'가 있고요. 물론 하누카와 라마단, 동지, 콴자도 전부 갖추고 있습니다. 아니면 역사 메뉴도 있어요. '르네상스의 크리스마스', '빅토리아 시대 크리스마스', '막돼먹은 90년대의 크리스마스'…."

"오, 그거 좋겠다." 쉴즈 부인이 휴대폰과 포켓용 컴퓨터로 장식한 크리스마스트리를 보며 말했다. "90년대 젊은이들은 누굴 만날 기회가 아주 많았죠. 인터넷 대화방도 있고 개인 광고, 온라인 데이트 서비스도 있고. 서로 알아갈 방법이 많았어요. 요즘은 심지어 함께 일하지도 않으니, 원. 좁아터진 칸막이 안에 앉아 화면에 뜬 이미지만 보고 헤드셋으로만 말을 하죠. 꼭 소설 같아요. 뭐더라. 브라이언, 너는 알지? 아주 오래전 작가가 쓴 소설 말이야. 너도 좋아하잖아. H. G. 웰즈 말고 다른 사람인데…."

"아이작 아시모프요?" 브라이언이 물었다.

"아니, 다른 작가야. 미래에 다들 실내에만 있고 컴퓨터로만 소통하는데, 물론 그때는 컴퓨터가 없었지만, 아무튼 아무도 어딜 가지 않고 얼굴을 직접 보고 만나는 일도 없는 이야기. 아, 그게 뭐더라?"

"《기계가 멈춘다》." 리니가 말하자 두 사람 모두 깜짝 놀라 그녀를 보았다. "E. M. 포스터요."

"맞아요." 쉴즈 부인이 몹시 기뻐하며 말했다. "아가씨도 E. M. 포스터 팬인가요?"

"2년 전 레드베터스 댁 크리스마스 주제가 E. M. 포스터였어요."

"E. M. 포스터와 크리스마스라, 안 봐도 알겠네요." 브라이언이 비꼬듯이 말했다. "거실에는 레너드 배스트* 위로 책장이 무너지는 모습의 홀로그램을 띄우고 집 앞 잔디밭에는," 브라이언이 두 팔을 활짝 벌렸다. "《천사들도 발 딛기 두려워하는 곳》의 마차가 뒤집히면서 아기가 죽는 모습의 조형물을 설치했겠죠."

"아니요. 당연히 아니죠." 리니는 발끈하며 말했다. "《전망 좋은 방》의 키스 장면이었어요."

"어머, 보리밭에서 조지가 루시에게 키스하던 그 장면이요?" 쉴즈 부인이 말했다. "나 그 장면 정말 좋아해요. 조지가 루시를 향해 성큼성큼 걸어 보리밭을 헤쳐가더니 한마디도 하지 않고 루시를 끌어안고 키스했지. 크리스마스였는데 보리밭은 어떻게 꾸몄어요?"

"〈매직 카펫〉에서 곡식밭 매트를 아주 잘 만들어요." 리니가 말했다. "특히 옥수수밭이 좋아요. 작년에는 그 옥수수밭 매트를 '오클라호마의 크리스마스' 주제에 사용했어요. 거기가 양귀비도 아주 잘 만들어요."

"양귀비는 '아편 중독자의 크리스마스' 주제에 쓰면 되겠군요." 브라이언이 말했다.

"그 보리밭에도 양귀비가 피어 있었던 게 기억나요." 쉴즈 부인이 말했다. "조지가 루시에게 성큼성큼 다가가는 동안 루시가 그 자리에 딱 서 있던 모습도 정말 좋았지."

"'E. M. 포스터의 크리스마스'는 부인댁에도 잘 어울릴 거예요." 리니는 말하며 생각했다. 'E. M. 포스터 주제를 다시 한다면 완벽하게 할 수 있을 거야. 이젠 어디서 의상을 구하고 피렌체의 홀로그램을 구할지 정확히 알고 있으니까.' "부인댁 거실 전면유리창에서 보는 전망이 정말 좋으니까요." 리니가 말했다.

그러나 쉴즈 부인은 다시 고개를 저었다. "좋은 생각이긴 하지만 이번이 처음이니까 뭐랄까…, 조금 더 크리스마스다운 걸 해보고 싶어요. '크리스

---

* E. M. 포스터의 《하워즈 엔드》의 등장인물

마스다운 크리스마스'는 없나요?"

"물론 있죠." 리니는 말하며 생각했다. 이러다가 내가 가진 디자인을 전부 보여줘야겠군. "여기 멋진 '커리어와 이브스의 석판화 크리스마스'가 있어요. 또 '장난감 나라의 크리스마스', '웨일스 어린이의 크리스마스'도 있고요." 리니는 빠른 속도로 홀로그램을 클릭하며 말했다. "'월튼네 사람들 크리스마스', '클리버가의 크리스마스', '맨해튼의 크리스마스'도 있고 아, 이건 정말 재미있어요. 엠파이어스테이트 빌딩과 자유의 여신상을 장식물로 달고 로켓 무용단과 메이시 백화점 퍼레이드에 쓰이는 실물 크기 풍선 인형이 정원에 전시된답니다."

"세상에." 쉴즈 부인이 말했다. "혹시 조금 더… 뭐라고 해야 하나…, 전통적인 건 없을까요?"

"물론 있습니다." 리니는 '과거의 크리스마스' 메뉴를 클릭했다. "'디킨스의 크리스마스', '윌리엄 버그의 크리스마스'가 있어요." 리니는 빠른 속도로 홀로그램을 보여주며 말했다. "'섭정 시대의 크리스마스', '바람과 함께 사라지다 크리스마스'가 있죠. 혹시 특별히 마음에 둔 시대가 있나요? 부인댁은 '광란의 20년대 크리스마스'에 이상적이에요. 밀조한 진에 라쿤 코트*에…."

"젤다와 스콧 피츠제럴드 부부는 집 앞 잔디밭에서 죽었죠." 조카가 끼어들었다.

리니가 그를 노려보았다. "원하시면 구체적인 연도를 주제로 꾸밀 수도 있어요. 구체적인 날짜도 가능하고요. 3년 전에는 '2001년의 크리스마스'를 아주 재미있게 꾸몄죠. 밀레니엄을 축하하는 불꽃놀이를 재현하고 스탠리 큐브릭 장식물을 달고…."

조카가 씩 웃으며 뭔가 또 예리한 말을 하려고 했다.

"아니면 좋아하는 10년을 주제로 할 수도 있어요." 리니가 먼저 재빨리 말했다. "여기 좋아하실 만한 게 있어요." 그녀는 '복고 크리스마스'를 클릭했다. "이 트리는 알루미늄으로 만들었고 진짜로 켜졌다 꺼졌다 하는 색 전

---

* 1920년대 미국에서 유행했던 과시용 너구리 털 코트

구가 달렸어요."

"어머, 우리 할머니 댁에도 이런 게 있었어." 쉴즈 부인의 말에 리니는 희망을 품었지만, 부인은 그것도 원하지 않았다.

"어쩌면 조금 더 현대적인 것이 나을지도 모르겠네요." 부인이 미심쩍게 말하자 리니는 '레이저광선 크리스마스', '우주정거장의 크리스마스', '복제된 크리스마스', '사이버공간의 크리스마스' 등을 훌훌 넘겨 보였는데 아무것도 소용이 없었다.

"정말 모르겠네요. 전부 다 너무 화려해서… 아가씨도 보면 알겠지만 나는 소박한 걸 좋아하거든요. 어쩌면 자연과 관련한 게 나을까요?"

리니는 몰래 시간을 확인해보았다. 4시가 거의 다 되었다. 조각상 가게가 문을 닫기 전에 도착하려면 지금쯤은 출발해야 했다.

"내가 아가씨를 너무 붙들고 있었죠?" 쉴즈 부인이 말하고 자기 손목시계를 들여다보았다. "어머! 저녁 시간이 다 되었잖아. 조금 있다가 저녁 먹고 가요, 예?"

"죄송하지만 안 될 것 같아요. 약속이 있어요."

"내가 아직 결정을 못 내렸는데 어쩌나." 쉴즈 부인은 당황한 얼굴로 말했다. "꼭 오늘 결정해야 하나요? 난 아직…."

"아니요. 당연히 아니에요." 리니는 말하며 생각했다. '노월이 알면 노발대발하겠군.' "제가 이 저장장치를 두고 갈게요. 편한 시간에 한번 살펴보시고 결정을 내렸거나 질문이 있으면 언제든지 저에게 연락하세요." 리니는 명함을 불러내고 거기에 주소를 덧붙여 출력했다. "제 사무실 주소예요. 거의 가진 않지만요. 주로 설치작업을 감독하느라 현장에 있어요. 브이메일을 보내시는 게 가장 좋을 거예요. 저는 '복고풍 크리스마스'를 추천합니다. 아주 고전적이니까요." 그녀는 브라이언에게 말했다. "제 코트를 가져다주시겠어요?"

"그러지 말고 얼른 저녁만 먹고 가요." 쉴즈 부인이 말했다. "금방이면 돼요. 칠면조 껍질 샌드위치와 파이거든요."

"정말 괜찮습니다. 제가 자기부상열차를 타야 해서요."

"브라이언이 태워다줄 거예요." 부인이 말했다. "물론 브라이언도 기뻐할 거예요."

그는 전혀 기뻐 보이지 않았다.

"정말 괜찮습니다. 돌아가는 길에 처리할 일도 몇 가지 있고요. 물건을 받아다가…."

"그럼 더 태워다줘야겠네. 짐을 잔뜩 들고 자기부상열차를 탈 수는 없잖아요."

"브라이언 씨께 폐를 끼치고 싶지 않습니다." 리니는 불편한 마음으로 말했다. "제가 가야 할 곳 중 한 군데는 그레이터 덴버의 동쪽 끝에 있거든요."

"그럼 더더욱 자기부상열차를 탈 수가 없겠네요. 브라이언이 곧바로 집 앞까지 태워다줄 거예요. 그렇지, 브라이언?" 쉴즈 부인은 브라이언에게 대답할 기회도 주지 않고 말했다. 부인은 자동차 열쇠와 두 사람의 코트를 가져왔고 리니가 만류했는데도 굳이 칠면조 껍질 샌드위치까지 차에 실어주었다. 자동차는 페라리의 새로운 모델 퓨전셀 인사이트였고, 리니는 다시 부인의 재정 상태 추정치를 몇 단계 위로 올렸다.

"브라이언한테 목적지만 말해요." 쉴즈 부인은 말하고 차 문을 닫았다.

"이렇게 부담을 끼쳐도 될지 아직도 모르겠어요."

"부담 끼치는 거 아니에요. 브라이언은 즐겁게 하고 있는걸요. 또 이 기회에 두 사람이 대화도 나누고 하면 좋잖아요." 부인은 그렇게 말하고 진입로 쪽으로 나가라고 손을 흔들었다.

"어디로 갈까요?" 브라이언이 물었다.

"저기, 이모님 선의는 알겠지만, 당신의 추수감사절을 망치고 싶지 않아요. 그냥 기차역에 내려주시면 돼요."

"내 추수감사절을 망치고 있지 않아요." 그가 말했다. "어디로 가요?"

리니는 그에게 조각상 창고로 가는 방향을 알려주었다.

그는 페라리의 컴퓨터에 길 찾기를 입력하지도 않았고 심지어 운전 도움 장치에 손을 대지도 않았는데, 이건 분명히 아무 말도 하고 싶지 않다는 신호였으므로 리니도 보울즈에 도착할 때까지 아무 말도 하지 않았다. "여기서 왼쪽으로 가세요. 〈바위와 벽 사이〉는 오른쪽으로 여섯 블록 떨어진 곳에 있어요. 앞쪽에 '조각상과 석조물'이라는 간판이 있어요."

"거기서 뭘 가지고 가려는 거죠? 257번 '묘지의 크리스마스'를 위한 비석?"

"당신은 내가 하는 일이 영 못마땅하군요?" 리니가 물었다.

"난 그저 십자말풀이와 비석이 대체 크리스마스랑 무슨 상관인지 이해할 수 없을 뿐이에요."

"비석이 아니에요. 셰익스피어의 흉상을 가지러 왔어요."

"'고전적인 크리스마스' 용인가요? 《사일러스 마너》* 장식물을 달고 잔디밭에 《무명의 주드》** 조형물을 설치하고요? 그냥 크리스마스와 관계있는 걸 하면 안 돼요?"

"겨우살이 같은 거요?" 그녀가 물었다. "드루이드***가 끌어들인 그거요? 우리가 크리스마스와 연관 짓는 거의 모든 것이 드루이드의 작품이에요. 크리스마스 장작불도 드루이드에게서 온 거고요. 크리스마스트리와 선물은 로마의 농신제에서 왔죠. 심지어 산타 썰매와 날아다니는 순록도 스칸디나비아 신화에서 훔쳐 왔어요."

"하지만 아무리 미약해도 그것들은 크리스마스와 관계가 있어요. 아틀란티스나 코카콜라 장식물하고는 달라요."

"크리스마스카드 말인가요?" 리니가 말했다. "크리스마스카드는 1843년 출판사 광고를 위해 고안되었어요. E. M. 포스터 시절부터 사람들은 크리스마스가 지나치게 상업화되었다고 불평해왔어요."

어느새 〈바위와 벽 사이〉 매장에 도착했다. 브라이언과 리니는 차에서 내려 창고로 들어갔다. 곳곳에 조각상과 흉상이 서 있었다. 벤 프랭클린과 곰돌이 푸와 팻시 램지****의 조각상까지 있었다. 리니는 양 떼 석상 사이를

---

* 조지 엘리엇의 1861년 소설
** 토마스 하디의 1895년 소설로 작가의 마지막 작품
*** 켈트족의 사제 계급
**** 크리스마스 날 실종되었다가 자택에서 시신으로 발견된 여섯 살 존 베넷 램지의 어머니

지나 주문대로 가서 컴퓨터에 이름을 입력하고 주문을 넣었다.

"그래도 나는 크리스마스를 축하하려면 어느 정도는 원래 의미를 지켜야 한다고 생각해요." 브라이언이 아주 젊은 시절의 앤젤리나 졸리 조각상 위에 한쪽 팔을 두르며 말했다.

"어떤 의미요?"

"인간을 향한 선의. 친절, 나눔, 용서, 사랑."

수레 로봇이 셰익스피어 흉상을 가져왔다. "날 따라와." 리니는 수레 로봇을 자동차 쪽으로 안내했다. 수레 로봇이 흉상을 뒷좌석에 실어주자 브라이언이 흉상에 안전띠를 매주었다.

"194번 '중생대의 양치식물' 같은 주제에서 인간을 향한 선의나 가족끼리의 화목을 포착할 수는 없겠죠." 브라이언이 말했다.

"굴뚝에 세심하게 매달아 놓은 양말도 그런 것들은 포착할 수 없어요. 크리스마스트리나 촛불도요."

"엘비스 분장 배우도요."

"그저 전부 미끼일 뿐이에요." 그녀가 말했다. "그런 것들은 크리스마스 정신에 어떤 영향도 주지 않아요. 제가 설치작업을 맡은 분들은 대부분 사랑하는 사람들과 더 많은 시간을 함께 보내려고 절 고용해요. 그래야 쇼핑도 하고 요리도 하고 모두에게 소리를 질러가며 크리스마스 장식을 하다가 녹초가 되지 않을 테니까요."

"그렇다고 265번 '뱁새가 황새 따라잡기' 같은 주제가 설명되지는 않아요."

'판도라 프리처럼 말이지.' 그녀는 생각했다. "사람들은 늘 이웃에게 좋은 인상을 주고 싶어 해요. 그래서 필요 이상으로 크고 화려하게 꾸미기도 하죠. 옷부터 집까지요. 심지어 자동차도요." 그녀는 날카롭게 덧붙였다.

브라이언이 씩 웃었다. "이제 그 '자동차'로 어딜 가야 할까요?"

"아스펜가로 돌아가주세요."

"왜요?" 그가 날카롭게 물었다.

"당신 이모님 댁은 아니에요. 판도라 부인에게 갈 거예요." 리니는 주소를 알려줬다. "이렇게 왔다 갔다 하게 해서 미안해요."

"말했죠, 전혀 부담되지 않는다고." 브라이언이 차를 출발시켰다. "사람들이 필요 이상으로 한다는 당신 말, 맞는 것 같아요." 그는 고속도로로 들어서며 말했다. "바벨탑을 봐요. 고층 건물을 짓는 것만으로 충분하지 않아서 천국으로 향하는 탑을 세우려고 했죠. 아니, 말하지 않아도 알겠어요." 그는 그녀의 표정을 보고 말했다. "당신네 회사에 '바벨탑의 크리스마스'도 있는 거죠?"

"605번이요. 복음 메뉴 중 하나죠." 리니는 인정했다. "'노아의 방주', '사자 소굴에 간 다니엘', '아마겟돈의 전투'도 있어요."

"그건 당연히 666번이겠죠?"

그녀는 웃었다. "바보 같은 짓이 많다는 거 알아요. 하지만 전부 사람들이 원하는 것들이에요. 고객들의 크리스마스를 최대한 행복하고 스트레스 없는 날로 만드는 게 제가 하는 일이에요. 그건 당연히 크리스마스 정신에 포함되죠."

판도라의 집으로 가는 길은 전혀 시간이 걸리는 것 같지 않았다. 다행히 7시가 가까워지고 있었다. 자기부상열차를 탔다면 절대로 제시간에 맞춰 오지 못했을 것이다.

"지금 가는 집의 주제는 뭐죠?" 브라이언이 판도라의 저택 앞에 차를 세우며 물었다. "포브스 선정 500대 부자의 크리스마스?"

"아니요. '학창 시절의 추억'이요. 이 흉상을 제대로 골라왔다면 말이죠." 그녀는 문 센서를 눌렀다.

"누구십니까?" 센서가 말했다.

"리니 치앙이에요." 그녀는 ID 패드에 손을 누르며 말했다.

"배달부도 같이 왔습니다." 브라이언이 말했다.

문이 열리자 그들은 안으로 들어갔다. 리니는 브라이언이 흉상을 내려놓을 자리를 찾아 주위를 둘러봤지만, 그전에 판도라 프리가 나타나 탄성을 질렀다. "어머! 이걸 여기까지 들고 오다니, 딱하기도 해라!"

"같은 셰익스피어가 아닌가요?" 리니가 물었다.

"아니요, 맞아요! 스푼메이커 선생님 영어 수업 시간에 있던 흉상과 완전히 똑같아요. 턱수염에 푹 팬 자국까지 똑같네요. 어머, 너무 똑같아서 똑바로 바라보지도 못하겠어!" 판도라는 브라이언에게 물러가라는 듯한 손짓을 했다.

"자동차에 다시 실어놓을까요?" 브라이언이 리니에게 속삭였다.

그녀는 고개를 저었다. "이렇게 완벽한데 왜 그러세요?"

판도라는 그 말을 못 들은 척했다. "너무 훌륭한 주제라 누가 훔칠 게 뻔해요. 그러니 완전히 새로운 주제를 다시 생각해내야 해요!"

리니의 심장이 쿵 내려앉았다. "누가 '학창 시절의 추억'을 하고 있대요?"

"그럴 만도 하죠." 판도라는 소파에 풀썩 주저앉으며 말했다. "조앤과 클로뎃 프라우델이 '라! 라! 시스 붐 바!*'를 하고 있어요."

리니는 브라이언 쪽을 쳐다볼 수조차 없었다. "'라! 라! 시스 붐 바!'라고요?"

"집 전체에 말이죠." 판도라는 팔을 마구 휘두르며 말했다. "붐비나와 메가폰을 들고 주름치마를 입은 소녀들이 다리 찢기를 선보이는 홀로그램을 꾸미고 있대요."

"아." 리니는 마침내 판도라의 말을 이해했다. "고객님이 거실에 꾸미려고 했던 농구 경기 홀로그램과 겹친다고 생각하시는군요. 하지만 그 부분은 다른 거로 바꿀 수 있어요. 타자 수업이나 점심 식당 홀로그램으로요."

"점심 식당이라고요?" 판도라가 흠칫 어깨를 떨었다. "고교 시절 점심 식당에 대해 행복한 기억을 품은 사람이 누가 있어요? 마지막 종이 울리기 직전 다들 결승전 경기를 치러야 했다고요. 군중이 함성을 지르고 치어리더가 공중으로 풀쩍풀쩍 뛰어오르는 그런 경기요." 판도라는 아직도 셰익스피어 흉상을 들고 있는 브라이언에게 설명했다.

"아, 이쪽은 브라이언이에요." 리니는 브라이언이 흉상을 내려놓을 수 있게 작은 테이블로 이끌며 말했다. "이분 이모님이 올해 처음으로 크리스마스 장식을 의뢰하셨어요. 근처에 사세요."

* 고전적인 치어리딩 구호

"정말요? 성함이 어떻게 되시죠?"

"쉴즈입니다." 브라이언이 머뭇거리며 말했다. 하긴 그럴 만도 하지.

판도라가 됐다는 듯한 손짓을 해 보였는데 그건 그녀가 쉴즈 부인을 모른다는 뜻이었으므로 놀라웠다. 판도라가 마음을 바꿀 때마다 언급한 친구와 친척의 수로 미루어 짐작해보면 판도라는 이 집에서 천오백 킬로미터 반경 안에 있는 사람은 전부 알고 있을 것만 같았다.

"이모한테 계약서에 서명하기 전에 같은 주제로 하는 사람이 하나도 없다는 것을 꼭 보증받으라고 전해줘요." 판도라가 말했다. "그래야 크리스마스 한 달 전에 마음을 바꾸고 모든 걸 처음부터 다시 시작하지 않게 된다고 말이죠."

"오, 절대로 그럴 일은 없을 거예요." 리니는 실제 마음만큼 절박하게 들리지 않으려고 애쓰며 말했다. 벌써 화학실험실을 꾸미기 위한 온갖 유리 기구와 검은색 고무 앞치마, 크리스마스트리에 걸 고등학교 무도회 장식품과 디스코 볼까지 주문해두었단 말이다.

"'학창 시절의 추억'을 '오늘날의 고등학교'로 바꾸면 어떨까요?" 리니가 말했다. "요즘 학교에는 치어리더도 없고 여학생 보체볼과 기 수업, 가상 체험 학습실도 넣을 수 있고 고객님의 셰익스피어 흉상도…."

"요즘 고등학교에서는 셰익스피어는 가르치지도 않아요." 판도라가 코웃음을 쳤다. "그리고 나는 이 흉상이 없는 크리스마스는 하지 않을 거예요. 절대로. 완전히 다른 주제가 필요해요. 조앤과 클로뎃이 다 망쳐버렸어. 이제 고등학교라면 떠올리기도 싫어요. 그래서…." 판도라가 갑자기 밝은 얼굴로 물었다. "어떤 주제를 제안할 건가요?" 그녀는 양손을 맞잡고 기대감에 서린 얼굴로 리니를 쳐다보았다.

"저는…." 오, 맙소사. 셰익스피어 흉상이 들어가는 뭔가가 필요하다. 스트랫퍼드 어폰 에이번*의 크리스마스? 아니다. 리니는 그 주제를 시도한 크리스마스 디자이너를 적어도 두 명은 알고 있었다. 아니면, 어깨 바로 아

---

* 셰익스피어의 출생지

래서 잘린 유명인들?

"저기요." 브라이언이 말했다. "이 셰익스피어 흉상을 보니 생각나는 게 있어요. 셰익스피어의 희곡을 주제로 하면 어떨까요?"

"그림쇼 포웰의 전 부인이 2년 전에 벌써 《맥베스》를 했어요." 판도라가 말했다.

"아니요. 제가 생각한 건 크리스마스와 관련된 희곡이에요. 우리도 방금까지 그 이야기를 했거든요." 브라이언이 리니를 향해 고개를 끄덕이며 말했다. "크리스마스 장식 주제 중 많은 것이 실제 크리스마스와 상관이 없다고요."

'학창 시절의 추억처럼 말이지.' 리니는 생각했지만, 판도라는 전혀 기분이 상한 것 같지 않았다. "셰익스피어가 크리스마스와 관련된 희곡을 썼는지는 몰랐어요." 그녀가 말했다.

'나도 몰랐네.' 리니는 생각했다.

"아, 썼어요." 브라이언이 말했다. 《십이야》라는 희곡인데 크리스마스쯤 상연하려고 주현절*에 관해 썼어요. 완벽한 주제가 될 거예요. 난파선이 나오고 또…"

"궁궐도 나와요." 리니가 거들었다. "아름다운 벨벳과 새틴 의상도 나오죠."

"십자형 대님도요." 브라이언이 말했다.

"십자형 대님이라고요?" 판도라가 의심스럽게 물었다.

"'나는 남다르고 굳건하니 노란 양말을 신고 십자형 대님을 묶어야겠소.'" 브라이언이 희곡의 대사를 인용했다. "또 반지와 사랑의 쪽지와 변장과 낭만도 있습니다. '음악이 사랑의 음식이라면 계속 연주하거라.'"

"그러면 셰익스피어 흉상이 잘 어울리겠네요." 리니가 끼어들었다.

"게다가 전에 이런 걸 한 사람은 아무도 없을 겁니다." 브라이언이 말했다.

"그건 의심하지 않아요." 판도라가 얼굴을 찌푸리며 말했다. "하지만 많이 유명한가요? 나는 들어본 적이 없거든요. 사람들이 뭔지 못 알아보면 어

---

* 동방박사가 아기 예수를 만나러 베들레헴을 찾은 것을 기리는 축일

쩌죠?"

"그게 바로 고려 사항이죠." 브라이언이 말했다. 리니는 그가 왜 방금 스스로 제안한 것을 깎아내리려고 하는지 궁금했다. "라! 라! 시스 붐 바! 보다는 확실히 무게감이 있을 겁니다."

판도라는 기뻐 보였다. "나는 경박한 주제가 싫어요." 그녀가 말했다. "게다가 당신이 말했듯이 크리스마스와 직접 관련도 있고요. 치어리더가 크리스마스랑 무슨 상관이 있담!"

"바로 그겁니다." 두 사람이 동시에 말했다.

"그러면 셰익스피어 흉상을 포기할 필요도 없겠네요."

"현관에 놔두면 되겠어요." 리니가 말하자마자 브라이언이 신속하게 흉상을 들어 옮겼다. "손님들이 도착하자마자 가장 먼저 볼 수 있는 자리죠."

"마음에 쏙 들어요!" 판도라가 턱 아래에서 양손을 꼭 맞잡고 말했다. "《십이야》가 딱이야."

"당신은 천재예요." 자동차로 돌아가는 길에 리니가 말했다. "혹시 크리스마스 디자이너가 될 생각 없어요?"

"절대 없을걸요." 그가 차 문을 열며 말했다. "그저 아까 그 물건을 다시 비석 가게에 가져가고 싶지 않았을 뿐이에요. 혹시 나 때문에 일이 많이 늘어난 건 아니죠?"

"지금 농담해요?" 리니가 차에 타며 말했다. "판도라가 '학창 시절 추억'으로 결정하기 전에 고려했던 주제는 '고래잡이'였어요."

브라이언이 웃음을 터뜨렸다. "자, 다음 행선지는 어디죠?"

"자기부상열차 역에 내려주면 고맙겠어요." 그녀가 말했다. "판도라의 집이 마지막 볼일이었고 이제 나를 태우고 다시 시내로 돌아갈 필요는 없어요. 여긴 당신 이모님 댁에서 몇 블록밖에 떨어져 있지 않으니까요."

"필요 이상으로 크고 화려한 내 자동차를 뽐내고 싶어요." 그는 말하고 거리로 출발했다.

"아니에요. 정말 괜찮아요." 그녀는 사양했다. "《십이야》를 제안해준 것만으로도 이미 충분히 해줬어요. 마구 영감이 떠오르는 주제예요. 주방은 마리아의 부엌으로 꾸미고 거실은 올리비아의 정원으로 꾸미고 또 옥외설치물은… 아, 미안해요." 브라이언이 자신을 보고 있다는 걸 깨닫고 그녀가 말했다. "내가 좀 흥분했나 봐요."

"당신은 이 일을 정말로 좋아하는군요?"

"재미있어요." 그녀가 말했다. "취재하다 보면 정말 많은 걸 새로 발견하게 되죠."

"E. M. 포스터처럼요."*

그녀는 고개를 끄덕였다. "요즘은 대부분 직업이 아주 좁은 영역에 초점을 맞추잖아요. 저는 아이디어를 떠올리고 그걸 조명과 트리 장식에 어떻게 적용할까 생각하는 게 참 좋아요. 당신도 같은 일을 하지 않아요? 다리 말이에요."

"다리요?" 그가 멍하니 물었다.

"당신 이모님이 엔지니어라고 했어요. 그래서 당신이 다리를 건설하는 줄 알았죠."

"아니에요." 그가 얼굴을 찌푸리며 말했다. "댐이에요. 저는 댐을 건설해요."

"아, 하지만, 물이 지나가야 할 곳을 보고 그걸 청사진으로 옮기고 그런 다음 콘크리트로 만드는 건 결국 같은 종류의 일 아닐까요?"

"지금까지 디자인한 것 중 가장 힘든 크리스마스는 어떤 거였죠?"

"잇몸질환이요." 그녀는 신속하게 대답했다. "고객이 구강외과 의사였어요. 가장 재미있었던 주제는 버블스 오할로란이라는 이름의 전직 스트리퍼를 위한 설치작업이었는데…."

"제가 맞혀볼게요. 혹시 거품?"

그녀는 고개를 끄덕였다. "거품 모양 조명을 달고 거품 기계와 거품 검과 거품 포장과 1960년대 거품 드레스까지 구했어요."

"뭐야, 샴페인은 없었어요?"

---

* 미국의 영문학자이자 평론가인 라이오넬 트릴링은 E. M. 포스터를 두고 읽을 때마다 무엇인가 배웠다는 느낌을 주는 유일한 소설가라고 평가했다.

"없었어요. 하지만 옥외 조형물로 하와이 가수 돈 호가 '작은 거품'을 부르는 자동인형을 설치했죠."

두 사람은 집에 가는 길 내내 수다를 떨었다. 브라이언은 리니에게 지금까지 설치한 것 중 최고의 크리스마스 장식과 가장 쉬웠던 장식, 가장 미친 짓이었던 장식을 물었다. 그는 내내 자동운항 장치 없이 직접 차를 몰았고 어쩌다 한 번만 그녀를 보았는데, 그녀는 어두워진 차 안에서 이미 꽤 편안해졌기 때문에 자동운항 장치를 켜지 않은 게 고마울 지경이었다.

리니는 누구와 사적으로 이렇게 가까이 있었던 적이 거의 없었다. 심지어 노월과 나란히 앉아 있었던 게 마지막으로 언제였는지도 기억나지 않았다. 누군가의 이미지를 화면으로 보는 것과는 완전히 달랐다. 무엇보다 여기에는 향기가 있었다. 브라이언에게서 희미하게 비누 향과 애프터셰이브 로션 냄새, 그리고 땀 냄새가 풍겼다. 아무리 고화질이라도 비디오 이미지로는 운전대를 잡은 그의 손등에 난 미세한 털까지 잡아내지는 못할 것이다.

요즘 사람들은 혼자서 화면을 응시하며 보내는 시간이 너무 많다는 쉴즈 부인의 말도 일리가 있었다. 리니 자신이 증거였다. 다른 사람이 그저 옆에 있기만 해도 그녀는 판도라의 치어리더 중 한 사람으로 변하고 있었다.

자동차가 리니의 동네로 들어섰다. "모퉁이에 세워주세요." 그녀가 말했다.

"피타 빵이나 레드티 아이스크림을 먹을 시간은 없겠죠?"

"지금 농담해요?" 리니가 말했다.

"아니요. 나는 그냥, 요즘 많이 바쁘죠?"

"바쁘다는 말로는 표현이 안 될 정도죠. 아주 신경질적인 수준이에요. 바쁜 계절은 예비 계획을 세우고 정리 정돈을 하는 1월부터 4월까지고 그 후는 혼돈의 시작이라고 불러요. 게다가 지금은 판도라의 장식 계획과 재정 상태 추정을 처음부터 다시 해야 하죠. 앉아서 뭘 먹을 시간은 고사하고 정말이지 숨 쉴 시간도 없을…." 리니는 순간 자신이 꽤 매몰차게 말하고 있다는 사실을 깨달았다. "하지만 물어봐줘서 고마워요. 그리고 판도라에게 《십이야》를 설득해준 것도 정말 고마워요. 언제 시간이 되면 꼭…."

"1월부터 12월까지만 빼고요." 브라이언이 말했다. "당신이 '인내'라고 쓴 비석*을 주문하게 되면 내가 〈바위와 벽 사이〉에 데려다줄 수는 있겠네요."

"괜찮아요. 온라인으로 주문하면 되니까." 리니는 웃으며 말했다. 그녀는 자동차에서 내려 운전석의 브라이언을 향해 몸을 숙이고 말했다. "정말 그럴 수 있으면 좋겠어요."

"괜찮아요. 당신은 어서 가서 가짜 수염**을 주문해야 할 거고 나도 이모한테 할 말이 있으니까요. 이모와 상의하고 싶은 게 몇 가지 있어요." 브라이언이 짐짓 지겹다는 듯 얼굴을 찡그리며 말했다.

"아직도 전문적인 크리스마스 장식을 하지 말자고 당신 이모를 설득할 생각이군요?"

"절대로 아니에요. 941번 '댐과 크리스마스'를 고려 중이죠. 당신 생각은 어때요?" 그가 말할 때마다 너무 좋은 냄새가 풍겨서 리니는 하마터면 '좋아요. 레드티 아이스크림이나 먹으러 가요.'라고 말할 뻔했다.

그러나 꾹 참아낸 게 잘한 일이었다. 그사이 226개의 메시지가 들어와 있었고 그중 19개는 응급 우선알림창 메시지였다. 레드베터 가족은 설치작업을 14일로 옮겨달라고 했고 잭과 질 할시 부부는 8일로 당겨달라고 했으며, 〈매달릴 나무〉에서는 수달 양초가 다 떨어졌는데 울버린 양초도 괜찮으냐고 물어왔다. 〈미리미리 한땀 한땀〉에서는 호두색, 에스프레소색, 진흙색 중 어떤 것을 원하는지 물어봤다.

〈사이버플로랄〉은 행복한 추수감사절을 보내라는 움직이는 전자메시지를 보내주었고, 〈온라인 의료기 상사〉는 '독특한 크리스마스 주제를 위하여'라는 메시지를 보내주었다.

캐린 에버렛은 채식주의 크리스마스이브 뷔페를 앉아서 먹는 비건 저녁

---

* 《십이야》의 주인공 바이올라의 대사 중 '그 사랑, 고백하지 않고 가슴 속에 묻어 둔 채 꽃봉오리를 벌레가 좀 먹듯, 그 장밋빛 양 볼이 상아 비석으로 깎아 세운 인내의 석상처럼 슬픔에 잠긴 채 웃음을 띠고 있었죠'가 있다.
** 《십이야》의 바이올라는 내내 가짜 수염을 붙이고 남장을 한다.

만찬으로 바꿔달라고 했다. 오피 하퍼그로브스는 로트와일러 견종을 스카이 테리어로 바꿔달라고 했다. 트록모턴 가족은 24구경 포를 9밀리미터 권총으로 바꾸기를 원했다.

놀랍게도 판도라 프리에게서 온 메시지는 없었다. 보통 판도라는 리니가 제안한 내용에서 흠을 잡아내는 데 10분도 걸리지 않았다. 브라이언의 제안이 꽤 인상적이었던 모양이었다.

브라이언이 인상적이었던 것은 리니도 마찬가지였다. 셰익스피어의 희곡과 E. M. 포스터의 소설을 모두 읽은 사람을 만나기란 흔한 일이 아니었다. 뭐, 누구라도 직접 만나는 일 자체가 흔한 일이 아니었으니. 쉴즈 부인의 말이 옳았다. 요즘은 로맨틱할 기회가 거의 없다. 노월을 제외하고 리니가 직접 만나는 사람들이란 페덱스-UPS 직원들과 〈딜리버리.com〉 직원들이 전부였고 그들이 하는 말이라곤 무신경하게 "저는 몰라요. 제가 받은 건 이 상자 두 개뿐이었으니까요."가 다였다. 상상조차 할 수 없지만 만에 하나 그녀가 그 사람들 가운데 누구라도 데이트를 하고 싶었다고 해도 도무지 시간을 낼 수가 없었다. 쌓인 메시지를 다 읽기도 전에 17개의 메시지가 더 들어왔다.

리니는 220개의 메시지를 읽고 에모리 가족의 설치작업 날짜를 옮기고 테일러 가족에게 레드베터 가족이 14일에 설치작업을 할 수 있도록 13일로 작업일을 옮길 수 있겠느냐고 브이메일을 보냈다. 또 〈알파.com〉에 브이메일을 보내 비건 메뉴가 가능한지 물었고, 색깔은 된장 갈색으로 정했으며, 전 세계에 수달 양초가 남아 있는지 검색했고, 〈강아지창고〉, 〈생물나라〉, 〈얼룩이 점박이〉에 스카이 테리어 장식물을 주문하고 나서 노월에게 전화했다.

그는 받지 않았다(나쁜 신호). 그러나 브이메일함을 살펴봐도 노월에게서 온 메시지가 없었다(좋은 신호). 그리고 쉴즈 부인이 주제를 정했다는 내용의 메시지도 없었다. 그러나 판도라가 새로 보낸 메시지가 하나 있었다. 어쩐지 일이 잘 풀리더라니.

"《십이야》가 15세 미만 관람불가 등급은 아니겠죠?" 메시지 내용이 무슨 뜻인지 도저히 이해가 안 되어서 밤 11시가 넘은 시간이었는데도 판도라에게 직접 전화를 걸었다.

"아까 함께 온 젊은 남자가 대님(가터) 어쩌고 했던 게 기억났는데, 그날 차메인 가가사키의 전남편 아이들이 올 거라지 뭐예요." 판도라가 말했다. "설마 속옷으로 뭘 할 생각은 아니겠죠?"

"십자형 대님은 속옷과는 아무 상관도 없어요." 리니가 단호하게 말했다. "대님은 리본을 말해요. 노란색 리본이요."

"어나 번래스가 고용한 크리스마스 디자이너는 이란의 인질 위기에 대해 근사한 걸 준비하고 있다는데⋯." 판도라가 말했다. "어쩌면 정치적인 주제가 낫지⋯."

"그러면 셰익스피어 흉상을 넣을 수가 없잖아요." 리니가 지적했다. "단언컨대 그 흉상이야말로 고객님 주제의 핵심이랍니다."

"정말요?" 판도라가 만족스럽게 말했다.

"그럼요. 생각해봤는데 흉상을 현관 말고 거실에 놔두어야 할까 봐요. 이를테면 특별히 마련한 벽감 같은 곳에 두는 거죠."

그들은 이후 1시간 30분 동안 셰익스피어 흉상을 놔둘 최적의 장소가 어디인가를 논의했다. 그러나 적어도 판도라는 확실히 《십이야》에 집중한 것처럼 보였다. 훨씬 더 좋았던 점은 사흘 후 리니가 판도라에게 브이메일로 제안서를 보냈을 때 판도라가 급히 보낸 메시지가 단 두 개뿐이었고 그마저도 전부 뷔페에 관한 내용이었다. "'음악이 사랑의 음식이라면 계속 연주하거라'라는 아이디어도 마음에 들지만 바이올린보다는 트럼펫을 중심으로 하는 게 좋겠어요."와 "프리뮬라 아웃리지의 새 동거인이 딸기 알레르기가 있다고 하네요."였다.

그러나 13일에 니드모어 가족의 설치작업을 할 수가 없었다. 그들은 10일이나 18일을 원했는데 두 날짜 모두 예약이 되어 있었다. 된장 색깔은 구할 수가 없었고 진흙색은 3월 8일까지 주문이 밀려 있었다. 리니는 다시 한번 단단히 마음을 먹고 일을 시작했다. 우선 왕호에게 전화를 걸어 혹시 설치작업을 13일로 조정해줄 수 있겠느냐고 물었고 쉴즈 부인에게서 메시지가 와 있는지 확인해보았다.

여전히 없었다. 아무래도 쉴즈 부인을 도와주어야 할 것 같았다. 그녀는 잉게에게 브이메일을 보내 넷체크를 마쳤는지 물었다.

"미안. 아직 못 했어." 잉게가 말했다. "완전히 잊고 있었어. 추수감사절 후에 일이 넘쳐났거든. 아, 그날 휴가를 내줘서 정말 고마워. 카를로가 향수병이 심해. 우주정거장에서 마련해준 음식은 정말 끔찍한 수준이더라. 지금 곧바로 넷체크에 접속해볼게."

"알았어." 리니가 말하고는 불쑥 궁금해져 물었다. "그런데 카를로랑은 어떻게 만났어?"

"언니가 소개해줬어." 잉게가 말했다. "참 '토네이도와 크리스마스' 오후 티타임에 내놓을 쿠키는 정했어?"

정하지 않았다. 리니는 쿠키를 정하고(회오리 모양 초콜릿 쿠키와 다진고기 파이), 팬워시 가족 주방에 로데오 홀로그램을 설치할 수 있게 치수를 확인하고, 다시 매닝 가족의 설치작업으로 분주했다. 그날은 8일이었기 때문에 그때까지 깨어 있는 순간은 모두 준비작업으로 정신이 없어서 들어오는 메시지에 답장할 시간조차 없었다. 단 브라이언에게서 온 메시지는 예외였다. 그사이 그가 두 번 연락했는데 한 번은 이모가 음식 주문 서비스는 하지 않기로 했다는 내용이었고 두 번째는 이모가 주제를 여섯 개로 좁혔다는 내용이었다. "정말 다행인 게 그중 332번 '할리 데이비슨의 크리스마스'가 빠졌어요."

잉게는 아직도 넷체크 조회 결과를 보내지 않았지만, 괜찮았다. 어차피 읽을 시간도 없을 테니까. 리니는 3톤짜리 화강암 바위를 설치하느라 정신이 없었다.

매닝 가족의 설치작업은 이틀이 걸렸다. 둘째 날 리니가 사다리 위에 올라 끈으로 큰입우럭을 매달고 있는데 브라이언이 나타났다. "말하지 말아 봐요." 그가 말했다. "54번 '잉어와 크리스마스'."

"틀렸어요." 그녀가 사다리에서 내려오며 말했다. "152번 '어부의 천국'

이에요. 그런데 여기서 뭐 해요? 내가 여기 있는 거 어떻게 알았어요?"

"이모가 물어볼 게 있다고 보냈어요." 그가 말했다. "당신 메시지 수신함이 꽉 찬 것 같기에 그냥 직접 오기로 했죠. 이모가 설치 날짜를 옮길 수 있겠느냐고 물어보래요."

"언제로요?" 리니는 휴대용 패드를 펼치며 말했다. '14일까지는 안 돼. 제발 14일까지는 아니기를.'

"23일 아침이요." 그가 말했다. "그날 저녁 중요한 만찬 파티가 있어요. 크리스마스랑 너무 가깝긴 하지만…."

"아니요. 오히려 잘됐어요. 사람들은 항상 설치를 일찍 하기를 원하거든요. 그래야 크리스마스 무렵 내내 즐길 수 있으니까요."

"왜 그런지 알 것 같아요." 브라이언이 트리를 보며 말했다. 트리에 낚싯바늘, 봉돌, 깃털 달린 가짜 미끼가 달렸고 맨 위에는 도금한 캐스팅릴이 올라가 있었다.

"아직 제대로 못 봤을걸요." 리니는 가족 거실로 브라이언을 안내했다. 인공 이끼로 만든 둑 사이로 개울이 졸졸졸 흐르고 있었다.

"〈흐르는 강물처럼〉." 그가 말했다.

"맞았어요. 매닝 가족 손님들이 낚시를 할 수 있게 물고기도 풀어놓았어요."

그는 '낚시 중' 표지판을 집어 들었다. "이걸 현관문에 걸어두고 잠깐 나랑 같이 차나 한잔하러 가는 게 어때요? 새로운 주제를 위한 취재랄까. 928번 '차와 수다.'"

"안 돼요." 그녀는 아쉽게 말했다. "아직 그물을 설치하지 못했어요. 침실 작업도 해야 하고요."

"거기엔 뭐가 들어올 예정이죠? 저수지?" 그는 가기 전에 다른 방도 전부 둘러보겠다고 고집했다.

"당신은 전문적인 크리스마스 장식을 인정하지 않는 줄 알았어요." 그녀가 말했다.

"인정하지 않아요." 그는 난로 앞에 매달린 길쭉한 낚시용 장화와 난로

선반 위에 맥주가 가득한 스티로폼 아이스박스를 가리키며 말했다. "하지만 으스스한 쪽으로 환상적이네요. 말이 나와서 그러는데, 우리 친구 판도라는 어떤가요? 아직도 《십이야》를 고수하고 계신가요?"

놀랍게도 판도라는 아직 《십이야》 주제를 바꾸지 않았다. 물론 하루에 두 번씩 브이메일을 보내 질문을 퍼부어대고는 있었다. "잔디밭 설치물을 홀로그램 대신 난파선으로 할 수 있을까요?" "과부들의 상복을 입는 게 정말로 좋은 생각일까요? 난 검은색 옷을 입으면 너무 뚱뚱해 보이거든." "배경이라는 일리리아가 설마 중동에 있는 건 아니겠죠? 그렇죠?"

리니는 가능한 한 최선을 다해 대답했고 동시에 세 군데의 하누카 설치 작업과 이머거트 가족의 '지구 반대편의 크리스마스' 설치작업을 진행했으며 페덱스-UPS가 잃어버린 마사이족 북 세트의 위치를 추적하려고 애썼다. 그것은 호놀룰루에 있었다. 리니는 경로를 재설정하며 북 세트가 도착할 때까지 얼마나 걸릴지 헤아리고 있는데 삐삐 소리가 들렸다.

삭제 버튼을 향해 손을 뻗었다가 현관문에서 들리는 소리라는 걸 깨달았다. 마사이족 북 세트가 벌써 왔을 리가 없는데. 그녀는 문을 열었다.

브라이언이 아이스크림 두 개를 들고 서 있었다. "레드티 아이스크림을 먹으러 가기엔 당신이 너무 바쁘니까 내가 알아서 여기로 사 가지고 왔어요." 그는 그녀에게 콘 하나를 건네고 앞장서 집 안으로 들어갔다. "여기가 당신 아파트인가요?" 그는 부엌으로 들어갔다가 침실로 들어갔다가 딱 한 사람만 들어갈 수 있을 정도의 방이자 컴퓨터가 있는 사무실로 들어갔다. "틀림없이 '기계가 멈춘다' 주제로군요." 그는 평면 스크린과 스트리머와 롬 파일들을 보며 말했다. "크리스마스트리는 없어요? 큰입우럭은요?"

"난 크리스마스 디자이너를 고용할 여유가 없거든요." 그녀가 말했다. "그런데 여기서 뭐 해요? 제발 당신 이모가 주제를 골랐다고 말해줘요."

"아니에요. 하지만…." 그는 아이스크림콘을 내려놓고 과장되게 화려한 동작으로 재킷에서 종이 다발을 꺼내 그녀에게 내밀었다. "계약서를 가져왔죠. 서명도 끝나고 봉인도 끝나고 배달도 끝났네요."

"하지만 당신 이모가 아직 주제를 고르지 않았어요." 리니가 말했다.

브라이언은 다시 계약서를 가져다가 두 번째 페이지를 펼쳤다. "여기요." 그는 계약서를 보여주며 말했다. "주제는 크리스마스 디자이너가 선택한다." 그는 큰 소리로 읽었다. "이모 말이 당신이 전문가니까 주제도 당신이 선택하는 게 좋겠대요."

"아, 정말 멋져요." 리니가 말했다. 그녀가 주제를 선택하게 된다면 어떤 것이 가능하고 예쁜지 알고 할 수 있을 것이다. 〈오! 천국.com〉에 구리를 두드려 만든 정말 아름다운 천사가 있다. 그거라면 쉴즈 부인의 수제 가구와 완벽하게 어울릴 것이다.

"이모는 크리스마스랑 관계된 것이기만 하면 된다고 했어요. 라스베이거스나 고래잡이 말고요."

리니는 행복하게 고개를 끄덕였다. "물론이죠. 이렇게 와줘서 고마워요. 굳이 여기까지 차를 몰고 오지 않아도 됐는데 그랬어요." 그녀가 말했다. "그냥 이메일로 보내지 그랬어요."

"다비 이모는 컴퓨터를 믿지 않거든요. 특히 계약서와 관련해서는 더더욱 그렇죠. 이모는 실제 종잇조각이 눈앞에 있어야 좋아해요. 당신 컴퓨터가 삐삐 소리를 내는데요?"

리니는 사무실로 들어갔다. 판도라였다. "《십이야》는 안 되겠어요." 그녀는 차갑게 말했다. "방금 세실리아 토우스트랩하고 통화했어요. 왜 《십이야》에 의상도착증 환자가 나온다는 이야기는 하지 않았죠? 그저 십자형 대님 어쩌고 해서 만 15세 미만 관람 불가 등급인 줄만 알았잖아요."

"의상도착증이 아니에요." 리니가 말했다. "바이올라가 남장을 하기는 하지만 그건 성적인 이유 때문이 아니라…."

"스피커로 연결해요." 브라이언이 따라 들어와 의자를 끌어당겨서 리니 옆에 앉았다. "판도라 부인, 저 기억하세요? 추수감사절에 봤었죠?"

"예. 나한테 《십이야》를 하라고 부추긴 사람이죠." 판도라는 말했지만 아까보다는 상당히 덜 차가웠다. "왜 의상도착증에 관한 내용이 있다는 말 안 했어요? 룰루 파자네타가 벌써 〈록키 호러 픽처 쇼〉를 하고 있단 말이에요. 난 절대로….”

"바이올라가 남장을 한 이유는 낯선 나라에서 여자 혼자 살아가기에 안전하지 못할까 봐 두려워서 그랬던 겁니다." 브라이언이 말했다. "일부러 공작을 속이려고 한 게 아니에요." 그는 몸을 숙여 화면을 똑바로 보았다. "바이올라는 공작에게 사실대로 말하고 싶지만 그럴 수가 없었어요. 공작에게 진실을 말하면 그를 속이고 거짓말했다는 걸 인정하는 셈이 될 테니까요."

리니는 이 방에 공간이 조금만 더 있으면 좋겠다고 생각했다. 자동차에 탔을 때보다 훨씬 더 가까이 붙어 앉아 있어서 그의 살냄새와 판도라에게 열정적으로 말하는 숨결이 고스란히 느껴졌다.

"바이올라는 감히 공작에게 사실을 말할 수가 없었어요. 공작을 사랑하니까요." 그가 말했다. "하지만 공작이 조만간 진실을 알게 되리라는 것도 역시 알고 있고 공작이 알게 되면 어쩔 수 없이 배신감을 느껴서 다시는 그녀와 말도 섞고 싶어 하지 않을 것도 다 알았죠. 그래서 그녀는 덫에 걸린 거예요."

잠시 길고 고요한 침묵이 드리웠다. 잠시 후 판도라가 입을 열었다. "오, 정말 로맨틱하군요! 당신 말이 맞아요. 아주 훌륭한 주제예요. 세실리아가 바보였던 거야. 당신이 내게 확신을 주었어요. 어서 계약서 전송해요."

설마요. 리니는 거의 말할 뻔했다. 그러나 정신을 차리고 재빨리 계약서에 세부 사항을 입력해 전송했다. "고마워요." 화면에 판도라가 사라지고 계약서가 뜨자마자 브라이언에게 속삭였다. "당신이 날 위해 얼마나 많은 일을 덜어주었는지, 말로 다 할 수 없을 정도예요."

"잘됐네요." 그가 말했다. 여전히 둘 사이의 거리가 너무 가까웠다. "그럼 나랑 같이 저녁 먹으러 갈 시간이 생겼겠군요."

"안 돼요." 그녀는 안타깝게 말했다. "아루바에서 5시에 시작하는 장거리 설치작업이 있는데 아직 방사능 오염방지복도 못 찾았어요."

"그 집 크리스마스 주제가 뭔지는 물어보지 않을게요." 그가 말했다. "이봐요. 지금이 가장 바쁜 계절이고 내년까지 고객들이 줄을 서 있다는 것도 알아요. 하지만 적어도 1년에 하루를 뺄 수 없다고는 말하지 말아요. 크리스마스가 지난 다음에는 괜찮을 거 아니에요." 그녀가 뭐라고 해명하려고 했지만, 그가 계속 말했다. "나 지금 작업 의뢰할게요."

판도라의 이미지가 화면에 다시 나타났다. "16일은 안 되겠어요. 내일 할 수는 없겠죠?"

차라리 할 수 있으면 좋겠다. 그러면 적어도 남은 시간은 판도라로부터 내내 자유로울 테니까. "안타깝지만 안 될 것 같아요."

"오, 자기야. 나 내일 말고는 시간이 안 돼요. 그럼 달력을 보고 이리저리 궁리를 좀 해본 다음에 다시 연락할게요."

'그리고 《십이야》는 아무래도 안 되겠다고 하겠지.' 리니는 판도라의 이미지가 다시 나타나길 기다렸다. 그러나 그녀는 단독 브이메시지를 보내지 않았다. 계약서를 반송하지도 않았다. 적어도 마음을 바꾸지 않았다는 뜻이었다. 일주일 후에도 여전히 주제는 《십이야》였다.

"이건 기적이야." 12월 중반 3자 회의 도중에 리니는 노월과 잉게에게 말했다. "판도라가 정말로 계약서에 서명할 준비가 된 것 같아. 그럼 이제 쉴즈 부인만 남았어."

"아, 그 문제에 대해 할 이야기가 있어." 잉게가 말했다. "넷체크로 쉴즈 부인을 조회해봤는데 아무것도 나오지 않아."

"무슨 소리야?" 리니가 물었다. "정보를 막아두기라도 했다는 거야?"

"재정 상태 확인은 벌써 끝났다고 하지 않았나?" 노월이 말했다.

"막혀 있는 게 아니었어." 잉게가 말했다. "방화벽은 없었고 부인 이름을 입력하니까 다른 정보가 전혀 뜨지 않아. 개인정보, 재무 기록, 의료기록을 요청했는데 아무것도 없어. 그냥 빈칸이야. 주소로 시도해봐도 마찬가지야. 집 소유주로 부인 이름이 뜨는데 다른 건 전혀 나오지 않아."

"뭔가 정교한 사생활 노출 방지 시스템인 모양인데." 노월이 말했다. "하지만 왜 그런 짓을? 부인 성이 뭐라고 했지?"

"쉴즈." 잉게가 말했다. "개인 이름은 나오지도 않아."

성과 주소만으로도 정보를 얻기에 충분했다. "쉴즈 철자를 제대로 입력했어?" 리니가 물었다.

"부인의 개인 이름 알아?" 노월이 물었다.

"응." 리니가 말했다. "다비."

"다비?" 노월이 순간 날카롭게 물었다. "그 엔지니어라는 조카 이름은 뭐야?"

"브라이언 웨스트."

"그 남자 이름으로 다시 시도해볼까?" 잉게가 물었다.

"아니. 내가 알아볼게." 노월이 말하고 접속을 끊었다. 여전히 의논할 사항이 몇 가지 남아 있는데도.

그것만이 아니었다. 마사이족 북 세트는 다시 종적을 감춰버렸고 거의 이틀이나 걸려서 위치를 추적해보니 내슈빌에 가 있었다. 리니는 콴자 설치작업과 '익스트림 스포츠와 크리스마스' 작업을 마치고 나서 판도라가 아직 메시지를 보내지 않았다는 사실에 용기를 얻어 그녀에게 《십이야》 관련 세부 계약서를 보냈다.

판도라가 곧바로 우선알림창 메시지를 보냈다. 그리고 판도라의 입에서 나온 첫마디가 "안 되겠어요."였기 때문에 기적이라고 말한 것을 곧바로 후회했다.

"왜요?" 리니가 물었다. 설마 다른 사람이 《십이야》를 하고 있는 건 아니겠지.

"어릿광대 페스터스 때문이에요. 찰턴 레브로크의 전 부인이 '도지 시티의 크리스마스'를 하고 있는데 거기에 '페스터스'가 나와요. 주정뱅이죠."

"《십이야》에 나오는 어릿광대 이름은 '페스테'예요." 리니는 말해봤지만 소용이 없었다. 사실이야 어떻든지 판도라의 마음은 이미 정해졌다.

"다른 희곡을 해야겠어요. 아무도 하지 않았던 거로."

"《코리올라누스》." 리니는 제안하며 여기 브라이언이 있으면 얼마나 좋을까 생각했다. 그에게 우선알림창 메시지를 보내 볼까? 《템페스트》."

"사람들이 들어본 거로." 판도라가 말했다.

'《오셀로》가 어때.' 리니는 생각했다. '그럼 당신이 베개로 질식당하는 모습을 옥외설치물로 만들 수 있을 텐데.' 《뜻대로 하세요》, 《리처드 3세》."

그러나 사람들이 들어본 희곡은 전부 판도라의 친구나 판도라의 친구의 전 배우자들이나 그들의 전 배우자들이 해버렸다. '브라이언 말이 옳아.' 리니는 생각했다. '모든 게 감당할 수 없어졌어. 왜 사람들은 자기가 좋아하는 크리스마스를 보내지 않는 걸까? 왜 아무도 하지 않은 단 하나의 것을 해야 하는 거지?'

결국 《한여름 밤의 꿈》으로 정했다. 꽃과 요정, 숲의 홀로그램 등 이건 비교적 쉬웠다. 리니는 당나귀 머리를 찾기 시작했다.

〈의상.com〉에는 없었다. 〈우리게이의류〉에 알아봤다.

화면이 삐삐거리더니 노월의 이미지가 나타났다. "그 여자, 사라 다빙던이야." 노월이 말했다.

"누구?" 리니는 멍하니 말했다.

"자기 고객, 다비 쉴즈. 그 여자 갈라텍 인터내셔널 대표야."

"갈라텍 인터내셔널?" 리니가 말했다. "소프트웨어 회사 말이야?"

"소프트웨어 거대 복합기업이지. 자기 고객은 그 기업을 창시한 컴퓨터 천재야."

"말도 안 돼." 리니가 말했다. "쉴즈 부인은 컴퓨터에 대해서는 아무것도 몰라. 심지어 이메일도 못 보내."

"그렇게 말했겠지. 내 말을 믿어. 내가 그 여자 완벽한 프로필을 알아냈으니까. 사라 다빙던 박사. 아스펜가 3404번지."

노월의 이미지가 사라지고 사라 다빙던의 뉴스 사진이 떴다. "갈라텍 CEO, 인텔과의 합병을 발표하다." 쉴즈 부인이었다.

"하지만 왜 거짓말을…?"

"그야 자기한테 정체를 드러내고 싶지 않았을 테니까. 그 여자가 노리는 건 틀림없이 우리 〈장식하세.com〉이야."

"〈장식하세.com〉을 노린다고? 그게 무슨 말이야?"

"그 사람들 인수할 기업을 알아보고 있을 거야. 아니면 자체 크리스마스 장식 회사를 설립하려고 하거나. 자기 아이디어를 훔치려는 거지. 그 여자한테 주제를 몇 개나 보여줬어?"

"꽤 많이." 리니는 첫 번째 면담 때 클릭해서 보여준 홀로그램의 수를 떠올려보았다. "하지만 왜? 부인은 전문적인 크리스마스 장식을 의뢰해본 적이 없다고 했어."

"이번에도 자기 생각이 틀렸어." 노월이 말했다. 화면에 목록이 떴다. "지난 10년간 갈라텍 인하우스 디자이너들이 담당한 가정과 사무실의 크리스마스 장식이야. 시골의 크리스마스, 거룩한 밤 고요한 밤, 노먼 록웰* 크리스마스, 코네티컷의 크리스마스…."

'적어도 전통적인 크리스마스를 좋아한다는 말은 진실이었네.' 리니는 어이가 없었다. "하지만 아직도 이해가 안 돼. 그 사람들한테 이미 크리스마스 디자이너가 있다면 왜…."

"우리 사업이 성공적이니까. 갈라텍 같은 거대 복합기업은 늘 성공사례를 빼앗을 궁리만 하거든. 타임-워너-마이크로소프트가 졸업이벤트사업을 어떻게 했는지 생각해봐. 그들 때문에 개인 플래너들이 다 망했잖아. 설마 그 여자한테 시디롬을 주고 온 건 아니지?"

"어떤 주제로 할지 결정 못 하겠다고 해서…."

노월이 신음했다. "잘 가라, 〈장식하세.com〉. 어서 와요, 주식회사 갈라텍 크리스마스."

그녀는 고개를 흔들었다. "하지만 부인은 정말 다정한 사람 같았어." 그녀는 말했지만, 부인이 계속 다른 주제를 보여달라고 했던 것이며 리니의 사무실에 대해 물어봤던 것, 브라이언에게 〈바위와 벽 사이〉까지 굳이 데려다주라고 채근했던 것을 떠올렸다. 아, 브라이언.

"자기가 틀렸어." 리니가 말했다. "부인이 사라 다빙던일 리가 없어. 뭔가 오해가 있을 거야. 부인의 조카가 판도라 프리의 주제를 떠올리게 도와줬어. 그런 사람이 한패거리일 리가 없어."

---

* 미국의 20세기 화가이자 일러스트레이터. 미국 중산층의 생활 모습을 친근하고 인상적으로 묘사했다.

"그 남자, 사라 다빙던의 조카가 아니야."

리니는 몇 초 후에야 겨우 말했다. "뭐?"

"갈라텍 직원이야. 다빙던 박사와 친척 관계도 아니고."

"믿을 수 없어." 그녀가 말했다. "그는 크리스마스를 전문가가 꾸민다는 생각 자체를 몹시 싫어했어."

"그야 자기가 눈치 못 채게 둘러댄 거지."

리니가 눈치 못 채게. 브라이언이 매닝 가족의 설치작업 현장에, 리니의 아파트에 불쑥 나타났던 것, 그녀의 사무실에 들어와 장비를 살펴보던 것이 떠올랐다. 그 모든 것이 전부 그런 척했던 것이었다니.

"그 사람들, 분명히 자기 디자인을 노린 거야." 노월이 말했다. "자기가 고객 명단과 공급업체 명단을 줄줄 불게 했겠지."

"도대체 큰입우럭 같은 것은 어디서 구해요?" 브라이언이 물었었고 그녀에게 최고의 크리스마스 장식과 가장 어려웠던 장식이 무엇이었는지도 물었다.

"그 남자 이름은 그럼 뭐야?" 그녀가 물었다.

"누구? 아, 그 소위 조카라는 양반? 그는 본명을 썼어. 아마 자기가 알아볼 만한 이름이 아니라서 그랬겠지. 하지만 그 남자, 엔지니어가 아니야. 마케팅 디자이너야."

"나, 그만 가볼게." 리니가 말했다.

"그 집은 그 여자 것이 맞아. 나 놀랐어. 자기 제안서를 봤을 때는 임시로 빌린 집이라고 생각했거든. 하지만 아니었어. 그 여자 샌프란시스코에 없을 때는 실제로 그 집에 살고 있더라고. 아니면 스톡홀름에 가 있기도 하고. 거기에도 집이 몇 채 있어. 맨해튼과 시드니, 상파울루, 아디스아바바, 베이징에도 아파트가 있어. 아이슬란드에도 저택이 있고."

"난 소박한 걸 좋아하거든요." 부인은 말했었다.

"판도라 프리한테 우선알림창 메시지가 왔어." 리니는 거짓말을 했다. "그만 가볼게."

"판도라는 기다려도 돼." 노월이 말했다. "이 문제를 어떻게 처리할지 이야기를 나눠봐야지."

"이따가 연락할게." 리니는 말하고 그가 뭐라고 하기 전에 접속을 끊었다.

그리고 잠시 앉아 생각했다. '믿을 수가 없어.' 그러나 그녀는 믿었다. 결국, 이것은 책에 나오는 가장 오래된 속임수였다. 145번 '로맨틱한 사기꾼'. 달콤한 말을 속닥여 여자의 비밀을 털어놓게 하기. 여자에게 레드티 사주기. 무거운 짐을 대신 운반해주기. 사무실에서 지나치게 가까이 다가앉기. 추가로, E. M. 포스터를 좋아하는 척하기. 분명히 넷체크에서 알아낸 것이리라.

그리고 그녀는 속아 넘어갔다. 낚싯바늘과 봉돌과 낚싯줄에 낚이고 말았다. 182번 '어부의 천국'.

화면이 삐삐거리며 우선알림창 메시지가 떴다. 삭제키를 향해 손을 뻗었지만 노월이 아니었다. 판도라였다.

"《한여름 밤의 꿈》도 안 되겠어요." 판도라가 말했다. "파샤드 트위드로우가 작년 '그랜드 캐니언의 크리스마스'를 했어요."

"그랜드 캐니언이요?" 리니는 그게 무슨 관계가 있다는 건지 이해할 수가 없었다.

"그랜드 캐니언 밑바닥(보텀, bottom)까지 동물을 타고 내려갔어요." 판도라가 말했다.

'오, 설마….'

"나귀요." 판도라가 말했다. "나귀를 타고 내려갔죠."

"보텀은 당나귀로 변장했어요."*

"나귀나 당나귀나 똑같죠. 어쩌면 당신의 그 젊은 남자 말이 맞아요.《십이야》를 해야겠어요."

'그 사람, 나의 젊은 남자가 아니에요.' 리니는 생각했다. '그는 갈라텍의 마케팅 디자이너예요.'

"하지만《십이야》는 너무 안 유명해요. 혹시 셰익스피어가 쓴 다른 희곡

---

* 《한여름 밤의 꿈》에서 보텀이라는 이름의 남자가 당나귀 탈을 쓰고 등장한다.

364

은 없어요?"

"딱 39개예요." 리니가 말했다. "그리고 소네트가 154편이 있어요."

"소네트라…." 판도라가 생각해보며 말했다. "그것도 좋네요. 한번 생각해보겠어요." 판도라의 이미지가 깜박하고 사라졌다. 곧바로 화면이 삐삐거렸다.

브라이언이었다. 그녀는 '음성 녹음' 버튼을 눌렀다. 브라이언이 말했다. "저기, 당신이 미친 듯이 바쁘고 나랑 같이 레드티를 먹으러 갈 시간은 크리스마스 전에는 아예 없다는 거 알지만, 혹시 당신이 핫도그나 싱크로나이즈드 수영선수들을 매달러 어디에 가는지 알려준다면 내가 아이스크림을 사다 줄게요. 심지어 당신이 닭털을 뽑거나 하느라 양손을 다 써야 할 때면 내가 옆에서 당신 아이스크림을 들어줄 수도 있어요."

'지적재산권 도둑놈과 싸우느라 바쁠 수도 있지.' 리니는 생각했다. 노월의 말이 맞았다. 이 문제를 어떻게 처리할지 이야기를 나눴어야 했다.

그녀는 노월에게 접속했다.

"자기는 아무것도 하지 마. 만약 그 여자가 계속 설치작업을 요구하면 어쩔 작정인지 다 알고 있다고 말하고 자기도 모르게 〈장식하세.com〉을 훔치는 걸 도와줄 생각은 없다고 말해줘."

'하지만 부인이 저녁 만찬에 초대한 그 많은 사람은 어쩌고?' 리니는 생각했다가 곧바로 그것 역시 거짓말일지도 모른다고 생각했다.

"자기가 상대하는 게 무려 갈라텍이라는 거 알아." 노월이 말했다. "하지만 계약서가 없으니 그 여자는 법적 기반이 상당히 불안정해. 사기에, 허위진술에…."

"계약서 있어." 리니는 후회하며 말했다. "어제 서명했어."

"온라인으로?"

"아니. 직접 서명했어."

노월이 고개를 끄덕였다. "그렇다면 각막 ID가 없겠네."

물론이다. "다비 이모는 컴퓨터를 믿지 않거든요. 특히 계약서와 관련해서는 더더욱 그렇죠." 라니 기막혀! 그녀는 자신의 전자 서명이 드러나는 것을 원하지 않았던 것이다.

"그 여자, 계약서에 어떤 이름을 썼어?" 노월이 물었다. "쉴즈 부인이라는 이름을 썼다면 그 계약은 무효야."

리니는 정말로 그랬기를 바라며 계약서를 가져왔지만, 서명은 알아보기 어렵게 흘려 쓰여 있었다. 그녀는 계약서를 스캔해 노월에게 보냈다.

"아, 이건 분명히 사라 다빙던의 서명이야." 그가 말했다. "그리고 계약서에 소유주 이름 없이 집 주소만 나와 있네. 이러면 상황이 달라지지."

"어떻게?"

"자기가 법적 구속력이 있는 계약서를 받았다면… 그 여자가 재래식 우편으로 계약서를 발송한 건 아니지?"

"아니야. 그녀의… 브라이… 그 마케팅 디자이너가 가져왔어."

"안타깝네." 그가 말했다. "재래식 우편으로 보냈으면 우편 사기라고 증명할 수 있었을 텐데. 이런 상황이라면 서명할 때의 조건에 사기성이 있었다고 증명해야 하거든."

"나는 계약 상대가 다른 사람인 줄 알았잖아." 리니가 말했다. "그게 사기성이 있었다고 봐야 하는 거 아냐?"

노월은 고개를 흔들었다. "자기 주장이 그 여자와 어긋나거나 갈라텍 법률자문팀의 의견과 어긋나면 그건 강물을 거슬러 올라가는 것과 같아."

"그러니까 부인이 내 아이디어를 훔쳐 가려고 해도 나는 꼼짝없이 그 집 크리스마스 장식을 해줘야 한다, 이 말이야?" 생각만 해도 속이 메슥거렸다. 만약 브라이언이 나타난다면 어쩌지?

"진정해." 노월이 말했다. "내가 〈변호사.com〉에 접속해서 우리 상황이 어떤지 알아볼게. 그러고 나서 어떻게 할지 결정하자. 이대로 넘어갈 수는 없지."

'그 사람들은 이미 이대로 넘어가고 있어.' 리니는 멍하니 생각했다. 그녀는 메시지함을 불러내 일을 마치려고 했지만 집중할 수가 없었다. 결국 셰익스피어의 소네트를 검색하고 판도라를 위해 사용할 만한 소네트를 찾아보았지만 괜찮은 게 많지 않았다. '저 폐허가 된 성가석?', 죽음이 영원한

냉기를 뿜어내는 싸늘한 분노?'

화면이 삐삐거렸다. "걱정했던 대로야. 그 계약서는 법적 구속력이 있고 벌써 자기 온라인 계좌에 계약금이 입금되어 있어. 자기는 법적으로 그 집 크리스마스 장식을 해줘야만 해."

"난 못 해…." 리니가 말했다.

"우리 목적은 손실을 최소화하고 더는 사업상 비밀을 누설하지 않는 거야. 주제가 뭐야? 제안서가 어느 정도 구체적이지?"

"아직 제안서 없어. 쉴즈 부인, 아니 그 여자가 주제를 내 재량에 맡겼어."

"그 사실까지 계약서에 명시되어 있어?" 노월이 신나서 물었다.

"응. 아니. 내 말은 주제란이 비어 있고 내가 채워야 한다는 뜻이야."

"오호, 그렇다면 상황이 달라지는걸? 잠깐." 그의 이미지가 곧바로 사라졌다.

리니는 다시 소네트를 해부하기 시작했다. "장미에는 가시가, 은빛 샘물에는 진흙이 있는 법." "슬픔은 내 앞에, 기쁨은 내 뒤에 놓였어라."

그녀는 포기하고 노월의 우선알림창 메시지가 뜨기를 기다리며 앉아 있었다. "〈변호사.com〉에 알아봤어." 노월이 나타나 말했다. "완전히 합법적이야. 그 여자가 주제를 고르지 않은 건 하늘이 도운 거야. 다빙던 박사든 갈라텍이든 이 일에 대해서는 아무것도 할 수 없을걸."

"어떤 일?" 리니가 물었다.

"그 사람들을 향한 자기의 우아한 복수."

"복수라고?"

"응." 그가 열띤 얼굴로 말했다. "주제는 자기가 골라야 하잖아. 좋았어! '죽음과 파괴', '악몽', '으스스한 노천 채굴' 이런 걸 골라서 자기가 직접 설치작업을 하는 거야. 아, 그런데 설치일이 언제야?"

"지금부터 일주일 후. 23일이야. 하지만…."

"완전히 계약서대로 그 여자 집을 꾸며줘. '동굴 속 역겨운 생물', '복수는 달콤한 것' 그런 거로. 그 여자가 보고 자기가 크리스마스를 완전히 망쳤을 뿐만 아니라 더는 다른 사람의 아이디어를 훔칠 수 없겠구나, 하고 깨닫겠지. 자기는 복수를 하게 되고."

"그게 크리스마스와 무슨 관계가 있지?" 리니가 중얼거렸다.

"뭐라고?" 노월이 말했다.

"아무것도 아니야. 그냥 그들의 속셈을 우리가 알아차렸다고 말하고 설치작업을 거부하는 거로 충분하지 않을까?"

"그러면 그 여자는 갈라텍 디자이너에게 시키면 그만이야. 복수를 해야 그 여자도 공개적으로 망신을 당하지. 자기가 설치작업을 하기로 한 날 저녁 갈라텍 이사회와 만찬 파티가 있대."

'적어도 그건 거짓말이 아니었네.' 리니는 생각했다.

"내 생각엔 '여자가 한을 품으면 오뉴월에도 서리가 내린다'가 완벽할 것 같아." 노월이 말했다.

"하지만 크리스마스잖아. 크리스마스는 복수의 계절이 아니야. 용서와 선의의 시간이지."

"자기는 그렇게 당해놓고도 그런 말이 나와? 좋아, 복수 주제는 아니야. 하지만 고객들을 전부 그 사람들에게 넘길 생각이 아니라면 자기도 뭔가 하기는 해야 할 거야."

"내가 그 사람들하고 얘기해볼게." 그녀는 말했지만 생각만 해도 심장이 움츠러드는 기분이었다.

"복수가 싫다면 자기 방식대로 해." 노월이 손을 내저으며 말했다. "아니다. 이 문제는 내가 해결할게. 자기한테 맡겼다간 너무 무르게 나올까 봐 걱정이야. 내가 하게 해줘."

"좋아." 리니가 고마워하며 말했다.

"좋아." 노월이 말했다. "걱정하지 마. 내가 다 알아서 할게."

그러나 리니는 걱정이 되었다. 소네트에 집중하면서 그 일을 마음에서 몰아내려고 해봤지만 별 소용이 없었다.

"시란 말이죠?" 리니가 제안서를 가지고 연락했을 때 판도라는 애매하게 말했다. "아, 나는 시는 별로야. 시는 너무… 뭐, 다른 아이디어 없어요?"

"개조 자동차 경주는 어때요?" 리니는 아무 말이나 해보았다. "허브와 스파이스? 미끼용 오리? 언론의 편견?"

"흉상이 꼭 들어가야 해요."

파이크스 봉오리와 흉상? 그녀는 아무 생각이나 떠올렸다. 마돈나와 다이애나 도스* 포함 역사상 가장 위대한 흉상들? 2006년 주식 대폭락? "유명한 극작가는 어떨까요?"

"밋치 폴라카코스가 5년 전에 했어요."

'불을 주제로 하자고 설득해볼까?' 리니는 생각했다. 그러면 저 여자 집을 홀랑 태워버릴 수 있을 텐데. "글로브 극장**의 크리스마스는 어때요?"

"모르겠네요… 어쩌면 괜찮을 것 같기도 하고… 제안서를 써서 보내봐요."

리니는 제안서를 써서 보내고 골드파브스 가족의 크리스마스와 마르치아노 가족의 하누카를 설치하는 한편 간간이 노월과 통화를 시도했다가 23일 정오 무렵에야 겨우 연락이 닿았다.

"다 됐어." 그가 말했다. "자기는 아무 걱정할 필요 없어."

"그 사람들하고 얘기해봤어?"

"했지. 그 여자한테 딱 부러지게 자기를 건드리지 말라고, 그랬다간 고소당할 줄 알라고 말했어."

"그랬더니 뭐래?" 그녀는 브라이언도 옆에 있었는지 물어보고 싶었다.

"그 사람들이… 앗, 피라미드가 무너졌어." 그가 말했다. "두 번 다시 생각하지도 마. 내가 다 해결했으니까. 그 사람들이 메시지라도 보내면 다 삭제해버려."

리니는 노월 말대로 브라이언의 목소리조차 들을 필요 없게 모든 메시지를 '자동 삭제'로 바꿨다. 그리고 다른 메시지들로 넘어가 카모디 가족의 플라밍고와 애벌레 무늬 포장지 대신 나비 무늬 포장지를 배달하는 문제와 '글로브 극장의 크리스마스'가 너무 복잡하다고 생각하는 판도라와의 여전

---

* 1950년대 '영국의 마릴린 먼로'로 불린 배우이자 가수
** 런던 교외의 글로브 극장은 셰익스피어가 속한 극단의 본거지로 수많은 셰익스피어의 명작을 상연한 곳이다.

한 문제를 해결해나갔다.

"사람들이 글로브라는 말을 듣고 지구를 예상하면 어쩌죠?" 판도라의 말을 흘려들으며 리니는 생각했다. '브라이언과 다빙던 박사가 내 사업을 훔치려는 걸 알았을 때 나는 왜 화가 났던 걸까? 차라리 기회를 덥석 거머쥐지 않고?'

"'웨스트민스터 사원의 크리스마스'는 어떨까요?" 리니는 제안했다. "촛불과 신도석의 홀로그램을 띄우고 바이런과 셰익스피어와 키츠의 흉상들을 전시할 수 있어요. 유명한 시인들은 전부 그곳에 안치되었죠."

사실 셰익스피어는 아니었지만, 판도라 그 친구들은 모를 것이다. "지금 눈앞에 보이는 것 같아요. 시인들의 묘역, 엘리자베스 여왕의 무덤, 왕관의 보석들…."

"왕관의 보석들이라…." 판도라가 흡족하게 말했다. "해리왕의 대관식을 재현할 수는 없겠죠?"

"왜 안 되겠어요?" 리니가 말했다. '지금부터 25일까지 할 일이 하나도 없는데요.' 그녀는 〈퍼지 장신구〉에 접속해 왕의 대관식 가운을 예약하고 '바위와 벽 사이'에 연락해 시인들의 흉상 중 남은 게 뭐가 있느냐고 물었다.

"하나도 없어요. 조각상 몇 개만 남았어요. 그나마 전부 래퍼고 새미 소사 조각상이 하나 있네요. 아, 주문하신 유다도 없어요."

유다라고?

"그나마 가장 가까운 게 아도니스 조각상이네요." 주인이 말했다. "거기에 튜닉을 입히고 손에 은화 30냥을 들리면 될 것 같은데, 그거라도 보내드려요?"*

"어디로 보낸다는 말이죠?" 리니는 가라앉는 감정을 느끼며 물었다.

"아스펜가 3404번지, 쉴즈 부인댁이요." 그가 말했다. "아도니스 주문할 거예요, 말 거예요?"

"안 해요." 리니는 '종료' 버튼을 누르고 택시를 불렀다.

---

* 유다는 은화 30냥을 받고 예수를 배신했다.

리니는 자기부상열차를 타고 기차역에 내려 택시를 잡아타고 가는 길 내내 자신이 곧 목격하게 될 풍경을 걱정했다. 그러나 택시가 그 집 앞에 멈춰 섰을 때 그녀의 눈에 들어온 것은 빨간색과 파란색 제복을 입은 실물 크기의 주석 병정들이 뻣뻣한 자세로 줄지어 서 있는 모습이었다.

"다행이야! 노월이 복수 주제를 포기했나 봐." 그녀는 중얼거리며 택시 리더기에 카드를 긁었다. 그는 가장 보편적인 크리스마스 주제로 계약서의 빈칸을 채우기로 한 모양이었다. 그래야 갈라텍이 아무것도 훔쳐 가지 못할 테니까. '장난감 나라의 아기들'은 가장 보편적인 크리스마스 장식 주제였다.

그녀는 서둘러 길을 건너 진입로를 지나 현관문으로 향하다가 문득 멈춰 섰다. 주석 병정들은 소총을 든 채로 분홍색 드레스 차림에 안대를 한 실물 크기 여자 인형을 조준하고 있었다. "오, 안 돼." 리니는 중얼거리며 서둘러 집 안으로 들어갔다.

현관에 서 있는 크리스마스트리는 범죄 현장을 두르는 테이프와 빨간색, 흰색, 파란색으로 번쩍거리는 경찰차 경광등으로 장식되어 있었고 그 뒤쪽 벽에는 베네딕트 아놀드*의 그림이 걸려 있었다.

리니는 거실로 들어갔다. 칼에 찔린 율리우스 카이사르의 홀로그램이 반복 상영되고 있었다. 그녀는 브루투스를 지나 식당으로 들어갔다.

벽과 테이블이 온통 검은색으로 덮였고 테이블 한가운데에 잘린 말 머리가 놓였는데 갈기에 메모가 하나 꽂혀 있었다. "이 모습은 우리 디자인을 훔쳐 가려는 자들의 미래다. 메리 크리스마스. 〈장식하세.com〉으로부터." 메모에는 이렇게 씌어 있었다.

리니는 경고문을 떼어내 구겨버리고 이번에는 또 뭐가 나올까 경계하며 서재로 들어갔다. 크리스마스 파티 현장처럼 다들 손에 커다란 와세일** 술 잔을 든 조각상들이 방 안을 가득 메우고 있었다. 네로, 다른 손으로 나치

---

* 미국 독립전쟁 당시 장군 신분으로 영국군에 자진 투항해 '배신자'나 '매국노'의 대명사가 된 인물이다.
** 따뜻하게 끓인 사과주

식 경례를 붙이고 있는 히틀러, 사이먼 레그리*, 손수건을 든 것으로 보아 이아고**로 추정되는 조각상도 있었다.

'오, 안 돼. 쉴즈 부인에게 이런 꼴을 보여줄 수는 없어.' 리니는 생각했다가 곧 그녀가 쉴즈 부인이 아니라는 사실을 떠올렸다.

'어쨌든 그녀가 이 모습을 보게 할 수는 없어.' 브라이언이 이 모습을 보면 뭐라고 말할지 생각하니 속이 또 메슥거렸다. 리니가 한 짓이라고 믿는다면 그는 어떻게 생각할까. 그렇더라도….

"크리스마스는 복수와 아무런 상관이 없어." 그녀는 단호하게 말하고 방 안 곳곳에 걸린 검은색 화환을 끌어내리기 시작했다.

서재에도 트리가 하나 있었다. 빌리 더 키드*** 뒤에 숨어 있는 트리는 단두대 밑에 놓여 있었고 꼭대기에는 싹둑 잘린 별이 꽂혔으며 그 아래로 온갖 고문 기구 장식물이 달려 있었다. 리니는 검은 화환을 모두 끌어내려 쓰레기봉투에 담고 트리 장식물을 내리기 시작했다.

그때 무슨 소리가 들렸다. '오, 맙소사, 브라이언이면 어쩌지?' 그녀는 현관문 쪽으로 달려가며 생각했다. 그러나 빨간색과 흰색, 파란색, 갈색이 들어 있는 페덱스-UPS 작업복을 입은 직원이 토가를 두르고 황금 월계관을 쓴 마네킹을 옮기고 있었다.

"이게 뭐죠?" 그녀가 물었다.

직원은 마네킹을 똑바로 세워 놓았다. "네로입니다." 그가 말했다. 리니는 이미 조각상의 턱 아래 괴어 있는 바이올린을 보고 네로인 줄 짐작하기는 했다. "어디에 놓을까요?"

"반송해주세요." 리니가 말했다. "다시 트럭에 싣고 가세요."

"이 주소로 배달 주문이 들어왔어요." 그가 휴대용 패드를 꺼내며 말했다.

"주문 취소할게요." 그녀는 패드로 손을 뻗어 '취소' 키를 클릭했다. "저

---

* 《톰 아저씨의 오두막》에 나오는 잔인하고 포악한 노예 주인
** 셰익스피어 《오셀로》에 등장하는 악인으로 손수건으로 오셀로와 데스데모나 사이를 이간질하고 비극을 일으킨다.
*** 미국의 범죄자로 21년의 짧은 생애에 21명을 죽였다.

것들도 전부 반송하고 싶어요." 그녀는 히틀러 등을 가리키며 말했다.

"저건 우리 물건이 아니에요." 택배사 직원이 말했다. "우리는 조각상은 취급하지 않습니다. 허구의 인물도요. 허구 인물은 〈달맞이꽃〉에서 보낸 겁니다. 우리 물건은 주석 병정하고 인형뿐이에요." 그가 배송목록을 확인하며 말했다. "아, 욕실에 있는 본디오 빌라도도 우리 물건이네요."

'오, 노월.' "그것도 가져가세요."

"예약 없는 배송이니까 추가 비용이 나올 겁니다."

"알았어요." 직원이 네로 마네킹을 다시 들자 리니가 말했다. "이것들도 전부 가져가면 추가 비용이 얼마나 나올까요?" 그녀는 스탈린 조각상을 앞으로 기울여 발바닥의 상표를 확인했다. "〈바위와 벽 사이〉하고 〈달맞이꽃〉으로 반송하면요?"

"크리스마스 이틀 전에요? 지금 농담해요?" 직원은 네로를 들고 나가기 시작했다. "트럭에 주석 병정을 실을 자리가 남아 있는 걸 다행으로 아세요. 안 그랬으면 1월까지 기다려야 했을 겁니다. 크리스마스 코앞에 미리 예약하지 않은 배송은 불가능해요."

직원의 말은 옳았지만 그녀는 어쨌든 노력해야 했기에 〈바위와 벽 사이〉와 〈달맞이꽃〉에 연락해보고, 어느 해인가 24일에 판도라의 집까지 응급 배송을 도와주었던 〈여기말고아무데도화물〉에도 연락해봤지만, 세 곳 모두 음성메시지만 돌아왔고 우선알림창 메시지는 작동하지 않았다. 페덱스-UPS 직원이라도 잘 구슬려 조각상 일부라도 가져가 달라고 부탁하려고 했지만 그의 트럭도 벌써 가버린 뒤였다.

'그래도 총살 집행부대라도 가져갔으니 다행이야.' 리니는 마구 짓밟힌 눈밭을 보며 생각하다가 집 안으로 들어갔다. 직접 철거할 수밖에 없었다. 쉴즈 부인이 아니라 다빙던 박사일지라도, 이 꼴을 보여줄 수는 없었다. 그녀는 식당으로 가 테이블 한가운데의 장식물과 접시를 비롯한 모든 것을 보따리 싸듯 테이블보로 싸서 쩽강 소리를 내가며 재활용 쓰레기통에 넣었다. 이번에는 서재로 돌아가 닉슨을 겨우 끌고 식당을 지나 뒷문 쪽으로 갔다.

식당에서 부엌으로 통하는 문까지 왔는데 이 문은 서재만큼 넓지가 않아서 닉슨의 상징인 승리의 브이(V) 모양을 하고 치켜든 양팔이 문에 끼어 꼼짝도 하지 않았다. 닉슨을 옆으로 돌려보려고 했지만 양팔이 완전히 끼어버렸다.

'팔을 떼어내야 해.' 그녀는 닉슨의 팔을 돌려서 빼려고 재킷 단추를 풀기 시작했다. 이때 현관문 열리는 소리가 들렸다. '오, 다행이다. 화장실에 있다는 빌라도를 가지러 아까 그 직원이 돌아온 모양이야.' "저 좀 도와줄래요? 저 식당에 있어요." 그녀는 소매를 벗기느라 씨름하며 외쳤다.

"도대체 이건 무슨 아이디어죠?" 브라이언이 말했다.

그녀는 고개를 들었다. 브라이언이 거실로 들어서는 문간에 서 있었다. 양손에는 경찰차 경광등과 범죄 현장 테이프가 잔뜩 들려 있었다. 경광등이 아직도 눈부시게 번쩍이고 있었다.

"결국 알아버렸군요." 그가 말했다.

"알아버렸어요." 그녀가 말했다.

"그래서 이런 걸 했고요." 그가 브루투스를 보며 말했다.

"아니에요. 뭐, 적절한 반응일 수는 있겠지만요. 그럼 내가 어떻게 나올 거라고 생각했어요? 기뻐서 춤이라도 출 줄 알았나요?"

"아니요." 그가 말했다. "어쩌면… 아니요. 아니라고 생각해요."

전혀 그녀가 예상했던 반응이 아니었다. 그녀는 번드르르한 해명을 예상했지만, 그는 여전히 양손에 빨간색과 파란색으로 번쩍이는 경광등을 들고 서서 물끄러미 홀로그램을 바라보고 있었다. 꼭 배를 한 대 걷어차인 사람 같았다. 한참 후에 그가 씁쓸하게 말했다. "이력을 조회해보고 그녀가 정말로 누구인지 알아냈겠죠."

리니는 고개를 끄덕였다. "그야 새 고객을 만날 때마다 하는 일이니까요. 〈장식하세.com〉처럼 보잘것없는 크리스마스 장식 회사라도 말이죠."

"결국 당신이 알게 될 거라고 나는 말했어요." 그가 말했다. "당신에게 거짓말하는 것은 어리석은 짓이라고, 처음부터 사실대로 말해야 한다고."

"그랬으면 내가 더 받아들이기 쉬웠을까요?"

그는 잠시 기다렸다가 대답했다. "가능성이 있을 수도 있다고 생각했어요."

가능성이라니. 오만한 남자 같으니라고. "아니요. 그렇지 않아요." 그녀는 딱 잘라 말했다.

"당연히 아니겠죠." 그는 말하며 술잔을 들이키는 존 윌크스 부스*를 보았다. "그래서 당신이 이렇게…."

"말했죠. 내가 그런 게 아니라고. 사실 나는 누가 보기 전에 이걸 전부 철거하려고 했어요. 난 '눈에는 눈 이에는 이' 전략을 믿지 않아요. 특히 크리스마스에는 더욱더 아니죠." 그녀는 손을 내밀어 그에게서 경광등과 테이프를 뺏다가 쓰레기봉투에 쑤셔 넣었다. "곧 다빙던 박사가 올 거예요." 그녀가 말했다. "어떤 것들은 나 혼자 옮기기에 너무 무거우니까 당신도 박사가 이걸 보길 원하지 않는다면 날 도와줘요. 아, 내가 법적으로 계약에 묶여 있다는 말은 하지 않아도 돼요. 이미 뼈저리게 깨닫고 있으니까."

"당연히 그녀가 이걸 보길 원하지 않아요." 브라이언의 말은 진심인 것 같았다. 그는 닉슨을 들어 올렸다. "이걸 어디에 가져다 두면 될까요?"

"뒷문으로 나가서 당분간 가문비나무 뒤에 숨겨놓기로 해요." 리니는 말하고 부엌으로 먼저 들어가 뒷문을 열어주었다. 험상궂은 얼굴의 자동인형 마네킹이 감색 드레스를 입고 가스레인지 앞에 서서 냄비 속을 휘젓고 있었다.

"저건 누구죠?" 브라이언이 끙 소리를 내며 닉슨을 뒷문 너머로 옮겼다. "루크레치아 보르자**?"

"린다 트립***이에요." 그녀가 말했다. 브라이언이 닉슨을 데리고 뒷문 밖으로 나가자마자 그녀는 자동인형의 스위치를 끄고 제어장치의 플러그를 빼 전선을 둘둘 감기 시작했다. "이건 제가 할게요." 브라이언이 돌아오자 그녀는 말했다. "당신은 서재에 있는 것들을 치워요."

그녀는 린다 트립을 분해하고 거실의 단두대를 철거해 모두 밖에 내놓

---

* 미국의 배우로 링컨 대통령의 암살자
** 교황 알렉산더 6세의 사생아로 태어나 여러 차례 정략결혼과 출산으로 '팜므파탈'의 오명을 썼다.
*** 클린턴 대통령과 모니카 르윈스키의 성추문을 언론에 알린 당시 백악관 직원

았다. 그사이 브라이언은 홀드먼과 에를리히맨*을 밖으로 옮겼다. 리니는 〈호랑가시나무와아이비.com〉에 접속해 1번 장식품을 주문했다. 지금은 표준적인 장식품을 제외하고 어떤 것도 새로 주문할 시간이 없었다.

〈호랑가시나무와아이비.com〉은 전 상품 품절이었다. 그녀는 〈크리스마스의 모든 것〉에 접속했다. "사이트 임시 폐쇄." 경고문이 떴다. 그녀는 사이트의 응급 전화번호를 눌렀다. "19일에 전 상품 품절됐어요." 나디아가 말했다. "〈홀리데이헤븐〉에 알아봤어요?"

그녀는 〈홀리데이헤븐〉과 〈우리는 크리스마스〉와 〈파티플러스〉에 알아봤다. "전부 다 매진이에요." 리니는 O. J. 심슨을 들고 나타난 브라이언에게 말했다. "뭐라도 남아 있는 곳은 〈거위는살찌네.com〉뿐이고 거기 있는 거라곤 마야의 뱀신 하나, 노란색 물방울무늬 비키니 24벌이 다예요. 양초도 조명도 없어요. 다빙던 박사 지하실에 예전에 쓰던 장식물이 있지 않나요?"

그는 고개를 저었다. "갈라텍 디자이너들이 크리스마스 장식을 시작하면서부터 쓰던 장식물은 전부 자선단체에 기부했어요. 아무것도 안 남았대요?"

"없어요." 그녀는 말하고 전자제품 공급업체 명단을 훑어보았다. 어쩌면 이 가운데에 크리스마스트리 조명으로 쓸 수 있는 LED 색등이 남아 있을지도 모른다.

리니의 화면이 삐삐거렸다. "웨스트민스터 사원은 안 되겠어요." 판도라 프리가 말했다.

"누구예요?" 브라이언이 물었다.

"방금 사샤인 내커티의 새 동거인의 옛 동거인이 작년에 '런던의 이층버스 관광'을 주제로 꾸몄다는 사실을 알게 되었어요. 런던탑, 마담 투소 밀랍인형박물관, 광우병, 빅벤…."

"누구예요?"

"지금은 통화할 수 없어요." 리니가 다급하게 말했다. "급한 일이 있어요."

"급한 일이라고요!" 판도라가 팔을 내저으며 말했다. "웨스트민스터 사

---

* 백악관 비서실장 밥 홀드먼과 내무담당 수석 보좌관 존 에를리히맨은 워터게이트 사건으로 사임했다가 청문회에서 혐의를 전면 부인한 적이 있다.

원은 런던에 있단 말이에요! 제인이 그걸 보면 내가 일부러 옛 동거인을 떠올리게 하려고 그랬다고 오해할 거란 말이에요. 게다가….”

"대체 누구예요?” 브라이언이 말했다. “이모예요?”

"아니에요.” 리니가 쉿 소리를 내며 그도 들을 수 있게 '스피커' 버튼을 눌렀다.

"게다가 웨스트민스터 사원은 이층버스 관광 중 지나가는 작은 정거장에 불과했어요!” 판도라가 말했다. “이 주제는 안 되겠어요. 다른 걸 생각해내요.”

"웨스트민스터 사원이라고요?” 브라이언이 속삭였다. 《십이야》는 어쩌고요?”

"너무 지적이래요.” 리니가 속삭이며 대답했다. “그리고 판도라는 반드시 셰익스피어 흉상이 포함되어야 한대요. 웨스트민스터 사원 시인의 묘역이 내가 생각할 수 있는 최선이었어요.”

"…그리고 내일까지 완성해야 해요. 그리젤다와 카를로스가 내일 온단 말이에요. 점심에 초대했거든요. 그런 것도 모르고….”

"셰익스피어는 웨스트민스터 사원에 묻혀 있지 않아요.” 브라이언이 속삭였다.

"나도 알아요. 하지만 뭐라도 생각해내야 했어요. 그런데 당신이 언제부터 그렇게 엄격한 진실의 수호자가 되었다고 그래요?”

"정곡을 찌르는군요.” 그가 말했다.

"상황이 안타깝네요.” 리니는 전화기에 대고 말했다. “하지만 크리스마스 장식이 전혀 되어 있지 않은 곳에 곧 들이닥쳐야 하는 고객이 있어요. 제가 나중에 전화할게요.”

"아니, 무슨 일이에요?” 판도라가 즉각 관심을 보이며 말했다. “페덱스-UPS가 도착하지 않았나요? 나도 자기를 고용하기 전에 그런 일이 있었죠. 그것 때문에 내가 자길 고용하게 된 거잖아. 무인 로봇 어쩌고 하는 트럭이었는데 철석같이 믿게 해놓고는 글쎄….”

"아니에요. 트럭 문제가 아니에요. 이건….” 리니는 브라이언을 흘깃 보았다. "지금 당장 설명해드리기엔 너무 복잡한 일이에요. 어쨌든 저는 지금 크리스마스 장식물을 구해야 해요."

"뭐가 필요하죠?" 판도라가 말했다. "내가 도와줄 수 있을지도 모르잖아요."

"아니에요. 제 말을 전혀 이해 못 하셨네요. 지금 장식물 공급업체가 전부 품절이라…."

"혹시 장식물 가지고 계십니까?" 브라이언이 끼어들었다.

"그럼요. 다락 가득 있죠. 우리 남편은 나더러 절대로 물건을 못 버리는 사람이라고 하지만, 나는 늘 말하죠. 언젠가 이 물건들이 요긴하게 쓰일 날이 올지 누가 아느냐고. 전문가에게 맡기기 전에 내가 쓰던 장식품들이 있어요. 주제 같은 건 아예 없는 물건들이죠. 산타랑 눈사람이랑 징글벨 같은 거."

"제가 즉시 갈게요." 브라이언이 코트를 집어 들며 말했다.

"오, '목장의 크리스마스'를 내가 직접 꾸몄을 때 썼던 영양도 몇 마리 있답니다. 뿔만 달면 순록처럼 보일 거예요."

"당신은 하늘이 보내준 은인이에요." 브라이언은 말하고 문을 향해 출발했다.

"뭐, 결국, 크리스마스라는 게 이런 거 아니에요? 서로 돕는 거? 어머, 나 방금 생각났어요. 우리 집에 트리는 없어요. '건설 현장의 크리스마스' 때 썼던 크레인은 있는데, 그거라도 가져갈래요?"

"트리는 있어요. 브라이언이 곧 갈 거예요." 리니는 말하고 전화를 끊었다. "크레인은 절대로 받아오지 말아요!" 그녀는 브라이언의 등 뒤에 대고 외쳤다. "불도저도요! 또 돌아다니는 버펄로도요!"

그녀는 씨름하듯 O. J. 심슨을 뒷문 밖에 내놓고 브라이언이 페라리를 전속력으로 몰고 가면 판도라의 집에 다녀오는 데 얼마나 걸릴지 헤아리며 고문대와 아이언 메이든* 장식품을 떼어냈다.

* 사람의 형상을 한 상자로 안에 못이 박혀 있는 중세의 고문 기구

결론은, 30분이 넘게 걸렸다. "판도라에게서 벗어나느라 정말 힘들었어요." 브라이언이 먼지 쌓인 플라스틱 동방박사와 훨씬 더러운 포인세티아 부케, 그리고 스티로폼 눈사람을 들고 들어오며 말했다.

"하고 싶은 새로운 크리스마스 주제에 대해 전부 말하고 싶어 하더라고요."

"판도라는 진심으로 원하는 건 뭐든 가질 수 있는 사람이죠." 리니는 단두대가 있던 자리에 동방박사를 놓으며 말했다. 그녀는 브라이언에게서 포인세티아 부케를 받아들었다.

"전부 꽤 더럽네요." 브라이언이 소매로 눈사람을 닦으며 말했다. "이건 물로 씻어내야겠어요."

"그럴 시간 없어요." 리니는 포인세티아 부케를 꽂을 꽃병을 찾으러 서둘러 부엌으로 들어갔다. "여기 어디 있을 텐데. 으악, 5분밖에 안 남았어요. 아무래도 '다락방의 크리스마스'가 주제라고 둘러대야겠어요. 가서 나머지 장식물들을 가져와요."

그가 두 번째 동방박사와 도자기 엘프 두 개, 거미줄이 쳐진 물방울 조명을 한 아름 들고 왔다. "좋은 소식이 있어요. 전문적인 크리스마스 장식 속에도 크리스마스 정신은 아주 잘 살아 있더군요." 그가 조명을 건네며 말했다. "나쁜 소식도 하나 있는데, 판도라가 새 주제를 '역사상 하늘이 보내준 은인들'로 정했어요. 지난 역사를 통틀어 도움과 원조를 준 사람들로 하겠대요. 이를테면 착한 사마리아인이나 플로렌스 나이팅게일, 그리고 레이저 지방흡입술을 발명한 사람."

"반드시 필수라던 셰익스피어 흉상은 어쩌고요?" 리니가 트리 둘레에 조명을 아무렇게나 되는 대로 걸면서 물었다.

"그분은 차 안에 있어요." 브라이언이 말했다. "판도라가 동방박사를 두 개밖에 못 찾았지 뭐예요. 세 번째 동방박사로 쓰라고 셰익스피어를 보냈어요. 그 위에 입힐 목욕 가운도요. 엘프들은 어디에 둘까요?"

"커피 테이블에요." 그녀는 말하고 조명 플러그를 꽂았다. 전구 두 개가 불이 들어오지 않았다. "혹시 여분 전구 보내지 않았어요?"

장식하세.com

"찾아볼게요." 그가 말하고 온갖 장식물과 다 타버린 양초와 플라스틱 겨우살이와 더러워진 반짝이가 담긴 거대한 상자 속을 뒤졌다.

리니는 브라이언에게 트리 장식을 맡기고 자신은 양초와 깃털 몇 개가 빠진 헤엄치는 백조 다섯 마리와 날개가 구부러진 빅토리아풍 천사 설치를 마치고 불안하게 시계를 들여다보았다. 다빙던 박사는 이미 늦었다.

"이건 어디에 둘까요?" 브라이언이 닭이 묶여 있는 썰매와 여덟 마리의 작은 순록을 들어 올리며 물었다.

"맙소사." 그녀가 말했다.

"알아요. 크리스마스 디자이너들을 욕했던 거 미안해요. 당신들이야말로 하늘이 보내준 은인이에요. 욕실로 가져갈까요?"

리니는 고개를 끄덕였다. "그래요. 욕실로 가져가요." 그리고 보조 탁자에 눈 쌓인 마을의 집들을 올려놓기 시작했다.

"리니!" 브라이언이 불렀다.

"왜요?" 그녀는 서둘러 욕실로 갔다. 182센티미터는 되어 보이는 토가 차림의 견고한 조각상이 욕조 앞에 서서 대리석으로 된 양손을 내밀고 있었다. "아! 빌라도를 까맣게 잊고 있었어요."

"빌라도라고요? 빌라도가 욕실에서 뭘 하고 있죠?"

"손을 씻고 있죠."

"물론 그렇겠죠." 그가 말했다. "설마 대리석으로 만든 거 아니겠죠?"

"아니에요. 석고일 거예요."

브라이언이 빌라도의 허리를 붙잡고 들어 올려 보았다. "대리석이 틀림없어요. 수레 로봇을 부를 수 있을까요?"

그녀는 고개를 저었다. "배송이 여섯 건이나 남았대요."

"이모가 언제 오기로 했죠?"

리니는 시계를 보았다. "15분 전에요."

"그럼 빌라도를 우리 손으로 직접 들고 나가야겠군요. 기다려요." 리니가 빌라도의 손 하나를 잡으려고 움직이자 브라이언이 말했다. "내가 먼저 빌라도 뒤로 갈게요. 그런 다음 당신이 이걸 밀어주면… 이게 뭐죠?"

"뭐가요?" 리니도 보려고 빌라도 쪽으로 몸을 숙였다. 브라이언이 조각상 뒤에 붙은 표지판을 떼어내 읽었다.

"뭐예요?" 틀림없이 노월이 붙여 놓은 또 다른 경고문일 것이다. 브라이언이 아무런 대답이 없자 리니는 또 물었다. "뭐라고 씌어 있어요?"

"이렇게 씌어 있어요. '나의 아이디어와 고객을 훔치려 든다면 이 꼴을 맞이할 것이다.'" 브라이언이 표지판에서 눈을 들었다. "우리가 하려고 했던 게 이거였다고 생각했어요? 당신 고객들을 뺏어가는 것?"

"그럼 아니란 말이에요?"

"당연히 아니죠. 어떻게 그런 생각을 할 수 있어요? 결국 이것들 전부 당신이 설치한 거로군요." 브라이언이 빌라도와 집 안의 나머지 것들을 가리키며 말했다.

"말했잖아요. 내가 한 게 아니라고. 그렇지만 당신이 내 아이디어를 염탐하려던 게 아니라면," 그녀는 당황해서 말했다. "그럼 뭘 하고 있었던 거죠?"

"이야기가 길어요." 그가 말했다. "다비 이모가…."

"진짜 이모도 아니잖아요." 리니가 차갑게 말했다.

"아니라고요?" 그가 말했다. 이제 당황한 사람은 그였다. "그래요, 아니죠. 이모는 유전적으로는 나와 친척 관계가 아니에요. 이모는 우리 부모님의 가장 친한 친구예요. 어렸을 때 부모님이 톰보 우주정거장에 가 있는 동안 이모랑 같이 살았어요. 부모님이 소행성대에 있었던 고교 시절에도 함께 살았고요."

'노월도 이 사실을 알고 있었겠지.' 리니는 생각했다. 잉게는 개인사까지 완벽하게 조사했을 것이다. '노월은 다 알고도 내게 말하지 않았어.'

"다비 이모라고 불렀을 때 그건 거짓말이 아니었어요." 그가 말했다. "늘 그렇게 부르니까요."

"그럼 그분 이름이 정말로 쉴즈 부인이고 당신은 정말로 댐을 건설하는 엔지니어라고 믿어야 하나요? 부인이 나한테 컴퓨터에 대해서는 아무것도 모른다고 말했던 건요? 한 번도 전문가에게 크리스마스 장식을 맡긴 적이 없고 늘 직접 꾸몄다고 말했던 건요?"

"이모는 당신이 자기 정체를 알게 되면 왜 갈라텍의 디자이너를 부르지 않고 당신을 불렀는지 이상하게 여길 거라고 걱정했어요. 할 일이 많으니 이모 일을 의뢰받지 않을 거라고, 특히 이렇게 늦게 신청하면 더더욱 안 해줄 거라고 생각했죠. 게다가 당신이 온라인으로 면담한다는 걸 알고서는 당신을 꼭 집으로 불러야 했기 때문에 어이없게 '첨단기술 공포증이 있는 쉴즈 부인'이라는 사람을 만들어낸 거예요. 그리고 이모가 뭘 하려는지 내가 알게 되었을 때는 이미 이모를 말리기엔 너무 늦어버렸어요. 이모는 벌써 당신에게 자기가 누구이고 우리가 뭘 하는 사람들인지 수없이 거짓말을 해버렸으니까요."

"뭘 말리려고 했는데요?"

"지난 10월에 하워드 그린펠드 씨의 크리스마스 장식을 해준 적이 있죠?"

"하누카였어요." 리니가 말했다. "'라플란드의 하누카'가 주제였죠. 곧 뉴팔레스타인으로 출발해야 한다고 일찍 설치작업을 해달라고 했어요."

"'라플란드의 하누카'라고요?" 브라이언이 말했다. "라플란드*에서 하누카를 보내기나 해요? 뭘 했는데요?"

"순록과 메노라 촛대**요. 그리고 북극광 홀로그램도요. 그래서 하워드 그린펠드 씨가 어쨌는데요?"

"그분은 다비 이모의 친구예요. 이모가 카리부 순록 사이에 서 있는 당신을 보고 나에게 꼭 필요한 사람이라고 생각했고 곧 그분하고 온라인으로 상의했나 봐요."

"필요한 사람이라고요?"

"다비 이모는 세계 제일의 해결사예요. 갈라텍은 기업을 인수하지 않아요. 문제가 있는 사업체를 고쳐서 쓰죠. 안타깝게도 다비 이모는 회사의 문제만 고치지 않아요. 사람들 문제도 해결하려 하죠. 아니, 이모가 문제라고 생각하는 것들을 고치기도 해요. 내가 열 살 때 이모는 내가 협응 기술이 부

---

* 스칸디나비아반도와 핀란드의 북부, 러시아 콜라반도를 포함한 유럽 최북단 지역
** 유대교 전통 의식에 쓰는 여러 갈래로 나뉜 큰 촛대

족하다면서 튜바*를 배워야 한다고 고집했어요. 그리고 볼링도 배우라고 했죠. 2년 전에는 내가 하는 일이 그다지 도전적이지 않다면서 갈라텍에서 일하게 했어요. 올해는 너무 일만 하느라 사람을 만나지 않는 게 제 문제라고 하더군요."

'그러니까 우리 두 사람을 엮어주려고 했다는 말이군.' 리니는 생각했다. '그래서 브라이언은 첫날 그토록 무례하게 굴었던 거고. 다빙던 박사는 계속 《기계가 멈춘다》이야기며 요즘 젊은 사람들은 서로 만나기가 어렵다는 얘기를 했던 거야.' "그러니까 이모가 중매쟁이 노릇을 했다, 이 말이에요?" 그녀가 말했다.

그는 굳은 얼굴로 고개를 끄덕였다. "예. 이모가 중매쟁이 노릇을 한 거예요. 처음 계획은 당신을 갈라텍의 파티에 초대하는 거였어요. 그런데 넷체크로 확인해보니 당신이 이 시기에 눈코 뜰 새 없이 바쁘다는 걸 알게 됐고, 결국 이모 집에 당신을 고용하자는 반짝 아이디어를 낸 거예요."

"그리고 당신을 내 아파트와 매닝 가족의 설치작업 현장에 보냈고요."

"아니에요." 브라이언이 말했다. "첫날 이후로 이모는 아무것도 할 필요가 없어졌어요. 그건 순전히 내 생각이었어요. 계약서는 그저 핑계였고요." 그가 비틀린 미소를 지었다. "나는 튜바를 배우는 게 정말 좋았어요."

"뭐라고요?" 그녀는 다시 당황하며 물었다.

"심지어 나중에는 볼링까지 사랑하게 됐죠. 다비 이모는 늘 옳았어요. 예전 일은 별로 도전적이지 않았어요. 나는 갈라텍에서 일하는 게 정말 좋아요. 이모는 늘 내게 필요한 게 뭔지 정확히 알아요. 나는 모르더라도요. 다만, 거기까지 가는 방식이 좀…."

그는 손바닥으로 빌라도의 뒤통수를 내리쳤다. "당신이 사실을 알게 되면 배신감을 느낄 거라고 이모한테 말했어요. 그리고… 결국 이 사달이 날 거라고도 했죠." 그는 집 전체를 가리키며 말했다. "당신이 이렇게…."

"말했잖아요. 내가 한 게 아니라고."

---

* 금관악기 중 최저음역을 내는 악기

그가 공중에 손을 뻗은 채로 문득 멈추었다. "당신은 내가 염탐을 하려고 했다고 생각했어요." 그는 천천히 말했다. "우리가 당신 사업을 훔치려든다고 생각했죠. 그렇게 생각했는데도 우리가 도착하기 전에 이 설치물들을 철거하려고 했어요. 왜죠?"

"말했잖아요. 나는 당신 이모에게 이 꼴을 보이고 싶지 않았다고." 그녀가 말했다. "갈라텍 이사회가 저녁 만찬을 하러 여기 온다는 걸 알고 있었고 또…."

"이모가 거짓말을 했다고 생각했으면서도." 그가 빌라도의 뒤에서 돌아나와 그녀에게 다가갔다. "내가 당신의 정보를 빼내려고 일부러 낭만적으로 굴었다고 생각했으면서도."

"나는… 복수는 크리스마스와 아무 상관이 없다고 생각해요. 나는… 그러니까…." 리니는 그의 향기를 의식하지 않으려고 애쓰다가 말을 더듬었다. "크리스마스는 용서와… 또… 선의와… 그리고…."

"사랑?"

그녀가 욕조 쪽으로 물러났다. "자선이요." 순간 초인종이 울렸다.

"오, 맙소사. 다비 이모예요." 브라이언이 말했다.

음식 대행업체였다. 브라이언이 그들을 주방으로 안내했고 그들이 데려온 수레 로봇이 빌라도를 가문비나무 뒤로 가져다 놓는 걸 도와주었다. 리니는 집 안을 이리저리 뛰어다니며 빠진 게 없는지 확인했다.

없었다. 닭이 묶인 썰매와 순록만 빼고. 브라이언이 빌라도를 옮길 때 그만 구부러졌다. 그녀는 조금이라도 그걸 다시 폈다.

"장식이 전부 끔찍해 보여요." 그녀는 썰매와 순록 장식물을 욕조 위에 놓으며 말했다. "아무도 재미있어하지 않을 거예요."

"사람들은 충분히 재미있어 할 거예요." 브라이언이 말했다. "다비 이모는 좋아할 거예요. 이모가 딱 원하는 거니까요. 당신이 말했듯이 크리스마스는 자선의 계절이잖아요."

"그러길 바라요."

"그리고 용서의 계절이기도 하죠?" 그가 다시 그녀를 욕조 쪽으로 밀면서 말했다.

"어머, 정말 마음에 쏙 든다." 웬 여자 목소리가 들렸는데 다비 이모는 아니었다. "완벽한 복고풍이야!"

"심지어 조명도 몇 개는 나갔어." 남자가 기뻐하는 소리도 들렸다.

"이 먼지를 좀 봐. 자기 말이 맞았어, 다비. 이 젊은 디자이너는 천재야!"

"그녀랑 브라이언이 어디 있는지 모르겠네." 다비 이모가 말했다.

"오, 세상에. 저길 좀 봐!" 또 다른 목소리가 탄성을 질렀다. "나 어렸을 때 우리 동네 어느 집 앞마당에 저것과 똑같이 생긴 불 들어오는 동방박사가 있었어!"

리니가 손으로 입을 막았다. "오, 안 돼! 잔디밭 설치물을 완전히 잊고 있었어요."

"나한테 꼭 맞는 게 있어요." 브라이언이 그녀의 손을 잡고 거실을 지나 저녁 만찬 손님들과 다비 이모도 지나 현관문을 통과해 잔디밭으로 데려갔다.

"전망 좋은," 브라이언은 다비 이모와 갈라텍 이사들이 지켜보는 창 쪽을 가리키며 말했다. "방."

"하지만 이건 E. M. 포스터가 아니라 다락방의 크리스마스예요." 그녀가 말했다.

"다비 이모는 이걸 아주 좋아할 거예요." 그가 말하고 인도 쪽으로 걸어갔다. "준비됐어요?"

"아니요." 그녀는 말했지만 움직이지 않았다. "보리밭이 없잖아요. 양귀비도."

"그건 내년 크리스마스에 준비합시다." 그는 말하고 그녀를 향해 성큼성큼 걸어갔다.

고양이 발 살인사건
Cat's Paw

신해경 옮김

"어서, 브리들링스." 투페는 내가 도착하자마자 채근했다. "빨리 집에 가서 짐을 싸. 우린 서퍽에 가서 즐거운 시골의 크리스마스를 보낼 거야."

"넌 시골의 크리스마스를 싫어하지 않았어?" 내가 말했다. 불과 일주일 전에 내 동생의 집에 가자고 청했다가 격렬한 반대에 부딪힌 적이 있었다.

"시골에서 크리스마스를 보낸다고! 끔찍해!" 투페는 말했다. "호랑가시나무와 겨우살이를 보고 불쾌하기 짝이 없는 게임을 하라고? 불붙은 건포도를 움켜잡아야 하는 그 우스꽝스러운 술래놀이며, 음식은 더 지독하지! 자두 푸딩이라니!" 그는 흠칫 몸을 떨었다. "게다가 와세일 술까지!"

나는 내 동생이 요리 솜씨가 뛰어나며 절대로 와세일을 만들지 않고 에그노그를 만든다고 맞섰다. "즐거울 거야." 나는 말했다. "다들 만족할걸."

"그래, 상상이 가." 투페가 말했었다. "술 마시는 사람도 없고 다들 자기 아내를 신뢰하고 유산은 공평하게 배분되며 친척 중 누구도 사람을 살해하겠다는 생각은 눈곱만큼도 하지 않겠지."

"당연하지!" 나는 발끈하며 대답했다.

"그러니 차라리 여기서 혼자 크리스마스를 보내는 게 낫겠어. 적어도 여기선 구운 거위와 끝말잇기 같은 건 만나지 않을 테니까."

"우리는 끝말잇기는 하지 않아." 나는 위엄있게 대꾸했다. "우린 몸짓 보고 알아맞히기 놀이를 하지."

그랬는데 불과 1주일도 안 되어 투페가 시골에 가자고 나를 졸라대는 것이다.

"샬롯 발라디 부인이 편지를 한 통 보내왔어." 투페는 희미한 분홍색 종이를 내 눈앞에 휘두르며 말했다. "마웨이트 장원으로 와달라고 요청했지. 부인은 내가 가서 수수께끼를 풀어주길 기대하고 있어." 그는 외눈 안경으로 편지를 살펴보았다. "크리스마스에 시골집에서 일어난 살인사건보다 더 재미있는 일이 또 어디에 있을까?"

사실 더 재미있는 일을 수없이 떠올릴 수 있었다. 나도 편지를 훑어보았다. "꼭 오셔야 해요." 그녀는 이렇게 썼다. "세계 최고의 탐정인 오직 당신만이 이 수수께끼를 해결할 수 있습니다." 샬롯 발라디, 그리고 마웨이트 장원이라…. 어디서 들어본 이름인데?

"편지에 살인사건이 일어났다는 말은 없는데?" 내가 말했다. "그냥 수수께끼라고만 했어."

투페는 내 말을 듣고 있지 않았다. "유스턴역에서 출발하는 3시 기차를 타려면 서둘러야 해. 네가 집에 갔다가 짐을 싸서 다시 여기 올 시간이 없을 거야. 곧바로 역에서 만나자. 어서! 바보처럼 그렇게 서 있지만 말고."

"편지에 나를 초대한다는 말은 한 줄도 없었어." 내가 말했다. "오직 너만 언급되어 있잖아. 게다가 나는 벌써 동생에게 크리스마스를 함께 보내겠다고 약속했어."

"샬롯 부인이 널 언급하지 않은 것은 내가 조수를 데리고 가는 게 당연하다고 생각했기 때문이야."

"내가 네 조수는 아니지, 투페. 내가 네 허락을 받고 뭘 하는 건 아니잖아."

"그야 너한텐 탐정의 마음이 없기 때문이지. 넌 늘 겉모습만 보잖아. 그 뒤에 숨은 것은 보지도 못하지."

"그러니 너는 내가 전혀 필요 없겠군." 내가 말했다.

"아니, 필요해, 브리들링스." 그가 말했다. "네가 없으면 누가 내 위업을 기록하겠어? 그리고 누가 또 빤한 것, 틀린 것을 들먹거려서 내가 그것들에 반대해 진정한 해결책을 찾게 하겠어?"

"차라리 몸짓 보고 알아맞히기 놀이를 하고 말지." 나는 말하고 모자를 집어 들었다. "샬롯 부인이 네게 와세일과 자두 푸딩까지 먹이면 좋겠군. 아, 끝말잇기 놀이도 시키고."

결국, 나는 따라갔다. 나는 투페가 맡은 모든 사건에 따라갔고, 여전히 샬롯 발라디 부인이 누군지 떠올리지 못했지만 이름만 봐도 뭔가 흥미로운 일과 연관된 것처럼 보였다.

또 나는 시골의 장원에서 크리스마스를 보낸 적이 없었다. 호랑가시나무와 게인즈버러*의 그림이 걸린 오래된 현관과 난로 안에서 불타오르는 거대한 크리스마스 장작, 졸인 연어와 구운 고기, 번쩍거리는 거위, 코스마다 다른 와인을 마시는 구식 크리스마스 만찬을 경험한 적이 없었다. 장원의 만찬에는 멧돼지 머리가 나올지도 모르지.

서편행 총알 열차는 매진되었고 우리는 급행열차에 겨우 좌석을 구했다. 역시 꽉 찬데다가 승객들이 전부 짐과 함께 선물을 잔뜩 쑤셔 넣은 쇼핑백까지 들고 타서 머리 위 짐칸까지 만석이었다. 나는 내 가방과 투페의 우산까지 내 무릎 위에 올려놓아야 했다.

나는 동생 집으로 가려고 예약해놓은 열차의 일등칸을 간절히 그리워하며 그나마 마웨이트 장원이 서편주에서도 가까운 쪽 경계에 있기를 바랐다.

마웨이트 장원이라…. 어디서 들어봤더라? 또 샬롯 발라디라는 이름은? 뭔가 논란의 여지가 있는 사건과 연관된 이름이라는 느낌이 막연히 들었지만, 타블로이드 신문에서 본 이름은 아니었다. 어떤 종류의 저항이었는데. 뭐였더라? 복제인간? 여우 사냥의 부활?

어쩌면 그녀는 배우였을지도 모른다. 배우들은 늘 어떤 대의명분에 참

---

* 영국의 유명 초상화가이자 풍경화가

여해왔으니까. 아니면 왕실 스캔들과 연관되었든지. 아니, 그러기에 그녀의 나이가 너무 많았다. 그녀가 오십 대였다는 게 기억났다.

맞은편의 투페는 책에 깊이 빠져 있었다. 나는 몸을 살짝 숙여 책 제목을 보려고 했다. 투페는 오직 추리소설만 읽었다. 그의 말로는 허구 속 탐정들의 방법을 연구하기 위해서라고 했다. 나는 그들의 버릇을 공부하기 위한 게 아닐까 살짝 의심이 갔다. 그들의 버릇을 따라 하려고. 그는 벌써 피터 윔지 경의 외눈 안경과 에르퀼 푸아로가 자기 '조수'를 대하는 방식을 즐겨 사용하고 있었다. 게다가 기차역에서 만났을 때는 셜록 홈즈의 어깨 망토를 입고 있었다. 맙소사. 홈즈의 사냥 모자까지 따라 하지 않은 걸 다행이라고 해야 하나? 또는 홈즈의 바이올린도. 적어도 아직은 말이다.

책 제목은 아주 작은 글씨로 되어 있었다. 내가 조금 더 앞으로 몸을 숙이자 투페가 짜증스럽게 고개를 들고 나를 보았다. "도로시 세이어즈야. 아주 웃겨." 그가 말했다. "작가는 피터 윔지 경이 열차 시간표를 읽으면서 암호를 해독하고 스톱워치를 사용하게 하는데 이 모든 게 전부 불필요해. 그냥 '누가 폴 알렉시스를 살해할 동기가 있을까?'라고 자문하기만 하면 셔츠 칼라에 달린 영수증이며 도표며 전부 필요하지 않을 거야."

투페는 책을 내던졌다. "증거에 집착하는 어리석은 짓을 처음 만든 게 셜록 홈즈지." 그가 말했다. "담뱃재를 떨어뜨리고 화학실험이나 하면서 말이야." 그는 내 무릎에서 여행용 손가방을 가져다가 안을 뒤지기 시작했다. "다른 책은 어디에 두었지, 브리들링스?"

나는 건드리지도 않았다. 가끔 나는 투페가 날 데리고 다니는 이유가 추리소설을 읽는 이유와 같지 않을까 생각했다. 즉, 우월감을 느끼려고.

그는 가방에서 책 한 권을 꺼냈다. 에드거 앨런 포의 《모르그가의 살인 사건》이었다. 당연히 뒤팽 탐정에게서도 온갖 잘못을 찾아내겠지. 어쩌면 뒤팽이 오랑우탄의 동기가 무엇이었을까 자문해봤어야 했다고 말할 것이다.

"투페!" 나는 소리쳤다. "샬롯 발라디가 누군지 이제 생각났어! 그 유인원 여자!"

"유인원 여자?" 투페가 짜증스럽게 말했다. "너 지금 샬롯 부인이 축제의 구경거리라고 말하는 거야? 털로 뒤덮여서 자기 몸을 박박 긁어대는?"

"아니, 아니야." 나는 말했다. "그녀는 영장류 권리보호 활동가로 고릴라와 오랑우탄에게 참정권과 동등한 법적 지위를 줘야 한다고 주장한 사람이야."

"확실히 같은 사람인가?" 투페가 물었다.

"확실해. 그녀의 아버지 알래스테어 비들 경은 인공지능 사업으로 엄청난 재산을 일구었지. 그래서 그녀가 영장류에 관심을 두게 된 거야. 영장류를 인공지능 연구를 위한 실험 대상으로 썼거든. 그녀는 영장류 지능연구소를 설립했어. 며칠 전 그녀가 TV에 나와 기금을 호소하는 걸 봤어."

투페는 샬롯 발라디 부인이 보낸 분홍색 편지를 꺼내 들여다보았다. "유인원 이야기는 한마디도 없는데."

"그녀의 오랑우탄 한 마리가 풀려나 살인을 저질렀을지도 모르지. 《모르그가의 살인사건》에서처럼 말이야." 내가 말했다. "아무래도 그 여자가 널 놀림감 원숭이로 만들 것 같아, 투페."

기차역에는 아무도 우리를 마중 나오지 않았다. 나는 플랫폼 끝에 서 있는 단 한 대의 택시를 잡아타자고 했지만, 투페가 말했다. "샬롯 부인이 당연히 마중할 사람을 보낼 거야."

15분 후에는 설상가상 비까지 내리기 시작해서, 나는 동생이 언제나 플랫폼에서 미소 띤 얼굴로 손을 흔들며 나를 맞던 장면을 아련하게 떠올리며 장원에 전화를 걸었다.

높고 날카로운 목소리에 세련된 말투의 남자가 전화를 받았다. "마웨이트 장원입니다." 그리고 내가 샬롯 발라디 부인을 바꿔달라고 하자, 잠깐만 기다리라며 정중하게 샬롯 부인을 바꿔주었다. "오, 브리들링스 대령님, 아무도 마중을 보내지 못해서 정말 죄송합니다. 달타냥이 운전면허 발급을 거부당했거든요. 정말 어이가 없죠. 달타냥은 저보다 운전을 잘하는데 말이죠. 그래서 보낼 사람이 아무도 없었답니다. 택시를 타고 오신다면 달타냥이 요금을 낼 거예요. 곧 뵙기로 해요."

그때쯤엔 당연히 택시도 떠난 지 오래였고 나는 전화를 걸어 택시를 불러야 했다. 전화를 막 끊었을 때 햇볕에 탄 얼굴의 중년 남자가 빨간 턱수염이 덥수룩한 모습으로 검은 숄더백을 매고 다가왔다.

"어쩔 수 없이 엿듣게 되었습니다." 그는 심한 호주 억양으로 말했다. "마웨이트 장원에 가신다고요, 친구?"

"그렇습니다만." 나는 경계하며 말했다. 기자들은 언제나 투페와 인터뷰를 하려고 했고, 남자가 든 숄더백은 비디오카메라가 숨어 있는 것처럼 수상쩍었다.

"저도 같이 타고 갈 수 있을까요? 저도 마웨이트 장원에 가는 길입니다." 그는 손을 내밀었다. "믹 루트거스입니다."

"브리들링스 대령입니다." 나는 말하고 투페에게 돌아섰는데 그는 외눈안경으로 루트거스를 바라보며 우리 쪽으로 다가오고 있었다. "투페입니다."

"투페라고요?" 루트거스가 날카롭게 말했다. "그 탐정 말입니까?"

"호주에서도 내 이름을 들어보셨나요?" 투페가 물었다.

"세계 최고의 탐정 이름을 안 들어본 사람이 있을까요?" 루트거스가 말하며 자세를 바로잡았다. "정말 영광입니다. 그런데 마웨이트 장원은 무슨 일로 가십니까?"

"샬롯 발라디 부인이 수수께끼를 풀어달라고 요청했습니다."

"수수께끼라고요?" 그가 말했다. "무슨 수수께끼 말입니까?"

"나도 모르겠습니다." 투페가 말했다. "아, 저기 택시가 오는군요."

나는 우리 짐을 들어 올렸다. "장원까지 멀지 않아야 할 텐데."

"3킬로미터밖에 안 됩니다." 루트거스가 말했다.

"아, 거기 가본 적이 있습니까?" 투페가 물었다.

"아닙니다, 친구." 대답하는 그의 말투에 날카로움이 묻어났다. "이번에 처음 영국 땅을 밟았는걸요. 그녀가 초대했을 때 기차역에서 장원까지 3킬로미터밖에 안 된다고 했죠. 아, 샬롯 부인 말입니다. 저는 호주방송국에서 일합니다."

'역시 기자였군.' 나는 생각했다. "여긴 무슨 일로 오셨습니까?" 내가 물었다.

"샬롯 부인이 다들 흥미로워할 만한 대단한 취잿거리가 있다고 했어요."

"무슨 일인지는 말하지 않았고요?" 투페가 물었다.

루트거스는 고개를 저었다. "어떤 이야기든 그녀가 모든 비용을 내겠다고 했고 저는 이번이 첫 영국 여행입니다. 그래서 여기 와 있죠."

우리는 택시를 타고 출발했다. 루트거스 말대로 장원은 '3킬로미터밖에' 안 떨어져 있었고 금세 도착했다.

적어도 화강암 정문 위 소용돌이 모양 장식의 연철 문패에는 마웨이트 장원이라고 씌어 있었다. 그러나 멀리 보이는 건물들의 모습은 연구단지에 더 가까워 보였다. 여러 채의 길쭉한 작업장 건물 사이로 주차장이 있고 건물마다 수많은 환풍기와 파이프가 달렸다. 차가운 빗속에서 보니 어딘가 으스스해 보였다.

택시는 연구단지를 지나 긴 언덕을 오르더니 유리와 크롬으로 지어 회사 본관처럼 보이는 4층 건물 앞에 섰다. "여기가 마웨이트 장원이 확실합니까?" 나는 트렁크에서 우리 짐을 끌어내리는 기사에게 물어보았다.

그는 고개를 끄덕이며 내게 투페의 대형 여행 가방과 내 가방을 건넸다. "요금은 원숭이가 낼 거요, 아니면 당신이 낼 거요?"

"그게 무슨 말입니까?" 나는 단호하게 물었다. 이 무례한 말을 투페가 못 들었기를 바라며 그쪽을 흘끔 보았다. 투페와 루트거스는 벌써 정문을 향해 올라가고 있었다. "요금은 샬롯 부인의 집사가 낼 겁니다." 나는 엄격하게 말하고 그들을 따라 정문으로 갔다.

문이 열렸다. 고릴라 한 마리가 재킷과 바지로 이루어진 집사 예복을 입고 흰색 장갑을 끼고 서 있었다.

"맙소사." 나는 말했다.

"샬롯 발라디 부인을 만나러 왔습니다." 투페가 외눈 안경으로 고릴라를 쳐다보면서 말했다.

고릴라가 문을 활짝 열었다.

"나는 투페 탐정이고, 이쪽은 루트거스 씨입니다."

고양이 발 살인사건 395

"수화를 해야 할 것 같아." 나는 투페에게 속삭였다. "루트거스 씨, 혹시 수화할 줄 알아요?"

"어서 오세요. 가방 들어요?" 고릴라가 말했다. 나는 너무 놀라 숨을 멈추고 그 자리에 그대로 서 있었다.

"가방 들어요, 선생님?" 고릴라가 다시 말했다.

"요금은 6파운드요." 택시 기사가 내 앞을 지나 손을 쑥 내밀었다. "팁은 뺀 금액이요."

"이따가 냅니다." 고릴라가 말하고는 내 쪽으로 돌아섰다. "가방 들어요, 선생님?"

나는 충분히 정신을 차린 후에 고릴라에게 가방을 내밀었다. 어울리지 않는 흰색 장갑을 낀 거대한 앞발에 움찔하고 물러나지 않도록 조심하면서 말까지 더듬었다. "고, 고마워요."

"이쪽이요, 선생님." 고릴라가 장갑 낀 앞발을 땅에 딛고 우리를 광활한 현관으로 안내했다.

"잠깐 실례요." 고릴라가 말하고선 택시 요금을 내러 갔다.

거대한 흑회색 고릴라에게서 그토록 세련된 상류층의 말투가 나오다니 너무 이상했다.

"샬롯 부인에게 오셨다고 말해요." 어느새 돌아온 그는 여전히 네 발로 걸었다.

"세상에, 투페…." 내가 입을 연 순간 카키색 옷에 진주를 장식한 중년 여성이 서둘러 들어왔다.

"어머, 투페 탐정님! 정말로 반가워요! 달타냥, 택시 요금은 냈니?"

"예, 부인." 고릴라가 말했다.

"잘했어. 똑바로 서 있어야지. 투페 탐정님, 달타냥을 소개할게요."

고릴라가 똑바로 서서 괴물 같은 장갑 낀 손을 내밀자 투페는 약간 조심스럽게 악수했다.

"달타냥은 우간다의 밀렵꾼 때문에 고아가 되었어요. 겨우 생후 2주일이었지요." 그녀가 말했다.

"구출되었어요." 달타냥이 흰 장갑 낀 손으로 샬롯 부인을 가리켰다.

"홍콩에서 구두 상자 크기의 우리에 갇혀 있는 걸 발견했답니다." 그녀가 애정이 담뿍 담긴 눈빛으로 고릴라를 보았다. "우리 연구소에 온 지 12년이 되었어요."

"고릴라는 말을 못 하는 줄 알았는데요." 내가 말했다.

"후두를 이식했어요." 그녀가 말했다. "이따가 연구단지를 둘러볼 때 우리 수술팀도 볼 수 있을 거예요."

"달타냥이라는 이름은 어디서 얻었습니까?" 루트거스가 말했다.

"그가 직접 골랐어요. 저는 애완동물처럼 사람이 영장류의 이름을 지어주는 걸 좋아하지 않아요. 우리 연구소의 연구 결과 영장류의 지능은 매우 뛰어나다는 게 밝혀졌습니다. 그들은 고차원적인 사고와 계산, 자기 인식을 할 수 있어요. 달타냥은 의식이 있는 존재라 개인적인 결정까지 완벽하게 할 수 있답니다. 지능검사에서도 95점을 받았어요. 이름은 《삼총사》에서 따왔고요. 달타냥이 아주 좋아하는 책이죠."

"맙소사, 책도 읽을 줄 안다고요?" 내가 말했다.

그녀가 고개를 저었다. "몇 단어만요. 제가 큰 소리로 읽어줘요."

달타냥은 거대한 머리를 끄덕였다. "여왕." 그가 말했다.

"그래요. 달타냥은 삼총사가 여왕을 도와주러 오는 장면을 아주 좋아해요." 그녀는 루트거스를 향해 말했다. "당신은 투페 탐정의 모든 사건을 기록하는 브리들링스 대령이겠군요."

"저는 믹 루트거스입니다." 루트거스가 햇볕에 탄 손을 내밀며 말했다. "호주방송국에서 일합니다."

샬롯 부인은 혼란스러워 보였다. "하지만 언론사 초대는 25일이었는데요."

"초대장에는 24일로 되어 있었어요." 그는 재킷 안을 뒤지며 말했다.

"폭스 양도 그렇게 말하던데, 앞으론 초대장 글씨도 하이디에게 맡겨야겠어요. 그 애 글씨가 내 것보다 훨씬 더 단정하죠."

"저는 내일 다시 와도 됩니다." 루트거스가 말했다.

"아니에요. 이렇게 와주셔서 정말 기뻐요." 그녀의 말은 진심으로 들렸다. 그녀가 나를 향해 따뜻한 미소를 지었다. "그러면 당신이 브리들링스 대령이겠군요."

"그렇습니다. 처음 뵙겠습니다."

"다들 만나서 정말 기뻐요. 자 이쪽으로." 그녀는 투페의 팔을 붙잡고 말했다. "여러분께 연구단지부터 보여드리고 싶지만, 우선 여러분을 서로 소개해야겠죠?."

"해결하고 싶은 살인사건이 있다고 하시지 않았습니까?" 투페가 말했다.

"오직 당신만이 풀 수 있는 수수께끼죠." 샬롯 부인은 특유의 사랑스러운 미소를 지으며 말했다. 그녀는 진심으로 따뜻하게 환영받는다고 느끼게 하는 재주가 있었다.

마웨이트 장원에 대해서도 같은 말을 할 수 있다면 참 좋겠지만, 그녀가 우리를 안내한 유리와 크롬으로 된 넓은 홀은 치과의사의 진료실 분위기를 풍겼다. 무엇보다 추웠다! 바닥에서 천장까지 이어지는 전면유리창으로 차가운 비가 곧장 실내로 떨어지는 것처럼 보였다. 방 안의 가구라곤 불편해 보이는 크롬과 캔버스로 만든 의자 몇 개와 식물과 양초가 놓여 있는 작은 유리 탁자가 전부였다.

거의 비어 있는 홀 중앙의 유리 탁자 옆에 두 사람이 바짝 붙어 서 있었다. 한 사람은 머리가 벗겨지고 체격이 좋은 남자였고, 또 한 사람은 얇은 드레스 차림의 젊고 예쁜 여자였다. 여자는 온기를 지키려는 듯이 앞가슴에 팔짱을 꼭 끼고 있었고 체격 좋은 남자의 코는 빨갰다. 메이드 앞치마와 흰색 칼라를 두르고 프릴 달린 모자를 쓴 침팬지가 그들에게 쟁반에 받친 음료를 주고 있었다.

우리가 들어가자 모두 기대감이 서린 얼굴을 들었다. 샬롯 부인이 투페의 팔을 꼭 움켜잡았다. "소개하고 싶은 아이가 있어요, 탐정님." 그녀가 침팬지 쪽으로 투페를 이끌었다.

"투페 탐정님, 하이디를 소개할게요." 샬롯 부인이 말했다. "이 아이는 의학연구소에서 왔고 탐정님의 열혈 팬이랍니다."

침팬지 쪽으로 가까이 다가가보니 내가 흰색 칼라라고 오해했던 게 사실은 침팬지의 목둘레에 털을 깎고 흰 붕대를 매어놓은 모습이었다.

"후두 이식을 한 지 얼마 안 돼서 아직은 말을 할 수가 없어요." 샬롯 부인이 말했다. "하지만 우리 연구소 출신 영장류 가운데 가장 지능이 높아서 벌써 초등학생 수준의 읽기를 하고 있답니다. 《모자 쓴 고양이》를 읽었고 《호기심 많은 조지》 시리즈를 전부 읽었어요. 그렇지, 하이디?" 그러자 침팬지가 입을 활짝 벌리고 웃으며 고개를 위아래로 까딱했다. "하지만 탐정님 책도 좋아한답니다. 이 아이는 맨날 그 책들을 읽어달라고 저를 따라다니죠. 가끔은 직접 읽어보려고 하기도 해요."

샬롯 부인은 투페와 팔짱을 끼고 그를 탁자 쪽으로 이끌었다. "우리 영장류들은 뛰어난 능력을 자랑해요. 고차원적 사고 시험에서 A레벨* 학생들과 같은 수준임이 드러났지만, 영장류의 지능에 관한 우리 연구소의 압도적인 연구 결과에도 불구하고 사람들은 영장류를 지각 있는 존재가 아닌 그저 동물로만 생각하려고 하죠. 그들은 계속 영장류를 동물원에 가두고 실험 대상으로 쓰고 트로피를 위해 죽이기도 합니다. 그래서 우리 연구소의 존속 여부가 정말 중요한 겁니다."

"존속 여부라니요?" 투페가 물었다.

"안타깝게도 우리 연구소는 기금이 부족합니다." 그녀가 말했다. "곧 추가 기부자들을 찾지 못하면 어쩔 수 없이 폐쇄당하고 말 거예요. 우리는…."

"잠깐만요." 체격 좋은 남자가 말했다. "끼어들고 싶지 않았습니다만, 우선 제가 부인의 업적을 얼마나 존경하는지 말씀드리고 싶군요."

"이분은 유스티스 경사님이에요. 우리 지역 수사관이시죠. 어쩌면 두 분이 서로 수사했던 사건에 대해 정보를 교환할 수도 있겠네요."

"오, 아닙니다." 유스티스 경사가 넥타이를 매만지며 말했다. "투페 씨에 비하면 저는 흥미로운 사건을 맡아본 적이 없습니다."

"그 사건이 있지 않나요?" 샬롯 부인이 말을 시작했지만, 경사가 먼저 투페에게 물었다. "사피나 보석 도난 사건 이야기를 정말로 듣고 싶습니다."

---

* 영국 고등학생의 대입 준비 과정

"꽤 흡족한 사건이었죠." 투페가 사건을 설명하기 시작했다.

나는 젊고 예쁜 여자가 서 있는 탁자 옆으로 가서 내 소개를 했다.

"레다 폭스예요." 여자가 말하며 언론사 배지를 가리켰다. "온라인 〈타임스〉 기자죠. 너무 추워서 얼어 죽겠네요." 그녀는 촛불을 향해 양손을 내밀어 온기를 쬐었다. "알래스테어 경 같은 억만장자가 왜 난방을 할 여유도 없는지 궁금하지 않아요?"

"알래스테어 경이 억만장자입니까?"

"예. 인공지능 특허로 큰돈을 벌었죠."

"연구소 재정을 어떻게 조달하는지 궁금하네요." 내가 말했다.

"아니에요. 연구소는 한 푼도 안 받아요. 알래스테어 경은 영장류 연구를 인정한 적이 없으니까요. 연구소 재정은 전액 기부금으로 충당해요. 그런데 투페 탐정이 해결해야 할 수수께끼라는 게 뭐죠?"

"저도 그게 궁금합니다." 나는 음료를 홀짝이며 말했다. "언론에서는 뭐라고들 합니까?"

"언론이요?" 폭스가 무슨 말인지 모르겠다는 듯이 되물었다. "아, 우리 언론사 기자들이 무슨 말을 들었느냐, 이 말인가요? 별거 없어요. 그냥 투페 탐정이 수수께끼를 해결하는 자리에 초대받았을 뿐이에요. 그리고 영장류 지능에 관한 자료도 전송받았죠." 그녀가 얼굴을 찌푸렸다. "그 수수께끼라는 게 뭔지 아주 궁금하네요."

"연구소와 관계있는 일이 아닐까요?" 내가 물었다. "샬롯 부인은 우리에게 연구단지를 몹시 보여주고 싶어 하는 것 같았어요."

"오늘 아침 나를 끌고 가서 전부 보여줬어요." 폭스가 말했다.

"영장류를 싫어하십니까?"

폭스는 어깨를 움츠렸다. "동물들은 괜찮아요. 하지만 견학은 한 번으로 족해요. 샬롯 부인은 오늘 오후에도 여러분 모두를 끌고 또 견학을 가기를 원해요. 하지만 저런 상황에 또 밖에 나갈 수는 없어요." 그녀는 떨어지는 비를 가리키며 말했다. "부인에게 내가 두통이 있다고 전해줘요."

하이디가 은색 포도주잔이 가득 든 쟁반을 들고 어기적거리며 다가왔다. 한 손으로 쟁반 아래를 받치고 다른 손으로 바닥을 짚었다.

"이게 뭐죠?" 나는 잔 하나를 가져가며 폭스에게 물었다.

"와세일이에요."

하이디가 투페와 유스티스 경사 쪽으로 갔다.

"가엾은 투페." 내가 말했다.

"탐정은 와세일을 좋아하지 않나 봐요?"

"크리스마스를 좋아하지 않아요."

"샬롯 부인 말대로 영장류가 그렇게 똑똑하다고 생각해요?" 하이디가 경사에게 쟁반을 내미는 모습을 지켜보며 폭스가 물었다. "부인 말로는 하이디가 복잡한 나눗셈도 할 줄 안대요. 복잡한 나눗셈이라니, 나도 못 하는 걸!"

"저도 못 합니다." 나는 말했지만, 폭스는 듣고 있지 않았다. 그녀는 고개를 돌려 이제 막 홀로 걸어들어온 키가 큰 삼십 대 남자를 보고 있었다.

"누구죠?" 내가 물었다.

"샬롯 부인의 남동생, 제임스예요." 폭스가 말했다. "오늘 아침에 만났죠." 그녀는 얼굴을 찌푸렸다.

"저 사람이 마음에 들지 않았습니까?"

그녀는 내 쪽으로 몸을 숙여 속삭였다. "주정뱅이예요."

"이런, 이런, 위대한 탐정이 납셨군." 제임스가 투페를 향해 걸어가며 말했다.

샬롯 부인은 화가 난 것 같았다. "투페 탐정님, 제 동생 제임스예요."

제임스는 샬롯 부인을 무시했다. "누나의 수수께끼는 해결했나요? 당신은 사건을 술술 해결한다면서요?" 그러고는 투페의 코 옆에 대고 손가락을 탁 튕겼다. "이렇게요!"

투페는 뒤로 물러났다. "샬롯 부인께서 아직 수수께끼가 뭔지 말하지 않았습니다."

"오, 이런, 그렇다면 제 수수께끼 먼저 풀어주세요. 누나는 왜 아버지와 동생보다 원숭이들을 더 좋아하는 걸까요?"

"제임스." 샬롯 부인이 경고하듯 말했다.

"하이디!" 제임스가 침팬지를 향해 손가락을 튕겼다. "술 가져와."

침팬지는 겁먹은 모습으로 머뭇거리다가 곧 제임스를 향해 어기적거리며 다가가 쟁반을 내밀었다.

제임스는 술잔을 하나 붙잡고 투페에게 돌아갔다. "그게 나한테는 진짜 수수께끼란 말입니다. 왜 누나는 저것들과 더 많은 시간을 보낼까요? 위험하고 바보 같고 냄새까지 고약한 저것들….”

"제임스!" 샬롯 부인이 외쳤다.

"아, 맞다. 바보 같지는 않아요. 삼각법도 할 줄 아니까. 셰익스피어도 읽을 줄 알죠. 그렇지, 하이디?" 제임스는 하이디의 모자를 잡아당겼다. "2 더하기 2는 얼마지, 하이디?"

하이디는 애원하듯 샬롯 부인을 바라보았다.

"천치의 철자가 어떻게 되지, 하이디?" 제임스가 계속 물었다.

"그만해, 제임스." 샬롯 부인이 침팬지를 팔로 감싸 안으며 말했다. "하이디, 가서 투페 탐정님의 짐을 풀어드리렴." 그녀는 하이디에게서 쟁반을 가져갔다. "착하기도 하지, 우리 딸."

샬롯 부인은 쟁반을 내려놓았다. "탐정님, 브리들링스 대령님. 두 분 모두 피곤하시겠어요." 그녀는 제임스를 무시하고 말했다. 제임스는 일어서서 홀 밖으로 걸어 나갔다. "연구단지를 둘러보기 전에 짐도 풀고 잠시 쉬는 게 좋겠어요. 달타냥이 각자 방으로 안내해드릴 겁니다. 그럼 1시간 후에 현관 앞에서 만나요."

문이 쾅 소리 나며 닫혔지만, 그녀는 그쪽으로 관심도 주지 않았다. "여러분이 저희 시설을 꼭 둘러보길 바랍니다." 그녀는 우리를 문 쪽으로 안내했다. "달타냥, 손님들을 각자 방으로 모셔."

"예, 부인." 달타냥이 말했다. 그는 완전히 네 발로 걷기 시작했다가 곧 몸을 반듯이 폈다.

"그럼, 1시간 후에 뵐게요." 그녀는 웃으며 말하고 복도를 지나 다른 방으로 들어가 등 뒤로 문을 닫았다.

달타냥이 엘리베이터 버튼을 눌렀다.

"상관없어…." 샬롯 부인의 목소리가 홀까지 떠내려왔다. "너 때문에 일을 망칠 수는 없어. 너무 중요하니까."

"이건 내 집이야." 제임스의 목소리도 들렸다.

"아버지 집이야."

"영원히 그렇지는 않겠지." 제임스가 말했다. "내가 집을 물려받으면 여긴 원숭이 한 마리도 얼씬 못하게 할 거야. 아버지가 죽는 날 곧바로 배에 실어 정글로 보내버릴 테니까."

"그래, 이게 네가 생각한 즐거운 크리스마스야?" 나는 투페가 어깨 망토를 입기를 기다리며 물었다. 쉬기로 한 30분 내내 전화기를 찾아다녔다. 너무 서둘러 오느라 동생에게 갈 수 없다는 말을 전하지도 못했다. 내 짐을 푸는 하이디에게 물어보려고 했지만 침팬지는 내 말을 이해하지 못했고 결국 직접 전화기를 찾아 아래층으로 내려갔다.

일광욕실 맞은편에 엄청나게 추운 작은 서재가 하나 있었는데 그곳에 전화기가 있었다. 동생은 실망했지만 낙관적이었다.

"오빠의 투페 탐정이 수수께끼를 아주 빨리 풀어내서 오빠가 오늘 밤이나 내일은 우리 집에 올 수 있을지도 모르겠네. 우린 저녁을 안 먹고 기다릴 수도 있어."

"안 그러는 게 좋겠어." 내가 말했다. "우린 아직 수수께끼가 뭔지 듣지도 못했는걸."

나는 전화를 끊고 위층으로 향했다. 현관 앞에 갔을 때 얼핏 모자 달린 비옷을 입은 폭스가 정문 밖으로 나가는 걸 본 것 같았다. '견학이 싫다더니 마음을 바꾼 모양이로군.' 나는 생각했다. 나 말고 다른 사람들은 벌써 출발할 정도로 시간이 흘렀나 생각했는데 투페는 울스웨터에 뜨개질한 목도리를 두르고 자기 방에 있었다.

"적어도 내 동생 집은 따뜻하기라도 하지." 내가 말했다. "게다가 누구라도 쫓아내겠다고 협박하는 사람도 없어."

"맞아." 투페가 말했다. "그리고 그 집에는 수수께끼도 없지." 그는 망토를 입었다. "여긴 벌써 수수께끼가 몇 가지나 되는걸."

"샬롯 부인이 왜 우리를 여기 초대했는지 말해줬어?"

그는 고개를 저었다. "하지만 몇 가지 생각이 떠올랐어. 넌 어때, 브리들링스? 아무것도 눈치채지 못했어?"

나는 생각해보았다. "부인의 남동생이 망나니라는 건 알겠어. 그리고 폭스 기자가 아주 예쁘다는 것도."

"예쁘다고? 이런, 브리들링스. 역시 넌 오직 겉모습만 보는군. 그 뒤에 숨은 건 보지 않아. 넌 유스티스 경사가 내게 자신이 맡았던 흥미로운 사건에 대해 들려주지 않으려고 했던 게 이상하다고 생각하지 않아? 수사관이라면 누구나 자신의 무용담을 떠벌리기 좋아하는데 말이지."

'그건 그렇지.' 나는 생각했다.

"그리고 이런 게 있더군." 그는 나에게 샬롯 부인의 편지를 건넸다. "이상해, 그렇지 않아?"

나는 편지를 읽어보았다. "어디가 이상하다는 건지 전혀 모르겠는데? 그녀가 우릴 초대하고 열차 시간표를 나열한 게 전부잖아."

"그렇지. 마지막에서 두 번째 열차 시간을 봐."

"5시 48분." 내가 말했다.

"확실해?"

"그래, 여기 이렇게…."

"5와 4가 꽤 독특하게 생기지 않았어? 그런데 루트거스와 폭스 둘 다 샬롯 부인이 쓴 숫자 5를 4로 착각하고 하루 일찍 왔다고 말했어." 그는 드디어 물 만난 물고기처럼 굴고 있었다. "이상하지 않아? 자, 늦었네. 어서 가자고."

우리는 현관 앞으로 내려갔다. 샬롯 부인과 루트거스가 코트와 목도리로 무장하고 벌써 와 있었다. 부인은 루트거스에게 연구소에 관해 설명하고 있었다. "여러 단체와 동물행동학자들이 오래전부터 영장류 서식지를 보호하고 감금 중인 영장류의 처우를 규제하려고 노력해왔어요. 하지만 상황은 더욱 나빠지기만 했고 앞으로도 계속 나빠질 전망이에요. 사람들이 그들을 계속해서 동물로 보는 동안에는 말이죠."

샬롯 부인은 몸을 돌려 우리를 맞이했다. "오, 탐정님, 대령님. 우리는 달타냥을 기다리고 있어요. 달타냥이 우리를 연구단지까지 태워다줄 거예요. 지금 막 루트거스 씨에게 연구소에 관해 설명하고 있었답니다. 어떤 사람들은 우리가 영장류에게 후두를 이식하고 옷을 입히는 것을 인정하지 않지만, 그들이 생존할 유일한 방법은 사람들이 그들을 받아들이는 거예요. 그런데 사람들 사이에 받아들여지려면 안타깝게도 직립보행을 해야 하고 반드시 직업을 가질 수 있는 기술을 익혀야 해요. 그래야 사람들이 영장류도 지각 있는 존재고 우리처럼 생각하고 추론하고 느낄 수 있다는 걸 깨닫겠죠. 인간과 피그미침팬지의 유전자가 99퍼센트나 일치한다는 사실 알고 계셨어요? 자그마치 99퍼센트랍니다. 우리 유전자가 바로 그들의 유전자예요. 오클라호마 대학교에서 수화를 배웠던 유인원들은 언어연구가 중단되자마자 에이즈 실험에 사용되었답니다. 루시를 기억하세요?"

"인간처럼 길러지고 수화를 배웠던 침팬지요?" 내가 말했다.

"루시는 잠비아로 다시 보내졌고 거기서 밀렵꾼들에게 살해당했어요." 샬롯 부인의 눈에서 눈물이 흘러나왔다. "트로피 삼아 루시의 머리와 손을 잘랐죠. 300개의 단어를 알았던 루시를요! 오, 달타냥, 왔구나." 그녀가 말했다.

나는 고개를 돌렸다. 달타냥이 복도에 서 있었다. 여전히 예복 코트와 바지를 입고 있었지만 흰 장갑은 끼고 있지 않았다. 언제부터 거기 서 있었는지 궁금했다.

"우리를 연구단지까지 태우고 갈 준비가 됐니, 달타냥?" 샬롯 부인이 물었다.

"알래스테어 경, 탐정 만나고 싶어요." 달타냥이 우스꽝스럽게 작은 목소리로 말했다.

"오, 맙소사." 샬롯 부인은 나쁜 소식을 들은 사람처럼 말했다. 그녀는 입술을 깨물고 있다가 자신의 반응에 약간의 설명이 필요하다는 것을 깨닫고 말했다. "여러분이 도착해서 아버지를 깨우지 않았기를 바랐는데. 아버지는 잠을 통 못 주무시거든요. 안타깝지만 연구단지 견학은 내일 아침으로 미뤄야 할 것 같군요."

그녀는 달타냥에게 돌아섰다. "파치트리 간호사에게 곧바로 올라간다고 말해줘." 그녀가 말하자 달타냥은 곧 출발했다. "그런데 장갑은 어쨌지, 달타냥?"

그는 재빨리 털북숭이 검은 앞발을 등 뒤로 숨기고 고개를 떨어뜨렸다. "벗었어요. 설거지. 이제 못 찾아요."

"그럼 저장실에 가서 새 장갑을 꺼내오렴." 그녀는 주머니에서 열쇠 꾸러미를 꺼내 달타냥에게 건넸다.

"달타냥이 미안해요." 그는 부끄러워하는 얼굴로 말했다.

"난 화나지 않았어." 샬롯 부인이 조끼를 입은 달타냥의 등을 두 팔로 감싸 안으며 말했다. "내가 널 사랑하는 거 알지."

"사랑해요." 그는 말하고 거대한 두 팔로 그녀를 감싸 안았다.

나는 제임스의 말을 떠올리며 화들짝 놀라 투페를 보았지만, 달타냥은 벌써 샬롯 부인을 놓아주고 물었다. "장갑 먼저? 말 먼저요?"

"파치트리 간호사에게 먼저 말하고 나서 새 장갑을 가져오렴." 그녀는 달타냥의 팔을 쓰다듬었다.

달타냥은 고개를 끄덕이고 쿵쿵거리는 걸음으로 출발했고 샬롯 부인은 애정이 담뿍 담긴 미소를 띠고 그의 뒷모습을 바라보았다. "정말 사랑스러운 아이야." 그녀는 말하곤 목소리를 높여 계속 말했다. "투페 탐정님. 괜찮으시다면 저희 아버지를 만나러 가실까요? 아버지는 환자에다 외로운 분이랍니다."

"물론 기쁜 마음으로 아버님을 뵙겠습니다." 투페가 말했다.

"저도 그분을 만날 수 있을까요?" 루트거스가 말했다. "그분이 인공지능 분야에서 쌓은 업적에 관해 많은 이야기를 들었습니다."

"물론이죠." 샬롯 부인은 그렇게 말했지만, 왠지 망설이는 것 같았다. "우리 모두 잠깐만 올라갔다가 오기로 해요. 아버지는 쉽게 피곤해하시거든요."

그녀가 엘리베이터 버튼을 누르고 우리 모두 올라탔다. "아버지 방은 4층이에요." 그녀가 말하고 또 다른 버튼을 눌렀다. "원래는 놀이방이었죠." 엘리베이터 문이 닫혔다. "몇 년째 와병 중이에요."

엘리베이터 문이 열리자 샬롯 부인이 앞장서서 어느 문 앞으로 갔다. "아, 이런." 그녀가 말했다. "열쇠 꾸러미를 달타냥에게 줘버렸네요. 파치트리 간호사에게 들여보내 달라고 해야겠어요."

부인이 문을 두드렸다. "아버지의 간호사는 아주 훌륭한 분이에요. 대단히 유능한 분이죠. 우리와 함께 지낸 지도 거의 1년이 다 되어가요."

문이 열리자 나는 호기심을 가지고 지켜보았다. 혹시 파치트리는 간호사 캡을 쓰고 청진기를 목에 건 오랑우탄은 아닐까 생각했다. 그러나 문을 열어준 것은 마르고 머리가 헝클어진 흰색 간호사복 차림의 여자였다.

"우리 좀 들어가도 돼요, 파치트리 간호사?" 샬롯 부인이 묻자 여자는 고개를 끄덕이며 우리가 들어갈 수 있도록 뒤로 물러나주었다. 작은 방에는 한쪽 벽을 따라 포마이카 테이블이 놓였고 플라스틱 의자 몇 개가 있었다.

"여기 대기실에서 기다리는 게 좋겠어요." 간호사가 말했다. "점심으로 타피오카 죽을 들고 있어요."

이 여자가 파치트리 간호사가 맞는다면, 그녀는 전혀 유능해 보이지 않았다. 간호사복 상의 주머니 하나는 찢어져 대롱대롱 매달렸고 한쪽으로 틀어 올린 가느다란 회갈색 머리카락은 정신없이 삐져나왔다. 바지 한쪽 다리에는 거대한 누리끼리한 회색 얼룩이 묻어 있었다. 혹시 타피오카 죽인가?

아니다. 타피오카 죽은 우리가 서 있는 대기실과 그 너머의 큰방을 구분하는 유리와 육각형 철조망으로 된 가로막 곳곳에 뿌려져 있었고 뭔가 연한 갈색의 물질도 함께 묻었다. 나는 그게 짐작하는 그것이 아니기를 바랐다.

혹시 내가 뭔가를 오해해서, 알고 보니 샬롯 부인이 우리를 영장류 연구단지에 데리고 온 것은 아닐까 하는 생각이 들었다. 가로막 너머 공간은 장난감들과 바닥 한가운데에 커다란 고무 타이어가 있는 거의 짐승의 우리처럼 보였다. 그러나 가장 안쪽 벽에 싱글침대 하나와 그 옆에 흔들의자가 있었다.

"어르신이 택시 소리를 들었어요." 파치트리 간호사가 말했다. "택시는 조용히 다닌다고, 그냥 크리스마스 소포가 온 거라고 말해봤지만, 어르신은 손님이 왔다는 걸 단박에 알아차렸어요. 늘 귀신같이 알죠. 그러니 손님들을 직접 보여주는 것 말고는 다른 도리가 없어요."

샬롯 부인은 딱하다는 얼굴로 고개를 끄덕였다. "파치트리 간호사, 이분은 투페 탐정이에요."

"만나서 정말 반가워요." 파치트리 간호사가 회갈색 머리카락을 귀 뒤로 넘기려고 애쓰며 말했다. "전 당신의 열렬한 팬이랍니다. 《영리한 요리사 살인사건》을 정말 좋아하죠. 당신이 살인사건을 해결하는 모습을 직접 볼 수 있기를 늘 소망해왔어요." 간호사가 나를 향해 돌아섰다. "이분이 정말로 그렇게 사건을 빨리 해결하나요, 브리들링스 대령님?"

파치트리 간호사가 샬롯 부인에게 말했다. "저기, 오늘은 크리스마스이브고 제가 투페 탐정의 열렬 팬이기도 하니, 오늘 밤은 쟁반 말고 아래층에 내려가서 식사할 수 있을까요?"

샬롯 부인은 불안한 얼굴로 가로막 쪽을 흘낏 바라보며 말했다. "잘 모르겠어요…."

"알래스테어 경은 늘 코코아를 마시고 잠들어요." 파치트리 간호사가 쟁반을 가리키며 말했다. "투페 탐정이 그 유명한 사건들을 설명하는 걸 옆에서 듣고 싶어요. 게다가 오늘 알래스테어 경은 정말로 순하게 지냈답니다."

순간 철퍼덕 소리가 들려와 가로막 쪽을 돌아보았다. 초록색 죽 얼룩이 유리 한가운데 들러붙어서는 아래로 주르륵 흘러내리고 있었고 그 뒤에서 플라스틱 그릇을 들고 밖으로 나온 사람은 알래스테어 경이었다.

말하는 고릴라를 보았을 때 충격을 받았다면 알래스테어 경의 모습을 보고는 완전히 압도당했다고 말해야겠다. 컴퓨터 천재이자 억만장자가 구깃구깃한 잠옷을 입고 있었고 하얗게 센 머리는 방금 제 손으로 던진 초록색 죽 범벅이었다. 그는 맨발이었고 이를 모두 드러내고 교활하게 웃고 있었다.

"맙소사…." 나도 모르게 신음이 흘러나왔다.

내 말에 옆에 있던 루트거스도 믿을 수 없다는 듯이 중얼거렸다. "알…?"

알래스테어 경이 어깨를 구부리더니 뒤로 물러났다. 우리 때문에 겁을 먹었나 했지만, 여전히 웃는 얼굴이었다. 그는 뒤로 물러나더니 우리에게 침을 뱉었다.

"오, 아버지." 샬롯 부인이 말하자 그는 그녀를 향해 사악하게 웃고는 마치 손으로 물감을 칠하는 아이처럼 가로막에 묻은 타피오카 죽과 갈색 얼룩 위에 침을 바르기 시작했다.

"오, 맙소사." 파치트리 간호사가 말했다. "오늘 아침에는 말 잘 들었잖아요." 그녀는 주머니에서 열쇠 꾸러미를 꺼내더니 서둘러 가로막 옆 방의 자물쇠를 열고 들어갔다. 잠시 후 그녀는 젖은 수건을 들고나와서 알래스테어 경의 손을 닦기 시작했다.

나는 경악에 차 그가 또 간호사에게 침을 뱉을까 봐 두려워하며 지켜보았지만, 그는 개구쟁이 아이처럼 손을 빼내려고 몸부림을 치며 간호사를 약하게 찰싹찰싹 때리다가 알아들을 수 없는 욕설을 내뱉었다.

내 옆에 있는 루트거스는 마비된 사람 같았다. "아버님이 언제부터 이런 모습이었습니까?"

"10년 되었어요." 샬롯 부인이 말했다. "그사이 점점 나빠지셨죠."

파치트리 간호사가 알래스테어 경의 손을 깨끗이 닦아내고 머리를 빗기고 있었다. "손님들에게 멋지게 보여야죠." 그녀가 말했다. 그녀의 목소리는 희미했지만 유리 가로막 너머로 똑똑히 들렸다. "여기 투페 탐정님도 와 계시단 말이에요. 유명한 탐정이요."

그녀는 그의 왼쪽 허리를 단단히 붙들고 가로막 너머로 나왔다. "알래스테어 경, 투페 탐정님을 소개할게요."

투페는 유리 가로막 쪽으로 다가가 꾸벅 절을 했다. "만나서 반갑습니다."

"투페 탐정은 우리 수수께끼를 풀어주려고 오셨어요, 아버지." 샬롯 부인이 말했다.

"예." 투페가 말했다. "수수께끼에 대해 더 많이 알고 싶습니다."

뒤쪽에서 누군가가 문을 두드렸다. "제가 나가볼까요?" 나는 샬롯 부인에게 말했다.

"부탁할게요." 그녀가 말하자 나는 가서 문을 열어주었다. 하이디가 유아용 뚜껑 달린 컵과 그레이엄 비스킷이 담긴 쟁반을 들고 서 있었다.

나는 하이디가 들어올 수 있도록 뒤로 물러났는데, 하이디가 들어오자마자 알래스테어 경이 폭발했다. 그가 갑자기 왼쪽 팔을 들어 파치트리 간호사의 턱을 후려치자 그녀는 턱을 감싸 쥐고 비칠거리며 뒤로 물러났다. 알래스테어 경은 양손으로 유리 가로막을 때리며 거칠게 폭소를 터뜨리기 시작했다. 하이디가 쟁반을 꼭 움켜잡고 공포에 질린 눈을 부릅뜨고 알래스테어 경을 바라보았다.

"오, 맙소사." 샬롯 부인이 말했다. "하이디, 쟁반은 테이블에 내려놓으렴."

하이디는 여전히 알래스테어 경 쪽에 시선을 고정한 채로 쟁반을 내려놓더니, 예의범절 따위는 집어치우고 네발로 달아났다. 알래스테어 경은 계속 유리 가로막을 두드리다가 이어서 플라스틱 그릇 쪽으로 걸어가더니 바닥에 주저앉아 그릇 안쪽을 핥아먹기 시작했다.

루트거스는 슬픈 얼굴로 고개를 저으며 중얼거렸다. "10년이라니…."

파치트리 간호사가 사라졌다가 다시 나왔다. 턱과 뺨이 붉게 물들어 있었다.

"어르신은 하이디를 싫어해요." 간호사는 누가 묻지도 않은 말을 했다. "달타냥도요." 그녀는 움찔거리며 자신의 턱을 만져보았다. "지난번 달타냥이 점심을 가지고 왔을 때는 흔들의자를 집어 던졌죠."

"상처에 얼음을 가져다 대는 게 좋겠어요." 샬롯 부인이 말했다. "그리고 아버지가 저렇게 흥분해 있으니 간호사님은 오늘 밤 여기서 식사를 하는 게 좋겠어요."

"오, 안 돼요!" 파치트리 간호사가 절박하게 말했다. "곧 차분해질 거예요. 언제나 그랬으니까요."

누가 문을 쾅쾅 두드리자 투페가 가서 문을 열어주었다. 제임스가 엄지손가락을 꼭 움켜쥐고 뛰어 들어왔다. "저 괴물이 방금 무슨 짓을 저질렀는지 알아?"

나는 알래스테어 경이 움직였을 거라 생각하고 순간 몸을 돌려 가로막 쪽을 보았다. 그러나 그는 여전히 바닥 한가운데에 앉아 있었다. 이번에는 플라스틱 그릇을 머리에 뒤집어쓴 채였다.

"괴물이 내 손을 잡아 뜯어내려고 했다고!" 제임스는 샬롯 부인을 향해 제 손을 내밀었다. "아무래도 뼈가 부러진 것 같아!"

그러나 내 눈에는 파치트리 간호사의 턱에 난 것처럼 뚜렷하게 붉은 상처는 보이지 않았다.

"저 짐승이 날 죽이려고 했어!" 제임스가 말했다.

"어떤 짐승 말이니?" 샬롯 부인이 가라앉은 목소리로 물었다.

"어떤 짐승이냐고? 그야 누나의 원숭이 자식이지! 복도를 지나가는데 그 자식이 갑자기 달려들었어."

제임스가 우리를 향해 돌아섰다. "누나한테 원숭이는 위험하다고 몇 번을 말했는데, 내 말은 듣지도 않아요!"

"제가 알기로 고릴라들은 본성이 매우 온순합니다." 루트거스가 말했다.

"그야 누나 연구소에서 일하는 소위 과학자 나부랭이들이나 하는 소리고! 그자들은 늘 원숭이가 새끼고양이처럼 해롭지 않고 파리 한 마리도 제 손으로 죽이지 못한다고들 하지! 그런데 이래?" 그는 다시 한번 우리를 향해 손을 흔들어 보였다. "다들 어느 날 아침 침대에서 시체로 발견되어도 내가 미리 경고하지 않았다는 말은 하지 마쇼!"

제임스는 문을 박차고 나갔지만, 그의 분노가 노인을 흥분시켰는지 알래스테어 경은 다시 유리 가로막을 치기 시작했다.

"어르신은 코코아를 마시자마자 잠이 들 거예요." 파치트리 간호사가 애원하듯이 말했다. "언제나 그러는걸요. 게다가 오늘은 낮잠도 안 잤어요. 또 저는 모니터도 가지고 있어요. 행여 어르신이 깨어나더라도 모니터로 소리를 들을 수 있어요. 오늘은 크리스마스이브잖아요!"

"좋아요." 샬롯 부인이 측은하게 말했다. "하지만 아버지가 깨어나면 곧바로 돌아오셔야 해요."

"예, 약속할게요." 그녀는 마치 자정까지는 무도회장을 떠나겠다고 약속하는 신데렐라처럼 들뜬 얼굴로 말했다. "오, 얼마나 재미있을까!"

"내 생각에는 전혀 재미있지 않아." 저녁을 먹으러 내려가는 길에 나는 투페에게 말했다. "차라리 동생 집에 가는 게 좋았겠어. 샬롯 부인도 아마 그쪽을 더 좋아할걸. 그녀가 왜 그렇게 유인원을 좋아하는지 알겠어. 나라도 저런 아버지와 남동생이 있다면야."

"그 아버지는 백만장자야." 투페가 생각에 잠겨 말했다. "그렇지 않아?"

"억만장자지." 내가 말했다.

"알래스테어 경이 죽으면 누가 재산을 상속받는지 궁금하군. 또 왜 파치트리 간호사가 저토록 불쾌한 환자 옆에 계속 머물러 있는지도 의문이고." 투페는 이 상황이 몹시 즐겁다는 듯이 양 손바닥을 비비며 말했다. "정말 수수께끼투성이야. 아마 저녁 식사 자리에 가면 수수께끼가 더 늘어나겠지."

정말이었다. 무엇보다 샬롯 부인이 지금이 크리스마스인지 알고 있기는 한지가 가장 첫 번째 수수께끼였다. 테이블에는 장식이 전혀 없었고 식당에도 호랑가시나무나 소나무 화환 같은 장식물이 없었으며 난방도 하지 않았다. 매혹적인 끈 없는 드레스로 갈아입은 폭스는 추워서 덜덜 떨고 있었다.

저녁 식사도 정말로 평범했다. 멧돼지 머리도 거위도 칠면조도 없었고 오직 싱거운 대구와 지나치게 익힌 소고기가 새 장갑을 끼고 온 달타냥과 하이디 손으로 나왔다. 떠들썩한 크리스마스 만찬 분위기는 거의 느껴지지 않았다.

샬롯 부인은 크리스마스라는 것을 알아채지도 못한 것 같았다. 그녀가 영장류 지능에 관한 이야기를 꺼냈는데, 제임스가 저녁 식사 자리에 내려오지 않은 걸 고마워하는 기색이 역력했다. 파치트리 간호사도 오지 않았다. 환자가 그녀의 바람만큼 쉽게 잠들지 않은 모양이었다.

"우리는 영장류의 행동이 충동적이라는 편견을 극복하려고 노력하고 있어요." 샬롯 부인이 말했다. "그들의 행동이 의도적이라는 사실을 입증하려는 연구를 시행했죠. 영장류는 의식적인 사고와 계획 수립, 경험으로부터 학습, 통찰력이 모두 가능해요."

수프 코스(통조림이었다)가 끝난 직후 파치트리 간호사가 서둘러 들어와 폭스와 나 사이에 앉았다. 그녀는 간호사복을 벗고 주름이 물결치는 회색 시폰* 의상으로 갈아입고 얼굴 가득 웃고 있었다.

"드디어 잠들었어요." 그녀는 테이블 위에 흰색 플라스틱 상자 모양의 물건을 내려놓으며 숨도 쉬지 않고 말했다. 상자에서 쌕쌕거리고 헐떡이는 숨소리가 들여왔다. "아기 모니터예요. 알래스테어 경이 깨어나면 소리를 들을 수 있어요."

'멋지군.' 나는 생각했다. '저녁 만찬 도중에 짐승의 비명과 욕설을 대접받을지도 모르겠네.'

"알래스테어 경은 무슨 병을 앓고 있습니까?" 내가 물었다.

"치매예요." 간호사가 말했다. "그리고 증오도요. 안타깝지만 둘 중 어떤 것도 치명적이지는 않아요. 몇 년은 더 살 수 있을 거예요. 고마워, 하이디." 그녀는 자기 앞에 생선 접시를 내려놓는 침팬지에게 말했다. "여기 투페 탐정이 계시다니, 정말 신나지 않니, 하이디?"

하이디가 고개를 끄덕였다.

"하이디와 저는 둘 다 추리소설 팬이랍니다. 우린 《으깨진 두개골 살인사건》도 읽었지?" 하이디가 다시 고개를 끄덕이곤 파치트리 간호사에게 수화를 했다.

"하이디는 목사가 범인이라고 생각한대요." 간호사가 말했다. 그녀는 재빨리 하이디에게 수화를 보냈다. "제 생각에는 전 부인 짓인 것 같아요. 누구 말이 옳죠, 브리들링스 대령님?"

사실은 둘 다 틀렸다. 그러나 하이디 쪽에 점수를 주어야 할 것이다. 나도 처음에는 목사가 범인이라고 생각했었으니까. "결말을 누설하고 싶지

---

* 비단, 나일론 등 얇고 가벼운 직물

않습니다." 내가 말하자 하이디가 인정한다는 듯이 고개를 꾸벅 숙였다.

"그는 늘 끔찍한 사람이었죠." 파치트리 간호사가 알래스테어 경에게로 화제를 돌렸다. "안타깝게도 아들이 아버지를 빼닮았어요." 그녀는 목소리를 낮춰 속삭였다. "그래서 유언장에 전 재산을 아들에게 남긴 거라고 봐요. 딱하기도 하지. 아들은 그 돈을 전부 도박으로 날릴 텐데."

"그가 도박을 합니까?" 내가 물었다.

"빚이 산더미예요." 그녀가 속삭였다. "오늘 아침에도 전화로 사정사정하는 소릴 들었어요. 알래스테어 경이 자기가 죽을 때까지는 아무도 재산에 손을 못 대게 해놨거든요. 잘한 짓이죠. 안 그랬으면 지금쯤 남아 있는 게 하나도 없었을걸요." 간호사는 고개를 저었다. "샬롯 부인이 딱해요."

그녀가 더 가까이 몸을 숙였다. 옷에 붙은 주름장식이 내 팔을 휩쓸고 지나갔다. "알래스테어 경이 샬롯 부인이 진심으로 사랑한 사람과 결혼을 막은 거 알아요? 샬롯은 아버지와 함께 일했던 인공지능 과학자 필립 데이비슨과 사랑에 빠졌어요. 샬롯이 영장류 지능에 관심을 두게 된 것도 다 필립 때문이었죠. 알래스테어 경은 두 사람의 관계를 알고 필립에게 산업 스파이 누명을 뒤집어씌웠고 필립은 모든 명성을 잃고 이민을 떠났어요. 그 후 샬롯 부인은 누구하고도 결혼하지 않았고요."

'투페가 알면 꽤 흥미로워하겠군.' 나는 생각했다. 투페 쪽을 흘낏 보았지만 투페는 루트거스를 지켜보고 있었고 루트거스는 유인원의 성취에 대해 열심히 말하는 샬롯 부인을 보고 있었다.

"달타냥은 800개의 단어를 배웠고 50개가 넘는 문장을 배웠어요." 샬롯 부인이 말했다. "우리는 하루에 2시간씩 어휘 공부를 해요." 그녀는 생선 접시를 치우는 달타냥을 향해 미소를 지었다. "그리고 접대 기술을 1시간씩 배우죠."

하이디가 구운 소고기 요리를 접대하기 시작했다. 아기 모니터에서 들리는 코 고는 소리와 쌕쌕거리는 숨소리가 묵직하고 고른 숨소리로 잦아들었다.

"하이디와 저는 하루에 2시간씩 읽기 공부를 하고 또 1시간은 하이디

혼자 읽기를 하죠. 하이디." 샬롯 부인이 폭스 앞에 소고기 접시를 내려놓는 하이디를 붙잡았다. "투페 탐정님에게 네가 가장 좋아하는 사건이 뭔지 말씀드리렴."

하이디가 활짝 웃으며 빠른 속도로 수화했다.

"《고양이 발 살인사건》이래요." 샬롯 부인이 통역했다.

투페는 흡족해 보였다. "아, 예, 매우 만족스러운 사건이었죠." 그는 그 사건에 관해 설명하기 시작했다.

"고양이 발이 뭐죠?" 폭스가 나에게 속삭였다. "토끼 발 같은 건 아니겠죠?"

"아닙니다." 내가 말했다. "자신의 목적을 위해 다른 사람을 이용하는 걸 빗대 표현한 말이에요. 원숭이가 불 속에서 밤을 꺼내려고 고양이 발을 이용한 옛이야기에서 나온 말입니다."

"어머, 잔인해요." 파치트리 간호사가 말했다.

"유인원을 붙잡아놓고 사람 옷을 입히는 것보다 더 잔인하지는 않아요." 폭스가 씩씩거렸다.

"당신은 샬롯 부인이 하는 일이 못마땅하군요?" 파치트리 간호사가 깜짝 놀라 물었다.

"아니에요. 그런 뜻은 아니었어요." 폭스는 몹시 당황한 것처럼 보였다. 그녀는 구운 소고기를 포크로 찍었다가 다시 접시에 내려놓았다.

"샬롯 부인은 진심으로 영장류를 위해 일해요." 파치트리 간호사가 단호하게 말했다. "샬롯 부인도 진심으로 그들에게 헌신하고, 그들도 샬롯 부인을 위해서라면 어떤 일도 할 수 있을 정도죠. 샬롯 부인이 끔찍한 운명으로부터 그들을 구해주었으니까요. 하이디는 실험용 동물이었어요."

샬롯 부인이 마지막 말을 들은 모양이었다. "실험이라뇨?" 그녀는 사건을 설명하는 투페의 말을 자르며 물었다. "영장류는 여전히 실험용 동물로 사용되고 있어요. 그들도 의식을 가진 존재고 우리처럼 고통을 느낄 수 있다는 게 증명이 되었는데도 말이죠. 우리 연구소는 그들이 지식을 습득하고 복잡한 문제를 해결하며 도구를 사용하고 언어를 조작할 수 있다는 사실을 입증했습니다. 그들은 인간이 할 수 있는 모든 일을 할 수 있어요."

"꼭 그렇지는 않습니다." 유스티스 경사가 말했다. "그들은 범죄를 저지르거나 거짓말을 할 수는 없어요. 카드놀이에서 속임수를 쓸 수도 없죠."

"사실은," 루트거스가 말했다. "영장류도 할 수 있습니다."

"카드놀이에서 속임수를 쓴다고요?" 유스티스 경사가 말했다. "설마 달타냥이 포커를 칠 수 있는 건 아니죠?"

다들 웃었다.

"다양한 연구 결과가 유인원도 속임수를 쓸 수 있다는 것을 보여줍니다." 루트거스가 말했다. "야생의 유인원들은 먹을 것을 자주 숨기고 무리의 나머지가 잠들면 몰래 가져옵니다. 또 수화를 할 줄 아는 유인원이 잘못을 저질렀을 때 네가 했느냐고 물어보면 거짓말을 합니다. 루시도 몇 번이나 입속에 열쇠를 숨겼다가 주인들이 가버리면 그 열쇠를 이용해 밖으로 나가곤 했죠. 거짓말을 하고 속임수를 쓸 수 있다는 것은 그들이 고차원적인 사고를 할 수 있다는 증거입니다. 거짓말을 하려면 상대방이 어떻게 생각하는지 알고 어떻게 해야 속일 수 있는지도 결정해야 하니까요."

샬롯 부인은 호기심 어린 얼굴로 루트거스를 보았다. "기자분이 영장류에 대해 많이 알고 계시는군요." 그녀가 말했다.

"부인이 보내준 자료에서 봤습니다." 그가 말했다.

"그래요. 루트거스 씨 말이 맞습니다. 영장류도 속임수를 쓸 줄 알아요." 그녀가 말했다. "그러나 사랑과 공포, 슬픔, 다정함, 헌신도 할 줄 알죠. 우리보다 훨씬 더 나은 존재예요."

"그래서 아무 이유도 없이 사람을 공격하나 보지?" 제임스가 들어와 누나 옆에 앉으며 말했다. 그가 손가락을 튕기자 하이디가 겁에 질린 얼굴로 서둘러 구운 소고기 접시를 가져다주었다. "그래서 오클라호마 대학교도 유인원 한 마리가 외과 의사의 손가락을 물어 뜯어버리자 당장 연구를 중단해야 했던 거고? 그들이 인간보다 나은 존재라서?"

그는 하이디에게서 접시를 낚아채듯 가져갔다. "우리 누나가 여러분에게 루시 이야기를 했나요? 가엾은 루시. 다시 정글로 보내져서 밀렵꾼들에게 살해당했다고요? 그런데 루시가 왜 정글로 되돌려 보내졌는지도 말하던가요? 그건 루시가 주인을 공격했기 때문이에요." 그는 하이디를 향해 심술궂게 웃었다. "너한테도 그런 일이 일어날 수 있다는 걸 알아둬. 네 친구 달타냥도."

"영리한 동물이 노예처럼 취급받는다면 나라도 주인을 공격했을 겁니다." 루트거스가 말하자 샬롯 부인은 그에게 고마운 표정을 지어 보였고, 곧 뭔가를 떠올린 듯 얼굴을 찌푸렸다.

그래도 크리스마스니까 적어도 자두 푸딩 정도는 나올 줄 알았는데 후식으로 나온 건 바닐라 커스터드뿐이었다. 그걸 보니 또 알래스테어 경의 타피오카 죽이 떠올라 속이 불쾌해졌지만 적어도 식사가 끝났다는 뜻이니 다행이었다. 샬롯 부인이 "우리 그만 일광욕실로 가서 쉴까요?"라고 말했을 때 나는 정말로 의자에서 튀어 오르듯 일어났다.

"아직은 아닙니다." 투페가 말했다. "부인은 아직 저에게 수수께끼에 대해 말하지 않았습니다."

"때가 오면 곧 말씀드릴게요." 그녀가 말했다. "우선 게임부터 해야죠. 게임이 없는 크리스마스이브는 완전하지 않아요. 슬리퍼 찾기 하실 분?"

"저요." 간호사 파치트리가 큰 소리로 말했지만, 괜히 나섰나 후회하는 사람처럼 이내 불안한 표정을 지었다.

"냄새 고약한 신발이나 찾겠다고 온 집 안을 뒤지고 다닐 생각은 없어." 제임스가 말하자 투페가 인정하는 눈빛으로 제임스를 바라보았다.

"그럼 누가 먼저 의자에 앉나 놀이는요?"

"싫어. 슬리퍼 찾기만큼이나 끔찍해." 제임스가 말했다. "나는 동물, 식물, 무생물 스무고개를 하고 싶어."

"그야 네가 가장 잘하는 게임이니까." 샬롯 부인이 말했다. 두 사람 모두 말투에 신랄함이 잦아들어 있었는데, 결국은 크리스마스이브라서 그런 것 같았다.

샬롯 부인이 일행을 서재로 안내했다. "알래스테어 경이 아직도 잠들어 있어서 정말 다행이에요." 간호사 파치트리가 샬롯 부인을 따라가면서 내게 말했다. 그녀는 내 귀에 모니터를 바짝 가져다 댔다. 희미하고 고른 숨소리가 거의 들리지 않았다. "몇 시간 동안은 깨어나지 않을 거예요." 그녀는 기분 좋게 말했다. "저는 크리스마스 게임이 정말로 좋아요."

"그러니까 나랑 같이 동생 집에 가자고 했잖아, 투페." 나는 투페에게 속삭였다. "그랬으면 몸짓 보고 알아맞히기 놀이만 했으면 됐을 텐데."

"누가 먼저 하죠?" 다들 캔버스 의자에 자리를 잡고 앉자 샬롯 부인이 말했다. "유스티스 경사님부터 할까요? 우리가 문제를 정할 동안 경사님은 복도에 나가 계세요."

유스티스 경사는 순순히 밖으로 나가 등 뒤로 문을 닫았다.

"좋아요. 우리 어떤 거로 정할까요?" 샬롯 부인이 밝게 말했다.

"식물이요." 폭스가 말했다.

"크리스마스트리." 파치트리 간호사가 열렬하게 말했다.

"그 정도는 눈 깜짝할 새에 맞힐걸요." 제임스가 말했다. "문학작품의 등장인물로 해요. 허구의 인물인 걸 알아차리려면 적어도 열두 번은 질문해야 할 테니까."

"산타클로스!" 파치트리 간호사가 말했다.

다들 그녀를 무시했다.

"뭐로 하면 좋을까요, 투페 탐정님?" 샬롯 부인이 물었다.

"부인이 제가 해결하길 바라는 수수께끼요." 투페가 말했다.

"안 돼요, 그건 너무 복잡해요." 샬롯 부인이 말했다. "생각났어요! 지문이요! 수사관에겐 완벽한 주제예요."

지문이 동물이나 식물이냐 혹은 무생물이냐를 둘러싸고 열띤 토론이 벌어졌고 결국 결론이 나지 않자 대신 《금발 머리와 곰 세 마리》의 주인공 '금발 머리'를 골랐다.

"'금발 머리'는 이야기 속 허구의 인물이고 범죄를 저질렀죠."

유스티스 경사가 안으로 불려 와 문제를 알아맞히기 시작했다. 예상대로 그는 정답이 허구의 인물이라는 걸 알아내기까지 열세 개의 질문을 썼고 곧바로 금발 머리를 알아맞혀 모두를 놀라게 했다.

"어떻게 맞혔어요?" 폭스가 물었다.

"나한테는 늘 금발 머리를 문제로 내죠." 그가 말했다. "나는 수사관이니까요. 금발 머리는 남의 집에 몰래 들어갔잖아요."

투페를 제외한 모두가 차례차례 복도에 나가 서 있다가 들어와 문제를 맞혔다. 자두 푸딩(파치트리 간호사가 제안했다), 슬리퍼 찾기 놀이의 슬리퍼, 보르네오 지도, 자수용 가위 등이 문제로 등장했다.

제임스 차례가 되자 그는 의자를 가지고 복도로 나가겠다고 했다. "날 속일 문제를 고르는 동안 영원히 밖에 서 있고 싶지 않거든. 경고하는데 난 절대로 스무고개를 실패한 적이 없어."

"동생 말이 맞아요." 샬롯 부인이 빙그레 웃으며 말했다. "작년 크리스마스 때는 단 네 번의 질문으로 정답을 맞혔답니다."

"겨우살이." 파치트리 간호사가 말했다.

"허구의 인물로 해야 해요." 루트거스가 말했다. "본인이 가장 맞히기 어려운 문제라고 인정했잖아요."

"아니에요. 제임스는 늘 허구의 인물을 맞혀요. 이번에는 실존 인물이어야 해요. 그리고 잘 알려지지 않은 사람이어야 하고요. 아나스타샤!"

"아나스타샤가 잘 알려지지 않은 인물은 아니지 않나요?" 내가 말했다.

"아니죠. 하지만 제임스가 '살아 있는 사람인가요?'라고 물으면 우리는 모른다고 대답할 수 있어요. 그러면 그는 허구의 인물이라고 생각하겠죠."*

"만약 제임스가 허구의 인물이냐고 직접 물어봐서 아니라고 대답해야 하면 어쩌죠?"

"하지만 허구의 인물 맞잖아요." 폭스가 말했다. "어렸을 때 디즈니 만화영화로 봤어요."

"그리고 제임스가 동물이냐 식물이냐 무생물이냐 물어보면," 유스티스 경사가 말했다. "무생물이라고 말할 수 있어요. 그녀의 시신은 불타서 재가 되어버렸으니까요."

---

* 아나스타샤는 러시아 로마노프 왕가의 마지막 황녀로 러시아 혁명 이후 생사 여부를 둘러싸고 끊임없는 논란에 휩싸였다.

"그건 몰라요." 샬롯 부인이 말했다. "그녀의 유골은 발견되지 않았으니까요."

제임스가 의자를 가져가겠다고 한 건 참 잘한 일이었다. 문제를 정하는 데만 15분 가까이 걸렸고 그동안 투페는 점점 폭발할 것처럼 보였다.

"제임스가 늘 허구의 인물을 잘 맞힌다는 걸 우리가 안다는 걸 알면," 유스티스 경사가 말했다. "우리가 그 주제를 피할 거라고 생각할 테니까 거꾸로 그걸 골라야 해요."

"킹콩." 파치트리 간호사가 말했다.

당혹스러운 침묵이 이어졌다.

"영장류에 대한 언급은 피하는 게 좋겠어요." 마침내 샬롯 부인이 말했다. 결국 R2D2로 정했다. 무생물이면서도 동물이고(그 안에 배우가 있으니까), 허구이면서 실제고(실제 깡통이니까), 옛날 영화의 등장인물이라는 이점이 있었다. 샬롯 부인은 동생이 이 영화를 본 적이 없다고 말했다.

하지만, 제임스는 단 네 차례의 질문으로 정답을 맞혔다.

"좋아요." 샬롯 부인이 방 안을 둘러보며 말했다. "아직 안 한 분이 누구죠? 루트거스 씨?"

"저는 자수용 가위를 맞혔습니다."

"아, 그랬죠. 투페 씨 혼자 남았네요. 자, 시작할까요? 탐정님은 제 동생보다 훨씬 더 빨리 맞힐 수 있을 거라고 믿어요."

"부인." 투페가 치명적으로 낮은 목소리로 말했다. "저는 게임이나 하려고 마웨이트 장원에 온 게 아닙니다. 수수께끼를 해결해달라는 부인의 요청에 응하고자 왔지요. 수수께끼가 뭔지 알고 싶습니다."

샬롯 부인은 문제를 생각해내는 게 지겨워졌거나, 아니면 투페의 목소리에서 심각함을 감지한 것 같았다.

"당신 말이 옳아요." 그녀가 말했다. "때가 되었어요. 투페 탐정님 말이 맞습니다. 저는 수수께끼를 풀어달라고 탐정님을 모셨어요. 도무지 이해가 안 되고 당혹스러워서 오직 세계 최고의 탐정만이 해결할 수 있는 수수께끼죠."

그녀가 마치 연설을 하려는 사람처럼 자리에서 일어났다. "우리 연구소는 영장류도 고차원적인 사고와 복잡한 계획을 수립할 수 있다는 사실을 입증해왔습니다. 그들도 생각하고 이해하고 말하고 심지어 쓸 수도 있다는 사실을요."

"부인." 투페가 반쯤 일어나며 말했다.

그녀는 다시 앉으라고 손을 내저었다. "투페 탐정님이 풀어주길 바라는 수수께끼가 바로 이것입니다. 영장류가 인간처럼 사고할 수 있고 평균적인 인간과 동등하다는 게 입증되었는데 왜 인간처럼 취급받지 못하는 걸까요? 그들은 왜 인간과 동등한 법적 지위를 갖지 못할까요? 왜 투표하고 재산을 소유할 수 없는 거지요? 왜 그들에게 시민권이 주어지지 않을까요? 투페 탐정님, 오직 당신만이 이 수수께끼를 풀 수 있어요. 오직 당신만이 대답할 수 있어요! 왜 유인원은 인간과 동등한 자격이 주어지지 않는 건가요?"

"넌 완전히 속아 넘어갔어, 투페." 내가 말했다. 나는 솔직히 조금은 즐거웠다고 인정해야겠다. "샬롯 부인은 홍보를 노리고 널 여기에 초대한 거야. 널 연구소의 선전꾼으로 활용하고 싶어서지." 나는 웃음을 터뜨렸다. "이번에 고양이 발 노릇을 한 사람은 바로 너였군. 샬롯 부인은 침팬지에게 투표권을 주려고 널 이용한 거야."

"고양이 발이라…." 그는 불쾌한 기색으로 말했다. "내가 순순히 고양이 발 노릇을 해줄 것 같아?" 그는 서랍장 위에서 가방을 끌어 내렸다. "네 동생 집으로 가는 다음 열차가 몇 시에 있지?"

"너, 가려고?" 내가 물었다.

"우리가 가는 거지." 그가 말했다. "동생에게 전화해서 오늘 밤 우리가 도착할 거라고 말해. 투페 탐정은 누구에게도 이용당하지 않아."

뭐, 어쨌든 내 동생은 기뻐할 것이다. 나는 전화를 걸려고 아래층으로 내려갔다. 주머니에서 열차 시간표를 꺼내 보았다. 9시 30분 기차를 타면 자정 전에 도착할 수 있다. 샬롯 부인이 역까지 갈 차편을 마련해줄지, 그 운전은 달타냥이 할지 궁금했다. 그렇다면 아예 전화로 택시까지 부르는 게 좋을 것이다. 달타냥은 샬롯에게 헌신적이므로 우리가 떠난다고 하면 별로 좋아하지 않을 것이다.

서재 문을 열려다가 웬 여자 목소리에 멈추었다. "아니, 괜찮아." 여자가 말했다. "너도 내 꼴을 봤어야 해. 심지어 구운 소고기까지 먹었다니까." 잠시 멈춤. "내일 다들 연구단지 견학을 떠났을 때…. 쳇, 그만 가봐야겠다."

나는 엿들었다는 것을 들키지 않으려고 얼른 뒤로 물러나 일광욕실로 들어갔다. 순간 창가에 두 사람이 서 있는 걸 봤는데 다시 보니 하이디와 달타냥이었다. 하이디가 고릴라에게 수화로 말하고 달타냥은 고개를 끄덕이고 있었다.

둘은 나를 보자마자 동작을 멈추었고 달타냥은 나를 향해 걸어왔다. "도와요, 선생님?"

"전화기를 찾고 있었어." 내가 말하자 달타냥이 나를 이끌고 복도를 지나 서재로 안내했다.

나는 동생에게 전화를 걸었다. "어머, 잘됐다." 동생이 말했다. "내가 역으로 마중 나갈게. 오빠는 저녁 먹었어?"

"아주 조금."

"내가 샌드위치를 가져갈게."

위층으로 돌아갔을 때 투페는 벌써 우리 짐을 들고 엘리베이터 옆에서 기다리고 있었다. "택시를 불렀나?" 그가 엘리베이터 버튼을 누르며 물었다.

"응." 그때 우리 위쪽 어딘가에서 공포에 짓눌린 날카로운 비명이 공기를 찢으며 들려왔다.

"맙소사, 투페!" 나는 말했다. "누가 살해라도 당하는 것 같은 소리야."

"샬롯 부인이 내가 떠난다는 사실을 알게 된 게지." 그는 무뚝뚝하게 말하고 다시 엘리베이터 버튼을 눌렀다.

루트거스가 자기 방에서 나왔고 폭스도 금발 머리를 밖으로 내밀었다. "무슨 소리죠? 동물이 고문이라도 당하는 것 같은 소리예요."

"계단으로 가야겠어." 내가 말했지만 돌아서기도 전에 엘리베이터가 열리면서 파치트리 간호사가 내 품으로 쓰러졌다.

"알래스테어 경이요!" 그녀는 흐느꼈다. "죽었어요!"

"죽었다고요?" 투페가 말했다.

"예!" 그녀가 말했다. "당신이 가서 봐야 해요!" 그녀는 다시 엘리베이터로 들어갔다. "살해당한 것 같아요!"

우리는 그녀를 따라 엘리베이터에 탔다. "살해당했다고요?" 현관에서 루트거스의 말소리가 들렸지만 이미 문이 닫히고 있었다.

"유스티스 경사가 떠났는지 알아봐요." 투페가 닫히는 문틈으로 외쳤다. "자, 이제," 그는 엘리베이터가 출발하자 간호사에게 말했다. "정확히 무슨 일인지 말해봐요. 빠짐없이 전부. 당신은 게임이 끝나고 놀이방으로 돌아갔습니까?"

"예. 아니요, 우선 크리스마스 선물 포장을 마치려고 제 방으로 갔어요." 그녀는 자책하는 얼굴로 말했다. "아기 모니터를 들고 갔어요."

"아무 소리도 안 들렸나요?" 투페가 물었다.

"예. 알래스테어 경이 자고 있다고 생각했어요. 아무 소리도 안 들렸거든요." 그녀는 다시 흐느끼기 시작했다. "모니터가 고장이 난 줄도 몰랐어요."

엘리베이터 문이 열리자 전부 밖으로 나갔다. 대기실로 향하는 문이 열려 있었다. "여기 도착했을 때 이 문이 열려 있었나요?"

"예." 간호사가 대기실로 먼저 들어가며 말했다. "그리고 이 문도요." 그녀는 놀이방으로 들어가는 문을 가리켰다. "어르신이 밖으로 나갔다고 생각했어요. 그런데 살펴보니… 어르신이…." 그녀는 내 재킷에 얼굴을 묻었다.

"간호사님." 투페가 엄하게 말했다. "정신을 바짝 차려야 합니다. 내가 수수께끼를 푸는 모습을 늘 보고 싶었다면서요. 이제 보게 될 테니 간호사께서는 나를 도와주셔야 합니다."

"탐정님 말씀이 옳아요. 그럴게요." 그녀는 말했지만, 우리가 놀이방으로 들어갈 때 머뭇거리며 뒤처졌고 내 팔을 꼭 붙잡고 서 있었다.

방 안은 유혈이 낭자했다. 알래스테어 경의 침대는 뒤집혔고 이불이 끌려 나와 있었다. 베개는 찢어졌고 베갯속은 한 줌씩 방 안 곳곳에 흩어졌다. 흔들의자, 밥그릇, 장난감, 타이어도 모두 거칠게 방 안 곳곳에 내던져졌다. 알래스테어 경은 바닥 한가운데에 몸의 절반은 구겨진 담요 위에 걸친 채 누워 있었고, 얼굴이 자주색으로 부풀어 올랐다.

"뭐라도 건드린 게 있습니까?" 투페가 방을 둘러보며 말했다.

"아니요." 파치트리 간호사가 말했다. "그러면 안 된다는 걸 탐정님 사건을 읽고 배웠어요." 그녀는 한 손을 들어 입을 막았다. "아, 그분을 만졌어요. 맥박을 짚어보고 심장 박동 소리를 들어봤어요. 살아 있을지도 모른다고 생각했거든요."

내가 봐도 그는 죽은 것 같았다. 얼굴은 자주색과 푸른색으로 끔찍하게 멍들었고 혀가 입 밖으로 나왔으며 눈은 부풀어 올라 있고 목에도 멍 자국이 있었다. 그리고 그녀는 간호사였다. 언뜻 봐도 소생 가능성이 없다는 것을 알았을 것이다.

"또 손을 댄 곳이 있습니까?" 투페가 쭈그리고 앉아 외눈 안경으로 알래스테어 경의 목을 자세히 살펴보며 물었다.

"없어요." 그녀가 말했다. "비명을 지르고 나서 탐정님을 찾으러 달려갔어요."

"어디서 비명을 질렀습니까?"

"어디서라니요?" 그녀가 멍하니 말했다. "여기 시체 옆이요."

그는 자리에서 일어나 유리 가로막을 살펴보고 벽 쪽으로 걸어갔다. 벽 앞에 아기 모니터가 떨어져 있었는데 상자 뒤쪽이 떨어져 나갔고 앞면은 두 동강이 나 있었다.

"이래서 모니터에서 아무 소리도 들리지 않았던 거로군." 내가 말했다. "그렇다면 저녁 식사 후에 살해당했다는 뜻이야."

"그러면 알리바이가 있는 사람이 아무도 없어요." 파치트리 간호사가 말했다. "다들 몇 분 동안은 혼자 복도에 나가 있었으니까요."

투페는 아기 모니터를 집어 들고 스위치를 살펴보았다. "그렇게 해도 되나?" 내가 물었다. "그럼 범인의 지문이 지워지지 않을까?"

"지문은 없어." 그가 말하고 아기 모니터를 내려놓았다. "목에도 지문이 전혀 없고."

"내가 경고했지!" 제임스가 문간에 나타나 말했다. "원숭이가 위험하다고 했잖아. 그 자식이 아버지를 죽였어!" 그는 시체 옆으로 성큼성큼 걸어갔다.

"범죄 현장을 보호해야겠습니다." 유스티스 경사가 방 안으로 들어오며 말했다. 그는 '출입 금지'라고 쓴 노란색 테이프를 줄줄 풀어냈다. "다들 나가주시길 바랍니다. 아무것도 손대지 마시고요." 경사는 자기 아버지 목에 손을 대고 있는 제임스에게 날카롭게 말했다. "범죄 수사입니다. 다들 아래층에 모여주세요. 물어볼 게 있습니다."

"살인사건 수사라고?" 제임스가 말했다. "수사 따위 필요 없어! 누가 아버지를 죽였는지 내가 말해주지. 그 원숭이 짓이야!"

"누가 범인인지는 증거가 말해줄 겁니다." 유스티스 경사가 말하며 다시 시신 쪽으로 갔다. "투페 탐정, 와서 이걸 좀 보십시오. 털입니다."

그가 알래스테어 경의 파자마 차림 가슴에 떨어진 길고 굵은 검은색 털을 가리켰다.

"봐! 저걸 보라고!" 제임스가 말했다. "저기 증거가 있잖아!"

유스티스 경사가 증거채집용 봉투와 집게를 꺼내 조심스럽게 털을 집어 봉투에 넣었다. 그사이 투페는 방 가장 안쪽 벽으로 걸어가 뚜껑 달린 컵을 살펴보았다. 벽에 부딪혔다가 튀어 올랐는지 코코아가 긴 호를 그리며 벽 전체에 뿌려져 있었다. 투페는 컵을 집어 들고 뚜껑을 비틀어 열고 내용물의 냄새를 맡아본 다음 손가락으로 내용물을 찍어 맛보았다.

"만지면 안 됩니다!" 유스티스 경사가 노란색 테이프를 긴 꼬리처럼 달고 달려왔다. "지문 지워져요!"

"지문은 단 한 점도 못 찾을 겁니다." 투페가 말했다. "범인은 장갑을 꼈어요."

"봤지!" 제임스가 소리쳤다. "심지어 세계 최고의 탐정도 달타냥 짓인 걸 아네. 빨리 녀석을 체포하는 게 어때? 놈이 또 다른 사람을 죽일 수 있으니까!"

투페는 그를 무시하고 유스티스 경사에게 컵을 건넸다. "잔여물을 분석해보세요. 흥미로운 결과가 나올 것 같군요."

유스티스 경사는 컵을 증거물 봉투에 넣고, 방금 도착해 알래스테어 경을 보고 놀란 젊은 순경에게 건넸다. "잔여물을 분석해봐." 유스티스 경사가 순경에게 말했다. "그리고 전원 아래층으로 불러. 집 안의 모든 사람에게 물어볼 게 있어."

"물어본다고?" 제임스가 길길이 날뛰었다. "그건 시간 낭비야. 무슨 일이 있었는지는 분명해. 내가 경고했잖아."

"그랬죠." 투페가 호기심 어린 눈빛으로 제임스를 보면서 말했다. "당신이 경고했지요."

순경이 다른 사람들과 함께 전부 놀이방에서 몰아내 엘리베이터에 태웠는데도 투페가 저항하지 않은 게 놀라울 따름이었다. 그는 이렇게 말했을 뿐이다. "샬롯 부인도 소식을 들었습니까?"

"제가 말할게요." 루트거스가 자원하자 투페는 마음이 다른 데 가 있는 사람처럼 꽤 오랫동안 그를 응시하다가 고개를 끄덕였다. 루트거스가 복도를 지나가는 동안에도 투페는 계속 그를 바라보다가 내 쪽으로 돌아섰다. "자넨 누구 짓이라고 생각하나, 브리들링스?"

"그야 완벽할 정도로 빤하지 않나." 내가 말했다. "제임스는 유인원들이 위험하다고 말했는데, 안타깝지만 그의 말이 맞는 것 같아."

"맞는 것 같다고? 그러니 내가 늘 너더러 표면만 본다고 하는 거 아냐."

"그러는 네 눈엔 뭐가 보이지?" 내가 물었다. "노인은 목이 졸렸고 가구는 부서져 있고 시체 위에 고릴라 털도 있었어."

"그랬지. 추리소설에 나올법한 장면이지. 너에게 부탁할 게 있어." 그가 갑자기 말했다. "폭스 양을 찾아서 유스티스 경사가 찾는다고 전해줘."

"하지만 경사는 그 여자를 찾지 않았…."

"모두에게 할 이야기가 있다고 했잖아."

"설마 폭스가 이 일과 무슨 관계가 있다고 생각하는 건 아니지?" 내가 말했다. "그럴 리가 없어. 그 여자는 그렇게 힘이 세지 않아. 알래스테어 경은 목이 졸려 죽었잖아. 엄청나게 저항했을 거야."

"그렇게 보이겠지." 투페가 말했다. 그러고선 나더러 어서 방을 나가라고 손짓했다.

폭스의 방으로 올라갔더니 놀랍게도 그녀는 짐을 싸고 있었다. "살인자 고릴라와 같은 집에 있고 싶지 않아요." 그녀가 말했다. "아니지, 살인자 고릴라가 있는 추운 집이요."

"아무도 떠나면 안 된다고 했습니다." 내가 말했다. "유스티스 경사가 당신에게 물어볼 게 있답니다."

나는 그녀의 반응에 깜짝 놀랐다. 그녀는 얼굴이 백지처럼 하얗게 질렸다. "나한테 물어볼 게 있다고요?" 그녀는 더듬거렸다. "뭐, 뭘요?"

"누가 무엇을 보았는지, 살인이 일어난 시간에 우리 모두 어디에 있었는지, 그런 것들이겠죠." 나는 그녀를 안심시키려고 애쓰며 말했다.

"하지만 누구 짓인지는 다들 알지 않나요?" 그녀가 말했다. "나는 달타냥 짓이라고 생각해요."

"누구 짓인지 아는 것과 그것을 증명하는 것은 별개의 일이에요." 내가 말했다. "그저 관례상 호출일 겁니다."

그녀는 놀이방으로 출발했고 나는 투페를 찾으러 서재로 돌아갔다. 그는 서재에 없었고 그의 방에도 없었다. 아마 놀이방으로 돌아간 것 같았다. 엘리베이터로 갔는데 문이 열리며 샬롯 부인이 나타났다. 그녀는 창백하고 핼쑥해 보였다. "오, 브리들링스 대령님." 그녀는 말했다. "투페 탐정님은 어디에 있죠?"

"모르겠습니다만."

"저 여기 있습니다, 부인." 투페가 말했다. 나는 깜짝 놀라 그를 돌아보았다.

"오, 탐정님." 그녀가 그의 손을 붙잡으며 말했다. "잘못된 핑계를 대고 당신을 여기 불렀다는 거 알아요. 그런데 이제 살인사건을 해결해주셔야 해요. 달타냥이 아버지를 죽였을 리가 없어요. 하지만 동생은 무조건 달타냥 짓이라고…." 그녀는 감정을 주체하지 못했다.

"부인, 진정하세요." 투페가 말했다. "두 가지만 물어보겠습니다. 우선, 집 안 열쇠 꾸러미 중에서 없어진 게 있습니까?"

"모르겠어요." 그녀가 자기 주머니에서 열쇠 꾸러미를 꺼내 살펴보며 말했다. "놀이방으로 들어가는 열쇠가 없어요." 그녀가 갑자기 말했다. "하지만 열쇠 꾸러미는 제가 온종일 갖고 있었는걸요. 아니에요. 우리가 다 같이 아버지를 보러 올라갔을 때 열쇠가 없어서 간호사가 들여보내 주었죠. 잠깐만요. 오늘 아침에는 분명히 열쇠 꾸러미가 저한테 있었는데, 그러고 보니 달타냥이 장갑을 잃어버려서 새 장갑을 가져오라고 열쇠를 주었네요." 그리고 갑자기 자기가 무슨 말을 했는지 깨달은 듯 입을 다물었다. "오, 하지만 달타냥이 그랬을 리가 없어요."

"두 번째 질문입니다." 투페가 말했다. "아버지가 힘들게 하는 날이면 집안의 아래층에서도 소리가 들립니까?"

"가끔이요." 그녀가 말했다. "오늘 밤에도 소리가 들렸더라면. 가엾은 아버지." 그녀는 눈물을 흘리며 투페의 소매를 꼭 움켜잡았다. "제발 여기 머물며 살인사건을 해결하겠다고 약속해주세요."

"벌써 해결했습니다." 그가 말했다. "모두 응접실로 오라고 말해주십시오. 유스티스 경사도 포함해서요. 그리고 모두에게 셰리주 한 잔씩을 주십시오. 브리들링스와 저는 잠시 후에 합류하겠습니다."

그녀가 가자마자 투페가 말했다. "서식스행 막차가 몇 시지?"

"11시 14분." 내가 말했다.

"좋아." 그가 주머니 시계를 꺼내 보며 말했다. "시간은 충분하고도 남아. 넌 제때 동생 집에 도착해 뜨거운 건포도에 손가락을 델 거야."

"우린 뜨거운 건포도 잡기 놀이를 하지 않아." 내가 말했다. "우린 몸짓보고 알아맞히기 놀이를 한다니까. 그런데 넌 어쩜 그렇게 빨리 사건을 해결했지? 그 시간에 유스티스의 부하들은 법의학 검사는 고사하고 증거도 제대로 수집하지 못했을 거야."

투페는 그만하라는 듯 손을 내저었다. "증거나 법의학은 살인사건이 어떻게 일어났는지만 말해주지 왜 일어났는가를 말하지는 않아."

기회만 있었더라면, 나는 증거나 법의학이 '누가' 했는지도 자주 알려준다고 말하고 싶었지만, 그는 계속 자기 할 말만 늘어놓고 있었다.

"'왜'야말로 유일하게 중요한 문제야." 그가 말했다. "'왜'인지만 알면 '누가' 살인을 저질렀고 '어떻게' 저질렀는지도 전부 알게 될 테니까. 가서 네 동생에게 우리가 꼭 기차를 타고 갈 거라고 전해."

나는 아래층으로 내려가 다시 동생에게 전화를 걸었다. "아, 잘됐다." 동생이 말했다. "우리 올해는 끝말잇기를 할 거야."

전화를 끊자 투페의 목소리가 들렸다. "브리들링스!"

그가 문간에 서 있을 줄 알고 뒤를 돌아보았지만, 거기엔 아무도 없었다. 나는 복도로 나가 계단을 올려다보았다.

"브리들링스." 투페가 다시 말했다. 방 안에서 들려오는 소리였다. 나는 다시 방으로 돌아갔다.

"브리들링스, 당장 이리 와. 네가 필요해." 투페가 말하고는 웃음을 터뜨렸다.

"어디 있어?" 나는 일종의 복화술인가 생각하며 물었다.

"놀이방에 있어." 그가 말했다. "내 소리 들려?"

당연히 들렸다. 아니면 그의 말에 대답도 할 수 없었겠지. "들려." 나는 방 안을 둘러보다가 마침내 아기 모니터를 발견했다. 모니터는 책장 위 시계 뒤에 반쯤 숨어 있었다. 나는 손을 뻗어 모니터를 집어 들었다. "만지지 마." 그가 말했다. "네가 지나치게 중시하는 법의학 증거를 망치게 될 테니까."

"내가 놀이방으로 올라갈까?"

"아니 필요 없을 거야. 알고 싶은 건 다 찾았으니까. 이제 응접실로 가서 샬롯 부인이 사람들을 전부 불러 모았는지 확인해줘."

사람들을 전부 불러 모은 건 맞지만, 응접실은 아니었다. "우리 집엔 응접실이 없어요." 서재 밖 복도에서 만난 샬롯 부인이 말했다. "사람들을 전부 일광욕실로 불렀어요. 아까 우리가 모여 있던 곳이요. 그래도 괜찮겠지요?"

"괜찮을 겁니다." 내가 말했다.

"그리고 우리 집에는 셰리주도 없어요." 샬롯 부인이 문 앞에서 멈춰 섰다. "하이디에게 싱가포르 슬링*을 만들라고 했어요."

"아마 매우 좋은 생각일 겁니다." 나는 말하고 일광욕실 문을 열었다.

폭스가 캔버스로 덮은 무릎 방석 위에 앉았고 루트거스는 그 뒤에 있었다. 간호사는 캔버스 의자에, 경사는 그 옆의 커피 테이블 앞에 앉아 있었다. 제임스는 손에 술잔을 들고 책장에 기대섰고, 달타냥은 창가에 서 있었다.

내가 들어가자 제임스와 그에게 술잔이 든 쟁반을 내밀고 있던 하이디를 제외하고 모두가 기대감이 서린 얼굴로 고개를 들었다가 이내 긴장을 풀었다.

"사실인가요?" 폭스가 열띤 얼굴로 물었다. "투페 탐정이 살인사건을 해결했다는 게 정말이에요? 누가 알래스테어 경을 죽였는지 안대요?"

"누가 아버지를 죽였는지는 우리 모두 알지 않나?" 제임스가 달타냥을 가리키며 말했다. "저 짐승이 분노로 날뛰다가 아버지 목을 졸랐다고! 그렇죠, 투페 탐정?" 제임스는 이제 막 문으로 들어서는 투페에게 말했다. "아버지는 저 짐승이 죽였잖아요!"

"저도 처음에는 그렇게 생각했죠." 투페가 외눈 안경을 닦으며 말했다. "고릴라가 흥분해 거센 분노로 알래스테어 경을 죽이고 놀이방을 짐승의 우리처럼 부숴버리고 가구와 접시를 벽에 집어 던졌다고요. 아기 모니터도 역시 벽에 부딪혔다가 바닥에 떨어져 부서져 있었죠. 그래서 살인이 일어나고 있을 때 간호사가 아무 소리도 듣지 못했던 겁니다."

"들었지?" 제임스가 누나에게 말했다. "심지어 위대한 탐정마저도 달타냥 짓이라고 하잖아."

"저도 처음에는 그렇게 생각했다고 말했습니다." 투페가 위대한 탐정이라는 말에 짜증이 나서 말했다. "그러나 저는 곧 뭔가를 알아채기 시작했죠. 놀이방에 강제로 쳐들어간 흔적이 없다는 사실, 아기 모니터가 벽에 부딪혀 깨지기 전에 이미 스위치가 내려가 있었다는 사실, 그리고 격렬한 폭

---

* 싱가포르에서 유래한 진 기반 칵테일

력의 현장처럼 보이지만 아무도 그 소리를 듣지 못했다는 사실 등등 이런 것들을 보고 생각하게 되었지요. 어쩌면 이건 우발적인 폭력이 아니라 미리 치밀하게 계획된 살인사건일지 모른다고요."

"치밀하게 계획했다고?" 제임스가 소리쳤다. "고릴라는 짐승다운 분노로 단숨에 아버지 목을 졸라 목숨을 앗아갔어!" 그는 유스티스 경사에게 말했다. "왜 위층으로 올라가 법의학 증거를 수집하지 않는 거죠?"

"법의학 증거는 필요 없습니다." 투페가 말했다. 그는 해포석 파이프를 꺼내 담배를 채웠다. "살인사건을 해결하려면 동기만 있으면 됩니다."

"동기?" 제임스가 소리쳤다. "곰에게 사람 머리를 왜 물어뜯었느냐고 동기를 물어보진 않잖아? 안 그래? 곰은 야생동물이니까!"

투페는 파이프에 불을 붙여 몇 모금 길게 빨았다. "그래서 저는 이렇게 자문하는 것으로 시작합니다." 그는 확신에 찬 말투로 계속 말했다. "누가 알래스테어 경을 죽일 동기를 가졌는가? 아버지는 유언장에 전 재산을 당신에게 남겼습니다, 제임스. 그렇지요?"

"그랬죠." 제임스가 말했다. "설마 내가 저 고릴라를 위층으로 보냈다고 암시하는 건⋯."

"저는 아무것도 암시하지 않습니다. 오직 당신에게 동기가 있다고 말할 뿐이죠." 그는 외눈 안경을 집어 들고 모인 사람들을 살펴보았다. "폭스 양도 마찬가지입니다."

"뭐라고요?" 폭스가 허벅지 위의 드레스 자락을 비틀어 짜며 말했다. "나는 알래스테어 경을 만난 적도 없어요."

"그 말은 사실입니다." 투페가 말했다. "그러나 당신이 여기 도착해서 한 말 중 유일한 사실이기도 하지요. 당신은 이름조차 거짓말이지 않습니까? 당신은 레다 폭스 기자가 아닙니다. 제네비브 리글리죠."

샬롯 부인이 헉하고 놀랐다.

"제네비브 리글리가 누구지?" 내가 물었다.

"ARA의 수장이지." 투페가 말하고 그녀를 물끄러미 보았다. "동물구조군."

샬롯 부인이 벌떡 일어났다. "당신, 내게서 달타냥과 하이디를 훔쳐 가려고 여기 왔어!" 그녀는 투페에게 애원하듯 말했다. "저 여자를 놔주면 안 돼요. ARA는 테러리스트예요."

나는 궁금한 얼굴로 폭스 혹은 제네비브를 보았다. ARA에 대한 샬롯 부인의 말은 옳았다. 그들은 동물을 위한 IRA 같은 것으로 테러단체였다. 텔레비전으로 그들이 화장품 회사를 폭파하고 동물원 직원들을 인질로 붙잡는 걸 보았지만 폭스, 아니 제네비브는 전혀 그 사람들처럼 보이지 않았다.

투페는 엄격하게 말했다. "당신은 샬롯 부인의 동물들을 풀어줄 목적으로 위장하고 여길 왔어요. 어떤 폭력적인 수단도 불사하려 했죠."

"맞아요." 폭스, 아니 제네비브가 위협적인 모습으로 말했다. 저 드레스에 폭탄을 숨길 공간이 없다는 사실에 감사했다. "하지만 난 동물을 죽이지는 않아요. 동물을 사랑하니까!"

"애완동물을 생존할 수 없는 야생 상태로 풀어주는 건요?" 샬롯 부인이 씁쓸하게 말했다. "영장류를 밀림으로 돌려보내 밀렵꾼들 손에 죽게 만드는 건요? 당신은 동물을 사랑하지 않아요. 당신은 자신 말고는 아무도 사랑하지 않아요. 이제 너무 멀리 가버렸네요. 당신은 아버지를 살해했어요. 그리고 나는 당신이 유죄선고 받는 것을 보겠네요."

"내가 왜 당신 아버지를 죽여요?" 제네비브가 코웃음을 쳤다. "내가 죽이고 싶은 사람은 당신이야!"

그녀의 말에 달타냥과 하이디가 동시에 샬롯 부인을 지키려는 듯 앞으로 움직였다.

"영장류에게 하인 옷을 입히고 여기 붙잡아놓았잖아. 넌 노예야!" 제네비브는 달타냥에게 말했다. "저 여잔 널 사랑한다고 말하지만, 그저 너를 노예로 부리고 싶을 뿐이야!"

달타냥이 제네비브를 향해 위협적으로 다가가 흰 장갑 낀 손을 쳐들었다. "괜찮아, 달타냥." 샬롯 부인이 말했다. "저 여자가 날 해치게 투페 탐정님이 두고 보지는 않을 거야."

제네비브는 의자에 다시 털썩 주저앉으며 투페를 노려보았다. "당신이 내 정체를 알아냈다니 믿을 수가 없군." 그녀가 말했다. "나는 저녁 식사에 나온 역겨운 고기까지 먹었는데 말이야."

"우리는 당신의 동기에 대해 논의하고 있었습니다." 투페가 말했다. "테러리스트들은 비밀리에 살해하지 않습니다. 그들에게 명예로 삼지 못하는 범죄는 아무 소용이 없죠. 또 알래스테어 경을 죽여서 연구소에 나쁜 평판을 안겨줄 수 있을지는 몰라도 연구소를 폐쇄하는 것까지 성공할 수는 없을 겁니다. 동정심 때문에 오히려 기부금이 쏟아질 테니까요. 차라리 연구소를 폭파하는 편이 훨씬 낫겠죠. 당신 주장과 달리 당신은 영장류를 죽였을지도 몰라요. 당신 조직은 동물을 구한다는 명분으로 이미 동물을 죽인 것으로 유명하니까요."

"증거가 없잖아요!" 제네비브가 부루퉁하게 말했다.

"당신 집에 전선과 뇌관이 있지요." 투페는 유스티스 경사를 향해 말했다. "제네비브는 오늘 오후 연구단지에 다녀왔습니다. 여기 일을 마무리하는 대로 플라스틱 폭발물을 수색할 것을 제안합니다."

유스티스 경사는 고개를 끄덕이고 제네비브 뒤로 가서 섰다. 그녀는 역겹다는 듯 눈을 흘기며 자기 가슴 위로 팔짱을 꼈다.

"제네비브에겐 살해 동기가 있었습니다만, 그녀만 동기가 있는 게 아닙니다." 그는 파이프를 몇 모금 빨았다. "여기 모인 모든 분에게 살해 동기가 있습니다. 심지어 브리들링스 대령도 마찬가지고요."

"내가?"

"넌 동생 집에서 크리스마스를 보내기를 갈망했잖아. 알래스테어 경이 살해되면 마웨이트 장원에서 보내기로 한 크리스마스 일정도 취소될 것이고 넌 동생 집에서 맘껏 휴일을 보낼 수 있겠지."

"혹시 내게 발언권이 있다면 말이야." 내가 말했다. "난 동생과 함께 크리스마스를 보내기를 갈망하는 게 무해하고 무기력한 노인을 살해할 적당한 동기라고는 생각하지 않아."

투페가 손가락을 들어 올려 반대하는 몸짓을 해 보였다. "무기력할 수는 있겠지만 무해하지는 않지. 그러나 네 말에는 꽤 동의해, 브리들링스. 네 동기는 적절하지 않아. 그러나 사람들은 종종 부적절한 동기를 가지고 살인을 저지르기도 해. 그러나 브리들링스 너는 살인을 저지를 수가 없지. 그래서 나는 널 의심하지 않아."

"참, 고맙기도 하군." 나는 건조하게 말했다.

"하지만, 동기는 동기야." 투페가 말했다. "샬롯 부인에 대해 말하자면, 부인은 바로 오늘 저녁 만찬 때 이미 자신의 동기를 말했습니다. 부인은 연구소에 돈이 없다고 했지요. 충분한 돈을 구하지 않으면 달타냥과 하이디를 비롯해 영장류를 모두 잃을 위험에 처했습니다. 그리고 아버지보다 그들을 훨씬 더 사랑하지요."

"그러나 부인의 아버지는 유언장에 전 재산을 남동생에게 남기지 않았나?" 나는 급히 외쳤다.

"맞아." 투페가 말했다. "그래서 부인은 반드시 동생까지 한꺼번에 없애야 하지. 동생에게 살인사건 혐의를 씌우는 것보다 더 좋은 방법이 어디 있겠어?"

"그러나 샬롯은 한 번도…." 루트거스가 자기도 모르게 벌떡 일어났다.

샬롯 부인은 놀라서 그를 보았다.

"제 결론이 그렇다는 말입니다. 흥분하지 마십시오, 루트거스 씨." 그는 '루트거스'라는 말에 특히 강조를 두면서 말했다. "저는 샬롯 부인이 살인을 저질렀다고는 믿지 않습니다. 비록 저를 마웨이트 장원으로 초대한 사람이라 가장 먼저 의심하기는 했지만요."

투페는 잠깐 말을 멈추고 적어도 5분 동안 파이프에 다시 불을 붙였다. "말했듯이 저는 샬롯 부인이 살인을 저질렀다고는 믿지 않습니다. 그러나 그건 부인이 살인을 저지를 줄 모른다고 생각해서가 아닙니다. 저는 영장류를 지키고자 하는 열망이 쉽게 살인으로 이어질 수 있다고 믿습니다. 다만 같은 열망 때문에 자신의 영장류가 살인 혐의를 받게 놔두지는 못할 것입니다. 더욱이 훌륭한 탐정에게 진짜 살해범을 찾아달라고 도움을 요청한 상황에서는 단 몇 시간이라도 자신의 영장류가 위험에 처하는 모습을 보지 못할 겁니다." 그는 루트거스 쪽으로 돌아섰다. "그러니 샬롯 부인 걱정은 안 해도 됩니다, 데이비슨 씨."

이번에는 샬롯 부인이 자기도 모르게 벌떡 일어났다. "필립?" 그녀가 말했다. "정말 당신이에요?"

"예, 저분은 필립 데이비슨입니다." 투페가 거들먹거리며 말했다. "샬롯 부인과의 결혼이 막히고 어쩔 수 없이 호주에 이민을 하게 되는 등 알래스테어 경의 손으로 인생을 망친 사람이 누구입니까?" 그는 극적으로 멈추었다. "복수를 위해 알래스테어 경을 살해할 마음을 품고 여기 온 사람이 누구일까요?"

"살해하려고…?" 샬롯 부인이 가슴 위로 손을 올렸다. "정말인가요, 필립?"

"예, 사실입니다." 루트거스 혹은 데이비슨이 말했다. 맙소사, 이제야 모두의 이름을 제대로 알게 되다니. 이름을 전부 다시 외워야 했다.

"어떻게 알았죠?" 루트거스, 아니 데이비슨이 물었다.

"당신은 알래스테어 경을 애칭인 '알'이라고 불렀어요. 아무도 그를 그렇게 부르지 않았는데도요." 투페가 말했다. "게다가 샬롯 부인을 바라보는 당신 눈빛을 보면 여전히 그녀를 사랑하는 게 분명해 보였습니다."

"사실입니다. 저는 그녀를 사랑합니다." 그는 샬롯 부인을 보며 말했다.

그녀는 경악에 찬 얼굴로 그를 보았다. "당신이 아버지를 죽였어요?"

"아니에요." 데이비슨이 말했다. "사실입니다. 그럴 마음으로 여기 왔어요. 심지어 권총도 가지고 왔지요. 하지만 그를 봤을 때 깨달았어요…. 그는 끔찍한 사람이었지만 굉장히 영리한 사람이기도 했습니다. 그런 그가 그렇게 망가지다니… 내가 생각해낼 수 있는 그 어떤 방법보다도 처절한 복수였어요." 그는 투페를 보았다. "내 말을 믿어도 좋습니다. 나는 그를 죽이지 않았어요."

"알고 있습니다." 투페가 말했다. "이번 사건은 이 집에 대해서 그리고 여기 사는 사람들에 대해서 잘 아는 사람의 소행입니다. 당신은 아니지요. 그리고 복수를 위한 살인은 피해자에게 진정제를 먹이지 않습니다."

"진정제라고요?" 파치트리 간호사가 말했다.

"예." 투페가 말했다. "유스티스 경사가 코코아 내용물 분석을 마치면 아마 수면제 성분이 검출될 겁니다."

나는 아기 모니터를 통해 들리는 코 고는 소리가 무겁고 고른 숨소리로 잦아들었던 것을 떠올렸다. 수면제에 의한 호흡이었다.

"복수를 위해 살인을 저지르는 사람은," 투페가 계속 말을 이었다. "피해자 자신이 왜 살해당하는지 알기를 원합니다. 그리고 당신은 영장류와 관련된 일을 했지요, 데이비슨 씨. 영장류의 지능에 대해 당신이 관심을 가져서 샬롯 부인도 관심을 두게 된 것 아닙니까? 그러니 당신도 영장류에게 살해 혐의를 뒤집어씌울 수 있는 일은 하지 않았을 겁니다."

"그렇다면 누구 짓이라는 겁니까?" 유스티스 경사가 불쑥 말했다.

"훌륭한 질문입니다." 투페가 말했다. "그 질문에는 곧 대답할 겁니다. 그러나 우선 당신의 살해 동기부터 다뤄야겠어요, 경사."

"내 동기라고요?" 유스티스 경사가 화들짝 놀라 말했다. "아니 내가 누구라도 살해할 동기가 어디 있단 말입니까?"

"당연히 있지요." 투페가 말하자 다들 당황했다. "특별히 알래스테어 경을 살해할 동기는 없을지 몰라도 누군가를 살해할 동기는 분명히 있습니다."

"저자가 경찰이라는 사실을 잊었나 보지?" 제임스가 심술궂게 말했다. "그럼 투페 당신도 우리 아버지를 살해할 동기가 있겠군그래?"

"아닙니다." 투페가 침착하게 말했다. "저는 수많은 사건을 해결해왔고 무능함 때문에 실패를 경험해본 적이 없는 전무후무한 훌륭한 탐정이니까요. 그러나 유스티스 경사는 그렇지 않죠."

폭스, 아니 제네비브가 헉하고 놀랐다. "'무능한' 유스티스. 어쩐지 낯이 익다고 생각했어."

"그렇습니다." 투페가 말했다. "티파니 레빙거 사건을 맡았던 유스티스 경위입니다."

티파니 레빙거. 이제 기억이 났다. 텔레비전과 온라인 타블로이드를 도배하다시피 했으니까. 자기 집에서 부모의 손에 살해당한 예쁘장한 어린 소녀. 그러나 유스티스 경위가 수사를 완전히 망쳐버려 부모에게 혐의를 씌우지 못했고 결국 그 부모는 무죄선고를 받았다. '무능한 유스티스'라는 별명을 얻고 언론의 조롱거리가 된 그는 어쩔 수 없이 사임했는데, 아마 강등의 불명예를 안고 이렇게 외딴곳까지 오게 된 모양이었다.

"시골의 장원에서 억만장자가 살해당하는 유명한 살인사건이 일어나고 당신이 그 사건을 해결한다면 아마 잃었던 명성을 회복할 수 있지 않을까요?" 투페가 말했다. "특히 모든 걸 기록해줄 언론이 옆에 있는 상황이라면 말이죠."

"확실히 가능한 이야기입니다." 유스티스 경사가 말했다. "그러나 언론에서 떠들어댔던 대로 내가 아무리 어리석다고 한들 투페 탐정이 옆에 있는데 살인사건을 저지를 만큼 어리석겠습니까?"

"내가 도달한 결론이 정확히 그겁니다, 경사." 투페가 말했다. "그럼 이제 파치트리 간호사와 제임스만 남았군요."

"오." 간호사 파치트리는 비탄에 잠겨 말했다. "설마 제가 했다고 생각하는 건 아니죠? 제게 어떤 동기가 있을 수 있죠?"

"학대를 일삼는 광포한 환자."

"그러나 그 경우라면 그만두면 되지 않겠어요?"

"저도 그 질문을 해봤습니다." 투페가 말했다. "당신은 명백하게 매일 치욕을 당하고 있었습니다. 그런데 샬롯 부인이 당신이 여기서 일한 지도 거의 1년이 다 되어간다고 하더군요. 왜 그랬을까요? 저는 자문해봤습니다."

"그야 도중에 그만두면 제가 약속한 보너스를 받지 못하게 될 테니까요." 샬롯 부인이 말했다. 그녀는 양손을 잡고 비틀었다. "오, 제 잘못이라고 말하지 마세요. 저는 절박했어요. 한 달도 안 되어 간호사를 일곱 명이나 갈아치워야 했다고요. 오래 머무르면 특별 상여금을 주겠다고 했어요."

"특별 상여금이 얼마였습니까?" 투페가 파치트리 간호사에게 물었다.

"1년을 꼬박 채우면 1만 파운드를 준다고 했어요." 간호사가 무감각하게 말했다. "하지만 그렇게 힘들 줄은 몰랐어요. 전에도 어려운 환자들을 맡아봤고 또 갚아야 할 빚도 있어서 하겠다고는 했지만 이렇게까지 힘들 줄은 정말 몰랐어요. 제 생각이 틀렸어요." 그녀는 샬롯을 노려보았다. "저런 야수를 돌보려면 백만 달러를 줘도 충분하지 않아요. 솔직히 말하면, 그가 죽어버려서 기뻐요." 간호사가 분통을 터뜨렸다. "내 손으로 죽였어야 했어!"

"하지만 당신은 죽이지 않았죠." 투페가 말했다. "당신은 간호사예요. 당신은 쉽게 감지할 수 없는 약물도 맘껏 사용할 수 있죠. 기회가 여러 차례 있었어요. 산소를 막을 수도 있었고 마취제나 인슐린을 치사량으로 줄 수도 있었죠. 얼마든지 자연사한 것처럼 꾸밀 수가 있었습니다. 부검을 할 필요도 없었을 거예요. 그런데 당신은 하이디를 좋아했어요. 당신과 하이디는 내 사건을 함께 좋아했으니까요. 당신도 하이디에게 의심이 갈 만한 살인을 저지르지는 않았을 겁니다."

"예, 그러지 않았을 거예요." 파치트리 간호사가 눈물을 흘리며 말했다. "하이디는 정말 사랑스러운 아이예요."

"사실 알래스테어 경을 살해할 동기뿐만 아니라 달타냥이 저지른 것처럼 보이게 만들 동기까지 지닌 유일한 사람이 있습니다. 바로 제임스 발라디 경이죠."

"뭐요?" 제임스가 깜짝 놀라 술을 흘렸다.

"당신은 상당한 빚을 지고 있어요. 아버지의 죽음은 당신이 막대한 재산을 물려받는다는 뜻이고요. 그리고 당신은 누나의 영장류들을 몹시 싫어합니다. 당신에겐 아버지를 살해하고 달타냥에게 죄를 씌울 모든 동기가 있어요."

"하, 하지만…." 그는 빠른 속도로 지껄이기 시작했다. "말도 안 돼."

"당신은 놀이방에 갔을 때 아버지의 코코아에 수면제를 넣었어요. 또 딴 데로 주의를 돌리려고 달타냥에게 공격당한 척했죠. 스무고개를 할 때도 당신이 복도에 나가 있는 동안 문제를 고르는 데 상당한 시간이 걸리게 했죠. 그사이 당신은 엘리베이터를 타고 놀이방으로 올라가 미리 달타냥에게서 훔친 장갑을 끼고 아기 모니터 스위치를 끄고 잠든 아버지의 목을 졸랐어요. 그러고 나서 침대를 뒤집고 방 안 곳곳에 물건들을 흩어 놓아 마치 누군가가 폭력적으로 집어 던진 것처럼 보이게 했죠. 열쇠와 장갑을 숨기고 아래층으로 내려와 냉철하게 게임을 계속했어요."

"오, 제임스, 너 정말 그런 건 아니지?" 샬롯 부인이 외쳤다.

"당연히 아니지. 당신은 증거가 전혀 없지 않나, 투페 탐정? 지문이 한 점도 없다고 당신 입으로 말했잖아."

"아." 투페가 주머니에서 수면제 병을 꺼내며 말했다. "당신 서랍장에서 이 약병을 찾았고 또 이건," 그는 열쇠 하나와 흰 장갑 한 켤레를 꺼냈다. "당신 매트리스 밑에서 발견했습니다. 달타냥에게 혐의를 씌우려고 나중에 찬장에 가져다 놓을 생각이었죠." 그는 그것들을 유스티스 경사에게 건넸다. "코코아 컵에서 검출될 약물 성분과 이 수면제 성분이 일치할 겁니다."

"내 매트리스 밑에서 찾았다고?" 제임스가 말했다. 그는 무척 당황한 것 같은 표정을 정말로 잘 지었다. "정말 어이가 없네? 내가 어떻게 놀이방에 들어갈 수 있었단 거지? 열쇠가 없는데?"

"아." 투페가 말했다. "달타냥, 이리 오렴." 고릴라가 하이디와 나란히 서서 뭐가 뭔지 모르겠다는 얼굴로 이 모든 광경을 지켜보다가 투페에게 다가갔다. "달타냥, 샬롯 부인이 너한테 열쇠를 준 다음 어떻게 됐지?"

"열었어요." 달타냥이 말했다. "장갑 가졌어요."

"그런 다음에는?"

달타냥은 공포에 질린 표정으로 제임스를 보았다가 다시 투페를 보았다.

"제임스가 널 해치지 못하게 할게." 유스티스 경사가 말했다.

샬롯 부인도 달타냥에게 고개를 끄덕였다. "어서 말하렴, 달타냥. 진실을 말해. 너는 괜찮을 거야."

고릴라는 걱정스러운 얼굴로 제임스를 다시 한번 흘낏 보더니 말했다. "제임스가 말했어요. 이리 내놔." 그는 열쇠 꾸러미를 건네는 시늉을 했다.

"거짓말이야!" 제임스가 말했다. "나는 그런 짓 안 했어!"

"그렇다면 왜 이게 당신 매트리스 아래에 숨겨져 있던 장갑에서 나왔을까요?" 투페가 주머니에서 열쇠 하나를 꺼내며 말했다. 그는 그 열쇠를 유스티스 경사에게 건넸다.

"난 하지 않았어!" 제임스가 샬롯 부인을 향해 말했다. "거짓말이야!"

"어떻게 거짓말을 할 수 있단 말이니?" 샬롯 부인이 차갑게 말했다. "네 말대로, 달타냥은 한낱 동물일 뿐인데?"

✷

"썩 만족스러운 사건이었어." 기차를 기다리면서 투페가 말했다.

스벤이라는 이름의 주황색 긴 털 오랑우탄이 역까지 우리를 태워다주었다. "스벤은 운전면허가 없어요." 샬롯 부인이 우리에게 작별 인사를 하며 말했다. 그녀는 고개를 들어 자신을 끌어안고 있는 필립 데이비슨을 보고 웃었다. "하지만 지역 경찰들은 전부 위층에서 증거를 수집하고 있어요." 그녀가 말했다. "그러니 단속에 걸릴 걱정은 하지 않아도 돼요."

경찰이 왜 스벤에게 운전면허를 발급하지 않는지 알 것 같았다. 그는 우리를 태우고 도로로 출발하자마자 털북숭이 손으로 운전대를 철썩 때리며 나를 향해 이를 드러내며 씩 웃었고 정말로 거칠게 차를 몰았다. 그는 열차 출발 시각 10분 전에 우리를 역 앞에 내려주었다.

투페는 여전히 사건에 심취해 있었다. "제임스가 내 앞에서 살인을 자백하지 않은 게 안타깝군. 경찰은 크리스마스 내내 꼼짝없이 증거나 살펴보며 지내게 생겼어."

"유스티스 경사는 그런 건 신경 쓰지 않을걸." 나는 그에게 말했다. 그는 투페가 말한 모든 걸 찾으려고 애처로울 정도로 열심이었고 심지어 투페의 말을 일일이 받아적기까지 했다. "네가 경사의 명예를 회복해줬어. 게다가 요즘은 아무도 자백을 하지 않으니까. 현행범으로 붙잡혀도 오리발을 내밀잖아."

"정말 그렇지." 그는 주머니 시계를 살펴보며 말했다. "결국 모든 게 잘 되었어. 샬롯 부인의 연구소도 무사하고 유인원들도 집을 잃을까 봐 두려워하지 않아도 되고, 너도 제시간에 동생 집에 도착해 뜨거운 건포도에 손가락을 델 수 있게 되었지."

"넌 같이 안 가려고?"

"나는 이미 하룻저녁 스무고개를 견뎠어. 내 체질상 다른 놀이는 더 견딜 수가 없어. 나는 런던에서 내릴 테니 동생에게 나의 아쉬움을 전해줘."

나는 멍하니 고개를 끄덕이며 유인원들이 더 이상 집을 잃을 걱정을 하지 않아도 된다는 투페의 말을 헤아려보았다. 그것은 사실이었다. 살인사건이 일어나기 전까지 샬롯 부인의 연구소는 재정적으로 꽤 어려움을 겪고 있었다. 그녀는 심지어 연구소가 폐쇄될 수도 있다고 했었다. 그리고 폐쇄되면 ARA와 기타 동물권리보호단체가 달타냥과 하이디를 야생으로 돌려보내야 한다고 주장했을 것이다. 루시처럼 말이다.

투페는 거기 모인 모든 사람에게 동기가 있다고 말했다. 그의 말은 옳았지만, 그는 방 안에 있는 두 용의자를 간과했다.

심지어 제임스는 달타냥이 살해범이라고 꼭 집어 말했고 달타냥은 샬롯 부인의 연구소를 지킬 수 있다면 어떤 일도 서슴지 않았을 것이다. 달타냥은 그녀에게 가차 없이 헌신적이었다. 달타냥과 다른 총사들이 여왕을 지키기 위해서라면 어떤 일도 서슴지 않았던 것처럼. 그리고 달타냥과 하이디는 집을 잃을 위험에 처해 있었다.

그러나 알래스테어 경을 죽인다고 해서 연구소를 구할 수는 없었을 것이다. 전 재산을 제임스가 물려받게 될 테니까. 그 제임스는 연구소를 폐쇄하고 유인원들을 전부 동물원에 팔아치우겠다고 위협했다. 알래스테어 경을 죽이기만 해서는 유인원들의 상황을 더 악화시켰을 것이다.

제임스가 살해범인 것처럼 보이게 할 수 있다면 어땠을까? 살해범은 재산을 상속받을 수 없으니까.

만약 하이디가 알래스테어 경의 코코아에 수면제를 타서 놀이방에 가져다준 다음 약병을 제임스의 서랍장에 숨겼다면? 만약 달타냥이 장갑을 잃어버린 척해서 샬롯 부인에게 열쇠 꾸러미를 받아낸 거라면? 만약 다들 스무고개 놀이를 하는 동안 달타냥과 하이디가 놀이방에 올라가 잠든 알래스테어 경의 목을 조르고 가구를 방 안 곳곳에 집어 던졌다면?

그러나 불가능했다. 제임스 말대로 그들은 동물이니까. 거짓말하고 속이고 사기를 칠 수도 있는 동물. 계획을 세우고 실행을 할 수 있는 동물. '실행.'

정말로 달타냥이 제임스의 손목을 비틀었다면? 제임스가 자신을 비난할 수 있게, 제임스가 유인원은 위험하다고 말할 수 있게, 제임스가 그들에게 혐의를 뒤집어씌우려는 것처럼 보이게?

아니다. 그건 너무 복잡하다. 그들이 아무리 고차원적 사고를 할 수 있다고 해도 수학 문제를 푸는 것과 살인을 계획하는 것 사이에는 큰 차이가 있다.

'특히 투페를 속일 수 있을 정도의 살인사건이라면.' 나는 맞은편의 그를 보며 생각했다. 그는 가방을 뒤져 자신의 추리소설을 찾고 있었다.

그들은 절대로 그 정도의 살인사건을 생각해낼 수는 없었을 것이다. 그리고 투페가 설명한 제임스의 동기는 완벽하게 이해가 된다. 그런데 정말로 제임스가 살인을 저질렀다면 그는 왜 코코아가 담긴 컵을 깨끗이 씻어내지 않았을까? 투페가 그럴 의도였다고 말한 것처럼 왜 열쇠와 장갑을 미리 찬장에 숨기지 않았을까? 다들 각자 방으로 돌아간 뒤에 시간이 많았을 텐데. 그는 왜 수면제를 세면대에 버리지 않았을까?

"브리들링스?" 투페가 말했다. "내 책 어디에 뒀지?"

나는 그에게 《모르그가의 살인사건》을 찾아주었다.

"아니, 아니야." 그가 말했다. "이 책이 아니야. 더 이상 영장류는 생각도 하고 싶지 않아." 그는 내게 책을 돌려주었다.

나는 그 책을 살펴보았다. 만약 그들이 살인을 '계획'할 필요가 없었다면 어떨까? 그저 다른 사람의 계획을 베끼기만 하면 되었다면? "원숭이 앞에서는 찬물도 못 마신다는 말이 있지."

"뭐?" 투페가 짜증스럽게 가방을 뒤지며 말했다. "방금 뭐라고 했어?"

"투페." 나는 진지하게 말했다. "《고양이 발 살인사건》 기억해?"

"물론이지." 그는 흡족한 얼굴로 말했다. "그 작은 침팬지가 좋아한다고 했지. 아주 만족스러운 사건이었어."

"범인은 남편이었지." 내가 말했다.

"그래, 그 남편이 내 앞에서 자백했지." 그는 불쾌한 얼굴로 말했다. "내가 기억하기로 넌 처음에 마을 의사가 범인이라고 생각했어."

그렇다. 나는 마을 의사의 소행이라고 생각했었다. 그 남편이 그렇게 보이게 꾸몄으니까. 마치 의사가 자신에게 혐의를 씌우려고 했던 것처럼 만들었다. 그래서 사람들이 더 이상 자신을 의심하지 않게 했었다.

그리고 《고양이 발 살인사건》은 하이디가 가장 좋아하는 책이었다. 만약 그녀와 달타냥이 그 책의 살인사건을 모방한 거라면?

그러나 투페는 다름 아닌 고양이 발 사건을 해결한 당사자다. 그런 그가 어떻게 이 사건을 해결하지 못할 거라고 영장류들이 생각했겠는가.

"넌 특히 그 사건에 둔감했어." 투페가 말했다. "그건 네가 늘 겉모습만 보기 때문이야."

"영장류의 지능에 관한 우리 연구소의 압도적인 연구 결과에도 불구하고 사람들은 영장류를 그저 동물로만 생각하려고 하죠." 샬롯 부인은 말했었다.

'그저 동물로만.' 살인사건은 절대로 저지를 수 없는 동물로만.

그러나 하이디는 읽을 수 있었다. 달타냥도 지능검사에서 95점을 받았다. 그리고 그들은 샬롯 부인을 위해서라면 어떤 일도 할 수 있었다. 그 어떤 일이라도.

"투페." 내가 말했다. "내가 생각을 해봤는데 말이야."

"아, 바로 그게 문제지. 넌 생각을 하지 않아. 오직 겉모습만 보지. 그 아래 뭐가 있는지는 절대로 보려 하지 않아."

'혹은 그 뒤에 뭐가 있는지도.' 나는 생각했다. '원숭이가 뒤에 숨어 불속에 고양이 발을 대신 집어넣는 것처럼.'

투페에게 말하지 않으면 제임스가 살인 혐의를 받을 것이다. '무능한' 유스티스는 혼자서는 절대로 진실을 밝혀내지 못할 것이고 만약 밝혀내더라도 감히 그의 명성을 구해준 투페에게 맞서지 못할 것이다.

"투페." 내가 말했다.

"그래서 내가 훌륭한 탐정인 거야. 넌 그저 필경사에 불과하고." 투페가 말했다. "넌 그저 겉모습만 보니까. 그래서 네가 고릴라 아니면 목사가 범인이라고 생각한다고 했을 때도 나는 네 말을 듣지도 않았어. 아, 아까 하려던 말이 뭐지?"

"아무것도 아니야." 나는 말했다. "그냥 이번 사건을 뭐라고 불러야 좋을지 생각 중이야. '시골의 크리스마스 사건'?"

그는 고개를 저었다. "크리스마스라면 아주 지긋지긋해."

기차가 속도를 줄이기 시작했다. "아, 나는 여기서 런던행 열차로 갈아타야겠어." 그는 짐을 챙기기 시작했다.

제임스가 유산을 상속받게 놔두었다면 그는 연구소를 폐쇄했을 뿐만 아니라 술과 도박으로 전 재산을 날려버렸을 것이다. 그러면 달타냥과 하이디는 거의 확실히 밀림과 밀렵꾼들 손에 넘겨졌겠지. 그러므로 이것은 정당방위의 한 형태라고 봐야 했다. 그리고 만에 하나 살인사건이라고 해도 법적 지위도 없는 그들을 법정에 세우는 것은 잔인한 일이 될 것이다.

게다가 노인은 이제 그만 안락사가 필요한 동물과 다를 바가 없었다. 달타냥과 하이디보다 더 인간과 거리가 멀었다.

기차가 멈추자 투페는 열차 칸의 문을 열었다.

"투페…." 내가 말했다.

"왜 그래?" 그는 한 손으로 문을 잡고 짜증스럽게 물었다. "이러다가 기차에서 내리지도 못하겠어."

"메리 크리스마스." 내가 말했다.

차장이 소리치자 투페는 서둘러 갈아탈 기차를 향해 출발했다. 나는 기차 문 너머로 그를 지켜보며 샬롯 부인을 생각했다. 그녀가 진실을 알게 되면, 자신이 사랑한 영장류가 생각보다 훨씬 더 인간적이었다는 걸 알게 되면, 그녀는 살아갈 수 없을 것이다. 아버지에게 그동안 당한 모진 짓을 생각하면 그녀는 앞으로 작은 행복을 누릴 자격이 있다. 그리고 내 동생은 역에서 나를 기다리고 있을 것이다. 동생은 에그노그를 만들었겠지.

나는 문 앞에 서서 투페가 나더러 살인을 저지를 수 없다고 말했던 것을 떠올렸다. 그는 틀렸다. 누구나 살인을 저지를 수 있다. 그것은 고스란히, 우리 유전자에 새겨져 있으므로.

절찬 상영중
Now Showing

신해경 옮김

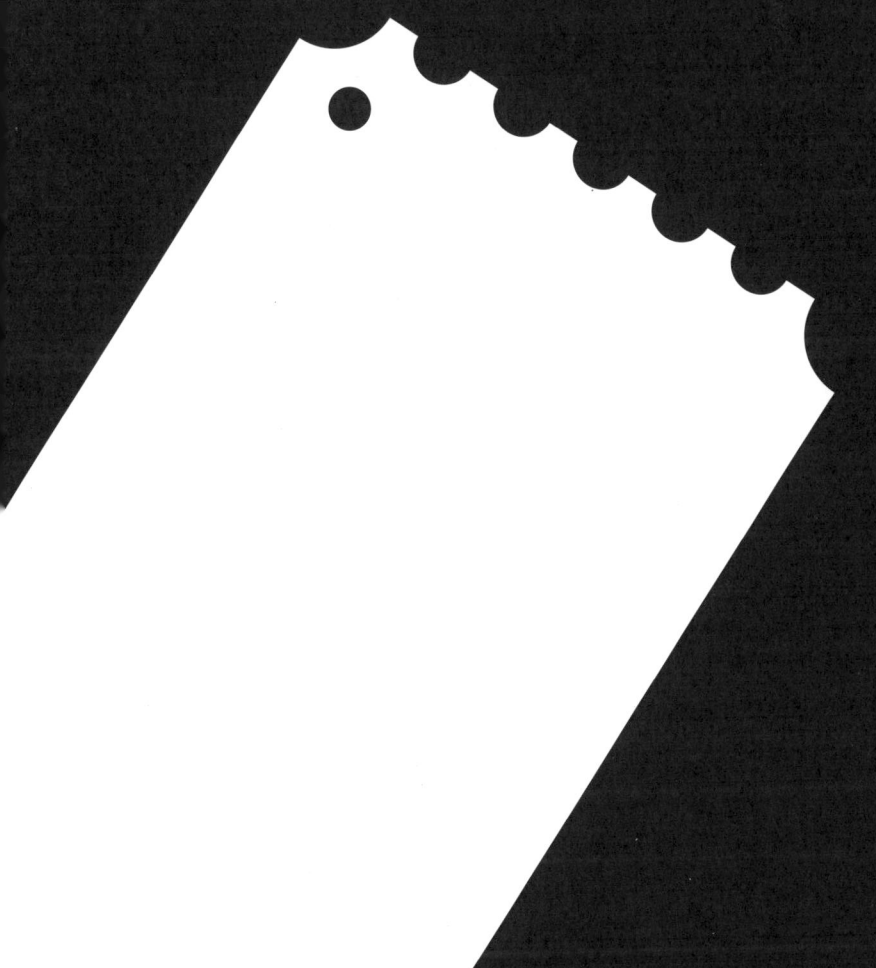

"매력적이고 상큼한 코미디!"
―〈엔터테인먼트 데일리〉

크리스마스 연휴를 앞둔 토요일, 사라가 기숙사 내 방에 와서 케트랑 시네드롬에 영화 보러 갈 건데 같이 가겠느냐고 물었다.
"뭐 하는데?" 내가 물었다.
"몰라." 사라가 어깨를 으쓱거리며 말했다. "뭐가 많더라고." 말인즉슨 외출 목적이 영화 감상 따위는 아니라는 의미였다. 참 놀랄 일이지 뭐야.
"아니, 난 괜찮아." 나는 경제학 과제를 마저 하기 시작했다.
"아, 린지. 그러지 말고 같이 가자. 재미있을 거야." 사라가 내 침대에 풀썩 앉으며 말했다. "〈엑스 포스〉가 상영 중이고〈12일간의 크리스마스〉랑 〈트와일라잇〉 재상영이 있어. 시네드롬에는 상영하는 게 엄청 많으니까, 네가 보고 싶은 것도 있을 거야. 〈크리스마스 소동〉은 어때? 그거 보고 싶다고 하지 않았어?"
'그랬지.' 나는 생각했다. 예고편을 본 뒤로 못해도 8개월이 지났다. 그때 이후로 상황이 변했다.
"못 가. 공부해야 돼."
"공부는 우리도 해야 돼." 사라가 말했다. "하지만 크리스마스잖아. 시네드롬에 크리스마스 장식이 됐을 거야. 사람들도 다들 거기 갈 거고."

"그 말은 딱 경전철이 미어터지고 보안 검색을 받는 데만도 수천 년이 걸릴 거란 얘기지."

"잭 때문이야?"

"잭?" 나는 '잭 누구?'라고 말하면 넘어갈 수 있을까 잠시 궁리했다. 그러지 않는 편이 낫겠지. 상대는 사라다. 대신에 나는 말했다. "너랑 시네드롬에 가지 않겠다는데 왜 잭 위버가 나와?"

"그게… 모르겠어." 사라가 말을 더듬었다. "그냥 걔가 떠난 뒤로 네가 너무… 어두워 보이는데다, 너희 둘이 영화를 엄청 많이 보러 다녔잖아."

과소평가였다. 잭은 내가 만난 남자 중에 나만큼 영화를, 만화 주인공을 소재로 한 히어로물과 공포물만이 아니라 장르를 가리지 않고 좋아하는 유일한 남자였다. 그는 발리우드 영화부터 〈프렌치 키스〉 같은 로맨틱 코미디와 〈모퉁이 가게〉나 〈블러드 선장〉 같은 흑백영화까지 가리지 않고 좋아해서 한 번 시네드롬에 가면 몇 편씩을 보곤 했다. 함께했던 한 학기 동안, 아니 한 주를 뺀 한 학기 동안, 우리는 수백 편의 영화를 보았다.

사라가 계속 말했다. "그리고 넌 그때 이후로 한 번도 시네드롬에 가지 않았잖아. 그때…."

"네가 〈몬순 게이트〉를 같이 보자고 한 때 이후로 말이지." 내가 말했다. "그때 네가 남자애들이랑 밥 먹고 노닥거리고 싶어 하는 바람에 난 영화를 보지 못했지."

"이번에는 그런 일 없을 거야. 영화를 보러 가자고 케트와 약속했거든. 이봐, 너한테도 좋을 거야. 거기엔 남자들이 널려 있을걸. 널 좋아한다고 했던 시크 타우라는 애 기억해? 노아는? 그 애도 거기 있을 거야. 왜 그래, 우리랑 같이 가자아아…. 이번이 우리한텐 마지막 기회야. 다음 주말에는 기말시험 때문에 못 갈 거고, 그러고 나면 방학이니까."

사실 고향 집에는 〈크리스마스 소동〉을 보고 싶어 할 사람은 없다. 영화를 보러 가자고 하면 언니는 조카들 데리고 〈슈퍼배드 크리스마스 특별편〉이나 보자고 우길 테고, 우리는 오후 한나절을 전자오락실에서 게임을 하고 '마다가스카' 기린 인형과 '아이스 에이지' 아이스크림을 사면서 보낼 게 뻔했다. 그러다 학교로 돌아갈 때쯤 되면 〈크리스마스 소동〉은 종영할 테지. 그렇다고 약속대로 그 영화를 같이 보려고 잭이 짠하고 나타날 것 같지도 않았다. 그 영화를 큰 화면으로 보려면 지금 봐야 했다.

"좋아." 내가 말했다. "하지만 난 남자가 아니라 정말로 〈크리스마스 소동〉을 보고 싶어서 가는 거야. 알아들었어?"

"그럼, 당연하지." 사라가 휴대폰을 꺼내 문자를 입력하면서 말했다. "케트한테 문자 보낼게. 그리고 또…."

"난 진심이야." 내가 말했다. "저번처럼 옆길로 새지 않고 정말로 영화를 보겠다고 약속해."

"약속해." 사라가 말했다. "영화 다 볼 때까지는 남자도 밥도 없어."

"그리고 쇼핑도." 내가 말했다. 사라가 '악마는 프라다를 입는다' 매장에서 폴리 페퍼 신발을 신어보는 바람에 나는 〈몬순 게이트〉를 놓쳤다. "약속해."

사라가 한숨을 쉬었다. "좋아. 약속해. 십자도 그을게."

"액션이 풍성한 달콤한 로맨틱 코미디!"
— 〈팝콘.com〉

✳

사라의 약속은 잭이 했던 약속만큼이나 대단하기 짝이 없었다. 사라는 시네드롬에 도착하는 순간부터 문자를 보내기 시작했고, 예고편들을 살펴보고 휴대폰 점검을 받기도 전에 케트가 말했다. "줄 뒤에 있는 노스웨스트 대학 애들이 〈본 다이너스티〉 배우들 보러 가자는데? 유니버셜 부스에서 홀로그램 스카이프로 인터뷰를 하고 있대."

사라가 희망을 품고 나를 바라보았다. "우리 10시 거 대신 12시 10분 거 봐도 되지 않아?"

"아니면 2시 20분 거나." 케트가 말했다.

"아니." 내가 말했다.

"미안해." 사라가 남자애들에게 말했다. "먼저 〈크리스마스 소동〉을 보자고 린지한테 약속을 했거든." 그러자 남자애들은 신속하게 뒤에 선 여자애들을 집적거리기 시작했다.

"왜 다음 상영 편을 보면 안 되는지 모르겠어." 케트가 폭발물 검색대를 통과하며 뿌루퉁하게 말했다.

"왜냐하면, 홀로그램 화상대화가 끝나면 걔들이 스카이폴을 하러 가자거나 '해럴드와 쿠마르의 하얀 성'에 가서 뭘 먹자고 할 테고, 우리는 2시 20분 것과 4시 30분 것도 놓칠 게 뻔하기 때문이지." 나는 그렇게 말하고 신체 및 홍채 검색을 통과해 시네드롬 안으로 들어가자마자 온갖 시연 행사와 홀로그램 예고편과 광고를 무시하고, 공짜 쿠키나 비디오 게임과 바꿀 수 있는 쿠폰과 오늘의 사인회 행사 일정표를 나눠주는 요정들을 지나쳐 곧장 매표기로 갔다.

"오기 전에 온라인으로 예매한 거 아니야?" 사라가 말했다.

"그러려고 했는데." 내가 말했다. "특별 한정 상영 같은 걸 한다나 봐. 여기 와서 표를 사래." 나는 손가락으로 〈리퍼 2〉와 〈엑스 포스〉와 〈좀비 힐〉과 〈여왕의 남자〉와 〈스위칭 기어〉와 〈그를 극복했다고 생각했을 때〉 등등의 영화 목록을 훑어내렸다.

정말이지, 영화가 백 편쯤이나 되면 알파벳 순으로 정렬해놓아야 되는 것 아닌가? 〈램페이지 2〉, 〈12일간의 크리스마스〉, 〈텍사스 전기톱 연쇄살인사건 뮤지컬〉, 〈운수 나쁜 철〉, 〈백 투 더 퓨쳐 리로디드〉, 〈위키드〉….

여기 있다. 〈크리스마스 소동〉. 나는 예매 버튼과 '3'을 누르고 카드를 긋었다.

'이용 불가.' 화면에 경고문이 떴다. '매표소에서 표를 구매하셔야 합니다.' 말인즉슨 줄을 서야 한다는 뜻인데, 그것이야말로 시네드롬에서 꼭 피해야 할 최악의 일이었다.

이처럼 광활한데다 이렇게나 많은 사람을 상대하니까 디즈니 식으로 여러 줄이 있으리라 생각하겠지만, 여기는 그저 사람을 전시용으로 세워놓을 뿐이었다. 매표 줄이 1열 종대로 축구장만 한 로비와 '헝거 게임' 서바이벌

경기장과 '사랑의 레시피' 푸드 코트와 웨타웍스의 '최후의 아늑한 집'과 가상현실 테라스와 거의 1킬로미터는 될 듯한 기념품 가게와 상점들 사이로 구불구불 이어졌다.

줄 끝을 찾는 데만도 20분이 걸렸고, 그사이에 케트를 두 번이나 잃어버릴 뻔했다. 한 번은 '핑크빛 연인'에서였다. "아, 세상에! 그레이의 50가지 그림자 하이힐이 있어!" 또 한 번은 '호프 쉐이크 & 아이스크림'에서 크랜베리 맥아유 아이스크림을 파는 걸 봤을 때다.

두 번 다 사라와 내가 끌어내서는 더욱 길어진 줄 끝에다 세웠다. "이래서야 어디 영화를 볼 수나 있겠어." 케트가 투덜거렸다.

"아니, 볼 거야." 확신은 못 했지만 나는 자신 있게 말했다. 줄을 선 사람이 너무 많았다. 그래도 대부분은 〈거위치기 소녀〉나 〈머펫의 멋진 인생〉이나 〈탐험가 도라의 덜루스 모험〉을 보러 온 아이들이었다. 우리 주변에 있는 성인들 중 내가 물어본 사람들은 모두 〈튜더가의 정사〉나 〈베스트 엑조틱 메리골드 호텔의 귀환〉을 보러 왔고, 나머지는 모두 〈아이언맨 8〉 티셔츠를 입고 있었다. "우린 당연히 들어갈 거야."

"그러면 좋겠지." 케트가 말했다. "그건 그렇고 넌 왜 꼭 〈크리스마스 소동〉을 봐야 해? 들어본 적도 없는 영환데. 로맨틱 코미디야?"

"아니." 내가 말했다. "로맨틱 스파이물에 가깝지. 〈샤레이드〉 같은 거야. 아니면 〈39계단〉이나."

"둘 다 들어본 적도 없어." 그녀가 머리 위에 달린 상영시간표를 쳐다보며 말했다. "상영 중인 영화야?"

"아니." 옛날 영화를 입에 올리지 말았어야 했다. 요즘 같은 리부트와 리메이크의 시대에도, 지난주보다 오래된 작품은 아무도 보지 않는다. 잭 말고는. 그는 무성영화도 좋아했지.

"그러니까, 어쩌다가 여주인공이 범죄에 연루되는 그런 영화 있잖아." 내가 말했다. "아니면 무슨 음모나. 그리고 남주인공은 〈위기의 암호명〉에서처럼 스파이거나, 기자거나, 아니면 〈백만 달러의 사랑〉에서처럼 범죄자인 척하는 탐정이거나, 아니면 무뢰한인데…."

"무뢰한?" 케트가 무슨 말인지 모르겠다는 듯이 말했다.

"반항아 말이야." 내가 말했다. "탕아, 악한, 〈로맨싱 스톤〉에 나오는 마이클 더글라스나, 아니면 에롤 플린…."

"다 예고편도 못 봤어." 그녀가 말했다. "〈애로우 플린〉은 아직 상영 중인가?"

"아니." 내가 말했다. "무뢰한은 잘난 체하면서 규정이나 법 따위는 신경 쓰지 않는…."

"아, 개자식 말이구나." 케트가 말했다.

"아니, 무뢰한은 재미있고 섹시하고 매력적이야." 나는 최근에 케트가 봤을 만한 영화를 필사적으로 떠올리며 말했다. "아이언맨처럼 말이야. 아니면 잭 스패로나."

"아니면 잭 위버나." 사라가 말했다.

"아니." 내가 말했다. "잭 위버는 아니지. 첫째로…."

"잭 위버가 누구야?" 케트가 물었다.

"린지가 사랑에 빠졌던 남자." 사라가 말했다.

"아니야, 난 사랑에 빠지지 않…."

"잠깐만," 케트가 말했다. "작년에 학장실에 오리를 떼로 풀어놓은 그 남자 아니야?"

"거위야." 내가 말했다.

"와!" 케트가 감명받은 표정으로 말했다. "그 남자랑 사귀었어?"

"잠깐이었어." 내가 말했다. "보니까 그 사람이…."

"무뢰한이었어?" 사라가 끼어들었다.

"아니." 내가 말했다. "개자식이었지. 하노버대에서 자퇴했어. 졸업 일주일 전에 말이야."

"사실 자퇴한 것도 아니야." 사라가 케트에게 설명했다. "퇴학당하기 전에 떠난 거지."

"아니면 고소당하거나." 내가 말했다.

"너무 안됐다." 케트가 말했다. "완전 타락한 사람 같잖아! 만나봤음 좋앉을 텐데."

"기회가 있겠네." 사라가 기묘한 어조로 말했다. "저기 봐!" 그녀가 로비 쪽을 가리켰다.

거기, 주머니에 손을 넣은 채 기둥에 기대서서 영화 시간표를 올려다보고 있는 사람은 잭 위버였다.

"흥미진진한 재미! 맥박이 빨라진다!"
— 〈USA 투데이〉

*

"저거 걔지, 맞지?" 사라가 물었다.

"맞아." 내가 침울하게 말했다.

"여기서 뭐 하는 거지?"

"꼭 모르는 사람처럼 말하네." 내가 말했다. 같이 가자고 그렇게 날 채근한 것도 무리가 아니지. 사라와 잭이 일을 꾸민….

"와, 이럴 수가!" 케트가 소리를 질렀다. "너희가 얘기하던 남자가 쟤야? 그 뭐였지, 그를 뭐라고 했었어?"

"찌질이." 내가 말했다.

"무뢰한." 사라가 말했다.

"맞아, 무뢰한. 저렇게 섹시하다고는 왜 말 안 해줬어! 내 말은, 정말 죽여주는데!"

"쉿." 내가 말했지만 너무 늦었다. 잭이 벌써 고개를 돌려 우리를 보았다.

"사라." 내가 말했다. "네가 꾸민 거라면, 다시는 너랑 말 안 할 테야!"

"난 아니야, 맹세해." 아무 의미도 없는 말이었지만, 나는 그 말을 믿는 쪽으로 기울었다. 두 가지 때문이었다. 첫째로는 이 사태가 의심스러울 정도로 영화에서나 나올 장면 같긴 했지만, 사라가 정말로 놀란 표정이었고, 둘째로는 몇 초 뒤에 노아를 포함한 시그 타우 삼총사가 지극히 태연한 태도로 어슬렁거리며 나타났기 때문이었다. 사라가 놀란 이유가 명확해졌다.

"와!" 노아가 말했다. "너희 셋도 오늘 시네드롬에 올 줄은 몰랐는데."

'사라가 검색 줄에 서서 열댓 번 메시지를 보낸 건 빼고 말이지.' 나는 생각했다. 하지만 적어도 얘들 덕분에 잭이 와서 말을 거는 일은 없을 것이다.

애초에 나와 만날 생각도 없었겠지만, 잭의 출현이 사라와 관련이 없을 거라고 생각한 또 하나의 이유가 잭의 표정 때문이었다.

그는 나를 보고 놀란데다 당황한 듯했다. 내 생각이 맞았다. 그는 무뢰한이 아니라 개자식이었다. 그 표정은 다른 여자와 여기 왔다는 뜻이니까.

"특히 린지, 네가 여기 있다니 놀랍네." 〈트와일라잇〉 시리즈라 해도 배우는 못 해먹을 노아가 말했다. "시네드롬에는 무슨 일이야?"

"우리 셋은," 내가 '셋'을 강조하며 말했다. "영화를 보러 왔어."

"아." 노아가 '계속해'라는 표정으로 지켜보는 사라에게 미간을 찌푸리며 말했다. "우린 그냥 '모스 에이슬리 술집'에서 뭘 좀 먹을까 하는데, 같이 갈래?"

"아, 나 거기 좋아하는데." 케트가 달콤하게 속삭였다.

"내가 다스 베이더 다이키리 사줄게." 노아가 나에게 말했다.

"린지는 핌스 컵을 더 좋아해." 사라가 말했다. "그렇지?"

나는 잭이 듣지 않았으면 하는 가망 없는 희망을 품고 로비 쪽을 힐끗 쳐다보았다.

그는 없었다. 줄 끝에도 매표기에도 없었다.

'좋아, 새 여자친구를 만나러 갔군.' 나는 그녀가 영화라면 질색하는 여자이기를 바랐다.

노아가 말했다. "핌스 컵은 또 뭐야?"

"영화에 나오는 칵테일이야." 내가 말했다. '내가 제일 좋아하는 칵테일이지.' 나는 말없이 덧붙였다. 아니, 적어도 한때는 그랬다. 〈고스트 타운〉을 같이 보고 나서 잭이 만들어준, 주연배우인 테아 레오니가 제일 좋아한다던 칵테일.

"점심을 먹고 영화를 봐도 되지 않을까, 응, 린지?" 케트가 홀딱 반한 듯이 노아를 쳐다보며 물었다. "방금 '티파니에서 아침을'에서 아침 식사권 문자 쿠폰을 받았거든."

"아니." 내가 말했다.

사라가 다시 부추기는 듯한 시선을 보내자 노아가 말했다. "우리가 너희랑 같이 영화를 봐도 되지. 뭘 볼 건데?"

"〈크리스마스 소동〉." 케트가 말했다.

"들어본 적도 없는 영화야." 노아가 말했다.

"스파이 모험물이야." 케트가 설명했다. "로맨틱 스파이물."

노아가 얼굴을 찡그렸다. "지금 장난해? 난 로맨틱 코미디 질색이야. 그거 말고 다 같이 〈죽음의 폭주〉를 보는 건 어때?"

"아니." 내가 말했다.

"우리가 영화를 보고 나서 술집에 가는 수도 있어." 사라가 제안했다.

"뭐, 모르겠다." 노아가 다른 남자애들을 쳐다보며 웅얼거렸다. "우린 진짜 배고파. 알았어, 문자 보낼게." 그가 말했고, 셋이 어슬렁거리며 사라졌다.

"대체 왜 그러는 거야." 사라가 말했다. "린지, 난 그냥 널 도우려고 했다고. 그⋯."

"저 노아라는 남자애, 정말 죽이는데!" 케트가 멀어지는 노아를 바라보며 한숨을 쉬었다. "웬만한 영화보다 나아."

"그렇지." 바로 옆에서 잭이 말했다. "안녕."

"여기서 뭐 하는 거야?" 내가 힐난하듯 물었다.

"영화 보러 왔지." 잭이 말했다. "다른 이유가 뭐 있겠어?" 그가 몸을 숙여 내게 속삭였다. "배신자. 〈크리스마스 소동〉은 나랑 보기로 약속했잖아."

"네가 안 나왔잖아." 내가 차갑게 말했다.

"뭐, 그 일에 대해서는." 그가 말했다. "미안해. 일이 좀 있었어. 나는⋯."

"그거 정말 좋은 영화야?" 케트가 잭을 향해 몸을 기울이면서 물었다. "린지는 그게 어떤 영화인지 얘기도 안 해줘. 그냥 무뢰한이 나온다는 말만 하고 말이야."

"무뢰한이라니." 잭이 나를 향해 한쪽 눈썹을 치켜들며 말했다. "어감이 마음에 드는데?"

"찌질이는 어감이 어때?" 내가 말했다. "아니면 개자식은?"

잭은 내 말을 무시했다. "남자주인공이," 그가 케트에게 말했다. "사실은 사건을 수사 중인 비밀 첩보원인데, 사건 자체가 기밀로 부쳐진 거야. 그래서 여자주인공한테 자기가 무얼 하는지, 왜 그 도시를 떠나야 하는지 얘기할 수 없⋯."

"좋은 시도였어." 나는 잭의 말을 끊고 케트에게 설명했다. "사실은 여주인공에게 온갖 거짓말과 뭔가 말도 안 되는 멍청한 짓을 하고는 한마디 말도 없이 떠나버리는 비열한 놈에 관한⋯."

"우리랑 같이 보지 그래, 잭?" 케트가 탐욕스러운 시선으로 잭을 올려다보며 끼어들었다. "그건 그렇고, 난 케트라고 해. 린지의 친구인데, 정말 금시초문이야, 네가 이렇게⋯."

사라가 말허리를 자르고 들어왔다. "잭, 케트와 나는 사실 아까 걔들과 드론 추적 게임을 하고 싶었어." 그녀가 말했다. "우리는⋯."

"무슨 게임 말이야?" 케트가 설명을 요구하듯 말했다.

사라가 케트의 말을 무시했다. "우린 그냥 린지가 심심할까 봐 같이 영화를 보자고 했는데, 이제 네가 있으니까, 린지랑 둘이 가서 봐."

"정말 그러고 싶지만," 잭이 미간을 찌푸리며 말했다. "불행히도 그럴 수가 없어."

"얘는 〈12일간의 크리스마스〉 상영관에다 거위 떼를 풀어놔야 하거든." 내가 말했다. "아니면, 이번에는 자고새야, 잭?"

"백조야." 그가 싱긋 웃으며 말했다. "주머니에 여덟 마리를 넣어 왔어."

"정말?" 백조 떼는 고사하고 뭐라도 보안검색대를 통과할 수 있다고 믿기라도 하는 듯이 케트가 물었다.

"그거 너무 사악하다!" 케트가 가르랑거렸다. "네가 학장실에다 한 짓은 진짜 대단했어! 넌 꼭 우리랑 같이 〈크리스마스 소동〉 보러 가야겠어!"

"난 잭이랑 어디에도 갈 생각 없는데." 내가 말했다.

"그럼 내가 갈게." 케트가 잭에게 찰싹 달라붙어 팔짱을 끼었다. "우리 둘이 가서 보자."

"아, 음, 재미있을 거 같긴 한데," 케트가 철조망이라도 되는 것처럼 잭이 팔을 빼내며 말했다. "안 될 거야. 못 들어가. 매진이야."

"아니야." 내가 머리 위의 상영시간표를 가리키며 말했다. "봐."

"지금 당장은 아닐지 모르겠지만, 내 말을 믿어, 너희가 줄 앞으로 갔을 때는 그럴 거야."

"말도 안 돼." 사라가 말했다. "그렇게나 오래 줄을 서놓고 말이야?"

"그리고 노아한테 술집에 못 간다고 벌써 얘기했단 말이야." 케트가 덧붙였다.

"매진되지 않을 거야." 내가 자신 있게 말했다.

"틀렸어." 잭이 상영시간표를 가리키며 말했다. 〈크리스마스 소동〉 옆에 '매진'이라는 표시가 막 번쩍거리기 시작했다.

"한시도 눈을 뗄 수 없는 미스터리."
— 〈플릭커스.com〉

＊

"아, 안 돼." 사라가 말했다. "이제 어떻게 하지?"

"〈운수 사나운 계절〉을 봐도 좋아." 케트가 잭에게 말했다. "그거 정말로 괜찮대. 아니면 〈일기〉나."

"둘 다 아니야." 내가 말했다. "12시 10분 〈크리스마스 소동〉이 매진됐다고 해서 다른 회차도 그렇다는 건 아니잖아. 2시 20분 표는 아직 괜찮아."

"2시간을 그냥 기다리라고?" 케트가 비탄을 쏟아냈다.

"먼저 점심을 먹고 표를 사면 어때?" 사라가 말했다. "'쇼콜라'에 가서…."

"아니." 내가 말했다. "〈몬순 게이트〉 사태가 다시 일어나선 안 돼. 표를 손에 쥘 때까지 바로 이 자리에 있어야 해."

"린지, 네가 줄을 서고 우리는 가서 뭔가를 사 오면 어때?" 케트가 제안했다.

"아니." 내가 말했다. "너희들은 나와 같이 있겠다고 약속했어."

"그래, 린지. 그리고 넌 나와 같이 보겠다고 약속했고." 잭이 말했다.

"네가 바람맞혔잖아."

"아니야." 그가 말했다. "여기 왔잖아, 안 그래? 그것도 그렇지만, 〈프렌치 키스〉에서 케빈 클라인이 맥 라이언을 바람맞히지. 〈로맨싱 스톤〉에서는 마이클 더글라스가 캐슬린 터너를 바람맞혀. 인디애나 존스는 악당들의 텐트에 결박된 매리언을 저버리고. 인정하시지, 무뢰한은 다 그러는 법이야."

"그래, 음, 하지만 그들이 뭐가 멍청한 장난을 치려고 미래를 몽땅 포기하지는 않잖아."

"그 거위 말이야? 그건 장난이 아니었어."

"아, 정말? 장난이 아니면 뭐였어?"

"내가 보기에 너희 둘이 의논할 일이 많은 것 같아." 사라가 말했다. "우리는 방해가 되고 싶지 않아. 나중에 보자. 문자 줘." 내가 뭐라고 말하기도 전에 사라와 케트가 사람들 사이로 사라졌다.

나는 잭을 돌아보았다. "그래도 너랑 영화를 보러 가지는 않을 거야."

"맞아." 그가 매표소를 건너다보며 말했다. "넌 2시 20분 것도 못 볼 테니까."

"지금 그것도 매진된다는 소리를 하려는 거야?"

"아니, 보통 그 수법을 두 번 쓰지는 않지." 잭이 말했다. "이번에는 뭐가 훨씬 교묘한 수법일 거야. 〈모퉁이 가게〉 크리스마스 특별 상영 공짜 표라거나 새로 캐스팅된 헐크가 여기에 온다거나 하는 식으로 말이야. 아니면, 네가 무뢰한을 좋아하니까, 〈스타워즈〉의 그 새로운 한 솔로가 나타난다거나." 그가 씩 웃었다. "아니면 나나."

"난 무뢰한을 좋아하지 않아." 내가 말했다. "더는 아니야. 그리고 그거 무슨 말이야, '그 수법을 두 번 쓰지 않는다'라니?"

잭이 못마땅하다는 듯이 고개를 저었다. "그 대사가 아니잖아. '난 착한 남자가 좋아졌어'라고 해야지. 그러면 내가 '내가 착한 남자야'라고 받아치고 말이야." 그가 다가섰다. "그러면 넌…."

"지금 이게 〈제국의 역습〉이 아니잖아." 내가 몸을 뒤로 빼며 딱딱거렸다. "그리고 넌 한 솔로가 아니야."

"맞아." 그가 말했다. "난 〈백만 달러의 사랑〉에 나오는 피터 오툴 쪽에 더 가깝지. 아니면 〈쾌걸 조로〉의 더글라스 페어뱅크스나."

"아니면 〈세계 허언증 대회〉에 나오는 브래들리 쿠퍼나." 내가 말했다. "왜 내가 2시 20분 것도 못 볼 거라고 했어? 영화관에다 무슨 짓을 한 거야?"

"아니, 아무 짓도. 맹세해." 그가 오른손을 들었다.

"좋아, 음, 네 말은 믿을 게 못 되지, 안 그래?"

"사실은, 믿어도 돼. 그냥… 아무 일도 아니야. 12시 10분 표가 매진된 것하고 나는 아무 상관이 없다고 맹세해."

"그럼 어떻게 매진될 거라고 그렇게 장담했어?"

"얘기가 길어. 여기서는 말할 수 없어." 그가 주위를 둘러보며 말했다. "어디 조용한 데로 가서 전부 설명해주면 안 될까?"

"조용한 데라니, 지난 8개월간 연락도 없이 네가 처박혀 있던 데 말이야? 그리고 대체 뭐에 홀렸기에 학장실에 거위를 풀어놓았는지도 얘기해줄 거야?"

"아니." 그가 말했다. "미안해, 아직은…."

"아직은? 여기서도 그런 짓을 하고 나서야 말할 참이야?" 나는 목소리를 낮췄다. "진지하게 말하는데, 잭, 그러다 엄청난 곤란을 당할 수 있어. 시네드롬은 정말로 보안이 강력…."

"그럴 줄 알았어." 그가 기뻐하며 말했다. "넌 아직도 나한테 빠져 있어. '이 문제를 근사하고 멋진 점심을 먹으면서 논의해보는 건 어때?' 〈백만 달러의 사랑〉에서 피터가 오드리에게 했던 대사지. 픽사 대로에 괜찮은 데가 있어. '구스토스'라고…."

"난 너와 아무 데도 가지 않아." 내가 말했다. "난 2시 20분 〈크리스마스 소동〉을 볼 거야. 나 혼자서."

"그건 네 생각이지." 잭이 말했다.

"둘 사이에 튀는 불꽃을 보라!"
─⟨웹 크리틱⟩

✳

　그게 무슨 뜻인지 설명하라고 요구하기도 전에 잭이 걸음을 옮겼지만, 나는 줄 선 자리를 잃어버릴까 봐 따라가 물어보지도 못했다. 그래서 나는 내내 2시 20분 표도 매진될지 모른다고 노심초사하며 기다렸다. 이제 앞에 줄 선 사람이 스물댓 명밖에 되지 않는데다 다들 다른 걸 볼 예정이었고, 상영시간표에 표가 아직 남아 있다고 표시되어 있는데도 말이다.
　하지만 다른 줄이 세 개나 더 있는데다, 내 줄을 맡은 매표원은 ⟨덤 앤 더머⟩에 나오는 인물의 뇌를 가진 게 틀림없었다. 거스름돈을 계산하고 카드를 긁은 다음 표를 내주는 데에 한세월이 걸렸다. 12시 10분 표는 매진이 안 되었더라도 살 수도 없었을 것이다. 이 긴 줄에서는 절대 성공하지 못했을 테니까.
　매표소 근처도 가지 못했는데 30분이 흘렀고, 그때 세 사람 건너 앞에 있던 남자가 ⟨좀비 졸업 무도회⟩를 볼지 ⟨아바타 4⟩를 볼지 마음을 정하지 못했다. 여자친구와 함께 영화를 정하는 데에만 족히 10분을 잡아먹더니, 카드가 결제되지 않아서 여자친구의 카드를 써야 했고, 그 여자친구는 가방에 든 걸 하나하나 꺼내 남자한테 건네주면서 가방 전체를 뒤져 카드를 찾았고, 표를 받고서도 꺼낸 것들을 모두 제자리에 넣을 때까지 자리를 비키지 않았다.
　'잭이 말한 게 바로 이거로군.' 나는 생각했다. 내가 표를 사지 못하게 하려고 저들이 일부러 저러는 거라면 어쩌지?
　'웃기는 소리 작작해.' 나는 스스로에게 말했다. 있지도 않은 음모론을 펼치고 있어. 하지만 나는 마지막 순간에 '매진'이 뜨지 않을까 걱정되어 매표대로 가면서도 초조하게 상영시간표를 올려다보았다.
　그런 일은 없었다. 내가 "2시 20분 ⟨크리스마스 소동⟩, 어른 1명이요."라고 말했을 때, 매표원은 고개를 끄덕이고는 아무 사고 없이 내 카드를 그는 다음 표를 건네주면서 재미있게 보라고 말했다.

"그래야죠." 나는 결연하게 대답하고 복합상영관 입구로 향하기 시작했다.

반쯤 가는데 갑자기 어디선가 잭이 나타나 보조를 맞춰 걸었다. "어때?" 그가 말했다.

"표는 매진되지 않았고, 표를 구하는 데에도 아무 문제 없었어. 보여?" 내가 표를 보여주며 말했다.

그는 별다른 반응을 보이지 않았다. "그래, 〈로맨싱 스톤〉에서도 다이아몬드를 발견하지." 그가 말했다. "우피 골드버그도 〈위기의 암호명〉에서 비밀 요원을 탈출시킬 접선에 성공하고. 하지만 그 뒤에 어떻게 됐는지 봐."

"무슨 뜻이야?"

"넌 아직 상영관에 들어가지 않았고, 2시 20분까지 못 들어가면 입장 불가가 되리라는 뜻이지."

사실이었다. 영화가 시작된 뒤로는 아무도 입장시키지 않는 것이 시네드롬의 보안 철칙이다. 하지만 지금은 겨우 1시 30분이다. 나는 잭에게 그 사실을 알렸다.

"그래, 하지만 입장하는 줄이나 팝콘 사는 줄이 진짜 길 수도 있지."

"난 팝콘 안 사. 그리고 입장하는 줄은 없어." 나는 복합상영관 입구에 홀로 선 안내원을 가리키며 말했다.

"지금이야 그렇지." 그가 말했다. "아직 저기까지 가지 않았잖아. 네가 막 저 안내원한테 가려는데 〈그레이의 50가지 그림자〉 최신편을 보려는 중년 여성들이 무더기로 나타날 수도 있지. 그리고 설사 상영관에 들어갔다 해도, 필름이 망가…."

"시네드롬은 필름 안 써. 전부 디지털이야."

"바로 그거야. 그 말은 디지털 수신에 뭔가 문제가 생길 수 있다는 뜻이니까. 바이러스에 감염될 수도 있고, 아니면 서버가 다운될 수도 있지. 아니면 모종의 이유로 교통안전국 경고가 떠서 시네드롬 전체가 폐쇄될 수도 있고."

"극장 안에 거위를 풀어놓는 일 같은 거?" 내가 말했다. "대체 무슨 속셈이야, 잭?"

"말했잖아, 아무 짓도 안 한다고. 난 그냥 네가 못 들어갈 수도 있다고 말하는 것뿐이야. 사실, 못 들어간다고 거의 확신하고 있지. 그렇게 되면, 난 구스토스에 있을 거야."

"아무 일도 일어나지 않아." 나는 그렇게 말하고 반쯤 남은 로비를 가로질러 상영관 입구 안내원을 향해 걸어갔다.

로비는 흥분한 아이들과 문자를 보내느라 여념 없는 청소년들과 어디를 먼저 갈지 다투는 가족들로 시시각각 혼잡해졌다. 나는 잭 말마따나 갑자기 안내원 앞에 줄이 생기지 않기만 바라며 사람들을 피해 나아갔다. 다행히 안내원은 여전히 지루한 표정으로 혼자 거기 검표대에 기대서 있었다.

나는 표를 건넸다.

안내원이 표를 돌려주었다. "아직 못 들어가세요. 영화가 안 끝났거든요. 죄송합니다." 그가 옆으로 손을 뻗어 뒤이어 도착한 여덟 살짜리 아이 둘의 표를 받았다.

안내원이 표를 반으로 찢어 한쪽을 아이들에게 돌려주었다. "76번 상영관. 계단으로 가서 3층 오른쪽입니다."

아이들이 들어갔다. 내가 말했다. "들어가서 사람들이 나올 때까지 복도에서 기다리면 안 될까요?"

안내원이 고개를 저었다. "보안규정 때문에 안 됩니다. 영화가 끝날 때까지는 아무도 들여보낼 수 없어요."

"그게 언제예요?"

"확인해볼게요." 안내원이 말하고는 상영 표를 살펴보았다. "1시 55분요." 10분 후다. "기다리기 싫으시면…."

"기다릴게요." 나는 길을 막지 않도록 벽 쪽으로 비켜섰다.

"죄송합니다만, 거기 서 계시면 안 돼요." 관리자가 다가오며 말했다. "거긴 〈닥터 후: 영화는 계속되어야 한다〉 대기 줄이에요." 관리자가 부산하게 경계선을 치기 시작했다.

나는 다른 쪽 벽으로 이동했지만, 거기에는 한 무리의 어린 여자애들과 부모들이 〈거위치기 소녀〉를 보러 들어가려고 이미 줄을 섰고, 근처에 있는 유일한 벤치는 이제 그만 가상현실 안경을 내놓으라고 별 성과 없이 딸 둘을 설득 중인 어느 어머니가 점유하고 있었다. 귀청을 찢는 울부짖음과 발길질이 이어졌다.

'로비에서 10분을 기다리자.' 잭은 구스토스로 갔을 거라 생각했는데, 아니었다. 잭이 손을 주머니에 찔러넣은 채 '내가 뭐랬어'라고 말하는 미소를 띤 채 입구 바로 바깥에 서 있었다. "무슨 일이야?" 그가 물었다.

"아무 일도 없어." 내가 잭을 지나치면서 말했다. "12시 10분 영화가 아직 안 끝났어."

"어쨌거나 나랑 그 얘기를 하기로 마음을 먹었구나. 잘됐네." 그가 내 팔을 붙잡고 픽사 대로 쪽을 향해 로비를 가로지르며 말했다. "구스토스에 가서 그 안내원이 무슨 핑계를 대며 널 안 들여보냈는지, 왜 거기 입구에서 못 기다리게 됐는지 얘기해줘."

"너한테는 아무 얘기도 할 생각이 없어." 나는 팔을 빼내며 말했다. "내가 왜 그래야 해? 넌 졸업 일주일 전에 퇴학당할 계획이라고 나한테 얘기하지도 않았는데."

"아, 그거." 그가 미간을 찌푸리며 말했다. "난 사실 졸업할⋯."

"당연히 아니었겠지." 내가 넌더리를 내며 말했다. "왜 놀랍지도 않을까? 학장실에 침입한 것도 그래서야? 낙제할 거 같으니까 학점을 바꾸려고?"

"말할 수 없어." 그가 말했다. "기밀이야."

"기밀!" 내가 말했다. "됐어. 네 피해망상 판타지를 더는 못 들어주겠어. 난 가서 영화가 끝날 때까지 입구 옆에서 기다릴 거야." 나는 손가락으로 그곳을 가리키며 말했다. "그리고 안으로 들어가겠지. 날 따라오려고 하면 보안요원에게 신고하겠어."

나는 〈프로도의 귀환〉을 보러 가는 게 분명한, 망토를 두르고 털이 부숭부숭 난 발을 드러낸 한 무리의 호빗과 추억의 〈섹스 앤 더 시티〉 특별 상영회를 보러 가는 일단의 나이 든 숙녀들과 이제는 미로 같은 줄을 선 채 로비까지 10미터나 늘어선 〈닥터 후〉 관객들을 헤집고 입구 쪽으로 돌아갔다. 기다리려던 장소에 도착하니 더 기다릴 이유가 없어졌다. 벌써 2시였다.

나는 안내원에게 가서 표를 건넸다.

안내원이 고개를 저었다. "아직 들어가실 수 없습니다."

"하지만 12시 10분 영화가 1시 55분에 끝난다고 했잖아요."

"그랬죠. 하지만 직원들이 청소를 마칠 때까지는 들어갈 수 없어요."

"그건 언제쯤 끝나요?"

안내원이 어깨를 치켜들었다. "모르겠어요. 어떤 남자 손님이 온통 토해놔서요. 그걸 다 청소하려면 적어도 20분은 걸릴 거예요." 안내원이 표를 돌려주었다. "뭐라도 좀 드시고 오시지 그러세요. 아니면 크리스마스 쇼핑이라도 하시든가요. '시애틀의 잠 못 드는 밤' 가게에서 '인셉션' 수면 마스크를 세일하고 있어요."

그리고 잭이 능글능글 웃으며 가게 바깥에 서 있겠지. "고맙습니다만, 됐어요." 나는 〈닥터 후〉 줄과 〈거위치기 소녀〉 줄을 비집고 나와서 그 어머니와 딸들이 가버렸기를 바라며 벤치로 향했다.

그들은 사라졌다. 하지만 벤치는 이제 열정적으로 키스를 나누며 사실상 수평 자세에 있는 커플에게 완전히 장악되었다. 벽 쪽에 서려고 그들을 지나치는데 그들의 연기가 '제한관람가' 등급에 이르더니 곧장 '17세 미만 관람 불가' 등급으로 뛰어올랐다. 나는 잭과 또 한 차례의 음모론에 대비하며 로비로 돌아왔다.

"올 연휴 영화팬들에게 주는 선물!"
— 〈실버스크린.com〉

＊

잭은 없었다. 하지만 잭만 빼고, 그리고 사라와 케트만 빼고, 세상 사람들이 다 그 로비에 모인 듯했다. 외투를 맡기고 표와 간식거리를 사고 예고편과 상영시간표를 골똘히 올려다보는 사람들로 로비가 터져나갈 지경이었다. 정신을 차려보니 나는 복합상영관을 들고 나는 관객들과 막대사탕과 크리스마스용 인형탈을 쓰고 행사 안내 전단을 뿌리며 이리저리 돌아다니는 홍보요원들을 노략질하는 아이들에게 번갈아 밀쳐지고 있었다. 다람쥐 앨빈이 '스위니 토드의 간식 가게'에서 공짜로 민스파이를 먹을 수 있는 쿠폰을 주었고, 끔찍하게 친숙한 그린치가 디즈니 파빌리온에 있는 '열두 명의 춤추는 공주들'의 반값 할인 쿠폰을 주었다.

내가 뉴고스풍 코스튬을 입은 어느 여자애에게 쿠폰을 건네자마자 〈고스트 타운〉 특별 상영회 공짜 표에 당첨됐다는 휴대폰 문자가 도착했고, 곧바로 거대한 금속 팔을 덜렁거리며 머리를 로비 천장에 박을 듯이 쿵쿵거리며 군중을 가르고 돌아다니는 거대한 트랜스포머에 깔릴 뻔했다. 나는 반쯤은 몸을 피하고 반쯤은 그것에 밀린 군중에 쓸려 로비 반대쪽까지 밀려갔다.

다시 트랜스포머 쪽으로 몰려가 사진을 찍고 셀카를 찍으려고 자리를 다투는 사람들의 등이 난공불락의 장벽을 형성했다. 적어도 트랜스포머가 떠나기 전에 내가 그걸 뚫고 나갈 방법은 없었다.

큰 문제는 아니다. 청소가 끝나려면 아직 15분이 남았으니까. 나는 돌아서서 사람들에게 치이지 않고 기다릴 수 있는 장소를 찾아 나섰다. 구스토스는 아니다. 잭이 '내가 뭐랬어'라고 말하는 걸 듣고 싶은 생각은 추호도 없으니까. 그리고 '스위니 토드'도 안 돼. 거긴 너무 멀었다.

트랜스포머를 보려고 모인 사람들이 흩어지는 즉시, 또는 청소직원이 입장 담당 안내원에게 신호를 주는 즉시 돌아갈 수 있는 곳이어야 했다. 기다리는 사람이 별로 없는 곳이라면 금상첨화겠지만, 그런 곳을 찾는 건 현실적으로 불가능했다. '좀비 주스'는 로비보다 더 붐볐다. 신상품인 '겨우살이 모카'를 광고하는 스타게이트 스타벅스 앞에는 좀비 주스까지 이어지는 줄이 있었고, 대체로 안전한 선택지였던 트랜스포머 찻집도 붐비는 걸로 봐서는 조금 전의 트랜스포머가 쿠폰을 뿌리고 있는 게 분명했다.

그리고 당연히 술집에는 가면 안 된다. 이렇게 되고 보니 술을 한잔했어도 좋았겠지만 말이다. 하지만 그 문자를 보낸 건 잭이 분명했고, 그 말은 그가 술집에서 기다리고 있다가 나를 취하게 만들면서 또 다른 음모론을 펼칠 것임을 의미했다. 나는 거기 가지 않을 것이다.

그러자 로비 바로 옆에 위치한데다 딱 두 사람만 줄을 서 있는 '폴라 익스프레스'에서 핫코코아를 마시는 길밖에 남지 않았다. 하지만 그것조차도 영겁의 세월이 걸렸다. 바리스타가 손님이 원하는 진저브레드 클로브 라테 만드는 법을 몰라서 손님한테 한 단계 한 단계 물어가며 음료를 만들었고, 다음 손님인 십 대 남자애 차례가 되자 카드 긋는 법을 몰라 한참을 헤맸다.

나는 로비를 내다보았다. 트랜스포머는 갔지만 지금은 '스팀펑크 리그'에 나오는 비행선 제플린이 매표기 위에 둥둥 떠서 몰려드는 사람들에게 상품권을 뿌리고 있었다. 금방 가버리지 않으면 트랜스포머 때보다 로비가 더 붐빌 것 같았다.

코코아는 단념하고 돌아가는 게 좋겠다고 생각하고는 문으로 걸음을 옮기는 순간, 라테에 올린 휘핑크림이 부족하다고 돌아온 아까의 진저브레드 남자와 부딪쳤다. 그가 들고 있던 라테가 내 앞섶을 온통 적셨다.

손님들이 냅킨을 들고 동정의 말을 중얼거리며 모여들었고, 바리스타는 행주를 들고 올 테니 잠깐 기다리라고 종용했다. "괜찮아요." 내가 말했다. "제가 좀 바빠서요. 봐야 할 영화가 있어요."

"잠깐이면 돼요." 바리스타가 카운터로 뛰어가면서 말했다. "그렇게 젖은 채로 다니면 안 돼요."

진저브레드 남자가 내 팔을 잡았다. "사과하는 의미로 음료수라도 한 잔 사드릴게요." 그가 말했다. "어떤 걸 좋아하세요?"

"괜찮아요, 정말로요." 내가 말했다. "전 가야…." 그리고 그 바리스타가 행주를 들고 와 나를 아래위로 닦기 시작했다.

"이럴 필요 없어요. 정말로요." 내가 그녀를 슬쩍 밀며 말했다.

"폴라 익스프레스에 소송을 걸진 않으시겠죠? 예?" 바리스타가 눈물 어린 목소리로 물었다.

'걸 거야, 너 때문에 이 영화를 놓치게 되면.' 나는 생각했다. "아니요, 당연히 아니에요." 내가 말했다. "전 괜찮아요. 아무렇지도 않아요."

"아, 다행이에요." 바리스타가 말했다. "잠깐만 기다리세요. 다음에 오실 때 공짜 스콘을 드실 수 있는 쿠폰을 갖다 드릴게요."

"전 필요…."

"세탁비라도 받으세요." 남자가 휴대폰을 꺼내며 말했다. "전자메일 주소를 알려주시면…."

"다시 생각해보니까," 내가 말했다. "음료를 마시고 싶네요. 페퍼민트 짜이가 좋겠어요." 그리고 남자가 판매대 쪽으로 걸음을 옮기자마자 나는 쏜살같이 폴라 익스프레스를 뛰쳐나가 군중이라는 보호막 안으로, 로비 안으로 들어갔다.

로비는 트랜스포머 때보다도 더 혼잡했다. 나는 무질서한 군중을 헤치며 로비를 가로지르기 시작했다. 코코아를 사지 않은 게 천만다행이었다. 나는 두 팔을 휘저어 커플 사이를 헤집고, 하늘색 스머프 하누카 티셔츠를 입은 흥분한 꼬마들과 〈좀비 힐〉 예고편을 올려다보는 데 정신이 팔린 청소년들을 밀치며 길을 만들었다.

빽빽한 당밀 속을 헤엄치는 것 같아서 마침내 안내원이 보이는 곳까지 가는 데만도 몇 시간이 걸린 기분이었다. 안내원 앞에 줄이 생겼지만, 여전히 미로처럼 얽히고설킨 채 줄을 선 〈닥터 후〉나 〈거위치기 소녀〉 관객들은 아니었다. 지금 상영 중인 저 영화들이 끝나기 전에 안내원 있는 곳으로 가야 한다. 아니면 나는 절대 〈크리스마스….

누군가가 내 팔을 잡았다. 제발 그 진저브레드 남자는 아니기를, 나는 다시 군중들 한가운데로 끌려가면서 생각했다.

아니었다. 내 팔을 잡은 건 마이크와 순록 한 떼를 거느린 산타클로스였다. "아가야, 크리스마스에 원하는 게 있니?" 그가 마이크를 내 얼굴에 갖다 대며 물었다.

"저기에 가는 거요." 내가 안내원 쪽을 가리키며 말했다.

"호 호 호." 그가 말했다. "3시 25분에 하는 〈산타클로스 연대기〉 표 2장은 어떠니?"

"고맙지만, 됐어요." 내가 말했다. "전 〈크리스마스 소동〉을 볼 거예요."

"뭐라고?" 그가 말했다. "산타가 나오는 영화를 보고 싶지 않다고?"

그가 자기 순록을 쳐다보았다. "들었어, 프랜서?" 그가 로비가 쩌렁쩌

렁 울릴 만큼 크게 말했다. "여기 문제가 생겼어. 블리즌, 내 '나쁜 아이 착한 아이 목록'을 확인해봐야 할 것 같아." 재깍 목록이 전달되자 산타가 안경을 끼고는 아주 천천히 손가락을 짚어 내렸다. 나는 안내원 앞에 시시각각 줄이 늘어나는 상영관 입구 쪽을 간절하게 쳐다보았다.

"여기 있군." 마침내 산타가 발표했다. "그래, 확실히 나쁜 애야. 빅선, 우리가 나쁜 애들에겐 크리스마스에 뭘 주지?"

"숯!" 군중이 소리쳤다.

산타가 자루로 손을 뻗더니 감초 덩어리 하나를 꺼냈다. "이 애한테 이걸 줄까, 아니면 기회를 한 번 더 줄까? 뭐니 뭐니 해도 크리스마스잖아."

"숯!" 사람들이 소리를 질렀고, 산타는 다시 영화표를 줘보는 게 어떻겠냐고 두 번이나 더 물어보고서야 그들을 설득했다. 이번에는 나도 그걸 받아들이는 재치를 발휘했다.

"그리고 이건 협조를 잘 해줘서 주는 2시 30분 〈12일간의 크리스마스〉 표야." 그가 말했다. "메리 크리스마스, 호 호 호." 그리고 나는 마침내 풀려났다.

나는 곧장 입구로 뛰어갔다. 안내원 앞에 있던 줄이 마법처럼 사라졌다. 나는 안내원에게 표를 건넸다. "죄송합니다." 그가 표를 돌려주며 말했다.

"아직 청소 중인가요?" 내가 믿을 수 없다는 듯이 물었다.

"아니요. 하지만 손님이 늦으셨어요. 지금은 2시 22분이에요. 2시 20분 영화는 이미 시작했어요."

"하지만 앞의 15분은 예고편이고…."

"죄송합니다. 극장 정책이 그렇습니다. 시작 시각이 지나면 아무도 들어갈 수 없어요. 4시 30분 표는 아직 구하실 수 있을 거예요."

'아닐 거야.' 나는 생각했다. 누구 탓인지는 알았다.

"표가 아직 있는지 확인해드릴까요?" 안내원이 물었다.

"아뇨, 됐어요. 괜찮아요." 그렇게 말하고 나는 그곳을 나와 로비를 가로질러 잭을 찾으러 광란의 시네드롬으로 걸어갔다.

"대단한 영화! 놓치지 마시라!"
―〈타임아웃〉

✳

　나는 구스토스가 댄스 클럽과 〈카사블랑카〉에 나오는 릭의 가게 중간쯤 되는 바 같은 데가 아닐까 짐작했는데, 아니었다. 시네드롬 안내도 두 가지와 눈사람 프로스티 복장을 한 시네드롬 안내원에게 확인해본 결과, 그곳은 먼치킨랜드 저 안쪽에, 너무 기쁘거나 너무 무서운 나머지 귀청을 찢는 비명을 질러대는 아동들로 가득 찬 '몬스터 주식회사' 볼풀과 '슈퍼배드' 놀이기구 중간에 끼어 있었다.
　그 식당은 〈라따뚜이〉에 나오는 프랑스 선술집을 복제한 곳으로 벽지와 탁자마다 쥐 인형이 붙었다. 잭은 안쪽 탁자에 자리 잡고 있었다. "안녕." 잭이 볼풀의 소음을 뚫고 소리쳤다. "못 들어간 거야, 응?"
　"그래." 내가 침울하게 말했다.
　"앉아. 뭐 마실래? 여기는 전체연령가 등급이라서 핌스 컵은 없지만, 마우스 모카커피는 있어."
　"아니, 괜찮아." 나는 앉으라는 잭의 말을 무시하며 말했다. "난 네가 무슨 꿍꿍이인지, 그리고 왜 내가 들어가지 못할 거라고⋯."
　"이봐, 무슨 일 있었어?" 그가 젖은 내 윗옷을 가리키며 말을 잘랐다. "〈노팅 힐〉처럼 오렌지 주스를 든 휴 그랜트와 충돌한 건 아니겠지?"
　"아니야." 나는 이를 악물고 말했다. "진저브레드 라테⋯."
　"그럼 시네드롬의 의상 규정 때문에 못 들어간 거야?"
　"아니, 영화가 벌써 시작했다고 들여보내 주지 않았어. 너도 잘 알다시피, '폴라 익스프레스'에 있다 돌아가려는데 진저브레드 라테 남자와 산타클로스가 막아서 제시간에 못 갔거든. 그 사람들, 다 네 짓이지. 또 너의 그 치기 어린 장난인 거지?"
　"내가 말했지, 이건 장난이 아니야."
　"그럼, 대체 뭐야?"

"그게… 우리 〈오션스 세븐틴〉 봤을 때, 거기 카지노에 침입하는 장면 기억나? 경찰들이 들이닥치고, 사방에서 사이렌이 울리고, 헬리콥터들 뜨고, 완전 난리가 났잖아? 하지만 그건 그냥 눈속임이었고 진짜 범죄는 은행에서 일어나고 있었잖아?"

"그 거위들이 눈속임이었다는 말이야?"

"그래. 산타클로스도 마찬가지야. 산타가 어떻게 널 잡아뒀어?"

"어떻게 했는지는 너도 빤히 알잖아. 날 못 들어가게 해서 너와 같이 가게 하려고 네가 고용한 사람이니까. 하지만 소용없을 거야. 난 너와 같이 〈크리스마스 소동〉을 볼 의사가 없으니까."

"좋군." 잭이 말했다. "왜냐하면 넌 못 볼 테니까. 어쨌든, 오늘은 아니야."

"왜 아니야? 무슨 짓을 했는데?"

"아무 일도 안 했어. 난 아무 책임이 없어."

"정말?" 나는 비꼬듯이 말했다. "그럼 누구 책임이야?"

"앉으면 말해줄게. 12시 10분 표가 왜 매진됐는지, 그때 왜 '스팀펑크 리그'가 제플린 호를 띄웠는지, 네가 왜 온라인으로 〈크리스마스 소동〉 표를 사지 못했는지도 말이야."

"네가 그걸 어떻게 알아?"

"그냥 추측한 거야. 매표기에서도 표를 못 샀을걸?"

"그래." 나는 대답하며 앉았다. "왜 그랬지?"

"먼저 알아야 할 게 있어. 뭘 하느라 '폴라 익스프레스'에 간 거야? 내가 올 때 넌 안내원한테 표를 줬잖아."

"안내원이 들여보내 주지 않았어. 어떤 남자가 극장 안에서 토했다고 말이야."

"아, 그렇군, 흔한 구토 수법이군. 언제나 먹히지. 하지만 왜 그 입구에서 그냥 기다리지 않았어?"

나는 잭에게 〈닥터 후〉와 〈거위치기 소녀〉 줄과 그 벤치 인간들에 관해서 얘기했다.

"기다리는 동안에 또 다른 일은 없었어? 어떤 이유로 공짜 표에 당첨됐다는 메시지가 온다든가?"

"있었어." 나는 〈고스트 타운〉 재상영 문자 얘기를 했다. "그것만 봐도 네가 꾸민 짓이 아니라고는 말 못 할걸? 〈고스트 타운〉이 내가 제일 좋아하는 영화라는 걸 너 말고 누가 알겠어?"

"진짜, 누굴까?" 잭이 말했다. "우리가 줄에 서 있을 때 네가 말했지. '이번엔 〈몬순 게이트〉 같은 사태가 되진 않을 거야'라고. 그 영화도 못 본 것 같은데, 왜 그랬어? 똑같은 일이 생겼었어?"

"아니." 내가 말했다. 나는 사라가 신을 신어보는 바람에 6시 상영을 놓쳤다고 말했다. "그러고는 사라가 〈처녀 파티〉 특별 상영회가 있을 거라는 트윗을 받았⋯."

"내가 맞춰볼까. 그 영화는 사라가 정말로 보고 싶어 했던 영화였지?"

"맞아." 내가 말했다. "그래서 우리는 10시 상영 편을 보려고 했지만, 상영 시간을 확인하니까 끝나는 시간이⋯."

"하노버대로 돌아가는 경전철이 끊긴 후였겠지." 잭이 고개를 끄덕이며 말했다. "그나저나 뭐 안 마셔도 괜찮아? 쥐 루트비어는 어때? 해충 바닐라 콜라는?"

"아니. 그건 그렇고, 우리가 왜 여기 있는 거지?" 나는 주위를 둘러보며 말했다. "이렇게 소리를 질러야만 얘기를 할 수 있는 데 말고 다른 곳도 있을 텐데."

"여기랑 '사랑의 터널'이 감시를 받지 않는 유일한 곳이야. 거기로 가도 돼."

난 잭과 '사랑의 터널'에 간 적이 있었다. "아니." 내가 말했다.

"정말로 로맨틱한 새 장면들이 추가됐다고 들었어. 폐결핵으로 죽어가는 앤 해서웨이와 기차에 치이는 키이라 나이틀리, 결혼식 날 밤에 불이 붙어서 바싹 구워지는 에드워드와 벨라⋯."

"'사랑의 터널'에는 가지 않을 거야." 내가 말했다. "그건 무슨 말이야, 감시를 받지 않는 유일한 장소라니?"

"내 말은, 〈아이스 에이지 22〉를 보러 가는 아이들은 일부러 주의를 딴 데로 돌릴 필요가 없다는 거야." 잭이 말했다. "아이들은 집중 시간이 아주 짧게 마련이거든. 반면에 너는 놀랄 정도로 일편단심이지. 그래서 그 구토가 있는 거야. 그리고 진저브레드 남자도."

"시네드롬이 내가 〈크리스마스 소동〉을 보지 못하도록 훼방 놓는 당사자란 말이야?"

"당연."

"하지만 왜?"

"좋아, 이 모든 일이 어떻게 시작됐냐 하면, 그러니까 〈배트맨과 메트로룩스〉와 〈호빗 3〉가 흥행에 참패한 뒤에 영화 관객 수가 현저하게 떨어지는 바람에 극장들이 대중을 다시 끌어올 만한 방안을 찾느라 난리였잖아. 결과적으로 극장은 아이들을 데리고 오고 십 대 자녀들을 보내도 안전하다고 느낄 수 있는 요새로 바뀌었지. 하지만 그러기 위해서 온갖 종류의 보안 기술을 적용해야 했어. 금속탐지기, 전신 스캔, 폭탄 감지 같은 것들. 그러다 보니 2시간짜리 영화 한 편 보기 위해 1시간 45분 동안 줄을 서야 했고, 영화 관객 수는 더욱 떨어질 뿐이었어. 집에 앉아서 90인치짜리 스크린으로 영화를 실시간으로 받아 볼 수 있는데, 누가 줄을 서고 싶어 하겠어? 그들은 뭔가 새로운, 뭔가 정말로 극적인 걸 고안해야 했…."

"시네드롬." 내가 말했다.

"그렇지. 영화를 24시간 360도 엔터테인먼트 경험으로 바꾸려는…."

"디즈니버스처럼."

잭이 고개를 끄덕였다. "아니면 이케아나. 일단 엄청나게 많은 영화를 보여줘. 멀티플렉스들이 상영하던 20편 정도가 아니라 100편이야. 그리고 이런저런 것들을 잔뜩 덧붙였어. 4D, IMAX, 인터랙티브, 할리우드식 개봉 행사, 배우들의 무대 인사, 거기다 테마 음식점과 가게와 탈것과 댄스클럽과 Wii 게임방도. 하지만 그중에 정말로 새로운 건 아무것도 없었어."

"하지만 네가 말한 건…."

"영화관들은 절대 영화 상영으로 돈을 벌지 않아. 그건 그냥 부업이고, 사람들을 영화관으로 끌어들여 말도 안 되는 가격으로 팝콘과 과자를 사게 만드는 미끼일 뿐이야. 시네드롬이 그 개념을 확장시킬수록 영화는 점점 더 덜 중요해져. 시네드롬에 오는 사람들의 53퍼센트가 영화를 전혀 본 적이 없다는 거 알고 있어?"

"그럴듯해." 나는 케트와 사라를 생각하며 말했다.

"그리고 그건 우연이 아니야. 영화표와 군것질거리를 사서 영화 한 편을 볼 시간에 사람들은 훨씬 많은 돈을 쓸 수 있어. 다음 상영 편을 보도록 만들 수만 있다면, 사람들은 이곳에서 점심과 저녁을 먹을 거고, 그런 후에도 기다리면서 소소한 기념품을 살 거야. 시네드롬에 오래 있을수록…."

"더 많이 쓰겠지."

잭이 고개를 끄덕였다. "그래서 시네드롬은 그렇게 만들 수 있는 일은 뭐든 하지."

"나더러 시네드롬이 이 모든 일을, 저 영화표와 구토와 문자메시지와 매진 표시를, 내가 기념품을 더 사도록 만들려고 꾸몄다는 말을 믿으라는 거야?"

"아니. 예전에 우리가 봤던, 어떤 남자가 단순한 열차 사고로 보이는 사건을 조사했더니 사고가 아니라고 드러난 옛날 영화 생각나?"

"〈아이 러브 트러블〉." 내가 즉각 말했다. "닉 놀테와 줄리아 로버츠가 나왔지. 줄리아 로버츠는 기자였고…."

"닉 놀테는 무뢰한이었지." 잭이 싱긋 웃으며 말했다. "내가 기억하기로는, 줄리아가 그를 정말로 좋아했어."

"요점이 뭐야?"

"요점은 그 기차 사고가 빙산의 일각에 불과했다는 거지. 그리고 〈크리스마스 소동〉도 그래. 난 엄청나게 거대한 음모가 있다고 생각…."

"내가 영화를 못 보게 하려고?"

"너만이 아니야. 모두지. 그리고 〈크리스마스 소동〉만이 아니야. 〈파슨스 코트의 핌슬리 가족〉도 그렇고, 〈그를 극복했다고 생각했을 때〉와 〈스위칭 기어스〉와 다른 영화 두어 편도 그런 것 같아."

"왜?"

"왜냐하면 사람들이 무슨 일이 벌어지고 있는지 알아채게 그냥 둘 수 없으니까. 시네드롬이 사람들을 유인하려고 썼던 수법들 기억나? 이런저런 현란한 눈요깃거리와 굿즈와 엄청난 영화 물량 말이야."

"그래."

"음, 그게 문제야. 옛날 멀티플렉스들은 채워야 할 스크린이 열다섯 개였지. 시네드롬들은 백 개야."

"하지만 어떤 영화는 상영관이 하나 이상이잖아."

"맞아. 그리고 3D, 4D, Wii 버전이 있고, 거기다 엄청난 양의 후속편과 리메이크와 리부트와…."

"그리고 앙코르 상영회도…."

"그리고 재상영과 영화제와 〈해리 포터〉 마라톤 상영과 기습 시사회도 있지. 하지만 외국어 영화와 발리우드와 조악한 영국 로맨틱 코미디 리메이크판과 그 모든 것들의 형편없는 리메이크까지 다 더한다 해도 채워야 할 스크린 수는 여전히 산더미처럼 많아. 특히 대부분의 사람들이 〈프로도의 귀환〉을 보는 데만 관심이 있다면 말이야. 〈화려한 밤〉 보러 갔을 때 극장에 우리 둘밖에 없었던 거 기억나?"

"그렇긴 한데…."

"배스킨라빈스 같은 거야. 31가지 맛이라고 광고하지만 대체 누가 건포도나 레몬 커스터드를 주문하겠어? 사실은 구색을 갖추려고 바닐라에 약간의 식용 색소를 타 놓은 거라는 걸 누구나 알아. 시네드롬의 영화도 반은 그런 거야."

"그럼 네 말은 〈크리스마스 소동〉이 있지도 않다는 거야?"

"그럴 소지가 다분하지 않을까 싶어."

"말도 안 돼. 그 영화 예고편을 같이 봤잖아. 우리가 줄에 서 있을 때 위에 미리보기도 떴다고."

"그거 고작 3분짜리였어. 그 정도는 하루면 찍을 거야."

"하지만 영화가 있지도 않은데 왜 광고를 하겠어?"

"안 그러면 누군가가, 예를 들어 나 같은 사람이 의심할 수도 있으니까."

"하지만 그걸 그냥 무사히 넘어갈 방법이…."

"확실히 있어. 대부분의 사람들은 최신 블록버스터를 보고 싶어 하고, 나머지의 95퍼센트도 '매진' 표시 같은 아주 사소한 자극만 줘도 다른 영화를 보도록 설득할 수 있어. 아니면 '바베트의 만찬'에서 점심을 먹게 하거나."

"그럼 나머지 5퍼센트는?"

"방금 봤잖아."

"하지만 영화표는 다 팔려. 특히 크리스마스 시즌에는…."

"그리고 토하거나 우연히 음료를 쏟는 사람들이 있지. 자선단체 사람들에게 붙잡히거나 마지막 경전철 시간 때문에 10시 20분 상영분을 볼 수 없기도 하고. 하지만 내가 아까 말한 영화들의 마지막 상영은 경전철이 끊기고 난 뒤에 끝나. 난 지난 5일 동안 계속 〈스위칭 기어〉를 보려고 했는데, 성공하지 못했어. 지금 몇 시야?"

"4시."

"가자." 잭이 내 손을 잡고 일으키면서 말했다. "〈크리스마스 소동〉은 성공할지 보려면 서둘러야 해."

"흥미진진하고 손에 땀을 쥐게 하는, 믿을 수 없을 정도로 로맨틱한 영화!"
— 〈프론트로〉

＊

"그 영화는 존재하지 않는다고 말하지 않았어?" 나를 붙잡고 구스토스를 나서는 잭에게 물었다. "존재하지 않아. 가자." 그가 말했다. 그는 '호그와트'와 '네버랜드'를 지나 '토이 스토리'와 '그레이트 오즈'와 '라이언 킹의 아들' 기념품을 파는 가게들이 늘어선 복도로 나를 이끌었다. "복합상영관으로 가는 길이 아니잖아." 내가 항의했다.

"먼저 쇼핑을 좀 해야 해." 잭이 '디즈니 프린세스 부티크'로 날 이끌고 들어가며 말했다.

"쇼핑? 왜?"

"관리 측의 주의를 끌면 안 되니까. 시네드롬에서 주의를 끄는 가장 확실한 방법은 돈을 안 쓰는 거거든." 잭이 옷걸이에 걸린 구겨진 티셔츠들을 뒤적거리며 말했다.

"게다가." '백설공주와 일곱 난쟁이' 후드 티셔츠가 가득 걸린 다른 옷걸이로 이동하면서 그가 말했다. "오늘은 중요한 날이잖아. 넌 뭔가 특별한 걸 입어야 해. 안내원이 알아보지 못할 뭔가를 말이야." 그가 옷걸이에 걸린 옷을 뒤적거리더니 '춤추는 열두 공주' 발레용 치마가 걸린 옷걸이에서 뭔가를 뺐다 다시 걸었다.

"뭘 찾아?" 내가 물었다.

"말했잖아. 뭔가 특별한 거." 잭이 다른 옷걸이를 훑으며 말했다. "그리고 너한테서 산타클로스 부인의 주방 같은 냄새가 나지 않게 할 옷. 아, 이거다." 그가 노란 '도라와 디에고, 히말라야에 가다' 티셔츠를 꺼내며 말했다. 디에고가 자신의 상징인 카메라를 에베레스트산 꼭대기에 선 도라와 원숭이에게 들이대고 있었다. "이게 입장권이지."

"난 그거 안 입…." 내가 항의하기 시작했지만 잭은 이미 그 티셔츠와 밝은 분홍색 '거위치기 소녀' 야구모자를 내 손에 쥐여준 후였다.

"점원한테 지금 당장 입을 수 있게 도난방지표를 떼어달라고 해." 잭이 말했다. "탈의실에 가서 윗옷을 벗고 그 티셔츠를 입어. 난 옆 가게에 있을게." 그가 계산대 쪽으로 나를 밀었다. "그리고 아무것도 묻지 마."

나는 잭의 말대로 윗옷을 벗었고(그의 말이 맞았다. 옷에서 진저브레드 냄새가 났다), 속옷 위에 그 티셔츠를 입었다.

그것도 계획의 일부인지는 모르겠지만, 옷이 너무 딱 달라붙어서 옷걸이에 걸려 있을 때보다도 형편없어 보였다. "최소한 좀 귀여운 걸 입힐 수도 있었잖아." 나는 옆 가게에서 '위험한 청춘' 선글라스를 써보고 있는 잭을 찾아서 말했다.

"아니, 그럴 수 없어." 그가 말했다. "입었던 건 어떻게 했어?"

"종이가방에 넣었어." 내가 말했다.

"좋아. 가자." 잭이 종이가방을 받아 들고는 나를 이끌고 가게를 나서 구스토스 쪽으로 되돌아가 재활용쓰레기통으로 향했다. 그가 종이가방을 쓰레기통에 넣었다.

"그거 내가 좋아하는 옷인데." 내가 항의했다.

"쉿, 이 영화 보고 싶어, 안 보고 싶어?" 잭이 풍선 예술가들과 레이저 문신 기술자들과 어린이용 놀이기구와 사탕 가게의 미로를 뚫고 나를 로비로 이끌면서 말했다.

로비에 이르기 직전에 우리는 잠시 걸음을 멈췄다. "자, 넌 매표기로 가서 〈디워〉 표 한 장을 사."

"〈디워〉? 하지만 난 우리가…."

"맞아. 넌 〈디워〉 표 한 장을 사고 나서…."

"한 장만? 두 장이 아니라?"

"두 장은 절대 아니지. 우린 따로 들어갈 거야."

"매표기가 매표소에서 표를 사라고 하면?"

"안 그럴 거야." 잭이 말했다. "일단 안에 들어가…."

"아니면 안내원이 아직 못 들어간다고 하면 어떡해?"

"안 그럴 거야." 그가 말했다. "일단 안에 들어가면, 매점에 가서 팝콘 큰 거랑 세븐업 큰 거를 사고 빨대를 두 개 챙겨. 그리고 17번 상영관으로 가."

"17번? 〈디워〉는 24번 상영관이야."

"우린 〈디워〉를 보지 않을 거야. 17번 상영관에서 하는 〈오르 부아, 몽 푸〉도 아니고. 넌 어느 상영관에도 들어가지 않아. 그냥 17번 상영관 입구에 서 있는 거야. 몇 분 후에 거기서 봐."

"넌 〈크리스마스 소동〉을 볼 거라고 약속했잖아?"

"널 〈크리스마스 소동〉에 데려가겠다고 약속했지. 팝콘 큰 거야, 잊지 마." 잭이 주문했다. "세븐업 큰 거고. 콜라 아니야." 잭이 내가 쓴 '거위치기 소녀' 야구모자를 푹 눌렀다. "17번 상영관이야." 그가 다시 말하고는 군중들 사이로 멀어졌다.

"실화에 기반한… 믿지 못할 이야기!"
— 〈앳 더 무비즈〉

✳

잭의 말이 맞았다. 아무도 앞길도 막거나 내게 음료를 쏟거나 〈체포하겠어〉 공짜 입장권을 준다며 나를 붙들지도 않았고, 안내원은 나를 흘깃 쳐다보지조차 않고 내가 건넨 표를 반으로 찢었다. "24번 상영관입니다." 안내원이 말하면서 오른쪽을 가리켰다. "복도 끝이에요." 그러고는 열세 살짜리 삼총사에게 주의를 돌렸다. 나는 푹신한 카펫이 깔린 복도를 따라갔다.

잭의 모습은 어디에도 보이지 않았지만, 상영관으로 들어가는 움푹 들어간 입구 어딘가나 중간쯤에 복도가 오른쪽으로 꺾어지는 곳에 숨어 있을 가능성이 있었다.

아니었다. 나는 몇 분보다 오랫동안 17번 상영관 밖에 서 있다가 〈디 워〉가 상영 중인 24번 상영관까지 천천히 걸어가봤지만, 잭은 거기에도 없었다.

'몰래 들어오려다 걸려서 쫓겨났을 거야.' 나는 17번 상영관으로 돌아와 움푹 들어간 문간에 서면서 생각했다.

나는 조금 더 기다렸다.

여전히 잭은 코빼기도 보이지 않았다. 30번 상영관에서 한 꼬마가 뛰쳐나와 화장실로 뛰어들어서는 꽝 하고 문을 닫았다. 그것 말고는 아무 인기척도 없었다. 나는 좀 더 기다렸다. 휴대폰을 꺼내 몇 시인지 보고 싶었지만, 왼팔로 감싼 거대한 세븐업과 어마어마한 팝콘 봉지 틈으로는 어떻게 해볼 도리가 없었다.

복도 아래쪽에서 문이 꽝 닫히는 소리가 나서 퍼뜩 고개를 들어보니, 꼭 필요한 시간 말고는 1초도 영화를 놓치지 않겠다고 결심한 듯이 30번 상영관으로 달려가는 아까 그 꼬마였다. 무슨 영화가 그렇게 재미있을까 싶었다. 나는 그 문 위에 달린 상영작 제목을 보러 복도 아래쪽으로 조금

이동했다.
　〈죽음의 폭주〉였다. 그리고 그 옆 28번 상영관에 걸린 제목은 〈크리스마스 소동〉이었다.

> "굉장한 출연진!"
> ― 〈고잉 할리우드〉

＊

　'이 개자식! 저 영화는 존재하지 않는다고 하더니, 여기 있잖아.' 내가 겪은 저 숱한 문제들은, 내 앞을 막아선 저 모든 사람들은 날 막으려는 시네드롬의 수작이 아니었다. 그 사람들은 그저 나와 똑같은 관객이었을 뿐이고, 일어난 일은 우연에 지나지 않았다. 음모는 없었다.
　'넌 대체 잭이 하는 말은 한마디도 믿을 수 없다는 사실을 언제 깨달을래?' 나는 자문했다. 잭이 그 자리에 있었더라면 세븐업과 팝콘을 머리 위에 부어주고 나오는 엄청난 기쁨을 누렸을 것이다.
　하지만 잭은 분명 붙잡혀서 내쫓겼겠지. 그것도 올 의사가 있었을 때 애기지만. 그리고 나는 홀로 남아 이 상황을 감당해야 할 처지다. 지금에 와서 생각해 보니 〈아이 러브 트러블〉에서 닉 놀테가 줄리아 로버츠에게 같은 짓을 했었다. 헛고생을 하게 만들었지. 진짜 거위 떼로.
　'잭을 찾으면 죽여버릴 거야.' 나는 부글부글 속을 끓이며 입구 쪽으로 돌아가다가 걸음을 멈추고 28번 상영관을 돌아보았다. 나는 〈크리스마스 소동〉을 보려고 시네드롬에 왔고, 그 영화가 여기 있다. 4시 30분 상영이 곧 시작될 참이었다. 잭을 빼고 혼자 그 영화를 보면 깨소금 맛일 것이다.
　나는 모퉁이까지 다시 돌아가서 그곳으로 오는 사람이 없는지, 특히 표를 산 영화가 아니라 다른 영화를 보러 들어가는 나를 붙잡을 직원이 아무도 없는지 확인하고는 서둘러 28번 상영관으로 가서 문을 잡아당겼다. 팝콘과 세븐업을 들고서는 상당히 어려운 일이었지만, 어쨌든 엉덩이로 문을 지탱하고 옆걸음으로 들어갈 정도는 열 수 있었다.

안은 칠흑같이 어두웠다. 등 뒤에서 문이 닫히자 나는 눈이 어둠에 적응하기를 기다리며 잠시 암흑 속에 서 있었다. 적응되지 않았다. 영화 스크린에서 나오는 빛이라도 있어야 했다. 아니면, 아직 예고편이 시작되기 전이라면 천장 조명이 있어야 했다. 그리고 상영관 복도에는 대피가 필요할 때를 대비한 막대형 조명이 있어야 하지 않았나?

그런데 이곳은 분명 그렇지 않았다. 아무것도 보이지 않았다. 나는 그 어둠 속에 서서 귀를 기울였다. 분명 예고편이 시작됐다. 쿵쾅거리고 쨍그랑거리는 소리와 불길한 음악이 들렸다. 〈배트맨 다크 나이트 라이즈〉나 〈에이리언〉 리부트처럼 깜깜한 밤에만 촬영한 그런 영화의 예고편인 게 틀림없었다. 그래서 아무것도 안 보이는 것이다. 곧 다른 예고편이 나오면 밝아질 테고, 그러면 길을 찾을 수 있겠지. 하지만 소리가 웃음과 우물거리며 중얼거리는 목소리로 바뀌었는데도 복도는 갱도처럼 어두웠다.

더듬어서 길을 찾아야 했다. 하지만 벽을 짚거나 휴대폰을 꺼내 손전등 대용으로 쓸 빈손이 없었다.

'이게 다 잭 탓이야.' 나는 몸을 굽혀 세븐업을 바닥에 내려놓고 주머니에서 휴대폰을 꺼내며 생각했다. 휴대폰을 열고 앞쪽으로 내밀었다. 복도가 그렇게 어두운 것도 당연했다. 몇 미터 앞에서 복도가 왼쪽으로 급하게 꺾였다. 계속 갔다가는 벽에 얼굴을 박았을 것이다. '이거 소송감이군.' 나는 휴대폰과 세븐업을 동시에 들 방안을 강구하며 생각했다. 그럴 방도는 없었다. 음료수 컵이 너무 컸다. 어쨌든 저 모퉁이만 돌면 스크린에서 나오는 불빛으로 앞을 볼 수 있을 것이다. 나는 휴대폰을 다시 주머니에 집어넣고는 손을 더듬어 음료수 컵을 찾아 집어 들고는 벽까지의 걸음 수를 세며 다시 복도를 따라가기 시작했다.

"넷… 다섯…." 나는 속삭였다. "여섯, 일…."

그때 뒤에서 손이 하나 불쑥 튀어나와 내 손목을 그러잡았다. 나는 비명을 질렀지만 다른 손 하나가 이미 내 입을 틀어막고 있었다. 귓가에 잭의 목소리가 들렸다. "쉿, 여기로." 잭이 속삭이고는 나를 끌고, 말도 안 되는 일이지만, 곧장 벽을 통과했다.

"이런 횡재가! 이 영화를 선택한 당신에게 찬사를!"
— 〈버라이어티 온라인〉

❋

놀랍게도 나는 세븐업도 팝콘도 떨어뜨리지 않았다. "대체 무슨 짓이야?" 나는 몸을 뒤척여 잭에게서 벗어나며 말했다.

"쉿!" 잭이 속삭였다. "이 벽은 방음이 안 돼. 팝콘 흘린 거 있어?"

"당연히 흘렸지." 내가 말했다. "너 때문에 놀라서 죽을 뻔했다고!"

"쉬. 이거 봐. 나한테 소리 지르는 건 상관없는데," 그가 속삭였다. "다음 추격 신이 나올 때까지만 참아줘. 그리고 휴대폰 꺼내지 마. 불빛 때문에 쫓겨날 수도 있으니까. 여기 있어봐." 뒤이어 문이 열렸다가 조용히 닫히는 소리가 들렸다. 그러고는 왼쪽 벽에서 들리는 아수라장 같은 소리뿐이었다.

전에 어디선가 들었던 소리와 비슷했다. 생각해보니 〈크리스마스 소동〉 예고편인 듯싶기도 했지만, 옆 상영관에서 들리는 소리가 분명하니, 〈죽음의 폭주〉 소리라는 의미였다.

주변은 고사하고 아무것도 보이지 않았지만, 다른 쪽 벽에서 "밸런타인데이에 개봉!"이라고 노래하듯 말하는 목소리가 들리는 거로 봐서는 이곳이 〈크리스마스 소동〉 상영관으로 이어지는 복도인 건 틀림없었다.

좋아, 여전히 예고편이 상영되는 중이었다. 영화 시작 부분을 놓칠 일은 없겠어. 아까처럼 날 붙잡은 것에 대해서 잭에게 한소리를 하고도 영화 시작 시각에 맞춰 상영관에 들어갈 수 있을 것이다. 여전히 조금도 누그러지지 않는 이 암흑 속에서 상영관을 찾을 수만 있다면 말이다.

잭이 돌아왔다. 그가 문을 닫는 소리가 들렸다. "다행히 두어 줌밖에 안 흘렸네." 〈죽음의 질주〉 쪽에서 들리는 폭발 소리를 뚫고 그가 말했다. "내가 다 먹어버렸어. 왜 이렇게 오래 걸렸어? 안내원이 널 알아채는 바람에 내가 다시 나가서 구해와야 하는 거 아닐까 봐 걱정했어."

"내가 어디 있었냐고?" 나는 화를 내며 말했다. "난 네가 말한 대로

절찬 상영중

17번 상영관 밖에 서 있었어. 넌 나한테 거짓말을…."

"네가 28번 문으로 들어오는 거 본 사람 아무도 없지?"

"말 돌리지 마. 이…."

"그렇지?" 잭이 내 팔을 붙잡는 바람에 팝콘이 버석거렸다.

"없어." 나는 건성으로 들으면서 말했다. 귀가 먹먹한 폭발음 사이로 〈크리스마스 소동〉 쪽 벽에서 아나운서가 우물거리며 말하는 소리가 들렸다. "이제 영화를 상영하겠습니다."

"이봐," 내가 말했다. "여기 캄캄한 데 서서 너랑 싸우고 싶은 생각은 굴뚝 같지만, 난 〈크리스마스 소동〉을 볼 거야. 그러니 팔을 놓아주면 좋겠어. 영화가 곧 시작하니까."

"아니, 그렇지 않아." 잭이 말했다. 그가 내 팔을 꾹 움켜쥐었다. "기다려." 그가 말하고는 내 팔을 놓고 멀어졌고, 뭔지는 모르겠지만 그가 뭔가를 하는 소리가 들렸다. 그러자 나와 마주한 벽에 만년필형 손전등 불빛이 쏟아졌다.

그 희미한 불빛으로 본 바로, 우리는 바깥과 똑같이 바닥과 벽에 카펫이 깔리고, 바닥을 비추는 불빛이 없는 좁은 통로에 있었다. 하지만 이 통로는 길고 똑바르며 끝에는 상영관으로 들어가는 입구가 아니라 벽이 있었다. 잭이 방금 통과한 문의 흔적은 어디에도 없었다. 잭이 재킷을 벗어 문틈을 가렸으니, 그 벽 어딘가에 문이 있어야 했지만 말이다.

"빛이 새 나가는 걸 막기 위해서야." 그가 소음을 뚫고 설명했다.

"여긴 뭐 하는 데야?" 내가 말했다. "여긴 어디야?"

"쉬." 잭이 손가락을 자기 입술에 대고는 속삭이며 말했다. "키스 신이 나올 거야." 총소리와 폭발음이 뚝 그치고 바이올린 선율이 흘러나오는 걸 보니 그 말이 맞는 것 같았다.

잭이 팝콘과 세븐업을 받아 들더니 복도 중간쯤까지 살금살금 가서 바닥에 내려놓고는 일어서서 여전히 손가락을 입술에 갖다 댄 채 귀를 기울였다. 낭만적인 바이올린 선율이 갑자기 끊기고 트럼펫 소리와 두두두거리는 북소리와 웡웡거리는 엔진 소리와 타이어 미끄러지는 소리가 들리는 거로 봐서 죽음의 질주가 다시 시작된 것이 분명했다.

"추격 신이야." 잭이 내게 다가오며 말했다. "작업을 시작할 시간이지."

"여기가 뭐 하는 곳인지 말해준다고 했잖아. 상영관은 어디 있어?"

"이 일이 끝나면 다 말해줄게. 티셔츠를 벗어."

"뭐?"

"티셔츠 말이야. 벗어."

"넌 여전하구나, 그렇지?"

"대사가 잘못됐어." 잭이 말했다. "'우리가 모종의 범죄를 계획하고 있는 거 확실해?'라고 말해야지. 그러면 내가…."

"지금 〈백만 달러의 사랑〉 찍는 거 아니야." 내가 말했다.

"맞아." 잭이 말했다. "〈위기의 암호명〉이나 〈아이 러브 트러블〉에 더 가깝지. 그거 벗어. 빨리, 시간이 없어."

"난 이걸 벗을 의사가 없…."

"진정해. 사진을 찍으려고 그래. 이 통로와 바깥에 있는 복도 말이야." 내가 여전히 팔짱을 낀 채 가만히 서 있자 그가 말했다. "네 티셔츠에 남자애가 들고 있는 카메라는 그냥 그림이 아니야. 초소형 디지털카메라가 내장되어 있어."

잭이 디즈니 프린세스 부티크에서 그렇게 티셔츠들을 뒤적거린 이유가 그래서였다. 카메라가 달린 티셔츠를 찾고 있었던 것이다. "그냥 네 휴대폰 카메라를 쓰지 그래?"

"여긴 보안 검색을 할 때 경찰과 FBI의 데이터베이스를 참고해."

"넌 거위 때문에 그 명단에 들어가 있을 테고." 내가 말했다. "나와 같이 오려 했던 이유가 그래서구나. 너 대신 카메라를 몰래 들여올 사람이 필요했어."

"당연하지. 무뢰한들이 하는 짓이 다 그렇잖아. 어린 여자들을 이용해 세관으로 목걸이를 밀수하거나 기삿거리를 얻거나 동독에서 탈출하지."

"이건 영화가 아니야!"

"맞아. 내가 사진을 찍으려는 이유도 그 때문이지. 자, 나한테 그 티셔

절찬 상영중   483

츠를 줄래, 아니면 입은 상태로 카메라를 떼어낼까?"

"좋아." 나는 티셔츠를 벗어 건네주고는 잭이 옷을 뒤집어 초박형 디지털 카레라를 떼어낸 다음 돌려줄 때까지 부글부글 속을 끓이며 속옷 차림으로 서 있었다. 내가 티셔츠를 입는 사이에 그는 내 등 뒤의 긴 벽을 찍게 비키라는 시늉을 하며 복도 사진을 찍었다.

잭이 나를 끌고 들어온 쪽 벽과 반대쪽 벽을 찍고 와서는 잠시 주변 소리에 귀를 기울였다. "금방 돌아올게." 그가 만년필형 전등을 끄고 암흑 속에 나를 세워둔 채 다시 복도로 나갔다.

영원 같은 시간이 흘렀다. 문에 귀를 대보았지만 〈죽음의 질주〉 쪽에서는 폭발음과 비명뿐이었고, 다른 쪽에서는 구역질 나게 기운찬 음악뿐이었다. 나는 필사적으로 귀를 기울였다. 〈죽음의 질주〉 쪽에서 충돌음 사이로 우물거리는 사람 목소리가 들리긴 했지만, 우려했던 대로 소음이 금방 가라앉거나 하지는 않았다.

잭이 여기서 뭘 하고 있는지 확인하려는 안내원이나 시네드롬 경비원은 아니기를 나는 빌었다. 아니었다. 문이 다시 열리고 내가 황급히 물러서자 잭이 들어와 문을 닫았다.

"내 재킷 좀 찾아볼래?" 잭이 속삭였고, 내가 주변을 더듬거렸지만 찾질 못했다. 나는 다시 티셔츠를 벗어 건네주었고, 그가 문틈을 막았다.

"고마워." 그가 속삭이고는 몇 초 뒤에 만년필형 전등을 켰다.

"사진 찍었어?"

잭이 초박형 디지털카메라를 흔들었다. "응."

"다 됐네. 넌 나한테 거짓말을 했어."

"아니, 안 했어. 그건 그렇고, 지미 스튜어트는 마가렛 설리반한테 거짓말을 했고, 피터 오툴은 오드리 헵번한테 거짓말을 했고, 게리 그랜트도 오드리 헵번에게 거짓말을 했지. 무뢰한들이 하는 짓이 그래."

"그건 변명이 안 돼. 넌 〈크리스마스 소동〉을 보러 가자고 했어."

"그리고 그렇게 했지." 그가 말했다. "이게 그거야." 그가 팔을 들어 복도를 죽 가리켰다. "28번 상영관에 온 걸 환영해."

"여긴 상영관이 아니야." 내가 말했다.

"맞아." 잭이 말했다. "가자." 그가 내 손을 잡고 팝콘과 세븐업을 놓아둔 데로 이끌었다. "앉아. 내가 다 설명할게. 자, 앉아."

내가 카펫을 댄 벽에 등을 기대고 앉아 적대적으로 팔짱을 끼자 잭이 나와 마주 보고 앉았다. "바깥 복도는 갈라져서 양쪽 상영관으로 들어가게 되어 있어." 그가 말했다. "거기서 내가 널 붙잡지 않았다면 넌 그 복도 모퉁이를 돌아 30번 상영관 〈죽음의 질주〉로 갔을 거야. 그리고 다른 쪽으로 틀었다면 26번 상영관과 마주쳤겠지." 그가 엄지로 뒤쪽 벽을 가리켰다. "지금은 〈아기 오리들한테 길을 비켜주세요〉를 상영하고 있는데, 넌 앉아서 15분 동안이나 예고편을 보고서야 그 사실을 알아챘을 거야. 넌 어쩌다가 상영관을 잘못 들어왔다고 생각할 테고, 안내원에게 가서 말을 하겠지. 안내원은 죄송하지만 〈크리스마스 소동〉이 벌써 시작됐기 때문에 들여보낼 수는 없지만, 7시 상영 표는 아직 살 수 있다고 말할 거야. 깔끔한 수법이지, 응?"

"하지만 왜…."

"그 온갖 장애물을 다 돌파해버릴 정도로 단호한 팬이 있을 때를 대비한 최후의 방어선인 셈이지. 그런 일은 거의 일어나지 않지만, 가끔 너 같은 사람이 있거든. 못 들어가게 하니까 다른 영화표를 산 다음 원래 보려던 영화를 보러 몰래 들어가는 사람 말이야."

"그냥 영화제목을 안 내걸면 되지 않아?"

"그것도 해봤지만, 그러면 우리가 초장부터 의심하게 되니까 다른 방안을 찾아야 했어. 바로 눈앞에 보이는 이거지."

"우리?" 내가 물었다.

"아차, 잊어버릴 뻔했네." 잭이 말하고는 비틀거리며 일어나 재킷을 주우러 갔다. 그가 재킷을 입고 돌아와서 주머니를 뒤지기 시작했다.

"지금은 또 뭘 하는 거야?" 내가 물었다.

"〈죽음의 질주〉에 다시 조용한 신이 나오기 전에 이걸 해치우려고." 잭이 빨간 코카콜라 컵을 보고 미간을 찌푸렸다. "세븐업 산 거 맞지? 콜라가 아니라?"

"세븐업이야." 나는 컵을 건네주었다. "이걸로 악취탄 같은 걸 만들 생각은 아니겠지?" 나는 웬 병을 꺼내서 음료수 컵에 갈색 액체를 붓는 그에게 물었다.

"아니야." 잭이 주머니를 뒤져서 〈터미네이터 12〉 개봉 기념 잔과 얇게 자른 레몬이 가득 든 봉지를 꺼냈다.

그가 세븐업과 갈색 액체와 얼음이 섞인 내용물 반을 터미네이터 잔에 따르고는 레몬 한 조각과 가슴 쪽 주머니에서 꺼낸 민트 줄기 하나를 얹은 다음, 안주머니를 뒤져 잘 자란 대황 줄기 하나를 꺼내 잔에 꽂고 저은 후에 내게 건넸다. "주문하신 핌스 컵 나왔습니다." 그가 말했다.

"〈고스트 타운〉 봤던 날 밤에 만들어준 것과 똑같네." 내가 웃으며 말했다.

"음, 똑같지는 않아. 이건 럼으로 만들었어. '톰 크루즈의 칵테일바'에는 럼밖에 없더라고. 그리고 그 고스트 타운 핌스 컵을 만들 때는 널 침대로 데려가려고 애쓰는 중이었지."

"그럼 이번에는 뭘 하려고 애쓰는 중이야? 날 취하게 해서 네가 하는 뭔가 불법적인 일을 돕게라도 하려고?"

"아니." 잭이 내 옆에 앉으며 말했다. "어쨌거나, 지금은 아니야." 그다지 안심되는 대답은 아니었다.

"사진은 찍었어." 그가 말을 이었다. "그게 내가 여기 온 이유지. 그리고, 너와 그 끔찍한 도라 티셔츠에 감사해." 그가 나를 향해 콜라 컵을 들어 올렸다. "그걸 외부로 반출하다가 걸릴 가능성은 훨씬 적을 거야. 하지만 그걸 안전하게 이곳에서 들고 나가기 전에 조사를 더 진행하는 건 너무 위험해." 그가 느긋하게 음료를 한 모금 마셨다.

"그럼, 우리 나가야 하는 거 아니야?" 내가 물었다.

"못 나가. 〈죽음의 질주〉가 끝나야 나가는 관객들 틈에 섞일 수 있어. 그러니 좀 쉬어. 핌스 컵도 마시고, 팝콘도 좀 먹어. 우리는…." 그가 말을 멈추고는 벽을 통해 들려오는 소음에 잠시 귀를 기울였다. "1시간 45분을 죽치고 있어야 돼. 시간은 충분하…."

"약속했던 대로 대체 무슨 일이 벌어지고 있는지 얘기해줘. 아니면 그것도 기밀이라고 말할 셈이야?"

"사실, 그래." 잭이 말했다. "그리고 넌 이미 놈들이 무슨 짓을 하고 있는지 봤어. 존재하지도 않는 영화를 상영하는 척하는 거지."

"하지만 왜? 대부분의 사람들은 영화 쪽은 신경도 안 쓰는데"

"아, 사실은 신경 써. 사람들은 고를 수 있는 영화가 100편이나 있다고 생각해. 경전철을 타고 그 먼 길을 와서 한도 끝도 없이 시간이 걸리는 보안 검색 줄을 서는 이유도 그래서지. 사람들이 팝콘 한 봉지나 턱없이 비싼 '어벤져스' 머그잔 따위를 사려고 그런다고 생각해? 배스킨라빈스가 제일 인기 있는 거라도 딱 세 가지 맛만 판다면 얼마나 오래 영업을 할 수 있을 거라고 생각해? 비록 오늘은 쇼핑하고 먹고…."

"남자를 꼬시고."

"남자를 꼬실지는 몰라도, 누가 내일 뭐 할 거냐고 물으면 사람들은 영화 보러 갈 거라고 말하기 마련이고, 스스로 그럴 거라고 믿고 있어. 시네드롬은 팝콘을 파는 게 아니야. 환상을, 느낌을 팔아. 마법 같은 영상이 펼쳐지는 거대한 스크린과 어둠 속에 나란히 앉은 여자친구와 로맨스와 모험과 미스터리와…."

"하지만 난 아직도 이해를 못 하겠어. 좋아, 사람들의 환상을 유지해야 한다고 쳐. 하지만 영화가 하나도 없는 게 아니잖아. 넌 존재하지 않는 영화가 고작 네댓 편밖에 안 된다고 했어. 이미 여러 상영관에서 상영되는 영화들이 있어. 영화를 꾸며내느니 그냥 〈엑스 포스〉나 〈프로도의 귀환〉을 트는 상영관을 늘리면 되지 않아?"

"지금도 이미 〈엑스 포스〉를 상영관 여섯 개에서 틀고 있는데다, 시네드롬 측에서 막 스크린이 250개씩 되는 '수퍼드롬' 체인을 세우겠다고 발표했기 때문이지. 그건 그렇고, 난 놈들이 속이려는 게 영화 관객들만은 아니라고 생각해."

"무슨 말이야?"

"내 말은, 영화사 쪽에서 보면 이 시스템이 정말로 이득이라는 거야. 영화 제작 일정이 밀려도 개봉날짜를 맞추지 못했다고 벌금을 내거나 사람을 해고할 필요가 없어. 어쨌든 제작을 끝내기만 하면, DVD를 내고 스트리밍 서비스를 하기만 하면, 그걸로 되는 거야. 어쨌거나 〈몬순 게이트〉는 그렇게 됐고, 〈크리스마스 소동〉도 그렇게 될 것 같아. 크리스마스 영화를 2월에 개봉할 순 없잖아. 12월에 나오지 않으면 알거지가 될 게 뻔하니까. 비유적으로 말해서 말이야."

"그 말은 그 영화가 몇 달 안에 인터넷에 뜰 거라는 얘기로군." 내가 말했다.

"맞아. 그리고 그러면 너랑 같이 그 영화 볼게, 약속해."

"다른 영화들도 그렇게 됐다고 생각해?"

"아니. 〈리퍼 파일스〉는 결국 출시가 안 됐어. 〈안타레스 탐험〉과 〈구사일생〉도 마찬가지고. 그리고 그렇게 되면 수백만 달러씩 쏟아부으면서 영화를 만들 일이 뭐 있겠어? 그냥 3분짜리 미리보기만 만든 다음 관객들이 영화를 못 보게 막아달라고 시네드롬에 돈만 주면 차액을 챙길 수 있는데 말이야. 주주들은 심지어 알지도 못할 거고."

"그건 사기가 될 텐데."

"이미 사기지." 잭이 말했다. "그리고 가짜 광고이기도 하고. 존재하지 않는 제품을 파는 걸 금지하는 법이 있어."

"온라인으로 표를 팔지 않는 게 그래서군." 내가 말했다. "하지만 상대가 범죄자라면, 이런 짓을 하는 게 위험하지 않아?"

"내가 이런 짓을 하고 있다는 걸 그들이 모르면 상관없어. 그래서," 그가 거의 속삭이는 듯이 목소리를 낮추면서 말했다. "우리가 팝콘이나 먹으면서 여기 조용히 앉아 있어야 하는 거지." 그가 다가앉았다. "영화나 보면서 말이야."

"무슨 내용인데?" 내가 속삭였다.

"어떤 남자가 음모를 파헤치고 있는데 옛 여자친구가 나타나는 거야. 그로서는 전혀 원치 않는 상황이지. 눈에 안 띄려고 노력하는 중인데…."

'나를 보고 왜 그렇게 당황스러운 표정을 지었는지 설명이 되는군.' 나는 약간 마음이 가벼워지는 것을 느끼며 생각했다.

"그리고 그는 여자 때문에 정체가 발각되기 전에 그곳을 떠나야겠다고 생각하는데, 그녀가 이미 알고 있는 거지. 그가…."

"무뢰한이라는 걸?"

"난 '개자식'이라고 말할 참이었는데."

"무뢰한이지." 내가 확고하게 말했다. "그리고 게다가 그는 경비원들 몰래 뭔가를 들여오는 데에 그녀의 도움이 필요해. 〈프렌치 키스〉에서 케빈 클라인이 그랬던 것처럼."

"바로 그거야." 잭이 말했다. "거기에다 그녀에게 할 얘기도 좀 있고. 그래서 자신을 돕게 하는데, 조사 와중에 그는 그녀가 자신을 용서했다고 확신하게 돼. 올리비아 드 하빌랜드가 에롤 플린을 용서하고, 줄리아 로버츠가 닉 놀테를 용서하고, 우피 골드버그가…."

"잭. 무뢰한의 여자친구들이 하는 일이란 게 바로 그런 거지."

"딱 그거야." 그가 말했다. "그게 바로 네가…."

"쉿."

"무슨 일이야?" 잭이 속삭였다.

"키스 신이 나올 거야." 나는 손전등을 껐다.

"영화에서 얻을 수 있는 최고의 재미!"
— 〈무비폰.com〉

*

"〈죽음의 질주〉는 얼마나 남았어?" 상당한 시간이 지난 후에 내가 물었다. "저 소리는 마지막 장면 배경음악인 것 같은데."

잭이 한쪽 팔꿈치를 세워 윗몸을 일으키며 말했다. "그러네." 그리고는 다시 내 목덜미에 코를 박았다.

"하지만 저거 끝나기 전에 여기서 나가야 하지 않아?"

"그래, 하지만 그거 잊어버렸군. 저 영화는 할리우드 블록버스터야. 우리가 〈스피드〉 리부트 봤을 때 생각나? 끝났다고 생각했을 때마다 아니었던 거? 아니면 〈왕의 귀환〉은 어땠어? 그건 끝이 일곱 번이나 있는 것 같았지. 〈죽음의 질주〉도 적어도 세 번은 더 클라이맥스가 있을 거야."

"아, 잘됐네." 나는 그의 품으로 파고들며 중얼거렸다. 그러나 잠시 후에 잭은 일어나 앉아 재킷을 끌어당기고는 휴대폰을 꺼내 열었다.

"넌 휴대폰이 없는 줄 알았어." 내가 앉으며 말했다.

"휴대폰 사진 때문에 잡히고 싶지는 않았어." 그가 화면을 들여다보면서 말했다. "계획을 변경해야겠어. 가봐야 할 일이 생겼어." 그가 셔츠 단추를 잠그기 시작했다. "다음 폭발이 있을 때까지 기다렸다가 복도로 살짝 빠져나가서 〈죽음의 질주〉 관객들이 나올 때까지 기다려. 그리고 아무것도 남겨두지 마."

나는 고개를 끄덕였다.

"로비로 나가면 아무 카페로든 가. '폴라 익스프레스'는 말고 말이야. 음료를 주문하고 친구들한테 문자를 보내. 그리고 최소한 몇 분 정도는 기다렸다가 밖으로 나가. 그러면 괜찮을 거야."

잭이 나를 일으켜 세웠다. "잘 들어, 난 너한테 트윗을 보내거나 전화를 할 수 없어. 추적될 테니까 말이야. 그래서 너한테 연락할 때까지 시간이 좀 걸릴 수 있어. 지금까지 내가 찾아낸 건 상영관 사이에 막힌 복도가 있다는 사실과 몇 가지 의심스러운 정황뿐이야. 그 영화들이 존재하지 않는다는 사실을 증명할 일이 남았고, 그건 할리우드에 가서 해야 할 거야." 그가 망설였다. "이렇게 널 여기에 두고 가려니 마음이 안 좋아."

"하지만 피터 오툴은 오드리 헵번을 벽장 안에 두고 떠나고, 케빈 클라인은 여권도 없는 맥 라이언을 파리에 두고 떠나지." 나는 복도 끝까지 그를 배웅했다. "그리고 이제는 내가 이 말을 해야 할 때 같네. '괜찮아. 가.' 그러면 네가 작별 키스를 하고, 나는 올리비아처럼 바다 냄새를 품은 바람에 삼단 같은 머리채를 흩날리며 문간에 서서 네 뒷모습을 안타깝게 쳐다보는 거야?"

"딱 그렇지. 이번에는 역한 팝콘 기름 냄새에 가깝겠지만." 그가 말했다.

"그리고 우린 문을 열어놓고 헤어질 수 없어. 빛이 너무 많이 들어올 거니까. 하지만 분명 어떻게든 키스는 할 수 있겠지."

그랬다. "봤어?" 그가 말했다. "넌 정말 무뢰한을 좋아해."

"난 착한 사람이 좋아졌어." 내가 말했다. "보안요원에게 걸리지 않고 어떻게 시네드롬에서 나갈 작정이야?"

"괜찮을 거야." 잭이 말했다. "이봐, 만약 문제가 생기면…."

"안 생길 거야. 가."

잭이 다시 내게 입을 맞추고는 벽을 열고 빠져나갔다가는 곧바로 다시 나타났다. "그건 그렇고," 그가 말했다. "거위와 졸업 건에 대해서 말인데, 〈백만 달러의 사랑〉에서 피터 오툴이 오드리 헵번에게 자신은 도둑이 아니라 사실은 '예술사와 화학에서 석사 학위를 받았고, 런던대에서 범죄학 대학원 우등 졸업장을 받은' 보안 전문가라고 말하는 부분 기억나?"

"그래." 내가 말했다. "이제 런던대 석사 학위가 있다고 말하려는 거야?"

"아니, 예일대야. 소비자사기 쪽." 잭이 말하고는 사라졌다. 나는 홀로 남아 없는 것보다는 나은 휴대폰 화면의 불빛에 의지해 서둘러 증거가 될 만한 쓰레기를 주워서는 소리 없이 문을 닫고 나왔다. 그러고는 옆 상영관으로 통하는 복도로 가서 영화가 끝나기를 기다렸다.

"보면 볼수록 더 보고 싶은 영화! 두말없이 엄지척!"
— 〈로저에버트.net〉

✳

〈죽음의 질주〉에 대해서는 잭의 말이 맞았다. 영화가 20분이나 더 상영되는 바람에 나는 틈이 보이지 않게 문이 완전히 닫혔는지 다시 확인하고 흘린 팝콘이 없는지 다시 살펴본 다음에도 불이 들어오고 사람들이 몰려나오기 시작할 때까지, 어떻게든 들키지 않고 그들 틈에 섞여 들어야 할 때까지, 복도 벽에 기대선 채 온통 와장창거리고 쾅쾅거리고 펑펑 터지는 소리를 듣고 있었다.

생각보다는 쉬웠다. 다들 휴대폰을 꺼내 켜고 영화에 대해서 불평하는 데에 정신이 팔려서 날 신경 쓸 겨를이 없었다.

〈죽음의 질주〉는 분명 벽을 통해 들리던 소리만큼이나 끔찍했던 모양이었다. "줄거리가 얼마나 말이 안 되는지 믿을 수가 없다니까." 열두 살짜리 소년이 말하자 그 친구가 고개를 끄덕였다. "난 결론이 맘에 안 들어."

'나도 그래.' 나는 서글프게 생각했다.

나는 그들 뒤에 슬쩍 끼어들어 혹시라도 누가 영화에 관해서 물어볼 경우에 대비해 대화를 엿들으며 복도를 걸었다.

곧 지나칠 안내원이 물어볼지도 모른다. 내가 〈죽음의 질주〉가 아니라 〈디워〉 표를 가졌다는 걸 그는 기억할까? 어쩌면 17번 상영관으로 가서 〈디워〉 관객들에 섞여 나가는 게 좋을지도 모를 일이었다.

하지만 그 관객들이 벌써 나갔다면? 그러면 혼자 나가야 할 텐데, 안내원이 나를 알아볼 가능성이 훨씬 커진다. 그리고 직원 누군가가 내가 돌아가는 것을 보고 몰래 영화를 한 편 더 보려는 것으로 오해하면 어쩔 것인가? 그냥 이 관객들과 함께하는 게 나을 듯했다.

나는 입구 바로 안쪽에서 걸음을 멈추고는 쓰레기통 옆에서 빈둥거리다 어느 고등학생 무리가 다가오자 서둘러 팝콘 봉투와 콜라 컵을 버리고 무리에 합류했다. 입구 바로 바깥에 쓰레받기와 쓰레기봉투를 든 일단의 청소 요원이 대기하고 있었으니, 잘한 일이었다. 상영관이 비기를 기다리며 벽에 비스듬하게 기댄 자세에 비해서는 부자연스러울 정도로 긴장한 표정들이었다.

나는 그들을 지나칠 때 고등학생 무리에 더 바싹 붙어 휴대폰을 들여다보며 학생들이 하는 것처럼 문자메시지를 보내는 척했고, 방금 끝난 〈캐리비안의 해적 9〉의 관객들이 합류할 때까지 그들과 같이 움직였다.

이런저런 얘기들로 봐서는 그 영화도 〈죽음의 질주〉에 못지않았던 듯했다. 비록 영화는 보지 못했지만 내가 그들보다는 나은 시간을 보냈다는 생각마저….

그 생각의 결말은 위층 상영관에서 쏟아져 내려오는 일군의 사람들에게 휩쓸려 사라졌고, 안내원을 지나 아주 약간 인파가 줄어든 로비로 나갈 때는 사람들과 보조를 맞춰 걷는 일 말고는 아무것도 할 수 없었다. 로비가 보안요원들과 앵앵거리는 사이렌 소리로 가득 차지 않은 걸 보니 마음을 놓았다. 잭은 무사히 빠져나간 게 틀림없었다.

하지만 잭이 아직 시네드롬 어딘가에 있을 경우에 대비해서 의심을 사지 않도록 할 수 있는 일은 해야 했다.

그 말은 고등학생 무리와 떨어져 다음 회차 〈크리스마스 소동〉 표를 사는 줄에 서야 한다는 뜻이었다. 내가 그 영화가 존재하지 않는다는 사실을 모른다면 여전히 영화를 보려고 애쓸 것이 분명하니까.

고등학생들은 어느 음식점에 갈지 논의하는 중이었다. "그거 정하는 동안에 내가 가서 튀김과자 좀 사 올게." 나는 제일 가까이 있던 아이에게 말했지만, 아이는 스마트폰에 빠져서 날 쳐다보지조차 않았다. 나는 가서 6시 40분이 확실할, 〈크리스마스 소동〉 다음 상영 시간을 확인했다.

아니었다. 7시 30분이었고, 다음 회차는 10시였다. 나는 그게 무슨 의미일지 생각하며 한참이나 안내판을 뚫어지게 바라보다가 매표소 줄의 끝을 찾으러 갔다.

줄은 우리가 처음 도착했을 때보다 열 배는 더 길어져 저 뒤쪽 '데스 스타 레스토랑'까지 구불구불 이어졌고, 거의 움직이지도 않았다. 실제로 표를 사려는 게 아니라서 다행이었다. 집으로 가는 마지막 경전철 시간까지 줄의 중간까지도 못 갈 것 같았다.

얼마나 오래 여기 서 있어야 할지 알 수 없었다. 자기 휴대폰을 쓰는 게 안전하지 않다고 말하긴 했지만, 잭이 다른 사람의 휴대폰으로 메시지를 보낼지도 몰라서 나는 휴대폰을 켜고 메시지를 확인했다.

잭의 메시지는 없고 사라한테서 온 메시지만 네 통이 있었다. 하나를 뺀 모두가 "어디야?"라고 묻는 내용이었고, 마지막 하나는 "답 없는 거 보니 결국 〈크리스마스 소동〉 보러 갔나 보네. 어땠어?"라는 내용이었다.

답장해야 했지만 막 줄을 선 듯이 보이지 않으려면 한참 있어야 했다. 내가 이 시간까지 뭘 했는지, 사라를 궁금하게 만들고 싶지 않았다. 곧바로 잭과 연관 지어 생각할 것이 뻔하니까. 그래서 나는 휴대폰을 끄고 거기 서서 이따금 아주 조금씩 앞으로 나아가며 사라의 문자메시지를 생각했다.
"어땠어?" 사라는 물었다.

'멋졌어.' 나는 생각했다. 그리고 〈죽음의 질주〉에 대해 불평하던 소년들을 떠올렸다. 나는 적어도 그들보다는 영화관에서 훨씬 좋은 시간을 보냈다고 생각했다.

하지만 내가 방금 경험한, 영화관에서 보낸 오후 한나절이 그게 아니라면 어쩌지? 잭이 아무 말 없이 사라진 데에는 뭔가 이유가 있을 거라고, 내가 얼마나 믿고 싶어 하는지 잭은 안다. 그리고 그는 사라와 케트와 같이 영화를 보러 갔다가 결국 보지 못했다고 불평하는 내 말을 수도 없이 들었다. 내가 그저 그가 꾸며낸 로맨틱 스파이 모험물에 걸려든 거라면 어떻게 하지?

그 복도가 거기 있는 이유는 여러 가지가 있을 수 있다. 영사기사가 상영관 사이를 오가는 지름길일 수도 있고, 아니면 화재에 대비해 갖춰야 할 일종의 대피로인데 잭이 사적인 '사랑의 터널'로 이용한 것일 수도 있다. 잭이 안내원에게 뇌물을 줘서 들어갈 수 없다는 말을 하게 하고는 〈아기 오리들한테 길을 비켜주세요〉 관객들이 다 안에 있을 때 28번 상영관 위에 〈크리스마스 소동〉 안내판을 걸었을 수도 있다. 그리고 다른 건, 그 구토 건이나 엎지른 진저브레드 라테와 산타클로스는 모두 우연이었는데 잭이 뭔가 음모처럼 들리도록 꾸며냈을지도 모른다.

'말도 안 되는 생각하지 마.' 나는 스스로에게 말했다. 정말로 나와 한번 자려고 그가 그 정도의 고생을 무릅썼다고?

물론 잭이라면 그랬을 수도 있다. 그가 학장에게 장난 한번 치려고 감수했던 그 엄청난 수고를 생각해보라. 그리고 이번 상황 전체가 〈백만 달러의 사랑〉이나 〈아이 러브 트러블〉의 줄거리와 아주 비슷했다. 스파이와 슬랩스틱 코미디와 좁고 닫힌 공간에 어쩔 수 없이 갇히게 된 사이 나쁜 커플과 여주인공에게 거짓말을 하는 남주인공까지.

그리고 크리스마스 장식으로 뒤덮인 이 시네드롬 뒤에 뭔가 엄청난 할리우드적 음모가 도사리고 있다고 믿기보다는 이 모든 것이 잭의 사기라고 믿는 편이 훨씬 말이 되었다.

'음모 따위는 없어.' 나는 생각했다. '내가 속은 거야. 잭의 거짓말이야.' 지금 이 순간 〈크리스마스 소동〉은 56번이나 79번이나 100번 상영관에서 상영되고 있을 것이다. 그리고 내가 이 멍청한 줄에 서서 있지도 않은 위험으로부터 잭을 보호하려 할 때, 잭은 뭔가 또 다른 장난을 치거나 다른 속기 쉬운 여자애를 유혹할 궁리를 하고 있을 테지.

나는 줄 끝을 돌아보았다. 고작 십여 명 정도가 뒤에 서 있을 뿐이었다. 이번엔 완전히 다른 이유로 사라에게 문자메시지를 보낼 수 없었다. 내가 얼마나 멍청한 바보였는지 사라한테 들키고 싶지 않았다.

그래서 나는 계속 거기 서서 잭이 얼마나 수월하게 직원에게 뇌물을 써서 상영시간표에 '매진' 표시를 띄웠을까 생각했다. 어느 농부에게 뇌물을 써서 거위 떼를 빌렸을 때도 마찬가지였겠지. 그리고 누군가에게 돈을 쥐여주고 내가 로비를 건너가지 못하도록 막는 일도. 그리고 〈크리스마스 소동〉 표가 매진된 걸 봤을 때 그냥 〈운수 사나운 계절〉을 보러 갔어야 했다고 생각했다.

하노버대 1학년 셋이 안내줄 위로 몸을 내민 채 앞줄에 선 여자애들과 얘기를 나누었다. "뭐 보러 가?" 그중 하나가 물었다.

"아직 결정 못 했어." 여자애 하나가 말했다. "〈소우 7〉 아니면 〈운수 사나운 계절〉을 볼까 생각 중이야."

"안 돼!" 셋이 소리를 질렀고, 가운데 남자애가 말했다. "우리 방금 그거 봤어. 지겨워 죽을 뻔했어!"

"후회 없을 영화!"
— 〈커밍순.com〉

*

10분을 더 기다리는 사이에 고작 한 발짝 앞으로 움직였는데, 사라한테서 전화가 왔다.

"어디 있었어?" 그녀가 물었다. "문자를 몇 번이나 보냈는데."

"그랬어?" 내가 말했다. "문자 못 받았어. 내 폰에 뭔가 문제가 있나 봐."

"그래서 지금은 어디야?"

"어디겠어? 줄 서 있지."

"줄?" 그녀가 말했다. "그럼 아직도 〈크리스마스카드〉 못 봤다는 말이야?"

"소동이야." 내가 그녀의 말을 정정했다. "못 봤어. 아직이야. 내가 줄 앞으로 가기도 전에 오후에 있던 3회분이 다 매진됐어. 그래서 7시 30분 표를 사려고 하는 중이야."

"정확하게 어디에 있어?" 그녀가 물었다.

나는 그녀에게 위치를 말해주었다.

"금방 갈게." 그녀가 말했지만 나는 의심스러웠다. 스스로와 케트를 남자애들한테서 떼어내려면 못해도 족히 20분은 걸릴 테고, 여기까지 오는 길은 진열장에 걸린 조이 조이 데이셔넬이 〈엘프〉에서 입었던 드레스나 눈길이 마주친 다른 남자애들 때문에 늦어질 것이 뻔하니, 바라건대 사라가 도착할 때쯤이면 나도 줄 앞으로 쑥 이동해서 12시 10분부터 내내 줄에 서 있던 사람처럼 보일 것이다.

하지만 사라는 거의 곧바로, 그리고 혼자 나타났다. "여태 여기까지밖에 못 온 거야?" 그녀가 말했다. "잭은 어떻게 하고?"

"난 모르지." 내가 말했다. "케트는 어디에 있어?"

사라가 눈알을 굴렸다. "노아한테 메시지를 보내더니 둘이 '더티 댄싱 클럽'으로 가버렸어. 요 몇 달 동안 어디 있었는지 말하디?"

"누가? 노아가?"

"아주 재미있네." 사라가 말했다. "아니, 잭 말이야."

"아니, 아마 감옥에 있었겠지."

"그거 너무 안됐다." 사라가 슬픈 듯이 고개를 저으며 말했다. "난 너희 둘이 다시 사귀지 않을까 기대했는데. 내 말은, 나도 알아. 그가 일종의…."

'무뢰한이지.' 나는 생각했다.

"개자식이라는 거." 사라가 말했다. "하지만 그는 너무 매력적이잖아!"

'그렇긴 하지.' 나는 생각했다. "넌 이제 뭐 할 거야?" 나는 화제를 바꾸려고 그녀에게 물었다.

"나도 모르겠어." 사라가 한숨을 쉬며 말했다. "이번 나들이는 완전히 실패야. 그냥저냥 괜찮은 남자조차 만나질 못한데다 식구들한테 줄 크리스마스 선물도 하나도 못 찾았어. '프리티 우먼' 가게에 가서 엄마가 좋아할 만한 게 있는지 봐야 할 거 같지만, 그냥 너랑 같이 〈크리스마스 소동〉이나 볼까 싶기도 하네. 다음 상영이 언제라고 했지?"

"7시 30분."

그녀가 휴대폰으로 시간을 확인했다. "벌써 6시 30분이야." 사라가 휴대폰을 쳐다본 다음 우리 앞에 선 줄을 보며 말했다. "절대 성공 못 할 거야."

"그다음 상영은 언제야?" 나는 알면서도 사라에게 물었다. 하지만 사라가 찾아보기도 전에 케트가 짜증 난 표정으로 나타났다.

"노아는 어쩌고?" 사라가 물었다.

"의무실에 갔어." 그녀가 말했다.

"의무실…?"

"코피가 났지. 나랑 춤추러 가고 싶다고 하더니, 막상 가서 보니까 날 젖은 티셔츠 대회에 내보내려고 그런 거였어, 미친 새끼." 그녀가 말했다. "그래서, 어쩌고 있었어?"

"린지는 여전히 〈크리스마스 소동〉을 보겠다고 애쓰는 중이야." 사라가 말했다.

"그 말은, 아직도 못 봤다는 거야?" 케트가 물었다. "세상에, 얼마나 오래 줄을 선 거야?"

"영원히지." 사라가 휴대폰을 살펴보며 말했다. "그리고 린지는 분명 7시 30분 것도 못 볼 거야. 여기 매진이라고 나오네." 그녀가 화면을 내리면서 말했다. "그리고 다음 상영은 10시나 돼야 하는데," 그녀가 조금 더 화면을 내렸다. "끝나는 시간이 하노버대로 가는 경전철이 끊긴 뒤야. 그러니 그것도 안 돼."

"세상에," 케트가 말했다. "넌 지금까지 보지도 못할 영화 때문에 내내 줄을 서 있었다는 거네. 그거 하루를 허비할 정도로 가치가 있는 영화야?"

'아, 당연하지.' 나는 생각했다. 거짓말이든 아니든, 엉터리이든 아니든, 오늘 오후는 여전히 오랜만에 영화관에서 누린 최고의 시간이었으니까. 〈운수 사나운 계절〉을 보러 갔어도 그보다 좋을 수는 없었을 것이다. 아니면 〈죽음의 질주〉나. 그리고 사라처럼 '블랙 위도우' 부츠와 '실버라이닝 플레이북' 레깅스를 쳐다보며 어정거리거나, 케트처럼 모지리들을 상대하는 것보다 훨씬 나았다. 그들과 달리 나의 오후는 굉장했다. 모든 게 있었다. 모험과 긴장과 로맨스와 폭발과 위험과 통명스러운 대화와 키스 신도. 영화관에서 보낼 수 있는 완벽한 토요일 오후였다.

결말만 빼면 말이다.

하지만 어쩌면 아직 끝나지 않았을지도 모른다. 어쨌든 잭은 〈크리스마스 소동〉이 스트리밍 서비스로 풀리면 같이 보자고 약속했다. 그리고 〈위기의 암호명〉에서 남주인공 잭은 우피 골드버그를 어느 식당에서 기다리게 했고, 마이클 더글라스는 캐서린 터너를 흙벽 위에 세워둔 채 내버려뒀고, 한 솔로는 레아 공주를 반역자들의 달에 버려뒀다. 그리고 그들은 모두 약속대로 다시 나타났다.

물론 잭은 자신이 예일대를 졸업했으며, 거대하고 광범위한 음모를 조사하는 중이라고 말했다. 거위 떼를 학장실에 넣은 것이 장난이 아니었다는 말도 했다. 하지만 그의 말이라고 모두 거짓은 아니었다. 그는 영화를 정말 좋아한다고 했고, 그건 사실이었다. 영화를 좋아하지 않는 사람이 그런 완벽한 영화를 꾸며낼 수는 없는 법이니까.

그리고 이 모든 게 그의 수작이라 해도, 걱정했던 대로 그가 뼛속까지 무뢰한이라 다시는 볼 일이 없다 해도, 그래도 내가 오늘 영화관에서 굉장한 오후를 보냈다는 사실에는 변함이 없다.

"응?" 케트가 뭔가를 말했다 "그래? 내 말은, 줄 서느라 다른 일은 하나도 못 했겠네?"

"게다가 아무것도 못 먹었지." 나는 말하면서 줄에서 빠져나왔다. "가서 초밥이든 뭐든 좀 먹자. '네모스'는 언제까지 열어?"

"내가 볼게." 케트가 휴대폰을 꺼내면서 말했다. "거긴 늦게까지… 아, 이런, 세상에!"

"뭔데?" 사라가 물었다. "그 개자식 노아가 뭔가 저질스러운 문자를 보냈지, 그런 거야?"

"아니야." 케트가 전화번호 목록을 휙휙 넘기며 말했다. "너희 이거 들어도 못 믿을걸." 그녀가 번호 하나를 꾹 찍고는 휴대폰을 귀에 가져다 댔다. "안녕." 그녀가 휴대폰에 대고 말했다. "문자 받았어. 무슨 일이야? …말도 안 돼! 아, 세상에! …그거 확실해? 어느 채널이야?"

'아, 안 돼.' 다 잭이 꾸며낸 이야기라고 결론 내렸으면서도 나는 순간적으로 생각했다. '잭이 체포된 거야. 초박형 카메라를 가진 채 붙잡힌 거야.'

"아, 대체, 뭔데?" 사라가 말했다.

"잠깐만." 케트가 전화 상대에게 말하고는 휴대폰을 가슴에 대고 눌렀다. "우리, 학교에서 나오지 말았어야 했어." 그녀가 말했다. "재미있는 걸 다 놓쳤어."

'잭이 나한테 전갈을 남기려고 학교로 돌아갔다가 대학 경비원들에게 잡힌 거야.' 나는 생각했다.

"무슨 재미?" 사라가 물었다. "말해봐."

"마고가 그러는데, 본부 건물 주변에 텔레비전 촬영팀들과 경광등을 켠 순찰차들이 잔뜩 몰려와 있고, 몇 분 전에 학장이 체포됐다고 베이커 박사가 말했대."

"학장이?" 내가 말했다.

"뭣 때문에?" 사라가 물었다.

"나도 몰라." 케트가 말했다. 그녀가 잠시 미친 듯이 문자를 찍고는 말했다. "마고 말이, 뭔가 존재하지 않는 학생 명의로 연방자금 대출을 받은 것과 관련이 있다네. 당연히 뉴스에 도배될 거야." 그러자 사라가 기사를 찾으러 화면을 넘겨보기 시작했다.

"학장 말로는 그냥 큰 실수였다고 한다는데," 케트가 말했다. "하지만 분명히 FBI의 소비자사기국이 몇 달간 조사하고 있었겠지. 온갖 종류의 증거를 다 확보했을 거야."

'당연히 그렇겠지.' 나는 무슨 일이 터져서 가봐야 한다고 했던 잭을, 그리고 그 거위 떼가 얼마나 좋은 발상이었는지 얘기하던 잭을 생각했다. 그 혼란과 난리통 속에 학장실에서 무엇이 없어졌는지 확인해볼 생각은 아무도 못 했을 것이다.

"여기 있다." 사라가 휴대폰을 들어 올려 화면을 보여주면서 말했다. 경찰관과 FBI 요원들이 무더기로 서 있고, 범죄자처럼 계단을 걸어 내려와 순찰차로 향하는 학장을 찍으려는 기자들이 보였다. 잭의 모습은 보이지 않았다.

"아직 거기 있대?" 케트가 말하고는 침울하게 덧붙였다. "아." 그녀가 우리를 돌아보았다. "돌아가봐야 소용없을 거래. 다 끝났대. 그런 장면을 놓치다니, 말도 안 돼."

"특히 FBI 요원들을 말이지." 사라가 놀리듯이 말했다.

"맞아." 케트가 말하고는 한숨을 쉬었다. "그보다는, 이젠 저질들 상대하는 데에 질렸어."

"그리고 난 아직 엄마한테 줄 선물도 못 샀어." 사라가 말하고는 나를 돌아보았다. "그리고 영화를 보기로 했는데 넌 아직 보고 싶은 영화를 못 봤지."

"그건 괜찮아."

"우리, 10시 건 볼 수 있어." 사라가 말했다. "끝나기 전에 나오면 일부라도 볼 수 있을 거야."

"결말은 못 보고?" 나는 캐서린 터너가 전혀 기대하지 않았을 때 마이클 더글라스가 돌아온 〈로맨싱 스톤〉과 맥 라이언이 이미 비행기에 탔을 때 마이클 더글라스가 나타난 〈프렌치 키스〉와 마지막 장면이 되어서야 마침내 여주인공이 생각하던 대로 멋지게 남주인공이 나타난 〈위기의 암호명〉을 생각하며 말했다.

"아니, 그 영화는 됐어." 나는 웃지 않으려고 안간힘을 쓰며 말했다. "인터넷으로 나오면 보지 뭐."

소식지
Newsletter

신해경 옮김

나중에 일기예보와 신문을 확인해보니 사건은 일찍이 10월 19일부터 시작된 듯했지만, 뭔가 좀 이상한 일이 벌어지고 있다고 내가 처음 눈치를 챘을 때는 추수감사절*이었다.

나는 여느 때처럼 추수감사절 만찬을 먹으러 엄마네 집에 가서, 크랜베리 소스를 만들기 위해 크랜베리와 잘게 썬 오렌지와 사과를 엄마의 구식 그라인더에 집어넣으며, 역시 여느 때처럼 크리스마스 소식지에 대한 올케 앨리슨의 얘기를 듣고 있었다.

"샤이엔이 올해 이룬 일 중에서는 뭘 제일 먼저 쓰는 게 좋을까, 낸?" 앨리슨이 자른 셀러리 줄기에 치즈를 펴 바르며 말했다. "〈호두까기 인형〉 공연에서 제1 눈송이 역을 맡은 거, 아니면 어린이 축구대회에서 홈런을 날린 거?"

"나 같으면 노벨평화상을 먼저 쓰겠지." 나는 그라인더에 사과 갈리는 소리를 방패 삼아 중얼거렸다.

---

* 미국의 경우 11월 넷째 목요일

소식지   503

"아이들이 이룬 것들을 다 실을 공간이 없어." 앨리슨이 내 말을 못 듣고 말했다. "미치가 한쪽으로 제한하라고 자꾸 그러거든."

"리디아 고모의 소식지 때문이겠지." 내가 말했다. "행간도 없는 8쪽짜리."

"나도 알아. 그 쪼그만 인쇄물은 거의 읽지도 못하겠어." 앨리슨은 뭔가 생각에 잠긴 채 셀러리 줄기를 흔들었다. "재밌는 생각이야."

"행간도 없는 8쪽짜리가?"

"아니. 컴퓨터로 하면 글자 크기를 더 줄일 수 있어. 그러면 다코타가 선샤인 스카우트에서 우수배지 탄 얘기를 실을 공간이 나올 거야. 올해는 소식지에 쓸 진짜 귀여운 종이를 찾았어. 아기천사들이 겨우살이를 들고 있는 거야."

잘 모를까 봐 하는 얘기지만, 크리스마스 소식지는 우리 집안에서 아주 중요한 일이다. 삼촌들과 조부모님과 6촌 형제들과 내 동생 수앤과, 하여튼 모두가 가족과 동료와 옛 고등학교 친구와 (작년 소식지에 구구절절 썼던) 카리브해 크루즈 여행에서 만난 사람들에게 뭔가 기괴한 복사물을 보낸다. 심지어 크리스마스카드마다 손편지를 써 보내는 아이린 고모마저 고집스레 소식지를 따로 만들어 첨부한다.

경쟁자들이 많긴 하지만, 6촌인 루실이 최악이다. 작년 그녀의 소식지는 이렇게 시작했다.

"또 한 해가 바삐 지났노라.
그리고, 나 지금 묻노니, '시간은 이렇게 빨리 어디로 가는가?'
2월의 여행, 7월의 방광 수술,
아무리 애를 써도, 할 일은 너무 많고, 시간은 부족하구나."

적어도 앨리슨은 다코타와 샤이엔이 이룬 일을 시로 읊지는 않았다.

"난 올해 소식지 못 보낼 거 같아." 내가 말했다.

앨리슨이 치즈가 잔뜩 묻은 칼을 든 채 동작을 멈췄다. "왜?"

"뉴스거리가 없어. 직장을 옮긴 것도 아니고, 바하마로 휴가를 가지도 않았고, 상 같은 것도 받은 게 없어. 말할 거리가 하나도 없어."

"실없는 소리 하지 마." 어머니가 팔을 휘두르며 은박지를 깐 캐서롤 접시를 나르면서 말했다. "당연히 있지, 낸. 스카이다이빙 강좌도 들었잖아?"

"엄마, 그건 작년이었어." 내가 말했다. 그리고 그 강좌를 들은 이유도 오로지 크리스마스 소식지에 쓸 뭔가가 필요해서였다.

"음, 그러면, 사회생활 얘기를 하지 그래. 요새 직장에서 만난 사람 없어?" 엄마는 추수감사절마다 이렇게 묻는다. 또 크리스마스와 독립기념일마다. 그리고 내 얼굴을 볼 때마다.

"만날 사람이 없어." 나는 크랜베리를 갈면서 말했다. "새로 채용된 사람이 아무도 없으니까. 아무도 회사를 그만두지 않아. 거기 일하는 사람들은 다들 오래됐어. 해고된 사람도 아무도 없어. 밥 헌지거 씨는 8년째 제때 출근한 적이 없지만, 그래도 여전히 다녀."

"그러면… 그, 이름이 뭐였지?" 앨리슨이 셀러리 줄기들을 크리스털 접시에 가지런히 담으면서 말했다. "이혼한 지 얼마 안 됐다는, 네가 좋아한 사람 말이야."

"게리." 내가 말했다. "그는 여전히 전 부인한테 매달리고 있어."

"그 여자가 진짜 잔소리꾼이라고 하지 않았어?"

"맞아." 내가 말했다. "골칫덩어리 마시. 그녀는 이혼하면서 사실상 재산 전부를 차지하고도 일주일에 두 번은 게리에게 전화해서 이혼소송이 얼마나 불공정하게 결론 났는지 불평을 한대. 지난주에는 집 문제였지. 자기가 이혼 때문에 너무 기분이 나빠서 주택담보 대출을 제때 갚지 못해 이자율이 올랐으니 자기한테 2만 달러를 줘야 한다고 주장했대. 게리는 아직도 재결합 꿈을 버리지 않았고, 그녀가 혹시나 화해하는 쪽으로 마음을 바꾸지 않을까 싶어서 코네티컷에 있는 부모님 집으로 추수감사절을 쇠러 가지도 못할 뻔했다니까."

"수앤의 새 남자친구에 관해서 써도 되겠다." 엄마가 고구마에 마시멜로를 찔러넣으며 말했다. "오늘 데려올 거야."

그것도 연례행사였다. 수앤은 늘 추수감사절 만찬에 새 남자친구를 데려왔다. 작년에는 오토바이 타는 사람이었다. 아니, 내 말은 수염을 기르고 주말에 검은색 할리 티셔츠를 입고 매년 오토바이 축제가 열리는 스터기스로 여행을 가지만 보통 때는 회계사로 일하는 그런 멋진 남자들 얘기가 아니다. 그냥 폭주족이었다.

내 동생 수앤은 남자 취향이 내가 아는 사람 중 최악이다. 그 폭주족 전에는 어느 무장단체 회원과 데이트를 했고, 그 남자가 연방 주류·담배·총기 단속국에 체포된 후에는 세 개 주에서 수배를 받는 어느 중혼자와 사귀었다.

"이번 남자친구도 바닥에 침을 뱉으면, 전 갈 거예요." 앨리슨이 식사 도구를 세면서 말했다. "새 남자친구라는 사람, 만나보셨어요?" 앨리슨이 엄마에게 물었다.

"아니." 엄마가 말했다. "하지만 낸, 수앤 얘기로는 그 남자친구가 네 직장에서 일했다던데. 그러니 가끔은 일을 그만두는 사람이 있는 게지."

나는 우리 회사에서 일했던 범죄자 유형이 누가 있는지 머리를 굴렸다. "이름이 뭐래요?"

"데이비드 뭐시기래." 엄마가 말했다. 그때 샤이엔과 다코타가 소리를 지르며 주방으로 달려 들어왔다. "수앤 고모야, 수앤 고모가 왔어! 이제 먹어도 돼?"

앨리슨이 싱크대 위로 몸을 숙여 창밖이 보이도록 커튼을 걷었다.

"남자친구 어떻게 생겼어?" 내가 크랜베리 소스에 설탕을 뿌리면서 물었다.

"말쑥해." 앨리슨이 놀란 듯이 말했다. "짧은 금발에 정장 바지, 흰 셔츠, 넥타이."

아, 안 돼, 그건 네오나치라는 뜻이잖아. 아니면 아이들이 대학을 졸업하기만 하면 이혼하려고 계획 중인 기혼자거나. 아내가 막 임신했으니 아마 23년은 걸리겠지만.

"잘 생겼어?" 내가 크랜베리 소스에 숟가락을 꽂으면서 물었다.

"아니." 앨리슨이 더욱 놀랐다는 투로 말했다. "사실은 그냥 평범해 보이는 얼굴이야."

　나는 창가로 가서 내다보았다. 차에서 내리는 수앤을 남자가 도와주고 있었다. 수앤도 드레스와 챙이 넓은 데님 모자를 갖춰 입었다. "세상에나." 내가 말했다. "저건 데이비드 캐링턴이잖아. 5층 컴퓨터 팀에서 일했던 사람이야."

　"여자 후리고 다니는 사람이었어?" 앨리슨이 물었다.

　"아니." 나는 어리벙벙해져서 말했다. "아주 괜찮은 사람이었어. 결혼도 안 했고, 술도 안 마시고, 의대에 다시 들어간다고 퇴사했어."

　"넌 왜 저 사람과 사귀지 않은 거니?" 엄마가 말했다.

　데이비드는 내 오빠 미치와 악수를 하고, 샤이엔과 다코타와 놀아주고, 엄마에게는 마시멜로를 얹은 고구마 요리를 제일 좋아한다고 말했다.

　"분명 연쇄살인범일 거야." 나는 앨리슨에게 속삭였다.

　"자, 여러분, 자리에 앉읍시다." 엄마가 말했다. "샤이엔과 다코타, 너희는 여기 할머니 옆에 앉아라. 데이비드, 자네는 여기, 수앤 옆에 앉게. 수앤, 모자를 벗어. 식탁에서는 모자 쓰면 안 되는 거 알잖니."

　"남자들 모자가 안 되는 거야." 수앤이 데님 모자를 쓰다듬으며 말했다. "여자들 모자는 돼." 그녀가 앉았다. "모자가 다시 유행이야, 알아? 〈코스모폴리탄〉 최근호에 올해는 모자의 해라고 나왔어."

　"그게 뭐든 상관없어." 엄마가 말했다. "네 아버지가 계셨다면 절대 식탁에 모자 쓰고 앉지 못하게 하셨을 거야."

　"엄마가 텔레비전 끄면 나도 이거 벗을게." 수앤이 태연하게 냅킨을 펼치며 말했다.

　막다른 골목이었다. 엄마는 밥을 먹을 때 늘 텔레비전을 켜놓았다. "무슨 일이 있을지도 모르니까 켜놓는 거야." 엄마가 완고하게 말했다.

　"대체 무슨 일?" 미치가 말했다. "외계인이라도 내려올까 봐?"

　"말이 나와서 말인데, 2주 전에 UFO가 목격됐어. CNN에 나왔어."

　"다 맛있어 보이네요." 데이비드가 말했다. "이건 집에서 만든 크랜베리 소스인가요? 제가 정말 좋아하는 거예요. 저희 할머니께서 만드시곤 하셨죠."

그는 연쇄살인범이 틀림없다.

30분 동안 우리는 소를 채운 칠면조와 으깬 감자와 깍지콩 캐서롤과 크림소스와 치즈를 넣은 옥수수 캐서롤과 마시멜로를 올린 고구마와 크랜베리 소스와 호박파이와 CNN 뉴스에 집중했다.

"엄마, 소리라도 좀 줄이면 안 돼?" 미치가 말했다. "얘기 소리도 안 들리잖아."

"난 워싱턴 날씨가 어떤지 보고 싶어." 엄마가 말했다. "너희들 돌아갈 비행기 편 때문이야."

"오늘 밤에 가?" 수앤이 말했다. "하지만 온 지 얼마 안 됐잖아. 난 아직 샤이엔과 다코타랑 인사도 못 했는데."

"미치는 오늘 밤에 돌아가야 해." 앨리슨이 말했다. "하지만 애들과 나는 수요일까지 있을 거야."

"얘는 왜 내일까지도 못 있겠다는 건지 모르겠구나." 엄마가 말했다.

"설마 이거 집에서 만든 생크림을 얹은 호박파이는 아니겠지요?" 데이비드가 말했다. "집에서 만든 생크림 먹어본 지가 몇 년은 됐어요."

"컴퓨터 쪽 일을 하지 않았어요?" 내가 그에게 물었다. "요즘 컴퓨터 관련 범죄가 잦던데요."

"컴퓨터!" 앨리슨이 말했다. "샤이엔이 컴퓨터 캠프에서 받은 상을 완전히 까먹고 있었네." 그녀가 미치를 돌아보았다. "여보, 소식지가 최소한 두 쪽은 되어야겠어. 애들이 상을 너무 많이 받았잖아. 어린이 야구, 어린이 수영, 성경학교 개근상도 있고."

"그 댁에서도 크리스마스 소식지를 보내는가?" 엄마가 데이비드에게 물었다.

데이비드가 고개를 끄덕였다. "전 사람들 소식 듣는 게 좋더라고요."

"봤어?" 엄마가 내게 말했다. "사람들은 크리스마스에 소식지 받는 걸 좋아해."

"내가 크리스마스 소식지를 반대하는 건 절대 아니야." 내가 말했다. "난 그저 소식지가 그렇게 끔찍하게 지루할 필요는 없지 않냐는 거지. 메리가 치과 치료를 받았고, 부치는 앓던 백선이 나은 것 같고, 우리는 지붕 물받이를 새로 했지. 왜 소식지에 재미있는 얘기를 쓰는 사람이 아무도 없지?"

"예를 들자면?" 수앤이 말했다.

"모르겠어. 악어가 팔을 물어뜯었다거나, 집에 운석이 떨어졌다거나, 살인이라거나. 읽어서 재미있는 얘기 말이야."

"아마도 그런 일이 일어나지 않았기 때문이겠지." 수앤이 말했다.

"그러면 뭐라도 꾸며내야지." 내가 말했다. "그래야 우리가 네브래스카 여행이나 쓸개 수술 얘기를 듣지 않아도 될 거 아냐."

"그랬어?" 앨리슨이 얼빠진 얼굴로 말했다. "뭔가 꾸며낸 거야?"

"사람들은 늘 소식지에 이런저런 걸 꾸며서 써, 다 알잖아." 내가 말했다. "로라 고모와 필 고모부가 휴가와 스톡옵션과 차에 대해서 허풍 늘어놓는 거 한번 봐봐. 이왕 거짓말을 할 거라면 다른 사람들이 재미있게 읽을 만한 거짓말이면 좀 좋아."

"낸, 거짓말을 하지 않고도 할 얘기가 산더미처럼 있잖니." 엄마가 나무라듯이 말했다. "네 사촌 셀리아처럼 해보는 건 어때? 그 애는 소식지를 1년 내내 매일매일 쓰거든." 엄마가 데이비드에게 설명했다. "낸, 셀리아처럼 매일 찾아보면 생각보다 뉴스거리가 많을 거야. 그 애는 언제나 할 얘기가 많아."

그래, 정말이지. 걔 소식지는 거의 리디아 고모 것만큼이나 길었다. 일기 같았다. 문제는 그 애가 중학생이 아니라는 건데, 중학생이기라도 했으면 돌발 퀴즈와 키스 마크와 사물함 비밀번호라도 있어서 글에 약간의 활기가 더해졌을 터였다. 셀리아의 소식지에는 활기라곤 찾아볼 수가 없었.

"1월 1일. 수요일. 신문을 가지러 나갔다가 얼어 죽을 뻔했다. 신문 봉투 안까지 눈이 들어가 있었다. 사설란이 푹 젖어서 라디에이터에서 말렸다. 아침으로 밀 기울 플레이크를 먹었다. 〈굿모닝 아메리카〉를 보았다.

1월 2일, 목요일. 붙박이장을 청소했다. 춥고 구름 낀 날씨였다."

"매일 조금씩 쓰다 보면," 엄마가 말했다. "크리스마스쯤에는 할 말이 얼마나 많은지 보고 놀랄 거야."

그렇지. 내 인생에 대해서라면 매일 쓸 필요도 없다. 지금 당장에라도 다음 주 월요일 걸 쓸 수 있다. "11월 28일 월요일. 출근하는 길에 얼어 죽는 줄 알았다. 밥 헌지거 씨는 아직 오지 않았다. 페니가 크리스마스 장식을 걸었다. 솔베이그는 아이가 아들이라 확신한다며 앨버커키와 댈러스 중에 어떤 이름이 더 마음에 드는지 물었다. 게리에게 인사했지만 그는 너무 풀이 죽은 채 아무 답도 하지 않았다. 추수감사절 탓에 전 부인이 해주던 내장 그레이비 소스가 생각났기 때문이겠지. 춥고 구름 낀 날씨였다."

내가 틀렸다. 그날은 눈이 왔고, 초음파 사진에 나온 솔베이그의 아기는 딸이었다. "트리니다드라는 이름, 어떤 거 같아?" 솔베이그가 물었다. 페니가 크리스마스 장식을 달지도 않았다. 대신에 마니또 이름이 적힌 종이 쪼가리를 돌렸다. "장식이 아직 안 왔어." 페니가 흥분된 목소리로 말했다. "북부의 어느 농부한테서 뭔가 특별한 걸 받는 중이거든."

"깃털 같은 것도 있어?" 나는 페니에게 물었다. 작년 장식은 수천 개의 닭털을 붙인 골판지 날개를 단 천사들이었다. 우리는 지금도 컴퓨터에 낀 닭털을 집어내야 한다.

"아니." 페니가 만족스럽게 말했다. "비밀이야. 난 크리스마스가 너무 좋아, 그렇지 않아?"

"밥 헌지거 씨는 왔어?" 나는 머리에 앉은 눈을 쓸어내면서 물었다. 머리카락이 눌리는 게 싫어서 나는 모자를 쓰지 않았다.

"그럴 리가." 페니가 말하면서 마니또 종이쪽지를 건네주었다. "추수감사절 연휴 직후의 월요일이잖아. 밥 헌지거 씨는 아마 수요일이나 되어야 올걸."

게리가 들어왔다. 추위로 귀가 빨갛게 얼었고, 어찌할 바를 모르겠다는 표정이었다. 전 부인이 화해를 원하는 건 아니어야 할 텐데.

"안녕하세요, 게리." 나는 인사를 건네고는 대답을 기다리지 않고 외투를 걸려고 돌아섰다.

그는 대답하지 않았지만, 내가 다시 돌아설 때까지 제자리에 선 채 나를 빤히 쳐다보고 있었다. 나는 한 손으로 머리카락을 매만지며 모자를 썼더라면 좋았을 걸 하고 생각했다.

"잠깐 얘기 좀 할 수 있어요?" 게리가 걱정스러운 표정으로 페니를 흘낏거리며 내게 말했다.

"그럼요." 나는 희망을 품지 않으려 애쓰면서 말했다. 아마 마니토 놀이에 대해 뭔가 궁금한 게 있는 것이리라.

게리가 내 책상 위로 몸을 더 숙였다. "추수감사절 연휴 동안 뭔가 특이한 일 없었어요?"

"내 동생이 추수감사절 만찬에 폭주족을 데려오지 않았죠." 내가 말했다.

그가 그런 건 필요 없다는 듯이 손을 휘저었다. "아니, 내 말은 뭔가 이상하고, 특이하고, 일상적이지 않은 일 말이에요."

"그게 일상적이지 않은 일이에요."

게리가 더욱 가까이 몸을 숙였다. "난 추수감사절을 보내려고 부모님 댁에 갔어요. 돌아오는 비행기에서, 왜, 사람들이 꼭 짐칸에 안 들어갈 짐을 갖고 들어와서는 욱여넣으려고 하잖아요. 그거 알죠?"

"알죠." 나는 어쩌다 기내 짐칸에 들러리용 부케를 넣는 실수를 했을 때를 생각하며 말했다.

"음, 그 비행기에서는 아무도 그러지 않았어요. 기다란 옷가방이나 크리스마스 선물로 가득 찬 엄청난 쇼핑백들을 가져오지 않았다고요. 일부는 아예 아무것도 들고 들어오지 않았어요. 그게 다가 아니에요. 우리 비행기가 1시간 30분 연착했는데, 승무원이 '연결편이 없는 분들은 연결편이 재조정될 때까지 자리에 앉아 기다리시기 바랍니다'라는 거에요. 그런데 사람들이 그대로 했어요." 그가 뭔가를 기대하는 눈빛으로 나를 쳐다보았다.

"다들 크리스마스 정신을 발휘했나 보네요."

게리가 고개를 저었다. "비행기에 탄 아기 네 명은 내내 잠을 잤고, 내 뒤에 앉은 꼬맹이는 의자를 차지 않았어요."

그건 일상적이지 않은 일이었다.

"그뿐만이 아니라, 내 옆에 앉은 남자가 새뮤얼 버틀러의《만인의 길》을 읽고 있었어요. 비행기에서 존 그리샴이나 다니엘 스틸의 책 말고 다른 책을 읽는 사람을 마지막으로 본 게 언제죠? 내 말은, 뭔가 이상한 일이 벌어지고 있어요."

"어떤 일요?" 내가 호기심에서 물었다.

"모르겠어요." 그가 말했다. "뭔가 이상한 일이 없었던 거 확실해요?"

"내 동생 말고는 아무 일도 없었어요. 그 애는 늘 뻔한 실패자들과 데이트했는데, 이번 추수감사절에 데려온 남자는 정말로 괜찮았어요. 심지어 설거지를 돕기까지 하더라니까요."

"그것 말고는 이상한 일 없었어요?"

"없었어요." 나는 있었으면 좋았겠다고 생각하며 말했다. 게리가 나에게 전 부인 얘기 말고 이렇게 길게 얘기한 적은 처음이었다. "어쩌면 국방정보국에 뭔가 있는지도 모르겠네요. 수요일에 올케와 조카들을 공항에 데려다줘야 하는데, 유심히 살펴볼게요."

게리가 고개를 끄덕였다. "이 얘기는 아무 데도 하지 말아요, 알겠죠?" 그러더니 서두르며 회계팀 쪽으로 사라졌다.

"무슨 일이야?" 페니가 다가오면서 물었다.

"전 부인 얘기야." 내가 말했다. "마니토 선물은 언제 교환해?"

"매주 금요일과 크리스마스이브에."

나는 내 종이쪽지를 펼쳤다. '좋군.' 밥 헌지거 씨였다. 운이 좋으면 마니토 선물을 전혀 살 필요가 없을 것이다.

화요일에 로라 고모와 필 고모부의 크리스마스 소식지를 받았다. 네 귀퉁이에 커다란 금색 종이 찍힌 크림색 종이에 금색 잉크로 쓴 소식지였다. "조이유 노엘." 시작은 그랬다. "프랑스어로 '메리 크리스마스'라는 말이야. 올해 소식지는 좀 일찍 보내. 필이 부사장으로 승진한 것과 내가 멋진 새 직업을 찾은 걸 축하하기 위해 칸에서 크리스마스를 보낼 예정이니까! 그래, 난 사업을 시작했어. '로라의 플로럴 크리에이션'이라는 상호고, 주문이 막 쏟아져 들어와! 벌써 〈아름다운 집〉에 기사가 났어. 지난주에 누가 전화를 했는지 알면 깜짝 놀랄걸, 바로 마사 스튜어트지 뭐야!" 기타 등등.

게리는 보지 못했다. 뭔가 이상한 일도 보지 못했다. 점심 주문을 받은 웨이터가 여느 때와 달리 내가 주문한 음식을 제대로 가져오는 사건이 있긴 했지만, (3층에서 일하는) 토냐의 음식은 잘못 가져왔다.

"토마토와 양상추만 넣어달라고 했는데 말이지." 토냐가 샌드위치에 든 피클을 집어내면서 말했다. "어제 게리가 말을 걸었다며? 사귀재?"

"그건 뭐야?" 나는 화제를 바꾸기 위해 토냐가 가져온 서류첩을 가리키며 물었다. "하브레이스 건이야?"

"아니." 그녀가 말했다. "이 피클 먹을래? 이건 우리 크리스마스 일정표야. 애 딸린 사람과는 절대 결혼하면 안 돼. 특히 자기한테도 애가 있을 때는 말이지. 톰의 전처 재닌과 내 전남편 존과 네 쌍의 조부모들이 모두 아이들을 보고 싶어 해. 다들 크리스마스 아침에 아이들이 있었으면 하는 거지. 무슨 상륙작전 계획이라도 짜는 것 같다니까."

"적어도 남편이 아직 전 부인한테 목을 매고 있는 건 아니잖아." 내가 침울하게 말했다.

"그럼 게리가 데이트 신청한 게 아니구나, 응?" 토냐가 샌드위치를 베어 물더니 미간을 찌푸리고는 피클을 하나 더 집어냈다. "언젠가는 할 거야. 좋아, 우리가 아이들을 크리스마스이브 4시에 톰의 부모님 댁에 데려다주면, 재닌이 8시에 데리러 오고… 아니야, 그건 안 돼." 토냐가 먹던 샌드위치를 다른 손으로 옮기고는 뭔가를 지우기 시작했다. "재닌은 톰의 부모님과는 말도 안 해."

토냐가 한숨을 쉬었다. "그래도 존은 합리적이었어. 어제 전화해서 애들 보는 걸 새해까지 기다릴 용의가 있다고 했거든. 갑자기 뭐에 씌인 건지 모르겠지만."

소식지 513

사무실로 돌아오니 책상에 접힌 조간신문이 놓여 있었다.

나는 신문을 펼쳤다. 헤드라인이 '시청 성탄절 장식 불 밝혀'였고, 이상하지 않았다. 내일 자 헤드라인일 것이 뻔한 '시청 성탄절 장식에 항의 속출'도 이상하지 않다.

'종교에 반대할 자유' 쪽 사람들이 성탄 장면에 항의하거나 근본주의자들이 요정에 항의하거나 환경주의자들이 크리스마스트리 자르는 것에 항의하거나 그들 모두가 그 모든 것에 항의하거나 중의 하나일 것이다. 매년 일어나는 일이었다.

나는 안쪽 페이지를 펼쳤다. 몇몇 기사에 붉은 동그라미가 쳐졌고, 옆에 '내 말이 무슨 뜻인지 알겠죠? 게리'라는 메모가 있었다.

나는 동그라미가 쳐진 기사들을 읽었다. '성탄 주간 상점 절도 줄어.' 첫 번째 기사의 내용은 이랬다. "대형 쇼핑몰 상점들이 크리스마스 시즌 첫 주에 절도 사건이 줄어들었다고 밝혔다. 보통 이 시기에 만연했던…."

"뭐 해?" 페니가 내 어깨를 넘겨다보며 말했다.

나는 재빨리 신문을 덮었다. "아무것도 아냐." 그러고는 신문을 접어 서랍에 넣었다. "뭐 필요한 거 있어?"

"이거." 페니가 종이 쪼가리를 하나 건네주었다.

"내 마니또 이름은 벌써 받았어." 내가 말했다.

"이건 성탄 주간 간식거리 당번이야." 그녀가 말했다. "돌아가며 커피 케이크나 타르트 같은 걸 가져오는 거지."

나는 쪽지를 폈다. '12월 20일 금요일. 쿠키 48개'라 적혀 있었다.

"어제 게리랑 얘기하던데," 페니가 말했다. "무슨 일이었어?"

"그의 전 부인 얘기였어." 내가 말했다. "어떤 쿠키를 가져오면 좋겠어?"

"초콜릿칩 쿠키." 페니가 말했다. "다들 초콜릿을 좋아하니까."

페니가 가자마자 나는 신문을 다시 꺼내서 밥 헌지거 씨의 사무실에 가서 읽었다. '의회가 균형 예산 통과시켜.' 다른 기사로는, '탈옥수 자수', '성탄절 푸드뱅크 기부 늘어'가 있었다.

나는 그 기사들을 쭉 읽고는 신문을 쓰레기통에 버렸다. 그러다 반쯤 문으로 나오다가 생각을 고쳐먹고는 신문을 주워 접어서 책상으로 들고 왔다.
 신문을 가방에 넣는데 밥 헌지거 씨가 어슬렁거리며 들어왔다. "누가 나 찾거든 화장실에 갔다고 말해줘." 그가 말하고는 다시 어슬렁거리며 나갔다.

 수요일 오후에 조카들과 앨리슨을 공항에 데려다주었다. 앨리슨은 여전히 소식지 때문에 안달이었다.
 "인사말이 꼭 들어가야 한다고 생각해?" 앨리슨이 수하물 수속 줄에 서서 물었다. "그러니까, '사랑하는 친구들과 친지 여러분께' 같은 거 말이야."
 "아마 아니겠지." 나는 무심하게 말했다. 나는 앞에 줄을 선 사람들을 지켜보면서 게리가 말했던 이상한 행동을 찾아내려 애썼지만, 지금까지는 아무것도 보지 못했다. 사람들은 시계를 보거나 긴 줄에 대해 불평해댔고, 창구 직원들이 맨 앞에 선 사람을 향해 '다음 분, 다음 분!'을 외쳤지만, 그 순간을 위해 45분간이나 초조하게 줄을 섰던 맨 앞사람은 지금 멍하니 앞만 쳐다보며 섰고, 방치된 아이는 쌓아놓은 수하물 표에 달린 고무줄을 체계적으로 떼어내고 있었다.
 "그래도 그게 크리스마스 소식지인 거 다들 알아보겠지?" 앨리슨이 말했다. "처음에 인사말이 없어도 말이야."
 '가장자리에 겨우살이 뭉치를 든 천사들이 빙 둘러 있는데, 달리 뭐라 여기겠어?' 나는 생각했다.
 "다음 분!" 창구 직원이 소리를 질렀다.
 우리 앞에 선 남자는 사진이 있는 신분증 챙기는 걸 잊었고, 보안 검색 줄에서 우리 앞에 선 여자는 중금속을 두르고 나왔으며, 탑승장으로 가는 객차에서는 어떤 여자가 내 발을 밟고는 마치 내 잘못인 양 눈을 부라렸다. 좋은 사람들은 몽땅 다 게리가 돌아오던 그날 그 비행기에 탄 게 틀림없었.
 그리고 아마도 그게 그거였을 것이다. 어쩌다 사려 깊고 지적인 사람들이 한 비행기를 타게 된 사건에서 오는 모종의 통계 오류 말이다.
 그런 현상이 존재한다는 건 안다. 수앤이 한때 보험 회계사를 사귄 적이 있었는데(그도 횡령을 했고, 수앤이 그 남자와 사귄 것도 그 때문이었다), 그 친구가 말하길 사건은 고르게 분포되는 게 아니라 바닥과 꼭대기가 있다고 했다. 게리는 그저 우연히 그 꼭대기를 만났을 뿐이었다.

'이것 참 곤란하군.' 내릴 순간에 카트를 타야겠다고 떼를 쓴 샤이엔을 태우고 탑승장으로 내려가면서 나는 생각했다. 그가 내게 접근한 유일한 이유가 뭔가 이상한 일이 벌어지고 있다고 생각했기 때문인데.

"55번 탑승구, 여기네." 앨리슨이 다코타를 내려놓고 아이들에게 들려줄 프랑스어 테이프를 꺼내며 말했다. "'사랑하는 친구들과 친지들께'를 빼면 다코타가 바이올린 연주회 한 소식을 넣을 자리가 생길 거야. '집시 댄스'를 연주했어."

앨리슨이 아이들을 나란히 의자에 앉히고는 헤드폰을 씌워주었다. "하지만 미치는 어쨌든 편지니까 인사말이 꼭 있어야 한대."

"짧은 걸 쓰면 어때?" 내가 말했다. "'하례합니다'나 그런 거. 그러면 같은 줄에 글 쓸 공간이 나오잖아."

"'하례합니다'는 안 돼." 그녀가 인상을 구겼다. "프랭크 시숙이 작년에 그렇게 소식지를 시작했는데, 나 무서워서 죽을 뻔했다니까. 미치가 초안을 쓴 줄 알았어."

나도 그걸 받고 놀랐지만, 덕분에 잠시 아드레날린이 치솟긴 했다. 전립선 문제와 재산세 얘기를 하던 프랭크 삼촌의 평소 소식지들보다는 나았다.

"'명절 인사드립니다'는 괜찮을 것 같은데." 앨리슨이 말했다. "아니면 '크리스마스 인사드립니다'나. 하지만 그러면 '사랑하는 친구와 친지들께'와 길이가 거의 비슷해져. 뭔가 짧은 게 있으면 좋을 텐데."

"'안녕'은 어때?"

"그게 괜찮을지도." 앨리슨이 종이와 펜을 꺼내더니 뭔가를 쓰기 시작했다. "눈에 띄게 뛰어나다는 뜻이 '타귈'이야, '탁, 월'이야?"

"탁, 월." 나는 무심히 대답하며 탑승장 한가운데에 있는 무빙워크를 쳐다보았다. 사람들이 당연하다는 듯이 오른쪽에 서고 왼쪽에서 걸었다. 네 명이 나란히 서거나 수하물로 길을 완전히 막은 사람이 아무도 없었다. 소리를 지르고 고무 손잡이를 쏠면서 반대 방향으로 뛰는 아이도 없었다.

"'굉장이' 할 때는 '히'야, '이'야?" 앨리슨이 물었다.

"스포캔으로 가는 2216번 항공편이 탑승을 시작합니다." 안내대에서 승무원이 말했다. "유아나 탑승에 시간이 소요되는 분을 동반한 승객께서는 지금 탑승해주시기 바랍니다."

보행기를 쓰는 나이 든 여성이 일어나 줄을 섰다. 앨리슨이 아이들의 헤드폰을 벗겼고, 우리는 서로 포옹하고 작별 인사를 나누고 소지품을 챙기는 의식을 시작했다.

"크리스마스 때 봐." 앨리슨이 말했다.

"소식지 잘 만들어." 다코타에게 곰 인형을 건네주면서 내가 말했다. "그리고 인사말은 걱정하지 마. 없어도 돼."

올케와 조카들이 탑승구로 나갔다. 나는 그들이 보이지 않을 때까지 제자리에 서서 손을 흔들다가 돌아섰다.

"이제 25열부터 33열까지 일반 탑승을 시작합니다." 승무원이 말하자 탑승구 가까이에 있던 모두가 일어섰다. '이상한 일은 전혀 없어.' 나는 중앙홀 쪽으로 걷기 시작했다.

"몇 열이라고 했어요?" 빨간색 베레모를 쓴 여자가 어느 십 대 소년에게 물었다.

"25열부터 33열까지요."

"아, 난 14열이지." 여자가 말하고는 다시 앉았다.

나도 앉았다.

"이제 15열부터 24열까지 탑승을 시작합니다." 승무원이 말하자 십여 명의 사람들이 조심스럽게 자기 표를 쳐다보고는 탑승구에서 물러나 차분하게 순서를 기다렸다. 그중 한 사람이 어깨에 멘 가방에서 문고본 책을 꺼내 읽기 시작했다. 로버트 루이스 스티븐슨의 《유괴》였다. 승무원이 "이제 모든 열의 탑승을 시작합니다."라고 말하고 나서야 나머지 사람들이 일어나 줄을 섰다.

그걸로 증명되는 건 아무것도 없다. 무빙워크의 오른쪽 줄서기도 마찬가지였다. 어쩌면 그냥 크리스마스니까 착하게 구는 건지도 모른다.

소식지 517

'웃기지 마.' 나는 스스로에게 말했다. 사람들은 크리스마스라고 더 착해지지 않아. 더 무례하고 강압적이고 심술궂어지지. 쇼핑몰에서 봤잖아, 우체국에서도 봤고. 사람들은 크리스마스 시즌에 그 어느 때보다 형편없어진다는 걸 말이야.

"스포캔행 2216번 항공편 탑승 곧 종료합니다." 승무원이 텅 빈 대기 구역을 향해 말했다. 그러고는 내게 소리쳤다. "혹시 스포캔으로 가시나요?"

"아니요." 나는 일어섰다. "친구 배웅하러 왔어요."

"혹시 비행기를 놓치실까 싶어서 여쭤봤어요." 승무원이 말하고는 돌아서서 탑승구를 닫았다.

나는 무빙워크 쪽으로 걸음을 옮기다가 탑승구로 뛰어가는 젊은 남자와 거의 정면으로 충돌할 뻔했다. 남자가 안내대로 달려가 표를 던졌다.

"죄송합니다, 손님." 승무원이 남자의 항의를 예상하듯 약간 몸을 빼면서 말했다. "비행기는 이미 출발했습니다. 정말 죄…."

"아, 괜찮아요." 남자가 말했다. "제 탓이죠. 주차하고 어쩌고 하는 시간을 충분히 계산하지 못했으니까요. 좀 더 일찍 공항으로 출발했어야 했어요."

승무원이 컴퓨터에 뭔가를 열심히 조회했다. "오늘 스포캔행 빈 좌석은 밤 11시 5분 비행기밖에 없네요."

"아, 뭐." 남자가 웃으며 말했다. "그사이에 밀린 책이나 읽으면 되겠네요." 남자가 서류가방을 뒤지더니 문고본 한 권을 꺼냈다. 윌리엄 서머싯 몸의 《인간의 굴레》였다.

"어때요?" 목요일 아침에 출근하자마자 게리가 말했다. 내 책상 옆에 서서 나를 기다리고 있었다.

"확실히 무슨 일이 벌어지고 있어요." 나는 무빙워크와 비행기를 놓친 남자 얘기를 했다. "하지만 그게 왜…?"

"어디 편하게 얘기할 데 있을까요?" 그가 걱정스럽게 주위를 둘러보며 말했다.

"밥 헌지거 씨 사무실요." 내가 말했다. "하지만 헌지거 씨가 출근했는지 어떤지 모르겠어요."

"안 했어요." 게리가 말하고는 나를 이끌고 그 사무실로 들어가서는 문을 닫았다.

"앉아요." 게리가 밥 헌지거 씨의 의자를 가리키며 말했다. "자, 내 말이 미친 소리처럼 들릴 건 알지만, 나는 그 사람들이 전부 모종의 지적인 외계 생명체에 사로잡혔다고 생각해요. 〈신체 강탈자의 침입〉 본 적 있어요?"

"네?" 내가 말했다.

"〈신체 강탈자의 침입〉." 그가 말했다. "외계에서 온 기생충이 인간의 몸을 장악해서…."

"나도 내용은 알아요." 내가 말했다. "그거 SF예요. 당신은 비행기 놓친 그 남자가 알주머니 인간 같은 거라고 생각해요? 당신 말이 맞아요." 나는 문손잡이를 잡으며 말했다. "당신은 미쳤어요."

"〈화성에서 온 거머리 인간〉에서 도널드 서덜랜드가 똑같은 말을 했죠. 그런 일이 일어났다는 걸 아무도 믿지 않았어요. 그러다 너무 늦어버렸죠."

그가 뒷주머니에서 접은 신문을 꺼냈다. "이거 봐요." 그가 신문을 내 눈앞에서 흔들었다. "명절 신용카드 사기 20퍼센트 감소. 명절 자살사고 30퍼센트 감소. 자선 기부액 60퍼센트 증가."

"우연이에요." 나는 통계적인 고점과 저점을 설명했다. "봐요," 나는 신문을 뺏어 1면을 펴며 말했다. "'동물 학대 반대자들, 시청 성탄 장식에 항의하다', '동물권 단체, 순록 착취에 반대하고 나서.'"

"당신 동생은요?" 그가 말했다. "늘 인생 패배자들하고만 사귄다면서요. 그런 사람이 왜 갑자기 괜찮은 남자와 사귀기 시작해요? 왜 탈주범이 갑자기 자수하죠? 왜 갑자기 사람들이 고전을 읽기 시작하죠? 다들 사로잡혔기 때문이에요."

"외계에서 온 우주인한테요?" 내가 믿을 수 없다는 듯이 말했다.

"그 남자, 모자를 썼어요?"

"누구요?" 나는 그가 정말로 미친 건가 의아해하면서 말했다. 그 끔찍한 전 부인한테 그렇게나 목을 매더니 마침내 미쳐버렸나?

"비행기 놓친 남자 말이에요." 그가 말했다. "모자를 썼어요?"

"기억이 안 나요." 나는 갑자기 한기를 느끼며 말했다. 추수감사절 만찬 때 수앤이 모자를 썼었다. 식탁에서도 벗으려 하지 않았다. 그리고 14열 표를 갖고 있던 여자는 베레모를 쓰고 있었다.

"모자가 무슨 상관이 있어요?" 내가 물었다.

"비행기에서 내 옆에 앉은 남자가 모자를 쓰고 있었어요. 다른 사람들도 대부분 그랬고요. 〈에이리언 마스터〉 본 적 있어요? 기생생물이 척추에 붙어서 신경계를 장악하죠." 그가 말했다. "오늘 아침 이 사무실에서 모자 쓴 사람을 열아홉 명이나 봤어요. 레스 소텔, 로드니 존스, 짐 브리지맨…."

"짐 브리지맨은 늘 모자를 쓰잖아요." 내가 말했다. "머리 벗겨진 부분을 숨기려고 말이죠. 게다가, 그는 컴퓨터 프로그래머예요. 컴퓨터 하는 사람들은 죄다 야구모자를 쓰죠."

"디디 크로포드." 그가 말했다. "베라 맥더모트, 재닛 홀…."

"여자들 모자 쓰는 게 다시 유행이래요." 내가 말했다.

"조지 프래즐리, 문서팀 전부…."

"뭔가 논리적인 이유가 있겠죠." 내가 말했다. "일주일 내내 추웠잖아요. 난방에 뭔가 문제가 있는 거에요."

"실내 온도가 10도까지 떨어지긴 했죠." 게리가 말했다. "그것도 뭔가 이상해요. 전 층의 실내 온도가 떨어졌어요."

"음, 아마 경영상의 이유겠죠. 당신도 그 사람들이 얼마나 비용을 줄이려고 애를 쓰는지…."

"그 사람들이 우리한테 크리스마스 보너스를 줄 예정이에요. 그리고 밥 헌지거 씨를 해고했어요."

"밥 헌지거 씨를 해고했다고요?" 내가 말했다. 경영팀은 절대 누군가를 자르지 않았다.

"오늘 아침에요. 사무실이 비었을 거라고 안 것도 그래서예요."

"정말로 밥 헌지거 씨를 해고했다고요?"

"그리고 청소원 한 명도요. 근무 시간에 술 마시는 사람 있잖아요. 이건 어떻게 설명하겠어요?"

"나…, 나는 잘 모르겠어요." 나는 더듬거렸다. "하지만 외계인 없이 설명할 길이 분명히 있을 거예요. 경영팀 사람들이 경영학 수업을 받았거나, 크리스마스 기분에 들떴거나, 심리치료사들이 좋은 일을 하라고 했거나, 뭐 그런 거요. 거머리 인간 말고 말이에요. 외계에서 온 외계인이 우리 두뇌를 장악하는 건 불가능해요!"

"〈신체 강탈자의 침입〉에서 다나 윈터도 그런 말을 했죠. 하지만 그건 불가능하지 않아요. 바로 여기에서 일어나고 있어요. 놈들이 우리만 남기고 모두 장악하기 전에 막아야 해요. 놈들은….".

문에서 노크 소리가 났다. "방해해서 미안한데요, 게리," 캐롤 잴리스키가 문에 기대며 말했다. "급한 전화가 왔어요. 전 부인이에요."

"갈게요." 게리가 나를 쳐다보며 말했다. "내가 말한 걸 잘 생각해봐요, 알았죠?" 그가 나갔다.

나는 미간을 찌푸린 채 서서 그가 나가는 걸 지켜보았다.

"대체 무슨 일이야?" 캐롤이 사무실 안으로 들어오면서 말했다. 하얀 털모자를 쓰고 있었다.

"마니토 상대한테 뭘 사주면 좋을지 좀 알려달래." 내가 말했다.

금요일에는 게리가 없었다. "오늘 아침에 전 부인하고 얘기해야 된다고 갔어." 점심시간에 토냐가 샌드위치에서 피클을 집어내며 말했다. "오후에 돌아올 거야. 마시가 심리치료 비용을 내라고 요구한다나 봐. 그 여자는 심리치료사와 사귀는데, 자기가 미친 게 게리 탓이니까 우울증 약 처방 비용을 게리가 내야 한다고 주장한대. 게리는 왜 아직도 그 여자한테 매달리는 거지?"

"모르겠어." 나는 햄버거에서 겨자를 걷어내며 말했다.

"캐롤 잴리스키가 너희 둘이 어제 밥 헌지거 씨 사무실에서 얘기하고 있었다고 하던데, 무슨 얘기였어? 사귀재?"

"토냐, 추수감사절 이후에 게리랑 얘기한 적 있어? 뭔가 이상한 일 본

적 없냐고 게리가 물어보지 않았어?"

"우리 가족한테 뭔가 이상하거나 비정상적인 일이 있었는지 물어보더라고. 우리 가족은 이상한 게 정상이라고 말해줬지. 지금 무슨 일이 벌어졌는지 알면 너도 놀랄걸? 톰의 부모님이 이혼 수속 중이야. 그 말은 이제 챙겨야 할 부모가 다섯 쌍이라는 뜻이지. 왜 크리스마스까지 기다리지 못하고 일을 벌이실까? 일정표는 다 갖다 버렸어."

토냐가 샌드위치를 베어 물었다. "게리는 분명 너한테 사귀자고 할 거야. 어쩌면 지금 그러고 있는 건지도 몰라."

만약 그렇다면, 그는 지금껏 내가 들어본 중에 제일 괴상한 말로 고백한 셈이다. 외계에서 온 우주인이라니. 모자 밑에 숨어 있다니!

그래도, 그의 말을 듣고 보니 모자를 쓴 사람이 많긴 많았다. 데이터분석팀 남자들 거의 전부가 야구모자를 썼고, 제릴린 웰스가 양털 모자를 썼고, 제이콥슨 씨의 비서는 베일이 달린 하얀 모자를 써서 어디 결혼식에라도 가는 것 같았다. 하지만 수앤은 올해가 모자의 해라고 했다.

제비족이나 거물 마피아와만 사귀었던 수앤. 하지만 그 애는 언젠가는 괜찮은 남자친구를 만날 운명이었다. 그처럼 많은 남자와 사귀었으니.

그리고 총무팀에 복사를 부탁할 때도 외계인 습격의 흔적은 보이지 않았다. "우리 바빠." 폴라 그랜디가 딱딱거렸다. "크리스마스인 거 알잖아!"

나는 기분이 나아져서 자리로 돌아왔다. 솔방울로 만든 거대한 그릇에 지팡이 사탕과 빨강과 녹색으로 포장된 키세스 초콜릿이 가득 들어 있었다. "이것도 크리스마스 장식이야?" 나는 페니에게 물었다.

"아니야. 크리스마스 장식은 아직 준비 안 됐어." 페니가 말했다. "이건 그냥 크리스마스 기분을 내려고 만들어본 소품이야. 책상마다 하나씩 만들었어."

나는 기분이 더 좋아졌다. 나는 그 그릇을 한쪽으로 밀고는 우편물을 확인하기 시작했다. 앨리슨과 미치가 보낸 녹색 편지 봉투가 있었다. 비행기에서 내리자마자 소식지를 부친 게 틀림없었다. 인사말을 버렸을까, 아니면 다코타가 받은 '피아노가 늘었어요' 상을 버렸을까, 나는 궁금해하며 편지 칼로 봉투를 열었다.

"사랑하는 낸에게." 천사와 겨우살이가 찍힌 가장자리에서 몇 줄이나 내려가서, 소식지는 그렇게 시작됐다. "올해는 새로운 일이 많지 않아. 미치가 회사 구조조정 때문에 걱정이 많고 난 늘 뒤처져서 아등바등하는 느낌이지만, 우리는 다 잘 지내. 아이들도 잡초처럼 쑥쑥 자라고 학교생활도 괜찮아. 샤이엔이 읽기에 좀 문제가 있고 다코타는 여전히 자다가 오줌을 싸지만 말이야. 미치와 나는 그동안 우리가 애들을 너무 밀어붙인 것 같다고, 앞으로는 너무 과도하게 이것저것 시키지 않고 그냥 정상적이고 일반적인 여자애들로 키우기로 했어."

나는 편지지를 봉투에 다시 집어넣고는 게리를 찾으러 4층으로 뛰어 올라갔다.

"좋아요." 그가 보이자마자 나는 말했다. "당신 말을 믿어요. 이제 우리 어떻게 해요?"

우리는 영화를 빌렸다. 사실, 영화를 다 빌리진 못했다. 〈영혼 킬러의 습격〉과 〈베텔게우스의 침공〉은 둘 다 나가고 없었다.

"누군가 다른 사람도 눈치를 챈 거겠죠." 게리가 말했다. "누구인지 알면 좋겠는데…."

"점원한테 물어보죠." 내가 제안했다.

게리가 격렬하게 고개를 저었다. "의심을 살 만한 일은 아무것도 하면 안 돼요. 우리가 제대로 짚었을 때를 대비해서 저들이 먼저 빌려 가버렸는지도 모르잖아요. 또 뭘 빌릴까요?"

"네?" 나는 멍하니 말했다.

"그래야 우리가 외계인 침공 영화만 빌리는 것처럼 보이지 않죠."

"아." 나는 〈사과〉와 〈크리스마스 캐럴〉 흑백판을 집어 들었다.

먹혀들지 않았다. "〈에이리언 마스터〉." 푸른색과 노란색이 섞인 대형 비디오 대여 체인점 모자를 쓴 계산대 청소년이 미심쩍은 듯이 물었다. "이 영화 괜찮아요?"

"아직 안 봤어요." 게리가 초조하게 말했다.

"도널드 서덜랜드가 나와서 빌리는 거예요." 내가 말했다. "둘이서 도널드 서덜랜드 영화제를 하고 있거든요. 〈에이리언 마스터〉, 〈사과〉, 〈신체 강탈자의 습격〉…."

"여기에도 도널드 서덜랜드가 나와요?" 점원이 〈크리스마스 캐럴〉을 집어 들고 물었다.

"작은 팀 역으로 나와요." 내가 말했다. "그의 첫 출연작이죠."

"아까 굉장했어요." 게리가 〈영혼 킬러의 습격〉을 사러 쇼핑몰 반대쪽 끝에 있는 비디오 판매점으로 가는 길에 말했다. "정말 능숙한 거짓말쟁이 였어요."

"고마워요." 나는 코트 깃을 여미고 쇼핑몰 안을 둘러보면서 말했다. 안이 얼어붙을 정도로 추웠고, 사람들 머리에, 진열장에, 파나마모자, 중절모자, 장식을 단 챙이 넓은 모자… 사방이 모자였다.

"우리 포위됐어요. 저거 봐요." 그가 고개를 까딱여 산타클로스의 집 쪽을 가리켰다.

"산타클로스는 늘 모자를 썼잖아요." 내가 말했다.

"줄을 보라고요." 그가 말했다.

그의 말이 맞았다. 줄을 선 아이들이 활기찬 태도로 참을성 있게 기다리고 있었다. 소리를 지르거나 화장실에 가야겠다고 선언하는 아이는 단 한 명도 없었다.

"난 '지구 마스터' 갖고 싶어." 챙 없는 펠트 모자를 쓴 사내애가 자기 엄마한테 열성적으로 말했다.

"그래, 산타할아버지께 부탁해보자." 어머니가 말했다. "하지만 못 주실지도 몰라. 가게에 남은 게 하나도 없으니까."

"좋아." 아이가 말했다. "그러면 난 장난감 마차 할래."

비디오 판매점에도 〈영혼 킬러의 습격〉은 다 나가고 없었다. 우리는 〈베텔게우스의 침공〉과 〈우주에서 온 잠입자〉를 사서 게리의 아파트로 돌아와 영화를 봤다.

"어때요?" 세 편을 보고 난 뒤에 그가 말했다. "천천히 시작되다가 어느 순간에 전 인류로 퍼지는 거 봤어요?"

사실, 내가 본 건 영화에 나오는 사람들이 하나같이 멍청하다는 점이었다. "그 뇌 빨아먹는 놈은 사람들이 잘 때 공격해." 영웅은 그렇게 말하고 신속하게 누워서 낮잠을 잔다. 아니면 영웅의 여자친구가 "놈들이 우리를 쫓고 있어. 여길 떠나야 해. 지금 당장."이라 말하고는 짐을 싸러 아파트로 돌아간다.

그리고 공포 영화가 다 그렇듯이, 그들은 딱 붙어 다니는 게 아니라 늘 따로 다닌다. 그리고 어두운 복도를 걸어간다. 알주머니 인간이 되어 마땅한 사람들이다.

"우리가 맨 먼저 할 일은 외계인에 대해서 아는 걸 다 모으는 거예요." 게리가 말했다. "모자의 목적은 아직 장악되지 않은 사람들에게 기생체의 존재를 숨기기 위해서가 분명해요." 그가 말했다. "그리고 놈들이 뇌에 붙는 것도 확실하고요."

"아니면 척추나." 내가 말했다. "〈에이리언 마스터〉처럼 말이죠."

게리가 고개를 저었다. "만약 그런 경우라면 목이나 등에 붙을 수 있다는 말인데, 그러면 훨씬 덜 눈에 띌 거예요. 놈들이 머리 꼭대기에 붙는 게 아니라면, 왜 그렇게 눈에 띄게 모자 밑에 숨는 위험을 감수하겠어요?"

"모자에 다른 목적이 있는지도 모르죠."

전화벨이 울렸다.

"여보세요?" 게리가 받았다. 표정이 밝아졌다가 어두워졌다. 전 부인이구나 싶어 나는 〈우주에서 온 잠입자〉를 보기 시작했다.

"제 말을 믿으셔야 해요." 영웅의 여자친구가 정신과 의사에게 말했다. "우리 가운데에 외계인이 있어요. 선생님이나 저와 똑같이 생겼어요. 제 말을 믿어주세요."

"믿습니다." 정신과 의사가 말하고는 손가락을 들어 여주인공을 가리켰다.

"으아아아악!" 정신과 의사가 날카로운 소리를 지르자 눈이 밝은 녹색으로 번득였다.

"마시." 게리가 말했다. 그러고는 오랜 침묵. "그냥 친구야." 긴 침묵. "아니."

영웅의 여자친구가 하이힐을 신고 어두운 복도를 달려갔다. 반쯤 가다가 발목을 접질려 넘어졌다.

"그렇지 않은 거 알잖아." 게리가 말했다.

나는 테이프를 빨리 돌렸다. 영웅이 자기 아파트에서 전화를 걸었다. "여보세요, 경찰서죠?" 그가 말했다. "도와주세요. 신체를 강탈하는 외계인에게 습격받았어요!"

"곧 가겠습니다, 데일리 씨." 전화기에서 나오는 목소리가 말했다. "거기 계세요."

"제 이름을 어떻게 알았죠?" 영웅이 소리쳤다. "전 주소도 말하지 않았어요."

"곧 도착할 겁니다." 목소리가 말했다.

"그건 내일 얘기해." 게리가 말하고 전화를 끊었다.

"미안해요." 게리가 소파로 오면서 말했다. "좋아요, 인터넷에서 기생충과 외계인에 대한 정보를 이것저것 받았어요." 그가 스테플러로 찍은 종이 뭉치를 건네주며 말했다. "놈들이 탈취한 사람에게 무슨 짓을 하는지, 약점이 뭔지, 어떻게 놈들과 싸울 수 있는지 알아내야 해요. 이게 언제 어디서 시작됐는지도 알아야 하고요." 게리가 말을 이었다. "어디서 어떻게 퍼졌는지, 사람들에게 어떤 영향을 주는지도요. 놈들을 박멸할 방법을 찾아내려면 그 외계인의 생태에 대해서 가능한 한 많은 걸 알아내야 해요. 놈들은 서로 어떻게 의사소통을 할까요? 〈저주받은 도시〉에서처럼 텔레파시를 쓸까요, 아니면 다른 형태의 의사소통 수단을 이용할까요? 텔레파시를 쓴다면 서로의 생각을 읽는 것처럼 우리의 마음도 읽을 수 있을까요?"

"만약 그렇다면, 우리가 자기들을 쫓고 있다는 것도 알지 않을까요?" 내가 말했다.

다시 전화벨이 울렸다. "또 전처일 거예요." 게리가 말했다. 나는 리모컨을 집어 들고 다시 〈우주에서 온 잠입자〉를 켰다.

게리가 전화를 받았다. "응?" 그러고는 경계하는 어투로 말했다. "내 번호를 어떻게 알았어요?"

영웅이 수화기를 쾅 내려놓고는 창가로 달려갔다. 경찰차 십여 대가 경광등을 번쩍이며 몰려왔다.

"그래요." 게리가 말했다. 그리고 싱긋 웃었다. "아니, 안 잊어먹을게요."

게리가 전화를 끊었다. "페니예요. 나한테 간식 당번 종이를 주는 걸 깜박했대요. 다음 주 월요일에 설탕 과자 마흔여덟 개를 가져오라는군요." 게리가 놀랍다는 듯이 고개를 저었다. "정말로, 외계인한테 사로잡히는 걸 한 번 봤으면 싶은 사람이 있다니까요."

게리가 소파에 앉아서 목록을 만들기 시작했다. "좋아요, 그들과 싸우는 방법. 질병. 독. 다이너마이트. 핵무기. 또 뭐가 있죠?"

나는 대답하지 않았다. 나는 페니가 사로잡혔으면 좋겠다는 게리의 말을 생각하고 있었다.

"이 방법들의 문제는 사람도 같이 죽는다는 거예요." 게리가 말했다. "우리가 필요한 건 〈인베이전〉에서 쓴 것 같은 바이러스예요. 아니면 〈달팽이 인간과의 전쟁〉에 나오는 외계인만 들을 수 있는 초음파 펄스나. 놈들을 막으려면 기생체는 죽이되 숙주는 죽이지 않는 뭔가를 찾아야 해요."

"놈들을 꼭 막아야 해요?"

"네?" 게리가 말했다. "당연히 놈들을 막아야죠, 무슨 소리예요?"

"이 영화들에 나오는 외계인은 모두 사람을 좀비나 괴물로 만들잖아요." 내가 말했다. "놈들은 사람을 공격하고 죽이고 지구를 빼앗으려고 돌아다녀요. 현실에서는 아무도 그런 짓을 하지 않아요. 사람들은 오른쪽에 서고 왼쪽으로 걸어요. 자살률이 떨어지고, 내 동생은 아주 괜찮은 남자와 사귀고 말이죠. 사로잡힌 사람들은 모두 더 상냥해지고, 더 행복해지고, 더 정중해졌어요. 그 기생체가 좋은 영향을 주는 걸 테니까, 간섭하지 말아야 하지 않을까요?"

"우리가 그렇게 생각하기를 놈들이 바라는 건지도 모르죠. 자기들을 막지 못하게 우리를 속이려고 착한 짓을 하는 거면 어떻게 해요? 〈영혼 킬러의 습격〉 생각나요? 이게 다 연기라면, 정복이 완료될 때까지만 착한 짓을 하는 거면, 어떡해요?"

그게 연기라면, 너무 대단한 연기였다. 다음 며칠 사이에 붉은 밀짚모자를 쓴 솔베이그는 아기 이름을 제인이라 지었다고 발표했고, 짐 브리지맨은 엘리베이터 안에서 내게 인사를 했으며, 사촌 셀리아의 소식지 겸 일기는 짧은데다 재미있었고, 탄산음료 판매원용 모자를 쓴 웨이터는 토냐와 내가 주문한 음식을 빠짐없이 제대로 가져왔다.

"피클이 없어!" 토냐가 샌드위치를 집어 들고는 환희에 차서 말했다. "아아! 너, 크리스마스 선물 포장하다가 손목터널증후군 걸렸다는 얘기 들어봤어? 오전 내내 손이 저렸어."

토냐가 서류철을 열었다. 안에 새 도표가 있었다. 직사각형 둘레에 이름이 잔뜩 적혀 있었다.

"그게 크리스마스 일정표야?" 내가 물었다.

"아니야." 토냐가 도표를 보여주며 말했다. "이건 크리스마스 만찬 자리 배치도야. 그렇게 아이들을 집집마다 돌리려고 했다니, 우리가 미쳤지. 그래서 그냥 부모님들 모두를 우리 집에 데려오기로 했어."

나는 깜짝 놀라서 토냐를 쳐다보았지만, 모자는 아직 없었다.

"톰의 전처가 헤어진 남편의 부모를 견딜 수 있을 것 같진 않지만 말이야."

"다들 아이들을 생각해서 우리 의견에 동의해줬어. 무엇보다, 크리스마스잖아."

나는 여전히 그녀를 빤히 쳐다보고 있었다.

토냐가 손을 머리에 올렸다. "이거 마음에 들어? 가발이야. 존이 크리스마스 선물로 줬어. 이혼하면서도 너무 좋은 엄마가 되어줬다고 말이야. 믿기지 않아." 토냐가 머리를 쓰다듬었다. "멋지지 않아?"

"사람들이 가발 밑에 외계인을 숨기고 있어요." 내가 게리에게 말했다.

"알아요." 게리가 말했다. "폴 건딘이 새 부분 가발을 샀어요. 우린 아무도 믿을 수 없어요." 그가 오려낸 기사들이 가득한 서류첩을 건네주었다.

취업률이 올랐다. 보통은 1년 중 이 시기에 만연하는 차량털이가 줄어들었다. 미네소타주의 어느 여자가 대출 기한이 25년이나 지난 도서관 책을 반납했다. '단체들, 시청 성탄 장식에 찬사'. 한 기사에는 이런 제목이 달렸고, '비상업적인 크리스마스를 위한 사람들'과 '남부성령침례교' 교인들과 '소수민족평등권' 활동가들이 손을 잡고 보육원 앞에서 크리스마스 캐럴을 부르는 사진이 나란히 실렸다.

9일에 엄마가 전화했다. "소식지를 아직도 쓰고 있어?"

"바빴어." 나는 최근 직장에서 누굴 만났는지 묻기를 기다리며 말했다.

"오늘 아침에 재키 페터슨의 소식지를 받았어." 엄마가 말했다.

"나도 받았어." 침공이 마이애미까지는 미치지 못한 게 분명했다. 보통 때도 어쩔 수 없을 정도로 거드름을 피우는 재키의 소식지가 이번에는 새로운 경지에 올랐다.

"메는 우리가 간 멕시코 여행의 메요
리는 우리가 먹은 요리의 리요
크는 우리를 태우고 간 큰 차의 크요⋯."

그런 식으로 맨 앞의 글자로 '메리 크리스마스, 해피 뉴 이어'를 만들고도 모자라 자기 이름의 첫 자와 끝 자까지 만들어 이었다.

"소식지를 시로 만들려고 하지만 않으면 참 좋으련만." 엄마가 말했다. "운율이 맞는 때가 없어."

"엄마," 내가 말했다. "괜찮아?"

"난 좋아." 엄마가 말했다. "요 며칠 사이에 관절염이 좀 안 좋아졌다만, 그것만 빼면 지금처럼 좋은 때가 없구나. 내가 생각을 해봤는데, 네가 하고 싶지 않다면 소식지를 꼭 보낼 필요는 없는 것 같아."

"엄마," 내가 말했다. "수앤이 크리스마스 선물로 모자 줬어?"

"아, 너한테 말했구나." 엄마가 말했다. "있잖니, 모자를 별로 좋아하진

소식지

않지만, 결혼식에 가려면 하나 필요할 것 같고, 또….”

"결혼식?"

"아, 그 애가 말 안 했어? 크리스마스 직후에 데이비드와 결혼한다는구나. 정말 마음이 놓이지 뭐니. 난 그 애가 절대로 괜찮은 사람을 못 만날 거라 생각했거든."

나는 그 소식을 게리에게 전했다. "알아요." 그가 침울하게 말했다. "나 방금 승진했어요."

"악영향이라곤 하나도 못 찾겠어요." 내가 말했다. "폭력이나 반사회적 행동의 기미도 없어요. 짜증을 내는 사람도 없다니까요."

"여기 있었네." 페니가 거대한 포인세티아 화분을 양팔에 하나씩 끼고 다가오며 심술궂게 말했다. "이거 책상마다 하나씩 놓을 건데, 좀 도와줄래?"

"이거 크리스마스 장식이야?" 내가 물었다.

"아니, 크리스마스 장식은 아직 그 농부가 보내주길 기다리는 중이야." 페니가 포인세티아 화분 하나를 건네며 말했다. "이건 그냥 책상 분위기를 좀 바꿔보려고 말이야." 페니가 게리의 책상 위에 있던 솔방울 그릇을 옮겼다. "지팡이 사탕을 안 먹었네요?"

"박하를 안 좋아해서요." 게리가 말했다.

"아무도 지팡이 사탕을 안 먹었어." 페니가 질린다는 듯이 말했다. "키세스 초콜릿은 다 먹으면서 지팡이 사탕은 아무도 안 건드려."

"사람들이 초콜릿을 좋아하니까요." 게리가 말하고는 나직이 내게 말했다. "이 여자는 언제 사로잡히는 거죠?"

"밥 헌지거 씨의 사무실에서 봐요." 나도 나직이 답하고는 페니에게 말했다. "이 포인세티아 어디에 둘까?"

"짐 브리지맨의 책상에."

나는 포인세티아 화분을 들고 5층에 있는 회계팀으로 갔다. 짐이 야구 모자를 돌려쓰고 있었다. "책상 분위기를 바꿔줄 소품이에요." 나는 그에게 화분을 건네주고 돌아서서 계단 쪽으로 향했다.

"잠깐 얘기 좀 할 수 있을까?" 짐이 계단참으로 따라 나오며 말했다.

"그래." 나는 침착하게 들리도록 애쓰며 말했다. "무슨 얘기?"

짐이 내 쪽으로 몸을 기울였다. "뭔가 이상한 거 느꼈어?"

"그 포인세티아 말이야?" 내가 말했다. "페니가 크리스마스에 대해서는 좀 지나친 경향이 있지만…."

"아니." 짐이 손을 어색하게 모자에 갖다 대면서 말했다. "이상한 짓을 하는 사람들 말이야. 자기답지 않은 사람들."

"아니." 나는 웃으며 말했다. "그런 건 못 봤어."

나는 밥 헌지거 씨의 사무실에서 거의 30분이나 게리가 오기를 기다렸다. "늦어서 미안해요." 마침내 들어온 그가 말했다. "전처가 전화하는 바람에요. 무슨 할 말 있어요?"

"당신도 페니가 사로잡히는 게 좋은 일이 될 거라는 사실을 인정해야 한다고 말하려고요." 내가 말했다. "그 기생체가 악하지 않다면 어떻게 할래요? 그들이, 그… 숙주한테 이익을 주는 기생충들을 뭐라고 하죠? 그러니까, 암소들이 우유를 생산하도록 돕는 박테리아 같은 거나, 아니면 코뿔소에 달라붙은 곤충을 잡아주는 새 같은 거 말이에요."

"공생체 말이에요?" 게리가 말했다.

"그래요." 나는 열변을 토했다. "이게 어떤 종류의 공생 관계라면 어떡하죠? 그들이 모두의 지능을 높인다거나 감정적 성숙도를 향상시키고, 우리에게 좋은 영향을 준다면 말이에요."

"현실이라기엔 너무 좋게 들리는 일이 다 그렇듯이, 아니에요." 그가 고개를 저으며 말했다. "놈들은 뭔가를 획책하고 있어요. 나는 알아요. 그리고 우리는 그게 뭔지 알아내야 해요."

10일에 출근하니 페니가 크리스마스 장식을 달고 있었다. 장담하던 대로 뭔가 특별한 게 있었다. 몇 미터마다 붉은 벨벳 리본과 커다란 겨우살이 뭉치가 달린 폭이 넓은 붉은 벨벳 장식천이 벽을 빙 둘렀다. 사이사이에 금색으로 '겨우살이 밑에서는 키스해주세요. 크리스마스는 1년에 한 번밖에 없으니까요'라고 멋들어지게 쓴 두루마리가 걸렸다.

"어때?" 페니가 사다리를 타고 내려오며 물었다. "층마다 다른 문구를 걸었어." 그녀가 커다란 골판지 상자에 손을 넣었다. "회계팀은 '겨우살이 밑에서 빼앗긴 입맞춤이 가장 달콤하여라'야."

나는 다가가서 상자 안을 들여다보았다. "이 겨우살이들을 다 어디서 구했대?" 내가 물었다.

"내가 아는 그 사과 농장 주인한테서." 페니가 사다리를 옮기며 말했다.

나는 푸른 잎과 하얀 열매가 달린 커다란 가지를 집어 들었다. "이거 한 재산 들었겠다." 작년에 내가 산 겯가지 하나도 6달러나 했다.

사다리를 오르던 페니가 고개를 저었다. "돈 안 들었어. 그 농장 주인은 그걸 치워버릴 수 있다고 좋아했어." 페니가 겨우살이 뭉치를 붉은 벨벳 장식띠에 달았다. "그러니까, 이거 기생식물이거든. 그냥 두면 나무가 죽어."

"나무를 죽인다고?" 내가 하얀 열매들을 쳐다보며 멍하니 물었다.

"아니면 나무 모양이 이상해지거나." 페니가 말했다. "이게 나무 수액에서 영양분을 훔치면 나무가 부풀고 혹이 생기고 뭐 그렇게 되는 거지. 그 농장 주인이 다 알려줬어."

시간이 나자마자 나는 게리가 받아놓은 기생생물에 관한 정보를 밥 헌지거 씨의 사무실에 들고 가서 쭉 읽었다.

겨우살이가 고착하느라 가는 뿌리를 내린 곳마다 나무가 기괴하게 부풀어 오른다. 탄저균은 균열을 일으키고, 이후에는 동고병이라고 해서, 가지를 말려 죽인다. 곰팡이 같은 균류는 나뭇잎을 시들게 한다. 빗자루병은 가지를 약화시킨다. 박테리아는 수간에 혹이라고 불리는 종양처럼 생긴 걸 만든다.

신체적인 증상을 봐야 할 때 우리는 정신적이고 심리적인 영향에 집중하고 있었다. 지능이 높아졌다거나 정중한 태도와 상식이 증가했다거나 하는 건 기생체가 영양분을 뺏어가면서, 그리고 숙주에 해를 입히면서 생기는 부작용에 불과할 것이다.

나는 서류철을 탁 덮고 내 자리로 돌아가 수앤에게 전화를 걸었다.

"수앤, 안녕." 내가 말했다. "나 크리스마스 소식지 쓰는 중인데, 데이비드의 성 철자가 맞는지 좀 봐줘. '캐링턴' 철자가 C-A-R-R이야, 아니면 C-E-R-R이야?"

"C-A-R-R. 아, 언니. 그 사람 정말 멋져! 내가 보통 사귀던 그 인생 패배자들하고는 너무 달라! 이해심도 깊고 섬세하고…."

"넌 어떻게 지내?" 내가 물었다. "여기 사무실 사람들은 다 독감에 걸렸는데."

"정말?" 수앤이 말했다. "난 말짱해."

이제 어떻게 하지? '확실해?'라고 캐물으면 의심할 텐데. "C-A-R-R…." 나는 다른 식으로 화제에 접근할 방법을 궁리하며 말했다.

수앤이 내 고민을 덜어주었다. "어제 그가 무슨 일을 했는지 알면 놀랄걸. 날 집에 데려다주려고 회사 앞까지 왔다니까. 내 발목이 아픈 걸 알고 있었거든. 그러면서 진통제랑 분홍색 장미 한 다발도 가져왔어. 너무 사려 깊다니까."

"발목이 아프다고?" 나는 걱정하는 것처럼 들리지 않게 물었다.

"미친 듯이 아파. 날씨나 뭐 그런 이유 때문일 거야. 오늘 아침에는 거의 걷지도 못할 지경이었어."

나는 기생생물 자료를 서류첩에 도로 쑤셔 넣고는 〈X 행성에서 온 기생충 인간〉에 나오는 영웅처럼 책상에 뭔가를 흘리지 않았는지 확인하고는 게리를 찾아갔다.

그는 통화 중이었다.

"할 얘기가 있어요." 내가 속삭이며 말했다.

"그러고 싶어." 게리가 이상한 표정을 하고는 수화기에다 대고 말했다.

"뭐예요?" 내가 물었다. "우리가 쫓고 있다는 걸 그들이 알아챈 거예요?"

"쉿." 그가 말했다. "내가 그런 거 당신도 알잖아." 그가 수화기에 대고 말했다.

"당신은 모를 거예요." 내가 말했다. "그게 사람들에게 무슨 짓을 하는지 내가 막 알아냈어요."

게리가 손가락 하나를 치켜들며 내게 잠깐 기다리라는 손짓을 했다. "잠시만 기다려주면 안 될까?" 그가 수화기에다 말하고는 손으로 송신기를 가렸다. "5분 뒤에 밥 헌지거 씨 사무실에서 봐요." 그가 말했다.

"아니요." 내가 말했다. "거긴 안전하지 않아요. 우체국에서 봐요."

게리가 고개를 끄덕이고는 여전히 이상한 표정으로 다시 통화를 시작했다. 나는 서둘러 2층에 들러 지갑을 가지고는 우체국으로 향했다. 모퉁이에서 기다릴 요량이었지만 그곳은 구세군 산타 냄비에 먼저 돈을 넣으려고 다투는 사람들로 북새통을 이루고 있었다.

나는 인도를 훑어보았다. 게리는 어디에 있지? 나는 계단을 오르며 거리를 살폈다. 그의 흔적은 보이지 않았다.

"메리 크리스마스!" 펠트 모자를 쓴 어떤 남자가 문을 잡아주며 모자를 살짝 치켜들고 말했다.

"아, 아니, 저는…." 막 입을 열었는데 저쪽 인도에서 다가오는 토냐가 보였다. "고맙습니다." 나는 슬쩍 문 안으로 몸을 숨겼다.

안은 춥고, 줄이 로비까지 구불구불 이어졌다. 나는 줄을 섰다. 맨 앞까지 가려면 못해도 1시간은 걸릴 모양새이니 그동안은 의심을 사는 일 없이 게리를 기다릴 수 있을 것이다.

모자를 쓰지 않은 사람이 내가 유일하다는 점만 빼면 말이다. 줄을 선 사람들은 하나도 빠짐없이 모자를 썼고, 접수대 뒤의 직원들도 집배원 모자를 쓰고 있었다. 그리고 환한 웃음도.

"해외로 가는 소포는 반드시 11월 15일까지 부치셔야 돼요." 중간에 선 직원이 붉은 야구모자를 쓴 키 작은 일본인 여자에게 전혀 툴툴대는 기미 없이 말했다. "하지만 걱정하지 마세요. 저희가 어떻게든 제때 선물이 도착하도록 해볼게요."

"이 줄은 45분밖에 안 걸려요." 내 앞에 선 여자가 뭔가를 실토하듯 기분 좋게 말했다. 그녀는 깃털이 달린 작고 검은 모자를 썼고, 커다란 꾸러미 네 개를 들고 있었다. 나는 씨앗 깍지들이 가득 들어 있는 게 아닐까 의심했다.

"크리스마스라는 걸 생각하면 전혀 나쁘지 않아요."

나는 문 쪽을 쳐다보며 고개를 끄덕였다. 게리는 어디 있는 거지?

"여기는 왜 왔어요?" 여자가 미소를 지으며 말했다.

"예?" 나는 홱 고개를 돌리며 말했다. 심장이 두근거렸다.

"뭘 부치려고 온 거예요?" 여자가 말했다. "꾸러미가 아무것도 없는 것 같아서요."

"우… 우표를 사려고요." 나는 더듬거리며 말했다.

"그럼 제 앞에 서요." 여자가 말했다. "우표만 사는 거라면요. 난 이 꾸러미를 전부 부쳐야 하거든요. 그걸 기다리고 싶지는 않을 거예요."

'전 기다리고 싶어요.' 나는 생각했다. "아니요, 괜찮아요. 제가 우표를 많이 사야 해서요." 나는 말했다. "몇 세트를 살 거예요. 크리스마스 소식지 때문에요."

여자가 꾸러미의 균형을 잡으며 고개를 저었다. "쓸데없는 말 말아요. 저 사람들이 이것들 무게를 다 잴 때까지 기다려야 할 텐데요." 여자가 앞에 선 남자를 톡톡 쳤다. "이 젊은 아가씨가 우표만 사면 된대요." 그녀가 말했다. "이 아가씨를 앞으로 보내면 어때요?"

"당연하죠." 러시아풍 모피 모자를 쓴 남자가 살짝 고개를 숙이며 물러섰다.

"아니요, 정말요." 내가 입을 열었지만, 너무 늦었다. 홍해가 갈라지듯 줄이 갈라졌다.

"고맙습니다." 나는 접수대로 걸어갔다. "메리 크리스마스."

등 뒤에서 줄이 다시 합쳐졌다. '그들은 아는 거야.' 나는 생각했다. 그들은 내가 기생생물을 찾고 있다는 걸 알아. 나는 절망적인 심정으로 문 쪽을 힐끗 쳐다보았다.

"호랑가시나무와 담쟁이요?" 직원이 활짝 웃으며 물었다.

"예?" 내가 말했다.

"우표 말이에요." 직원이 세트 두 장을 들어 올렸다. "호랑가시나무와 담쟁이, 아니면 성모와 아기 예수?"

"호랑가시나무와 담쟁이 주세요." 나는 힘없이 말했다. "세 세트요."

나는 값을 치르고 줄을 선 사람들에게 다시 고맙다고 인사한 다음 얼어붙을 정도로 추운 로비로 나왔다. 이제 뭘 하지? 사서함이 있는 척, 자물쇠 비밀번호를 맞추는 척할까? 게리는 어디에 있는 거야?

나는 수상하게 보이지 않으려고 애를 쓰면서 게시판 쪽으로 가서 수배 전단을 쳐다보았다. 지금쯤이면 다들 자수해서 모범적인 죄수가 되었을 것이다. 그 기생체가 더 퍼지지 않도록 막아야 한다니, 정말로 안된 일이었다. 막을 수 있는지도 모르겠지만 말이다.

영화에서는 쉬웠다(이 말은 놈들을 무찌르며 끝나는 영화에서 그렇다는 말인데, 그런 영화가 많지 않았다. 절반이 넘는 영화에서 전 인류가 번득이는 녹색 눈으로 변하면서 끝났다). 그리고 주인공들이 기생체를 무찌르는 영화에서는 폭발과 아슬아슬하게 헬리콥터에 매달리는 일이 엄청나게 잦았다. 나는 무슨 일이 있어도 스카이다이빙을 하는 일만은 없었으면 싶었다.

아니, 바이러스나 초음파도. 아는 의사나 과학자가 있다고 해도 털어놓고 물어볼 수도 없을 테니 말이다. "우리는 아무도 믿으면 안 돼요." 게리의 말이 맞았다. 그런 위험을 감수할 수는 없다. 곳곳에 위험이 도사렸다. 그리고 우리는 경찰을 부를 수도 없다. "그건 전부 망상입니다, 존슨 양." 경찰은 그렇게 말할 것이다. "그 자리에 계세요. 바로 가겠습니다."

우리는 우리 힘만으로 이 일을 해야 한다. 그런데 게리는 어디 있는 거야?

나는 잠시 더 수배 전단들을 살펴보았다. 가운데에 있는 수배자가 수앤의 옛 남자친구 같았다. 그는···.

"늦어서 미안해요." 게리가 숨도 안 쉬고 말했다. 추위로 귀가 빨갛게 얼었고, 달려오느라 머리카락이 헝클어졌다. "전화가 오는 바람에···."

"가요." 나는 그를 밀면서 우체국을 나와 계단을 내려가 구세군 산타와 기부자 무리를 지나쳤다.

"계속 걸어요." 내가 말했다. "그들이 기생체라는 당신 말은 맞았어요. 하지만 사람을 좀비로 만들기 때문은 아니에요."

나는 서둘러 나무의 혹과 토냐의 손목터널증후군에 대해서 말했다. "내 동생은 추수감사절에 감염됐는데, 지금은 거의 걷지도 못해요." 내가 말했다. "당신 말이 맞아요. 우리는 놈들을 막아야 해요."

"하지만 아무 증거가 없잖아요." 게리가 말했다. "관절염이나 뭐 그런 걸 수도 있잖아요, 안 그래요?"

나는 걸음을 멈추었다. "네?"

"외계인들이 그걸 일으켰다는 증거가 없다고요. 날이 추워요. 날이 추워지면 관절염이 심해지죠. 그리고 외계인들이 그걸 일으켰다고 해도, 약간 아프고 고통스러운 건 그 많은 혜택에 비하면 약소한 대가예요. 당신도 그런…."

나는 게리의 머리카락을 쳐다보았다.

"그런 눈으로 보지 말아요." 그가 말했다. "난 사로잡히지 않았어요. 그냥 당신 동생의 약혼에 관해서 당신이 했던 말을 곰곰이 생각해보니…."

"누구한테서 온 전화였어요?"

게리가 불편한 표정을 지었다. "그게…."

"전 부인이었죠." 내가 말했다. "그녀는 사로잡혔고, 그러니 지금은 상냥할 테고, 당신은 그녀와 다시 합치고 싶은 거예요. 그렇죠, 안 그래요?"

"내가 늘 마시에게 어떤 감정을 품고 있는지 알잖아요." 게리가 죄지은 사람처럼 말했다. "마시는 날 사랑하지 않은 적이 없대요."

'현실이라기에 너무 좋은 일이 있다면, 아마 이런 거겠지.' 나는 생각했다.

"마시가 살림을 다시 합치고 우리가 잘해 나갈지 어떨지 한번 보는 게 좋겠대요. 하지만 그 이유만은 아니에요." 게리가 내 팔을 잡으며 말했다. "난 내내 그 기사들을 봐왔어요. 중퇴한 애들이 학교로 돌아가고, 탈옥수들이 자수하고…."

"사람들이 기한이 지난 도서관 책을 반납하죠." 내가 말했다.

"우리가 꼭 그런 걸 다 망쳐야 할까요? 난 우리가 뭔가를 하기 전에 이 문제를 생각해봐야 한다고 생각해요."

나는 게리에게 잡힌 팔을 빼냈다.

"난 우리가 뭔가 하기로 결정하기 전에 모든 요인을 고려해봐야 한다고

소식지 537

생각하는 것뿐이에요. 며칠 늦어진다고 큰일이 나는 건 아니니까요."

"당신 말이 맞아요." 나는 발걸음을 옮기면서 말했다. "놈들에 대해서 우리가 모르는 게 많죠."

"좀 더 조사를 해봐야 돼요." 게리가 우리 건물의 출입문을 열면서 말했다.

"맞아요." 나는 계단을 올라가면서 말했다.

"내일 얘기해요, 됐죠?" 2층에 도착하자 게리가 말했다.

나는 고개를 끄덕이고는 자리로 돌아가 머리통을 감싸 안았.

게리는 전 부인을 되찾을 수만 있다면 기생체들이 온 지구를 점령하도록 기꺼이 내버려둘 작정이지만, 내 이유라고 그의 동기보다 나을 것이 있을까? 나는 왜 애초에 외계인 침공이라는 그의 말을 믿고 SF 영화를 보고 남몰래 대화를 나누는 데 그 많은 시간을 허비했을까? 그래야 게리와 같이 있을 수 있기 때문이었다.

그의 말이 맞다. 수앤이 괜찮은 누군가와 결혼하고, 우체국 직원들이 툴툴거리지 않고, 연결 비행편이 다시 수배될 때까지 승객들이 제자리를 지키게 하기 위해서라면 약간의 아픔과 고통은 감수할 만했다.

"괜찮아?" 토냐가 내 책상 위로 몸을 기울이고서 말했다.

"괜찮아." 내가 말했다. "팔은 어때?"

"괜찮아." 토냐가 팔꿈치를 빙빙 돌려 보이며 말했다. "경련 같은 거였나 봐."

이 기생체들이 겨우살이 같은 건지는 알 수 없다. 그냥 일시적인 통증과 아픔을 일으키는지도 몰랐다. 게리가 맞았다. 우리는 좀 더 조사해야 한다. 며칠 늦어진다고 큰일이 생기진 않는다.

전화벨이 울렸다. "왜 이렇게 연락이 안 되니?" 엄마가 말했다. "다코타가 병원에 입원했어. 갑자기 그렇대. 다리에 뭔가 문제가 있는 것 같다네. 앨리슨에게 전화 한번 줘."

"그럴게요." 나는 대답하고 전화를 끊었다.

나는 컴퓨터를 켜서 작업 중이던 파일을 불러들여 스크롤을 내려서 잠간 자리를 비운 것처럼 보이도록 해 놓고, 하이힐을 벗어 운동화로 갈아 신고는 하이힐을 책상 서랍에 쑤셔 넣고 지갑과 외투를 챙겨서 나왔다.

기생체를 어떻게 제거하는지 정보를 찾아볼 최적의 장소는 도서관이겠지만, 색인 목록이 온라인으로 제공되기 때문에 이용하려면 도서관 카드를 써야 한다. 차선책은 책방이었다. 16번가에 있는 독립 서점은 안 된다. 거기 직원들은 도움을 주려고 너무 기를 쓴다. 그리고 박식하다.

나는 8번가에 있는 대형 서점으로 가서 구석진 (하지만 복도는 아닌) 곳을 찾았다. 사람들이 붐볐고, 앞쪽에서는 무슨 사인회 같은 게 진행되고 있었지만, 아무도 내게 신경 쓰지 않았다. 그렇긴 해도 곧바로 원예 서가로 가지는 않았다. 나는 아무렇지 않게 어슬렁거리며 티셔츠와 머그잔을 살펴보고 자연스럽게 발걸음을 멈추고는《비이성적인 공포는 어떻게 우리의 삶을 망치는가》라는 제목의 책을 훑어보기도 하면서 서서히 원예 서가가 있는 뒤쪽으로 이동했다.

기생생물에 관한 책은《정원에서 찾는 흔한 기생생물》과《식물의 질병과 잡초, 해충 방제》두 권뿐이었다. 나는 두 권을 다 집어 들고 문학 서가 쪽으로 가서 읽기 시작했다.

'베노밀과 퍼뱀과 같은 살균제가 일부 녹병에 효과적이다.'《정원에서 찾는 흔한 기생생물》에 그렇게 나왔다. '스트렙토마이신이 일부 바이러스에 효과적이다.'

하지만 그 기생체는 어느 쪽이지, 양쪽 다면 어쩌지? '다이아지논 또는 말라티온과 함께 분무하면 대부분은 효과를 볼 수 있다. 주의: 모두 위험한 화학물질이므로 피부에 닿거나 분무 중에 흡입하지 않도록 한다.'

'안 되겠어.' 나는 그 책을 내려놓고《식물의 질병과 잡초, 해충 방제》를 집어 들었다. 그 책은 그래도 치명적인 화학물질을 뿌리라고 권유하지는 않았지만, 그렇다고 딱히 유용한 방안을 제시해주지도 않았다. '감염된 가지를 잘라내라. 알을 떼어내 없애라. 검은 비닐봉지로 가지를 감싸라.'

그 책은 간단한 방안을 너무 자주 내놓았다. '감염된 식물 전체를 폐기하라.'

'기생생물의 경우에 가장 어려운 점은 숙주에게 해를 입히지 않고 기생생물을 제거하는 것이다.' 그 말을 풀어쓰자면 이랬다. '그러므로 숙주는 견딜 수 있지만, 기생생물은 견딜 수 없는 물질을 찾는 것이 필요하다. 예를 들어 식초와 생강즙을 물에 타서 숙주 식물에 살포하면 일부 녹병균이 견뎌내질 못한다. 꿀벌에 기생하는 붉은응애는 박하에 알레르기 반응을 일으킨다. 박하유를 섞은 당분을 꿀벌에게 먹이면 된다. 박하유 성분이 벌의 체내에 스며들면 붉은응애가 별다른 해 없이 떨어져 나간다. 다른 기생생물들도 각자 스피어민트, 감귤류 기름, 마늘 기름, 가루로 만든 알로에 베라 등에 반응한다.'

하지만 어떤 거지? 어떻게 알아낼 수 있지? 마늘로 목걸이를 만들어서 걸까? 토냐의 코 밑에 오렌지를 갖다 댈까? 내가 무슨 짓을 하는지 놈들에게 알리지 않고서 알아낼 방법이 없었다.

나는 계속해서 읽었다. '일부 기생생물은 환경을 불리하게 조성함으로써 박멸할 수 있다. 습도에 예민한 녹병균에는 토양의 배수 환경을 개선하면 효과가 있다. 온도에 민감한 해충에는 냉각 요법과 훈증법을 같이, 또는 따로 쓰면 침략자를 죽일 수 있다. 빛에 민감한 기생생물에는 빛에 노출시키는 것이 구제 방법이다.'

'온도 민감성이라….' 나는 모자를 생각했다. 기생생물을 숨기기 위해서일까, 아니면 추위로부터 놈들을 보호하기 위해서일까? 아니, 그럴 리가 없다. 지난 2주간 건물의 실내 온도가 얼어붙을 지경까지 내려갔다. 그리고 놈들이 열을 원한다면 왜 플로리다에는 번지지 않았을까?

나는 재키 페터슨의 소식지를 생각했다. 그녀는 감염되지 않았다. 오늘 아침에 소식지가 도착한 마티 삼촌도 마찬가지였다. 아니, 옆에서 보기에는 오히려 명령하는 쪽에 가까운 마티 삼촌의 개가 그랬다. '멍, 멍!' 소식지에는 이렇게 적혀 있었다. '나는 산타가 근사한 새 빈대 방지 목줄을 가져다주길 기대하며, 여기 사막에 선 크리스마스 선인장 아래 누워 뼈다귀를 씹고 있어요.'

그렇다면 놈들은 애리조나나 마이애미에는 상륙하지 않은 것이다. 게리가 오려낸 뉴스 기사들도 멕시코나 캘리포니아 것은 하나도 없었다. 기사들은 모두 미네소타와 미시간과 일리노이 것이었다. 추운 곳들이다. 춥고 구름 낀 곳. 나는 사촌 셸리아의 크리스마스 소식지를 생각했다. 춥고 구름 낀 곳.

나는 광과민성 해충에 관한 사례를 찾으러 책을 뒤적거렸다.

"그건 여기 바로 뒤에 있어요." 누군가의 목소리가 들렸다.

나는 책을 덮어 셰익스피어 희곡들 사이에 끼워 넣고는《햄릿》한 권을 홱 꺼냈다.

"딸에게 주려고요." 고맙게도 모자를 쓰지 않는 손님이 통로 끝에서 모습을 드러내며 말했다. "전화해서 크리스마스 선물로 무얼 받고 싶냐고 했더니 그걸 얘기하지 뭐예요. 정말 놀랐어요. 그 애는 책을 거의 안 읽거든요."

빨간색과 녹색 리본이 달린 헐렁한 모자를 쓴 점원이 바로 뒤를 따랐다. "지금은 다들 셰익스피어를 읽어요." 점원이 웃으며 말했다. "불티나게 팔린다니까요."

나는 어깨를 움츠리고《햄릿》을 읽는 척했다. '오 악당, 이 악당, 미소를 짓는 저주받을 악당!' 햄릿이 말했다. '이렇게 적어두자, 아무리 미소를 짓고 있어도 악당일 수 있다고.'

점원이 책을 찾아 서가를 훑기 시작했다. "리어왕, 리어왕… 어디 보자."

"여기 있어요." 나는 점원이《정원에서 찾는 흔한 기생생물》에 닿기 전에 책을 건네며 말했다.

"고맙습니다." 점원이 웃으며 말했다. 점원이 책을 손님에게 건네주었다. "저희 책 사인회에 와 보셨어요? 지금 저희 서점에서 패션 디자이너인 달라 셰리던이 신간《부활절 모자를 쓰고》에 사인을 해드리고 있어요. 모자가 다시 유행이잖아요."

"정말로요?" 손님이 말했다.

"책을 사는 분께는 달라 셰리던이 공짜 모자를 하나씩 드리고 있어요." 점원이 말했다.

"정말요?" 손님이 말했다. "어디라고 하셨죠?"

"안내해드릴게요." 점이 여전히 웃으며 말하고는 도살장으로 양을 이끌듯이 손님을 데리고 갔다.

그들이 가자마자 나는 읽던 책을 빼서 목차에서 '광과민성'을 찾았다. 264쪽. "위쪽의 가지를 치고 주변의 잎을 따내 감염 부위를 햇빛이나 인공 불빛에 노출시키면 대개의 광과민성 기생생물을 죽일 수 있다."

나는 책을 덮고 옆으로 세워 밖에서 보이지 않게 셰익스피어 희곡집들 뒤에 숨기고는 《정원에서 찾는 흔한 기생생물》을 꺼냈다.

"안녕하세요." 하마터면 책을 떨어뜨릴 뻔했다. 게리였다. "여기서 뭐 해요?"

"당신은 여기서 뭐 해요?" 나는 휙 책을 덮으면서 말했다.

게리가 책 제목을 들여다보았다. 나는 책을 《오셀로》와 《셰익스피어는 누구인가》 사이에 꽂았다.

"당신 말이 맞는다는 걸 깨달았어요." 게리가 조심스럽게 주위를 둘러보았다. "우리는 놈들을 박멸해야 해요."

"당신은 놈들이 공생생물이라고, 놈들이 이롭다고 말한 거 같은데요." 나는 게리를 주의 깊게 살펴보면서 말했다.

"당신은 내가 외계인에게 사로잡혔다고 생각하죠, 그렇죠?" 게리가 말했다. 그가 손가락으로 머리카락을 쓸었다. "봤어요? 모자도 아니고 부분 가발도 아니에요."

하지만 〈에이리언 마스터〉에서 기생체들은 척추 어느 지점에나 들러붙을 수 있었다.

"약간의 아픔과 고통보다 이득이 크다고 당신이 말했던 거 같은데요." 내가 말했다.

"그렇게 믿고 싶었어요." 게리가 애처롭게 말했다. "마시와 재결합할 거라고 정말로 믿고 싶었던 것 같아요."

"어쩌다 마음이 바뀌었어요?" 나는 책장을 쳐다보지 않으려 애를 쓰면서 말했다.

"당신 때문에요." 게리가 말했다. "바로 눈앞에 당신이 있는데 그 여자만 생각하고 있었다니. 어느 시점엔가 내가 얼마나 멍청한지 깨달았어요. 다시 합치면 얼마나 좋겠냐고 말하는 그 여자의 얘기를 듣고 있는데, 갑자기 그러고 싶지 않다는 걸, 더 상냥하고 더 예쁜, 믿을 수 있는 누군가를 찾고 싶다는 마음이 갑자기 들었어요. 그리고 그 누군가는 당신이었어요, 낸." 게리가 나를 보고 미소를 지었다. "그래서, 뭣 좀 찾았어요? 놈들을 박멸하는 데 쓸 만한 게 있어요?"

나는 길고 깊게 숨을 들이쉬고는 마음의 결정을 내리고 게리를 쳐다보았다.

"네." 나는 그 책을 꺼내 게리에게 건네주었다. "벌 관련 항목을 봐요. 여기 보면 숙주의 혈류에 알레르기 항원을 침투시키면 기생체를 죽일 수 있다고 나와요."

"⟨우주에서 온 잠입자⟩처럼 말이군요."

"맞아요." 나는 게리에게 붉은 응애와 꿀벌 얘기를 들려주었다. "동록유와 감귤류 기름, 마늘, 가루 낸 알로에 베라 같은 것들이 여러 해충에 사용된대요. 그러니 우리가 감염된 사람들의 음식에 박하를 넣을 수 있다면, 그게…"

"박하요?" 게리가 멍하니 말했다.

"네. 전에 페니가 아무도 자기가 넣어둔 지팡이 사탕을 안 먹는다고 말했던 거 생각나요? 난 그게 사람들이 박하에 알레르기를 갖고 있어서가 아닐까 생각해요." 나는 게리를 살피며 말했다.

"박하라…" 게리가 뭔가를 생각하는 듯했다. "잰 건델이 자기 책상에 올려놓은 리본 과자에도 아무도 손을 안 댔죠. 당신이 제대로 짚은 것 같아요. 그럼 사람들한테 박하를 먹이려면 어떻게 해야 할까요? 정수기에다 넣을까요?"

"아니요." 내가 말했다. "쿠키에 넣을 거예요. 초콜릿칩 쿠키에다. 다들 초콜릿을 좋아하니까요." 나는 책을 선반에 올려두고 정문 쪽으로 걸음을 옮기기 시작했다. "내일이 내가 간식거리를 들고 갈 차례예요. 식료품 가게에 가서 쿠키 재료를 사다가…"

"나도 같이 갈게요." 게리가 말했다.

"아니요." 내가 말했다. "당신은 박하유를 사다줘요. 잡화점이나 건강식품 파는 가게 같은 데에 있을 거예요. 최대한 농축도가 높은 걸 사요. 그리고 사로잡히지 않은 사람한테서 사도록 주의하고요. 나중에 내 아파트에서 만나서 같이 쿠키를 만들어요."

"좋아요." 게리가 말했다.

"따로 나가는 게 좋을 거 같아요." 내가 말했다. 나는 게리에게 《오셀로》를 건네주었다. "여기. 이걸 사요. 그러면 박하유를 넣을 봉투가 생길 거예요."

게리가 고개를 끄덕이고는 계산대에 선 줄로 향했다. 나는 서점을 나와 8번가에 있는 식료품 가게에 들렀다가 옆문으로 살그머니 나와 사무실로 돌아왔다. 나는 내 자리로 가서 쇠 자를 찾아 들고 5층으로 뛰어 올라갔다. 야구모자를 돌려쓴 짐 브리지맨이 나를 힐끗 쳐다보더니 다시 키보드로 시선을 돌렸다.

나는 온도조절기 앞으로 갔다.

지금이야말로 주변의 모든 사람이 나를 가리키며 섬뜩한 비명을 지를 순간이었다. 아니면 번득거리는 녹색 눈으로 고개를 돌려 나를 노려보거나.

아무 일도 일어나지 않았다.

컴퓨터에서 눈을 떼고 고개를 든 사람도 아무도 없었다. 짐 브리지맨은 열심히 자판을 치고 있었다. 나는 쇠 자로 다이얼과 보호판을 뜯어내 주머니에 쑤셔 넣은 다음, 조절 장치를 움직이지 못하도록 금속조각을 구부리고는 층계참으로 나왔다.

'자 이제, 사람들이 다 집에 가기 전에 효과가 나도록 빨리 따뜻해지기만 바라야지.' 나는 퉁탕거리며 4층으로 내려가면서 생각했다. 사람들이 땀을 흘리기 시작하면서 모자를 벗기를, 외계인들이 광과민성이기를, 놈들이 텔레파시를 쓰지 않기를 바라야지.

나는 4층과 3층의 온도조절기를 망가뜨리고 2층으로 내려왔다. 우리 층의 조절기는 저 멀리, 밥 헌지거 씨의 사무실 옆에 있었다. 나는 내 자리에서 메모지 한 움큼을 집어 들고는 단호하게 층을 가로질러 걸어가 온도조절기를 해체하고 다시 계단으로 향했다.

"대체 어디 가는 거야?" 솔베이그가 단호하게 내 앞을 가로막고 서며 말했다.

"회의하러." 나는 영화에 나오는 영웅의 여자친구들이 늘 그러는 것처럼 서투르고 겁에 질려 보이지 않도록 애를 쓰면서 말했다. 솔베이그가 내 운동화를 쳐다보았다. "도시 반대쪽으로 가."

"넌 아무 데도 못 가." 솔베이그가 말했다.

"왜?" 내가 가냘프게 물었다.

"내가 제인한테 줄 크리스마스 선물로 무얼 샀는지 보여줘야 하니까."

솔베이그가 책상 밑에서 쇼핑백을 꺼냈다. "출산이 5월이라는 건 알지만, 이건 도저히 사지 않을 수가 없었어." 그녀가 쇼핑백 안을 뒤적거리며 말했다. "너무 귀여워!"

솔베이그가 하얀 데이지꽃이 달린 아주 조그만 분홍색 보닛을 꺼냈다. "이거 정말 사랑스럽지 않아?" 그녀가 말했다. "신생아 크기야. 병원에서 집으로 올 때 쓸 수 있을 거야. 아, 그리고 또…."

"내가 거짓말을 했어." 내가 실토하자 솔베이그가 깜짝 놀라 올려다보았다. "아무한테도 말하지 마. 사실 나 마니또 선물 사는 걸 완전히 잊어먹고 있었어. 페니가 알면 죽이려고 할 거야. 내가 어디 갔는지 누가 물으면 화장실 갔다고 말 좀 해줘." 나는 그렇게 말하고 서둘러 1층으로 내려갔다.

온도조절기가 출입문 바로 옆에 있었다. 나는 그것과 지하층에 있는 걸 못쓰게 만들고는 차로 가서(영화에 나오는 사람들과는 달리 먼저 뒷좌석을 살펴보았다) 법원과 병원과 맥도날드를 들른 다음 엄마한테 전화해서 저녁 먹으러 가겠다고 말했다. "후식 거리를 가져갈게." 내가 말했다. 나는 쇼핑몰로 차를 몰고 가서 제과점과 청바지 가게와 비디오 대여점에 들르고, 가는 길에 복합영화상영관에도 들렀다.

엄마는 TV를 켜놓지 않았다. 그리고 수앤이 준 모자를 쓰고 있었다. "이거 사랑스럽지 않니?" 엄마가 물었다.

"치즈케이크 사 왔어." 내가 말했다. "앨리슨과 미치 오빠한테서 무슨 얘기 있었어? 다코타는 어떻대?"

"더 나빠졌어." 엄마가 말했다. "무릎과 발목이 여기저기 부풀었대. 의사들도 원인을 모른다고 하고." 엄마가 치즈케이크를 받아 주방으로 들고 갔다. 약간 다리를 절었다. "정말 걱정이네."

나는 거실과 침실에 있는 온도조절기 온도를 높였다. 실내용 난방기의 플러그를 꽂고 있는데 엄마가 수프를 들고 왔다. "오는 길에 추워 죽는 줄 알았어." 내가 난방기 온도를 '고온'에 맞추며 말했다. "바깥은 엄청 추워. 눈이 올 것 같아."

우리는 수프를 먹었고, 엄마가 수앤의 결혼식에 관해서 물었다. "네가 제1 들러리가 되어줬으면 하더라." 엄마가 손으로 부채질하면서 말했다. "아직도 추워?"

"응." 나는 팔을 문지르며 말했다.

"스웨터를 가져다줄게." 엄마가 침실로 들어가는 길에 난방기를 꺼버렸다.

나는 난방기를 다시 켜고 거실로 나가 벽난로에 불을 지폈다.

"요새 직장에서 누구 만나는 사람 없어?" 엄마가 침실에서 말했다.

"뭐라고?" 나는 무릎을 꿇고 앉아서 말했다.

엄마가 스웨터 없이 돌아왔다. 모자가 없어졌다. 뭔가가 몸부림이라도 친 듯이 머리카락이 헝클어져 있었다. "아직도 크리스마스 소식지를 쓰지 않겠다고 버티지 않았으면 좋겠어." 엄마가 주방으로 가서 치즈케이크 접시 두 개를 들고나오며 말했다. "이리 와 앉아서 후식 먹어라."

나는 엄마를 주의 깊게 살펴보면서 후식을 먹었다.

"대충 꾸며내!" 엄마가 말했다. "좋잖니! 마거릿 고모가 요 며칠 전에 편지를 보냈는데, 너희들 얘기를 듣는 게 정말 좋다며 네 소식지가 늘 재미있었다고 하더라." 엄마가 상을 치웠다. "좀 있다가 갈 거지? 혼자 앉아서 다코타 소식을 기다리고 있기가 싫어."

"아니, 가야 돼." 내가 일어서며 말했다. "나는…."

'나는… 뭐?' 나는 갑자기 어찌해야 할지 하나도 모르겠다는 기분이 들었다. 스포캔으로 날아가? 그러고는 다코타가 괜찮아지는 대로 다시 날아와서 지쳐 쓰러질 때까지 온도조절기를 조정하면서 온 도시를 쑤시고 돌아다녀? 그리고 나면? 영화에서 보면 외계인들이 침투할 때는 사람들이 자고 있을 때다. 놈들이 나를 잡아서 그들과 같이 바꾸지 않는다 해도, 모든 기생체가 열에 노출될 때까지 내가 자지 않고 버틸 재간은 없다. 발목이나 접질리지 않으면 다행이지.

전화벨이 울렸다.

"나 여기 있다고 말하지 마." 내가 말했다.

"누구니?" 엄마가 수화기를 들고 물었다. "아, 세상에. 난 미치가 나쁜 소식을 전하려고 전화한 게 아닌가 했지. 여보세요?" 침묵. "수앤이야." 엄마가 수화기를 손으로 막고 말하고는 오랫동안 듣기만 했다. "남자친구와 헤어졌대."

"데이비드와?" 내가 말했다. "전화기 이리 줘봐."

"너 여기 있다고 말하지 말라며?" 엄마가 전화기를 건네주며 말했다.

"수앤?" 내가 말했다. "데이비드하고는 왜 헤어진 거야?"

"사람이 죽을 만큼 지루하잖아." 수앤이 말했다. "데이비드는 늘 전화를 하고 꽃을 보내주고 상냥하게 대해줘. 결혼을 원하기까지 해. 그러다 오늘 저녁을 먹다가 문득 이런 생각이 들었어. '난 왜 이 사람과 사귀고 있지?' 그래서 헤어졌어."

엄마가 저쪽으로 가서 텔레비전을 틀었다. "지역 소식입니다." CNN의 남자 앵커가 말했다. "특별 이익단체들이 손잡고 시청 성탄 장식에 만 오천 달러를 기부했습니다."

"어디서 저녁을 먹었는데?" 내가 수앤에게 물었다. "맥도날드?"

"아니, 여기 피자 가게에서. 그건 중요하지 않아. 데이비드가 원하는 건 저녁을 먹으러 가거나 영화를 보러 가는 게 다야. 우리는 뭔가 재미있는 일을 한 적이 없어."

"오늘 영화 보러 갔었어?" 수앤이 쇼핑센터에 있는 복합영화상영관에 갔을 수도 있다.

"아니. 말했잖아. 헤어졌다니까."

소식지 547

말이 되지 않는다. 나는 피자 가게라곤 한 곳도 들르지 않았다.

"다음은 날씨입니다." CNN 앵커가 말했다.

"엄마, 소리 좀 줄일 수 없어?" 내가 말했다. "수앤, 이거 중요한 일이야. 지금 뭘 입고 있는지 말해봐."

"청바지와 내 파란 웃옷과 별자리 목걸이. 그게 내가 데이비드와 헤어진 거랑 무슨 상관이야?"

"모자를 쓰고 있어?"

"방금 말씀드린 일기예보를 보면," CNN 앵커가 말했다. "크리스마스 쇼핑을 하려는 분들에게는 안성맞춤인 날씨가…."

엄마가 텔레비전 소리를 줄였다.

"엄마, 소리 다시 키워." 나는 마구 손짓을 하며 말했다.

"아니. 지금은 모자 안 쓰고 있어." 수앤이 말했다. "그게 내가 데이비드와 헤어지고 안 헤어지고랑 무슨 상관이야?"

CNN 앵커 밑에 나타난 날씨 지도에는 17도, 18도, 21도, 20도라는 온도가 쓰여 있었다. "엄마." 내가 말했다.

엄마가 허둥지둥 리모컨을 찾았다.

"며칠 전에 데이비드가 뭘 했는지 알아? 말해줘도 못 믿을 거야." 수앤이 분노하며 말했다. "약혼반지를 줬어! 그런 거 상상이…."

"…계절답지 않게 따뜻한 기온과 맑은 날씨가," 기상 캐스터가 요란하게 말했다. "크리스마스까지 계속되겠습니다."

"내 말은, 대체 나는 무슨 생각이었던 걸까?" 수앤이 말했다.

"쉿." 내가 말했다. "일기예보를 듣고 있어."

"다음 주 내내 날씨가 좋을 것 같네." 엄마가 말했다.

다음 주는 내내 좋았다. 앨리슨이 전화를 걸어서 다코타가 퇴원했다고 알려줬다. "의사들도 정확한 원인을 몰라. 무슨 바이러스 같은데, 뭐가 됐든 완전히 사라졌어. 애는 다시 아이스스케이팅이랑 탭댄스 수업을 받고 있고, 다음 주에는 둘 다 어린이 악단에 등록하려고 해."

"당신이 잘한 거예요." 게리가 마지못해 말했다. "마시 말로는 무릎이 정말 심하게 아팠대요. 정확히 말하면, 나하고 얘기를 하고 있을 때까지는 말이죠."

"그럼, 화해는 물 건너간 거예요?"

"그래요." 그가 말했다. "하지만 난 포기하지 않았어요. 마시가 하는 걸 보면 아직도 날 사랑하는 마음이 있는 게 틀림없어요. 내가 그걸 잡을 수만 있다면 말이죠."

내가 보기에는 그 여자가 그나마 인간 같아 보이려면 외계로부터의 침략 정도는 받아야 되는 것 같지만, 굳이 그 말을 하지는 않았다.

"같이 부부 상담을 받아보자고 얘기했어요." 게리가 말했다. "당신이 날 믿지 않은 것도 잘한 일이에요. 그게 신체 강탈 영화에서 사람들이 늘 하는 실수죠. 사람을 믿는 거 말이에요."

음, 그렇기도 하고 아니기도 하다. 내가 짐 브리지맨을 믿었다면, 그 온도조절기 일을 혼자 다 하지 않아도 됐을 것이다.

"수앤과 약혼자가 저녁을 먹었던 피자 가게의 실내 온도를 높인 게 너였구나." 내가 말했다. 짐은 내가 5층 온도조절기를 조작하는 걸 보고 외계인의 약점이 무엇인지 자기도 짐작하게 됐다고 말했다. "〈영혼 킬러의 습격〉을 먼저 빌려 간 사람도 너였어."

"난 너와 얘기를 하고 싶었어." 짐이 말했다. "날 믿지 않은 것도 당연하지. 모자를 벗어야 했는데, 난 머리 벗겨진 걸 너한테 보여주고 싶지 않았거든."

"넌 외모로는 안 통할 거야." 내가 말했다.

12월 15일쯤 되니 모자 판매량이 떨어지고, 쇼핑센터는 성마른 쇼핑객들로 북적거렸으며, 시청 앞에서 어느 동물권 옹호 단체는 산타클로스가 모피를 입는 것에 반대하는 시위를 벌였고, 게리의 전 부인은 첫 부부 상담 시간에 나타나지 않고서는 그게 다 게리 탓이라고 비난을 퍼부었다.

크리스마스가 나흘 남은 오늘, 상황은 완전히 정상으로 돌아갔다. 짐

말고는 아무도 직장에서 모자를 쓰지 않았고, 솔베이그는 아기 이름을 두랑고라고 지었으며, 밥 헌지거 씨는 부당 해고라며 경영진을 고소했고, 항우울제 판매량이 증가했으며, 지금 막 엄마가 전화해서는 수앤이 새 남자 친구를 사귀는데 테러리스트라고 알려주면서 크리스마스 소식지는 보냈느냐고 물었다. 그리고 요새 직장에서 만나는 사람 없냐고.

"있어." 내가 말했다. "크리스마스 만찬에 데려갈 거야."

어제 베티 홀랜드가 겨우살이 밑에서 입맞춤을 한 일로 네이선 스타인버그를 성희롱 혐의로 고소했고, 나는 퇴근하다가 차에 치일 뻔했다. 하지만 세상은 동고병과 잎마름병과 혹으로부터 안전해졌다.

그리고 그 덕분에 흥미진진한 크리스마스 소식지를 만들 수 있었다.

사실이든 아니든 말이다.

모두에게 '메리 크리스마스와 해피 뉴 이어'를 기원하며,

— 낸 존슨

동방박사들의 여정
Epiphany

신해경 옮김

"너희가 도망하는 때가
겨울이나 안식일이 아니기를 기도하라."
— 마태복음 24장 20절

    3시가 조금 지나서 눈이 내리기 시작했다. 펜실베이니아주를 통과하는 내내 눈이 올 듯하더니, 오하이오주 영스타운을 지나기 바로 직전에 눈송이 몇 개가 떨어지기 시작했고, 지금은 본격적으로 굵은 눈발이 중앙분리대에 난 뻣뻣하게 죽은 풀을 이미 덮고서도 서쪽으로 갈수록 더욱 거세졌다.
    '1월 중순에 먼저 날씨 채널을 확인하지도 않고 길을 나서면 이런 꼴이 되는 거지.' 멜은 생각했다. 그는 아무것도 확인하지 않았다. 그저 예복을 벗고 가방을 꾸리고는 곧바로 차에 올라타 출발했다. 죄를 짓고 도망치는 사람처럼.
    '신도들은 내가 헌금통에 있던 돈을 챙겨서 야반도주했다고 여기겠지.' 그는 생각했다. 아니면 더 나쁜 쪽으로 여기거나. 지난달 신문에 성전 건설 기금을 챙겨 금발 미녀를 데리고 바하마로 도망간 목사 얘기가 나오지 않았던가? 사람들이 말하겠지. "오늘 아침 교회에서 봤을 때 뭔가 거동이 좀 이상하더라니까."
    하지만 사람들은 아직 그가 사라진 걸 모른다. 일요일 밤 매리너스 모임은 취소되었고, 장년부 모임은 다음 주까지 없으며, 범교파 전체 회의는 목요일이나 되어야 열린다.

수요일에 B.T.와 체스 게임을 하기로 되어 있지만, 전화를 걸어서 약속을 옮기면 된다. B.T.가 직장에 있을 때 전화를 걸어서 용건을 녹음으로 남겨야 할 것이다. 그와 직접 통화하는 위험을 감수할 수는 없다. 둘은 너무 오랜 세월을 친구로 지냈다. B.T.는 뭔가 있다는 걸 직감할 것이다. 그리고 그는 절대로 이런 걸 이해해줄 사람이 아니다.

'보이스 메일을 남겨서 체스 게임을 목요일 전체 회의 끝나고 난 뒤로 옮겨야지.' 멜은 생각했다. 그러면 목요일까지 시간이 생긴다.

그는 스스로를 속이고 있었다. 월요일 아침에 그가 교회 사무실에 나타나지 않으면 교회 간사인 빌더벡 부인이 그가 없어진 걸 알아챌 것이다.

'전화를 걸어서 독감에 걸렸다고 말해야겠어.' 그는 생각했다. 아니, 그러면 부인이 닭고기 수프와 아연 보충제를 가져다주겠다고 고집을 세우겠지. '개인적인 일로 며칠간 다른 도시로 나와 있다고 말해야겠어.'

'그러면 부인은 곧장 최악의 상황을 상상할 거야.' 그는 생각했다. '내가 암에 걸렸거나 다른 교회를 찾는 중이라고 추측하겠지. 그리고 사람들이 무슨 결론을 내리든, 설사 횡령이라고 결론을 내더라도, 그편이 진실보다는 받아들이기 쉽겠지.'

고속도로에 눈이 쌓이기 시작했고, 차 유리가 뿌예지기 시작했다. 멜은 성에 제거 기능을 켰다. 트럭 한 대가 눈을 뿌리며 지나갔다. 트럭은 금색과 흰색이 섞인 관람차 곤돌라를 잔뜩 싣고 있었다. 그는 오후 내내 검은 문어 모양 차와 간이매점과 긴 롤러코스터 트랙을 실은 이런 트럭들을 봤다. 무슨 카니발이라도 하는 건지 궁금했다. 1월 중순의 오하이오에서, 그것도 이런 날씨에 말이다.

어쩌면 길을 잃었는지도 모르지. '아니면 갑자기 서쪽으로 가라는 계시를 받았거나.' 그는 침울하게 생각했다. '어쩌면 교회 한복판에서 한창 설교를 하다 말고 갑자기 신경쇠약에 걸렸는지도.'

그 탓에 성가대가 혼이 나갈 정도로 놀랐다. 퇴장 찬송가를 부르려면 아직 한참 시간이 남았다고 생각하며 앉아 있는데, 그가 설교하다 말고 손을 아직 든 채로, 문장을 끝맺지도 않은 채 딱 멈춰버린 것이다.

거의 1분이나 침묵이 계속되다가 오르간 주자가 전주를 치기 시작하자 미친 듯이 회보와 찬송가집을 찾아 뒤적거리는 소리가 이어졌다. 불안정하게 흔들리며 첫 번째 절을 부르는 내내 성가대원들이 미친 사람 보듯이 그를 쳐다보았다.

그들의 판단이 맞았을까? 나는 정말로 계시를 본 걸까? 아니면 무슨 중년의 위기 같은 걸까? 아니면 정신병적인 발작?

그는 장로교파 사람이지 오순절파 같은 성령 운동가가 아니었다. 그는 계시를 보는 사람이 아니었다. 그나마 이번 일과 눈곱만큼이라도 비슷한 경우를 찾는다면 그가 열아홉 살 때 딱 한 번 있었는데, 그건 계시가 아니었다. 그건 성직으로의 부름이었고, 그를 신학교로 보냈을 뿐, 아무도 모르는 곳으로 달려가게 하진 않았다.

그리고 이번도 계시는 아니었다. 불타는 덤불이나 천사는 보이지 않았다. 그는 아무것도 보지 못했다. 그저 자신이 하고 있던 말이 진실이라는 압도적인 확신이 들었을 뿐.

그는 아직 그 확신이 있었으면 하고 바랐다. 집에서 300킬로미터나 떨어진 곳에서 폭설을 맞으며 그걸 의심하기 시작하지 않기를, 그게 자신의 부질없는 기대와 1월이라는 사실에서 탄생한, 뭔가 스스로 유도한 히스테리 같은 것으로 생각하게 되지 않기를 바랐다.

그는 1월이 싫었다. 크리스마스 장식을 모두 떼어낸 교회는 을씨년스럽고 방치된 듯 보였다. 희뿌연 겨울 햇빛을 받은 예배당은 어둑하고 싸늘했으며, 주현절이 지나면 기대할 거라곤 사순절과 세금 청구서밖에 없었다. 그리고 성금요일이 남지. 참석률과 헌금액이 떨어졌다. 성도의 반은 독감으로 나오지 않았고, 나머지 반은 겨울 크루즈 여행을 떠났다. 교회에 나오는 사람들조차도 버림받은 듯 보였고, 어딘가 다른 갈 곳이 있었으면 하고 바라는 듯 보였다.

그가 기독교도의 의무에 대한 설교 대신에 설교집을 뒤져 부활하리라는 예수의 약속에 대한 설교를 꺼낸 것도 그 때문이었다. 성도들의 얼굴에서 버림받은 듯한 그 표정을 없애고 싶었다.

"지금이 가장 어려운 때입니다." 멜은 말했다. "크리스마스가 끝나고, 온갖 청구서의 기한이 다가오고, 겨울은 절대 끝나지 않고 여름은 절대 오지 않을 것 같은 때죠. 하지만 예수님께서는 우리가 '집주인이 언제 돌아올지, 저녁에 혹은 밤중에 혹은 새벽닭이 울 때 혹은 아침 무렵에 올지' 모른다고 하셨고, 집주인이 돌아왔을 때 우리가 준비되어 있어야 한다고 말씀하셨습니다. 그는 내일 올 수도 있고, 내년에 올 수도 있고, 지금으로부터 천 년 후에 올 수도 있습니다. 지금 이곳에 이미 와 있을 수도 있습니다. 바로 이 순간…."

그렇게 말하는 순간, 그게 사실이라는 느낌이, 예수께서 이미 오셨고, 예수를 찾으러 가야 한다는 느낌이 그를 엄습했다.

하지만 지금 그는 그 느낌이 그저 다른 어딘가에, 포인세티아도 없는 그 추운 예배당이 아닌 다른 어딘가에 있고 싶은 욕망은 아니었을까 의심했다.

'그랬다면, 길을 잘못 든 거야.' 그는 생각했다. 사방은 얼어붙을 듯이 추웠고, 차 유리창에는 성에가 끼기 시작했다. 멜은 성에 제거 기능을 최대치까지 올리고 장갑 낀 손으로 앞유리를 문질렀다.

눈이 더 세차게 쏟아지고, 바람이 거세졌다. 멜은 일기예보를 들으려고 라디오를 켰다.

"…요한계시록은 우리에게 말합니다." 어떤 사람이 말했다. "최후의 날에는 피 섞인 우박과 불이 내릴지니라."

그저 그게 일기예보가 아니기만 바랄 뿐이었다. 그는 라디오의 채널 찾기 단추를 눌러 차례대로 채널을 찾아가는 소리를 들었다. "대통령이 연루된 비리 의혹에 관한 최근 뉴스…" … '영원히, 언제까지나, 아멘'을 부르는 랜디 트래비스의 목소리… "선물 거래를 독차지하…" "…그리고 그 제자가 말하길, '주여, 저희에게 신호를 주소서…'."

'신호, 내가 원하는 게 그거야.' 멜이 도로를 응시하면서 생각했다. 내가 미치지 않았다는 신호.

대형 화물차가 앞이 안 보이는 눈보라와 배기가스를 남기고 굉음을 내며 지나갔다. 도로에 그어진 차선을 보려고 몸을 앞으로 숙이는데 주황색과 노란색이 섞인 범퍼카를 잔뜩 실은 트럭 한 대가 또 지나갔다. "참 딱이네. 눈이 이렇게 계속 오면 다들 달리는 범퍼카가 될 거야." 멜은 앞으로 끼어드는 트럭을 보면서 말했다. 트럭이 차선을 바꾸다가 심하게 미끄러지기 시작했고 멜은 브레이크를 밟다가 차가 미끄러지는 게 느껴지자 발을 뗐다.

'음, 신호를 보여달라 했더니.' 그는 조심스럽게 속도를 줄이며 생각했다. '불타는 글자로 쓰였어도 이보다 분명할 수는 없겠어. 집으로 돌아가! 이건 말도 안 되는 생각이야! 넌 죽을 거고, 그러면 성도들이 뭐라 생각하겠어? 돌아가!'

말은 쉽지만 그렇게 하기는 어려웠다. 나들목 표지판은커녕 길도 제대로 보이지 않았고, 유리창에는 얼음이 얼기 시작했다. 그는 다시 앞유리를 문질렀다.

대형 화물차들한테는 그의 차가 보이지도 않을 테니, 차를 길가에 대고 세울 엄두도 나지 않았다. 하지만 그래야 했다. 앞유리에 낀 얼음에는 성에 제거 기능도 아무 효과가 없었고, 와이퍼를 써봐도 마찬가지였다.

그는 창문을 내리고 몸을 내밀어서 와이퍼를 앞유리에 부딪혀 얼음을 떨어내려고 했다. 눈이 얼굴을 찔렀다. 따끔따끔했다.

"알았어, 알았다고." 그가 바람을 향해 소리쳤다. "알아들었어!"

그는 몸을 떨면서 창문을 올리고는 다시 앞유리 안쪽을 문질러 닦았다. 지금 그가 바라는 유일한 신호는 고속도로 출구 신호였지만, 길옆이 보이지도 않았다.

'내가 도로에 있는지도 모르겠군.' 그는 갓길과 표지판의 윤곽을 찾으려 애썼지만, 세상이 통째로 아무 형체도 알아볼 수 없는 하얀색 속으로 사라진 것 같았다. 이러다 길을 벗어나 도랑에 빠지면 어떡하지?

그는 뭔가를, 뭐라도 보려고 바짝 긴장한 채 몸을 앞으로 숙였고, 저 먼 앞쪽에서 불빛을 본 것 같다고 생각했다.

노란 불빛이었고 차의 후미등이라기엔 너무 높았다. 오토바이 위에 달린 반사경인가? 그럴 리가 없었다. 이런 날씨에 오토바이가 나와 있을 리가 없었다. 대형 화물차들이 위쪽 모서리마다 다는 그런 불빛이겠지.

그거라면, 다른 하나는 보이지 않는 것이리라. 하지만 그 불빛은 꾸준하게 눈앞에서 움직였고, 그는 거리를 유지하려고 애를 쓰면서 그 불빛을 따라갔다. 와이퍼에 다시 얼음이 얼어붙었다. 창문을 내리는 와중에 불빛을 놓쳤다. 그리고 도로도. 그는 깜짝 놀라며 생각했다. '아니야, 저기 불빛이, 여전히 높이 떠 있어.' 하지만 더 가까워졌다. 그리고 불빛 하나가 아니었다. 불빛 다발이었다. 동그랗고 노란 전구들이 화살표 모양으로 모여 있었다.

'차선을 바꾸라고 알려주는 경찰차 위에 달린 화살표야.' 그는 생각했다. 앞에 뭔가 사고가 있나 봐. 그는 번쩍거리는 푸른 구급차 불빛을 찾아보려 몸을 앞으로 바짝 숙였다.

하지만 그 노란 화살표는 꾸준하게 앞으로 움직였고, 조금 더 가까워지자 화살표가 비스듬하게 아래쪽을 가리키고 있는 것도 보였다. 그리고 점점 속도가 줄어들었기 때문에 멜도 도로에 온정신을 집중하고 차가 미끄러지지 않도록 브레이크를 끊어서 밟으며 속도를 줄였다.

그가 다시 고개를 들었을 때는 화살표가 거의 멈춘 것처럼 느려져서 똑똑하게 보였다. 그 화살표는 어느 트럭에 실린 불 밝힌 간판의 일부였다. 간판은 휘갈긴 듯한 글씨로 '혜성'이라고 쓰였고, 화살표 옆에는 형광 분홍색으로 '매표소'라는 글자가 쓰였다.

트럭이 완전히 서더니 방향지시등을 깜빡거리면서 다시 출발했다. 그는 트럭의 전조등 불빛에 눈을 뒤집어쓴 붉은 뭔가가 얼핏 드러나는 걸 보았다. 일시 정지 표지판이었다.

'그러면 여기가 출구로군.' 부지불식간에 트럭의 꽁무니를 따라 고속도로를 벗어나 어느 출구까지 온 것이다.

'그리고 이제 이 트럭을 따라가면 어느 마을이 나오겠어.' 그는 오른쪽 방향지시등을 켜고는 트럭을 따라 우회전하면서 생각했다. 하지만 그가 잠깐 망설이는 틈에 트럭이 사라져버렸다. 그리고 이곳은 고속도로보다 눈보라가 심했다.

노란 화살표가 다시 나타났다. 아니, 버거킹의 왕관이었다. 그는 눈 덮인 연석을 긁으며 그리로 들어갔다가 다시 잘못 봤다는 걸 깨달았다. 모텔 간판이었다. 칙칙한 노란색 전구로 만든 왕관이 있는 '왕의 휴식'이었다.

그는 차를 세우고 나와 눈길에 미끄러지며 안내사무실로 향했다. 정말로 다행스럽게도 '매표소' 간판과 똑같은 네온 분홍색으로 '빈방 있음' 간판이 걸려 있었다.

그때 조그만 푸른색 혼다 차량이 그의 차 옆에 서더니 머리에 밝은 자주색 머플러를 둘둘 두른 키가 작고 통통한 여자가 나왔다. "아아, 다행이네요. 길을 아셨군요." 여자가 청록색 엄지장갑을 끼면서 말했다. "선생님 차 후미등 말고는 아무것도 보이지 않았거든요." 여자가 다시 차 문을 열고는 선명한 녹색 캔버스 가방을 꺼냈다. "이런 날씨에 도로에 있는 사람들은 다 미친 거예요, 그렇죠?"

그 눈보라만으로 충분하지 않다면, 여기 확실한 신호가 있었다. "예." 여자는 이미 안내사무실로 들어갔지만, 그는 말했다. "미쳤죠."

방을 잡고 눈보라가 그칠 때까지 몇 시간 기다렸다가 다시 출발할 작정이었다. 운이 좋으면 내일 아침에 빌더벡 부인이 사무실에 출근하기 전에 집에 돌아갈 수도 있을 것이다.

그는 안내사무실로 들어갔다. 탈모가 진행 중인 남자가 그 통통한 여자에게 방 열쇠를 건네주면서 전화로 누군가와 얘기를 하고 있었다.

"또 하나." 멜이 문을 열었을 때 남자가 말했다. "그래." 남자가 전화를 끊고는 숙박명부와 펜을 멜에게 내밀었다.

"어느 쪽에서 오셨소?" 남자가 물었다.

"동쪽이요." 멜이 말했다.

남자가 탈모가 진행 중인 머리를 흔들며 말했다. "두 분 다 아슬아슬하게 오셨네. 방금 여기서 동쪽으로 가는 도로가 모두 막혔어요."

"이 같은 환상 가운데 그 말들과 그 위에 탄 자들을 보니…."
— 요한계시록 9장 17절

✳

아침에 멜은 빌더벡 부인에게 전화를 걸었다. "전 오늘 교회에 없을 거예요. 시외에서 전화하는 겁니다."

"시외요?" 빌더벡 부인이 흥미롭다는 듯이 말했다.

"예. 개인적인 일이 있어서요. 이번 주에는 거의 없을 겁니다."

"아, 이런." 빌더벡 부인이 말하자 멜은 갑자기 교회에 급한 일이 생긴 것이기를, 거스 어행크가 또 뇌졸중을 일으켰다거나 로티 밀러의 어머니가 죽어서 멜이 돌아가야만 되기를 바랐다.

"후안에게 목사님이 계실 거라고 했는데." 빌더벡 부인이 말했다. "후안이 예배당의 크리스마스 장식을 떼고 있는데, 별을 다음에 쓰게 보관할 건지 알고 싶다네요. 그리고 점화용 버너가 또 꺼졌어요. 오늘 아침에 들어오니까 교회가 냉골이더라고요."

"후안이 다시 불을 붙이니까 붙던가요?"

"예. 하지만 누가 봐줘야 할 것 같아요. 토요일 밤에 꺼지면 어떡해요?"

"'A-1 난방'의 제이크 애덤스한테 전화해요." 그가 말했다. 제이크는 교회 집사다.

"'A-1 난방.'" 빌더벡 부인이 받아적는 것처럼 천천히 말했다. "별은 어떻게 할까요? 내년에도 다시 쓸 거예요?"

'내년이 있을까?' 멜은 생각했다. "그건 마음대로 하세요."

"전체 회의는 어떻게 할까요?" 부인이 물었다. "그때 맞춰서 돌아올 거예요?"

"예." 그는 '아니요'라고 말하면 부인이 더 꼬치꼬치 물을 것이 두려웠다.

"연락할 수 있는 전화번호 있어요?"

"아니요. 제가 내일 전화할게요." 그는 재빨리 전화를 끊고는 거기 침대에 앉아서 B.T.에게 전화를 할지 말지 고민했다. 둘이 친구로 지낸 15년 동안 뭔가 중요하다 싶은 일을 그에게 말하지 않은 적이 없었지만, 멜은 그가 무슨 말을 할지 알았다. 둘은 전체 회의에서 만났다. 그때 의장이었던 오순절파 성직자가 정말로 범종교 전체 회의가 되려면 내재적 무신론자이자 다원설을 믿는 생물학자도 필요하다고 결정했기 때문이었다. '그리고 흑인도 필요하다고 생각했겠지.' 멜은 의심했다.

B.T.와 만난 건 전체 회의에서 생긴 유일하게 좋은 일이었다. 그와 B.T.는 종파들끼리는 어울리지 못한다는 걸 증명이라도 하는 듯한 전체 회의의 멍청함에 대해서 불평을 나누는 것을 시작으로 체스 게임을 하는 사이로 발전했다가 종교와 정치를 토론하는 사이로까지 발전했지만, 양쪽에서 다 의견의 일치를 보지 못하고 친한 친구로 안착했다.

'전화해야 해.' 멜은 생각했다. '전화를 안 하는 건 우리 우정에 대한 배신이야.'

그러면 뭐라고 말하지? 신성한 계시를 받았다고? 요한계시록이 글자 그대로 실현됐다고? 과학자이자 재림은 고사하고 초림도 믿지 않는 B.T.는 물론이요, 멜 자신에게조차 미친 소리처럼 들렸다. 하지만 그게 사실이라면, 어떻게 그에게 전화하지 않을 수 있겠는가?

그는 B.T.의 지역 번호까지 돌리다가 수화기를 내려놓고는 나와서 숙박비를 계산했다.

동쪽으로 가는 길은 여전히 폐쇄된 상태였다. "그래도 서쪽으로 가는 데는 아무 문제 없을 거요." 탈모가 진행 중인 남자가 신용카드 영수증을 건네며 말했다. "눈이 정오쯤 잦아들 거라니까."

멜도 그러길 바랐다. 고속도로는 완전히 눈에 덮여 믿을 수 없을 정도로 미끄러웠고, 모래를 싣고 가는 트럭 뒤로 끼어들자마자 돌멩이 하나가 덮쳐서 앞유리창이 파였다.

그나마 다른 차는 거의 없었다. 대형 화물차 몇 대와 '휴거가 오면 이 차는 빌 겁니다.'라는 범퍼 스티커를 단 진청색 픽업트럭 한 대뿐이었다. 파란색 혼다나 카니발 장비를 실은 화물차의 흔적은 없었다. 사리를 분별할 줄 아는 사람들이라면 아직 '왕의 휴식'에 남아 식당에서 커피를 마시겠지. 아니면 겨울을 나려고 남쪽으로 향했든지.

그는 눈발 사이로 언뜻 보이는 '날씨 정보는 AM 1410 kHz에서'라는 간판을 지났다.

그는 지시에 따랐다. "…그리고 최후의 날에 예수님께서 오실 것이니." 다들 똑같은 말투와 똑같은 억양이라 어제의 그 사람인지, 아니면 다른 사람인지 알 수 없는 라디오 복음 전도사가 말했다. "요한계시록은 예수님께서 하얀 말을 타고 적그리스도와 싸울 정의로운 강한 군대를 이끌고 마지막 대전쟁인 아마겟돈에 임하시리라 말합니다. 그리고 믿지 않는 자들은, 우상 숭배자들과 아기 살해자들은 무저갱에 던져질 것입니다."

'완전히 "너 우리 아빠 오시면 보자" 식 협박이로군.' 멜은 생각했다.

"그리고 어떻게 제가 이런 일이 다가오고 있다는 걸 알겠습니까?" 라디오가 말했다. "방법을 알려드리겠습니다. 주님께서 꿈에 저에게 오셔서 말씀하셨습니다. '이런 것들이 내가 오고 있다는 신호이니라. 전쟁과 전쟁에 대한 소문이 있을 것이다.' 친구들, 이라크입니다. 주님께서 말씀하신 것이 그것이었습니다. 해의 얼굴이 가릴 것이고, 신을 믿지 않는 자들이 번성할 겁니다. 주변을 둘러보세요. 누가 번성하고 있습니까? 낙태 의사들과 동성애자들과 신을 믿지 않는 무신론자들입니다. 하지만 예수님께서 오시면, 그들은 벌을 받을 겁니다. 주님이 제게 그리 말씀하셨습니다. 주님이 모세에게 말씀하셨던 것처럼, 이사야에게 말씀하셨던 것처럼, 제게 말씀하셨…."

그는 라디오를 껐지만 아무 소용이 없었다. 출발한 이후로 내내 신경이 쓰이던 문제였기 때문이었다. 자신이 받은 계시가 이런 라디오 전도사들의 것과 다르다는 걸 어떻게 알까?

'저 사람의 계시는 혐오와 편견과 복수에서 비롯됐어.' 그는 생각했다. '신이 아니라 저 사람의 배후에 있는 인물이 더 많은 말을 해줬을 테지.'

'그리고 신이 나에게 얘기했다는 걸 어떻게 알아? 진짜처럼 느껴져서? 폭파범에게 낙태 병원을 날려버리라고 말하는 목소리들도 진짜처럼 느껴졌을 거야.' 감정은 증거가 아니다. 신호는 증거가 아니다. "외부의 확인을 받은 게 있어?" B.T.가 회의적으로 말하는 소리가 들리는 듯했다.

해가 나자 하얀 벌판이 된 도로가 번쩍거려 눈이 올 때보다 사정이 더 나빠졌다. 그는 길옆에 선 트럭을 거의 못 볼 뻔했다. 비상등이 켜져 있지 않아서 처음에는 어느 트럭이 그냥 길에서 미끄러진 줄 알았지만, 지나치면서 보니 어제 보았던 그 카니발 장비를 실은 트럭 한 대가 보닛이 들린 채 김을 뿜고 있었다. 청재킷을 입은 청년이 태워달라는 표시로 엄지를 들고 트럭 옆에 서 있었다.

'멈춰야 해.' 멜은 생각했지만 이미 지나친 뒤였고, 히치하이커를 태우는 건 위험했다. 그는 작년에 착한 사마리아인에 대해서 설교를 하고 나서 그 사실을 알았다. "오도 가도 못하는 운전자를, 상처 입은 피해자를 그냥 지나치는 레위인이나 바리새인 같은 사람이 되지 않도록 합시다." 그는 성도들에게 말했다. "걸음을 멈추고 도와준 사마리아인 같은 사람이 됩시다."

아무 문제 없는 설교 주제인 듯했기 때문에 그는 뒤따른 소란을 전혀 예상하지 못했다. "히치하이커들을 태워주라고 하다니 믿을 수가 없어!" 댄 크로스비가 화를 냈다. "그러다 내 딸이 강간이라도 당하면, 당신이 책임질 거야?"

"대체 무슨 생각이었어요?" 빌더벡 부인이 전화로 메이블 젠킨스를 상대하다 끊고 나서 말했다. "지난주 CNN에 기름이 떨어진 어떤 커플을 도우려고 차를 세웠다가 목이 잘린 사람 얘기가 나왔단 말이에요."

그는 다음 일요일에 여성들은 누군가를 도와줄 이유가 없으며(그 말은 페미니즘적 이유로 메이미 롤릿의 화를 돋웠다), 모두에게 가장 좋은 대처 방안은 아는 사람이 아닌 한 휴대폰으로 고속도로 순찰대에 알려 처리하게끔 하는 것이라 말하며 지난 설교를 무마해야 했다. 하지만 어째선지 그는 휴대폰을 든 착한 사마리아인을 상상할 수가 없었다.

앞쪽 중앙분리대에 차를 돌릴 수 있는 샛길이 나왔다. 하지만 '허가 차량 전용'이라는 표지판이 붙어 있었다. '내가 목이 잘린다 해도 성도들은 전혀 불쌍하게 생각하지 않을 거야.' 그는 생각했다.

하지만 다시 눈이 쏟아질 듯했고, 저 앞에 선 녹색 고속도로표지판에는

'휴게소 45km'라고 적혀 있었다. 아마 어젯밤의 그 카니발 트럭은 그의 착한 사마리아인이었을 것이다.

"'이 지극히 작은 자 하나에게 하지 아니한 것이 곧 내게 하지 아니한 것이니라 하시리니.'"* 그는 중얼거리며 중앙분리대 횡단로로 차를 몰아 동쪽으로 향하는 차선을 타고 돌아가기 시작했다.

트럭은 그대로 있었지만 운전자가 보이지 않았다. '잘됐군.' 그는 차를 돌릴 지점을 찾으며 생각했다. '누군가 다른 사마리아인이 그를 태워줬어.' 하지만 트럭 뒤에 차를 세우고 나니 그 남자가 트럭 운전석에서 나와 손을 청재킷에 쑤셔 넣은 채 다가오기 시작했다. 멜은 차를 세우지 말걸 하는 생각이 들기 시작했다. 청년의 이마를 가로질러 깔쭉깔쭉한 흉터가 나 있었고, 덥수룩한 머리는 끈끈해 보였다.

청년이 몸을 숙여 차 안을 들여다보자, 멜은 그가 처음 생각했던 것보다 훨씬 젊다는 걸 알았다.

'그래, 뭐. 전설적인 서부 무법자였던 빌리 더 키드도 아주 어렸지.' 그는 새삼 떠올렸다. 그리고 연쇄 살인마였던 앤드루 커내넌도.

멜이 몸을 기울여 보조석 창문을 내렸다. "뭔가 문제가 있나요?"

청년이 그와 얘기하기 위해 몸을 더 숙였다. "완전히 퍼졌어요." 그가 말하고는 씩 웃었다.

"마을까지 태워줄까요?" 그가 묻자마자 청년이 오른손을 재킷 호주머니에 넣은 채 차 문을 열었다. '총이로군.' 멜은 생각했다.

청년이 쑥 들어와 앉더니 여전히 한 손만으로 차 문을 닫았다. '내가 강도살인을 당한 걸 보면 모종의 마약 거래에 연루됐다고 짐작들 하겠지.' 멜은 생각했다. 그는 차를 몰기 시작했다.

"아, 바깥이 정말 추워요." 젊은이가 오른손을 주머니에서 꺼내 손을 마주 비비며 말했다. "기다리다가 죽는 걸 알았어요."

멜이 히터를 최대치로 틀자 젊은이가 몸을 숙여 손을 송풍구 앞에 가져

---

* 마태복음 25장 33절

다 댔다. 한쪽 손등에는 평화의 상징 문신이, 다른 쪽 손등에는 사나워 보이는 사자 문신이 있었다. 둘 다 수작업으로 한 것 같았다. 청년이 움찔하며 다시 손을 비비자 멜이 또 쳐다보았다. 손이 추위로 빨갛게 얼었고, 문신한 선들 사이에 보기 흉한 하얀 반점들이 있었다. 젊은이가 다시 손을 비비기 시작했다.

"그러면….." 멜이 자기도 모르게 손을 뻗어 제지하며 말했다. "그거 동상에 걸린 것 같은데, 비비지 말아요. 그건…." 그러나 아무 생각이 나지 않았다. 따뜻한 물에 넣으라고 했던가? 뭔가로 감싸라고 했던가? "천천히 덥혀야 해요." 그가 마침내 말했다.

"히터 앞에서 덥히는 것처럼 말이죠?" 젊은이가 말하고는 손을 다시 송풍구 앞에 가져다 대더니 손을 들어 앞유리창에 파인 데를 만졌다. "이건 더 퍼질 거예요." 청년이 말했다.

손이 데워진 지금은 상태가 더 심해 보였다. 병적으로 창백한 반점들이 손의 다른 부분과 극명히 구분되었다.

멜이 운전대를 잡은 손을 바꿔가며 장갑을 벗었다. 한쪽 장갑을 뺄 때는 이까지 썼다. "여기." 그가 장갑을 건네주며 말했다. "단열 처리가 된 거예요."

젊은이가 잠시 그를 쳐다보더니 장갑을 끼었다.

"어디 가서 진찰을 받아야 돼요." 멜이 말했다. "마을에 도착하면 응급실에 데려다줄게요."

"괜찮을 거예요." 젊은이가 말했다. "순회 카니발에서 일하면 추위에 익숙해져요."

"그나저나 이런 한겨울에 이런 데서 카니발을 한다고요?" 멜이 물었다.

"제일 좋을 때죠." 젊은이가 말했다. "깜짝쇼로 사람들을 사로잡을 수 있잖아요. 그런데 선생님은 무슨 일로 오셨어요?"

그는 사실대로 말하면 젊은이가 뭐라고 할까 궁금했다. "난 목사예요." 멜은 두루뭉술하게 답했다.

"복음 설교자요?" 그가 말했다. "그럼 예수 재림도 믿으세요?"

"재림?" 불시에 습격을 받은 멜이 기겁했다.

동방박사들의 여정

"예. 저번에 순회 카니발에 왔던 설교자는 예수가 다시 와서 자신을 십자가에 건 사람들을 모조리 벌하고 산맥을 무너뜨리고 지구를 몽땅 불태울 거라고 했어요. 그런 일이 다 일어날 거라고 믿으세요?"

"아니." 멜이 말했다. "난 예수님이 누굴 벌주려고 오실 거라고 생각지 않아요."

"그 설교자는 그게 다 성경에 있다고 했어요."

"성경에는 엄청나게 많은 얘기가 있어요. 늘 글자 그대로를 의미하는 것도 아니고."

젊은이가 열성적으로 고개를 끄덕였다. "샴쌍둥이 같은 거네요."

"샴쌍둥이?" 멜이 말했다. 성경에 샴쌍둥이가 나오는지 기억이 나지 않았다.

"예. 파고에서 하는 순회 쇼 같은 거요. 거긴 '샴쌍둥이를 보세요'라는 커다란 간판을 걸어놓았는데, 다들 두 사람이 하나로 붙은 걸 보려고 돈을 내거든요. 그런데 들어가서 보면 샴 고양이 새끼 두 마리가 든 우리가 있어요. 그런 거죠."

"딱히 그런 건 아니고…." 멜이 말했다. "예언은 사람들을 속이는 사기가 아니에요. 그건…."

"로즈웰 사건은 어때요? 외계인 해부와 뭐 그런 것들요. 그것도 사기라고 생각하세요?"

음, 거기에 대해선 약간 확인해본 바가 있지. 멜은 사기꾼과 UFO 신봉자들과 함께 수업을 들었었다.

"처음 왔을 때 그런 일을 당하고 나서도 다시 오고 싶을지 모르겠어요." 젊은이가 말했고, 멜은 잠시 후에야 그가 예수에 대해서 말했다는 걸 깨달았다. "저라면, 변장하거나 뭐 그럴 것 같아요."

'지난번에 아기로 변장해서 오셨을 때처럼 말이지.' 멜은 생각했다.

젊은이는 아직도 앞유리 파인 곳에 정신이 팔려 있었다. "한동안은 금이 가지 않도록 잡아주는 테이프 같은 거로 버틸 수도 있어요." 그가 말했다. "그래도 이건 금이 갈 거예요. 막을 방법이 없어요." 그가 바깥 표지판을 가

리켰다. '휴게소, 출구 1.6km.'

멜은 도로를 벗어나 어느 주유소로 들어갔다. 거기 있는 것이 휴게소의 다인 듯했다. 젊은이가 차 문을 열고는 장갑을 벗기 시작했다.

"장갑은 가져가요." 멜이 말했다. "견인 트럭이 있는지 확인할 때까지 기다려줄까요?"

젊은이가 고개를 저었다. "피트에게 전화할 거예요." 그가 청재킷 호주머니에 손을 넣더니 멜에게 주황색 마분지 표를 건넸다. '1인 무료입장'이라고 적혀 있었다.

"순회 카니발 입장권이에요." 젊은이가 말했다. "저희는 관람차가 세 겹으로 도는 삼중 관람차도 있어요. 커다란 롤러코스터도 있고요. 이름이 '혜성'이에요."

멜이 표를 펼쳐 보았다. "표가 세 장인데."

"친구들과 같이 오시라고요." 젊은이가 말하고는 차 문을 쾅 닫고 주유소 쪽으로 천천히 걸어갔다.

친구들과 같이 오라고.

멜은 고속도로로 돌아갔다. 어두워지고 있었다. 그는 다음 출구가 그리 멀지 않기를, 아니면 이곳처럼 사람이 살지 않는 곳이 아니기를 바랐다.

친구들과 같이 오라니, 'B.T.한테 말해야겠네.' 그는 생각했다. 분명 '가지마, 넌 미쳤어. 좋은 정신과 의사를 추천해줄게.'라고 말할 테지만.

"그래도 B.T.한테 말해야 했어." 그는 소리 내 말하고는 교회에서 계시를 받던 순간만큼이나 그 사실을 확신했다. 그리고 지금 그는 막힌 고속도로 수백 킬로미터와 '얼음이 얼고 눈이 쌓인 상황'뿐만 아니라 자신이 저지른 기만과 그에게 전화하지 않은 실수만큼이나 멀리 B.T.와 떨어져 있었다.

다음 출구에는 주유소조차 없었고, 그다음 출구에는 아이스크림 가게 하나밖에 없었다. 그는 8시가 거의 다 되어서야 유대인 센터를 겸하는 어느 홀리데이 인 모텔에 도착했다.

그는 트렁크에서 가방을 꺼내지도 않고 곧장 로비를 가로질러 공중전화기 앞으로 갔다.

"이봐요!" 어젯밤에 봤던 키 작고 통통한 여자가 매복하고 있었다. "여기서 또 보네요. 폭풍에 휩쓸린 고아들처럼요. 길이 끔찍하지 않던가요?" 여자가 활기차게 말했다. "전 두 번이나 도랑에 빠질 뻔했어요. 제 귀여운 혼다가 사륜구동이 아니었다면…."

"죄송합니다만," 멜이 여자의 말을 가로막았다. "전화할 데가 있어서요."

"못 해요." 여자가 여전히 쾌활하게 말했다. "전화가 끊겼어요."

"끊겼다고요?"

"눈보라 때문에요. 방금 저도 동생한테 전화하려고 했는데, 여기 직원이 전화가 온종일 안 된다고 하더라고요. 연락이 없으면 동생이 무슨 생각을 할지 모르겠어요. 매일 밤 전화해서 어디인지 알려주고 안전하게 잘 도착했는지 보고하겠다고 철석같이 약속했는데 말이죠."

B.T.에게 전화를 걸 수 없다. 그에게 갈 수도 없다. "실례합니다." 멜은 로비를 가로질러 접수대 쪽으로 향했다.

"동쪽 방향 길이 지금은 열렸어요?" 멜이 접수대에 있는 젊은 여자한테 물었다.

여자가 고개를 저었다. "말콤과 아이오와시티 사이가 아직 막혔어요. 내륙형 블리자드예요." 직원이 말했다. "방을 쓰실 거예요? 몇 분이세요?"

"둘이요." 누군가가 말했다.

멜이 고개를 돌렸다. 거기, 접수대 끝에 기대선 사람은 B.T.였다.

> "하늘에 또 다른 이적이 보이니, 커다란 한 마리 붉은 용이었다."
> ― 요한계시록 12장 3절

*

그 순간에 느낀 기쁨과 안도감은 이루 다 말하지 못할 정도였다. 그는 접수대를 꽉 움켜잡았다. 직원이 뭐라고 하는지도 귀에 들어오지 않았다.

"여기서 뭘 하는 거야?" 마침내 그가 말했다.

B.T.가 특유의 '걸려들었구나' 하는 느릿한 웃음을 지었다. "그걸 물어봐

야 할 사람은 나 아니야?"

이제 B.T.가 여기 있으니, 말을 해야 할 것이다. 멜은 안도감이 적의로 변하는 걸 느꼈다. "길이 막혔다고 생각했는데…." 멜이 말했다.

"그 길로 안 왔어." B.T.가 말했다.

"어떤 거로 결제하실 건가요, 손님?" 직원이 말하자 멜은 그녀가 재차 물었다는 사실을 깨달았다.

"신용카드요." 그가 주섬주섬 지갑을 꺼내며 말했다.

"차량번호는요?" 직원이 물었다.

"난 비행기로 오마하까지 가서 차를 빌렸어." B.T.가 말했다.

멜이 직원에게 마스터카드를 건네주었다. "TY 804요."

"어느 주요?"

"펜실베이니아." 멜은 B.T.를 쳐다보았다. "어떻게 나를 찾았어?"

"'차량번호는요?' B.T.가 직원 흉내를 내면 말했다. "'신용카드로 내시겠습니까, 손님?' 요즘은 컴퓨터만 있으면 세상에서 제일 쉬운 일이 사람 찾는 거야. 특히 신용카드를 쓰는 사람은 말이야." B.T.가 직원이 멜에게 돌려주는 마스터카드를 가리키며 말했다.

직원이 접은 인쇄물을 건네주었다. "방 번호는 이 안에 있습니다, 손님. 안전 문제 때문에 열쇠에도 적혀 있지 않아요." 직원이 컴퓨터에도 방 번호가 없다는 듯이 말했다. B.T.는 벌써 알았으리라.

"아직 내 질문에 답을 안 하네." B.T.가 말했다. "여기서 뭘 하는 거야?"

"나 가방 가져와야 돼." 멜이 말하고는 그를 지나쳐 주차장에 세워놓은 차로 가서 트렁크를 열었다.

B.T.가 뒤에서 불쑥 팔을 뻗어 인질이라도 잡듯이 멜의 가방을 집어 들었다.

"내가 없어진 거 어떻게 알았어?" 멜이 물었지만, 답은 이미 알았다. "빌더벡 부인이 보냈겠지."

B.T.가 고개를 끄덕였다. "네가 걱정된다고, 네가 전화를 했는데 뭔가 아주 잘못된 거 같았다고 말씀하시더군. 네가 목요일에 있는 전체 회의를

동방박사들의 여정　569

빠지려고 하지 않았기 때문에 그렇게 생각하셨대. 전에는 기회만 되면 빠지려 했는데 말이야."

'범죄자들이 들키는 건 아주 사소한 실수 때문이라고들 하지.' 멜은 생각했다.

"네가 어디 아픈 거 같으니 전문가한테 가서 진찰을 받아야 할 것 같다고 하셨어." B.T.가 걱정 때문에 검은 얼굴이 회색으로 창백해진 채 말했다. "성도들이 아무도 알아차리지 못하게 시외로 나가다니, 뇌종양일 거라고 짐작하시더라고." 그가 가방을 다른 손으로 바꿔 들며 말했다. "뇌종양이야?"

뇌종양이라니. 괜찮은, 편리한 핑계가 될 것이다. 이보르 소렌슨이 뇌종양에 걸렸을 때 헌금을 걷는 시간에 벌떡 일어서서 신도석 옆자리에 타조가 앉아 있다고 주장한 적이 있었다.

"어디 아파?" B.T.가 말했다.

"아니."

"하지만 뭔가 심각한 일이겠지."

"여긴 너무 추워." 멜이 말했다. "안에 들어가서 얘기하자."

B.T.는 움직이지 않았다. "무슨 일이든 간에, 아무리 나쁜 일이든 간에, 나한테 전화는 할 수 있었잖아."

"좋아. 알았어. '너희는 인간의 아들이 오는 날도 시간도 알지 못하기 때문이니라.' 마태복음 25장 13절." 멜이 말했다. "계시를 받았어. 재림에 관한. 난 주님이 이미 오셨다고, 재림이 이미 일어났다고 생각해."

B.T.가 뭘 상상했는지는 모르겠지만, 치명적인 질병이나 횡령이나 뭔가 다른, 더 심한 범죄였을 수도 있겠지만, 분명히 이렇게까지 나쁜 건 아니었다. 그의 얼굴이 더욱 창백한 회색이 되었다. "재림." 그가 말했다. "예수의?"

"그래." 멜이 말했다. 그는 일요일 설교 중에 무슨 일이 있었는지 얘기했다. "나 때문에 성가대가 혼비백산했지." 그가 말했다.

B.T.가 고개를 끄덕였다. "빌더벡 부인이 말해줬어. 네가 설교를 하다 말고 손을 이마에 올린 채 허공을 응시하며 그냥 서 있었다고. 네가 뇌종양에 걸렸다고 생각한 게 그래서래. 얼마나 지속됐어? 이… 환영 말이야."

"그건 환영이 아니었어." 멜이 말했다. "그건 계시였고, 확신이었고… 신의 자기현시였어."

"자기현시." B.T.가 밋밋하고 무덤덤한 어조로 말했다. "그리고 그게 네게 '신이 오셨다'고 얘기했다고? 유대인 센터에?"

"아니." 멜이 말했다. "주님이 어디 계시는지는 몰라."

"그가 어디 있는지 모르는데." B.T.가 멜의 말을 되뇌었다. "그냥 차를 잡아타고 출발했다고?"

"서쪽으로." 멜은 말했다. "주님이 서쪽 어딘가에 계시다는 건 알았어."

"서쪽 어딘가라…." B.T.가 온화하게 말했다. 그가 손으로 입을 문질렀다.

"왜 그 말을 안 해?" 멜이 트렁크를 쾅 닫으며 말했다. "넌 내가 미쳤다고 생각하잖아."

"난 우리 둘 다 미쳤다고 생각해." B.T.가 말했다. "바깥에 서서 눈을 맞으며 싸우고 있다니. 저녁은 먹었어?"

"아니." 멜이 말했다.

"나도 안 먹었어." B.T.가 멜의 팔을 잡았다. "뭐라도 먹으러 가자."

"그리고 항우울제? 근사한 구속복?"

"난 스테이크를 생각하고 있었는데." B.T.가 웃으려 애쓰며 말했다. "여기 아이오와에 왔으면 그걸 먹어야 하지 않아?"

"아이오와는 옥수수지." 멜이 말했다.

> "내가 보니… 그 바퀴의 모양은 황옥 같으며…
> 마치 바퀴 안에 바퀴가 있는 것 같더라."
> — 에스겔서 10장 9절~10절

✽

홀리데이 인 로고가 박힌 메뉴판에는 옥수수도 스테이크도 없었고, 메뉴판에 있는 요리도 거의 모두 주문이 불가능했다. "고속도로가 막혀서요." 종업원이 말했다. "치킨 데리야키와 쇠고기 차우멘은 돼요."

둘이 차우멘과 커피를 주문하자 종업원이 자리를 떠났다. 멜이 질문 공세에 대비해 마음을 가다듬었지만, B.T.는 '오늘 도로 사정은 어땠어?'라고만 묻고는 자기가 비행기를 타고 차를 빌리면서 겪었던 일들을 얘기했다.

"시카고 오헤어 국제공항이 겨울 폭풍 때문에 폐쇄됐어." B.T.가 말했다. "그리고 덴버와 캔자스시티도. 그래서 앨버커키로 갔다가 오마하로 가야 했어."

"그런 고생을 하게 해서 미안해." 멜이 말했다.

"난 네가 걱정됐어."

종업원이 차우멘을 가지고 왔다. 으깬 감자와 그레이비 소스와 깍지콩이 따라 나왔다.

"재미있군." B.T.가 그레이비를 쿡쿡 찌르며 말했다. 그러고는 별생각 없다는 듯이 차우멘을 한 입 먹더니 접시를 밀어냈다.

"이해가 안 가는 게 있어." B.T.가 말했다. "재림은 예수가 돌아오는 때지, 그렇지 않아? 난 그가 트럼펫 부대와 천사 합창단을 대동하고 광휘를 빛내며 구름 속에 나타난다고 생각했어."

멜이 고개를 끄덕였다.

"그런데 어떻게 예수가 아무도 모르게 벌써 와 있을 수가 있어?"

"모르겠어." 멜이 말했다. "나도 너보다 아는 게 하나도 없어. 난 그저 주님이 여기 계시다는 것만 알아."

"하지만 어딘지는 모르지."

"맞아. 여기로 올 때는 신호가 있을 거라 생각했어."

"신호." B.T.가 말했다.

"그래." 멜이 이 모든 상황에 새삼스레 화를 내며 말했다. "알잖아. 불타는 가시덤불, 불기둥, 별. 신호 말이야."

자기도 모르게 소리를 질렀나 보다. 종업원이 계산서를 가지고 잰걸음으로 다가왔다. "다 드셨어요?" 종업원이 반쯤 먹은 접시들을 쳐다보며 말했다.

"예." 멜이 말했다. "다 먹었어요."

"계산은 계산대에서 하시면 돼요." 종업원이 말하고는 접시를 가지고 재빨리 멀어졌다.

"이거 봐." B.T.가 말했다. "뇌는 아주 복잡한 물건이야. 뇌의 화학적 성질이 바뀌면…, 너 뭐 약 먹는 거 있어? 가끔은 약 때문에 사람들이 환청을 듣거나…."

멜이 지갑을 찾으며 계산서를 집어 들고 일어났다. "그건 환청이 아니었어." 멜은 팁을 내려놓고 계산대로 갔다.

"그게 강렬한 느낌이었다고 했지?" 멜이 계산을 끝낸 후에 B.T.가 말했다. "가끔은 엔돌핀이…, 이런 일 전에는 없었어?"

멜이 로비로 걸어 나갔다. "있었어." 멜이 돌아서서 B.T.를 마주 보았다. "전에 한 번 있었지."

"언제?" B.T.가 다시 창백해진 얼굴로 말했다.

"열아홉 살 때. 난 로스쿨 준비를 하며 대학을 다니고 있었어. 여자친구와 교회에 갔는데, 거기 목사가 춤을 추거나 춤추는 사람과 어울리는 일이 얼마나 사악한지에 대해서 지옥 불과 유황을 들먹이며 설교를 하는 거야. 그 목사는 예수님이 믿음 없는 자들과 어울리지 말라 하셨다고, 그들이 우리를 타락시키고 악에 물들게 할 거라고 했지. 예수님은 평생을 하층민들과 세리들과 창녀들과 문둥이들과 함께 보내셨는데! 그리고 갑자기 난 이번과 같은 압도적인 느낌을 받았어… 이…."

"자기현시 같은." B.T.가 말했다.

"뭔가를 해야 한다는, 그 목사를 포함해서 그와 비슷한 목사들 전부와 싸워야 한다는 느낌을 말이야. 나는 설교 도중에 일어서서 나왔어." 멜이 그때를 떠올리며 말했다. "그러고는 집에 가서 신학교에 지원했지."

B.T.가 손으로 입을 문질렀다. "그리고 어제 네가 받은 자기현시도 그것과 똑같았고?"

"그래."

"에이브럼스 목사님?" 어떤 여자의 목소리가 들렸다.

멜이 돌아보았다. 어젯밤 모텔에서 본 그 키 작고 통통한 여자가 공중전화기 앞에 서 있다가 커다랗고 선명한 초록색 가방을 끌며 서둘러 다가왔다.

"누구야?" B.T.가 물었다.

멜은 여자가 어떻게 자기 이름을 알았는지 의아해하면서 고개를 저었다.

여자가 다가왔다. "아, 에이브럼스 목사님." 그녀가 숨 가쁘게 말했다. "감사드리고 싶었어요. 아, 그건 그렇고, 저는 캐시 헌터라고 해요." 여자가 반지를 낀 통통한 손을 쑥 내밀었다. "만나서 반갑습니다." 멜이 악수하면서 말했다. "이쪽은 버나드 토머스 박사입니다. 저는 멜 에이브럼스이고요."

여자가 고개를 끄덕였다. "저기 접수대 직원이 성함을 부르는 걸 들었어요. 저번에 제 목숨을 구해주셨는데 제가 제대로 인사도 못 드렸네요."

"목숨을 구했다고요?" B.T.가 멜을 쳐다보면서 말했다.

"폭설 때문에 앞이 전혀 안 보였거든요." 캐시가 말했다. "길이 하나도 안 보여서, 에이브럼스 목사님의 차 후미등이 아니었다면 전 도랑에 빠지고 말았을 거예요."

멜이 고개를 저었다. "저한테 고마워하실 일이 아닙니다. 제가 따라가고 있던 순회 카니발 트럭 운전사에게 감사해야죠. 그 운전사가 우리 둘을 살렸습니다."

"저도 그 카니발 트럭들을 봤어요." 캐시가 말했다. "순회 카니발이 한겨울에 아이오와에서 뭘 하는 건지 궁금했어요." 그녀가 밝고 쾌활하게 웃었다. "물론, 목사님께서는 은퇴한 영어 교사가 한겨울에 아이오와에서 뭘 하는 건지 궁금하시겠지요. 그리고 그 점에서라면, 목사님은 한겨울에 아이오와에서 뭘 하고 계시는가요?"

"저희는 종교 모임에 가는 길입니다." 멜이 대답하기 전에 B.T.가 말했다.

"정말요? 전 유명 작가들이 태어난 곳을 찾아다니고 있어요." 캐시가 말했다. "주변 사람들은 다 제가 미쳤다고 생각하지만, 지난 며칠을 빼면 날씨가 좋았거든요. 아, 그리고 이 말씀을 드려야겠네요. 방금 직원과 얘기했는데 전화가 내일 아침에는 돌아올 거 같다니, 전화를 하실 수 있을 거예요."

캐시가 커다란 가방을 뒤적거리더니 방 열쇠가 든 접은 인쇄물을 꺼냈다. "음, 어쨌든, 전 그저 감사드리고 싶었어요. 만나서 반가웠어요." 캐시가 B.T.에게 말하고는 분주하게 로비를 가로질러 커피숍으로 향했다.

"누구한테 전화하려던 거였어?" B.T.가 물었다.

"너한테." 멜이 쓸쓸하게 말했다. "내가 미쳤다고 생각하더라도 너한테 꼭 말을 해야 한다는 걸 깨달았지."

B.T.는 아무 말도 하지 않았다.

"그렇게 생각하지, 맞지?" 멜이 말했다. "왜 그냥 말해버리지 않아? 내가 미쳤다고 생각하잖아."

"좋아. 난 네가 미쳤다고 생각해." B.T.가 말하고는 화난 어투로 말을 이었다. "음, 내가 무슨 말을 하기를 바라? 넌 눈보라가 한창일 때 출발했고, 어디로 가는지 아무한테도 말하지 않았어. 환영으로 재림을 봤기 때문이라고?"

"그건…."

"아, 맞아. 환영이 아니었지. 넌 계시를 받았어. 지난주 〈글로브〉에 나온, 자기 냉장고에서 성모 마리아를 봤다는 여자도 그랬어. '천국의 문' 사람들도 그랬고. 넌 그들이 미치지 않았다고 말할 셈이야?"

"아니." 멜이 대답하고는 복도를 따라 방으로 향하기 시작했다.

"지난 15년 동안 넌 신앙 요법사들과 광신 집단들과 신과 직접 접촉한다고 주장하는 설교자들이 사기꾼들이라며 분노를 토했어." B.T.가 따라오며 말했다. "그런데 지금 넌 갑자기 그걸 믿어?"

멜은 계속 걸었다. "아니."

"하지만 넌 나더러 네가 본 계시는 다르니까, 그건 진짜니까 믿어야 한다고 말하고 있잖아."

"난 너한테 아무 말도 안 하고 있어." 멜이 B.T.를 마주 보며 말했다. "여기까지 와서 내가 무얼 하고 있는지 알아야겠다고 한 사람은 너야. 그래서 난 말했어. 넌 이제 여기 온 목적을 달성했고. 그냥 돌아가서 빌더벡 부인한테 내가 뇌종양이 아니라고, 화학적 불균형일 뿐이라고 말하면 되잖아."

"그럼 넌 뭘 할 작정인데? 산타모니카 부두에서 태평양으로 떨어질 때까지 서쪽으로 달릴 거야?"

"난 주님을 찾을 작정이야." 멜이 말했다.

B.T.가 뭔가를 말하려는 듯이 입을 열었다가 닫고는 성큼성큼 복도를 걸어갔다.

멜은 복도 저쪽에서 문이 꽝 닫힐 때까지 제자리에 서서 B.T.를 지켜보았다.

'친구들과 같이 오세요, 라니.' 멜은 생각했다. '친구들과 같이 오세요, 라니.'

"우리가 지금은 거울로 보는 것같이 희미하나
그때에는 얼굴과 얼굴을 대하여 볼 것이라."
― 고린도전서 13장 12절

＊

"난 주님을 찾을 작정이야." 멜은 B.T.가 자기 말에다 대고 '대체 어떻게?'라고 소리치지 않아서 기뻤다. 멜 자신도 뾰족한 수가 없었기 때문이었다.

그는 신호를 보지 못했다. 답이 어딘가 다른 곳에 있다는 뜻이었다. 멜은 침대에 걸터앉아 협탁 서랍을 열고 기드온 성경을 꺼냈다.

멜은 침대 머리에 베개를 기대 세우고는 등을 기댄 채 성경을 펼쳐 요한계시록을 찾았다.

라디오 설교자는 재림이 쭉 연결되는 서사처럼 들리도록 말했지만, 사실 재림은 개별 경전을 짜깁기한 것이었다. 마태복음 24장과 이사야서와 다니엘서의 부분들, 데살로니가후서와 요한복음과 요엘서의 구절들, 요한계시록과 예레미야서 여기저기서 긁어모은 문장들이 전도사들에 의해서 마치 같은 시기에 쓰인 글인 것처럼, 같은 대상에 대해서 쓰인 글이기라도 한 것처럼 한데 버무려졌다.

그리고 인용된 문구들은 모순으로 가득 차 있었다. 트럼펫 소리가 울리고, 예수님이 권능과 광휘를 두른 채 천상의 구름 속에 나타나실 것이다.

아니면 하얀 말을 타고 14만 4천 명의 군대를 이끌고 나타나실 것이고, 아니면 한밤의 도둑처럼 나타나실 것이다. 지진과 역병이 일어나고 천상에서 별이 떨어질 것이다. 또는 용이 바다에서 솟구치거나, 사자와 곰과 표범의 머리를 하고 독수리의 날개를 가진 네 마리의 거대한 짐승이 나타날 것이다. 아니면 어둠이 땅을 덮을 것이다.

하지만 그 갖가지 예언들 어디에도 위치를 언급한 건 없었다. 요엘은 황량한 벌판을 얘기했고, 예레미야는 불모지를 얘기했지만, 어디인지는 말하지 않았다. 누가는 독실한 자들이 '동쪽에서, 서쪽에서, 북쪽에서' 신의 나라로 온다고 말했지만, 그 신의 나라가 어디에 있는지 알려주는 일은 소홀히 했다.

숱한 예언 중에서 이름이 언급된 유일한 장소는 아마겟돈이다. 하지만 아마겟돈(또는 하르마게돈, 또는 아르 힘다)은 성경에 딱 한 번 나타나는 단어로 의미는 알려지지 않았으며, 히브리어나 그리스어나 뭔가 다른 언어일 수도 있는 그 단어가 '평평한'이나 '계곡 평원'이나 '가고 싶은 곳'을 뜻할지도 모른다.

멜은 신학교에서 일부 학자들이 그 단어가 이스라엘과 가나안 사람 시스라가 전투를 벌인 곳인 메기도산 앞 평원을 일컫는다고 여겼던 것을 기억했다. 하지만 고대 지도에도 현대 지도에도 메기도산은 없다. 그건 어디라도 될 수 있었다.

그는 차에서 도로 지도를 꺼내려고 신을 신고 외투를 입고서 주차장으로 나갔다.

B.T.가 차 트렁크에 기대서 있었다.

"언제부터 나와 있었어?" 멜이 물었지만 답은 자명했다. B.T.의 검은 얼굴은 추위에 얼었고, 순회 카니발 젊은이가 그랬던 것처럼 호주머니에 손을 푹 찔러넣고 있었다.

"생각해봤는데," 추위에 덜덜 떠는 목소리로 B.T.가 말했다. "난 목요일까지 꼭 돌아가야 할 일이 없는데다 덴버에서도 오마하만큼 쉽게 비행기를 탈 수 있을 거야. 같이 덴버까지 가면 우린…."

"나를 말릴 시간이 더 생기겠지." 멜은 말을 하고 B.T.의 표정을 보고서 후회했다.

"같이 얘기할 시간이야." B.T.가 말했다. "내게는 이게… 이 계시가 뭔지 알아볼 시간이고."

"좋아. 덴버까지만." 멜이 차 문을 열었다. "이젠 안으로 들어가도 돼. 난 아침 전에는 움직이지 않을 거야." 멜이 차 안으로 몸을 숙여 지도를 꺼냈다. "이걸 가지러 나와봐서 다행이네. 설마 밤새 여기 서 있을 작정은 아니었겠지?"

B.T.가 이를 덜덜 마주치면서 고개를 저었다. "너만 미친 건 아니야."

"너희가 보는 것들을 보고자 하여도 보지 못하였고
너희가 듣는 것들을 듣고자 하여도 듣지 못하였느니라."
— 마태복음 13장 14절

✳

유대인 센터에는 빌린 차를 반납할 렌터카 대리점이 없었다. "제일 가까운 데가 레드필드야." B.T.가 곤란하다는 듯이 말했다.

"그럼 거기서 만나." 멜이 말했다.

"그럴래?" B.T.가 말했다. "혼자 가버리거나 하는 건 아니겠지."

"아니야." 멜이 말했다.

"신호를 보면 어떻게 해?"

"불타는 가시덤불이 보이면 길가에 차를 세우고 알려줄게." 멜이 건조하게 말했다. "원한다면 앞뒤로 나란히 붙어서 갈 수도 있어."

"좋아." B.T.가 말했다. "내가 따라갈게."

"난 렌터카 대리점이 어디 있는지 몰라."

"레드필드에 도착하면 내가 앞장설게." B.T.가 말하고는 자기 렌트카에 탔다. "두 번째 출구야. 도로 사정은 어떨 거 같아?"

"얼음이 얼었을 거야. 눈도 쌓였고. 하지만 일기예보로는 맑대."

멜도 자기 차에 탔다. 순회 카니발 젊은이 말이 맞았다. 파인 곳에 금이 가기 시작했다. 긴 금이 셋, 짧은 금이 하나였다.

자신이 도망간다고 B.T.가 생각지 않도록 멜은 꼬박꼬박 차선 변경 신호를 주고 너무 앞서 나가지 않도록 주의하면서 고속도로로 향했다.

순회 카니발도 유대인 센터에 묵으려는 모양이었다. 멜은 회전 놀이기구를 실은 트럭과 거울의 집 용도인 듯한 기울어진 거울을 잔뜩 실은 트럭을 지나쳤다. 범퍼에 '휴거가 오면, 나 이곳을 떠나리!'라는 스티커를 붙인 SUV가 굉음을 울리며 지나갔다.

멜은 고속도로에 올라타자마자 라디오를 틀었다. "…눈이 쌓였습니다. 일부는 구름이 많겠으나 오전 중에 개겠습니다. 비터와 데이브포트 간 고속도로는 폐쇄됐고, U.S. 35번 도로와 218번 고속도로도 폐쇄됐습니다. 일부 지역에는 구름이 많겠으나 오전 중에 갤 전망입니다. 임시휴교한 학교는 다음과 같습니다. 엣지워터, 베네트, 올레이서, 오스칼루사, 빈턴, 쉘스버그…."

채널을 돌렸다.

"…하지만 재림은 우리가 두려워할 일이 아닙니다." 이번에는 텍사스 억양을 쓰는 전도사가 말했다. "요한계시록을 보면 예수님께서 최후의 고난에서 우리를 보호하시고, 권좌에 오르시면 보석과 귀한 원석들이 빛나는 예수님의 성스러운 도시에 우리를 살게 하시고, 생명수를 마시게 하시리라 하셨습니다. 사자가 새끼 양과 함께 누울 것이며, 더 많은…."

흥분한 전도사의 목소리가 정적으로 잦아들더니 이내 수신 범위를 넘어섰고, 안개가 자욱해지면서 멜도 운전에 온 신경을 집중해야 했다.

안개가 더 심해지며 굼실거리는 담요처럼 흘러내렸다. 멜은 전조등을 켰다. 전혀 도움이 되지 않았지만, 멜은 B.T.가 캐시처럼 자신의 후미등 불빛을 볼 수 있기를 바랐다. 몇 미터를 제외하면 앞이 전혀 보이지 않았다. 멜이 자신의 정신 상태를 알려주는 신호를 보여주십사 원했다면, 이처럼 적절한 신호도 다시 없을 것이다.

"신은 절대 모호한 언어로 당신의 의지를 말씀하시지 않았습니다!" 전파가 다시 잡히면서 라디오 전도사가 별안간 벽력같이 소리를 질렀다. "그것에 대해서는 어떤 의문도 있을 수 없습니다!"

하지만 멜에게는 수십 가지 의문이 있었다. 지난밤에 살펴본 네브래스카 지도에는 메기도라는 지명이 없었다. 캔자스에도 콜로라도에도 뉴멕시코에도 없었다. 그 숱한 예언에도 새 예루살렘이라는 언급을 제외하면 지명이 전혀 나오지 않는데, 그 지도에는 뉴예루살렘도 없었다.

"그러면 재림이 가까웠다는 사실을 제가 어떻게 알겠습니까?" 전파가 다시 잡히면서 갑자기 전도사가 으르렁거렸다. "성경이 그렇게 말해주기 때문입니다. 예수님이 언제 어떻게 오시는지 성경이 알려줍니다!"

그것도 사실이 아니었다. '인간의 아들이 어느 날 어느 때에 오실지 너희들은 알지 못하느니라.' 마태복음에는 그렇게 적혀 있다. 누가복음도 마찬가지다. '인간의 아들은 너희가 예상치 못한 때에 오시리라.' 심지어 요한계시록도 그렇게 말한다. '나는 도둑처럼 너에게 갈 것이며, 너는 내가 어느 때에 올지 알지 못하리라.' 이거야말로 그들이 의견을 같이한 유일한 지점이었다.

"신호는 우리 주변에 널려 있습니다." 전도사가 소리쳤다. "우리 얼굴에 있는 코처럼 평범해요! 대기오염, 학교 기도 시간을 금지하는 자유주의자들, 사악함! 왜, 그것들을 알아보지 못하는 눈뜬장님이 되어야 합니까! 눈을 뜨고 똑똑히 보십시오!"

"안개밖에 안 보여." 멜이 성에 제거 기능을 켜고 옷소매로 앞유리창을 닦으며 말했지만, 문제는 앞유리가 아니었다. 세계가 온통 하얀 공간 속으로 사라져버렸다.

멜은 레드필드로 빠져나가는 나들목을 거의 놓칠 뻔했다. 다행히 시내에는 안개가 좀 덜해서, 둘은 렌터카 대리점뿐만 아니라 지역 프랜차이즈 음식점도 한 곳 찾아냈다. B.T.가 차를 반납하는 사이에 멜은 뭔가 점심거리를 사러 그 음식점에 갔다.

음식점을 가득 채운 농부들이 하나같이 날씨 얘기를 하고 있었다. "망할 기상청 같으니." 붉은 얼굴에 야구모자와 귀마개를 쓴 어느 농부가 투덜거렸다. "맑을 거라고 하더니."

"맑아." 오리털 조끼를 입은 다른 농부가 말했다. "그저 어디가 맑은지 말하지 않았을 뿐이지. 저 안개 위로 올라가면, 한 10킬로미터쯤 올라가면 되려나, 거긴 짱짱하게 맑을 거야."

"6번요." 계산대에 선 여자가 불렀다.

멜이 계산대로 가서 계산했다. 계산대 옆 벽에 순회 카니발을 알리는 형광 녹색 포스터가 붙었다. '즐거운 시간을 보내세요!' 포스터에는 그렇게 적혀 있었다. '스릴과 오싹한 공포와 신나는 재미!'

'오싹한 공포는 확실하겠어.' 멜은 이 안개 속에서 관람차를 타면 얼마나 추울까 생각했다.

오래된 포스터였다. "리틀타운, 12월 24일." 포스터에는 그렇게 적혔다. "포트닷지, 12월 28일. 카이로, 12월 30일."

멜이 햄버거와 커피를 들고 나가니 B.T.가 벌써 차에 타고 있었다. 멜은 봉투를 건네주고 다시 고속도로로 올라왔다.

그게 실수였다. 안개가 너무 짙어서 핸들에서 손을 떼 B.T.가 내미는 햄버거를 받을 수조차 없었다. "나중에 먹을게." 멜은 앞으로 바짝 몸을 숙이고는 그렇게 하면 사물을 좀 더 뚜렷하게 볼 수 있기라도 한 것처럼 눈을 가늘게 뜨고 말했다. "먼저 먹어. 그리고 출구 몇 개 지나면 자리를 바꾸자."

하지만 출구가 없었다. 아니면 안개 탓에 보이지 않는가. 멜은 그렇게 30킬로미터를 더 가서 B.T.에게 커피를 달라고 해 두 모금을 마셨다.

"난 재림을 과학적 측면에서 보고 있었어." B.T.가 말했다. "'불붙는 큰 산과 같은 것이 바다에 던지우매 바다의 3분의 1이 피가 되니라.'"

멜이 힐끔 쳐다보았다. B.T.가 검은 가죽 장정이 된 성경을 읽고 있었다. "그건 어디서 났어?" 멜이 물었다.

"호텔 방에 있던데." B.T.가 말했다.

"기드온 성경을 훔쳤단 말이야?" 멜이 말했다.

"필요한 사람들을 위해서 놓아둔 거잖아. 내가 보기에 우리는 자격이 충분해. '큰 지진이 나며 해가 검은 털로 짠 상복같이 검어지고 달은 온통 피

같이 되며 하늘의 별들이 땅에 떨어지고 각 산과 섬이 제자리에서 옮겨지도다.'"

"이런 일들이 다 재림과 함께 일어난다는군." B.T.가 말했다. "지진, 전쟁과 전쟁에 관한 소문, 역병, 메뚜기떼…." B.T.가 훑어보며 얇은 책장을 훌훌 넘겼다. "'무저갱을 여니 그 구멍에서 큰 화덕의 연기 같은 연기가 올라오매 해와 공기가 그 구멍의 연기로 말미암아 어두워지더이다. 또 황충이 연기 가운데로부터 땅 위로 나오니라.'"*

그가 성경을 덮었다. "좋아, 지진은 늘 일어나고, 전쟁과 전쟁에 관한 소문은 지난 만 년 내내 있었고, 이 '별이 하늘에서 떨어진다'는 건 유성을 이르는 말일 수 있어. 하지만 다른 것들에 대한 신호는 전혀 없어. 메뚜기떼도, 아가리를 벌리는 무저갱도, '나무와 풀의 3분의 1이 불타고 바다에 사는 생물의 3분의 1이 죽었다'도 없어."

"핵전쟁." 멜이 말했다.

"뭐라고?"

"전도사들에 따르면, 그게 핵전쟁을 이르는 거래." 멜이 말했다. "그리고 그전에는 공산주의의 위협이었지. 아니면 식수에 불소 첨가하는 거나. 아니면 그들이 찬성하지 않는 건 뭐든지."

"음, 그게 무엇을 뜻하든, 최근에 무저갱이 열린 적은 없어. 그랬다면 CNN에서 봤겠지. 그리고 화산이 터진다고 메뚜기떼가 창궐하진 않아, 멜." 그가 진지하게 말했다. "네가 겪은 게 진짜 계시라고 쳐. 네가 그 의미를 잘못 해석했을 수도 있지 않아?"

찰나의 순간, 멜은 거의 손에 넣은 듯싶었다. 주님이 어디에 계시는지, 무슨 일이 일어날 참인지 알 열쇠를. 그 모든 것에 대한 열쇠를.

"뭔가 다른 것에 대한 것이었을 수도 있지 않아?" B.T.가 말했다. "재림 말고 뭔가 다른 것 말이야?"

'아니야.' 멜은 기를 쓰고 방금의 그 직관에 매달리며 생각했다. '그건 재

---

* 요한계시록 9장 2절~3절

림이었어.' 하지만 사라졌다. 그게 무엇이었든 간에 잃어버렸다.

멜은 무엇이 그런 직관을 촉발했는지 떠올리려 애쓰며 멍하니 눈앞의 안개를 쳐다보았다. B.T.가 말했었지. "네가 그 의미를 잘못 이해했을 수도 있지 않아?" 아니, 그게 아니다. "네가 그…."

"무슨 일이지?" B.T.가 앞을 가리켰다. "저게 뭐야, 저 앞에 있는 거?"

"난 아무것도 안 보여." 멜이 몸을 앞으로 숙이며 말했다. 안개 말고는 아무것도 보이지 않았다. "뭐야?"

"모르겠어. 방금 희미한 불빛들이 보였어."

"확실해?" 멜이 말했다. 앞은 온통 하얗기만 했다.

"또 나타났어." B.T.가 손으로 가리키면서 말했다. "저거 안 보여? 노랗게 반짝거리는 불빛들 말이야. 무슨 사고가 있나 봐. 속도를 좀 늦추는 게 좋겠어."

이미 거의 기어가는 수준이었지만 멜은 속도를 더 늦추었다. 그래도 여전히 아무것도 보이지 않았다. "우리 쪽 차선에 있었어?"

"으응… 모르겠어." B.T.가 몸을 앞으로 숙이며 말했다. "지금은 안 보여. 하지만 분명 뭔가가 있었어."

멜은 눈을 가늘게 뜨고 하얀 안개를 직시하면서 앞으로 기어갔다. "트럭이었을까? 순회 카니발 트럭에 노란색 화살표가 있었어." 그가 말하는 사이에 불빛들이 보였다.

확실히 카니발 놀이기구의 간판은 아니었다. 불빛이 바로 앞 도로를 꽉 메운 채 제각기 노란색, 빨간색, 파란색으로 번쩍거렸다. 경찰차거나 소방차거나 구급차였다. 분명 사고다. 그는 뒤따라오는 차가 자기 후미등을 볼 수 있기만을 바라며 브레이크를 꽉 밟았고, 차가 섰다.

안개 속에서 순찰 경찰관이 손에 '멈춤' 표지판을 들고 나타났다. 노란색 망토를 걸치고 갈색 모자에는 투명한 비닐 커버를 씌웠다.

멜이 창문을 내리자 경찰관이 고개를 숙이고 말했다. "앞의 도로가 폐쇄됐습니다. 이 출구로 나가셔야 합니다."

"출구요?" 멜이 오른쪽을 쳐다보며 말했다. 안개 속에서 가까스로 녹색 윤곽을 알아볼 수 있었다.

"바로 저기, 약 100미터쯤 앞에 있어요." 경찰관이 아무것도 보이지 않는 허공을 가리키며 말했다. "길이 다시 열리면 저희가 가서 알려드릴 겁니다."

"날씨 때문에 길이 폐쇄된 건가요?" B.T.가 물었다.

경찰관이 고개를 저었다. "사고입니다. 엉망이에요. 시간이 제법 걸릴 겁니다." 경찰관이 오른쪽으로 가라는 몸짓을 했다.

멜은 출구로 나가 고속도로를 벗어나는 길을 더듬더듬 찾아갔다. 적어도 그곳에는 주유소만 달랑 있지 않고 트럭 휴게소가 있었다. 그와 B.T.는 차를 세우고 음식점에 들어갔다.

꽉 찼다. 칸막이마다, 바의 의자마다 다 찼다. 멜과 B.T.는 마지막 남은 탁자에 앉았고, 앉자마자 왜 그 자리가 비어 있었는지 깨달았다. 문이 열리자 몰아닥치는 외풍 때문에 방금 외투를 벗었던 B.T.가 다시 외투를 껴입고는 지퍼를 올렸다.

멜은 시간이 지체되는 것에 다들 화를 내리라 예상했는데, 종업원들과 손님들이 모두 축제 분위기처럼 보였다. 트럭 운전사들이 칸막이 등받이에 기댄 채 웃으면서 얘기를 나눴고, 커피포트를 든 종업원들도 웃고 있었다. 종업원 한 명은 왜인지는 모르겠지만, 벌집 모양으로 다듬은 머리에 플라스틱 인형을 달고 있었다.

문이 다시 열리자 북극 바람이 그들의 탁자로 불어닥쳤다. 구급대원 한 명이 들어오더니 계산대로 가서 그 종업원과 얘기를 나눴다. "…사고…." 구급대원이 고개를 저으며 하는 소리가 들렸다. "…카니발 트럭…." 멜은 그리로 갔다. "죄송합니다만," 멜이 말했다. "카니발 트럭 말씀하시는 게 들려서요. 사고 난 게 그건가요?"

"거의 재난에 가깝죠." 구급대원이 고개를 저으며 말했다. "너무 급하게 회전하다가 싣고 있던 짐이 다 쏟아졌어요. 그리고 이 한겨울에 순회 카니발이 여기서 무얼 하고 있는지는 저한테 묻지 마세요."

"운전자가 다쳤습니까?" 멜이 걱정스럽게 물었다.

"다쳐요? 웬걸요, 아니에요. 긁힌 데 하나 없어요. 하지만 오늘은 길을 못 쓸 거예요." 구급대원이 주머니에서 대나무로 만든 중국식 손가락 덫 장난감을 하나 꺼내 멜한테 건넸다. "트럭에는 카니발 오락장에서 쓰는 상품과 물건이 잔뜩 실려 있었어요. 길이 온통 봉제 인형과 야구공으로 뒤덮였죠. 게다가 그걸 치우려 해도 보이지도 않잖아요."

멜은 자리로 돌아와 B.T.에게 사정을 얘기해줬다.

"남쪽으로 가서 33번 고속도로를 타도 돼." B.T.가 도로 지도를 살펴보며 말했다.

"아뇨, 못 가요." 커피포트 두 개를 들고 나타난 종업원이 말했다. "길이 폐쇄됐어요. 안개 때문이죠. 북쪽의 15번 고속도로도 마찬가지예요." 종업원이 둘의 컵에 커피를 따랐다. "아무 데도 못 가요."

다시 돌풍이 몰아쳤다. 종업원이 문을 흘깃 쳐다보았다. "어이! 거기 가만히 서 있지 말고 문을 닫아요!"

멜이 문을 쳐다보았다. 두툼한 주황색 스웨터를 입어서 더 동그래 보이는 캐시가 거기 서서 빈자리를 찾아 음식점 안을 살펴보고 있었다. 한쪽 옆구리에 붉은 공룡 하나를 끼고 있었고 다른 팔에는 예의 그 밝은 녹색 가방이 걸렸다.

"캐시!" 멜이 부르자 그녀가 웃으며 다가왔다.

"그 공룡 내려놓고 합석해요." B.T.가 말했다.

"이건 공룡이 아니에요." 캐시가 인형을 탁자에 내려놓으며 말했다. "이건 용이에요. 보여요?" 그녀가 인형의 등에 달린 붉은 펠트 천 조각 두 개를 가리켰다. "날개죠."

"어디서 났어요?" 멜이 말했다.

"짐을 쏟아버린 트럭 운전사가 줬어요." 캐시가 말했다. "이 일이 뉴스에 나오기 전에 동생한테 전화하는 게 좋겠어요." 그녀가 음식점 안을 둘러보며 말했다. "전화가 될까요?"

B.T.가 '전화'라고 적힌 표지판을 가리키자 캐시가 자리를 떠났다.

그녀는 곧바로 돌아왔다. "줄을 서 있어요." 그녀는 그렇게 말하며 자리에 앉았다. 종업원이 다시 커피와 메뉴판을 들고 왔고, 그들은 파이를 주문했다. 그런 다음 캐시가 다시 전화기 상황을 확인하러 갔다.

"아직도 줄을 서 있어요." 그녀가 돌아와 말했다. "동생이 이 소식을 들으면 발작을 일으킬 거예요. 그 애는 언제나 내가 미쳤다고 생각하니까. 그리고 오늘 바깥의 저 안개 속에서 저도 그렇게 생각했지요. 할머니께서 성경 구절을 찾아보지만 않았으면 좋겠어요."

"성경요?" 멜이 말했다.

캐시가 더는 얘기하기 싫다는 듯이 손을 저었다. "긴 얘기예요."

"저희, 시간은 아주 넉넉한 것 같은데요." B.T.가 말했다.

"음," 캐시가 편안한 자세를 잡으며 말했다. "전 영어 교사예요. 영어 교사였지요. 교육위원회가 조기퇴직 보너스를 제시했는데 그냥 물리기에는 조건이 너무 좋은 거예요. 그래서 6월에 퇴직했는데, 막상 퇴직하고 나니까 뭘 하고 싶은지 모르겠더라고요. 늘 여행을 가고 싶다고 생각했지만 혼자 여행하는 건 질색인데다 어디를 가고 싶은지도 모르겠고요. 그래서 보조교사 목록에 이름을 올렸어요. 제가 있던 학군은 보조교사 수요가 너무 많았거든요. 온통 독감이 유행이었으니까요."

'긴 얘기가 되겠군.' 멜은 손가락 덫 장난감을 집어 무심코 한쪽 끝에 손가락을 집어넣었다. B.T.가 의자 등받이에 몸을 기댔다.

"음, 어쨌든, 전 2학년 문학을 가르치는 칼라 시웰을 보조했는데, 셰익스피어의 희곡 중에 《율리우스 카이사르》 있잖아요. 거기 나오는 '우리의 운명은 별들 속에 있네, 친애하는 브루투스' 어쩌고 하는 연설이 기억나지 않는 거예요."

멜은 다른 손 검지를 장난감의 반대쪽에 끼워 넣었다.

"그래서 책을 찾아봤는데 쪽수를 잘못 읽은 덕분에 책을 펼치고 보니 《율리우스 카이사르》가 아니라 《십이야》가 나왔죠."

멜이 시험 삼아 손가락 덫을 당겨봤다. 덫이 손가락을 꽉 물었다.

"'서쪽으로, 야호!'라고 나왔어요." 캐시가 말했다. "그리고 거기 앉아 그걸 읽으면서, 전 이 현현(顯現, epiphany)을 받은 거죠."

"현현이요?" 멜이 손을 양쪽으로 홱 빼며 말했다.

"현현?" B.T.가 말했다.

"미안해요." 캐시가 말했다. "전 아직도 제가 영어 교사인 줄 안다니까요. '현현'이란 제임스 조이스의 《더블린 사람들》 같은, 어떤 발견이나 갑작스러운 이해를 뜻하는 문학 용어예요. 이 단어의 어원은…."

"동방박사의 '공현(公顯, epiphania)'에서 나왔죠." 멜이 말했다.

"맞아요." 그녀가 기뻐하며 말했기에 멜은 캐시가 자신을 A학점 감이라고 선언하지 않을까 반쯤은 기대했다. "'공현'은 동방박사들이 구유에 도착한 걸 이르는 말이에요."

그때 그 느낌이 또 엄습해왔다. 주님이 어디 계시는지 아는 느낌. 구유에 이른 동방박사들. 제임스 조이스.

"'서쪽으로, 야호!'라는 글을 읽을 때," 캐시가 말했다. "전 그게 저한테 하는 말이라고 생각했어요. 계시 같은 거였죠. 전 서쪽으로 가야 했어요. 뭔가 중요한 일이 일어날 거예요." 그녀가 둘을 번갈아 보았다. "바틀렛이 편집한 《인용대백과》에 나오는 한 문장 때문에 이런 일을 하는 제가 미쳤다고 생각하시겠지요. 하지만 제 할머니는 뭔가 결정을 해야 할 중요한 일이 있을 때마다 눈을 감고 성경을 펼쳐서 어느 성구를 짚은 다음 눈을 뜨고는 그 성구가 시키는 대로 하곤 했어요. 그리고 무엇보다, 바틀릿의 《인용대백과》는 영어 교사들의 성경이니까요. 그래서 저도 해봤어요. 책을 덮고 눈을 감고 임의로 한 구절을 골랐는데, 그게 '오라, 나의 친구들이여, 더 새로운 세상을 찾기에 아직은 너무 늦지 않았으니'였어요."

"테니슨이군요." 멜이 말했다.

캐시가 고개를 끄덕였다. "그래서 제가 여기 있는 거죠."

"그러면 뭔가 중요한 일이 일어났습니까?" B.T.가 물었다.

"아직은 아니에요." 캐시가 전혀 개의치 않는 어투로 말했다. "하지만 곧 일어날 거예요. 확신해요. 그리고 그사이에 멋진 광경들도 보고요. 전 인디애나주 제네바에 있는 진 스트래톤-포터의 오두막에 갔었고, 미주리주 한니발에 있는 마크 트웨인이 자란 집과 셔우드 앤더슨 박물관에도 갔어요."

캐시가 멜을 쳐다보았다. "그걸 빼려고 하면 안 들어요." 캐시가 검지 두 개를 동시에 미는 시늉을 하며 말하자 멜은 자신이 손가락 덫에서 손가락을 빼내려고 헛되이 용을 쓰고 있었다는 사실을 깨달았다. "동시에 밀어야 해요."

얼음장 같은 바람이 또 한차례 불어닥치고 목에 분홍색 플라스틱 화환 세 줄을 걸고 털이 매끄러운 점박이 표범 인형을 든 순찰 경찰관이 들어왔다.

"길이 열렸습니다." 경찰관이 말하자 여기저기가 외투를 찾는 소리로 부산해졌다. "하지만 아직도 안개가 심합니다." 경찰관이 목소리를 키우면서 말했다. "그러니 조심하세요."

멜은 손가락 덫에서 손가락을 빼내고는 B.T.가 계산을 하는 동안 캐시가 외투 입는 걸 도왔다. "저희를 따라오실래요?" 멜이 물었다.

"아니요." 캐시가 말했다. "전 다시 동생한테 전화를 해보려고요. 걔가 이 사고에 대해서 들었다면 전화가 무한정 길어질 거예요. 먼저 가세요."

계산을 마친 B.T.가 돌아오자 둘은 밖으로 나가 얇고 단단한 얼음으로 덮인 차로 갔다. 멜이 스크래퍼로 앞유리창을 긁자 빠르게 퍼져가는 금에 새 가지가 생기기 시작했다.

둘은 다시 고속도로로 돌아왔다. 안개가 더 짙어졌다. 멜은 안개를 통해 길 양옆으로 희미하게 보이는 사물들을 쳐다보았다. 사고 잔해들인 야구공과 플라스틱 화환과 콜라병과 동물 모양 봉제 인형과 플라스틱 인형이 중앙분리대에 흩어져서 안개 속에서 볼 때는 뭔가 엄청난 전투의 사상자들 같았다.

"네가 찾던 신호가 아닌지 한번 생각해봐." B.T.가 말했다.

"뭐?" 멜이 말했다.

"캐시가 말한 현현 말이야. 사람들은 무작위로 뽑은 인용구에서 원하는 건 뭐든 읽어낼 수 있어." B.T.가 말했다. "너도 알 거야, 그렇지? 별자리 운세를 읽는 것과 같아. 아니면 포천쿠키나."

"악마도 자기 목적에 맞는 성경 구절을 인용할 수 있지." 멜이 중얼거렸다.

"바로 그거야." B.T.가 눈을 감고 기드온 성경을 펼치며 말했다. "봐." 그가 말했다. "시편 115장 5절. '눈이 있어도 보지 못하니라.' 분명 안개에 대한 언급이지."

B.T.가 훌훌 책장을 넘겨 어느 쪽에 가더니 손가락으로 한 군데를 찔렀다. "'너희는 가증스러운 것은 무엇이든 먹지 말 것이라.' 아, 이런, 우리 그 파이를 시키는 게 아니었어. 어떤 구절이든 원하는 대로 해석할 수 있어. 그리고 캐시가 하는 말을 너도 들었지, 그녀는 퇴직했고, 여행하기를 좋아해. 그녀는 분명 어딘가로 갈 핑계를 찾고 있었던 거야. 그리고 그녀의 현현은 그저 뭔가 중요한 일이 일어날 거라고만 말했어. 재림에 대해서는 한 마디도 하지 않았다고."

"서쪽으로 가라고 했지." 멜은 정확하게 캐시가 했던 말을 떠올리려 애쓰면서 말했다. 캐시는 《율리우스 카이사르》에 나오는 연설문을 찾다가 대신에 《십이야》와 마주쳤다. 십이야. 현현.

"바틀렛 《인용대백과》에 '서쪽'이라는 단어가 몇 번이나 언급될까?" B.T.가 말했다. "한 백 번? '아, 젊은 로신바는 서쪽에서 오는가'? '젊은이여, 서쪽으로 가라'? '한 마리는 동쪽으로, 한 마리는 서쪽으로, 한 마리는 뻐꾸기 둥지 위로 날아갔네'?" B.T.가 성경을 덮었다. "미안해. 그냥…." 그가 고개를 돌리고는 멍하니 창밖을 바라보았다. "안개가 걷히는 것 같아."

아니었다. 아주 약간 옅어진 안개는 빙빙 돌며 작은 소용돌이를 만들면서 차에서 멀어지고는 더욱 짙게 내려앉았다.

"예수를 찾았다고 치면? 그러면 뭘 할 거야?" B.T.가 말했다. "넙죽 절하고 그를 섬길 거야? 유향과 몰약이라도 바칠 거야?"

"주님을 도울 거야." 멜이 말했다.

"그의 무엇을 도와? 양과 염소를 떼어놓을 거야? 아마겟돈 전투를 할 거야?"

"모르겠어." 멜이 말했다. "그럴지도 모르지."

"정말로 선과 악 간에 전투가 벌어질 거라고 생각해?"

"선과 악 간에는 늘 전투가 있었어." 멜이 말했다. "예수님이 처음 오셨을 때를 봐. 지상에 오신 지 채 일주일도 안 돼서 헤롯왕의 수하들이 아기 예수님을 찾아다녔지. 그들은 베들레헴에 있는 모든 한 살배기와 두 살배기를 살해했어. 예수님을 죽이려고 말이지."

'그리고 33년 후에는 성공해.' 멜은 생각했다. 죽이는 것만으로는 예수님을 막지 못했다. 아무것도 예수님을 막지 못한다.

누가 그 말을 했었지? 아, 카니발 젊은이가 앞유리 얘기를 하면서 한 말이었다. "아무것도 막지 못해요. 한동안은 금이 가지 않도록 잡아주는 테이프 같은 거로 버틸 수도 있어요. 그래도 이건 금이 갈 거예요. 막을 방법이 없어요."

멜은 그 번득이는 느낌을 다시 느꼈다. 카니발 젊은이에 대한 무언가를. 그 애가 그전에는 무슨 말을 했지? 샴쌍둥이. 그리고 로즈웰. 아니야. 뭔가가 더 있었어.

그는 트럭 휴게소에서 캐시가 했던 말을 떠올리려 애썼다. 구유에 당도한 동방박사들에 관한 말이었다. 그리고 벗어나려고 애쓰지 말라는 말. "손가락을 동시에 밀어야 해요." 캐시가 말했다.

"그리고 예수님이 오시면 우리에게 어떤 일이 일어날지 아십니까?" 라디오 전도사가 소리쳤다. "요한계시록을 보면 지금, 너무 늦기 전에 회개하지 않으면 우리는 불과 유황에 던져질 겁니다!"

"약간의 불과 유황이라면 지금 딱 환영인데." B.T.가 몸을 숙이고 히터를 더 틀면서 말했다.

"뒷자리에 담요가 있어." 멜이 말하자 B.T.가 뒤로 손을 뻗어 담요를 꺼내 몸을 감쌌다.

"우리는 불에 그을릴 겁니다." 라디오가 말했다. "그리고 우리 고통의 연기가 끝도 없이 영원히 하늘로 오를 겁니다."

B.T.가 문틀에 머리를 기댔다. "그래도 뭐, 따뜻하기만 하면 되지." 그가 중얼거리더니 눈을 감았다.

"하지만 회개하지 않으면, 예수님을 우리 자신의 구세주로 받아들이지 않으면," 전도사가 말했다. "우리에게 생기는 일은 그게 다가 아닐 겁니다. 요한계시록 14장을 보면 우리는 신의 분노를 사서 포도 짜는 기구에 던져져 우리 피가 땅을 수천 킬로미터나 덮을 때까지 짓눌러요! 그리고 스스로를 속이지 마세요. 그날은 곧 옵니다! 신호가 우리 주변에 널려 있어요! 아버지가 집에 오실 때를 기다리세요!"

멜이 라디오 스위치를 껐지만 너무 늦었다. 전도사가 이미 핵심을, 멜이 예배당에서 있었던 그 순간 이후로 애써 피해왔던 문제를 건드렸다.

'나는 그렇게 믿지 않아.' 예수님이 믿는 자들에게 추방자들과 어울리지 말라고 했다고 목사가 말하는 걸 들었을 때 멜은 생각했다. 그리고 그는 라디오 전도사가 첫날에 예수님이 복수하러 오신다고 얘기하는 걸 들었을 때도 그렇게 생각했다.

"난 그렇게 믿지 않아." 멜은 속으로 생각했지만 B.T.가 구석에서 움찔하는 걸 보고서야 자신이 큰 소리로 말했다는 사실을 깨달았다.

"난 그렇게 믿지 않아." 멜은 중얼거렸다. 신은 세상을 너무나 사랑하셨다. 신은 자신의 독생자를 인간들 가운데 살도록, 연약하기만 한 아기로, 어린아이로, 젊은이로 살도록, 매정해지고 어리둥절해지고 화를 내고 뛸듯이 기뻐하며 살도록 보내셨다. '우리 보통 사람들과 운명을 함께하도록.' 니케아 콘스탄티노폴리스 신경(信經)*에는 그렇게 표현되어 있다. '견디고 이해하고 용서하도록.' "하나님 아버지, 그들을 용서하소서." 손에 못이 박히면서도 예수는 그렇게 말했고, 사람들이 체포하러 왔을 때도 제자들에게 손에 든 무기를 치우라 했다. 예수는 베드로가 자른 병사의 귀를 치료해주었다.

예수가 분노와 복수의 불길을 타고 적들을 살육하러 오는 일은 없을 것이다. 믿지 않는 자들을 고문하러, 불과 역병과 기근을 퍼뜨리러 돌아오는 일은 절대, 절대 없을 것이다. 절대로.

'그러면 나는 재림을 믿지 않으면서 어떻게 재림에 관한 계시를 믿을 수 있지?' 멜은 생각했다. '하지만 그 계시는 재림에 관한 것이 아니었어.' 지진도 아마겟돈도 구름과 광휘에 휩싸여 내려오는 예수도 보지 못했다. '예수

---

* 신앙의 핵심을 간결하게 정리한 신앙고백문

님이 이미 이곳에 계셔, 지금.' 멜은 그렇게 생각했고 예수를 찾으러, 신호를 찾으러 길을 나섰을 뿐이다.

'하지만 신호라곤 하나도 없어.' 멜이 그렇게 생각하는 순간 뭔가 하나가 안개 속을 지나갔다. '프레리홈 8km, 덴버 750km.'

덴버. 내일 밤이면 그곳에 닿을 것이다. 그리고 B.T.는 자기와 같이 비행기를 타고 집으로 돌아가자고 하겠지.

'열쇠를 찾아내지 않는다면.' 멜은 생각했다. '신호를 받지 않는다면. 아니면 길이 막히지 않는다면.'

"그리고 보라, 동방에서 보던 그 별이 문득 앞서 인도하도다."
― 마태복음 2장 9절

＊

"길은 열려 있을 거예요." 웨이페어러 모텔의 직원이 말했다. 홀리데이 인과 수퍼에이트와 인키퍼는 모든 객실이 꽉 찼고, 웨이페어러에도 빈방이 딱 하나 남아 있었다. "아침에는 안개가 낄 거라는데, 그 뒤로는 일요일까지 날이 괜찮다고 했어요."

"동쪽으로 가는 길은 사정이 어때요?" B.T.가 물었다.

"문제없어요." 직원이 말했다.

웨이페어러에는 커피숍이 없었다. 둘은 마을 반대쪽에 있는 '빌리지 인'에서 저녁을 먹었다. 그곳을 나서려다가 주차장에서 캐시와 마주쳤다.

"아, 잘됐네요." 캐시가 말했다. "작별 인사를 할 기회가 없을까 봐 걱정했거든요."

"작별 인사요?" 멜이 말했다.

"전 내일 레드 클라우드를 향해 남쪽으로 가요. 바틀렛의 《인용대백과》를 참조하니 이런 게 나왔어요. '시골 마을에는 겨울이 너무 오래 머무른다.'"

"오?" 멜은 그 문장과 남쪽으로 가는 것이 무슨 상관이 있는지 의아해하면서 말했다.

"윌라 캐더." 캐시가 말했다. 《나의 안토니아》에 나오는 문장이에요. 저도 이해를 못 하겠지 뭐예요. 그래서 호텔 방에 있던 기드온 성경으로 다시 시도해봤죠. 호텔 방에 성경을 두다니 참 좋은 일이에요. 그랬더니 출애굽기 13장 21절이 나왔어요. '여호와께서 그들 앞에서 가시며 낮에는 구름 기둥으로 그들의 길을 인도하시고 밤에는 불기둥을 그들에게 비추사 낮이나 밤이나 진행하게 하시니.'"

캐시가 뭔가를 기대하는 웃음을 지어 보였다. "불기둥. 붉은 구름(레드 클라우드). 윌라 캐더 박물관이 레드 클라우드에 있어요."

둘은 캐시와 작별 인사를 나누고 모텔로 돌아왔다. B.T.가 자기 침대에 앉아 가방에 든 휴대용 컴퓨터를 꺼냈다. "답장을 줘야 할 이메일이 좀 있어서." 그가 말했다.

'드디어 보내는 거야?' 멜은 궁금했다. '빌더벡 부인께, 저희는 내일 덴버에 도착할 예정입니다. 멜을 설득해서 같이 집으로 돌아갈 작정입니다. 구속복을 준비해주시기 바랍니다'라고?

멜은 방에 하나뿐인 의자에 앉아서 도로 지도에서 네브래스카주 지도를 살피며 메기도나 뉴예루살렘이라는 이름을 가진 마을이 없는지 찾았다. 네브래스카주의 남쪽 경계 밑에 레드 클라우드가 있었다. 불기둥. 자기는 왜 그렇게 근사하고 직접적인 신호를 보지 못할까? 낮에는 연기기둥, 밤에는 불기둥. 아니면 별이나.

하지만 기둥을 따라갔다는 모세는 40년 동안이나 황야를 헤맸다. 그리고 별은 동방박사들을 베들레헴으로 인도하지 않았다. 별은 그들을 곧바로 헤롯왕의 품으로 이끌었다. 동방박사들은 갓 태어난 예수님이 어디에 있는지 실마리도 찾지 못했다. "유대인의 왕으로 태어난 그분은 어디 있습니까?" 그들은 헤롯왕에게 물었다.

"그는 어디 있지?" 멜이 중얼거리자 컴퓨터를 쳐다보며 문자를 입력 중이던 B.T.가 잠시 고개를 들어 멜을 쳐다보고는 다시 고개를 숙였다.

멜은 콜로라도주 지도를 펼쳤다. 뷸라. 보난자. 퍼스트뷰.

"네 계시가 진짜라고 해도," 오늘 오후에 B.T. 물었었다. "네가 그 의미를 잘못 해석했을 수도 있지 않아?"

음, 설사 그랬다 해도 멜이 처음은 아닐 것이다. 성경에는 예언을 잘못 해석한 사람들 얘기가 가득하니까. '개들이 나를 둘러쌌다. 사악한 무리가 나를 에워쌌다.' 성경은 말했다. '그들이 내 손과 발을 꿰뚫었다.' 하지만 누구도 십자가형이 닥치리라는 건 알지 못했다. 그리고 부활도.

제자들조차 예수를 알아보지 못했다. 부활절 일요일에 제자들은 누구인지도 모른 채 예수와 함께 내내 엠마오까지 걸어갔고, 예수가 제자들에게 정체를 밝혔을 때도 도마는 믿기를 거부하며 못에 박힌 손의 상처 자국을 보여달라고 요구했다.

제자들은 전혀 예수를 알아보지 못했다. 이사야는 분명하게 처녀가 '이새의 혈통을 이은' 아이를, 이스라엘을 되찾을 아이를 낳을 것이라 예상했다. 하지만 그 아이가 마구간에 있는 아이를 의미한다고는 아무도 생각지 않았다.

사람들은 이사야가 말하는 아이가 전사일 거라고, 군대를 키워 자기들의 나라에서 증오해 마지않는 외국인들을 몰아낼 왕일 거라고, 적들을 무찌르고 자신들을 자유롭게 해줄 백마 탄 영웅일 거라고 생각했다. 그리고 예수는 실제로 그랬다. 하지만 사람들이 기대했던 방식으로는 아니었다.

예수가 대학 학위도 없고 군사 교육도 받지 않은 이름 없는 가문 출신의 가난한 순회 설교자이리라고는, 미천한 자이리라고는 아무도 예상하지 못했다. 동방박사들조차도 예수가 왕족일 거라 기대했다. "우리가 동방에서 본 별이 가리키는 왕은 어디 있습니까?" 그들은 헤롯왕에게 물었다.

그리고 헤롯왕은 곧장 군인들을 보내 그 강탈자를, 자신의 왕좌를 넘보는 위협 요소를 찾게 했다.

사람들은 잘못된 것을 찾고 있었다. 그리고 어쩌면 B.T.의 말이 맞을지도 모르고, 나 또한 맞을지도 모른다. 그게 답이다. 재림은 전투와 지진과 별이 떨어지는 일이 아닐 것이며, 계시는 메시아에 대한 예언들 같은, 뭔가 다른 것을 의미할 터였다.

아니 어쩌면 그건 재림이 아니었고, 예수는 가난한 사람들, 배고픈 사람들, 도움이 필요한 사람들 사이에 그저 상징적 의미로만 이미 존재하는지도 몰랐다. '너희가 여기 내 형제 중에 지극히 작은 자 하나에게 한 것이….'

"정말로 재림이 있었는지도 모르겠는데." B.T.가 침대에서 말했다. "이것 좀 봐."

B.T.가 휴대용 컴퓨터를 돌려 화면을 보여주었다. '깨어 있으라.' 거기엔 그렇게 적혀 있었다. '너희들은 사람의 아들이 어느 날 어느 때에 오는지 알지 못하기 때문이니라.'

"웹사이트야." B.T.가 말했다. "따따따 쩜 왓치맨."

"그거 아마 어느 라디오 전도사가 하는 사이트일 거야." 멜이 말했다.

"그런 것 같지는 않은데." B.T.가 말했다. 그가 자판을 치자 새로운 화면이 떴다. 목록이 주르륵 떴다.

'유성, 12-33, 6.4킬로미터. 북북서 레이튼.'

'해당 지역 조사. 12-28. 흔적 없음.'

'날씨 채널 11-2, 9:15 am. PST. 특이한 구름 형상에 대한 언급.'

'경도와 위도는? 위치정보 필요.'

'애리조나주 프레스콧 서남서 방향 13.84킬로미터. 11-4.'

'덴버일보 914P8C2 머리기사: '비정상적으로 활발한 번개 현상이 칼슨 국립공원을 덮치다.' MT2427.'

"저 마지막 건 뭐 같아?" B.T.가 영문 알파벳과 숫자가 적힌 부분을 가리키며 말했다.

"마태복음 24장 27절." 멜이 말했다. "'번개가 동편에서 나서 서편까지 번쩍임같이 사람의 아들이 임하심도 그러하리라.'"

B.T.가 고개를 끄덕이고는 페이지를 아래로 내렸다.

'번개 3회. 7-11, 콜로라도 플래트빌. 11월 28일. 2명 부상.'

'빗발치는 번개. 12월 4일, 트루스 오어 컨시퀀시스(Truth or Consequences, 진실 혹은 결과).'

"이건 무슨 말이야?" B.T.가 '트루스 오어 컨시퀀시스'라는 단어를 가리키며 말했다.

"그건 뉴멕시코주 남부에 있는 마을 이름이야." 멜이 말했다.

"아." B.T.가 페이지를 아래로 좀 더 내렸다.

'유성. 12-30. 보즈만 서쪽, 191번 고속도로, 간선도로 번호표 161번에서 3.2킬로미터.'

'혼수상태 환자 회복, 예일-뉴헤이븐 병원. 어떤 관계라도?'

'부정적. 너무 동쪽임.'

'네바다에서 목격.'

'위치정보 필요.'

위치정보 필요. "'가서 아기에 대하여 자세히 알아보고,'" 멜이 중얼거렸다. "'찾거든 내게 고하여 나도 가서 그에게 경배하게 하라.'"*

"뭐라고?" B.T.가 말했다.

"동방박사들이 그 별에 대해서 말했을 때 헤롯왕이 한 말이야." 멜은 화면을 쳐다보았다.

'LA. 1월 2일 P5C1. 물고기 떼죽음. RV89?'

'목격. 올드페이스풀, 옐로스톤 국립공원, 1월 2일.'

그리고 끝도 없이 계속해서 이어지는 항목들.

'위치정보 필요.'

'위치정보 필요.'

'위치정보 필요.'

"이 사람들은 분명 재림이 일어났다고 생각해." B.T.가 화면을 골똘히 쳐다보면서 말했다.

"아니면 외계인이 로즈웰에 착륙했다고 생각하는 거겠지." 멜이 말했다. 그는 편의점에서 목격했다는 항목을 가리켰다. "아니면 엘비스가 돌아왔다거나."

"그럴지도." B.T.가 화면을 쳐다보며 말했다.

멜은 다시 지도를 들여다보았다. 배른락. 데드우드. 래스트챈스

---

* 마태복음 2장 16절

'위치정보가 필요해.' 멜은 생각했다. 어쩌면 자신과 캐시와 아까 그 웹사이트에 '너무 동쪽임'을 쓴 누군가가 모두 의미를 잘못 해석했을 수도 있다. '서쪽으로'가 아니라 그냥 '웨스트'인지도 모른다.

멜은 뒤쪽의 지명 사전을 펼쳤다. '웨스트.' 웨스트우드 힐스, 캔자스. 웨스트빌, 오클라호마. 웨스트 할리우드, 캘리포니아. 웨스트뷰. 웨스트게이트. 웨스트몬트. 캔자스에는 웨스트우드 힐스가 있었다. 콜로라도에는 웨스트클리프와 웨스턴 힐스와 웨스트민스터가 있었다. 애리조나와 뉴멕시코에는 아무 웨스트도 없었다. 네바다도 마찬가지였다. 네브래스카에는 웨스트포인트가 있었다.

웨스트포인트. 어쩌면 서부가 아닐지도 모른다. 어쩌면 뉴저지주 웨스트 오렌지이거나 웨스트 팜비치일지도 모른다. 아니면 웨스트 베를린이거나.

멜은 지도책을 덮고 B.T.를 건너다보았다. B.T.는 졸고 있었다. 잠을 자면서도 피곤하고 걱정스러운 얼굴이었다. 휴대용 컴퓨터가 가슴에 올려져 있고, 홀리데이 인에서 훔쳐 온 기드온 성경이 옆에 놓였다.

멜은 휴대용 컴퓨터를 끄고 조용히 닫았다. B.T.는 꿈쩍도 하지 않았다. 멜은 성경을 집어 들었다.

답은 성경 안에 있을 것이다. 마태복음 편을 펼쳤다. '그때에 사람이 너희에게 말하되 보라 그리스도가 여기 있다 혹은 저기 있다 하여도 믿지 말라.'

멜은 계속 읽었다. 예언자들이 말했던 대로의 재앙과 절망과 혼란. 예언자들. 그는 이사야서를 찾았다. '너희가 듣기는 들어도 깨닫지 못할 것이요 보기는 보아도 알지 못하리라.'

멜은 성경을 덮었다. '좋아.' 그는 책등을 손바닥에 대고 세우며 생각했다. '여기서 신호를 찾아보자. 난 시간이 없어.'

그가 눈을 떴다. 손가락이 사무엘서 상권 23장 14절을 가리켰다. '사울이 매일 찾되 하나님이 그를 그의 손에 넘기지 아니하시니라.'

"이런 일들이 있어야 하되 아직 끝은 아니니라."
― 마태복음 24장 6절

*

모든 길이 열렸고, 그랜드아일랜드부터 맑고 건조했으며, 안개가 조금 걷혔다.

"도로 사정이 이러면 오늘 밤에는 덴버에 닿겠는데." B.T.가 말했다.

'그래.' 멜은 B.T.의 말을 대신 끝맺으며 생각했다. '나와 같이 비행기를 타면 전체 회의에 맞춰서 돌아갈 수 있어.' 멜이 사라졌었다는 사실은 빌더벡 부인 말고는 아무도 모를 것이다. 부인에게는 다른 교회에서 일자리 제안을 받았지만 수락하지 않기로 했다고 말하면 될 것이고, 그게 사실이었다.

"그냥 잘 안됐어요." 그렇게 말하기만 하면 빌더벡 부인은 멜이 떠나지 않는다는 사실만으로도 너무 좋아서 자세한 사항은 묻지도 않을 것이다.

그러면 그는 아무 일도 없었다는 듯이 설교를 하고 성가대에 엄청나게 많은 주의를 주고, 크리스마스용 별을 간수하고, 점화 버너가 말을 잘 듣도록 관리하는 삶으로 돌아갈 수 있다.

'312번 출구.' 녹색 고속도로 표지판이 저 앞에 나타났다. '헤이스팅스 29km. 레드 클라우드 91km.'

그는 바틀렛《인용대백과》의 안내를 받았을 캐시가 벌써 윌라 캐더의 집에 도착했을지 궁금했다.

캐시는 아무 문제 없이 신호들을 찾았다. 그녀는 사방에서 신호를 보았다. '그리고 어쩌면 신호가 사방에 있는데 내가 그저 보지 못하는 것뿐인지도 모르지. 어쩌면 헤이스팅스도 신호이고, 거울을 가득 실은 그 트럭도 신호이고, 길을 온통 뒤덮은 봉제 장난감들도 신호일지 몰라. 어쩌면 어제 내가 갖고 놀던 그 중국식 손가락 덫도….'

"저기 봐." B.T.가 말했다. "저거 캐시 차 아니야?"

"어디?" 멜이 목을 죽 빼고 두리번거리면서 말했다.

"아까 그 도랑 안에."

이번엔 멜도 '허가 차량 전용' 통행로가 나올 때까지 기다리지 않았다. 그는 눈 쌓인 중앙분리대로 차를 휙 몬 다음 여전히 아무것도 보이지 않는 고속도로 반대쪽으로 나왔다.

"저기." B.T.가 가리키자 멜이 다시 중앙분리대를 건넜다.

차선을 두 개 다 건너 갓길까지 가서야 경사가 급한 도랑에 반쯤 빠진 채 이상한 각도로 기울어진 혼다가 보였다. 운전석에는 아무도 보이지 않았다.

멜이 차를 세우기도 전에 B.T.가 차를 박차고 나가 멜을 남겨두고 눈 덮인 둑을 풀쩍 뛰어내렸다. B.T.가 혼다 차문을 비틀어 열었다.

캐시의 녹색 가방이 보조석 바닥에 떨어져 있었다. B.T.가 뒷좌석을 살펴보았다. "여기 없어." B.T.가 굳이 말했다.

"캐시!" 멜이 소리쳤다. 그녀가 바깥으로 튕겨 나갔을 리는 없지만, 그는 차 앞쪽으로 달려갔다. 튕겨 나갔다면 차 문이 열려 있을 것이다. "캐시!"

"여기요…." 희미한 목소리가 들렸다. 멜이 경사면 아래쪽을 살펴보았다. 캐시가 무성한 마른 잡풀 속에 누워 있었다.

"저기 아래에 있어." 멜이 반쯤은 미끄러지면서 도랑으로 내려가며 말했다.

캐시가 다리를 깔고 누워 있었다. "부러진 것 같아요." 그녀가 멜에게 말했다.

"가서 대형 화물차를 잡아." 멜이 위쪽에 나타난 B.T.에게 말했다. "구급차를 불러달라고 해줘."

B.T.가 사라지자 멜은 캐시를 돌아보았다. "이렇게 얼마나 있었어요?" 그가 외투를 벗어 덮어주면서 물었다.

"모르겠어요." 캐시가 덜덜 떨면서 말했다. "얼음이 언 데가 있었어요. 전 아무도 차를 못 볼 거라고 생각했어요. 그래서 도로로 올라가려고 차에서 나왔는데, 미끄러졌어요. 다리가 부러졌겠죠?"

이 각도라면 그럴 것이다. "아마 그럴 거 같아요." 멜이 말했다.

캐시가 시든 잡초 쪽으로 얼굴을 돌렸다. "동생 말이 맞았어요."

멜이 재킷을 벗어 돌돌 말아서 캐시의 머리를 받쳐 주었다. "곧 구급차가 올 거예요."

"동생은 내가 미쳤다고 했어요." 캐시가 여전히 멜을 외면한 채 말했다. "그리고 이걸 보니 맞네요, 그죠? 그 애는 현현에 대해서는 아예 몰랐다고요." 캐시가 고개를 돌려 멜을 쳐다보았다. "그게 계시가 아니었던 거겠죠. 그저 에스트로젠 수치가 낮은 때문이었어요."

"기력을 보존해요." 멜은 말하면서 걱정스럽게 경사면 위를 쳐다보았다.

캐시가 멜의 손을 잡았다. "제가 거짓말을 했어요. 전 조기퇴직을 제안받은 게 아니었어요. 제가 요청했죠. 전 '서쪽으로, 야호!'라는 게 중요한 뭔가를 의미한다고 철석같이 믿었어요. 집을 팔고 저축해놨던 걸 다 찾았죠."

캐시의 손이 추위로 빨갰다. 멜은 그 카니발 청년이 장갑을 돌려주겠다고 했을 때 받아놓을 걸 하고 후회했다. 그는 캐시의 얼음장 같은 손을 자신의 두 손 사이에 끼워 넣고 꼭 잡았다.

"전 정말 확신했어요." 캐시가 말했다.

"멜." B.T.가 위에서 불렀다. "지나가는 트럭을 네 대나 세워보려 했지만 다 그냥 지나가버렸어. 아무래도 내 피부색 때문인 것 같아." B.T.가 자신의 검은 얼굴을 가리켰다. "네가 올라와서 한번 해보는 게 좋겠어."

"바로 올라갈게." 멜이 B.T.에게 마주 소리쳤다. "금방 올게요." 멜이 캐시에게 말했다.

"아니요." 캐시가 그의 손을 꽉 잡으며 말했다. "모르시겠어요? 이건 아무 뜻도 없어요. 제 동생 말대로 갱년기 증상일 뿐이었어요. 그 애는 제게 말하려고 애를 썼지만 전 듣지 않았어요."

"캐시." 멜이 가만히 그녀의 손을 놓으며 말했다. "우린 당신을 여기서 데리고 나가 시내 병원에 가야 해요. 그때 저한테 다 얘기해줘요."

"얘기할 것도 없어요." 캐시가 말하며 그의 손을 놓았다.

"어서 와. 트럭이 또 한 대 오고 있어." B.T.가 밑을 향해 소리쳤고, 멜이 경사면을 오르기 시작했다. "아니, 안 와도 돼." B.T.가 말했다. "기병대가 왔어." B.T.가 말하고는 놀랍게도 껄껄 웃었다.

수압 브레이크 밟는 쉭쉭거리는 소리가 났다. 멜이 서둘러 나머지 경사면을 기어올랐다. 트럭 한 대가 서고 있었다. 빨강과 금색이 섞인 안장과 보석이 박힌 굴레를 쓴 희고 검고 크림색인 회전목마 말들을 실은 회전 카니발 트럭 중 한 대였다. B.T.가 벌써 운전석 쪽으로 달려가며 물었다. "무선 통신기 있어요?"

"있어요." 운전사가 말하고는 트럭 뒤쪽으로 돌아 나왔다. 멜이 태워줬던 그 청년이었다. 여전히 멜이 준 장갑을 끼고 있었다.

"구급차를 불러야 해요." 멜이 말했다. "여기 다친 여자분이 있어요."

"물론이죠." 청년이 말하고는 다시 트럭을 돌아 운전석으로 사라졌다.

멜은 미끄러지듯이 다시 경사면을 내려와 캐시에게 갔다. "저 사람이 구급차를 부르고 있어요." 멜이 캐시에게 말했다.

캐시가 무관심한 태도로 고개를 끄덕였다.

"오고 있어요." 청년이 위에서 그들을 향해 소리쳤다. 청년이 혼다 쪽으로 향하자 B.T.가 따라갔다. 청년이 차 꽁무니 밑으로 머리를 집어넣었다. 차를 한 바퀴 돌더니 뒷바퀴 옆에 쭈그리고 앉았다가 경사면 너머로 다시 사라졌다.

"트럭에 견인용 밧줄이 없대." B.T.가 알려주러 돌아와서 말했다. "그리고 어쨌든 자기는 차를 못 빼낼 거 같다네. 그래서 견인차를 부르고 있어."

멜이 고개를 끄덕이고는 캐시에게 말했다. "다음 마을이 16킬로미터밖에 안 남았다는 표지판을 봤어요. 눈 깜짝할 사이에 추위에서 벗어나게 될 거예요."

캐시는 대답하지 않았다. 멜은 그녀가 쇼크 상태에 빠지려는 게 아닌지 걱정이 되었다. "캐시." 멜은 그녀의 손을 다시 잡고 동상에 관해 자기 입으로 그 청년에게 했던 말에도 불구하고 문지르며 말했다. "우린 당신 차를 보고 너무 놀랐어요." 캐시에게 뭔가 말을 시키기 위해 아무 말이나 던졌다. "당신이 레드 클라우드로 가고 있다고 생각했거든요. 왜 마음을 바꿨어요?"

"그《인용대백과》때문이죠." 캐시가 씁쓸하게 말했다. "가방을 차에 넣다가 그게 주차장 바닥에 떨어졌어요. 책을 집어 드는데 윌리엄 블레이크의 문장이 확 눈에 들어오지 뭐예요. '더는 외면하지 말라.' 전 그게 레드 클라우드를 향해 남쪽으로 방향을 틀어서는 안 된다는, 계속해서 서쪽으로 가야 한다는 뜻이라고 생각했어요. 이렇게 멍청한 사람이 또 있겠어요?"

'물론 있죠.' 멜은 생각했다.

노란 불빛을 번쩍거리는 구급차가 사이렌을 울리며 멈춰 섰고, 들것을 든 구급대원 둘이 훌쩍 뛰어내리더니 경사면을 미끄러지며 캐시가 있는 곳으로 와서 능숙하게 들것에 옮기기 시작했다.

멜은 B.T.가 있는 곳으로 올라왔다. "캐시와 같이 구급차를 타고 가." 멜이 말했다. "난 여기서 견인차를 기다릴게."

"그래도 돼?" B.T.가 말했다. "내가 여기서 기다려도 괜찮은데."

"아니." 멜이 말했다. "내가 견인차를 따라 수리공장에 가서 저 차를 어떻게 할 수 있는지 알아볼게. 그리고 나서 병원으로 갈게. 내일 아침 덴버에서 집으로 가는 제일 빠른 비행기가 언제야?"

"비행기?" B.T.가 말했다. "아니, 난 너 없이 집으로 가지는 않을 거야."

"그런 일 없을 거야." 멜이 말했다. "제일 빠른 비행기가 언제야?"

"난 무슨 말인지 이해를⋯."

"아니면 차로 돌아가도 돼. 교대로 운전하면 전체 회의에 맞춰 돌아갈 수 있을 거야."

"하지만⋯." B.T.가 어리둥절한 채 말했다.

"난 신호를 원했어. 그런데, 받았어." 멜이 팔을 캐시 쪽으로, 그녀의 차 쪽으로 흔들며 말했다. "이 의미를 알기 위해 머리를 얻어맞을 필요는 없잖아. 난 헛고생을 하려고 이 한겨울에 이런 허허벌판 복판에 와 있는 거야."

"그 계시는 어쩌고?"

"그건 망상이었어. 발작이고, 일시적인 호르몬 불균형이었지."

"그럼 널 성직으로 이끈 그 부름은 뭐야?" B.T.가 말했다. "그것도 망상이었어? 캐시는?"

"악마도 성경을 인용할 수 있어, 기억해?" 멜이 씁쓸하게 말했다. "그리고 바틀렛의 《인용대백과》도."

"여기 와서 좀 도와주시겠어요?" 구급대원 한 명이 불렀다. 둘은 캐시를 들것에 싣고 경사면을 올라갈 준비를 하고 있었다.

"갈게요." 멜이 말하고는 그들 쪽으로 발걸음을 옮겼다.

B.T.가 멜의 팔을 잡아챘다. "예수를 찾고 있는 다른 이들은 뭐야? 그 왓치맨 웹사이트는?"

"UFO광들이겠지." 멜이 말하고는 들것으로 다가갔다. "그건 전혀 중요하지 않아."

캐시가 회색 담요를 덮고 멜이 그녀를 발견했을 때처럼 고개를 옆으로 돌린 채 누워 있었다.

"괜찮아요?" 맞은편에서 들것을 잡으며 B.T.가 물었다.

"아니요." 캐시가 말하자 눈물 한 방울이 통통한 뺨을 따라 흘러내렸다. "이런 고생을 하게 해서 미안해요."

카니발 청년이 들것의 앞쪽을 잡았다. "지나고 보면 언제나 생각보다 나쁘지 않은 법이에요." 청년이 담요를 다독이며 말했다. "관람차 꼭대기에서 떨어진 사람을 한번 본 적이 있는데, 그 남자는 어디 한군데 다친 데도 없었다니까요."

캐시가 고개를 저었다. "이건 실수였어요. 전 오지 말았어야 해요."

"그런 말 하지 말아요." B.T.가 말했다. "마크 트웨인의 집을 봤잖아요. 진 스트래튼-포터의 집도요."

캐시가 고개를 돌렸다. "그게 무슨 소용이에요? 전 더 이상 영어 교사도 아닌데 말이에요."

관람차에서 떨어진 남자한테는 상황이 보기보다 나쁘지 않았을지 모르겠지만, 눈 덮인 경사면과 캐시를 그 위로 끌어올리는 문제에서 그들은 보기보다 훨씬 사정이 나빴다. 마침내 구급차에 태울 때쯤 캐시의 얼굴은 담요만큼이나 회색으로 질려 고통으로 일그러져 있었다. 구급대원들이 캐시에게 혈압측정기와 수액 주입기를 연결하기 시작했다.

"그럼 병원에서 봐." 멜이 말했다. "빌더벡 부인한테 전화해서 우리가 간다고 얘기해줘도 좋고."

"길이 폐쇄되면 어떻게 해?" B.T.가 말했다.

"어젯밤에 직원이 하는 말 들었잖아. 양쪽으로 다 뚫릴 거랬어." 멜이 B.T.를 쳐다보았다. "넌 이걸 원하는 줄 알았는데, 내가 제정신으로 돌아오는 거, 내가 미쳤었다고 인정하는 거 말이야."

B.T.는 뭔가 불만스러워 보였다. "동물이 늘 지나간 흔적을 남기는 건 아니야." B.T.가 말했다. "5년 전에 라임병 관련 실험을 위해 사슴을 몰다가 알게 됐지. 가끔은 온갖 종류의 흔적을 남기지만 어떤 때는 전혀 보이지 않아."

구급대원들이 문을 닫고 있었다. "잠깐만요." B.T.가 말했다. "제가 같이 갈 거예요."

B.T.가 구급차 뒤에 올라탔다. "사슴이 있다는 사실을 확실하게 알 수 있는 유일한 방법이 뭔지 알아?"

멜이 고개를 저었다.

"늑대가 있는지 보는 거지." B.T.가 말했다.

> "그러므로 주께서 친히 징조를 너희에게 주실 것이라."
> — 이사야서 7장 14절

＊

거의 1시간이나 지나서야 견인차가 왔다. 멜은 한동안 히터를 켜고 차 안에서 기다리다가 밖으로 나와 캐시의 혼다로 가서 뚫어지게 쳐다보았다.

'늑대라⋯.' B.T.가 그랬지. 포식자. "'주검이 있는 곳에는,'" 그는 성경을 인용했다. "'독수리들이 모일 것이니라.' 마태복음 24장 28절."

"악마도 성경을 인용할 수 있어." 멜은 소리 내 말하고는 자기 차로 돌아왔다.

앞유리에 또 금이 생겼다. 중앙에서 새로운 방향으로 뻗어나간 금 두 개였다. 분명한 신호였다.

'넌 수십 가지의 신호를 봤어.' 멜은 생각했다. 눈보라, 도로 폐쇄, 얼음이 얼고 눈이 쌓인 환경. '그저 그것들을 무시하기로 한 것뿐이지.'

"왜, 누구든 그것을 알아보지 못하는 눈뜬장님이어야 합니까." 라디오

전도사가 말했었지. 자기가 바로 그런 사람이었다. 노란 화살표를, 뒤에서 폐쇄되는 도로를 자신이 올바른 방향으로 가고 있다는 신호로 여기고, 캐시의 '서쪽으로, 야호!'를 뭔가 외부의 확인인 것처럼 받아들인, 고의로 눈감은 자.

"그건 아무 의미도 아니었어." 멜은 혼자 말했다.

마침내 견인차가 도착했을 때는 어두워지는 중이었고, 캐시의 혼다를 경사면 위로 끌어올렸을 때는 사방이 칠흑같이 어두워졌다.

'그리고 그것도 신호였지.' 멜은 견인차를 따라가며 생각했다. 안개와 트레일러가 뚝 꺾인 채 도로를 가로질러 누워 있던 카니발 트럭과 모텔마다 걸린 '빈방 없음' 간판 같은 것들도. 모두가 똑같은 말을 번쩍거리고 있었다. '이건 실수야. 포기해. 집으로 가.'

견인차가 저 앞으로 가버렸다. 그가 속도를 냈지만 아주 느린 픽업트럭 한 대가 차 앞으로 끼어들었고, 그보다도 느린 SUV 한 대가 오른쪽 차선을 막았다. 주유소에 도착해보니 이미 수리공이 혼다 밑에서 빠져나와 고개를 젓고 있었다.

"차축이 부러졌고 변속기 쪽도 그래요." 수리공이 기름 묻은 걸레로 손을 닦으며 말했다. "이걸 고치려면 못해도 1,500달러는 들 텐데, 차가 그 반의 가치라도 있는지 모르겠어요." 수리공이 안 됐다는 듯이 보닛을 두드렸다. "안됐지만 길이 끝난 거 같아요."

길이 끝났다. '좋아, 좋다고, 무슨 의미인지 알았어.' 멜은 생각했다.

"자, 어쨌으면 좋겠어요?" 수리공이 물었다.

'포기해야죠.' 멜은 생각했다. '제정신을 차려야죠. 집에 가야죠.' "이게 제 차가 아니라서요." 멜이 말했다. "차 주인한테 물어봐야 할 거 같아요. 지금 병원에 있어요."

"많이 다쳤어요?"

멜은 잡초 속에 누워서 말하던 캐시를 떠올렸다. '그건 아무 의미도 없었어요.'

"아니요." 멜은 거짓말을 했다.

"원한다면 새 차축과 새 변속기를 다는 데에 얼마나 들어갈지 예상 금액을 뽑아드릴 수 있다고 말해줘요." 수리공이 마뜩잖다는 듯이 말했다. "하지만 제가 주인이라면 보험금을 받아서 새로 시작하겠어요."

"그렇게 전할게요." 멜이 말했다. 그는 트렁크를 열고 캐시의 여행 가방을 꺼낸 다음 뒷좌석에 있는 녹색 가방을 꺼내기 위해 보조석 쪽으로 돌아갔다.

문손잡이에 돌돌 말린 밝은 노란색 전단이 끼어 있었다. 멜은 그걸 펴보았다. 순회 카니발 전단이었다. '그 청년이 끼워 넣은 게 틀림없군.' 멜은 자기도 모르게 미소를 지으며 생각했다.

맨 위에는 트럼펫 그림이 있고 그 나팔에서 "모두 빠짐없이 오세요!"라는 말이 나왔다.

그 밑에는 삼중 관람차 그림이 있고 여기저기에 글 상자들이 흩어져 있었다. '생명수의 경이', '해룡을 타다!', '팝콘, 아이스크림, 솜사탕!', '한 우리에 든 사자와 새끼 양을 보라!'

멜은 전단을 뚫어지게 쳐다보았다.

"만약 부품을 팔 생각이 있다면," 수리공이 말했다. "400달러를 줄 의사가 있다고 전해줘요."

사자와 새끼 양. 바퀴 안에 든 바퀴. '어린 양이 그들의 목자가 되사 생명수 샘으로 인도하시리라.'

"읽고 있는 그건 뭐예요?" 수리공이 차를 돌아서 오며 말했다.

상으로 주는 곰과 사자와 붉은 용 같은 동물 모양 봉제 인형들이 갖춰진 오락장과 혜성이라 불리는 놀이기구와 거울의 집. '우리가 지금은 거울로 보는 것같이 희미하나 그때에는 얼굴과 얼굴을 대하여 볼 것이니라.'

수리공이 그의 어깨너머로 들여다보았다. "아, 그 미친 카니발 전단이네요." 수리공이 말했다. "그래, 제가 그 광고 포스터를 창문에 붙였죠."

신호. '보라, 내가 너에게 신호를 주노라.' 그리고 그 신호는 말 그대로 신호였다. 그 샴쌍둥이처럼. 그 청년의 손등에 새긴 평화의 신호같이. '이는 한 아기가 우리에게 났고 한 아들을 우리에게 주신 바 되었는데, 그의 이름은 기묘자(奇妙者)라, 모사(謀士)라, 평강의 왕이라 할 것임이라.' 상처 입은 청년의 손.

"수리비 견적이 필요하면 좀 시간이 걸린다고 전해줘요." 수리공이 말했지만, 멜은 듣고 있지 않았다. 그저 멍하니 전단을 바라보았다. '무저갱을 들여다보라!' 그렇게 적혀 있었다. '회전목마를 타자!'

"'이 같은 환상 가운데 그 말들과,'" 멜이 중얼거렸다. "'그 위에 탄 자들을 보았노라.'" 멜은 껄껄 웃기 시작했다.

수리공이 그를 보고 미간을 찌푸렸다. "웃을 일이 아니에요." 수리공이 말했다. "차가 정말 엉망이에요. 차 주인은 어떻게 하고 싶어 할 것 같아요?"

"카니발에 가는 거야." 멜이 말하고는 자기 차로 뛰어갔다.

"다시 밤이 없겠고 등불과 햇빛이 쓸데없노라."
— 요한계시록 22장 5절

*

병원은 3층짜리 벽돌 건물이었다. 멜은 응급실 앞에 차를 세우고 안으로 들어갔다.

"도와드릴까요?" 접수 담당 간호사가 물었다.

"예." 그가 말했다. "전…." 그러고는 말을 멈췄다. 접수대 뒤에 카니발 광고지가 붙었는데 맨 밑에 날짜가 적혀 있었다. '크라운 포인트, 12월 14일. 그레샴, 1월 13일. 엠피리언, 1월 15일.'

"도와드릴까요? 선생님." 간호사가 다시 말하자 멜은 엠피리언이 어디인지 물어보려고 돌아보았다. 간호사가 물어본 사람은 멜이 아니라 진청색 양복을 입은 남자 둘이었다.

"예." 키가 큰 쪽이 말했다. "저희가 병원 봉사활동을 하려고 하는데, 집에서 멀리 떨어져 병원에 있는 분들을 위해 목회를 하는 겁니다. 다른 고장에서 온 환자가 있습니까?"

간호사가 미심쩍다는 표정을 지었다. "죄송하지만 저희는 환자들의 정보를 알려드리면 안 됩니다."

"물론이죠, 이해합니다." 남자가 성경을 펼치며 말했다. "저희는 누구의 사생활도 침해하고 싶지 않습니다. 저희는 그저 착한 사마리아인처럼 몇 마디 위안의 말을 드리고 싶을 뿐입니다."

"저는 그런 일을…." 간호사가 말했다.

"저희는 이해합니다." 키가 작은 쪽 남자가 말했다. "잠시 저희와 같이 기도하시겠습니까? 전능하신 하나님, 저희는…."

문이 열리고 다들 고개를 돌려 이마에서 피를 흘리는 남자애를 보는 사이에 멜은 가만히 복도를 따라 계단으로 갔다.

'캐시를 어디로 데려갔을까?' 멜은 문이 열린 방마다 들여다보았다. 이처럼 작은 병원에도 병동이 나뉘어 있을까, 아니면 환자들이 다 섞여 있을까?

캐시는 1층에 없었다. 그는 진청색 양복을 입은 남자들을 신경 쓰면서 서둘러 계단을 올라 2층으로 갔다. 저들은 아직 그녀의 이름을 모르지만, 곧 알게 될 것이다. 접수 담당 간호사에게서 이름을 알아내지 못한다 해도, 캐시가 의료보험 카드를 줬을 테니 그 정보가 몽땅 컴퓨터 안에 있을 것이다. 캐시를 어디로 데려갔을까? '엑스레이실.' 그는 생각했다.

"엑스레이실로 가려면 어디로 가야 하나요?" 멜이 분홍색 간호사복을 입은 어느 중년 여성에게 물었다.

"3층이에요." 간호사가 알려주면서 엘리베이터 쪽을 가리켰다.

멜은 고맙다고 말하고 그녀의 시야에서 벗어나자마자 한 번에 두 계단씩 뛰어올랐다.

캐시는 엑스레이실에 없었다. 멜은 엑스레이 기사를 찾기 시작했고, 그러다 복도 끝에 있는 B.T.를 보았다.

"좋은 소식이야." 멜이 서둘러 다가가자 B.T.가 말했다. "부러진 게 아니었어. 무릎을 뻬었어."

"어디에 있어?" 멜이 B.T.의 팔을 잡으며 물었다.

"308호실에." B.T.가 말하자 멜은 그를 재촉해 병실로 들어가 문을 닫았다.

하얀 환자복을 입은 캐시가 병실 안쪽 침대에 누워 있었다. 얼어붙은 잡초들 틈에 있던 때처럼 고개를 돌린 채였다. 창백하고 기운이 없어 보였다.

"캐시가 동생한테 전화했어." B.T.가 걱정스럽게 캐시를 보며 말했다. "동생이 데리러 미네소타에서 오는 길이야."

"그 애는 내가 무릎을 삐는 정도로 그쳐서 운이 좋다고 했어요." 캐시가 고개를 돌려 멜을 쳐다보며 말했다. "제 차는 어때요?"

"못 쓸 거 같아요." 멜이 병상 머리맡으로 걸음을 옮기며 말했다. "하지만 그건 중요하지 않아요. 우리는…."

"맞아요." 캐시가 말하고는 베개를 벤 머리를 돌렸다. "그건 중요하지 않아요. 전 제정신을 차렸어요. 집에 갈 거예요." 캐시가 파리하게 멜을 보고 웃었다. "저 때문에 이런 고생을 겪게 되어서 정말 미안해요. 하지만 그래도 오래 지속되지는 않을 거예요. 동생이 내일 밤이면 여기 올 테고, 병원에서도 절 밤새 보살필 거예요. 그러니 두 분은 여기 안 계셔도 돼요. 그 종교 모임에 가셔야죠."

"저희가 거짓말을 했어요." 멜이 말했다. "종교 모임에 가는 길이 아니에요." 그러고는 사실 종교 모임에 가는 길이었다는 걸 깨달았다. "계시를 받은 사람이 당신만이 아니에요."

"그래요?" 캐시가 말하고는 베개 위로 몸을 반쯤 끌어올렸다.

"예. 저도 서쪽으로 가라는 계시를 받았어요." 멜이 말했다. "당신 말이 맞아요. 뭔가 중요한 일이 일어나려 해요. 당신이 우리와 같이 갔으면 해요."

B.T.가 끼어들었다. "그가 어디 있는지 알아?"

"어디에 있게 될지 알아." 멜이 말했다. "B.T., 도로 지도를 찾아서 엠피리언이라는 마을과 가는 길을 찾아주면 좋겠어."

"어디 있는지 제가 알아요." 캐시가 말하고는 완전히 일어나 앉았다. "단테예요."

둘이 쳐다보자 캐시가 반쯤 사과하는 투로 말했다. "제가 영어 교사잖아요, 기억해요? 엠피리언은 《신곡》에 나오는 가장 높은 차원의 낙원이에요. 성스러운 신의 도시죠."

"그게 도로 지도에 나올지 모르겠네." B.T.가 말했다.

"그건 중요하지 않아." 멜이 말했다. "불빛으로 찾을 수 있을 거야. 하지만 먼저 캐시를 여기서 데리고 나가야 해. 캐시, 우리가 도와주면 걸을 수 있을 것 같아요?"

"예." 캐시가 훌렁 이불을 걷고는 붕대를 감은 무릎을 침대 가로 옮기기 시작했다. "제 옷이 저기 벽장 안에 있어요."

멜이 절룩거리는 그녀를 도와 벽장까지 갔다.

"난 가서 퇴원 수속을 밟을게." B.T.가 말하고는 나갔다.

캐시가 옷걸이에 걸린 옷을 끌어 내려 지퍼를 열기 시작했다. 멜은 돌아서서 문가로 가 밖을 내다보았다. 양복 입은 두 남자의 기척은 없었다.

"부츠 신는 거 좀 도와줄래요?" 캐시가 절룩거리며 의자로 가면서 말했다. "무릎이 많이 좋아진 것 같아요." 캐시가 의자에 앉으며 말했다. "거의 아프지 않아요." 멜이 무릎을 꿇고 신중하게 가장자리에 털이 달린 부츠 안에 그녀의 다리를 넣었다.

B.T.가 들어왔다. "저 밑 접수대에 웬 남자 둘이 있어." B.T.가 헐떡이며 말했다. "캐시가 몇 호실에 있는지 알아내려 하더라고."

"뭐 하는 사람들이에요?" 캐시가 물었다.

"헤롯왕의 수하들이죠." 멜이 말했다. "어디 비상구가 있을 거예요. 괜찮겠어요?"

캐시가 고개를 끄덕였다. 멜이 그녀를 도와 일으키고는 가서 그녀의 외투를 챙겼다. 멜과 B.T.가 그녀를 도와 외투를 입히고는 양쪽에서 부축해 문가로 가서 조심스럽게 문을 열고 양쪽 복도를 살펴본 다음 비상구로 갔다.

"동생한테 전화해야 해요." 캐시가 말했다. "마음을 바꿨다고 알려줘야 해요."

"주유소에 잠깐 서지요." B.T.가 문을 활짝 열고 다시 양쪽을 살펴보면서 말했다. "좋아." B.T.가 말하자 그들은 복도를 지나고 비상구를 통과해 비상계단으로 나왔다.

"넌 가서 차를 가져와." B.T.가 말하자 멜이 금속망 계단을 덜걱거리며 내려와 어깨를 움츠린 채 주차장을 가로질러 차로 갔다.

응급실 문이 열리고 남자 두 명이 잠시 불빛을 받은 채 서서 누군가와 얘기를 나눴다.

멜은 차 열쇠를 키박스에 밀어 넣고 시동을 걸고는 차를 병원 옆쪽으로 끌고 갔다. B.T.와 캐시가 마지막 계단을 내려오고 있었다.

"자," B.T.가 캐시를 부축하며 말했다. "서둘러요." 그러고는 그녀를 차로 재촉했다.

사이렌 소리가 울려 퍼졌다. "빨리." 멜이 차 문을 확 열고 캐시를 뒷좌석에 밀어 넣은 다음 문을 쾅 닫았다. B.T.가 보조석 쪽으로 뛰어왔다.

사이렌 소리가 급격히 가까워지더니 뚝 끊기는 바람에 문손잡이로 손을 뻗던 멜이 응급실 입구 쪽을 돌아보았다. 구급차 한 대가 붉고 노란 불빛을 번쩍이면서 멈춰 서자 문가에 섰던 두 남자가 다가가 꽁무니에서 들것을 내렸다.

'이건 미친 짓이야.' 멜은 생각했다. '아무도 우리를 쫓지 않아.' 하지만 캐시가 사라진 걸 간호사가 발견하자마자 그럴 것이고, 설사 그때가 아니더라도 캐시의 동생이 도착하자마자 그럴 것이다. "두 남자가 여자 하나를 차에 밀어 넣고는 급히 떠나는 걸 봤어요." 저 들것을 내리는 인턴 중 하나가 말할 것이다. "그 남자들이 여자를 납치하는 것처럼 보였어요." 그러면 '우리는 신의 도시를 찾고 있었다'고 경찰에게 어떻게 설명할 것인가?

"이건 미친 짓이야." 멜이 차 문손잡이로 팔을 뻗으면서 중얼거리기 시작했다.

손잡이에 전단이 꽂혀 있었다. 멜은 전단을 펴서 주차장의 희미한 빛 속에서 읽었다. "어서, 어서, 어서! 세상에서 제일 큰 쇼를 보러 오세요!" 금색 글자로 적혀 있었다. "경이, 놀라움, 신비가 밝혀진다!"

멜은 차를 타고 전단을 B.T.에게 건네주었다. "준비됐어?" 멜이 물었다.

"가요." 캐시가 다급하게 병원 정문을 가리키며 말했다. 진청색 양복을 입은 남자 두 명이 계단을 뛰어 내려왔다.

"몸을 숙여요." 멜이 말하고는 주차장을 빠져나왔다. 그는 남쪽으로 방향으로 틀어 한 블록을 지난 다음 옆길로 들어가 길옆에 차를 세우고 모든 불을 끄고 기다렸다. 백미러로 뒤쪽을 살펴보니 이윽고 진청색 차 한 대가 굉음을 울리며 그들을 지나쳐 남쪽으로 달려갔다.

멜은 차에 시동을 걸고 불을 켜지 않은 채 두 블록을 운전한 다음 차를 돌려 고속도로로 올라가 북쪽으로 향했다. 마을에서 8킬로미터쯤 떨어진 곳에서 동쪽으로 틀어 자갈길로 접어들어 길이 끝날 때까지 달리다가 남쪽으로 방향을 틀었고, 조금 후에는 다시 동쪽으로, 또 북쪽으로 방향을 틀어 흙길로 나갔다. 뒤를 쫓는 차는 없었다.

"됐어." 멜이 말하자 B.T.와 캐시가 몸을 일으켜 앉았다.

"여기가 어디죠?" 캐시가 물었다.

"모르겠어요." 멜은 다시 동쪽으로 방향을 튼 다음 처음 만난 포장도로에서 다시 남쪽으로 향했다. "어디로 가는 거야?" B.T.가 물었다.

"그것도 모르겠어. 하지만 우리가 무얼 찾고 있는지는 알아." 멜은 아이들을 잔뜩 태운 낡은 픽업트럭이 지나갈 때까지 기다렸다가 길옆에 차를 세우고 실내등을 켰다.

"네 노트북 어디 있어?" 멜이 B.T.에게 물었다.

"여기." B.T.가 노트북을 열어 전원을 켜며 말했다.

"좋아." 멜이 전단을 불빛에 비쳐 보면서 말했다. "1월 4일에는 오마하에 있었고, 9일에는 팔미라, 10일에는 베아트리스였어." 멜은 병원에서 본 광고지에 적힌 날짜들을 떠올리는 데 집중했다.

"베아트리스." 캐시가 중얼거렸다. "그 이름도 단테에 나와요."

"그 순회 카니발은 12월 14일에 크라운 포인트에 있었어." 멜은 여전히 날짜를 떠올리려 애쓰며 말을 이었다. "그리고 1월 13일에는 그레샴이었고."

"카니발?" B.T.가 말했다. "우리가 카니발을 찾고 있었어?"

"그래." 멜이 말했다. "캐시, 바틀렛의 《인용대백과》 가지고 있어요?"

"예." 캐시가 대답하고는 청록색 가방을 뒤지기 시작했다.

"일요일에 피츠버그와 영스타운 사이에서 그들을 봤어." 입력을 시작한 B.T.에게 멜이 말했다. "그리고 월요일에는 아이오와주 웨이사이드에서."

"그리고 짐을 쏟은 트럭은 수어드에 있었지."

"어떻게 나왔어요, 캐시?" 멜이 룸미러로 뒤를 보면서 말했다.

캐시가 펼친 책장 어딘가에 손가락을 짚었다. "크리스티나 로제티예요." 그녀가 말했다. "'그날의 여행은 온종일 걸릴까? 아침부터 밤까지, 나의 친구여.'"

"지도를 여기저기 옮겨 다니고 있어." B.T.가 노트북을 돌려 화면을 보여주면서 말했다. 이리저리 연결된 선이 미로를 이루고 있었다.

"카니발이 어디로 향하는지 대략적인 방향은 알 수 있어?" 멜이 물었다.

"응." B.T.가 말했다. "서쪽이야."

"서쪽." 멜이 되뇌었다. 당연하겠지. 멜은 차를 다시 출발시키고 처음 만난 길에서 서쪽으로 방향을 틀었다.

다니는 차는 전혀 없었고 이따금 농장이나 곡물 창고나 라디오 송신탑 같은 산발적인 불빛이 보였다. 멜은 저 멀리 화려하게 반짝이는 카니발의 불빛을 찾아 눈 덮인 평평한 지대를 가로지르며 하염없이 서쪽으로 차를 몰았다.

하늘이 진청색으로 바뀌더니 이내 회색이 되었다. 그들은 기름을 넣고 캐시의 동생에게 전화하기 위해 잠시 차를 멈췄다.

"제 전화카드를 쓰세요." B.T.가 카드를 캐시에게 건네며 말했다. "그들이 절 찾고 있지는 않을 거예요. 현금은 얼마나 있어요?"

캐시한테는 60달러와 200달러어치의 여행자수표가 있었다. 멜은 168달러가 있었다. "대체 무슨 짓을 한 거야?" B.T.가 물었다. "헌금함이라도 털었어?"

멜은 빌더벡 부인에게 전화를 걸었다. "일요일 예배에 맞춰 돌아가지 못할 거 같아요. 데이비슨 목사님께 전화해서 대신해줄 수 있는지 여쭤보세요. 그리고 전체 회의에는 하나님께 드리는 헌납으로 요한복음 3장 16절부터 18절까지 읽으라고 전해주세요."

"정말 괜찮으신 거 맞아요?" 빌더벡 부인이 물었다. "어제 어떤 남자들이 와서 목사님을 찾았어요."

멜이 수화기를 꽉 쥐었다. "그 사람들한테 뭐라고 하셨어요?"

동방박사들의 여정　613

"그 사람들 인상이 별로 마음에 안 들어서 목사님이 보스턴에서 열리는 목사연합회 모임에 갔다고 했어요."

"정말 잘하셨어요." 멜은 말하고 전화를 끊으려 했다.

"아, 잠깐만요, 불은 어쩌죠?" 빌더벡 부인이 말했다. "점화용 버너가 또 나가면요?"

"안 나갈 거예요." 멜이 말했다. "아무것도 그 불을 끌 수 없어요."

멜은 전화를 끊고 전화기와 전화카드를 캐시에게 건네주었다. 캐시가 카폰으로 전화를 받은 동생에게 오지 말라고, 자기는 괜찮다고, 무릎을 삔 것도 아니고 살짝 비틀린 것뿐이라고 말했다.

"그리고 정말로 그런 거 같아요." 차로 돌아오면서 캐시가 멜에게 말했다. "보세요. 전혀 절뚝거리지도 않잖아요."

B.T.가 주스와 도넛과 커다란 감자튀김 한 봉지를 샀다. 멜이 주간 고속도로를 지나 34번 고속도로를 타고 남쪽으로 차를 모는 사이에 그들은 요기를 했다.

태양이 떠올라 금속으로 지은 건초 창고와 앞유리창에 난 별 모양 금이 햇빛에 반짝였다. 눈이 부신 멜이 눈살을 찌푸렸다. 그들은 전신주와 가게 앞유리창에 붙은 전단을 찾으며 맥쿡과 샤론 스프링스와 마라나타를 천천히 통과했다. 그들이 마을 이름과 날짜를 불러주면 B.T.가 노트북에 만든 목록에 추가했다.

그들을 지나치는 트럭은 많았지만, 회전 놀이기구나 간이매점을 실은 트럭은 없었다. 캐시가 다시 바틀렛의 《인용대백과》에 자문을 구했다. '우리가 겪었던 추위가 오노라. 한 해의 가장 혹독한 시기로구나.'

"T. S. 엘리엇이에요." 캐시가 놀랍다는 듯이 말했다. "〈동방박사들의 여정〉요."

그들은 다시 기름을 넣기 위해 멈췄고, 멜이 잠시 눈을 붙이는 동안 B.T.가 차를 몰았다. 날이 어두워졌다. B.T.와 멜이 교대하는 사이에 캐시가 재빨리 몸을 놀려 보조석으로 자리를 옮겼다.

"무릎이 다시 아파요?" 멜이 물었다.

"아니요." 캐시가 말했다. "전혀 아프지 않아요. 그냥 차에 너무 오래 앉아 있어서요." 그녀가 말했다. "그래도 낙타가 아니라서 다행이에요. 그걸 타고 다니면 어땠을지 상상이나 가요?"

'그럼요.' 멜은 생각했다. '다들 그들이 미쳤다고 생각했을 게 뻔하죠. 그들 자신까지 포함해서요.'

사방이 아주 캄캄해졌다. 그들은 얼어붙은 벌판에서 반짝거리는 다채로운 불빛을, 빙글빙글 도는 관람차와 솜사탕 냄새를 찾아, 롤러코스터에서 들리는 비명과 회전목마의 음악 소리를 찾아 귀를 기울이며 글로리에타와 길리드와 뷸라센터를 지나 계속해서 서쪽으로 향했다.

별이 앞서가고 있었다.

우리가 알던 이들처럼
Just Like the Ones We Used to Know

신해경 옮김

코네티컷주 브랜포드를 살짝 벗어난 그곳에 동부 표준시*로 밤 12시 1분부터 눈이 내리기 시작했다. 노아와 테리 블레이크는 휘티어네 집에서 열린 파티를 마치고 돌아가는 길이었다. 미란다 휘티어가 "오늘 이거 크리스마스이브 이브 파티라고 하면 되겠다!"라는 말을 못해도 50번쯤 했다. 카누브룩 길로 접어들 때 눈이 몇 송이 날리더니 집에 닿을 때쯤엔 펑펑 쏟아졌다.

"아, 좋다." 테리가 몸을 숙여 앞유리로 밖을 내다보며 말했다. "그렇잖아도 올해는 화이트 크리스마스가 되면 좋겠다 싶었는데."

중부 표준시**로 밤 1시 37분에 빌리 그로건은 덜루스에서 송출하는 KYZT 라디오 채널의 심야 음악 신청 프로그램을 대신 진행하면서 "기상청에서 방금 들어온 소식입니다. 5대호 지역에 오늘 밤과 내일 아침 폭설 주의보가 내렸습니다. 예상 적설량은 5에서 10센티미터입니다."라고 말하

---

* 협정 세계시보다 5시간 늦은 표준시로, 미국과 캐나다 동부, 멕시코 일부 지역에서 사용
** 협정 세계시보다 6시간 늦은 표준시

고는 전화 연결된 청취자와 '제일 싫어하는 크리스마스 노래'에 관한 대화를 이어갔다.

"제가 정말 싫어하는 노래를 말하면요." 워와토사에서 전화를 건 청취자가 말했다. "〈화이트 크리스마스〉예요. 이번 달에만 그 노래를 500번은 들어야 할 거예요."

"사실," 빌리가 말했다. "'세인트 클라우드 저녁 뉴스'에 따르면, 빙 크로스비가 부른 〈화이트 크리스마스〉만 12월 한 달 동안 2,150번 방송을 타고, 다른 가수들이 부른 그 노래도 추가로 1,890번 방송될 거랍니다."

청취자가 콧방귀를 뀌었다. "저한테는 한 번도 너무 많아요. 그건 그렇다 치고 대체 누가 화이트 크리스마스를 바란대요? 전 확실히 아니에요."

"음, 안됐지만 여기 한 사람 있는 것 같은데요." 빌리가 말했다. "그리고, 그런 의미에서, 데스티니스 차일드가 부릅니다. 〈화이트 크리스마스〉."

밤 1시 45분. 켄터키주 볼링그린 시립공원에서 수많은 기러기가 마치 겨울을 나기 위해 더 남쪽으로 날아가야겠다고 갑자기 결심이라도 한 듯이 자다 말고 낮게 깔린 흐린 하늘로 날아올라 날개를 퍼덕이고 시끄럽게 꽥꽥거리며 도심을 가로질렀다. 그 소리에 잠이 깬 모린 레이놀즈는 다시 잠들지 못했다. KYOU 라디오 채널을 켜니 '추억의 크리스마스 노래'가 나오는 중이었고, 〈락킹 어라운드 더 크리스마스트리〉와 브렌다 리가 부른 〈화이트 크리스마스〉도 나왔다.

산악표준시*으로 새벽 3시 15분에 폴라 드브로는 일리노이주 스프링필드로 가는 밤 비행기를 타기 위해 덴버 국제공항에 도착했다. 눈이 오기 시작했고, 그녀는 빠른 수속을 위한 줄에 서서 기다렸고(그녀는 들러리 대표용 드레스와 구두와 속옷과 화장품이 든 가방을 들고 있었다. 지난번 결혼식에 참석했을 때 수하물로 부친 짐이 사라져 엄청난 재난이 되었기 때문이었다), 보안

---

* 협정 세계시보다 7시간 늦은 표준시

검색 줄에 서서 기다렸고, 탑승구 줄을 서서 기다렸고, 비행기에 낀 얼음이 제거되기를 기다렸다. 그녀는 비행기가 뜨지 못할지도 모른다는 희망을 품기 시작했지만, 그런 행운은 오지 않았다.

'스테이시가 자기 결혼식에 내가 있기를 바라는데 당연하지.' 폴라는 창밖으로 비행기 날개 주변에 휘몰아치는 눈을 쳐다보면서 생각했다.

"난 크리스마스이브에 결혼식을 하고 싶어." 스테이시는 폴라에게 자기 들러리 대표가 될 거라고 통보를 한 후에 말했다. "사방을 촛불과 상록수 가지로 장식할 거야. 그리고 창밖에는 눈이 내리면 좋겠어."

"날씨가 협조를 안 해주면 어떡해?" 폴라가 물었다.

"협조할 거야." 스테이시가 말했다. 그리고 지금, 눈이 내리고 있다. 그녀는 스프링필드에도 눈이 내리고 있을지 궁금했다. '물론 그렇겠지. 스테이시는 원하는 건 뭐든 얻어내니까.' 폴라는 생각했다. 제임스까지도.

'그건 생각하지 말자.' 그녀는 스스로에게 말했다. '아무것도 생각하지 말자. 그저 결혼식을 잘 끝내는 것에만 집중하자. 행운이 따라준다면 제임스는 식을 올릴 때 말고는 거기 있지도 않을 테니, 그와 시간을 보낼 일은 전혀 없을 거야.'

폴라는 기내 잡지를 집어 들고 읽어보려 하다가 헤드폰을 쓰고 4번 채널인 '이 계절의 애청곡' 채널을 들었다. 첫 노래가 스태틀러 브라더스가 부른 〈화이트 크리스마스〉였다.

새벽 3시 38분, 켄터키주 볼링그린에 눈이 내리기 시작했다. 도시 위를 빙빙 돌던 기러기들이 다시 공원으로 날아내리더니 호수 안에 있는 자기들 섬에 쭈그리고 앉았다. 새들의 등에 눈이 쌓이기 시작했지만, 영하의 기온에도 체온을 유지할 수 있도록 설계된 솜털과 두꺼운 피하지방에 감싸인 그들은 전혀 개의치 않았.

새벽 3시 39분에 루크 래퍼티는 잠에서 깨 (어머니의 설득에 넘어가서 산) 크리스마스이브 만찬용 거위를 해동되게 꺼내놓지 않았다고 확신했다. 그는 가서 확인했다. 꺼내져 있었다. 침대로 돌아가는 길에 그는 창밖을 내다보았고 눈이 오는 걸 보았다. 걱정되지는 않았다. 뉴스에서는 위치토에 내리는 국지성 폭설이 오전 중에 그칠 것이라 했고, 룰라 이모 말고는 친척 중에 1시간 반 이상 걸리는 곳에 사는 이가 아무도 없는데다, 룰라 이모가 오지 못한다 해도 딱히 대화에 문제가 되지는 않을 테니까. 그의 어머니와 마지 이모가 너무 말을 많이 해서 다른 사람들은 끼어들기가 어려웠고, 룰라 이모는 특히 그랬다. "그 애는 늘 수줍은 애였지." 루크의 어머니가 말했다. 사실이었다. 루크는 가족 모임에서 룰라 이모가 '감자 좀 이리 주겠니.'라는 말 말고 다른 말을 한 적이 있는지 기억이 나지 않았다.

거위가 걱정됐다. 거위는 꼭 한 마리를 사야 한다는 어머니의 설득에 절대 넘어가지 말았어야 했다. 그의 집에서 가족 만찬을 하자는 어머니의 설득에 넘어간 것만 해도 사태는 이미 충분히 나빴다. 거위를 어떻게 요리하는지 그로서는 감도 오지 않았다.

"뭐가 잘못되면 어떡해요?" 루크가 반발했다. "거위 포장지에도 응급전화번호가 나와 있지 않단 말이에요."

"응급전화 같은 건 필요 없을 거야." 어머니가 말했다. "그냥 칠면조 요리하는 거하고 똑같아. 게다가 요리를 네가 하는 것도 아닐 텐데. 내가 가서 거위를 오븐에 넣고 하는 건 다 할게. 넌 그냥 해동이 되도록 꺼내놓기만 해. 구이용 팬은 있어?"

"있어요." 그렇게 말은 하긴 했지만, 막상 가만히 누워서 생각해보니 구이용 팬이 있는지 기억이 나지 않았다. 그걸 확인하려고 4시 14분에 일어나 나왔을 때도 여전히 눈이 내리고 있었다.

산악표준시간으로 새벽 4시 16분에 아이다호주 보이시(Boise)에서 송출되는 WRYT 채널의 심야 토크쇼를 대리 진행하는 슬레이드 헨리가 말했다. "화이트 크리스마스를 원하시는 분들은 다들 소원성취하실 것 같습니다. 아이다호 서부에 7.5에서 9센티미터의 적설량이 예보되고 있습니다."

그는 조니 캐시가 부른 〈화이트 크리스마스〉 몇 소절을 내보내고는 케네디 암살에 어떤 식으로든 클린턴이 연루됐다고 확신하는 청취자와 전화 토론을 이어갔다.

"그러니까, 리틀락이 달라스에서 그렇게 멀지 않아요." 전화를 건 청취자가 말했다. "차로 4시간 반이면 간다고요."

사실은 불가능했다. 자정이 지나자마자 얼어붙는 듯이 차가운 비가 내리기 시작했다가 이내 눈으로 바뀌어서 30번 주간 고속도로에 얼음이 꽝꽝 어는 중이었다. 그런 극악한 운전 환경도 포드 익스플로러를 모는 몬티 러퍼의 속도를 늦추지는 못했다. 새벽 5시가 지난 직후에 그는 '그 빌어먹을 백스트리트 보이즈'가 부른 〈화이트 크리스마스〉가 듣기 싫어서 라디오 채널을 바꾸려고 손을 뻗다가 텍사카나 서쪽 외곽에서 균형을 잃고 미끄러지고 말았다. 차가 중앙분리대를 넘는 바람에 동쪽으로 향하는 왼쪽 차선을 달리던 대형 화물차가 급히 브레이크를 밟다가 급회전을 했고, 그 결과로 37중 추돌사고가 일어나 도로를 막는 바람에 다음 날 내내 도로가 폐쇄되었다.

태평양표준시*로 새벽 5시 21분에 네 살배기 미겔 구티에레즈가 "이제 크리스마스야?"라고 소리치며 엄마 몸 위로 뛰어올랐다.

"엄마 배에는 하지 마, 미겔." 파일러가 중얼거리며 몸을 굴렸다.

미겔이 엄마 몸 위로 기어올라 귀에다 입을 대고 다시 물었다. "이제는 크리스마스야?"

"아니." 파일러가 기진맥진한 목소리로 말했다. "크리스마스는 내일이야. 가서 잠깐 만화 보고 있어, 좋지? 그러면 엄마 일어날게." 그러고는 베개로 머리를 덮었다.

미겔이 곧바로 다시 들이닥쳤다. '리모컨을 못 찾았군.' 그녀는 피곤에 지쳐 생각했지만 그건 아니었다. 아이가 리모컨으로 엄마의 갈비뼈께를 꾹꾹 찔렀으니까. "뭐가 잘 안되니?" 그녀가 말했다.

* 협정 세계시보다 8시간 늦은 표준시

"산타할아버지가 안 오실 거야." 아이가 울음 섞인 목소리를 들은 그녀는 퍼뜩 잠이 깼다.

'산타가 자기를 못 찾을 거라고 생각하는 거야.' 파일러는 생각했다. '이게 다 조 탓이야.' 원래 양육권 합의안에 따르면, 미겔은 크리스마스를 엄마와 보내고 신년 연휴를 아빠와 보내게 되어 있었지만, 조가 판사에게 바꿔달라고 해서 크리스마스이브와 크리스마스 당일을 나눠 하루씩 아이를 맡게 되었다. 파일러가 미겔에게 설명을 다 한 뒤에 조가 계획을 바꿔야겠다고 일방적으로 통보를 해 온 것이었다.

파일러가 안 된다고 하자 조는 다시 소송하겠다고 위협했다. 그리고 그녀가 마지못해 동의하자 조는 그제야 '크리스마스 당일'이라는 건 그녀가 크리스마스이브에 미겔을 데려다줘서 아이가 자기 집에서 일어나 선물을 개봉하는 의미라고 통보했다.

"네 선물은 오기 전에 열어보게 해." 미겔이 여전히 산타클로스의 존재를 믿는다는 걸 뻔히 알면서도 조가 말했다. 그래서 파일러는 저녁을 먹은 뒤에 자기 선물과 함께 미겔을 에스콘디도에 있는 조의 집에 데려다줘야 했다. 그러면 파일러는 크리스마스 아침에 미겔이 자기가 준 선물상자를 여는 걸 보지 못할 것이다.

파일러가 사정을 설명해주자 미겔이 말했었다. "나 아빠네 집에 못 가. 산타할아버지가 내 선물을 여기로 가져올 거란 말이야."

"아니야, 그러지 않으실 거야." 그녀가 말했다. "내가 산타할아버지께 편지를 써서 네가 크리스마스이브에 아빠 집에 있을 거라고 얘기했으니까, 네 선물을 거기로 가지고 가실 거야."

"편지를 북극에 보냈어?" 아이가 캐물었다.

"북극으로 보냈지. 오늘 아침에 엄마가 우체국에 갔다 왔어." 아이는 그 대답에 만족하는 듯했다. 지금까지는.

"산타할아버지는 오셔." 파일러가 아이를 껴안으며 말했다. "아빠 집으로 오실 거야, 기억해?"

"아니야, 안 오실 거야." 미겔이 코를 훌쩍거렸다.

'빌어먹을 조. 굴복하지 말았어야 했어.' 그녀는 생각했다. 하지만 조는 이혼이 확정될 때까지 미겔한테 전혀 신경도 안 쓴 주제에 법정에서 다툴 때마다 뱀 같은 그 변호사와 합세해서 판사로부터 어떻게 해서든 감쪽같이 새로운 양보를 이끌어냈다. 그리고 그녀는 이제 더 이상의 소송 비용을 댈 수 없었다.

"아빠가 에스콘디도에 살고 있는 게 걱정이야?" 파일러가 미겔에게 물었다. "산타할아버지는 마법을 쓰시기 때문에 하룻밤 사이에 캘리포니아를 전부 돌아다니실 수 있어. 하룻밤 사이에 전 세계를 다 돌아다니시는데 뭐."

엄마한테 꼭 안긴 미겔이 세차게 고개를 저었다. "아니야, 그렇게 못 해!"

"왜 못 해?"

"왜냐하면 눈이 안 오니까! 눈이 와야 돼. 눈이 안 오면 산타할아버지가 썰매를 타고 못 오시잖아."

폴라가 탄 비행기가 오전 7시 48분에 스프링필드에 내렸다. 중부 표준시로는 20분이 늦었다. 제임스가 공항으로 마중 나왔다. "스테이시는 머리를 하고 있어." 그가 말했다. "내가 시간에 맞춰 못 올까 봐 걱정했는데, 비행기가 몇 분 늦게 도착해서 다행이야."

"덴버에 눈이 왔었어." 폴라가 제임스와 시선을 마주치지 않으려 애쓰며 말했다. 그는 여전히 잘생겼고, 다리에 힘이 풀리는 그 미소도 여전했다.

"여기도 막 눈이 오기 시작했어." 그가 말했다.

'스테이시는 대체 어떻게 하는 거야?' 폴라는 생각했다. 정말이지 스테이시를 숭배해야 한다. 그녀는 원하는 건 뭐든 손에 넣는다. '이걸 들고 오느라 야단법석을 피우지 않아도 됐는데.' 폴라는 드레스가 든 옷가방을 제임스에게 건네주며 생각했다. '내 수하물이 분실되는 일은 절대 없었을 거야. 스테이시가 이 드레스가 여기 오기를 원하니까.'

"길이 벌써 미끄러워지기 시작했어." 제임스가 말했다 "부모님이 무사히 오셨으면 좋겠는데. 두 분이 시카고에서 차로 오고 계시거든."

'무사히 오시겠지.' 폴라는 생각했다. '스테이시가 원하니까.'

제임스가 수하물 컨베이어에서 폴라의 가방들을 챙기고는 말했다. "잠깐만, 네가 도착하는 대로 알려주겠다고 스테이시한테 약속했거든." 그가 휴대폰을 열고 귀에 댔다. "스테이시? 왔어. 응, 그럴게. 알았어, 가는 길에 찾아갈게. 그래. 알았어."

그가 휴대폰을 닫았다. "오는 길에 상록수 리스를 가져다 달래. 그러고 나서 나는 다시 킨드라와 데이비드를 마중하러 여기 와야 돼. 나가기 전에 걔들 비행기 도착 시각을 확인하는 게 좋겠어."

제임스가 도착 시간표를 확인할 수 있는 위층 탑승권 판매 창구로 올라갔다. 공항 터미널 창밖에 눈이 내렸다. 커다랗고 섬세한 모양을 한 완벽한 눈송이었다.

"킨드라는 휴스턴발 2시 19분 비행기고," 제임스가 도착 시간표를 훑어보며 말했다. "데이비드는 뉴어크발 11시 40분 비행기야. 아, 다행이다, 둘 다 제시간에 도착한대."

'물론 그렇겠지.' 폴라는 시간표를 쳐다보며 생각했다. 덴버는 눈이 더 심해진 게 틀림없었다. 덴버발 비행편 모두가 옆에 '연착'을 달았고, 샤이엔과 포틀랜드와 리치먼드 같은 데서 출발한 비행편들도 그랬다. 보고 있는 사이에 보스턴발 비행편과 시카고발 비행편이 '정시'에서 '연착'으로 바뀌었고, 래피드시티발 비행편은 '연착'에서 '취소'로 바뀌었다. 폴라는 킨드라와 데이비드의 비행편을 다시 찾아보았다. 둘은 여전히 '정시'였다.

아스펜과 레이크플래시드, 스쾨밸리, 스토우, 레이크타호, 잭슨홀의 스키장들엔 밤새 폭신한 눈이 몇 센티미터씩 쌓였다. 90달러를 주고 리프트권을 끊은 사람들은 안도하며 눈을 반겼고, 스키장 소유주들은 사람들이 크리스마스 시즌 예약을 하는 2주 전에 왔으면 얼마나 좋았냐며 짜증 섞인 반응을 보였으며, 스노보드를 타는 켄트 슬래큰과 보딘 크롬스는 환호성을 질렀다. 둘은 곧바로 브렉큰리지를 떠났다. 지도도 성냥도 헬멧도 눈사태용 신호기도 눈사태 탐지기도 없었을뿐더러 어디로 가는지 아무한테도 말하지 않았다. '완전 죽여주는 슬로프들'이 있는 출입이 금지된 미개간 지역으로 향했기 때문이었다.

7시 5분에 미겔이 또 와서 이번에는 엄마의 방광 위로 풀쩍 뛰어오르며 소리쳤다. "눈 온다! 이제 산타할아버지 올 수 있다! 이제 산타할아버지 올 수 있어!"

"눈이 와?" 파일러가 흐릿하게 말했다. 로스앤젤레스에? "눈이 온다고? 어디에?"

"텔레비전에. 나 시리얼 먹어도 돼?"

"안 돼." 그녀가 지난번을 떠올리며 실내복으로 손을 뻗었다. "가서 텔레비전 좀 더 보고 있어. 엄마가 팬케이크 만들어줄게."

파일러가 팬케이크와 시럽을 가지고 가니 미겔이 넋 놓고 텔레비전을 보며 앉아 있었다. 녹색 파카를 입은 남자가 불빛을 번쩍이는 구급차 앞 눈밭에 서서 말했다. "…닷지시티에서 오늘 아침에만 세 번째로 발생한 날씨 관련 사망사건…."

"볼 만한 만화를 좀 찾을까." 파일러가 말하며 리모컨을 눌렀다.

"…테네시주 녹스빌 외곽에서는 눈과 얼음 때문에 다중 추돌사고가…."

그녀가 다시 리모컨을 눌렀다.

"…갑작스러운 폭설로 전기가 끊긴 사우스캐롤라이나주 컬럼비아시에…."

꾹.

"…문제는 캐나다 전체와 미국의 북쪽 삼분의 이를 뒤덮은 저기압 지역대가 중서부 전역과 중부 대서양 연안 주들과…."

꾹.

"…이곳 보즈먼 시의 강설 현황은…."

"눈이 온다고 내가 얘기했잖아." 미겔이 팬케이크를 먹으며 희희낙락 말해다. "딱 내가 바란 대로야. 아침 먹고 나서 눈사람 만들어도 돼?"

"얘야, 여기 캘리포니아에는 눈이 안 오잖아." 파일러가 말했다. "그건 전국 날씨야, 여기 날씨가 아니라. 저 기자는 캘리포니아가 아니라 몬태나에 있어."

미겔이 리모컨을 집더니 꾹꾹 눌러 거대한 미국삼나무 한 그루를 배경으로 눈밭에 선 기자를 보여주었다. "이곳 캘리포니아주 몬트레이에 오늘 새벽 4시경부터 눈이 내리기 시작했습니다. 보시다시피." 기자가 자기 우비와 우산을 가리키며 말했다. "시민들이 깜짝 놀랐습니다."

"저긴 북부 캘리포니아잖니." 파일러가 말했다. "여기 로스앤젤레스보다 훨씬 추운 데야. 로스앤젤레스는 눈이 오기에는 너무 따뜻해."

"아니, 아니야." 미겔이 말하며 창문을 가리키는데, 보니 커다랗고 하얀 눈송이들이 풀풀 날리며 길 건너 야자수에 내려앉았다.

중부 표준시로 9시 40분에 이미 껐다고 생각했던 네이선 앤드루스의 휴대폰이 이미 안 좋게 흘러가는 보조금 관련 회의 중에 울렸다. 크리스마스 전날 오마하에서 회의를 잡는 것이 그때는 좋은 생각으로 보였다. 사업가들도 그날만큼은 다른 약속이 없을 테고, 때가 때이니만큼 좀 더 선뜻 주머니를 열지도 몰랐다. 하지만 그러기는커녕 그들은 그냥 정신이 딴 데 가 있었다. 시즌 특가로 메르세데스 벤츠를 살 마지막 기회를 잡거나, 회사의 크리스마스 파티를 시작하거나, 뭐든 사업가들이 하는 일들을 하려고 안달을 내며 그날 아침 러시아워에 시작된 눈을 걱정했다.

게다가, 그들은 멍청이였다. "그러니까 당신은 지구온난화 연구 지원금을 원한다고 얘기하고는 금방 또 강설량을 측정하고 싶다고 말씀하시네요." 한 사람이 말했다. "눈이 지구온난화와 무슨 관계가 있습니까?"

네이선은 온난화가 대기 중의 수분 함량 증가로 이어질 수 있어 눈과 비의 형태로 내리는 강수량을 증가시킬 가능성이 있으며, 강설량이 증가하면 태양광선 반사율이 높아져 지구 표면 냉각화로 이어질 수 있다는 사실을 다시 설명하려고 애를 썼다.

"계속 차가워진다니, 갈수록 따뜻해지는 게 아니네요." 다른 사람이 말했다. "양쪽 다일 수는 없잖아요."

"사실대로 말씀드리자면, 가능합니다." 그는 극지의 빙하가 녹아 북대

서양에 민물이 증가했으며, 민물이 걸프 해류 위에 떠서 따뜻한 물이 가라앉아 냉각되는 것을 막음으로써 효과적으로 해류를 차단하고 있다는 사실을 설명하기 시작했다. "유럽이 얼어붙을 겁니다." 그가 말했다.

"음, 그러면 지구온난화란 좋은 거네요, 그렇지 않습니까?" 또 다른 사람이 말했다. "난방을 해주니까요."

그는 참을성 있게 만연한 가뭄과 물난리, 가혹한 기후의 급격한 증가를 예로 들며 지구가 더워지는 동시에 차가워지는 원리를 설명했다. "그리고 이런 변화들이 아주 빠르게 일어날 수 있습니다." 그가 말했다. "기온이 점차 올라가고 해수면이 높아지기보다는 급격하고 예기치 않은 사건, 불연속이 생길 가능성이 큽니다. 아무 예고도 없이 닥치는 급작스럽고 재앙적인 기온 상승이나 초대형 허리케인이나 다른 모양의 거대폭풍의 형태를 띨 겁니다. 이 프로젝트가 정말 중요한 이유가 그 때문입니다. 종합적인 기후 데이터베이스를 구축함으로써 우리는 더욱 정확한 컴퓨터 모델을 만들어낼 수 있을 것이고, 그럼으로써 우리는…."

"컴퓨터 모델이라니!" 누군가가 콧방귀를 뀌었다. "그건 맞을 때보다 틀릴 때가 더 많잖아!"

"그건 충분한 변수를 넣지 않았기 때문입니다." 네이선이 말했다. "기후는 놀랍도록 복잡한 체계라 글자 그대로 수천 가지의 변수들이 미묘한 방식으로 상호작용을 합니다. 날씨 유형, 구름, 강수량, 해류, 인간 활동들, 작물 같은 변수들이요. 지금까지 컴퓨터 모델은 고작 한 줌의 변수들만 기록할 수 있었습니다. 이 프로젝트는 200가지가 넘는 변수들을 기록하여 모델들이 기하급수적으로 더 정확해질 수 있도록 할 겁니다. 저희는 불연속이 발생하기 전에 예측을…."

그의 휴대폰이 울린 것이 바로 이 시점이었다. 연구실에 있는 대학원생 조교인 진성이었다. "어디 계시는 거예요?" 진성이 캐물었다.

"지원금 회의." 네이선이 속삭였다. "조금 있다가 내가 전화하면 안 될까?"

"교수님이 아직 노벨상을 받고 싶으시다면, 안 돼요." 진성이 말했다. "지구온난화가 갑작스러운 불연속 현상을 일으킨다는 교수님의 그 무모한 이론 아시죠? 음, 제가 보기엔 이곳으로 오시는 게 좋을 것 같아요. 오늘이 어쩌면 교수님 이론이 옳다고 밝혀지는 날이 될지도 모르겠거든요."

"왜?" 네이선이 흥분해서 휴대폰을 꽉 쥐며 물었다. "무슨 일이야? 걸프 해류 온도가 떨어졌어?"

"아니요. 해류가 아니에요. 지금 여기서 일어나고 있는 일이에요."

"대체 뭐야?"

진성이 답을 하는 대신에 물었다. "계신 곳에 눈이 내려요?"

네이선이 회의실 창문을 쳐다보았다. "맞아."

"그럴 줄 알았어요. 여기도 눈이 와요."

"겨우 그것 때문에 나한테 전화한 거야?" 네이선이 속삭였다. "12월 네브래스카에 눈이 온다고? 최근에 달력을 안 봤을까 봐 하는 얘긴데, 사흘 전에 겨울이 시작됐어. 눈이 오게 되어 있다고."

"이해를 못 하시네요." 진성이 말했다. "네브래스카에만 눈이 오는 게 아니에요. 사방에 눈이 온다고요."

"사방이라니, 무슨 뜻이야?"

"말 그대로 사방이요. 시애틀, 솔트레이크시티, 미니애폴리스, 프로비던스, 채터누가. 캐나다 전역과 미국은…." 잠깐의 침묵과 컴퓨터 자판 치는 소리가 들렸다. "텍사스주 에이빌린과 루이지애나주 쉬리브포트와 조지아주 사바나까지요. 아니, 잠깐만요, 플로리다주 탤러해시에서도 가볍게 눈이 내리고 있다네요. 탤러해시 같은 남쪽에서도요."

제트 기류가 아주 남쪽까지 뻗은 게 틀림없다. "저기압 중심은 어디야?"

"그게 문제예요." 진성이 말했다. "중심이 없는 것 같아요."

"바로 갈게." 네이선이 말했다.

고속도로에서 1.6킬로미터 정도 떨어진 곳에서 스노보더인 켄트 슬래큰과 보딘 크롬스는 펑펑 쏟아지는 눈 때문에 길이 보이지 않은 탓에 차를 도랑에 처박고 말았다. "빌어먹을." 보딘이 말하고는 차의 엔진을 회전시킨 다음 액셀을 힘껏 밟는 방식으로 도랑에서 빠져나오려고 했지만, 그 기술

덕에 차는 양쪽 차 문을 열지도 못할 정도로 도랑에 더 깊숙이 빠져버렸다.

제임스와 폴라가 상록수 가지로 만든 리스를 찾아서 교회로 가져오는 데에 거의 2시간이 걸렸다. 섬세한 눈송이가 갈수록 세차게 쏟아졌고, 길이 너무 미끄러워서 마지막 몇 킬로미터는 거의 기다시피 운전해야 했다. "눈이 더 심해지지 않았으면 좋겠는데." 제임스가 걱정스럽게 말했다. "아니면 사람들이 여기까지 오느라 고생할 거야."

하지만 스테이시는 전혀 걱정하지 않았다. "아름답지 않아? 난 내 결혼식에 무엇보다 눈이 왔으면 했거든." 스테이시가 교회 정문에서 둘을 맞으며 말했다. "이리 와, 폴라. 여기 교회 창문으로 눈이 어떻게 보이는지 봐야 해. 완벽한 결혼식이 될 거야."

제임스가 킨드라와 데이비드를 데리러 금방 자리를 떠서 폴라는 기뻤다. 차 안에서 그렇게 붙어 있었던 탓에 둘이 처음 만났을 때 그에게 품었던 어리석은 기대를 다시 만지작거리기 시작하게 되었다. 말도 안 되는 기대였다. 스테이시를 한번 쳐다보기만 해도 명백했다.

예비 신부는 스웨터와 청바지 차림으로도 아름다웠다. 화장은 절묘했고, 위로 빗어 올린 금발은 반짝거리는 눈송이를 달고 구불구불 흘러내렸다. 결혼식에 가기 위해 머리를 할 때마다 폴라는 형편없는 1950년대 영화에 나오는 누군가처럼 보였다. '스테이시는 대체 어떻게 저렇게 하는 거지?' 폴라는 경이감을 느꼈다. '두고 봐, 눈이 그쳤다가 예식 시간에 딱 맞춰 다시 시작될 거야.'

하지만 그러지 않았다. 눈이 꾸준하게 내려 쌓이는 바람에 리허설을 하러 온 목사가 말했다. "모르겠어요. 우리 집 진입로를 나오는 데만도 30분이 걸렸어요. 결혼식을 취소하는 것도 생각해보셔야 하지 않을까 싶네요."

"말도 안 돼요. 취소할 수는 없어요. 크리스마스이브 결혼식이라고요." 스테이시가 말하고는 폴라에게 흰 새틴 리본으로 상록수 리스를 신도석마다 묶으라고 시켰다.

베브 캐리가 산타페 호텔에 도착했을 때는 간간이 빗방울이 들더니 숙박 수속을 마치고 산타페 플라자로 외출을 감행할 때는 서릿발처럼 몰아치는 비가 되어 가벼운 코트와 얇은 장갑을 그대로 뚫고 들이쳤다. 오전에는 쇼핑이나 하려고 계획했는데 가게마다 '크리스마스이브와 당일은 쉽니다'라는 팻말이 붙었고, 여행안내서에 따르면 주니족과 나바호족이 은과 터키옥으로 만든 장신구를 가지고 나와 판다는 시장 관저 앞 보도에는 아무도 없었다.

'그래도 눈은 아니잖아.' 베브는 덜덜 떨면서 터덜터덜 호텔로 걸어가며 자신을 위안했다. 가게 진열장들은 붉은 고추 다발과 고추 모양 전구들로 장식됐고, 호텔 로비에 선 크리스마스트리에는 북미 원주민 전통 인형들이 달렸다.

친구인 재니스가 벌써 전화해서 호텔 직원에게 메시지를 남겨놓았다. '전화를 주지 않으면 내가 수면제를 통째로 털어먹은 게 틀림없다고 믿겠지.' 베브는 자기 방으로 올라가면서 생각했다. 공항으로 가는 길에 재니스가 걱정스럽게 물었었다. "자살할 생각을 하는 건 아니겠지, 응?" 그리고 그녀의 친구인 루이즈 역시 베브가 무슨 계획을 세우고 있는지 알아냈을 때 이렇게 말했다. "어젯밤에 텔레비전에서 크리스마스 자살에 대한 시사 프로그램을 봤는데, 배우자를 잃은 사람들이 특히 위험하대. 넌 그런 짓 안 할 거지, 그렇지?"

베브가 삶을 끝내기 위해서가 아니라 구하기 위해 이런 짓을 한다는 걸 아무도 몰랐다. 베브를 죽이는 건 전구로 밝혀진 트리와 상록수 리스와 촛불이 있는, 집에서 보내는 크리스마스라는 걸, 그리고 그 도시에 내리는 눈이라는 걸 아무도 이해하지 못했다.

"네가 하워드를 그리워하는 건 알아." 재니스가 말했었다. "그리고 크리스마스가 다가오니까, 슬픈 기분이 들겠지."

슬프다고? 호되게 채찍질 당하고 몽둥이찜질을 당하고 얻어맞은 기분이었다. 남편에 대한 모든 기억이, 모든 생각이, 모든 과거형 표현이, 심지어 '하워드가 그걸 좋아했지', '하워드가 잘 알았는데…', '하워드가 있었으면…' 같은 말들이 모두 치명적인 타격처럼 다가왔다. 슬픔 상담 책들이 하나같이 '사랑하는 사람을 잃은 고통'을 얘기했지만 이렇게까지 심한 고통일지는 생각도 못 했다. 끊임없이 칼에 찔리고 또 찔리는 느낌이라서 베브의 유일한 바람은 그저 벗어나는 것뿐이었다. 그녀는 '산타페에서 크리스마스를 보내려고 결심'하지 않았다. 살인자에게서 도망치는 희생자처럼 그곳으로 달아났을 뿐이다.

베브가 젖은 외투와 장갑을 벗고 재니스에게 전화를 걸었다. "도착하자마자 전화하겠다고 약속했잖아." 재니스가 나무라듯이 말했다. "괜찮은 거야?"

"난 괜찮아." 베브가 말했다. "나가서 광장을 좀 둘러봤어." 비에 대해서는 아무 말도 하지 않았다. 재니스가 '내가 그럴 거라고 했잖아'라고 말하는 걸 듣고 싶지 않았다. "여기 예쁘더라."

"내가 같이 갔어야 했는데." 재니스가 말했다. "여긴 미친 것처럼 눈이 와. 벌써 25센티미터가 왔어. 넌 지금 야외 테라스에 앉아서 마가리타를 마시고 있겠네."

"상그리아*야." 베브는 거짓말을 했다. "오후에는 관광이나 하려고. 여기 집들은 다 분홍색이나 흙벽돌색 집인데 하늘색과 빨간색과 노란색 문들이 달렸어. 지금은 온 마을이 전구로 장식되어 있어. 이걸 너도 봐야 하는데."

"그랬으면 좋겠다." 재니스가 한숨을 쉬었다. "여긴 온통 눈뿐이야. 가게에 갈 수나 있을지 모르겠어. 아, 음, 그래도 여긴 화이트 크리스마스야. 하워드가 이걸 못 봐서 참 슬프네. 그는 늘 화이트 크리스마스를 좋아했잖아, 그랬지?"

하워드. 농사용 연감을 찾아보고, 큰 소리로 일기예보를 읽어주던 하워드. 그녀를 불러 눈이 올 것 같으니 보라고 전망창을 가리키던 하워드. 그녀의 어깨를 감싸 안으며 마치 트리 아래 놓인 선물이라도 되는 듯이 "올해는 화이트 크리스마스를 선물로 받을 것 같아."라고 말하던 하워드.

"맞아." 심장을 찌르는 듯한 갑작스러운 아픔을 누르며 베브가 가까스로

---

* 레드와인에 과일과 감미료를 넣어 만든 펀치류 음료

말했다. "그랬지."

워런 네스빅이 볼티모어에 있는 메리어트 호텔에 숙박 수속을 할 때만 해도 눈이 조금씩 날리는 정도였다. 새라를 데리고 스위트룸에 올라가자마자 그는 일 때문에 전화를 한 통 해야 한다고 말했다. "그러고 나면 난 당신 거야, 허니." 그는 로비로 내려갔다. 구석에 선 텔레비전에 날씨 지도가 나왔다. 그는 잠시 그걸 쳐다보다가 휴대폰을 꺼냈다.

"어디야?" 아내 마진이 전화를 받자마자 물었다.

"세인트루이스야." 그가 말했다. "오헤어 공항에 눈이 많이 와서 비행기가 이리로 우회했어. 거기 날씨는 어때?"

"눈 와." 아내가 말했다. "돌아오는 비행기를 언제 탈 수 있을 것 같아?"

"모르겠어. 크리스마스이브라서 자리가 다 찼어. 대기 명단에 낄 수 있는지 알아보려 기다리고 있어. 뭐가 정리되는 대로 전화할게." 워런은 아내가 비행편을 물어보기 전에 전화를 끊었다.

24킬로미터 떨어진 연구실까지 가는 데에 1시간 하고도 반이 더 걸렸다. 그동안에 네이선은 이 사태가 그냥 폭설이 아니라 정말로 불연속 현상일 가능성을 이리저리 따져보았다. 지구온난화 지지자들은 (그리고 반대자들도) 늘 그 두 가지를 혼동했다. 허리케인이, 토네이도가, 이상고온 현상이, 가뭄이 생길 때마다 지구온난화 탓으로 돌려졌다. 대부분 정상적인 날씨 유형의 범위 안에 들어도 말이다.

그리고 전에도 12월에 폭설이 내린 적이 있었다. 예를 들자면 1888년의 눈보라가 그랬고, 2002년 크리스마스이브에 불어닥친 눈 폭풍이 그랬다. 그리고 저기압대에 중심이 없다고 했던 진성의 말은 아마 틀렸을 것이다. 하나 이상의 저기압대가, 5대호에 중심을 둔 하나와 로키산맥 동쪽에 자리 잡은 하나가 걸프만에서 불어오는 따뜻하고 습한 공기와 부딪혀 보기 드물게 넓은 지역에 눈을 뿌린다는 것으로 설명이 가능했다.

강설 지역은 정말로 넓게 퍼졌다. 차량 라디오에서 중서부 지역 전역과 토피카, 털사, 피어리아, 버지니아 북부, 하트포드, 몬트필리어, 르노, 스포캔을 포함한 동부 연안 전역에 눈이 온다고 전했다. 아니, 르노와 스포캔은 로키산맥 서쪽이었다. 북서부에서 내려오는 저기압대가 또 하나 있는 게 틀림없었다. 하지만 그래도 불연속 현상이기는 어려웠다.

연구실 주차장은 눈이 그대로였다. 네이선은 차를 길에 세워두고 이미 무릎 깊이까지 쌓인 눈을 헤치며 문으로 향했다. 그러다 중간쯤 갔을 때 네브래스카 지역에서는 눈보라가 칠 때 헛간에 갔다가 실종되어 다음 해 봄이 되고서야 얼어 죽은 시체로 발견된 초기 정착민 사건들이 유명하다는 사실을 떠올랐다.

그는 문까지 가서 열고는 잠시 그 자리에 서서 얼어붙은 손을 호호 불면서 진성이 소형 수레에 실어서 연구실 한쪽 구석에 세워둔 텔레비전을 보았다. 두꺼운 파카와 미키마우스 모자를 쓴 예쁘장한 기자가 거대한 눈사람처럼 보이는 뭔가를 배경으로 깊게 쌓인 눈 속에 서 있었다. "이곳 디즈니 월드에서도 눈이 문제를 일으키고 있습니다." 기자가 〈화이트 크리스마스〉를 연주하는 군악대 소리를 누르며 말했다. "매년 열리던 크리스마스 이브 퍼레이드가…."

"음, 때가 왔어요." 진성이 복사물 한 뭉치를 들고 팩스실에서 나오며 말했다. "왜 이렇게 오래 걸리셨어요?"

네이선은 그 질문을 무시했다. "IPOC 데이터 받았어?" 그가 물었다.

진성이 고개를 끄덕이고는 자기 컴퓨터 앞에 앉아서 뭔가를 입력하기 시작했다. 좌상단 모니터에 숫자들이 줄줄이 나타났다.

"기상청 지도를 보여줘 봐." 네이선이 외투 지퍼를 열고 주 조작대 앞에 앉으며 말했다.

진성이 오리건과 네바다 서부에서부터 대서양 연안까지 쭉 이어지다가 뉴잉글랜드를 통과해 위로 꺾어지는 선 위쪽과 남쪽으로는 오클라호마 최북단과 미시시피 북부, 앨라배마, 조지아의 대부분을 포함하는, 거의 반이 푸른색으로 표시된 미국 지도를 불러냈다.

"세상에, 이건 1992년 매리나보다 훨씬 크잖아." 네이선이 말했다. "위성사진은 구했어?"

진성이 고개를 끄덕이고는 사진을 불러냈다. "기상관측소와 각 도시와 제보자들까지 포함해 들어오는 모든 데이터를 실시간으로 합성한 거예요. 하얀 게 눈이에요." 그가 불필요하게 덧붙였다.

흰색이 기상청 지도보다도 더 넓은 지역을 덮었고, 삐죽삐죽 튀어나온 손가락들이 남쪽으로는 애리조나와 루이지애나까지, 서쪽으로는 오리건과 캘리포니아까지 뻗었다. 그 주변으로는 폭이 불규칙한 넓은 분홍색 띠가 둘려 있었다. "저 분홍색은 비야?" 네이선이 물었다.

"진눈깨비요." 진성이 말했다. "어때요? 불연속 현상이죠, 그렇죠?"

"모르겠어." 네이선이 기압 자료를 불러내 훑어보면서 말했다.

"이게 달리 뭐겠어요? 올랜도에 눈이 내리고 있다고요. 샌디에이고에도요."

"전에도 그 두 곳에 눈이 온 적이 있어." 네이선이 말했다. "데스밸리에도 눈이 온 적이 있고. 미국에서 눈이 절대 안 오는 유일한 곳은 플로리다키스 제도뿐이야. 그리고 당연히 하와이도. 지금 이 지도에 보이는 지역은 모두 정상적인 기후 현상의 범위 안에 있어. 플로리다키스 제도에 눈이 내리기 시작할 때까지는 걱정할 필요가 없어."

"다른 지역들은요?" 진성이 우중앙 화면을 쳐다보면서 물었다.

"무슨 뜻이야, 다른 지역들이라니?"

"제 말은, 미국에만 눈이 오는 게 아니라는 뜻이에요. 칸쿤에서도 눈 소식이 올라오고 있어요. 예루살렘에서도요."

오전 11시 30분에 파일러는 눈사람을 만들 만큼 눈이 오지 않았다는 사실을 납득시키기를 포기하고 미겔을 바람막이 셔츠와 스웨터와 따뜻한 재킷과 엄지장갑 대용으로 발꿈치 없는 자기 양말로 중무장을 시키고는 밖으로 데리고 나왔다. 그래도 아이는 5분 남짓 견뎠을 뿐이었다.

집으로 들어와서 파일러는 아이를 주방 식탁에 앉히고 크레용과 종이를 주어 눈사람 그림을 그리게 하고는 일기예보를 확인하러 거실로 나왔다.

다른 곳에는 정말 눈이 심하게 내리고 있어서 미겔을 에스콘디도에 데려다줄 일이 조금 걱정되기 시작했다. 안젤레노스는 눈길에서 운전할 줄을 모르고, 파일러의 타이어는 그다지 상태가 좋지 않았다.

"…이곳 할리우드에 눈이 오고 있습니다." 거의 보이지도 않는 할리우드 입간판 앞에 선 기자가 말했다. "그리고 여러분, 이것은 가루비누가 아닙니다. 진짜 눈이에요."

파일러는 채널을 바꿨다. "…산타모니카에 눈이 옵니다." 해변에 선 기자가 말했다. "하지만 눈도 서퍼들을 막지는…."

꾹. "…포르 프리메라 베즈 엔 친쿠엔타 아뇨스 엔 마리나델레이(마리나 델레이에 50년 만에 처음으로)…."

꾹. "…거의 50년 만에 처음으로 이곳 로스앤젤레스에 눈이 오고 있습니다. 저희는 〈트리플 엑스 2〉 세트장에 빈 디젤 씨와 함께 나와 있습니다. 눈을 보니 어떠세요, 빈?"

파일러는 포기하고 주방으로 돌아왔다. 미겔이 다시 바깥으로 나갈 준비가 되었다고 선언했다. 그녀는 대신에 〈앨빈과 다람쥐들〉을 듣는 게 어떠냐고 아이에게 말했다. "좋아." 아이가 말했고, 그녀는 앨빈을 따라 짹짹거리며 〈화이트 크리스마스〉를 부르는 아이를 남겨두고 다시 날씨를 확인하러 나왔다. 산타모니카 기자가 눈보라가 칠 것을 예언했다고 주장하는 어느 영매를 인터뷰하기 전에 잠깐 도로가 젖었다고 언급했고, 스페인어 채널에서는 평소처럼 엉금엉금 차들이 기어가는 405번 도로를 얼핏 보았다. '도로 사정이 생각보다 나쁘지는 않은 거야.' 그녀는 생각했다. 아니면 사람들이 온통 그 얘기를 하겠지. 하지만 그녀는 여전히 미겔을 일찍 에스콘디도로 데려다주는 게 낫지 않을까 고민했다. 아이와 함께하는 하루를 포기하는 건 너무 싫지만 아이의 안전이 더 중요했다. 그리고 눈은 전혀 잦아들 기미가 보이지 않았다.

미겔이 거실로 나와 언제 나갈 거냐고 묻자 파일러가 말했다. "가방을 싸고 나서 나가자, 좋지? 포켓몬 잠옷을 가져갈래, 아니면 스파이더맨 잠옷이 좋아?" 그러고는 아이의 물건을 챙기기 시작했다.

우리가 알던 이들처럼   637

동부 표준시로 정오쯤 되자 미국 본토 전역에 눈이 내리기 시작했다. 네바다주 엘코에 60센티미터가 넘는 폭설이 쏟아졌고, 신시내티 공항에 1미터나 되는 적설이 보고되었으며, 마이애미에도 눈발이 날렸다.
　　토크쇼 전문 라디오에서도 케네디 암살 건이 눈에 자리를 내주었다. "제 말을 잊지 마세요, 배후에 테러리스트들이 있다니까요." 테러호트에서 전화를 건 청취자가 말했다. "그들은 우리 경제를 망가뜨리고 싶어 해요. 막판 크리스마스 쇼핑을 못 하게 하는 것보다 더 좋은 방법이 뭐가 있겠어요? 이 눈사태가 저와 제 아내의 관계에 어떤 영향을 줄지는 말할 것도 없고요. 이런 날씨에 제가 아내 선물을 사러 나갈 수 있겠어요? 다시 말하지만, 이번 사태는 사방에서 알카에다 냄새가 난다고요."
　　점심을 먹으면서 워런 네스빅은 섀라에게 일 때문에 다시 전화를 한 통 해봐야 한다고 말했다. "아까 연락하려 했던 친구가 사무실에 없었어. 눈 때문인가 봐." 그가 말하고는 다시 마진에게 전화하러 로비로 나갔다. 구석자리 텔레비전에서는 눈에 덮인 활주로와 북새통이 된 탑승권 창구를 찍은 장면들이 나왔다. 몸에 딱 붙는 빨간 스웨터를 입은 금발 기자가 말했다. "이곳 신시내티에서는 눈이 끊임없이 내리고 있습니다. 공항은 아직 열려 있지만, 관계자들은 곧 폐쇄해야 할지도 모른다는 뜻을 비쳤습니다. 활주로에는 눈이 계속 쌓여…."
　　워런은 마진에게 전화했다. "난 신시내티에 있어." 그가 말했다. "마지막에 아슬아슬하게 비행기를 탔어. 3시간이나 기다리긴 했지만 그래도 연결편 좌석을 얻어서 다행이었지."
　　"하지만 신시내티에도 눈이 오고 있지 않아?" 아내가 물었다. "막 텔레비전에서 봤는데…."
　　"1시간 정도 지나면 좀 잦아들 거래. 이렇게 되어서 정말 미안해, 자기. 크리스마스이브를 거기서 보내고 싶지만, 어쩔 수 없을 거 같아."
　　"알아." 아내가 실망한 목소리로 말했다. "괜찮아, 워런. 날씨를 어쩔 수는 없잖아."

베브가 점심을 먹으러 내려오니 호텔 로비 한구석에 있는 텔레비전이 켜져 있었다. "…앨버커키와 레이튼, 산타로사, 웨건마운드에," 아나운서가 말하는 소리가 들렸다. "눈이 내리고 있습니다."

'하지만 산타페에는 안 돼.' 베브는 식당으로 들어서며 스스로에게 확고하게 말했다. "거기엔 눈이 거의 안 와요." 여행사 직원이 말했었다. "뉴멕시코는 사막이거든요. 설사 눈이 온다 해도 신발에 묻을 정도도 아니에요."

"에스파뇰라에는 벌써 10센티미터나 쌓였대." 나풀거리는 블라우스와 빨간색 긴치마를 입은 뚱뚱한 종업원이 그릇 치우는 청년에게 말했다. "집에 갈 일이 걱정이네."

"난 크리스마스에 눈이 안 오는 게 좋은데." 작년에 베브가 하워드를 놀리며 말했다. "집에 가려고 애쓰는 저 많은 사람을 보면 말이야."

"이단이다, 이단이야! 당신이 그렇게 얘기하는 걸 들으면 동화책 내는 출판사들이 무슨 생각을 하겠어?" 하워드가 가슴께를 부여잡고 말했다.

지금 베브가 그러는 것처럼. 뚱뚱한 종업원이 걱정스러운 표정으로 그녀를 쳐다보았다. "괜찮으세요, 부인?"

"예." 베브가 말했다. "점심 식사 한 사람이요."

종업원이 여전히 걱정스러운 표정으로 그녀를 탁자로 안내하고는 메뉴판을 건네주었다. 베브는 메뉴판이 구명보트라도 되는 것처럼 꽉 움켜쥐고는 낯선 용어와 이국적인 재료들에 필사적으로 집중했다. 푸른 옥수수 토르티야, 퀘사디아, 치포틀….

"마실 것 좀 갖다 드릴까요?" 종업원이 물었다.

"예." 베브가 종업원의 이름표를 쳐다보며 쾌활하게 말했다. "상그리아가 좋겠어요, 카멜리타."

카멜리타가 고개를 끄덕이고 자리를 뜨자 베브는 '상그리아를 마시면서 다른 손님들 구경하며 대화를 엿들어야지' 생각하고 식당 안을 둘러보았지만, 타일로 장식한 그 드넓은 실내에는 그녀 혼자뿐이었다. 식당이 안뜰에 면해 있어서 유리문으로 이제는 진눈깨비가 된 비가 바깥에 있는 테라코타 선인장 화분과 쌓아놓은 탁자와 의자와 쓰러진 파라솔을 세차게 때리는 게 보였다.
 베브는 햇빛 아래 저 파라솔을 펼쳐놓고 안뜰에 앉아서 사막을 바라보고 유랑악단의 연주를 들으며 점심을 먹는 자신을 그려보았다. 스피커에서 크리스마스 캐럴이 나왔다. 〈렛 잇 스노우〉가 끝나고 슈프림즈가 〈화이트 크리스마스〉를 부르기 시작했다.
 "구름씨 뿌리는 사람은 어느 목록에 있어?" 어느 해엔가 22일까지도 눈이 오지 않자 그녀가 전화번호부로 선물을 포장하고 있던 식당으로 들어서면서 하워드가 물었다.
 "구름씨 뿌리는 사람 쓸 것도 아니면서." 베브가 웃으며 대답했다.
 "'구름' 목록에 있을까, 아니면 '기우사' 목록에 있을까?" 하워드가 짐짓 심각한 체하며 물었다. "아니면 '씨'?" 그러다 마침내 24일 눈이 오자 그는 뭔가 자기 공인 것처럼 행동했다.
 '더는 견딜 수 없어.' 베브는 카멜리타와 주문한 상그리아를 찾아 미친 듯이 식당 안을 두리번거리며 생각했다. '다른 사람들은 대체 어떻게 견디는 거지?' 남편을 잃은 여자들을 많이 알았지만 다들 괜찮은 듯했다. 사람들이 그들의 남편을 언급할 때, 과거형으로 남편에 관해서 얘기할 때, 그들은 멀쩡하게 서서 마주 보고 웃으며 얘기할 수 있었다. 도린 매튜스는 심지어 이런 말도 했다. "이제 빌이 가고 나니 마침내 크리스마스트리에 온갖 분홍색 장식을 달 수 있게 됐어. 난 늘 분홍색 트리를 갖고 싶었는데 그는 들어줄 생각도 안 했거든."
 "여기 상그리아 나왔습니다." 여전히 걱정스러운 표정으로 카멜리타가 말했다. "토르티야 칩과 살사 소스 좀 드릴까요?"
 "예, 고마워요." 베브가 상냥하게 말했다. "그리고 치킨 엔칠라다를 시키고 싶은데요."
 카멜리타가 고개를 끄덕이고는 다시 사라졌다. 베브는 상그리아를 한 모금 꿀꺽 삼키고는 가방에서 여행안내서를 꺼냈다. 그녀는 근사한 점심을 먹고 관광하러 나갈 계획이었다. 여행안내서에서 지역 볼거리를 찾았다. '푸에블로 데 산 일데폰소.' 아니야, 여긴 바깥을 한참 걸어 다녀야 할 텐데,

창밖에는 여전히 진눈깨비가 내리고 있잖아.

'암면화 국립기념물.' 안 돼, 이건 앨버커키에 있고, 거긴 눈이 와. '엘 산투아리오 데 치마요. 76번 고속도로로 산타페에서 북쪽으로 45킬로미터. 전통 직조 센터, 기념품 가게, 미국의 치유 성지라고 불리는 교회당. 재단 옆 대기실의 흙에 몸의 아픈 부분을 문지르면 치유된다는 명성을 얻었다.'

'하지만 나는 온몸이 아픈데.' 그녀는 생각했다.

'다른 볼거리로는 19세기에 만들어진 장식벽 다섯 군데와 조각한 나무 제단 배경인 엘 산토니뇨 데 아토차 조각이 있다(98쪽의 라그리마 항목 참조).'

베브는 98쪽을 폈다. '영원한 슬픔의 성모 성당, 라그리마, 41번 고속도로로 산타페에서 남동쪽으로 50킬로미터. 16세기에 지어진 붉은 벽돌 선교 성당. 1968년에 측면 회랑에 있는 성모상이 치유의 눈물을 흘렸다는 기록이 있다.'

치유의 눈물, 성스러운 흙, 그리고 이 마을에 기적의 계단이 있다고 하지 않았던가? 그래, 여기 있네. 로레토 성당. '4월부터 10월까지 오전 10시부터 오후 5시까지 개방. 11월부터 3월까지는 개방하지 않음.'

치마요로 가야 해. 그녀는 렌트카 사무소에서 준 도로 지도를 꺼냈다. 그때 카멜리타가 토르티야 칩과 살사 소스를 가지고 오길래 베브가 물었다. "치마요로 운전해서 가볼까 하는데요, 어느 길로 가는 게 제일 좋을까요?"

"오늘요?" 카멜리타가 깜짝 놀라며 물었다. "좋은 생각이 아니에요. 도로가 상당히 구불구불한데다. 막 타오스에서 눈이 엄청 심하게 온다는 전화를 받았거든요."

"그럼 푸에블로들 중 하나는 어떨까요?"

카멜리타가 고개를 저었다. "거기 가려면 비포장 길을 가야 하는데, 길이 정말로 꽁꽁 얼었어요. 그냥 여기 마을에서 뭔가를 하는 게 훨씬 나을 거예요. 자정에 성당에서 크리스마스이브 미사가 있어요." 카멜리타가 도와주려는 듯이 덧붙였다.

'하지만 난 오후에 할 일이 필요해.' 베브가 다시 여행안내서를 뒤적거리며 생각했다. '인디언연구센터: 주말에만 개방. 엘 란초 데 라스 골론드리나

스: 11월부터 3월까지 폐쇄. 산타페 역사박물관: 12월 24일부터 1월 1일까지 휴관.'

'조지아 오키프 미술관: 연중무휴.'

'완벽해.' 베브는 설명을 읽으며 생각했다. '세계에서 가장 방대한 오키프 작품 컬렉션을 영구 소장. 미국의 주요 예술가인 오키프는 오랫동안 산타페 지역에서 살았다. 1929년에 처음 왔을 때 그녀는 몸과 마음이 병든 상태였지만, 건조하고 더운 뉴멕시코 기후가 치유와 영감을 주어 그녀는 가장 빼어난 작품 다수를 이곳에서 그렸다.'

완벽해. 암소 두개골과 거대한 열대 식물과 사막의 외딴 산을 그린, 햇볕을 담뿍 받은 그림들. '연중무휴. 오전 10시부터 오후 6시까지. 존슨로 217번지.'

베브는 지도에서 주소를 찾아보았다. 광장에서 고작 세 블록 떨어진 곳이라 이런 날씨에도 가뿐하게 걸어갈 만했다. 완벽해. 카멜리타가 엔칠라다를 들고 오자 베브는 맹렬하게 먹어 치웠다.

"마을 안에서 갈 만한 곳을 찾았어요?" 카멜리타가 궁금하다는 듯이 물었다.

"예, 조지아 오키프 미술관요."

"아." 카멜리타가 말하고는 다시 사라졌다가 거의 곧바로 다시 나타났다. "유감인데요, 부인, 하지만 거긴 닫았어요."

"닫았다고요? 여행안내서에는 미술관이 연중무휴라고 나왔어요."

"눈 때문에요."

"눈요?" 베브는 말하면서 카멜리타 너머로 안뜰을 보았다. 진눈깨비가 몰아치는 폭설이 되어 있었다.

오후 1시 20분에 제임스가 공항에서 전화해서 킨드라와 데이비드의 비행기가 모두 연착한다고 알렸고, 몇 분 후 제과점에서 웨딩 케이크를 배달했다. "아니, 아니에요." 스테이시가 말했다. "그건 컨트리클럽으로 가야 해요. 피로연이 열리는 데는 거기란 말이에요."

"저희도 그러려고 했죠." 운전사가 말했다. "거기까지 갈 수가 없어요. 이걸 여기 두든가 아니면 제과점으로 다시 들고 가든가 해야 돼요. 선택하세요. 제과점으로 돌아갈 수나 있을지 모르겠네요."

"여기 두세요." 스테이시가 말했다. "제임스가 오면 갖다 놓으라고 하지, 뭐."

"하지만 방금 그 말 들었잖아." 폴라가 말했다. "트럭이 못 가면 제임스도 못 가…." 전화벨이 울렸다.

꽃집에서 꽃을 배달할 수 없을 것 같다고 전화한 것이었다. "하지만 하셔야 해요." 스테이시가 말했다. "결혼식은 5시예요. 이 사람들한테 꼭 배달해야 한다고 말 좀 해줘, 폴라." 그러고는 전화기를 폴라에게 건네주었다.

"여기로 올 방법이 달리 없을까요?" 폴라가 물었다.

"기적이 있지 않으면요." 꽃집 사람이 말했다. "우리 트럭이 포니시 어느 도랑에 빠졌는데, 견인차가 거기까지 가려면 얼마나 오래 걸릴지는 말 안 해도 알겠지요. 바깥이 온통 스케이트장이라니까요."

"제임스가 킨드라와 데이비드를 데리고 오는 길에 꽃을 받아와야겠네." 폴라가 나쁜 소식을 전하자 스테이시가 태평스럽게 말했다. "컨트리클럽에 가는 길에 받아와도 되고. 현악 4중주단은 도착했어?"

"아니, 그들이 여기 올 수 있을지도 잘 모르겠어. 꽃집 사람 말로 도로가 정말 얼음판이래." 폴라가 말하는데 비올라 연주자가 걸어 들어왔다.

"거 봐." 스테이시가 만족스럽게 말했다. "다 잘될 거야. 내가 말했던가, 결혼 행진곡으로 보케리니의 미뉴에트 8번을 연주할 거라고?" 그러고는 제단 설교대에 쓸 초를 가지러 갔다.

폴라는 빼빼 마른 젊은 남자인 비올라 연주자한테로 갔다. 그가 비올라 케이스에 쌓인 눈을 쓸어냈다. "다른 분들은 어디 있어요?"

"아직 안 왔어요?" 연주자가 놀라며 물었다. "전 시내에서 레슨할 게 있어서 먼저 가라고 했거든요." 그가 바닥에 앉아 눈이 층층이 들러붙은 부츠를 벗었다. "그러고는 제 차가 눈 둔덕에 처박히는 바람에 꼼짝없이 마지막 2.5킬로미터 정도를 걸어왔어요." 그가 헐떡이며 그녀를 올려다보며 씩 웃었다. "이런 때마다 피콜로를 했으면 좋았을 텐데 싶지요. 그래도," 그가 말하면서 그녀는 위아래로 훑어보았다. "보상이 있네요. 설마 신부는 아니겠지요?"

"아니에요." 그녀가 말했다. '나도 그랬으면 좋았겠지.'

"다행이다!" 그가 말하고는 그녀를 보고 다시 씩 웃었다. "결혼식 끝나고 뭐 할 거예요?"

"결혼식이 있을지 어떨지도 모르겠어요. 다른 분들도 여기로 오는 길에 꼼짝 못 하게 된 것 같아요?"

연주자가 고개를 저었다. "그럼 제가 봤을 거예요." 그가 휴대폰을 꺼내 단추를 꾹꾹 눌렀다. "셉? 응, 어디야?" 잠시의 침묵. "안 그래도 그럴까 봐 걱정했는데. 리프는 어때?" 또 침묵. "음, 찾으면 나한테 전화 줘." 그가 휴대폰을 닫았다. "나쁜 소식이에요. 바이올린 둘이 가벼운 추돌사고를 내서 경찰을 기다리고 있대요. 첼로는 어디 있는지 모르겠고요. 미뉴에트 8번을 비올라 독주로 하는 건 어때요?"

폴라가 스테이시에게 가서 그 소식을 알렸다. "경찰이 보내주겠지." 스테이시가 태평하게 말하고는 제단 설교대에 세울 하얀 초를 폴라에게 건네주었다. "눈 오는 날에 촛불은 정말 아름다울 거야."

동부 표준시로 오후 1시 48분, 플로리다키스 선셋포인트에서 눈보라가 보고되었다.

"이제 저는 공식적으로 정신이 나가도 되는 거 맞죠?" 진성이 네이선에게 물었다. "세상에, 교수님이 일어날 거라고 했던 바로 그 불연속 현상이에요!"

"아직은 몰라." 네이선이 이제는 파고 근처에 있는 작은 점 하나와 텍사스 북부의 중앙쯤에 있는 점 하나를 빼고는 완전히 파란색이 된 기상청 지도를 보면서 말했다. 텍사스의 점을 네이선은 웨이코(제12공군사령부)라고 생각했고 진성은 크로포드에 있는 대통령의 목장이라고 확신했다.

"아직 모른다니, 무슨 말씀이세요? 바르셀로나에 눈이 와요. 모스크바에도 눈이 오고요."

"모스크바에는 원래 눈이 오게 되어 있어. 나폴레옹 생각나? 자료가 들어온 이곳들 중 3분의 2 이상이 눈이 와도 이상하지 않은 곳들이야. 오슬로, 카트만두, 버팔로…."

"음, 베이루트에 눈이 오는 건 아무래도 이상하잖아요." 진성이 들어오는 눈 소식들을 가리키며 말했다. "그리고 호놀룰루도요. 교수님이 뭐라고 하시든 전 상관 안 해요. 전 정신이 나갔어요."

"그러면 안 될걸." 네이선이 지도에 등압선 데이터를 겹치며 말했다. "자네가 나한테 기온 정보를 넘겨줘야 하니까."

진성이 자기 컴퓨터로 훌쩍 갔다가 돌아왔다. "어때요?" 그가 진지하게 물었다. "불연속이라고 생각하세요?"

다른 무언가일 수가 없었다. 겨울 폭풍이 아주 커지는 경우는 종종 있었다. 1994년 2월에 유럽에 불어닥친 폭풍은 엄청나게 거대했고, 2002년 12월 것은 미국의 3분의 1을 덮었다. 하지만 미국 본토 전역을 덮은 적은 한 번도 없었다. '그리고 멕시코와 매니토바와 벨리즈까지 말이지.' 그는 폭설 자료가 들어오는 걸 지켜보면서 생각했다.

게다가 예전에 한 번도 눈이 온 적 없는 지역 여섯 군데에 눈이 내리고 있었고, 애리조나주 유마처럼 지난 100년 동안 한 번이나 두 번밖에 눈이 온 적 없는 스물여덟 군데에도 그랬다. 뉴올리언스에 맙소사, 눈이 30센티미터가 쌓였다. 그리고 과테말라에도 눈이 내리고 있었다.

그리고 이건 그가 지금껏 본 그 어떤 폭풍과도 다르게 움직였다. 자료에 따르면, 눈이 일리노이주 스프링필드와 테네시주 후두와 유타주 파크시티와 코네티컷주 브랜포드에서 동시에 내리기 시작해 완전히 제멋대로의 유형을 보이며 퍼져나갔다. 이 폭풍에는 중심도 가장자리도 최전선도 없었다.

그리고 소강도 없었다. 눈이 멈췄거나 줄어들었다고 보고하는 기상관측소는 하나도 없고 눈이 내리기 시작했다고 보고하는 기상관측소만 계속 늘었다. '이런 속도라면 어디 보자….' 그는 재빨리 계산했다. '오후 5시면 모든 곳에 눈이 내리겠는걸.'

"어때요?" 진성이 말했다. "맞아요?" 진성은 정말로 겁을 먹은 것 같았다.

'그리고 입력해야 할 이 엄청난 데이터를 보면 진성이 정신이 나가는 일이야말로 절대 피해야 할 일이지.' 네이선은 생각했다. "아직 결정을 내리기에는 데이터가 부족해."

"하지만 그럴 거라고 생각하시잖아요." 진성이 고집했다. "그렇죠? 교수님은 모든 신호가 왔다고 생각하시잖아요."

'그렇지.' 네이선은 생각했다. "절대 아니야." 그가 말했다. "텔레비전을 봐."

"봐서 뭐 하게요?"

"아직 오지 않은 신호가 하나 있어." 네이선이 화면을 가리켰다. "헤드라인이 없어."

"뭐가 없다고요?"

"헤드라인이 없다고. 케이블 뉴스 채널들이 자체 헤드라인을 붙이기 전에는 아무것도 어엿한 위기로 인정받지 못해. 콜론이 있으면 더 좋지. 자네도 알 거야. 'O.J.: 세기의 재판 또는 잡히지 않은 저격수' 아니면 '공격: 이라크' 같은 거 말이야." 그는 백악관 앞에서 펑펑 쏟아지는 눈을 맞고 선 유명 앵커를 가리켰다. "봐, 주요 뉴스로 나오긴 하지만 헤드라인은 없어. 그러니 이게 불연속일 리가 없어. 자 그 기온 정보를 넘겨줘 봐. 그러고 나면 가서 텔레비전을 두어 대 더 긁어모을 수 있는지 봐. 정확하게 무슨 일이 벌어지는지 보고 싶어. 그러다 어떤 실마리를 얻을 수 있을지도 모르지."

진성이 새삼 안심한 듯이 고개를 끄덕이고는 기온 정보를 가지러 갔다. 기온 분포도 사스카툰의 영하 28도에서부터 포트로더데일의 영하 0.5도까지 제멋대로였다. 네이선이 유형과 특이점을 찾으며 그 정보를 12월 중반의 평균 온도와 비교하고 24일의 최고 온도와 최저 온도와 비교했다.

진성이 시청각 기기용 수레에 대형 텔레비전과 네이선 교수의 휴대용 텔레비전을 싣고 와 전원을 연결했다. "어디를 틀까요?" 그가 물었다.

"CNN, 날씨 채널, 폭스…." 네이선이 읊기 시작했다.

"아, 안 돼." 진성이 말했다.

"뭐? 뭐야?"

"보세요." 진성이 네이선 교수의 휴대용 텔레비전을 가리키며 말했다. 유명 앵커가 엠파이어 스테이트 빌딩 앞 눈 속에 서 있었다. 화면 오른쪽 아래에 CNN 로고가 있고, 화면 왼쪽 위에는 '세기의 눈보라'라는 헤드라인이 붙어 있었다.

파일러는 미겔의 물건들을 챙겨 넣자마자 다시 텔레비전을 확인했다.
"…도로 사정이 심각합니다." 기자가 말했다. "경찰은 세풀베다-피게로아 교차로와 산페드로-휘티어 교차로, 할리우드-바인 교차로에 사고가 발생했다고 밝혔습니다." 화면 아래쪽에 사고 관련 단신이 지나갔다. "저희는 지금 산타모니카 자유로 컬버시티 출구를 바로 지난 곳에서 발생한 사고 소식을 듣고 있습니다. 그리고… 방금 들어온 소식입니다. 110번 고속도로 북쪽 방향이 5중 추돌사고로 막혔습니다. 고속도로를 이용하실 분들은 다른 길을 이용하시길 바랍니다."

전화벨이 울렸다. 미겔이 주방으로 뛰어 들어가 전화를 받았다. "안녕, 아빠. 지금 눈 와." 아이가 수화기에 대고 소리를 질렀다. "우리 밖에 나가서 눈사람 만들 거야." 그러고는 말했다. "알았어." 그리고 수화기를 파일러에게 건네주었다.

"엄마, 아빠랑 얘기 좀 하게 가서 만화 보고 있어." 그녀가 말하고는 아이에게 리모컨을 건네주었다. "안녕, 조."

"지금 미겔을 데려다줬으면 좋겠어." 그녀의 전남편이 인사도 없이 다짜고짜 말했다. "눈이 더 심하게 오기 전에."

"이미 심해." 파일러가 주방 문간에 서서 미겔이 채널 돌리는 걸 지켜보면서 말했다.

"…바깥은 정말로 미끄러…."

"…집 안에 계시기 바랍니다. 어딘가로 꼭 가야 할 필요가 없다면, 가지 마세요."

"…예측할 수 없는 상황…."

"이런 상황에 애를 데리고 나가는 게 좋은 생각인지 모르겠어." 파일러가 말했다. "텔레비전에서 도로가 정말로 미끄럽다고 하고…."

"그래서 지금 데려오라고 내가 얘기하잖아." 조가 심술궂게 말했다. "네가 무슨 짓을 하는지 알아. 넌 별것 아닌 눈을 핑계로 크리스마스에 내 아들을 나한테서 떼어놓을 수 있다고 생각하지."

"아니야." 그녀가 반박했다. "난 그냥 미겔의 안전을 생각하는 거야. 난 스노타이어가 없…."

"아이를 생각하는 척하기는! 넌 이걸로 내 권리를 뺏을 수 있다는 생각만 하잖아. 음, 내 변호사가 거기에 대해서 무슨 말을 하는지 한번 보자고. 당장 변호사와 판사에게 전화해서 네가 무슨 꿍꿍이인지 알리고, 내가 이런 추잡한 짓에 질렸다고, 완전한 양육권을 갖고 싶다고 말할 거야. 그러고 나서 내가 직접 아이를 데리러 가겠어. 내가 갔을 때 바로 떠날 수 있게 준비나 해둬!" 그가 소리를 지르고는 전화를 끊었다.

오후 2시 22분에 루크의 어머니가 휴대폰으로 전화해서는 늦을 거 같으니 먼저 거위를 시작하라고 말했다. "도로가 엉망진창인데다 사람들이 운전하는 법을 몰라. 바로 앞에 있는 저 빨간색 스바루만 해도 내 차선으로 휙 들어와서는…."

"엄마, 엄마." 루크가 말을 잘랐다. "거위 말인데, 거위를 시작하라는 건 무슨 뜻이에요? 내가 뭘 해야 돼?"

"그냥 오븐에 넣으면 돼. 쇼티와 마지가 금방 거기 도착할 거니까, 나머지는 다 알아서 할 거야. 넌 그냥 시작만 하면 돼. 먼저 내장 봉지를 꺼내. 그리고 알루미늄 포일 텐트를 올려."

"알루미늄 포일 뭐?"

"텐트. 포일을 반으로 접어서 거위 위에 올려놔. 그러면 너무 빨리 타는 걸 막아줘."

"포일은 얼마나 커야 돼요?"

"거위를 덮을 정도. 그리고 가장자리를 말아 넣지 마."

"오븐 가장자리?"

"텐트 가장자리. 너 때문에 운전하기가 더 힘들어졌어. 여기 얼마나 많은 차가 도로를 벗어나 있는지, 넌 들어도 못 믿을 거야. 그리고 그게 다 SUV야. 자업자득이지. 사륜구동이니까 눈보라 속에서도 시속 140킬로미터로 달릴 수 있다고들 생각한다니까…."

"엄마, 엄마. 속은 어떻게 해요? 거위 속을 안 채워도 돼?"

"그래. 이제는 아무도 새의 속을 채우지 않아. 살모넬라 때문이지. 그냥 거위를 구이용 팬에 담고 오븐에 넣어. 180도에 맞춰서."

'그건 나도 할 수 있어.' 루크는 생각했고, 그대로 했다. 10분 후에 그는 알루미늄 포일 텐트를 덮는 걸 깜빡했다는 걸 깨달았다. 그는 세 번의 시도 끝에 적당한 크기로 포일을 잘랐고, 어머니가 반짝이는 면과 둔탁한 면 중에 어느 쪽이 보이도록 덮으라고 얘기해주지는 않았지만, 20분 후에 거위를 확인했을 때는 괜찮은 것 같았다. 냄새도 괜찮았고, 팬에는 벌써 육즙이 고였다.

전화를 끊고 나서 파일러는 조가 이런 눈보라 속으로 미겔을 데려가게 놔두는 것과 그를 말리면 생길 게 뻔한 싸움을 미겔한테 보여주는 것 중에 어느 쪽이 더 나쁠지 판단하려 애쓰며 오랫동안 주방 식탁에 앉아 있었다. "제발, 제발…." 그녀는 자신이 무얼 위해 기도하는지도 모른 채 중얼거렸다.

미겔이 주방으로 들어와 엄마 무릎으로 기어올랐다. 그녀가 화들짝 놀라 눈가를 훔쳤다. "미겔, 놀라지 마." 그녀가 쾌활하게 말했다. "조금 있다가 아빠가 널 데리러 오실 거야. 어떤 장난감을 데려가고 싶은지, 가서 골라야겠네."

"이럴…수가." 미겔이 고개를 흔들며 말했다.

"눈사람 만들고 싶어 한 거 알아." 그녀가 말했다. "하지만 무슨 일이게? 에스콘디도에도 눈이 와. 아빠와 눈사람 만들 수 있을 거야."

"이럴…수가." 아이가 그녀의 무릎에서 내려가 손을 잡으며 말했다. 아이가 그녀를 거실로 이끌었다.

"왜, 미겔?" 그녀가 말하자 아이가 텔레비전을 가리켰다. 산타모니카 기자가 말했다. "…폐쇄된 도로는 다음과 같습니다. 출라비스타에서 산타애나까지 I-5번 도로, 샌디에이고에서 바스토까지 I-15번 도로, 오션사이드에서 에스콘디도까지 78번 고속도로…."

'감사합니다.' 그녀는 말없이 중얼거렸다. '감사합니다.' 미겔이 주방으로 뛰어가더니 제도용지와 빨간색 크레용을 들고 돌아왔다. "여기." 아이가 그것들을 파일러에게 내밀며 말했다. "산타할아버지한테 편지 써야 돼. 그래야 내 선물을 아빠 집이 아니라 여기로 가져와야 한다고 알 수 있잖아."

소파피야를 주문하고, 그러고 나서는 멕시코식 커피를 주문해서 베브는 겨우 2시가 다 될 때까지 점심 식사를 연장할 수 있었다. 커피를 가져온 카멜리타가 안뜰에 쌓이는 눈을 걱정스럽게 쳐다보는 바람에 베브는 카멜리타가 퇴근할 수 있도록 계산서를 달라고 해서 서명하고 외투와 장갑을 가지러 방으로 올라갔다.

'가게들이 문을 닫았어도 진열장은 구경할 수 있어.' 그녀는 스스로에게 말했다. 가게에 진열된 나바호족의 바닥 깔개와 산타클라라 냄비와 인디언 장신구들을 볼 수 있을 테지만, 눈보라가 갈수록 심해졌다. 벽에 줄줄이 달린 조명 장식들이 눈을 뒤집어썼고, 양초가 담긴 종이가방은 젖는 바람에 무게 탓에 축 늘어졌다.

'절대 저걸 켜진 않겠지.' 베브는 모퉁이를 돌아 광장으로 들어가면서 생각했다.

광장 한쪽으로 걸어갈 때쯤엔 어찌나 세차게 눈보라가 몰아치는지 광장 반대쪽이 보이지 않을 지경이었고, 살을 에는 듯한 바람도 같이 불었다. 베브는 포기하고 호텔로 돌아갔다.

로비에 접수대 직원과 외투와 부츠로 무장한 카멜리타까지 포함한 전 직원이 텔레비전 앞에 모여서 뉴멕시코의 날씨 지도를 보고 있었다. "…현재 뉴멕시코 대부분의 지역에 눈이 내리고 있습니다." 아나운서가 말했다. "갤럽, 칼스배드, 뤼도소, 로즈웰도 마찬가지입니다. 여행주의보가 로즈버그, 라스크루시스, 트루스오어칸시퀀스를 포함한 뉴멕시코 중앙과 서부,

남부에 내려졌습니다. 시청자 여러분, 뉴멕시코 지역 대부분이 화이트 크리스마스가 될 것 같네요."

"메시지가 두 개 와 있어요." 베브를 본 접수대 직원이 말했다. 둘 다 재니스가 보낸 것이었고, 베브가 외투를 벗는 사이에 또 전화를 걸어왔다.

"방금 텔레비전에서 산타페에도 눈이 온다는 얘기가 나왔는데, 네가 관광하러 갈 거라고 했던 게 생각나서 말이야." 재니스가 말했다. "그냥 네가 괜찮은지 궁금했어."

"난 여기 호텔에 있어." 베브가 말했다. "아무 데도 안 갈 거야."

"잘됐네." 재니스가 안심한 듯 말했다. "텔레비전 보고 있어? 기상 캐스터가 이게 보통 폭풍이 아니래. 뭔가 엄청난 초대형 폭풍이라나 봐. 여긴 이제 1미터 가까이 쌓였어. 온 동네에 전기가 나가고 공항은 폐쇄됐어. 네가 무사히 집에 돌아올 수 있으면 좋겠는데. 이런, 방금 불이 깜박거렸어. 전기가 나가기 전에 초를 좀 찾아놓는 게 좋을 거 같아." 그녀가 말하고는 전화를 끊었다.

베브는 텔레비전을 켰다. 지역 채널이 취소된 행사들을 짚고 있었다. "제일연합감리교회의 크리스마스 행렬이 취소되었고, 오늘은 과달루페 성모 성당의 성탄주간 행사도 없을 예정입니다. 캐니언노인복지센터가 오후 3시에 폐관할…"

그녀는 리모컨을 눌렀다. CNBC에서는 이전에 있었던 크리스마스이브 폭설 사례들을 놓고 토론 중이었고, CNN에서는 유명 앵커가 눈더미가 쌓인 5번가 한가운데에 서 있었다. "오늘은 보통 1년 중 가장 분주하게 쇼핑을 하는 날입니다." 그녀가 말했다. "하지만 보시는 대로…"

그녀는 볼 만한 영화를 찾아 리모컨을 눌렀다. '하워드라면 정말 좋아했을 텐데.' 그녀는 저도 모르게 생각했다. '하워드라면 이런 상황에서 진가를 발휘했을 거야.'

하지만 채널을 획획 모두 넘겨봐도 죄다 날씨 얘기뿐이었다. "올해는 전국이 화이트 크리스마스가 될 것 같습니다." 유명 토크쇼 사회자가 말했다. "원하든 원치 않든 말입니다."

'당연히 크리스마스 영화를 해줘야지.' 베브는 다시 채널을 돌리며 침울하게 생각했다. 크리스마스이브니까. 〈코네티컷의 크리스마스〉나 〈홀리데이 인〉 있잖아. 아니면 〈화이트 크리스마스〉라도.

하워드는 리모컨을 넘기다 〈화이트 크리스마스〉가 나오면 설령 거의 끝나가는 장면일지라도 매번 계속 봐야 한다고 우겨댔다. "그걸 왜 보고 있어?" 그녀는 거실로 들어와 그가 엔딩 직전 장면을 보고 있는 걸 볼 때마다 물었다. "우리 비디오 있잖아."

"쉬." 그는 말하곤 했다. "이제 좋은 장면이 시작돼." 그리고 그는 바싹 다가앉아서는 빙 크로스비가 헛간 문을 열어젖히자 가짜처럼 보이는 눈이 그 못지않게 가짜처럼 보이는 영화 세트에 떨어지는 장면을 지켜보았다.

영화가 끝나고 그가 주방으로 들어오면 그녀는 빈정대듯이 묻곤 했다. "이번엔 어떻게 끝났어? 빙과 로즈메리 클루니는 화해했어? 둘이 제너럴 여관을 구하고 오래오래 행복하게 살았대?"

하지만 하워드는 좀처럼 미끼를 물지 않았다. "화이트 크리스마스가 됐지." 그는 만족스럽게 말하곤 창가로 가서 구름을 살펴보았다.

주방 칼 세트를 파는 정보광고 하나를 제외하면 온통 폭설 얘기뿐이었다. '참 적절하기도 하지.' 그녀는 침대에 앉아서 그걸 보면서 생각했다.

오후 2시 8분에 새로 쌓인 눈의 무게 때문에 브레큰리지 인근의 '죽여주는 슬로프들'에 대규모 눈사태가 일어나 엄청난 숫자의 폰데로사 소나무들을 쓰러뜨리며 아래에 있는 건 뭐든 다 묻어버렸지만, 여전히 혼다 차량에 갇힌 채 체온을 유지하려 애쓰면서 조그만 박하사탕 한 통과 보조석 수납함에서 찾아낸 오래된 도넛 하나로 연명하고 있던 켄트와 보딘은 해당 사항이 없었다.

오후 2시 30분이 되어도 마지와 쇼티가 도착하지 않아서 루크가 거위를 확인했다. 괜찮게 구워지는 듯했지만 팬에 고인 육즙이 엄청났다. 30분 후에 다시 확인했을 때는 육즙이 3센티미터 가까이 찼다.

'이럴 리가 없어.' 마지막으로 어쩔 수 없이 크리스마스이브 만찬에 끼었을 때 봤던 칠면조에서는 겨우 몇 숟가락 정도의 육즙밖에 나오지 않았다. 그는 엄마가 그레이비 소스를 만든다고 그 육즙을 따라갔던 걸 기억했다.

그는 엄마한테 전화를 걸었다. 휴대폰이 '통화 불가'를 알렸다. 배터리가 다됐거나 꺼놨다는 뜻이었다. 그는 마지 이모한테 전화를 걸어보았다. 받지 않았다.

그는 쓰레기통에서 거위가 담겼던 봉지와 그물형 포장지를 찾아내 반듯하게 펴고는 주의사항을 읽었다. '아무것도 덮지 않은 상태로 500그램당 25분씩 180도로 구워주세요.'

아무것도 덮지 않고. 그게 문제였던 거야, 그 알루미늄 포일 텐트, 그것 때문에 육즙이 증발하지 않은 거지. 루크는 오븐을 열고 포일 텐드를 빼냈다. 15분 후에 다시 확인해보니 거위는 5센티미터쯤 고인 기름에 잠겨 있었다. 그래도, 포장지 설명대로라면 아직 3시간은 더 구워야 했다. 거위 윗면이 갈색을 띠면서 바삭해졌다.

오후 2시 51분에 조 구티에레즈가 자기 집 문을 꽝 닫고 나와서는 미겔을 데리러 출발했다. 그는 파일러와의 전화를 끊고 나서 내내 그 빌어먹을 변호사와 통화를 하려고 시도했지만, 변호사가 전화를 받지 않았다.

도로는 진짜 엉망진창이었고, I-15 고속도로로 진입하는 나들목에는 바리케이드가 쳐져 있었다. 그는 부르릉거리며 도로를 내려와 78번 고속도를 타려고 했지만 그것도 폐쇄됐다. 조는 화가 머리끝까지 차올라 당장 집으로 돌아와 파일러의 변호사에게 전화했지만, 그 역시도 전화를 받지 않았다. 그러자 그는 자기 변호사의 휴대용 컴퓨터에서 봤던 판사의 비공개 휴대폰 번호로 전화를 걸었다.

베이커스필드 출구에 있는 스타벅스에 처박힌 채, 해리 코닉 주니어가 〈화이트 크리스마스〉를 망치는 걸 들으며 벌써 3시간째 긴급출동을 기다리고 있던 판사는 딱히 그에게 동정적인 입장이 아니었고, 조가 욕을 하기 시작했을 때는 특히 그랬다.

언쟁이 오갔고, 판사는 조에게 법정모독죄를 선고하겠다고 속으로 다짐했다. 그리고 그는 왜 이렇게 오래 걸리는지 알아보려고 긴급출동 서비스에 전화했고, 상담원이 고객께서는 19번째 대기자이시며, 긴급출동 차량이 가려면 못해도 4시간은 더 걸릴 거라고 알려주자 양육권 협상안 전체를 다시 검토해야겠다고 결심했다.

오후 3시쯤 되자 모든 방송사와 케이블 뉴스 채널들이 헤드라인을 달기 시작했다. ABC는 '이상한 겨울'이었고, NBC는 '대형 눈보라'였고, 폭스뉴스는 '겨울 일격'이었다. CBS와 MSNBC는 둘 다 〈화이트 크리스마스〉를 밀었고 빙 크로스비의 사진을 박았다(MSNBC의 사진은 영화에서 따온 산타클로스 모자를 쓴 모습이었다).

날씨 채널의 헤드라인은 문구 대신 계속 변화하는 세계지도 그래픽이었는데, 지금은 3분의 2가 흰색이었다. 카라치와 서울, 솔로몬제도에서도 눈이 보고되었다. 베들레헴에서는 (대개는 이스라엘-팔레스타인 폭력 사태로 취소되었던) 크리스마스이브 예배가 날씨 때문에 취소되었다.

오후 3시 15분에 공항에 있는 제임스가 폴라에게 전화를 걸어 킨드라와 데이비드의 비행기편 도착 시각이 끝도 없이 연기되고 있다고 알렸다. "그리고 유에스에어 사람이 휴스턴 공항을 폐쇄할 거라고 하네. 댈러스 국제공항은 이미 폐쇄됐고, JFK와 오헤어도 그래. 스테이시는 어때?"

'구제 불능이지.' 폴라는 생각했다. "괜찮아." 그녀는 말했다. "통화하고 싶어?"

"아니. 들어봐, 여전히 기대는 하고 있지만 그다지 전망이 좋아 보이지는 않는다고 전해줘."

폴라가 전했지만 아무 효과가 없었다. "가서 드레스를 입어." 스테이시가 폴라에게 지시했다. "목사님이 너랑 예식 리허설을 할 수 있게 말이야. 그리고 나서 킨드라와 데이비드가 오면 어디에 서면 되는지 알려줘."

폴라는 소매가 없는 디자인이 아니었으면 좋았을 텐데 생각하며 들러리

드레스를 입었고, 눈에 젖은 옷을 벗어버리려고 턱시도로 갈아입은 비올라 연주자를 남자 들러리 삼아 리허설을 진행했다.

리허설을 마치자마자 폴라는 제의실로 가서 가방에 든 스웨터를 꺼냈다. 목사가 들어와 문을 닫았다. "스테이시한테 계속 얘기하려고 했는데 말이지요." 그녀가 말했다. "결혼식을 취소해야 해요. 도로가 갈수록 위험해지고 있는데다 방금 라디오에서 주간 고속도로를 폐쇄했다는 얘기를 들었어요."

"알아요." 폴라가 말했다.

"음, 스테이시는 모르겠지요. 그녀는 모든 게 잘될 거라고 확신하고 있어요."

'그리고 그럴 거예요.' 폴라는 생각했다. '무엇보다, 스테이시니까요.'

비올라 연주자가 문틈으로 고개를 내밀었다. "좋은 소식이 있어요." 그가 말했다.

"연주자들이 다 왔어요?" 목사가 말했다.

"제임스가 왔어요?" 폴라가 말했다.

"아니요. 하지만 셉과 리프가 첼로 연주자를 찾았대요. 동상에 걸리긴 했지만, 다른 건 다 괜찮아요. 병원으로 데려가는 중이래요." 그가 몸짓으로 예배당 쪽을 가리키며 말했다. "저 부정의 여왕님께는 당신들이 말할래요, 아니면 제가?"

"제가 할게요." 폴라가 말하고는 예배당으로 돌아갔다. "스테이시…."

"너, 드레스 진짜 예쁘다!" 스테이시가 소리를 지르더니 폴라를 창가로 끌고 갔다. "눈하고 얼마나 잘 어울리는지 봐!"

오후 4시 15분 전에 초인종이 울리자 루크는 '드디어! 엄마가!'라고 생각하고 글자 그대로 버선발로 뛰어나가 문을 열었다. 룰라 이모였다. 루크는 기대에 찬 시선으로 이모의 뒤쪽을 살폈지만, 진입로로 들어오거나 도로에서 다가오는 다른 사람은 아무도 없었다. "거위 요리하는 법 모르시죠, 혹시 아세요?" 루크가 물었다.

이모는 아무 말 없이 한참 루크를 쳐다보며 섰다가, 가지고 온 올리브

그릇을 건네주고는 모자와 스카프와 장갑과 장화와 나이 든 부인들이 좋아하는 외투를 벗었다. "네 엄마와 마지는 언제나 살림꾼 유형이었지." 이모가 말했다. "나는 이론적인 쪽이었고." 그러고는 이 기묘한 정보를 소화시키는 중인 루크에게 물었다. "왜 물었어? 거위 요리하고 있어?"

"예." 루크가 말하고는 이모를 주방으로 데리고 가 이제는 기름 바다 속에서 헤엄치고 있는 거위를 보여주었다.

"세상에!" 룰라 이모가 말했다. "이 기름이 다 어디서 나온 거라니?"

"모르겠어요." 루크가 말했다.

"음, 먼저 해야 할 일은 이 불쌍한 녀석이 익사하기 전에 기름을 좀 따라내는 거야."

"이미 했어요." 루크가 말하면서, 앞서 기름을 따랐던 소스팬의 뚜껑을 열어 보였다.

"음, 좀 더 따라내야겠다." 이모가 실무적으로 말했다. "그리고 팬이 더 큰 게 필요하겠어. 아니면 기름을 그냥 싱크대에 따라버리고 증거를 인멸하는 수가 있지."

"그레이비용으로 남겨둔 거예요." 루크가 싱크대 밑 찬장에서 스파게티를 만들라고 어머니가 준 커다란 냄비를 찾으며 말했다.

"아, 물론이지." 이모가 말하고는 잠시 후에 뭔가를 생각하듯이 덧붙였다. "내가 그레이비 만드는 법은 알지. 알렉 기네스가 가르쳐줬어."

루크가 찬장을 뒤지다 고개를 들었다. "알렉 기네스가 이모한테 그레이브 만드는 법을 가르쳐줬다고요?"

"그렇게 어렵지는 않아." 이모가 오븐 문을 열고 뭔가를 생각하는 듯한 시선으로 거위를 보면서 말했다. "와인 같은 건 없겠지, 혹시 있니?"

"있어요." 루크가 냄비를 들고 일어섰다. "왜요? 와인이 기름을 막아주나요?"

"그건 모르지." 이모가 말했다. "하지만 내가 오프 브로드웨이*에서 활동

---

* 타임스퀘어 외곽의 100석 이상 500석 이하의 소규모 극장들

할 때 배운 것 중 하나는 실패작이나 작품을 올리자마자 내리는 사태를 맞았을 때는 약간 취해 있는 편이 도움된다는 거야."

"이모가 오프 브로드웨이에서 활동했어요?" 루크가 말했다. "엄마는 이모가 배우였다는 얘기를 한 적이 없어요."

"배우는 아니었어." 이모가 찬장 문을 이리저리 열어보며 말했다. 이모가 와인잔 두 개를 꺼냈다. "너도 내가 쓴 평론을 한번 봤어야 했어."

오후 4시쯤 되자 모든 방송사와 케이블뉴스 채널들이 갈수록 심각해지는 상황을 반영하여 헤드라인을 교체했다. ABC는 '초대형 눈보라'를, NBC는 '광역눈보라'를, CNN은 거대한 파도에 휩쓸리는 배를 묘사한 이미지와 함께 '절대 폭풍'을 헤드라인으로 채택했다. CBS와 MSNBC는 '빙하기'를 밀었는데, CBS는 거기에다 물음표를, MSNBC는 느낌표와 설인(雪人) 이미지를 덧붙였다. 그리고 언제나 책임감 있는 뉴스 방송사인 폭스는 '세계 종말!'을 외쳤다.

"이제 저 정신 나가도 돼요?" 진성이 물었다.

"안 돼." 네이선이 적설량을 입력하면서 말했다. "첫째로, 그거 폭스잖아. 둘째로, 불연속이 있다고 해서 꼭 세계가 종…."

불빛이 깜박거렸다. 둘이 동시에 동작을 멈추고는 머리 위에 달린 형광등을 쳐다보았다. 다시 깜박거렸다.

"백업!" 네이선이 소리쳤고, 둘은 각자의 컴퓨터 앞으로 뛰어들어 ZIP 드라이브에 디스크를 끼워 넣고는 이따금 걱정스러운 표정으로 전등을 올려다보면서 미친 듯이 자판을 두드리기 시작했다.

진성이 하드 드라이브에서 ZIP 디스크를 꺼냈다. "불연속이 있다고 해서 꼭 세계가 종말하는 건 아니라고 말씀하고 계셨죠?"

"그래. 하지만 데이터를 잃어버리면 그럴 거야. 앞으로는 15분마다 백업을 해."

불빛이 다시 깜박거리더니 영원과도 같은 10초 동안 감감무소식이다가 유명 토크쇼 사회자가 하는 말에 맞춰 다시 돌아왔다. "…앨라배마주 헌츠

빌에서는 천여 가구에 전기 공급이 끊겼습니다. 저는 임시대피소로 사용되고 있는 이곳 보드 중학교에 나와 있습니다." 그가 촛불을 든 여자의 코앞에 마이크를 들이댔다. "언제 전기가 나갔습니까?" 그가 물었다.

"정오쯤에요." 그녀가 말했다. "그 전에 전등이 두어 번 깜박거렸지만, 두 번 다 돌아왔거든요. 그래서 괜찮다고 생각하고 점심을 먹으러 나갔는데, 전등이 나간 거예요. 이렇게…." 그녀가 손가락을 탁 튕겼다. "아무 예고도 없이요."

"5분마다 백업을 해야겠어." 네이선이 말하고는 파카를 챙겨입는 진성에게 말했다. "어디를 가려고?"

"차에 가서 손전등을 가져와야겠어요."

진성이 10분 뒤 눈에 파묻힌 채 귀와 뺨이 빨갛게 얼어서 돌아왔다. "바깥에 눈이 1.2미터나 쌓였어요. 제가 정신이 나가면 안 되는 이유가 뭐였죠?." 그가 손전등을 네이선에게 건네며 말했다.

"나는 이게 불연속 현상이라고 생각하지 않기 때문이지." 네이선이 말했다. "내가 보기에 이건 그냥 눈보라야."

"그냥 눈보라라고요?" 진성이 텔레비전을 가리키며 말했다. 귀와 뺨이 빨갛게 언 기자들이 각각 애틀랜틱시티 대로를 치우는 제설차 부대와 캐스퍼에서 탈선한 기차와 빌로시에서 폭삭 주저앉은 월마트 앞에 서 있었다. "…기록적인 1.5미터 적설량의 무게를 이기지 못했습니다." 유명 기자가 말했다. "다행히 부상자는 발생하지 않았습니다. 한편, 신시내티에서는…."

"1.5미터라고요." 진성이 말했다. "미시시피주에서요. 만약 이렇게 눈이 계속 오고 또 오고, 영원히 오다가 전 세계가…?"

"그렇게는 못 와." 네이선이 말했다. "대기에 그럴 만한 수증기가 없고, 멕시코만에 걸쳐 있으면서 미국 남쪽 전역에 계속해서 수증기를 대줄 저기압대가 없어. 저기압대가 전혀 없지. 그걸 밀어낼 고기압골도 없고, 충돌하는 대기 덩어리들도 없고, 아무것도 없어. 이걸 봐. 이 사태는 서로 수백 킬로미터씩 떨어진데다 위도도 고도도 다른 네 지점에서 시작됐어. 어디에도 고기압골은 없고 말이야. 이 폭풍은 법칙을 전혀 따르질 않아."

"하지만 그게 이 현상이 불연속이라는 걸 증명해주지 않나요?" 진성이 불안하게 물었다. "그게 신호 중의 하나 아니에요? 이게 예전에 왔던 것과는 완전히 다르다는 신호요."

"기후는 완전히 다르고, 날씨도 완전히 달라. 물리학 법칙처럼 딱딱 들어맞지 않아." 그는 우중앙 모니터에 보이는 세계지도를 가리켰다. "이게 불연속이라면 해류 온도가 변하고 제트 기류가 이동하고 바람 유형이 바뀌게 돼. 여기엔 아무 변화도 없어. 제트 기류는 이동하지 않았고 남극의 해빙률도 변하지 않았고, 멕시코 만류도 아직 제자리에 있어. 엘니뇨도 아직 있고, 베니스도 마찬가지야."

"뭐, 하지만 그랜드캐니언에 눈이 내리고 있다고요." 진성이 말했다. "그럼 이 초대형 폭풍을 일으킨 건 뭐죠?"

"그게 딱 그거지. 이건 초대형 폭풍이 아니야. 만약 그랬다면, 착빙성 폭풍과 허리케인급 강풍과 순간 돌풍과 토네이도가 동반되어야 해. 하지만 데이터상으로는 아무것도 보이지 않아. 나로서는 이 폭풍이 한 일이라곤 눈을 내리는 것이 전부라고 말할 수밖에 없어." 네이선이 고개를 저었다. "아니야, 뭔가 다른 일이 벌어지고 있어."

"뭐가요?"

"모르겠어." 네이선이 침울하게 모니터들을 쳐다보았다. "날씨는 놀랄 만큼 복잡한 체계야. 우리가 아직 알아내지 못한 수백, 수천 가지의 요인들이 영향을 미칠 수 있어. 구름의 역학, 국지적인 기온 차, 공해, 태양의 활동 등등. 아니면 우리가 고려조차 해보지도 못한 뭔가일 수도 있어. 고속도로 광반사율에 제설제가 미치는 영향이나 해변 융기 현상이나 기러기의 이동 패턴 같은 거 말이야. 아니면 이번 주 라디오에서 〈화이트 크리스마스〉를 수백 번 트는 것의 전자기장적 효과랄까."

"4,933번이에요." 진성이 말했다.

"뭐라고?"

"빙 크로스비의 〈화이트 크리스마스〉가 크리스마스 전 2주 동안 방송을 타는 횟수 말이에요. 거기에다 오티스 레딩, U2, 페기 리, 3대 테너, 플레이밍 립스 등등의 다른 가수들이 부른 〈화이트 크리스마스〉가 9,062번 더 나와요. 인터넷에서 봤어요."

"9,062번이라니." 네이선이 말했다. "그 정도면 뭔가에 영향을 주고도 남지, 좋군."

"무슨 말씀인지 알아요." 진성이 말했다. "에미넴이 새로 낸 랩 버전 들어보셨어요?"

오후 4시 15분쯤 되자 스파게티 냄비는 거위 기름으로 3분의 2가 찼고, 루크의 어머니와 마지와 쇼티는 여전히 도착하지 않았으며, 거위는 거의 다 익은 듯했다. 루트와 룰라는 각자 와인을 석 잔씩 마신 뒤에 그레이비를 만들기로 결정을 내렸다.

"그리고 그 텐트를 다시 씌워봐." 룰라가 큰 그릇에 밀가루를 체로 쳐서 넣으며 말했다. "내가 웨스트엔드에서 활동할 때 배운 것 하나가 노출을 한다고 해서 꼭 나아지지는 않는다는 거야." 이모가 물 한 컵을 부었다. "특히 셰익스피어를 할 때는 말이지."

룰라가 소금과 후추를 약간씩 뿌렸다. "내가 래리 올리버와 했던 특히나 발상이 변변치 못했던 누드 맥베스가 기억나네." 이모가 극적으로 손을 내밀었다. "'내 눈앞에 보이는 이것은 단검인가?' 웃길 대목이 아니었는데 말이지. 이렇게 하는 건 리처드가 가르쳐주었어." 룰라가 포크로 반죽을 기운차게 휘저으며 말했다. "이렇게 하면 덩어리가 없어져."

"리처드요? 리처드 버튼?"

"맞아. 사랑스러운 남자였지. 물론 우울할 때는 물고기처럼 술을 마셔댔지만. 리즈가 두 번째로 그를 떠난 뒤의 얘기거든. 그래도 그 때문에 침대에서나 주방에서의 능력이 영향을 받은 적은 없어. 피터와는 달랐지."

"피터요? 피터 유스티노프?"

"피터 오툴. 자, 간다." 룰라가 밀가루 반죽을 뜨거운 육즙에 부었다. 반죽이 사라졌다. "걸쭉해지려면 약간 시간이 걸려." 이모는 희망적으로 말했지만, 번갈아 몇 번씩 냄비를 들여다보며 몇 분을 기다렸으나 전혀 걸쭉해지지 않았다.

"밀가루가 더 필요한 거 같아." 이모가 말했다. "큰 그릇도. 이것보다 훨씬 큰 그릇이 필요해. 그리고 와인도 한 잔 더."

루크가 필요한 것들을 가져와 한참을 휘저은 다음에, 이모가 반죽을 육즙에 붓자 이번에는 즉시 걸쭉해지기 시작했다. "아, 좋아." 그녀가 저으며 말했다. "존 길구드가 자주 얘기하곤 했지, '처음에 성공하지 못하면…' 아, 세상에!"

"'아, 세상에'는 무슨 뜻이래요?" 루크가 육즙이 급속히 굳어 단단한 구형 덩어리가 된 냄비 안을 훔쳐보며 말했다.

"그레이비가 이러면 안 될 것 같은데." 룰라 이모가 말했다.

"안 되죠." 루크가 말했다. "우리는 굳은 기름 공을 만든 것 같은데요."

둘은 잠시 그걸 쳐다보며 서 있었다.

"이걸 아주 커다란 만두라고 하면 아무도 속지 않겠지." 룰라 이모가 말했다.

"당연하죠." 루크가 포크로 잘라보려 애를 쓰면서 말했다.

"그리고 쓰레기 분쇄기에도 들어갈 것 같지 않아. 참깨를 찍어 넣고 나무에 달아서 새들한테 주는 지방 덩어리인 척할까?"

"그러면 동물보호단체들이 우리를 추적할걸요. 게다가 그거 동족 포식이 되지 않을까요?"

"네 말이 맞아." 룰라 이모가 말했다. "하지만 네 엄마가 오기 전에 이걸 어떻게 해야 해. 유카산에 묻으러 가기엔 너무 먼 것 같아." 이모가 뭔가를 생각하듯이 말했다. "염산 같은 건 없겠지. 혹시 있니?"

오후 4시 23분에 애리조나주 플래그스태프에서 송출하는 KFLG 채널에서 슬림 러시모어는 자신이 진행하는 라디오 토크쇼 주제를 대개는 흥행을 확실히 보장하는 '학교 바우처 제도'로 바꾸려고 부단히 노력했지만, 전화를 거는 청취자들이 당최 협조를 해주지 않았다. "이번 눈은 지구 종말이 가까웠다는 뚜렷한 신호예요." 콜로라도 스프링스에서 전화를 건 여자가 그에게 알렸다. "다니엘서를 보면, 하나님께서 '종말의 시간에도 그들을 정화하고 희게 만들기 위해' 눈을 보내실 거라고 되어 있어요. 그리고 시편은 '눈과 증기, 몰아치는 바람이 그의 말씀을 충족시키리라'고 우리에게 약속하고 있고, 이사야서에는…."

네 번째 성경 구절을(욥기 37장 6절이었다) 들은 뒤에 슬림은 여자의 말을 자르고 포플러블러프에 사는 드웨인이라는 남자의 전화를 받았다.

"이 모든 일이 무엇 때문에 시작되는지 알죠, 그렇죠?" 남자가 호전적으로 말했다. "50년대에 빨갱이들이 물에 불소를 탔을 때 말입니다…."

오후 4시 25분에 컨트리클럽에서 교회로 전화해서 지금 문을 닫는 중이며, 음식은 아무것도 안 되고 직원도 둘만 갈 수 있다고 했다. 그리고 누가 됐든 아직도 이런 날씨에 결혼식을 하려는 사람이 있다면 미친 거라고 덧붙였다. "신부에게 전할게요." 폴라가 답하고는 스테이시를 찾으러 갔다.

"신부는 지금 웨딩드레스를 입고 있어요." 비올라 연주자가 말했다.

폴라는 신음했다.

"예, 저도 알아요." 연주자가 말했다. "전 4중주단의 나머지 세 사람이 오지 않을 거라고 설명하려 시도했지만 아무 성과가 없었어요." 그가 뭔가를 묻는 듯이 폴라를 쳐다보았다. "전 당신한테서도 아무 성과를 얻지 못하겠지요, 그렇죠?" 그가 묻는데 제임스가 들어왔다.

제임스는 눈을 뒤집어쓰고 있었다. "차가 갇혔어."

"킨드라와 데이비드는 어디 있어?"

"휴스턴 공항이 폐쇄됐어." 제임스가 폴라를 한쪽으로 끌고 가면서 말했다. "그리고 뉴어크 공항도. 방금 장모님과 통화를 했어. 래보이에서 발이 묶였대. 막 고속도로가 폐쇄됐거든. 장모님이 여기 올 방법이 없어. 어떻게 해야 할까?"

"스테이시한테 결혼식을 미뤄야 한다고 얘기해야 돼." 폴라가 말했다. "다른 방법이 없어. 그리고 지금 당장 해야 돼. 손님들이 교회로 오려고 하기 전에 말이야."

"너 한동안 바깥에 안 나가봤구나." 제임스가 말했다. "내 말을 믿어. 이런 상황에서는 아무도 집 밖으로 나오지 않을 거야."

"그러면 정말로 취소해야겠네."

"알아." 그가 걱정스럽게 말했다. "그냥… 스테이시가 크게 실망할 거 같아서…."

'지금 여기서 '실망'은 어울리는 단어가 아닌 것 같은데.' 폴라는 생각했다. 그러고는 스테이시가 어떻게 반응할지 전혀 예상이 안 된다는 사실을 깨달았다. 스테이시가 원하는 대로 일이 풀리지 않은 걸 본 적이 없었다. '스테이시가 어떤 짓을 할지 궁금하네.' 폴라가 호기심을 느끼며 들러리 드레스를 갈아입기 위해 제의실로 향하기 시작했다.

"잠깐만." 제임스가 폴라가 손을 잡으며 말했다. "스테이시한테 말할 때 네가 도와줘야 해."

'이건 너무 과한데.' 폴라는 생각했다. '난 네가 그녀가 아니라 나와 결혼하기를 원한다고.' "나는…." 그녀가 말했다.

"너 없이는 못 해." 그가 말했다. "제발 부탁이야."

그녀가 손을 잡아뺐다. "좋아." 그녀가 말했고 둘은 웨딩드레스를 입은 스테이시가 거울을 보고 있는 탈의실로 들어갔다.

"스테이시, 얘기 좀 해." 제임스가 폴라를 힐끗 쳐다본 후에 말했다. "방금 장모님하고 통화했어. 여기 못 오실 것 같대. 래보이 외곽에 있는 트럭 휴게소에서 꼼짝을 못 하고 계셔."

"그러면 안 될 텐데." 스테이시가 거울에 비친 자신을 향해 말했다. "엄마가 내 베일을 가지고 오신단 말이야." 그러고는 폴라를 쳐다보며 웃었다. "증조할머니 건데, 눈꽃 무늬가 있는 레이스야."

"킨드라와 데이비드도 못 와." 제임스가 말했다. 그가 폴라를 곁눈질하더니 드디어 돌진했다. "결혼식 날짜를 조정해야 할 것 같아."

"조정?" 스테이시가 마치 처음 들어보는 단어라는 듯이 말했다. '처음 들어본 것일지도 몰라.' 폴라는 생각했다. "조정할 수 없잖아. 크리스마스이브 결혼식은 크리스마스이브에 해야 해."

"나도 알아, 자기, 하지만…."

"아무도 여기로 오지 못할 거야." 폴라가 말했다. "도로가 다 폐쇄됐어."

목사가 들어왔다. "주지사가 폭설 비상 체제를 선포하고 불필요한 이동을 금지했습니다. 여러분들은 취소하기로 결정했나요?" 그녀가 기대에 차서 물었다.

"취소요?" 스테이시가 드레스 자락을 매만지며 말했다. "무슨 말씀이세요? 다 괜찮을 건데요."

그리고 폭풍전야 같은 1분 동안, 폴라는 스테이시가 승리하는 모습이, 날씨가 마법같이 개이고, 현악 4중주단의 나머지 세 명이 등장하고, 꽃과 킨드라와 데이비드와 베일이 모두 남은 35분 안에 도착하는 모습이 눈앞에 보이는 듯했다. 폴라는 창밖을 내다보았다. 촛불 빛에 은은하게 비친 눈이 전보다 더 세차게 쏟아졌다.

"일정 조정 말고는 다른 방안이 없어." 제임스가 말했다. "장모님도 여기 못 오시고, 네 들러리와 내 들러리도 여기에 못 오…."

"다른 비행기를 타라고 해." 스테이시가 말했다.

폴라가 나섰다. "스테이시, 너는 모르겠지만, 지금 심한 눈보라가 치고 있어. 전국의 공항이 폐쇄됐고…."

"여기도 포함해서요." 비올라 연주자가 고개를 들이밀며 말했다. "방금 뉴스에 나왔어요."

"음, 그럼, 가서 데려와." 스테이시가 드레스 자락이 늘어진 모양을 가다듬으며 말했다.

폴라는 이 대화의 맥락을 놓쳤다. "누구를?"

"킨드라와 데이비드." 스테이시가 드레스의 목선을 매만졌다.

"휴스턴에 가서?" 제임스가 속수무책이라는 듯이 폴라를 쳐다보며 말했다.

"이봐, 스테이시." 폴라가 스테이시의 어깨를 단단히 잡고 말했다. "네가 얼마나 크리스마스이브 결혼식을 원했는지 알아. 하지만 이래서는 안 돼. 도로를 다닐 수가 없어. 네 부케는 도랑에 있고, 네 어머니는 트럭 휴게소에서 발이 묶이셨고….”

"첼로 연주자는 동상으로 병원에 있죠." 비올라 연주자가 끼어들었다.

폴라가 고개를 끄덕였다. "그리고 너도 또 다른 사람이 그런 처지가 되기를 바라지는 않을 거야. 현실을 직시해야 해. 넌 크리스마스이브 결혼식을 올릴 수 없어."

"밸런타인데이로 일정을 조정할 수 있어요." 목사가 쾌활하게 말했다. "발렌타인 결혼식도 아주 근사해요. 그날 결혼식이 두 건 있지만, 하나를 앞당길 수 있을 거 같아요. 저녁 시간도 있고요." 하지만 폴라는 스테이시가 듣고 있지 않다고 확신했다. "오늘은…."

"네 짓이지." 스테이시가 폴라를 질책했다. "넌 늘 나를 질투했어. 그러더니 이제 내 결혼식을 망쳐서 내게 분풀이를 하려는 거야."

"아무도 뭔가를 망치려 하지 않아, 스테이시." 제임스가 둘 사이에 서며 말했다. "다 눈보라 탓이야."

"아, 그러니 내 잘못이라는 거네!" 스테이시가 말했다. "내가 눈이 오는 겨울 결혼식을 원했기 때문에…."

"누구의 잘못도 아니야." 제임스가 단호하게 말했다. "이봐, 나도 기다리고 싶지 않아. 그리고 우리가 그럴 필요도 없어. 우린 바로 여기서, 바로 지금 결혼할 수 있어."

"맞아." 비올라 연주자가 말했다. "목사님도 있고요." 그가 폴라를 보고 씩 웃었다. "증인도 두 명 있어요."

"그 말이 맞아." 제임스가 말했다. "우리가 필요한 건 여기 다 있어. 너도 있고, 나도 있고, 정말로 중요한 건 그게 다야. 그렇지 않아? 뭔가 보기 좋은 결혼식 같은 게 아니라?" 그가 스테이시의 손을 잡았다. "나와 결혼하겠어?"

'대체 어떤 여자가 그런 제안을 거절할 수 있단 말이야?' 폴라는 생각했다. 아, 음, 비행기에 오를 때부터 그가 그녀와 결혼하리라는 걸 알았잖아.

"너와 결혼한다…." 스테이시가 멍하니 말을 되뇌었고, 목사가 서둘러 나가며 말했다. "설교집을 가져와야지. 예복도."

"너와 결혼한다고?" 스테이시가 말했다. "너와 결혼해?" 스테이시가 잡힌 손을 빼냈다. "대체 내가 왜 간단한 일 하나도 제대로 못 해주는 멍청이랑 결혼해야 해? 난 킨드라와 데이비드가 여기 있었으면 좋겠어. 난 부케가 있었으면 좋겠어. 난 베일이 있었으면 좋겠어. 내가 원하는 것을 가질 수 없다면 너와 결혼하는 게 무슨 의미가 있어?"

"난 네가 날 원한다고 생각했어." 제임스가 위험한 어조로 말했다.

"너를?" 스테이시의 어조를 듣고 폴라와 비올라 연주자가 동시에 얼굴을 찡그렸다. "난 크리스마스이브의 황혼녘에 교회 통로를 걸어가고 싶었어." 스테이시가 창문 쪽을 향해 팔을 휘둘렀다. "유리창에는 촛불 빛이 비치고 밖에는 눈이 내리는 날 말이야." 스테이시가 드레스 자락을 획 걷어 올리며 돌아서서 제임스를 쳐다보았다. "나와 결혼하겠어라고? 지금 장난해?"

잠깐 침묵이 흘렀다. 제임스가 돌아서서 진지한 표정으로 폴라를 쳐다보았다. "너는 어때?" 그가 말했다.

오후 6시 정각에 마지와 쇼티, 돈 삼촌과 사촌인 데니와 루크의 엄마가 한꺼번에 도착했다. "우리 불쌍한 아들." 엄마가 깍지콩 캐서롤과 고구마를 건네며 루크에게 속삭였다. "오후 내내 룰라 이모와 붙어 있어야 했다니. 귀가 닳지는 않았어?"

"응." 루크가 말했다. "같이 눈사람을 만들었어. 룰라 이모가 배우였다는 얘기를 왜 안 해줬어?"

"배우?" 엄마가 크랜베리 소스를 건네주며 말했다. "너한테 그랬다고 하디? 그거 기울이지 마라, 잘못하면 쏟아져. 거위는 별문제 없었어?" 엄마가 오븐을 열고는 갈색에다 바삭바삭하고 딱 적당하게 익은 채 얌전히 팬에 앉은 거위를 살펴보았다. "저것들은 약간 기름이 많은 편이던데."

"전혀 안 그랬어." 루크가 엄마의 어깨너머로 뒤뜰에 선 눈사람을 보며 말했다. 그와 룰라 이모가 그것 주변에 뭉쳐놓은 눈이 녹고 있었다. 만찬 도중에 살짝 나가서 눈을 더 뭉쳐줘야 할 것이다.

"여기." 루크의 엄마가 그에게 으깬 감자를 건네주며 말했다. "내가 그레이비 소스를 만들 테니 이것들을 전자레인지에 넣어 데워."

"만들어놨어." 루크가 소스팬 뚜껑을 열어 보글보글 끓는 그레이비 소스를 보여주었다. 네 번이나 시도해야 했지만, 어쨌든 룰라 이모가 지적한 대로 실험해 볼 육즙은 충분하고도 남았고, 역시 이모가 지적한 대로 기름 덩어리 공 세 개는 더욱 현실적인 눈사람을 만들어주었다.

"맨 위의 게 너무 커요." 루크가 그걸 감싸려고 눈을 퍼 올리며 말했다.

"내가 밀가루를 좀 덜어낼 걸 그랬지." 룰라 이모도 인정했다. "그건 그렇고, 딱 올슨처럼 보이네." 이모가 눈 자리에 올리브 두 개를 박았다. "그리고 너무 적절해. 그는 언제나 대가리만 컸으니까."

"그레이비 냄새가 맛있을 거 같아." 루크의 어머니가 놀란 듯한 표정으로 말했다. "네가 만든 건 아니겠지?"

"아니. 룰라 이모가 만들었어."

"음, 오후 내내 룰라와 그 말도 안 되는 얘기들을 참아줬다니, 성인군자가 따로 없구나." 엄마가 그레이비 소스를 사발에 떠서 루크에게 내밀며 말했다.

"이모가 그 얘기들을 다 지어냈다는 뜻이야?" 루크가 말했다.

"그레이비 소스 전용 그릇 있니?" 어머니가 찬장을 열면서 물었다.

"아니." 루크가 말했다. "룰라 이모는 정말 배우가 아니었어?"

"아니야." 엄마가 찬장에서 사발 하나를 꺼냈다. "국자 있니?"

"아니."

엄마가 식사 도구가 든 서랍에서 큰 숟가락을 꺼냈다. "누구랑 자고 따낸 배역 아니면 연극 무대에는 오른지도 못했지." 엄마가 그레이비를 사발에 떠서 루크에게 건네주며 말했다. "라이오넬 배리모어, 랠프 리처드슨, 케네스 브래나…." 엄마가 오븐을 열고 거위를 살펴보았다. "…알프레드는 치지 않아도 그 정도였어."

"알프레드 런트?" 루크가 물었다.

"히치콕. 다 된 것 같아."

"하지만 엄마가 룰라 이모는 수줍은 성격이라고 한 것 같은데."

"그랬지. 그 애가 고등학교 때 연극을 하려고 했던 것도 그래서였어. 수

줌은 성격을 극복하려고. 큰 접시 있니?"

오후 6시 35분에 브레큰리지 스키 패트롤 대원 한 명이 실종된 크로스컨트리 스키어 네 명을 찾으러 나왔다가 후미등 하나가 켜진 걸 발견했다(켄트와 보딘의 혼다 차량에서 눈에 덮이지 않은 유일한 부분이었다). 조립식 넉가래와 GPS, 위성전화기, 무전기, 단열 담요, 핫팩, 에너지 바, 뜨거운 코코아가 든 보온병을 지참한 그는 켄트와 보딘을 파낸 후에 겨울 안전 수칙에 대해 엄격한 강의를 했고 둘은 그걸 정말로 불쾌하게 여겼다.

"그 파시스트 새끼는 자기가 뭐라고 생각하는 거야? 우리한테 손가락을 그렇게 흔들어대다니 말이야." 술집에서 테킬라 폭탄주를 몇 잔 마시고 난 뒤에 보딘이 켄트에게 물었다.

"그러게." 켄트가 웅변적으로 말했고, 둘은 차에 있는 사이에 내린 이 신선한 눈을 어떻게 하면 잘 활용할 수 있을까 심각하게 논의하기 시작했다.

"너 완전 죽여주는 게 뭔지 알아?" 보딘이 말했다. "밤에 스노보드를 타는 거지!"

새라는 대단한 여자였다. 워런은 7시가 넘도록 마진한테 다시 전화할 기회를 잡지 못했다. 그는 새라가 욕실에 있는 틈을 타 집으로 전화를 걸었다. "어디야?" 마진이 사실상 울면서 말했다. "걱정돼서 죽는 줄 알았잖아! 괜찮은 거야?"

"난 아직 신시내티 공항에 있어." 워런이 말했다. "그리고 밤새 여기 있어야 할 것 같아. 방금 공항이 폐쇄됐거든."

"공항이 폐쇄…." 아내가 되뇌었다.

"나도 알아." 그의 목소리에는 미안함이 가득했다. "나도 정말로 크리스마스이브에 자기와 함께 집에 있기를 기대했지만, 어떻게 할 수가 없잖아? 여긴 미친 듯이 눈이 와. 빨라도 내일 오후까지는 비행기가 전혀 떠날 수 없어. 지금 항공사 창구에 줄을 서 있는데, 다시 예약하려고 말이야, 그러고는 묵을 곳을 좀 찾아볼까 하는데 그런 운이 있을지는 모르겠어." 워런은 아내가 자신을 가엾게 여길 말미를 주려고 잠시 말을 멈추었다. "원래는 항공사에서 밤을 보낼 곳을 지정해줘야 하지만, 결국 바닥에서 잠을 자게 된다고 해도 놀라진 않을 거야."

"공항에서." 마진이 말했다. "신시내티에 있는."

"그래." 워런이 껄껄 웃었다. "크리스마스이브를 보내기엔 멋진 곳이지, 응?" 그가 아내에게 동정할 기회를 주기 위해 잠시 말을 멈췄지만 그녀가 한 말은 이게 다였다. "자긴 작년에도 집에 못 왔지."

"자기야, 내가 갈 수만 있으면 갔지. 자기도 알잖아." 그가 말했다. "차를 빌려서 집까지 운전해서 갈까 했는데, 눈 상황이 너무 안 좋아서 항공사 쪽에서도 우리를 호텔까지 데려다줄 셔틀을 구할 수 있을지 어떨지 모르겠다고 하더라고. 여기 눈이 얼마나 왔는지 모르겠지만…."

"1.2미터." 마진이 말했다.

'좋군.' 워런은 생각했다. 아내의 목소리를 듣고 신시내티에 눈이 전혀 오지 않는 게 아닌가 걱정되던 참이었다. "그리고 여전히 펑펑 쏟아지고 있어. 아, 직원이 방금 내 이름을 불렀어. 가봐야겠어."

"그렇게 해." 아내가 말했다.

"알았어. 사랑해, 자기." 그가 말했다. "가능한 한 빨리 집에 갈게." 그러고는 전화를 끊었다.

"너 유부남이었구나." 새라가 욕실 문간에 서서 말했다. "이 개자식아."

폴라는 어쨌든 제임스의 프러포즈에 '예스'라는 답을 하지 못했다. 그러려고 했지만 입을 열기도 전에 비올라 연주자가 끼어들었다. "어이, 잠깐만!" 그가 말했다. "내가 먼저 봤거든!"

"아니야." 제임스가 말했다.

"음, 아니지. 엄밀히 말하자면 아니야." 연주자가 인정했다. "하지만 그녀를 봤을 때, 난 당신처럼 그녀가 아닌 흡혈귀와 약혼하는 게 아니라 그녀에게 꼬리를 치며 환심을 사는 뛰어난 감각을 발휘했다고."

"제임스의 잘못이 아니에요." 폴라가 말했다. "스테이시는 언제나 원하는 걸 손에 넣으니까."

"이번에는 아니야." 제임스가 말했다. "그리고 나는 아니야."

"그건 스테이시가 널 원하지 않기 때문이지." 폴라가 말했다. "만약 원했다면…."

"내기할까요? 당신은 우리 음악가들을 과소평가했어요. 그리고 스스로도요. 이 남자로 마음을 정하기 전에 내게 적어도 설득할 기회는 한 번 줘요. 어쨌든 오늘 밤에 결혼할 수 있는 건 아니잖아요."

"왜 안 돼?" 제임스가 물었다.

"왜냐하면 당신은 증인이 두 명 필요한데, 난 당신을 도울 의사가 전혀 없거든." 연주자가 제임스를 가리켰다. "내가 원하는 여자를 차지하도록 돕다니, 말도 안 되지. 저 신부께서 증인이 되어줄 기분인지도 의심스러워." 그가 말하는데 스테이시가 예배당 안으로 밀고 들어왔고, 목사가 그 뒤를 쫓았다. 스테이시는 웨딩드레스 위에 파카를 입었고 부츠를 신었다.

"이렇게 하고 나가면 안 돼요." 목사가 말했다. "너무 위험해요!"

"전 그와 함께 여기 있고 싶은 생각이 없어요." 스테이시가 제임스에게 악의에 가득 찬 시선을 던지며 말했다. "난 지금 집에 가고 싶어." 스테이시가 문을 활짝 열어젖히자 펑펑 쏟아지는 눈이 보였다. "그리고 눈이 그만 내렸으면 좋겠다고!"

바로 그 순간, 제설차의 번득이는 노란 불빛이 눈발 사이로 나타났고, 스테이시가 뛰쳐나갔다. 폴라와 제임스가 문가로 뛰어가 제설차에 손을 흔들어 세우고 타는 스테이시를 지켜보았다. 제설차가 가던 길을 갔다.

"아, 잘 됐어. 이제 우리도 나갈 수 있겠어." 목사가 말하고는 차 열쇠를 가지러 갔다.

"넌 내 질문에 아직 답하지 않았어, 폴라." 제임스가 바싹 다가선 채 말했다.

제설차가 회전하더니 돌아왔다. 지나가면서 진입로 끝을 가로질러 엄청난 양의 눈더미를 긁어갔다.

"난 진심이야." 제임스가 중얼거렸다. "이 정도면 어때?"

"제가 뭘 찾았는지 좀 보세요." 비올라 연주자가 옆에 나타나서 말했다. 그가 웨딩 케이크 한 조각을 건네주었다.

"그거 먹으면 안 돼. 그건…." 제임스가 말했다.

"…나쁘지 않아." 비올라 연주자가 말했다. "그래도 초콜릿케이크가 더 좋지만. 우리 결혼식에는 어떤 케이크를 할까요, 폴라?"

"오, 봐요." 목사가 차 열쇠를 가지고 나와 창밖을 보면서 말했다. "눈이 그쳤어요."

"눈이 그쳤어요." 진성이 말했다.

"그래?" 키보드를 보고 있던 네이선이 고개를 들었다. "여기?"

"아니요. 오리건주 오션사이드요. 그리고 일리노이주 스프링필드도요."

네이선이 지도에서 그곳들을 찾았다. 3천 킬로미터도 넘게 떨어졌다. 그는 그곳의 기압 수치와 온도와 적설량을 확인했다. 유사한 점이 없었다. 스프링필드에는 80센티미터 정도의 눈이 왔고, 오션사이드에는 4센티미터에도 못 미치는 눈이 왔다. 그리고 그 두 지점을 둘러싼 주변 지역에는 빠짐없이 여전히 폭설이 내리고 있었다. 10킬로미터도 안 떨어진 틸라무크는 시간당 12센티미터의 적설량을 보였다.

하지만 10분 후에 진성은 와이오밍주 질레트와 매사추세츠주 룰레트, 미시간주 새기너에도 눈이 그쳤다고 보고했고, 30분 사이에 보고해온 기상관측소의 수가 서른을 넘었다. 폭풍이 시작할 때 그랬던 것처럼 그치는 곳도 지도 여기저기에 무분별하게 흩어져 있는 것처럼 보이긴 했지만 말이다.

"어쩌면 이름과 관련이 있는지도 몰라요." 진성이 말했다.

"이름?" 네이선이 말했다.

"예. 여기 보세요. 웨스트버지니아 조커와 유타 블러프와 조지아 블랙잭에서 눈이 그쳤어요."

오후 7시 22분에 유타주 웬도버에서는 눈발이 가늘어지기 시작했다. 럭키레이디 카지노와 빅너겟 카지노 모두 창문이 전혀 없어서 25센트짜리 슬롯머신을 하던 바바라 고메즈는 오후 9시 5분에 돈이 다 떨어져 운전석 밑에 붙여놓은 비상용 20달러를 가지러 차로 나갈 때까지 눈이 왔다는 사실을 알아차리지 못했다. 그때쯤에는 눈이 거의 그친 상태였다. 바바라가 환전해주는 여자한테 그 얘기를 하자 그 여자가 말했다. "아, 잘됐네요. 내일 배틀산까지 운전하고 갈 일이 걱정이었는데. 제설차들은 나와 있던가요?"

바바라는 모르겠다고 말하고 5센트짜리 네 줄을 달라고 했고, 비디오 포커 게임을 하다가 순식간에 다 잃어버렸다.

오후 7시 30분쯤 되자 CNBC가 헤드라인을 '제설'로 바꾸었고, ABC는 빙 크로스비와 화이트 크리스마스로 돌아갔지만, CNN에서는 여전히 나란히 앉은 전문가들이 새로운 빙하기 가능성을 토론하고 있었다. 폭스뉴스에서는 유명 앵커가 특유의 음조로 말했다. "로버트 프로스트는 고전이 된 시 〈불과 얼음〉에서 세상이 얼음으로 끝나리라고 추측했습니다. 오늘 우리는 그 무서운 추측이 현실로 다가오는 현장을 목도했습…."

그렇지만 나머지는 분명 순순히 지시에 따라서, CBS와 WB는 모두 정규 프로그램으로 돌아갔고 AMC에서는 〈화이트 크리스마스〉 영화가 방영되었다.

"이게 뭐였든, 그치고 있어." 네이선이 텔레비전을 보면서 말했다. 'I-80 고속도로, 현재 링컨부터 오갈랄라까지 통행 재개.' NBC 화면 아래쪽에 단신이 지나갔다.

"음, 무슨 일을 하시든, 저 기업 놈들한테는 말하지 마세요." 진성이 말하자 뭔가 신호라도 되는 양 네이선이 아침에 만났던 사업가 중 한 명한테서 전화가 왔다.

"그냥 우리 투표 결과 당신에게 지원금을 주는 쪽으로 결정됐다는 사실을 알려주고 싶었어요." 그가 말했다.

"정말입니까? 고맙습니다." 소리 없이 입을 움직이며 '우리한테 돈 준대요?'라고 묻는 진성을 무시하려 애쓰면서 네이선이 말했다.

'그래.' 그가 소리 없이 입 모양으로만 진성에게 답했다.

진성이 뭔가를 휘갈기더니 네이선 앞에 내밀었다. '문서화!'라 적혀 있었다.

"저희는 이 불연속인가 하는 것이 연구할 가치가 있다고 만장일치를 봤습니다." 그러고는 떨리는 목소리로 말했다. '사람들이 텔레비전에서 세상의 종말을 얘기하고 있어요. 이 불연속인가 하는 것이 그렇게까지 심하다고 생각하지는 않으시죠?"

"예." 네이선이 말했다. "사실…."

'말하지 말아요, 말하지 마세요.' 진성이 호들갑스럽게 팔을 교차시키며 입 모양으로만 말했다.

네이선이 그를 노려보았다. "…저희는 이게 불연속인지 아직 확신도 없습니다. 이건…."

"음, 위험을 감수하고 있을 수는 없지요." 사업가가 말했다. "팩스 번호가 어떻게 됩니까? 여기 전기가 나가기 전에 확정서를 보내드리려고요. 저희는 교수님께서 가능한 한 빨리 이 건에 관해 연구를 시작하셨으면 합니다."

네이선이 팩스 번호를 알려주었다. "정말로 그럴 필요가…." 그가 말했다. 진성이 미친 듯이 네이선 교수의 휴대용 텔레비전 화면에 나온 '허위 경보'라는 헤드라인을 손가락으로 찔러댔다.

"크리스마스 선물이라고 생각하세요." 사업가가 말했고, 팩스기가 득득거리기 시작했다. "크리스마스가 오겠지요, 그렇지 않습니까?"

진성이 환호성을 지르며 팩스기에서 팩스를 홱 잡아챘다.

"확실히요." 네이선이 말했다. "메리 크리스마스." 하지만 사업가는 이미 전화를 끊은 뒤였다.

진성이 아직도 팩스를 들여다보고 있었다.

"지원금을 얼마나 요청했어요?"

"5만 달러." 네이선이 말했다.

진성이 지원 확정서를 앞에 탁 내려놓았다. "그리고 교수님도 메리 크리스마스요."

오후 7시 40분에 실내 운동기구와 계란찜기 겸 와플팬과 혁신적인 신형 침대에 관한 정보광고를 보던 베브는 얇은 외투와 아직 축축한 장갑을 챙겨 아래층으로 내려갔다. 산타페 어딘가에 문을 연 음식점이 있을 것이다. 그런 곳을 찾아서 솜브레로 모자나 멕시코풍 종이 인형으로 장식하고 줄무늬 커튼으로 창을 가려 바깥의 눈이 보이지 않는 실내에 앉아 마가리타를 마시고 쇠고기 치미창가를 먹을 작정이었다.

문을 연 데가 없으면 호텔로 돌아와 룸서비스를 주문하자. 아니면 굶거나. 하지만 그녀는 접수대에 물어봐서 먼저 전화로 확인하게 하고는 어디어디가 날씨 때문에 일찍 닫았다는 말을 듣지 않을 작정이었다. 그녀는 이제 사람들이 카멜리타처럼 자신의 탈출로를 모두 봉쇄하도록 허용하지 않을 참이었다. 그녀는 결연하게 접수대를 지나쳐 이중문으로 향했다.

"캐리 부인!" 직원이 그녀를 불렀다. 그녀가 걸음을 멈추지 않자 그는 서둘러 접수대를 둘러 나와 로비를 가로질러 그녀에게 다가왔다. "카멜리타가 손님께 남긴 전갈이 있습니다. 자정에 성당에서 열릴 예정이던 미사가 취소되었다고 전해달랍니다." 그가 말했다. "주교님이 사람들이 얼어붙은 도로를 운전해서 귀가하는 걸 걱정하셔서요. 하지만 8시 미사가 있다고 말씀드리라고 했습니다. 혹시 가고 싶으시면요. 성당은 광장 끝에서 도로를 따라 조금만 가면 있어요. 북쪽 문으로 나가시면 돼요." 그가 문을 가리켰다. "두 블록밖에 안 돼요. 조명 장식도 있고, 이모저모로 아주 근사한 미사죠."

'그리고 어딘가 갈 데도 되지.' 베브는 직원이 이끄는 대로 북쪽 문으로 가면서 생각했다. '뭔가 할 일도 되고 말이야.' "카멜리타에게 고맙다고 전해주세요." 그녀가 문간에서 말했다. "그리고 성탄 축하해요."

"메리 크리스마스, 부인." 직원이 문을 열었다. "이 길로 죽 가다가 왼쪽으로 틀면 있어요." 그가 말하고는 눈을 피해 안으로 쑥 들어갔다.

보도에 눈이 몇 센티미터나 쌓였고, 고개를 숙인 채 좁은 골목을 종종거리며 걷는 사이에 눈발이 더 거세졌다. 내일 아침쯤이면 집에서 보던 광경과 똑같아 보일 것이다. '공평하지 않아.' 그녀는 생각했다. 모퉁이를 돈 그녀는 어디선가 들리는 오르간 소리에 고개를 들었다. 성당이 플라자 입구에 서 있었다. 창마다 화염이 이글대는 듯이 환해서 그녀는 조명 장식이 망가진 건가 잘못 생각했다. 줄지어 선 조명 장식이 넓은 문으로 이어진 계단으로 발걸음을 이끌고, 흙벽돌로 세운 벽과 지붕과 탑의 가장자리를 두른 채 내리는 눈 속에서 꾸준하게 불타고 있었다.

눈은 소리 없이, 커다랗고 총총한 눈송이로 내려 가로등 불빛에 반짝이며 나무 기둥을 세운 집집의 앞 베란다와 선인장 화분과 분홍색 흙벽돌 건물들을 덮었다. 성당 위쪽의 하늘도 분홍색이어서, 광경 전체가 마치 영화 세트장 같은 비현실적인 느낌을 주었다.

"아, 하워드." 베브가 막 선물상자를 연 사람처럼 말하더니 이내 움찔하며 그의 생각으로부터 물러나 칼로 찌르는 듯한 고통이 엄습하기를 기다렸다. 하지만 고통은 오지 않았다. 그녀는 그저 그가 여기서 이 광경을 보지 못해 안타깝고, 머리와 외투 소매에 내려앉은 반짝이 장식 같은 눈송이들이 〈화이트 크리스마스〉 영화 마지막 장면에 나오는 가짜 눈하고 똑같아서 웃긴다고 느꼈을 뿐이었다. 그리고 분홍색 하늘처럼 이 모든 것을 감싸는 눈에 대한, 그 순간에 대한, 하워드에 대한 애정이 충만해졌다.

"당신 짓이었어." 그녀가 말하고는 울기 시작했다.

눈물이 그녀의 뺨을 타고 방울방울 떨어지는 게 아니라 펑펑 쏟아져 얼굴과 외투를 적시며 내려앉은 눈송이들을 닿는 대로 녹였다. '치유의 눈물이야.' 그녀는 생각했다. 그러고는 갑자기 하워드에게 영화가 어떻게 끝났는지 물었을 때 그가 '둘이 오래오래 행복하게 잘 살았어'라고 대답하지 않았다는 걸 깨달았다. 그는 말했다. "화이트 크리스마스가 됐어."

"아, 하워드."

미사를 알리는 종소리가 울리기 시작했다. '울음을 그치고 들어가야 해.' 그녀는 휴지를 찾으며 그렇게 생각했지만 어쩔 수 없었다. 누가 마개를 열기라도 한 듯이 눈물이 계속해서 쏟아졌다.

기도서를 들고 검은 숄을 쓴 여자가 베브의 어깨에 손을 올리고는 말했다. "괜찮으세요, 부인?"

"괜찮아요." 베브가 말했다. "괜찮을 거예요." 여자는 그녀의 목소리를 듣고 뭔가 안심을 한 듯했다. 베브의 팔을 다독이더니 성당으로 들어갔기 때문이었다.

종소리가 그치고 오르간이 다시 울리기 시작했지만, 베브는 미사가 시작되고도 한참 뒤까지 떨어지는 눈을 올려다보며 그 자리에 가만히 서 있었다.

"당신이 어떻게 이렇게 했는지는 모르겠어, 하워드. 하지만 난 당신 짓이라는 걸 알아."

오후 8시에 도로가 아직도 폐쇄 중인지 확인하기 위해 걱정스러운 마음으로 뉴스를 확인하고 나서 파일러는 미겔을 잠자리에 눕혔다. "이제 자." 그녀가 아이에게 입맞춤하고는 말했다. "금방 산타할아버지가 오실 거야."

"이럴…수가." 아이가 곧 울 것 같은 표정으로 말했다. "눈이 너무 많이 와."

'도로가 폐쇄된 걸 걱정하는구나.' 그녀는 생각했다. "산타할아버지는 도로가 필요 없어." 그녀가 말했다. "기억해, 산타할아버지한테는 눈이 와도 씽씽 날아다닐 수 있는 마법 썰매가 있어."

"이럴…수가." 아이가 침대에서 일어나 루돌프 책을 가져왔다. 아이가 휘몰아치는 눈보라와 고개를 젓는 산타할아버지의 그림을 보여주고는 침대 위에 서서 커튼을 젖히고 창밖을 가리켰다. 그녀는 창밖의 광경이 그림과 똑 닮아 보인다고 인정했다.

"하지만 산타할아버지한테는 길을 알려주는 루돌프가 있잖아." 파일러가 말했다. "볼래?" 그러고는 책장을 넘겼지만, 책을 두 번이나 읽어내릴 때까지도 아이는 계속 회의적으로 보였다.

오후 10시 15분에 워런 네스빅은 호텔 바로 내려왔다. 그는 섀라에게 마진이 다섯 살짜리 조카라며 설명을 시도했지만 전혀 말이 통하지 않았다. "그러니까 내가 취소된 신시내티발 비행기라 이거군, 그래?" 그녀가 소리를 질렀다. "저런, 난 널 취소할 건데, 이 개자식아!" 그러고는 그를 홀로 남겨두고 문을 꽝 닫고 나가버렸다. 크리스마스이브에, 하느님 맙소사.

그는 1시간 30분을 전화기를 붙든 채 보냈다. 예전 출장 때 알게 된 여자들 몇 명한테 전화를 걸었지만 아무도 받지 않았다. 그는 그러고는 마진에게 전화를 걸어 눈이 좀 걷히고 있고 유나이티드 항공사에서 내일 아침 일찍 대기 명단에 올려줄 수 있을 듯하다고 말하고 상황을 좀 무마하려 했지만(그녀도 약간 화가 난 듯했으니), 그녀 역시도 전화를 받지 않았다. 아마 잠자리에 들었을 것이다.

그는 전화를 끊고 바로 내려갔다. 바텐더 말고는 아무도 없었다. "어쩌다 이렇게 적막하게 됐어요?" 워런이 바텐더에게 물었다.

"대체 어디 있다 오셨습니까?" 바텐더가 말하고는 바 위에 설치된 텔레비전을 켰다.

"…지금까지 기록된 가장 광범위한 폭설입니다." 유명 앵커가 말했다. "이곳 볼티모어에는 눈이 잦아들기 시작한다는 신호가 있지만 다른 지역들은 그다지 운이 좋지 못합니다. 비상 요원들이 아직도 잔해 속에서 희생자들을 파내고 있는 신시내티로 가보겠습니다."

'신시내티 국제공항'이라는 간판 앞에 선 기자가 나왔다. "오늘 오후, 기록적인 1.2미터 깊이의 눈 때문에 중앙터미널 지붕이 무너졌습니다. 200명이 넘는 탑승객들이 다쳤고, 40명이 아직 실종 상태입니다."

거위 요리는 엄청난 히트를 쳤다. 바삭바삭하고 부드러웠으며 딱 적당하게 구워졌다. 모두가 그레이비 소스를 격찬했다. "루크가 만들었어." 룰라 이모가 말했지만, 마지와 그의 엄마는 눈길에서 운전할 줄 모르는 사람들에 관해서 얘기하느라 그녀의 말을 듣지 않았다.

후식을 반쯤 먹었을 때쯤에 눈이 그치자 루크는 눈사람이 걱정되기 시작했지만 거의 11시가 되어서 다들 외투를 걸치기 시작할 때까지 몰래 나가서 확인해볼 기회를 잡지 못했다.

눈사람이 (그것도 녹는 건 녹는 거니까) 녹아서 눈밭에 둥그런 기름얼룩을 남겨놓았다. "증거 인멸?" 룰라 이모가 나이 든 부인들이 선호하는 외투와 스카프, 장갑, 고무장화로 무장하고 뒤따라 나오면서 물었다. 이모가 장화

앞코로 얼룩을 쿡쿡 찔렀다.

"이것 때문에 잔디가 죽지 않았으면 좋겠어."

"이것 때문에 환경에 영향이 가지 않았으면 좋겠어요." 루크가 말했다.

루크의 어머니가 뒷문으로 나왔다. "둘이 어두운 데서 뭐 하고 있어?" 그녀가 둘을 불렀다. "들어와. 다음 크리스마스에 누구네 집에서 만찬을 할지 결정할 참이야. 마지와 쇼티는 돈 삼촌 차례라고 생각하지만…."

"여기서 해." 루크가 말하고는 룰라에게 윙크했다.

"아." 그의 어머니가 놀라며 말하고는 마지와 쇼티와 다른 이들에게 얘기해주러 안으로 들어갔다.

"하지만 거위는 말고요." 루크가 룰라에게 말했다. "좀 쉬운 거로요. 그리고 기름 없는 것."

"내 기억에 이언이 정말 멋진 '오리고기 아로랑쥬 알자시엔' 요리법을 알았는데." 룰라가 생각에 잠겨 말했다.

"이언 맥컬린?"

"아니, 당연히 아니지. 이언 홈 말이야. 이언 맥컬린은 형편없는 요리사고." 이모가 말했다. "아니면… 좋은 생각이 있는데 말이야, 복어는 어때?"

동부 표준시로 밤 11시 15분쯤 되자 뉴잉글랜드와 중동부, 텍사스 북부, 캐나다 대부분과 로드아일랜드주 누스넥에 눈이 그쳤다.

"세기의 눈 폭풍은 확실히 가라앉는 것 같습니다." CNN의 새 헤드라인인 '태양은 내일도 떠오른다' 앞에서 유명 앵커가 말했다. "그 길에 거의 모든 이에게 화이트 크리스마스를 주고…."

"교수님," 진성이 마지막 기온 자료 파일을 넘겨주면서 말했다. "그게 뭐였는지 방금 생각났어요."

"무슨 그거 말이야?"

"요인 말이에요. 교수님은 지구온난화에 수천 가지 요인들이 작용하고 있다고, 그중 뭐라도, 심지어 정말로 사소한 거라도 이런 사태를 일으킬 수 있다고 말씀하셨어요."

정말로 그렇게 말한 건 아니지만, 신경 쓰지 말자. "그러면 그 결정적인 인자를 알아냈다는 거야?"

"예." 진성이 말했다. "화이트 크리스마스예요."

"화이트 크리스마스라…." 네이선이 되뇌었다.

"그래요! 사람들이 다들 크리스마스에 눈이 오기를 얼마나 기대하는지 아시죠? 꼬마들이 특히 그렇지만 어른들도 많이 그래요. 무릇 크리스마스란 이래야 한다는 옛날 그림책에 나오는 생각을 가진 사람들이 많은데다, 노래가 그런 생각을 부추겨요. 〈화이트 크리스마스〉와 〈기이한 겨울 나라〉와 저 노래 있잖아요, 가사가 '바깥 날씨는 무시무시해'라고 시작되는 거요, 제목이 기억 안 나…."

"〈렛 잇 스노우〉." 네이선이 말했다.

"바로 그거예요." 진성이 말했다. "그러니까, 저 사람들과 저 꼬마들 모두가 동시에 메리 크리스마스를 원한다고 가정하면…."

"그들이 이 눈보라가 있기를 빌었다고?" 네이선이 말했다.

"아니요. 생각을 했죠. 그들의… 모르겠어요, 그들의 뇌 내 화합물이나 시냅스나 뭔가가 모종의 전자기장이나 뭐나 그런 걸 생성한 거고, 그게 요인이 된 거예요."

"모든 사람이 화이트 크리스마스를 꿈꾸고 있었다는 말이야?"

"예. 가능성이 있어요. 그렇지 않을까요?"

"그럴지도." 네이선이 말했다. 아마도 이 사태를 일으킨 뭔가 결정적인 요인이 있을 것이다. 물론 화이트 크리스마스를 빌었다는 것이 아니라 지구의 궤도에 생긴 아주 미세한 변화 같은, 날씨 유형과 관련이 없어 보이는 요인이 말이다. 아니면 기러기의 이동 패턴이라든가.

아니면 여러 요인이 복합적으로 작용했거나. 어쩌면 그 폭풍은 이런 알려지지 않은 요인들이 함께 작용하여 발생한, 다시 일어나지는 않을 탈선이자 독립 사건일 수도 있었다.

아니면 그의 불연속 이론이 틀렸을 수도 있었다. 불연속이란 의미 자체가 갑작스럽고 기대치 않았던 사건이었다. 하지만 그렇다고 전기가 완전히 나가기 전에 형광등이 경고하듯 깜박이는 것 같은 전조 증상이 없다는 뜻은 아니다. 그런 경우라면….

"뭐 하세요?" 진성이 차의 앞유리창을 긁다가 들어와 말했다. "집에 안 가세요?"

"아직. 추측 시나리오를 두어 가지 더 돌려보고 싶어. 로스앤젤레스에는 아직 눈이 내리고 있기도 하고."

진성이 즉각 긴장했다. "다시 온 천지에 눈이 내리기 시작할 거라 생각하시는 건 아니죠, 그래요?"

"아니야." 네이선이 말했다. 아직은 아니지.

밤 11시 43분, 술집에서 〈화이트 크리스마스〉를 비롯한 노래방 애창곡을 몇 곡 불러제끼고 바텐더에게 둘이서 '이 완전 죽여주는 급경사 슬로프로 달빛 라이딩을 간다'고 말한 후에, 켄트 슬래큰과 보딘 크롬스는 각자의 스노보드를 들고 베일 근처에 있는 출입 금지된 눈사태 위험구역으로 출발했고, 그 뒤로는 전혀 소식을 알 수 없었다.

밤 11시 52분에 미겔이 곤히 잠든 엄마 위로 풀쩍 뛰어오르며 소리쳤다. "크리스마스다! 크리스마스야!"

벌써 아침일 리가 없는데, 파일러가 시계를 보려고 더듬거리면서 피곤에 절어 생각했다. "미겔, 아가야, 아직 밤이야. 산타할아버지가 오셨을 때 네가 잠을 자고 있지 않으면 아무 선물도 주지 않으실 거야." 그녀가 아이를 침대로 몰고 가며 말했다. 그녀는 아이에게 이불을 덮어주었다. "이제 자. 산타할아버지와 루돌프가 곧 여기로 오실 거야."

"이럴…수가." 아이가 말하고는 침대 위에서 벌떡 일어섰다. 아이가 커튼을 젖혔다. "산타할아버지는 루돌프가 필요 없어. 딱 내가 바란 대로 눈이 그쳤으니 이제 산타할아버지가 혼자 오실 수 있을 거야." 그가 창밖을 가리켰다. 눈송이 몇 개가 간간이 내리고 있었다.

'아, 안 돼.' 파일러는 생각했다. 아이가 잠들었다는 확신이 들자 그녀는 거실로 조용히 나와 기도하고 또 기도하며 소리를 아주 낮게 해서 텔레비전을 틀었다.

"…도로는 내일 정오까지 폐쇄될 예정입니다." 지친 표정이 역력한 기자가 말했다. "제설차가 눈을 치울 시간을 주기 위해서입니다. 폐쇄된 도로와 구간을 말씀드리겠습니다. I-15번 도로, 56번 간선도로, 출라비스타에서 뮤리에타 핫스프링스까지 I-15번 도로, 비스타에서 에스콘디도까지 78번 고속도로…."

'고맙습니다.' 그녀는 조용히 중얼거렸다. '고맙습니다.'

태평양 표준시로 밤 11시 59분에 '기차 화통'이라는 별명이 붙은 샘 팔리의 목이 완전히 가버렸다. 라디오 방송국에 출근할 수 있었던 유일한 사람으로서, 그는 심한 감기에 걸렸음에도 불구하고 아침 방송을 하러 나온 오전 5시 36분부터 쉼 없이 '시애틀의 연중무휴 온종일 토크쇼'를 표방하는 KTTS에서 방송을 했다. 그의 목은 온종일 꾸준하게 상해가다가 오후 9시 뉴스를 하는 사이에 심한 기침 발작을 일으키고 말았다.

"기상청에서 그 거대한 눈보라가 마침내 걷히고 있다고 밝혔습니다." 그가 목쉰 소리로 말했다. "그리고 내일 날씨는 맑겠습니다. 아, 북미항공우주방위사령부에서 방금 들어온 소식입니다. 너무 늦게까지 자지 않는 어린이 청취자들을 위한 소식이네요. 방금 산타할아버지의 썰매가 밴쿠버 상공에서 레이더에 잡혔으며 이쪽으로 향하는 중이라고 합니다."

그리고 그는 이렇게 말하려고 했다. "지역 뉴스입니다. 눈이…." 하지만 아무 말도 나오지 않았다.

그는 다시 시도했다. 마찬가지였다.

세 번째 시도 끝에 포기하고서 그는 마이크에다 대고 간신히 속삭였다. "이것으로 뉴스를 마칩니다." 그러고는 루이 암스트롱이 노래하는 〈화이트 크리스마스〉를 틀었다.

부록

크리스마스를 위한 선물

《작은 아씨들》에서 조 마치가 말했듯이, 선물이 없는 크리스마스는 크리스마스가 아니다. 선물을 주고받는 것은 동방박사의 금과 유향, 몰약에서부터 배나무에 앉은 자고새까지, 예전에 스크루지가 크래칫네 집에 보낸 '어린아이보다 큰' 칠면조에서부터 《작은 아씨들》에서 에이미가 색연필 몇 개를 살 돈을 남기느라 여전히 인색하게 굴며 엄마 선물로 산 작은 향수병까지, 영화 〈크리스마스 스토리〉에 나오는 랠피의 '총신에 나침반이 달린 연발식 카빈형 비비탄총'에 대한 끓어오르는 욕구에서부터 오페라 〈아말과 밤의 방문자들〉에 나오는 아말의 목발과 목동들이 아기 예수와 그 부모에게 가져온 햄과 같은, 더욱 상징적인 선물에 이르기까지 크리스마스라는 축제와 크리스마스 이야기에 밀접하게 관련되어 있다.

그러니 여러분께 모종의 선물을 드리며 끝맺는 것이 이 책에 잘 어울리지 않을까 싶다. 생각보다는 어려운 일이다. 여러분께 비비탄 장난감 총을 드릴 수는 없는 일이니까. 잘못해서 눈이라도 쏘면 큰일이다. 그리고 나는 여러분이 어떤 치수의 옷을 입는지, 유당불내증이 있는지, 아니면 모직에 알레르기가 있는지, 머리가 긴지 아니면 시곗줄이나 엄마한테 드릴 기차표를 사느라 팔아버렸는지 모른다. 나는 정말이지 여러분에 대해 아무것도 모른다. 크리스마스 이야기를 좋아한다는 것만 빼면 말이다.

어릴 때 나의 가장 큰 기쁨 중 하나는 멋진 새 책이나 작가를 찾아내는 일이었는데, 특히 다른 책을 읽다가 찾아낼 때는 그 기쁨이 각별했다. 마치 가의 소녀들이 찰스 디킨스의 《픽윅 페이퍼》를 읽고 존 버니언의 《천로역정》을 연극으로 만들어 상연할 때는 조가 개인적으로 저 책들을 내게 권하는 것만 같았다. 나는 제롬 K. 제롬의 《보트 위의 세 남자》를 로버트 A. 하인라인의 《우주복 있음, 출장 가능》을 읽다 발견했다. 킵의 아빠는 그 책을 읽을 궁리를 하느라 아들의 얘기를 귀담아듣지 않았다. 테니슨의 〈샬롯의 아가씨〉라는 시는 루시 M. 몽고메리의 《빨간 머리 앤》에서 앤이 그 시를 연기하다가 거의 물에 빠져 죽을 뻔한 장면에서 알게 되었다. 그리고 그 책들을 찾아보면서 나는 또 다른 책들을, 다른 작가들을 만났다.

이 선집에 실린 작품들에는 내가 제일 좋아하는 책과 영화들이 언급되어 있다. 〈말해봐, 유령〉에는 프랜시스 H. 버넷의 《소공녀》가, 〈기적〉에는 〈34번가의 기적〉이, 〈장식하세.com〉에는 E. M. 포스터의 《전망 좋은 방》이 나오지만, 미처 언급하지 못한 글과 영화들이 많다. 내가 사랑해 마지않는, 크리스마스마다 우리 가족이 낭송하거나 같이 보는 글과 영화들이다.

그러니 《빨간 머리 앤》의 앤 셜리가 내게 앨프리드 노이스의 〈하이웨이 맨〉을 소개해주고 《우주복 있음, 출장 가능》의 킵 러셀이 셰익스피어의 《템페스트》를 소개해준 것처럼 내가 사랑하는 책과 영화들을 여러분께 소개해드리는 것이 적절한 크리스마스 선물이 되지 않을까 싶다.

자, 여기 여러분께 드리는 영화와 텔레비전 드라마와 소설 목록이 있으니, 부디 즐겨주시길!

메리 크리스마스!

― 코니 윌리스

크리스마스를 느끼기에 충분한 크리스마스 영화 24편

우리 가족은 추수감사절 바로 다음 날부터 크리스마스 영화를 보기 시작하는데, 세월이 흐르며 목록이 불어나다 보니 이제는 크리스마스까지 다 볼 수가 없어서 해를 넘겨 주현절(1월 6일)까지 그냥 쭉 봐야 할 지경이다.

낡은 영화들을(이를테면, 예를 들어 케이블채널에 나오는 지나치게 감상적인 영화라든가, 나쁜 산타할아버지나 앨빈과 다람쥐가 나오는 영화들) 넣지 않아도 그 정도의 목록이 되는 것이 기적 같기도 하다. 우리가 싫어하는 크리스마스 영화 목록도 좋아하는 목록만큼이나 길다. 〈솔드 아웃〉부터 시작해서 말이다.

완벽하지는 않지만, 크리스마스를 느끼기에는 충분한 목록이다. 각자가 좋아하는 영화를 추가하면 더 좋으리라.

1. 〈34번가의 기적〉(Miracle On 34th Street, 1947)

지금까지 나온 크리스마스 영화 중 최고('서문'을 보라). 당연히 나탈리 우드와 에드먼드 그웬이 나오는 원작 이야기다. 흑백영화 말이다. 리메이크작 두 편은 다 비참하니 볼 생각도 마시길.

2. 〈러브 액츄얼리〉(Love Actually, 2003)

공동 1위. 이 영화는 크리스마스의 모든 면과 그 밑에 흐르는 사랑의 모든 측면을 보여주고 있으니, 어쩌면 지금껏 나온 크리스마스 영화 중에서 최고인지도 모른다. 이 영화는 차례로 재미있고, 슬프고, 역설적이고, 터무니없고(엄마: "제1 랍스터? 아기 예수가 태어날 때 랍스터가 하나 말고 더 있었어?" 딸: "아, 네네."), 낭만적이고, 절로 얼굴을 찡그릴 정도로 고통스럽고, 감정을 고양시킨다. 히스로 공항이 나오는 오프닝 장면에 바로 지금 누구나 쓸 수 있는 크리스마스 메시지가 포함되어 있다.

3. 〈크리스마스 스토리〉(A Christmas Story, 1983)

근소한 차로 2위에 선정된 이 영화는 크리스마스 선물로 간절하게 비비탄 총을 ("잘못하면 자기 눈을 쏘고 말걸!") 받고 싶어 하는 아이의 이야기로 장 쉐파드가 시나리오를 썼는데, 감상적인 측면이 전혀 없으면서도 향수를 불러일으키는 아주 드문 작품이다. 혀가 국기 게양대에 들러붙는 장면이라든가, 그 멍청한 개들과 칠면조 장면이라든가, 백화점 산타를 보러 가는 장면처럼 웃기는 장면이 많다. 각자 제일 좋아하는 장면을 찾아봐도 좋을 듯. 나는 '큰 상' 장면을, 아니, 잠깐만, 코코아 회사에서 사은품으로 주는 마법 해독기 반지 장면을, 아니, 아니야… 하지만 그저 웃긴 장면이 개연성 없이 이어지는 그런 영화는 아니다. 다른 여느 크리스마스 영화 이상이다. 〈크리스마스 스토리〉는 어린아이였을 때는 얼마나 간절하게 뭔가를 원하는지, 아이의 1년에서 크리스마스가 얼마나 중요한지를 포착해낸다.

4. 〈사랑에 눈뜰 때〉(The Sure Thing, 1985)

하마터면 이 영화를 보러 가지 않을 뻔했다. 예고편(과 제목)만 보면 맥주 냄새 풀풀 나는 청소년 섹스 영화 같았다. 그러다 몇몇 장면들이 〈어느 날 밤에 생긴 일〉과 정말 비슷하다는 걸 알아채고는 한번 보기로 결심했다. 지금은 크리스마스를 같이 보내기 위해 남자친구를 찾아가려는 앨리슨과 '뭔가 확실한 것'을 찾아 캘리포니아로 향하는 길에 고전적인 로맨틱 코미디다운 우연으로 앨리슨과 같은 차를 얻어타게 된 깁에 대한 이 대단한 로드무비를 매년 보고 있다.

5. 〈모건 크리크의 기적〉(The Miracle of Morgan's Creek, 1944)

제2차 세계대전 중에 만들어진 대부분의 영화는 용감한 병사들과 가정 전선에서 일편단심으로 그들을 기다리는 여자들의 이야기다. 영화 감독인 프레스턴 스터지스는 대신에 군대 댄스파티에 갔다가 (아마도) 결혼하게 되고 (확실히) 아기를 갖게 되는 여자와 곤경에 빠진 그녀를 도와주려는 군 면제자인 남자친구 노벌의 이야기를 하기로 결심했다. 하지만 그들이 뭔가를 시도하면 할수록 상황은 더욱 나빠질 뿐이었고 기적에 가까운 일이 일어나야만 그들을 구할 수 있는 상황이 되는데, 효과가 있으려면 어떤 기적이 일어나야 할지 상상조차 할 수 없다.

6. 〈모퉁이 가게〉(The Shop Around The Corner, 1940)

오스트리아의 불경기 때 어느 작은 가게에서 일하는 사람들에 관한 에른스트 루비치 감독의 이 영화는 모든 측면에서 고전적이다. 지미 스튜어트와 마거릿 설리반이 서로의 정체를 모르는 펜팔 친구로 열연을 펼칠 뿐만 아니라 괴팍한 상사로 분한 프랭크 모건에서부터 참을성 많은 피로비치와 구제 불능인 페피까지 대단한 조연들이 탄탄하게 극을 받치고 있다. 그리고 크리스마스를 맞은 빈의 도시 풍경을 볼 수 있다.

(주의: 이 영화의 리메이크작인 톰 행크스와 멕 라이언이 주연한 〈유브 갓 메일〉은 나도 좋아하는 영화로, 이쪽을 봐도 무방하지만 굳이 하나를 꼽자면 오리지널이 낫다.)

7. 〈크리스마스 캐럴〉(The Muppet Christmas Carol, 1992)

한 편이 아니다. 세상에는 알라스테어 심에서부터 피카드 선장과 빌 머레이까지, 온갖 배우가 주연을 맡은 온갖 버전의 이 영화가 있다. 내가 좋아하는 두 편은 머펫 캐릭터들이 나오는 버전과 만화 캐릭터인 미스터 마구 버전이다. 둘 다 원작 소설에 가장 충실할 뿐 아니라(알았어요, 알았어, 머펫 버전에는 스크루지의 동업자였던 말리의 유령이 둘 나오지만 찰스 디킨스와 쥐 캐릭터인 리쪼도 나온다), 제일 재미있기도 하다. 게다가 둘 다 평점도 좋다. 폴 윌리엄스가 머펫의 노래들을 작곡했다. 미스터 마구 버전은 줄 스타인과 밥 머릴로 구성된 브로드웨이 팀이 맡았고, '세상에 혼자 있을 때'라는 멋진 곡이 포함되어 있다.

8. 〈산타클로스〉(The Santa Clause, 1994)

나는 이혼한 어느 아버지가 사고로 산타클로스를 죽였다가 법적으로 산타클로스의 역할을 떠맡게 된다는 이 영화를 싫어할 준비가 완벽하게 되어 있었다. 이 영화에는 내가 요즘 크리스마스 영화들에서 경멸하는 것들, 거액을 들여 제작한 영화의 가치들과 너무 공들인 특수효과, 허세 떠는 순록 우스개 같은 것들을 빠짐없이 갖췄다. 내가 싫어하는 팀 앨런도. 팀 앨런이 건방진 말투에다 자기중심적인 제이슨 네스미스 함장을 연기하여 내 마음을 완전히 사로잡은 〈갤릭시 퀘스트〉를 보기 전까지는 그랬다.

그는 〈산타클로스〉에서도 내 마음을 사로잡았고, 건방진 대화도 그랬지만, 북극의 2인자 이름이 버나드라는 데에서부터 프랑크 소시지로 만든 장난감 피리까지, 낡은 이야기를 영리한 비튼 점에서 영화 전체가 그랬다. 그리고 뭔가 보기 드문 무기로 무장한 요정 특공부대가 나오는데, 바로 장식물로만 쓰이지 않는 양철 조각 장식이다.

9. 〈홈커밍〉(The Homecoming, 1973)

불경기 시대를 견디며 아버지가 집으로 돌아오기를 기다리는(돌아온다면 말이지) 어느 웨스트버지니아 가족에 관한 이 텔레비전 영화는 텔레비전 드라마 시리즈인 〈월튼네 가족〉의 파일럿 작품이었다. 하지만 시리즈와 달리, 이 영화는 불경기가 얼마나 혹독한지, 도는 불경기가 무수한 가정에 어떤 영향을 주었는지 묘사하는 데에 사정을 봐주지 않는다. 그리고 크리스마스에도 말이다.

10. 〈코네티컷의 크리스마스〉(Christmas in Connecticut, 1945)

실제로 요리를 할 줄 아는 마사 스튜어트 같은 한 잡지 기자와 배가 어뢰 공격을 당해 18일 동안 난파하면서 갖가지 음식을 꿈꾸는 어느 선원에 대한 이 1945년 영화에는 바버라 스탠윅을 비롯해 시드니 그린스트리트, 데니스 모건이 출연하고, 여주인공의 삼촌 펠릭스 역은 사칼이 맡았는데, 그의 존재만으로도 이 영화를 볼 가치는 충분하다 하겠다. 특히 바버라가 어느 뷔페에서 사랑하지 않는 남자와 결혼하기로 동의하고 남자가 그녀의 선택을 칭찬하며 그 이유를 설명하는 장면에서 펠릭스로 분한 사칼이 그녀의 접시를 채워주는 척하면서 그녀에게(그리고 우리에게) 자신이 그 상황을 어떻게 여기는지 정확하게 말해주는 장면은 압권이다. 그는 말한다. "볼로냐(거짓말이라는 뜻이 있음)… 호스래디쉬(말도 안 돼라는 뜻이 있음)… 견과류(멍청이라는 뜻이 있음)."

11. 〈아말과 밤의 방문자들〉(Amahl and the Night Visitors, 1951)
지안 카를로 메노티가 쓴 이 단막 오페라는 베들레헴으로 가는 길에 어느 가난한 과부의 집에 잠시 머문 동방박사들에 관한 이야기인데, 원래는 텔레비전용으로 제작되었다. 비디오로 출시되었는데, 더 좋은 것은 교회와 대학, 지역 극장 모임들에서 크리스마스에 종종 공연한다는 것이고, 난 확실하게 라이브로 이 작품을 보기를 권한다. 이야기는 매력적이고 음악은 마음을 빼앗으며, 불구 양치기 소년과 세상에 적의를 품은 그의 어머니와 그들을 찾아온 저명한 방문자들에 관한 단순한 이야기에 공연마다 뭔가가 덧붙여진다.

12. 〈당신이 잠든 사이에〉(While You Were Sleeping, 1995)
샌드라 블록과 빌 풀먼이 주역을 맡은 이 달콤하고 로맨틱한 코미디는 크리스마스 연휴를 홀로 보내야 하는 처지와 가족의 일원이 되기를 바라는 마음이 초래할 수 있는 황당하고도 복잡한 소동을 그린다.

13. 〈3인의 대부〉(3 Godfathers, 1948)
존 웨인이 주연을 맡은 존 포드의 서부극이라니, 전혀 기대치 않은 곳에서 발견한 크리스마스 이야기. 〈3인의 대부〉는 황량한 곳에서 출산이 임박한 초기 정착민 여성을 발견한 세 은행강도의 이야기다. 이 영화는 겨우살이와 산타할아버지와 눈을 과도하게 섭취했을 때 보면 완벽한 영화이며 존 포드 서부극의 세계로 향하는 문을 열어젖혀 〈역마차〉, 〈아파치 요새〉, 〈수색자〉 등의 영화로 이끌어줄 것이다.

14. 〈오프 시즌〉(Off Season, 2001)

플로리다의 어느 쇠락한 모텔을 배경으로 한 〈오프 시즌〉은 전혀 크리스마스 영화처럼 보이지 않고, 무엇보다 크리스마스 영화처럼 느껴지지도 않지만, 그 쇠락한 플로리다 모텔에 사는 노인을 진짜 산타클로스라고 생각하는 어린 소년의 이야기는 정말 멋지다. 산타는 사실 여러 주에서 수배를 받는 사기꾼이었다. 아니 그가 그랬나? 어느 쪽이든 노인 역을 맡은 홈 크로닌이 대단히 멋지다.

15. 〈나 홀로 집에〉(Home Alone, 1990)

내가 욕하는 딱 그런 종류의 감상주의가 넘치는 시나리오를 쓸 수 있는 존 휴스에 대해서, 또는 얼간이 삼총사 식의 슬랩스틱 유머(이 경우에는 두 얼간이이고, 둘 다 믿을 수 없을 정도로 멍청하다)에 대해서 어떻게 생각하든, 가족에 대한 우리의 복잡한 관계를 다루는 대단한 영화다. 그리고 이 영화에 삽입된 노래 〈내 기억 속 어딘가〉(나는 이 노래가 크리스마스 고전이 되어야 한다고 생각한다)와 교회 장면은 그 자체만으로도 볼 가치가 충분하다.

16. 〈게리 쿠퍼의 재회〉(Meet John Doe, 1941)

다들 아실 프랭크 카프라의 다른 크리스마스 영화는 이 영화보다 훨씬 유명하지만(12월 한 달 내내 매일 987회 정도가 상영된다), 게리 쿠퍼가 생계가 막막한 떠돌이로 분하고 바버라 스탠윅이 적극적인 기자로 분한 이 영화는 정말로 흥미진진하고, 특히 요즘 같은 종교적 광신 집단과 권력에 목매는 정치가들과 미쳐 날뛰는 언론과 그보다도 더 미쳐 날뛰는 냉소주의의 시대에는 특히 그러하다.

17. 〈엘프〉(Elf, 2003)

윌 퍼렐은 볼 때마다 짜증이 난다고 하니 누군가가 가서 이 영화를 보라고 권했는데, 지금 이 영화는 내가 제일 좋아하는 영화의 반열에 올라 있고, 대체로는 암시나 역설이나 빤하게 '이거 웃기지 않아요?' 하는 장면 하나 없이 더없이 고지식하게 엘프 버디를 연기한 윌 퍼렐 덕분이다. 조이 데이셔넬의 연기도 훌륭하고, '노란 건 멈추지 않아'에서부터 '난 층층이 쌓인 일곱 지팡이 사탕 숲을 통과하고, 빙글빙글 도는 젤리 과자 바다를 건넌 다음 링컨 터널을 걸어서 지났어'까지 멋진 대사들이 가득하다. 그리고 마침내 짐벌스 백화점이 메이시스 백화점과 경쟁할 기회를 잡았다!

18. 〈미혼모〉(Bachelor Mother, 1939)

진저 로저스 없이는 크리스마스가 완성됐다고 할 수 없다. 이 영화에서 그녀는 백화점 직원인데 보육원 계단에 아기가 버려지는 걸 발견하고는 구하려 한다. 하지만 이 세상에서는 어떤 선행도 고행을 피해 갈 수 없으니, 어쩌다 보니 그녀는 아기의 어머니로 지목되고, 해명하면 할수록 상황은 점점 더 엉망이 되어 간다. 이 영화에는 찰스 코번도 출연하는데, 모든 영화를 통틀어 내가 제일 좋아하는 대사를 한다. "아기의 아버지가 누구든 상관없어. 나는 할아버지다!" 그리고 데이비드 니븐은 이 영화 덕분에 제2차 세계대전 중에 목숨을 구했다. 벌지 전투 중에 그는 영국 정보국 소속으로 활약했는데 무장한 미국인 보초병에게 발각되고 말았다. 보초병이 독일군 첩자는 대답할 수 없는 질문이랍시고 "월드시리즈 우승팀은?"이라고 물었다. "모르겠다." 니븐이 대답했다. "하지만 난 진저 로저스와 같이 〈미혼모〉에 출연했어." 이 대답이 효과를 발휘하여 그는 무사히 통과했다.

19. 〈어바웃 어 보이〉(About A Boy, 2002)

휴 그랜트가 어른이면서 계속 아이처럼 살다가(크리스마스 노래를 작곡한 아버지 덕분에 저작권료로 먹고산다) 자포자기한 어머니와 같이 사는 한 소년을 만나게 되는 남자를 연기했다. 내가 흠모해 마지않는 닉 혼비가 시나리오를 썼다. 이 정도면 충분하겠지?

20. 〈세인트루이스에서 만나요〉(Meet Me in St. Louis, 1944)

결말 부분만 빼면 이 영화는 진정한 크리스마스 영화다. 우리 가족은 이 영화의 굉장한 핼러윈 장면 때문에 가끔 10월에 보기도 하지만, 이 영화에는 가장 뛰어난 크리스마스 노래 〈즐거운 크리스마스 되세요〉가 나오고, 헤어짐과 슬픔으로 남은 크리스마스라는 소재 덕분에 정말로 기억할 만한 영화가 되었다.

21. 〈레몬 드롭 키드〉(The Lemon Drop Kid, 1951)

이 영화는 데이먼 러니언의 소설을 바탕으로 했을 뿐만 아니라(〈춤추는 댄의 크리스마스〉에 달린 러니언에 대한 언급을 보라) 밥 호프가 나온다. 그리고 '실버 벨' 노래도.

22. 〈스포트라이트〉(Spotlight, 2015)

가톨릭 교단의 대규모 비리 의혹을 파헤치는 〈보스턴 글로브〉 기자팀에 관한 이 오스카 수상에 빛나는 영화는 시간적 배경이 성탄 연휴이긴 하지만 엄밀하게 따지면 크리스마스 영화라 할 수 없고 다루는 소재도 이 목록에 오른 다른 영화들보다 무겁다. 하지만 압도적인 비정상에 맞서 진실과 정의가 싸운다는 이 영화의 주제는 이 시기에 전적으로 적절하다. 요즘은 그 어느 때보다 더.

23. 〈작은 아씨들〉(Little Women, 1994)

이 영화도 크리스마스 영화는 아니지만 크리스마스에 시작하고, 바다 깔개에 누운 조가 투덜거리는 '선물이 없는 크리스마스는 크리스마스가 아니다'라는 원작 소설의 첫 줄은 역대 크리스마스 이야기의 첫 줄 중에서 최고라 할 만하다. 게다가 나는 어릴 때 크리스마스 때마다 이 영화를 봤다. 세 가지 판본 중에서 고를 수 있다. 내가 어릴 때 봐왔던 것은 준 앨리슨이 나오는 (코 찔찔 흘리는 에미미로 엘리자베스 테일러가 나오는) 판본이었다. 보통은 캐서린 헵번이 나오는 판이 제일 좋다는 평가를 받지만, 개인적으로 내가 제일 좋아하는 판본은 위노나라이더와 커스틴 던스트가 나오는 최근작이다. 아니면 셋 다 봐도 좋을 듯.

24. 그리고 마침내, 〈화이트 크리스마스〉(White Christmas, 1954)

저도 압니다, 알아요. 이 영화가 완전히 클리셰 범벅이라는 거. 그리고 당연히 망작일 수밖에 없다는 거. 첫째로, 이 작품이 (역시 그다지 좋지 못한 〈홀리데이 인〉의) 속편이며 순전히 〈화이트 크리스마스〉 노래의 성공 덕을 보기 위해 쓰였다. 둘째로, 이 영화를 위해 작곡된 진짜 노래는 없이 여기저기서 되는 대로 긁어모은 어빙 벌린 노래들뿐이고, '어이, 꼬마들, 이제 쇼를 시작해볼까'라는 이야기는 책에서 가장 남용되는 주제이다. 게다가, 프레드 아스테어가 빠지고, 대신 들어온 도널드 오코너는 병이 났다. 하지만 어쨌든 이 모든 것을 끌고 가면서도 영화는 빙 크로스비와 대니 케이가 여장을 하고 '시스터즈' 시늉을 하는 장면과 매년 후임자들을 골탕 먹이는 데 능숙해져 가는 장군 등의 판에 박힌 흥행 장면들이 가득한 대단한 영화가 되었다. 게다가 이 영화에는 메리 윅스가 나오고 대니의 부상당한 팔에 관한 농담이 내내 계속된다. 그리고 집에서 멀리 떨어져 나와 집에서 듣던 노래를 들으며 전투에 불려 갈 때를 기다리는 어린 소년들의 얼굴도. 많은 영감을 주는 영화다.

잠자리에서 읽을 만한 크리스마스 소설과 시 20편

크리스마스에 읽기 좋은 책을 고르는 일은 좋은 영화를 찾기보다 좀 까다롭다. 지금 나와 있는 책들은 하나같이 너무 달콤하고 짜증 날 정도로 영적이거나, 아니면 약물중독이나 매춘이나 학대하는 부모를 극복하고자 하는 어떤 사람에 관한 내용이다. 하지만 여기 영적이지도, 지나치게 감상적이지도, 자살하고 싶을 만큼 우울하지도 않은 스무 권의 책이 있다.

1. 최초의 크리스마스 이야기
(마가복음 1장 18절부터 25절까지, 2장 1절부터 18절까지. 누가복음 1장 5절부터 80절까지, 2장 1절부터 52절까지)

여기엔 우리가 소설에서 원하는 모든 것이 들어 있다. 모험, 흥분, 사랑, 배신, 착한 사람, 악한 사람, 아슬아슬한 탈출, 신비에 싸인 이방인, 그리고 흥미진진한 추격 장면 등등. 그리고 훌륭한 후속작 예고까지.

2. 찰스 디킨스의 〈크리스마스 캐럴〉(A Christmas Carol)

크리스마스 이야기를 시작하는 유일한 길은 "우선 말리가 죽었다는 말부터 해야겠다."라는 대사로 시작하는 것이라는 사실을 일말의 의심이 없도록 증명해주는 완벽한 크리스마스 이야기다. 스크루지와 작은 팀과 과거의 크리스마스 유령과 "내가 삶에 이 쇠사슬을 매달았어."라는 대사와 커튼 달린 침대와 칠면조와 '우리 모두를, 빠짐없이 축복하소서!'라는 구절을 속속들이 다 알고 있다고 해서 이 이야기를 다시 읽지 못할 이유는 없다.

3. 크리스토퍼 몰리의 〈다듬어지지 않은 나무〉
(The Tree That Didn't Get Trimmed)

속이 느글해질 정도로 감상적인 한스 크리스티안 안데르센의 〈전나무〉에서 영감을 얻은 것이 분명한 이 단편은 아무도 사주지 않고 외면하는 바람에 선조들의 모든 죄를 피할 수 있었을 뿐만 아니라 크리스마스 주제의 궁극이랄 수 있는 고통과 속죄에 관한 감동적인 우화를 얘기하며 끝을 맞이하는 나무의 이야기다.

4. 로버트 프로스트의 〈크리스마스트리〉(Christmas Trees)

로버트 프로스트는 내가 제일 좋아하는 시인이다. 그의 시는 과묵함과 견실함이라는 뉴잉글랜드 정신의 정수를 담고 있으며 독창적이다. 예를 들면 사람들이 크리스마스와 결부시키기 좋아하는 그의 다른 시 〈눈 오는 저녁에 숲에 들르다〉가 그렇고, 아니면 전나무가 가득한 동산을 소유한 어느 남자와 그 나무들을 사고 싶어 도시에서 온 다른 남자의 이야기인 이 시가 그렇다.

5. 바버라 로빈슨의 《세상에서 제일 멋진 크리스마스 연극》
(The Best Christmas Pageant Ever)

어느 교회의 아기 예수 탄생 연극이 도둑질과 욕과 (여자아이까지도) 흡연을 일삼는 끔찍한 목동네 아이들에게 습격을 당하는 이 온건한 동화는 새로운 고전의 탄생이라는 거의 불가능에 가까운 성취를 일궈내는 동시에 마리아와 요셉과 '누더기에 싸인' 아기의 이야기를 목동들처럼 새로운 시선으로 볼 기회를 독자들에게 제공해준다.

6. 데이비드 세다리스의 〈산타랜드 다이어리〉(Santaland Diaries)

공영라디오 채널에서 이 작품을 처음 들은 순간 나는 그 자리에 못 박히고 말았다. 이처럼 심술궂고 이처럼 냉소적이고 이처럼 있는 그대로 크리스마스를 다룬 작품은 들어본 적이 없었다. 데이비드 세다리스가 크리스마스에 관해서 수많은 작품을 썼긴 하지만 메이시스 백화점의 장난감 매대에서 요정으로 일했던 시절에 관한 이 일기는 여전히 내가 제일 좋아하는 작품이다.

7. 토머스 디쉬의 〈산타클로스 절충안〉(The Santa Claus Compromise)

여섯 살배기들이 마침내 정치적 권리를 획득하고 산타클로스의 진짜 정체를 밝히기 위해 탐사 취재를 하려 한다는 내용의 이 미래 우화는 요즘 같은 집단 권리 운동 분위기에서 쓰일 수 있을 듯하다. 이 이야기가 아직 풍자가 가능했던 1974년에 쓰였다는 사실이 오싹할 뿐만 아니라 이야기를 재미있게 만든다.

8. T. S. 엘리엇의 〈동방박사들의 여정〉(Journey of the Magi)

성경은 동방박사들이 베들레헴까지 가는 여정이 어떠했는지, 또는 그 여정을 완료하는 데 얼마만 한 감정이 소모됐을지, 아니면 그 뒤로, 이제 집으로 돌아갈 때가 됐을 때 그들이 어떻게 됐는지 전혀 알려주지 않는다.

9. 데이먼 러니언의 〈춤추는 댄의 크리스마스〉(Dancing Dan's Christmas)

20세기에 먼지가 앉았을 때, 나는 데이먼 러니언이 마침내 우리 시대의 가장 위대한 작가 중 한 사람으로 인정을 받고, 영리한 줄거리와 언어에 대한 틀림없는 감각과 젊은 남녀와 갱단의 일원과 사설 마권 업자와 코러스 걸과 주사위 도박꾼과 구세군 영혼 구원자와 고급 창녀와 밑바닥 인생과 시골뜨기와 사랑스러운 실패자인 그의 인물들이 끝없는 찬사를 받으리라 생각했다. 나는 야비한 갱단원과 산타클로스 복장과 다이아몬드 화장품 케이스와 약간 너무 많다 싶은 톰과 제리가 포함된 〈춤추는 댄의 크리스마스〉를 뽑았지만, 힘든 결정이었다. 〈팜비치 산타클로스〉와 〈세 명의 현자들〉이 아까운 차석을 차지했다.

10. 아서 C. 클라크의 〈동방의 별〉(The Star)

SF 장르의 마스터가 쓴 SF의 고전인 이 작품은 동방박사들을 베들레헴으로 안내한 그 별에 대한 곤혹스러운 이야기를 들려준다.

11. 오 헨리의 〈크리스마스 선물〉(The Gift of the Magi)

오 헨리는 또 한 명의 과소 평가된 작가로서 이 소설의 줄거리를 베낀 수십 편의 소설과 희곡, 시트콤이 목격된다. 하지만 그것들 중 어느 것도 회중시계 줄과 대모 머리빗 세트에 얽힌 짧막한 소품인 원작의 매력이나 스타일을 베끼지는 못했다.

12. 제인 랭턴의 《기념관 살인사건》(The Memorial Hall Murder)

미스터리 팬 여러분들을 위해 크리스마스에는 풍성한 크리스마스 소설과 셜록 홈즈(〈푸른 카벙클〉)에서부터 에르퀼 푸아로(《크리스마스 살인》)까지 수많은 탐정 소설들이 쏟아져 나오지만, 아마 탐정인 호머 켈리를 만나보거나 대학 성가대가 〈메시아〉를 리허설하는 도중에 일어난 살인사건에 대한 이 추리소설을 읽어보지는 못했을 것이다. 그리고 이 책은 헨델과 성가대 이상으로 크리스마스 분위기를 내지는 않는다. 더 이상의 살인도 없다.

13. 존 모티머의 〈럼폴과 크리스마스 정신〉 (Rumpole and the Spirit of Christmas)

PBS에서 방영하는 〈미스터리〉에 나오는 성마른 영국 중앙형사법원 직원, 호레이스 럼폴을 본 사람이라면 그야말로 크리스마스 정신과는 하등의 관계가 없는 사람이라고 생각할 테고, 사실 그는 그렇다. 이 소설이 잘 먹히는 것도 그런 이유에서다. 부디 존 모티머에게서 '크리스마스 정신'의 새로운 의미를 배워보시길.

14. 찰스 디킨스의 〈종소리〉(The Chimes)

〈크리스마스 캐럴〉은 디킨스가 쓴 스무 편의 크리스마스 이야기들 중 하나에 지나지 않는다. 몇 년 전에 나는 그것들을 다 읽어보겠다고 결심했고, 〈종소리〉

를 읽었을 때 엄청난 충격을 받았다. 아마 여러분들도 그럴 것이다. 여기서 세세하게 얘기하지는 않겠지만, 엄청나게 유명한 어느 크리스마스 영화의 줄거리가 태어나지 않았기를 바라는 어느 남자에 관한 이 디킨스 소설과 수상쩍을 만큼 비슷하다는 점만 말해두겠다.

15. 《소원과 바람: 윌리 램의 크리스마스 이야기》 (Wishin' and Hopin': A Christmas Story)

린든 존슨 대통령과 드라그넷과 비틀즈의 시대를 배경으로 (가족들 누구도 실제로 만나본 적은 없는) 유명한 사촌이 있는데다 가톨릭계 학교의 크리스마스 성극에 북 치는 소년으로 뽑혔지만 여자애들한테 더 관심이 많은 5학년 남자애에 관한 이 이야기에는 우리가 원하는 거의 모든 것이 나온다. 수녀와 묵주와 부정한 생각과 불 켜진 광배를 두른 천사와 콜라 칵테일과 피구와 영화와, 그리고 아네트 퍼니첼로 말이다.

16. 베아트릭스 포터의 《글로스터의 재봉사》(The Tailor of Gloucester)

《피터 래빗》으로 명성을 얻은 베아트릭스 포터는 영국 서부에 있는 친척들 집에 머물 때 시장이 의뢰한 외투 바느질을 끝내기 전에 병이 났는데 몸이 나아 작업장으로 돌아오니 기적처럼 재봉이 끝나 있었다는 재봉사 얘기를 들었고, 이를 성질 고약한 고양이와 사면초가에 몰린 쥐 몇 마리와 버찌 색깔 실의 꼬임에 관한 크리스마스 이야기로 짜냈다. 포터의 작품 중에서도 가장 사랑스러운 삽화들이 들어 있고 줄거리도 매력적이다.

17. 랭스턴 휴즈의 〈크리스마스이브: 자정이 가까운 뉴욕에서〉 (Christmas Eve: Nearing Midnight in New York)

내가 가장 사랑하는 시인 중 한 사람인 랭스턴 휴즈는 전통적인 〈크리스마스에 부르는 양치기의 노래〉에서부터 통렬하고 씁쓸한 〈메리 크리스마스〉에 이르기까지 크리스마스를 주제로 한 여러 형식의 시를 썼는데, 모두 강력히 추천하는 작품들이다. 하지만 나는 도시의 이미지와 불확실한 '대부분'을 그리는 이 시를 제일 좋아한다.

18. P. G. 우드하우스의 〈또 하나의 크리스마스 캐럴〉
(Another Christmas Carol)

P. G. 우드하우스의 소설을 묘사할 방법이 없으니 난 시도조차 하지 않을 작정이다. 그저 내가 아는 한 선페스트와 두부가 얘기되는 크리스마스 소설은 이것이 유일하며, 아직 읽어보지 않았다면 P. G. 우드하우스를 발견하는 것보다 더 나은 크리스마스 선물을 없으리라는 점을 알려드릴 뿐이다.

19. 사키(H. H. 먼로)의 〈다운 펜〉(Down Pens)

나는 사키의 소설 전부를 좋아하는 편이지만, 소설 《크로스토크》를 위한 소재를 조사하다가 인간이 다른 무엇보다도, 심지어 섹스보다도 감사 편지에 대해서 더 많이 생각한다는 결론을 내린 이후로 특히 크리스마스 감사 편지를 쓰는 일에 관한 이 작품을 더 좋아하고 있다.

20. W. H. 오든의 〈당분간은: 크리스마스 오라토리오〉
(For the Time Being: A Christmas Oratorio)

반은 연극이고 반은 시인데, 둘 다 걸작이다. 이 긴 작품은 크리스마스 장식을 떼서 내년을 어딘가에 보관한 다음 우리 모두 살아나가야 할 베들레헴 이후의 암담한 세계를 마주하는 1월에 읽어야 제맛이다.

여러분이 보지 못했을지 모르는,
'아주 특별한 크리스마스 특집' 신드롬에
굴복하지 않은 TV 드라마 6편

우리들의 소위 정보 시대가 주는 축복 중의 하나는 이 드라마들을 모두 유튜브나 넷플릭스나 훌루에서 볼 수 있다는 점이다. 〈닥터 후〉의 경우는 BBC 아메리카나 사이파이 채널에서 볼 수 있다. 즐겨주시길!

1. 〈프레이저〉(Frasier) 시즌3, 제9화 '프레이저 그린치'
프레이저의 아들이 무법자 레이저 로보-긱을 정말 갖고 싶어 하는데도 프레이저는 교육용 장난감을 사는데, 그게 오질 않는다. 그래서 프레이저와 동생 나일스는 크리스마스이브에 선물을 사러 대형쇼핑센터에 가게 된다. 전통적인 슬랩스틱과 (예의) 재기발랄한 소제목들과 눈물을 자극하는 결말.

2. 〈머피 브라운〉(Murphy Brown) 시즌3,
제11화 '징글 헬, 징글 헬, 징글…'
머피가 사무실 전체에 선물 교환 대신에 자선 기부를 하자고 하고는 (아주 사소한) 선물을 사서 협약을 깨버리는 바람에 다들 분초를 다투며 크리스마스이브에 문을 연 유일한 가게인 잡화점으로 달려가게 만든다. 그 가게에는 깨지기 쉬운 땅요정 석상이 대규모로 진열되어 있다.

3. 〈빅뱅 이론〉(Big Bang Theory) 시즌2, 제11화 '목욕용품 선물 가설'

이 시리즈의 크리스마스 방송분은 다들 괜찮아서 볼 가치가 충분하지만, 이 편을 능가하는 것은 없다. 여기서 셸던은 평소의 과이성적이고 비감성적인 방식으로 목욕 오일과 비누, 향초를 담은 선물 바구니 대, 중, 소의 정확한 교환 가치를 계산하며 선물을 주는 관습에 접근하며, 페니와 다른 모든 이들로부터 더 큰 계산(그리고 크리스마스)에 대한 교훈을 얻는다.

4. 〈존 덴버와 함께하는 머펫 크리스마스 특집〉 (The Muppet Christmas Special with John Denver)

머펫 크리스마스 특집의 첫 번째이자 최고작이다. '강이 바다를 만날 때'를 포함한 하이라이트 모음과 '무화과(피기) 푸딩' 용어에 대한 미스 피기와의 논쟁, 정말로 끔찍하게 변주한 '12일간의 크리스마스', 생생하게 변주한 '작은 성인 닉'이 포함되어 있다.

5. 〈닥터 후〉(Doctor Who) 크리스마스 특집들

'리버 송의 남편들', '마지막 크리스마스', '닥터의 시간', '눈사람', '시간의 끝', '닥터의 날'과 같은 〈닥터 후〉의 크리스마스 특집들은 하나같이 대단하다. 내가 제일 좋아하는 편은 아마도 빅토리아 여왕과 늑대인간, 스코틀랜드, 토치우드의 탄생, 코이누르 다이아몬드가 나오는 '이빨과 발톱' 편인 듯하지만, 굳이 고르라고 하지 말았으면 좋겠다. 이 작품들을 모두 보기를 권한다.

6. 〈환상특급〉(The Twilight Zone) '출구를 찾는 다섯 사람들'

〈환상특급〉은 기억에 남을 만한 여러 크리스마스 특집을 냈다. 가장 유명한 것은 아트 카니가 술에 취한 백화점 산타로 나오는 '불우한 이웃들의 밤'이지만, 부랑자와 백파이프 연주자와 발레 댄서와 광대와 육군 소령이라는 어울리지 않는 다섯 사람이 무슨 일인지도 모르고 출구도 없는 낯선 곳에 갇히는 '출구를 찾는 다섯 사람들'이 보다 본질적으로 〈환상특급〉답다. 그리고 (크리스마스에 태어난) 로드 설링이 노래하듯 말한다. "오늘 밤은 특이한 구성의 선수들과 특이한 무대를 선보입니다. '환상특급'이라 불리는 무대죠."

옮긴이　김세경

미국 캘리포니아 주립대학교에서 언어학으로 석사 학위를 받았고, 럿거스 대학교에서 언어학 박사 과정을 마쳤다. 옮긴 책으로 《미지의 별》《앨리스의 모든 것》《디.에이.》《자신을 행성이라 생각한 여자》《정신병원을 탈출한 여신 프레야》가 있고, 함께 옮긴 책으로《베스트 오브 코니 윌리스》가 있다.

옮긴이　신해경

서울대 미학과를 졸업하고 KDI국제정책대학원에서 경영학과 공공정책학 석사과정을 마쳤으며 서울대 미학과 대학원에 재학 중이다. 생태와 환경, 사회, 예술, 노동 등 다방면에 관심이 있으며, 《집으로부터 일만 광년》《캣피싱》《야자나무 도적》《사소한 기원》《사소한 정의》《사소한 칼》《사소한 자비》《식스웨이크》《플로트》《글쓰기 사다리의 세 칸》《저는 이곳에 있지 않을 거예요》《풍경들》 등을 번역했다.

옮긴이　이주혜

읽고 쓰고 옮긴다. 지은 책으로 장편소설《자두》《계절은 짧고 기억은 영영》《여름철 대삼각형》, 중편소설《중국 앵무새가 있는 방》, 소설집《그 고양이의 이름은 길다》《누의 자리》, 산문집《눈물을 심어본 적 있는 당신에게》 등이 있고, 옮긴 책으로는《못해 그리고 안 할 거야》《동등한 우리》《우리 죽은 자들이 깨어날 때》《멀리 오래 보기》《지구에 마지막으로 남은 시체》《여자에게 어울리지 않는 직업》《양귀비 전쟁》 등이 있다.

부디, 크리스마스

초판 1쇄 발행　2025년 12월 25일

지은이	코니 윌리스
옮긴이	김세경, 신해경, 이주혜
펴낸이	박은주
디자인	김선예, 이다솔, 이수정
마케팅	박동준

발행처	(주)아작
등록	2015년 9월 9일 (제2015-000140호)
주소	10542 경기도 고양시 덕양구 청초로 19 아이에스비즈타워센트럴 A동 707호
전화	02.324.3945-6　　팩스 02.324.3947
이메일	arzaklivres@gmail.com
홈페이지	www.arzak.co.kr
ISBN	979-11-6668-882-9　03840

책 값은 표지 뒤쪽에 있습니다.
잘못 만들어진 책은 구입하신 서점에서 교환해 드립니다.